D1467166

LA VALSE LENTE DES TORTUES

Katherine Pancol, après avoir été professeur de lettres puis journaliste, écrit un premier roman, *Moi d'abord*, en 1979. Elle part à New York en 1980 suivre des cours de *creative writing* à Columbia University. Suivront de nombreux romans dont *Les hommes cruels ne courent pas les rues*, *J'étais là avant*, *Un homme à distance*, *Embrassez-moi*, etc. Elle rentre en France en 1991 et continue à écrire. Après le succès des *Yeux jaunes des crocodiles*, elle a publié en 2008 *La Valse lente des tortues* et en 2010 *Les écureuils de Central Park sont tristes le lundi*.

KATHERINE PANCOL

La Valse lente des tortues

ROMAN

ALBIN MICHEL

© Éditions Albin Michel, 2008.
ISBN : 978-2-253-12940-0 – 1re publication LGF

Pour Roman.

« C'est horrible de vivre une époque où au mot sentiment, on vous répond sentimentalisme. Il faudra bien pourtant qu'un jour vienne où l'affectivité sera reconnue comme le plus grand des sentiments et rejettera l'intellect dominateur. »

Romain GARY.

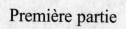

Première partie

– Je viens chercher un paquet, déclara Joséphine Cortès en s'approchant du guichet de la poste, rue de Longchamp, dans le seizième arrondissement de Paris.

– France ou étranger ?

– Je ne sais pas.

– À quel nom ?

– Joséphine Cortès… C.O.R.T.È.S…

– Vous avez l'avis de passage ?

Joséphine Cortès tendit l'imprimé jaune « Vous avez reçu un colis ».

– Une pièce d'identité ? demanda, d'un ton las, l'employée, une fausse blonde au teint brouillé qui clignait des yeux dans le vide.

Joséphine sortit sa carte d'identité et la posa sous les yeux de la préposée qui avait entamé une conversation sur un nouveau régime chou rouge, radis noir avec une collègue. L'employée s'empara de la carte, souleva une fesse puis une autre et descendit du tabouret en se frottant les reins.

Elle se dandina vers un couloir et disparut. L'aiguille noire des minutes progressait sur le cadran blanc de l'horloge. Joséphine eut un sourire embarrassé pour la file d'attente qui s'allongeait derrière elle.

C'est pas de ma faute si mon colis a été remisé dans un endroit où on ne le trouve pas, semblait-elle s'excuser en courbant l'échine. Pas de ma faute s'il est allé à

Courbevoie avant d'être entreposé ici. Et puis d'abord, d'où peut-il bien venir ? Peut-être Shirley, d'Angleterre ? Elle connaît ma nouvelle adresse pourtant. Cela ressemblerait à Shirley d'envoyer ce fameux thé qu'elle achète chez Fortnum & Mason, un *pudding* et des chaussettes fourrées pour que je puisse travailler sans avoir froid aux pieds. Shirley dit toujours qu'il n'y a pas d'amour mais des détails d'amour. L'amour sans les détails, ajoute-t-elle, c'est la mer sans le sel, le bulot sans la mayonnaise, le muguet sans les clochettes. Shirley lui manquait. Elle était partie vivre à Londres avec son fils, Gary.

La préposée revint en tenant un paquet de la taille d'une boîte à chaussures.

– Vous faites collection de timbres ? demanda-t-elle à Joséphine en se hissant sur la chaise haute qu'elle fit couiner sous son poids.

– Non…

– Moi, oui. Et je peux vous dire qu'ils sont magnifiques !

Elle les contemplait en clignant des yeux, puis elle poussa le paquet vers Joséphine qui déchiffra son nom et son ancienne adresse à Courbevoie sur le papier grossier qui servait d'emballage. La ficelle, tout aussi grossière, s'effilochait à chaque bout formant une guirlande de pompons sales à force d'avoir traîné sur les étagères de la poste.

– C'est parce que vous avez déménagé que je le trouvais plus. Il vient de loin. Du Kenya. Il en a fait du chemin ! Vous aussi…

Elle avait dit cela d'un ton sarcastique et Joséphine rougit. Elle bafouilla une excuse inaudible. Si elle avait déménagé, ce n'était pas qu'elle n'appréciait plus sa banlieue, oh ! la la ! non, elle aimait Courbevoie, son ancien quartier, son appartement, le balcon à la balustrade rouillée et, pour tout dire, elle n'aimait pas du tout sa nouvelle adresse, elle s'y sentait étrangère, déplacée. Non, si elle avait déménagé, c'était parce que sa fille aînée, Hortense, ne supportait plus de vivre en banlieue. Et quand Hortense avait une idée en tête, il ne restait plus qu'à l'exécuter sinon elle vous foudroyait de son mépris. Grâce à l'argent que Joséphine avait gagné avec les droits d'auteur de son roman, *Une si humble reine*, et à un important emprunt à la banque, elle avait pu acheter un bel appartement dans un beau quartier. Avenue Raphaël, près de la Muette. Au bout de la rue de Passy et de ses boutiques de luxe, sur le bord du bois de Boulogne. Moitié ville, moitié campagne, avait souligné, avec emphase, l'homme de l'agence immobilière. Hortense s'était jetée au cou de Joséphine, « merci, ma petite maman, grâce à toi, je vais revivre, je vais devenir une vraie Parisienne ! ».

– S'il n'avait tenu qu'à moi, je serais restée à Courbevoie, marmonna Joséphine, confuse, sentant le bout de ses oreilles rougir et la brûler.

C'est nouveau ça, avant je ne rougissais pas pour un oui, pour un non. Avant, j'étais à ma place, même si je ne m'y sentais pas toujours bien, c'était ma place.

– Bon… Les timbres ? Vous les gardez ?

– C'est que j'ai peur d'abîmer l'emballage en les découpant…

– C'est pas grave, allez !

– Je vous les rapporterai si vous voulez…

– Puisque je vous dis que c'est pas grave ! Je disais ça comme ça, parce que je les trouvais beaux sur le moment… mais je les ai déjà oubliés !

Son regard se porta sur la personne suivante dans la file d'attente et elle ignora ostensiblement Joséphine qui remettait sa carte d'identité dans son sac, avant de laisser la place et de quitter la poste.

Joséphine Cortès était timide, à la différence de sa mère ou de sa sœur qui se faisaient obéir ou aimer d'un regard, d'un sourire. Elle avait une manière de s'effacer, de s'excuser d'être là qui allait jusqu'à la faire bégayer ou rougir. Elle avait cru, un moment, que le succès allait l'aider à prendre confiance en elle. Son roman *Une si humble reine* caracolait toujours en tête des meilleures ventes plus d'un an après sa sortie. L'argent ne lui avait donné aucune assurance. Elle finissait même par le prendre en horreur. Il avait changé sa vie, ses relations avec les autres. La seule chose qu'il n'a pas changée, ce sont les rapports avec moi-même, soupira-t-elle en cherchant des yeux un café pour se poser et ouvrir ce mystérieux paquet.

Il doit bien exister des moyens pour ignorer cet argent. L'argent supprime l'angoisse des lendemains qui grimacent, mais dès qu'on en amasse, on croule sous les embarras. Où le placer ? À quel taux ? Qui va s'en occuper ? Certainement pas moi, protesta Joséphine en traversant dans un passage piétons et en évitant une moto de justesse. Elle avait demandé à son banquier, monsieur Faugeron, de le garder sur son compte, de lui en virer une certaine somme chaque mois, une somme qu'elle jugeait suffisante pour vivre, payer les impôts, l'achat d'une nouvelle voiture, les frais de scolarité et le quotidien d'Hortense à Londres. Hortense savait comment utiliser l'argent. Ce n'est pas elle qui aurait eu le tournis devant les relevés de banque. Joséphine s'était fait une raison : sa fille aînée, à dix-sept ans et demi, se débrouillait mieux qu'elle, à quarante-trois.

On était fin novembre et la nuit tombait sur la ville. Un vent vif soufflait, dépouillant les arbres de leurs dernières feuilles qui tournoyaient en valse rousse jusqu'au sol. Les passants avançaient en regardant leurs pieds de peur de se faire gifler par une bourrasque. Joséphine releva le col de son manteau et consulta sa montre. Elle avait rendez-vous à sept heures avec Luca place du Trocadéro à la brasserie Le Coq.

Elle regarda le paquet. Il n'y avait pas de nom d'expéditeur. Un envoi de Mylène ? Ou de monsieur Wei ?

Elle remonta l'avenue Poincaré, atteignit la place du Trocadéro et pénétra dans la brasserie. Elle avait une bonne heure à attendre avant que Luca la rejoigne. Depuis qu'elle avait déménagé, ils se donnaient toujours rendez-vous dans cette brasserie. C'était un vœu de Joséphine. Une façon pour elle d'apprivoiser son nouveau quartier. Elle aimait créer des habitudes. « Je trouve cet endroit trop bourgeois ou trop touristique, disait Luca d'une voix sourde, il n'a pas d'âme, mais puisque vous y tenez… » C'est toujours dans les yeux qu'on voit si les gens sont tristes ou heureux. Le regard, on ne peut pas le maquiller. Luca avait les yeux tristes. Même quand il souriait.

Elle poussa la porte en verre et chercha une table libre. Elle en vit une et s'y installa. Personne ne la regardait et elle se sentit soulagée. Peut-être était-elle en train de devenir une vraie Parisienne ? Elle porta la main au chapeau en tricot vert amande qu'elle avait acheté la semaine précédente, songea un instant à l'enlever puis choisit de le garder. Si elle l'enlevait, elle serait décoiffée et n'oserait pas se repeigner. Cela ne se faisait pas de se coiffer en public. C'était un principe de sa mère. Elle sourit. Elle avait beau ne plus voir sa mère, elle la portait toujours en elle. Le chapeau vert amande à soufflets en laine tricotée ressemblait à trois pneus joufflus et se terminait par une galette plate en velours côtelé, piquée d'une petite tige en flanelle rêche comme celle qui termine le classique béret. Elle avait aperçu ce couvre-chef dans la vitrine d'une boutique, rue des Francs-Bourgeois dans le Marais. Elle était entrée, avait demandé le prix et l'avait essayé. Il lui donnait un air fripon de femme désinvolte au nez retroussé. Il ombrait ses yeux marron d'une lueur dorée, gommait ses joues rondes, allégeait sa silhouette. Avec ce chapeau, elle se créait une personnalité. La veille, elle était allée voir le professeur principal de Zoé, madame Berthier, pour parler de la scolarité de sa fille cadette, de son changement d'établissement, de sa faculté d'adaptation. À la fin de l'entretien, madame Berthier avait enfilé son manteau et posé sur sa tête le chapeau vert amande à trois soufflets joufflus.

– J'ai le même, avait dit Joséphine. Je ne l'ai pas mis parce que je n'osais pas.

– Vous devriez ! En plus, il tient chaud et il ne ressemble à rien de ce qu'on voit d'habitude. On le repère de loin !

– Vous l'avez acheté rue des Francs-Bourgeois ?

– Oui. Dans une toute petite boutique.

– Moi aussi. Quelle coïncidence !

Le fait de partager le même couvre-chef les avait plus rapprochées que leur longue conversation au sujet de Zoé. Elles étaient sorties ensemble du collège, et, tout en parlant, avaient pris la même direction.

– Vous venez de Courbevoie, m'a dit Zoé ?

– J'y ai vécu presque quinze ans. J'aimais bien. Même s'il y avait des problèmes…

– Ici, ce ne sont pas les enfants qui posent problème, ce sont les parents !

Joséphine l'avait regardée, étonnée.

– Ils croient tous avoir enfanté un génie et nous reprochent de ne pas détecter le Pythagore ou le Chateaubriand qui dort en eux. Ils les abrutissent de leçons particulières, de cours de piano, de tennis, de vacances à l'étranger dans des collèges huppés et les gamins, épuisés, dorment en classe ou vous répondent comme si vous étiez leur larbin…

– Vraiment ?

– Et quand vous tentez de rappeler aux parents que ce ne sont encore que des enfants, ils vous prennent de haut et vous affirment que les autres peut-être mais le leur, sûrement pas ! Mozart avait sept ans lorsqu'il écrivit sa *Petite Musique de nuit* – une ritournelle assommante entre nous – et leur progéniture, c'est du Mozart ! Pas plus tard qu'hier, j'ai eu une prise de bec avec un père, un banquier bardé de diplômes et de décorations, qui se plaignait que son fils n'ait que quatorze de moyenne. Tiens ! Il est dans le même groupe que Zoé… Je lui ai fait remarquer que c'était déjà bien, il m'a regardée comme si je l'avais insulté. Son fils ! La chair de sa chair ! Seulement quatorze de moyenne ! J'ai senti le napalm dans son haleine. Vous savez, c'est dangereux d'être prof aujourd'hui et ce n'est pas tant les enfants que je redoute, que les parents !

Elle avait éclaté de rire en donnant une claque sur son chapeau afin que le vent ne l'emporte pas.

Arrivées devant l'immeuble de Joséphine, elles avaient dû se séparer.

– J'habite un peu plus loin, avait dit madame Berthier en montrant une rue sur la gauche. Je veillerai sur Zoé, promis !

Elle avait fait quelques pas puis s'était retournée.

– Et demain, mettez votre chapeau ! Comme ça, on se reconnaîtra, même de loin. On ne peut pas le manquer !

C'est sûr, pensa Joséphine : il se dressait tel un cobra en dehors de son panier ; elle s'attendait à ce que le son d'une flûte résonne et qu'il se mette à onduler. Elle avait ri, avait fait signe que promis, elle sortirait avec son bibi à soufflets dès le lendemain. Elle verrait bien si Luca l'apprécierait.

Ils se voyaient régulièrement depuis un an et se vouvoyaient toujours. Deux mois auparavant, à la rentrée de septembre, ils avaient essayé de se tutoyer, mais c'était trop tard. C'était comme s'ils avaient introduit deux inconnus dans leur intimité. Deux personnes qui se disaient « tu » et qu'ils ne connaissaient pas. Ils avaient repris le vouvoiement qui, s'il surprenait, leur convenait tout à fait. Leur manière de vivre à deux leur convenait aussi : chacun chez soi, une indépendance pointilleuse. Luca écrivait un ouvrage d'érudition pour un éditeur universitaire : une histoire des larmes du Moyen Âge à nos jours. Il passait la plupart de son temps en bibliothèque. À trente-neuf ans, il vivait comme un étudiant, habitait un studio à Asnières, une bouteille de Coca et un morceau de pâté se morfondaient dans son frigo, il ne possédait ni voiture ni télévision et portait, quel que soit le temps, un duffle-coat bleu marine qui lui servait de seconde maison. Il transportait dans ses larges poches tout ce dont il avait besoin dans la journée. Il avait un frère jumeau, Vittorio, qui le tourmentait. Joséphine n'avait qu'à observer la ride entre ses yeux pour savoir si les nouvelles du frère étaient bonnes ou mauvaises. Quand le sillon se creusait, l'orage s'annonçait. Elle ne posait pas de questions. Ces jours-là, Luca restait muet, sombre. Il prenait sa main, la plaçait dans sa poche de duffle-coat avec les clés, les stylos, les carnets, les bonbons pour la gorge, les tickets de métro, le portable, les paquets de Kleenex, le portefeuille en vieux cuir rouge. Elle avait appris à reconnaître chaque objet du bout des doigts. Elle parvenait même à identifier la marque des sachets de bonbons. Ils se voyaient le soir, quand Zoé dormait chez une amie ou en fin de semaine, quand elle partait rejoindre son cousin Alexandre à Londres.

Un vendredi sur deux, Joséphine conduisait Zoé à la gare du Nord. Philippe et Alexandre, son fils, venaient la chercher à Saint Pancras. Philippe avait offert à Zoé un abonnement sur l'Eurostar et Zoé partait, impatiente de retrouver sa chambre dans l'appartement de son oncle à Notting Hill.

– Parce que tu as ta propre chambre là-bas ? s'était exclamée Joséphine.

– J'ai même une penderie avec plein de vêtements pour pas que je trimbale de valise ! Il pense à tout, il est trop bien, Philippe, comme tonton !

Joséphine reconnaissait dans cette attention la délicatesse et la générosité de son beau-frère. Chaque fois qu'elle avait un problème, qu'elle hésitait devant une décision à prendre, elle appelait Philippe.

Il répondait toujours je suis là, Jo, tu peux tout me demander, tu le sais bien. Elle entendait son ton bienveillant, elle était aussitôt rassurée. Elle se serait bien attardée dans la chaleur de cette voix, dans la tendresse qu'elle devinait derrière le léger changement d'intonation qui suivait son « Allô, Philippe, c'est Jo », mais un avertissement montait en elle attention, danger ! C'est le mari de ta sœur ! Garde tes distances, Joséphine !

Antoine, son mari, le père de ses deux filles, était mort six mois auparavant. Au Kenya. Il y dirigeait un élevage de crocodiles pour le compte d'un homme d'affaires chinois, monsieur Wei, avec lequel il s'était associé. Ses affaires périclitaient, il s'était mis à boire, avait entamé un étrange dialogue avec les reptiles qui le narguaient en refusant de se reproduire, déchiquetaient leurs grillages de protection, et dévoraient les employés. Il passait ses nuits à déchiffrer les yeux jaunes des crocodiles qui flottaient sur les étangs. Il voulait leur parler, s'en faire des amis. Une nuit, il s'était immergé dans l'eau et avait été happé par l'un d'eux. C'est Mylène qui lui avait raconté la fin tragique d'Antoine. Mylène, la maîtresse d'Antoine, celle qu'il avait choisie pour l'accompagner dans son aventure au Kenya. Celle pour qui il l'avait quittée. Non ! Il ne m'a pas quittée pour elle, il m'a quittée parce qu'il n'en pouvait plus de ne pas avoir de travail, de traîner toute la journée, de dépendre de mon salaire pour vivre.

Mylène a été un prétexte. Un échafaudage pour se reconstruire.

Joséphine n'avait pas eu le courage de dire à Zoé que son père était mort. Elle lui avait expliqué qu'il était parti explorer d'autres parcs à crocodiles en pleine jungle, sans portable, qu'il ne tarderait pas à donner des nouvelles. Zoé hochait la tête et répondait : « Alors maintenant, je n'ai plus que toi, maman, faudrait pas qu'il t'arrive quelque chose », et elle touchait du bois pour éloigner ce malheur. « Mais non, il ne m'arrivera rien, je suis invincible comme la reine Aliénor d'Aquitaine qui a vécu jusqu'à soixante-dix-huit ans sans faiblir ni gémir ! » Zoé réfléchissait un instant et reprenait, pratique : « Mais s'il t'arrivait quelque chose, maman, je ferais quoi ? Je pourrai jamais retrouver papa toute seule, moi ! » Joséphine avait songé à lui envoyer des cartes postales signées « Papa », mais répugnait à devenir faussaire. Un jour ou l'autre, il faudrait bien lui dire la vérité. Ce n'était jamais le bon moment. Et d'ailleurs, y avait-il un moment idéal pour annoncer à une adolescente de treize ans et demi que son père était mort dans la gueule d'un crocodile ? Hortense l'avait appris. Elle avait pleuré, agressé Joséphine, puis avait décrété que c'était mieux comme ça, son père souffrait trop de ne pas réussir sa vie. Hortense n'aimait pas les émotions, elle trouvait que c'était une perte de temps, d'énergie, une complaisance suspecte qui ne menait qu'à l'apitoiement. Elle avait un seul but dans la vie : réussir, et personne, personne ne pourrait l'en détourner. Elle aimait son père, certes, mais elle ne pouvait rien pour lui. Chacun est responsable de son destin, il avait perdu la main, il en avait payé le prix.

Déverser des torrents de larmes sur lui ne l'aurait pas ressuscité.

C'était en juin dernier.

Il semblait à Joséphine qu'une éternité était passée.

Son bac en poche, mention « Très bien », Hortense était partie étudier en Angleterre. Parfois, elle rejoignait Zoé chez Philippe et passait le samedi avec eux mais, la plupart du temps, elle arrivait en coup de vent, embrassait sa petite sœur et repartait aussitôt. Elle s'était inscrite au Saint Martins College à Londres et travaillait d'arrache-pied. « C'est la meilleure école de stylisme du monde, assurait-elle à sa mère. Je sais, ça coûte cher mais on a les moyens, maintenant, non ? Tu verras, tu ne regretteras pas ton investissement. Je vais devenir une styliste mondialement connue. » Hortense n'en doutait pas. Joséphine non plus. Elle faisait toujours confiance à sa fille aînée.

Que d'événements en près d'un an ! En quelques mois, ma vie a été bouleversée. J'étais seule, abandonnée par mon mari, maltraitée par ma mère, poursuivie par mon banquier, assaillie par les dettes, je venais de finir d'écrire un roman pour ma sœur, pour que ma chère sœur, Iris Dupin, signe le livre et puisse briller en société.

Et aujourd'hui…

Aujourd'hui, les droits de mon roman ont été achetés par Scorsese et on parle de Nicole Kidman pour incarner Florine, mon héroïne. On ne compte plus les traductions étrangères et je viens de recevoir mon premier contrat en chinois.

Aujourd'hui, Philippe vit à Londres avec Alexandre. Iris dort dans une clinique de la région parisienne, soignée pour une dépression.

Aujourd'hui, je cherche un sujet pour mon deuxième roman car l'éditeur m'a convaincue d'en écrire un autre. Je cherche, je cherche et je ne trouve pas.

Aujourd'hui, je suis veuve. Le décès d'Antoine a été établi par la police locale, déclaré à l'ambassade de France de Nairobi et reporté au ministère des Affaires étrangères en France. Je suis Joséphine Plissonnier, veuve Cortès. Je peux, sans pleurer, penser à Antoine, à sa mort affreuse.

Aujourd'hui, j'ai refait ma vie : j'attends Luca pour aller au cinéma. Luca aura acheté *Pariscope* et on choisira ensemble un film. C'est toujours Luca qui choisissait, mais il faisait semblant de lui laisser l'initiative. Elle mettrait sa tête sur son épaule, sa main dans sa poche et elle dirait : « Choisissez, vous. » Il dirait : « D'accord, je choisis, mais vous ne vous plaindrez pas ensuite ! »

Elle ne se plaignait jamais. Elle s'étonnait toujours qu'il prenne du plaisir à être avec elle. Quand elle dormait chez lui, qu'elle le sentait assoupi contre elle, elle s'amusait à fermer les yeux longuement puis à les rouvrir pour découvrir, comme si elle ne l'avait jamais vu, le décor austère de son studio, la lumière blanche qui filtrait à travers les lamelles des stores, les piles de livres entassés à même le sol. Au-dessus de chaque pile, une main distraite avait posé une assiette, un verre, un couvercle de casserole, un journal qui menaçait de glisser. Un appartement de vieux garçon. Elle savourait son état de maîtresse des lieux. C'est chez lui, et c'est moi qui dors dans son lit. Elle se serrait contre lui, embrassait furtivement la main, une main sèche comme un sarment de vigne noir, passée sous sa taille. J'ai un amant. Moi, Joséphine Plissonnier, veuve Cortès, j'ai un amant. Ses oreilles rougirent et elle glissa un regard circulaire dans le café pour vérifier que personne ne l'observait. Pourvu qu'il aime mon chapeau ! S'il fronce le nez, je l'écrase et j'en fais un béret. Ou je le roule dans ma poche et ne le remets plus jamais.

Son regard revint sur le paquet. Elle défit la ficelle grossière et relut l'adresse. Madame Joséphine Cortès. Ils n'avaient pas eu le temps de divorcer. En auraient-ils eu le courage ? Mari et femme. On ne se marie pas que pour le meilleur, on se marie pour les erreurs, les faiblesses, les mensonges, les dérobades. Elle n'était plus amoureuse d'Antoine, mais il restait son mari, le père d'Hortense et de Zoé.

Elle ôta délicatement le papier, regarda encore une fois les timbres – irait-elle les donner à l'employée de la poste ? –, entrouvrit la boîte à chaussures. Une lettre était posée sur le dessus.

Madame,

Voici ce que nous avons retrouvé d'Antoine Cortès, votre mari, après ce malencontreux accident qui lui coûta la vie. Soyez certaine que nous compatissons tous et que nous gardons un chaleureux souvenir de ce compagnon et collègue toujours prêt à rendre service et à payer une tournée. La vie ne sera plus jamais la même sans lui et sa place au bar restera vide en gage de fidélité.

Ses amis et collègues du Crocodile Café à Mombasa.

Suivaient les signatures, toutes illisibles, d'anciennes connaissances d'Antoine. Même si elle avait pu les déchiffrer, cela ne l'aurait guère avancée : elle n'en connaissait aucune.

Joséphine replia la lettre et écarta le papier journal qui enveloppait les effets d'Antoine. Elle retira une montre de plongée, une belle montre au large cadran noir entouré d'une rosace de chiffres romains et arabes, une chaussure de sport orange taille 39 – il souffrait d'avoir de petits pieds –, une médaille de baptême qui représentait un angelot de profil, posant son menton sur le dos de sa main ; au dos de la médaille était gravé son prénom suivi de sa date de naissance, le 26 mai 1963. Enfin, scotchée sur un morceau de carton jauni, une longue mèche de cheveux châtains accompagnée d'une légende gribouillée à la main : « Cheveux d'Antoine Cortès, homme d'affaires français. » Ce fut cette mèche de cheveux qui bouleversa Joséphine. Le contraste entre ces cheveux fins, soyeux, et l'allure que voulait se donner Antoine. Il n'aimait pas son prénom, il préférait Tonio. Tonio Cortès. Ça avait de l'allure. Une allure de matamore, de grand chasseur de fauves, d'homme qui ne craint rien alors qu'il était habité par la peur de ne pas y arriver, de ne pas être à la hauteur.

Ses doigts effleurèrent la mèche de cheveux. Mon pauvre Antoine, tu n'étais pas fait pour ce monde-là, mais pour un monde feutré, léger, un monde d'opérette où l'on peut bomber le torse en toute impunité, un monde où tes rodomontades auraient effrayé les crocodiles. Ils n'ont fait qu'une bouchée de toi. Pas seulement les reptiles immergés dans les marécages. Tous les crocodiles de la vie qui ouvrent leurs mâchoires pour nous dévorer. Le monde est rempli de ces sales bêtes.

C'est tout ce qu'il restait d'Antoine Cortès : une boîte en carton qu'elle tenait sur ses genoux. En fait, elle avait toujours tenu son mari sur ses genoux. Elle lui avait donné l'illusion d'être le chef, mais avait toujours été responsable.

— Et pour vous, ma petite dame, ce sera quoi ?

Le garçon, planté devant elle, attendait.

— Un Coca light, s'il vous plaît.

Le garçon repartit d'un pas élastique. Il fallait qu'elle fasse de l'exercice. Elle s'empâtait. Elle avait choisi cet appartement pour aller courir dans les allées du bois de Boulogne. Elle se redressa, rentra le ventre et se promit de rester droite pendant de longues minutes afin de se muscler.

Des passants flânaient sur le trottoir. D'autres les dépassaient en les bousculant. Ils ne s'excusaient pas. Un couple de jeunes marchait, enlacés. Le garçon avait passé son bras sur l'épaule de la fille qui tenait des livres contre sa poitrine. Il lui murmurait quelque chose à l'oreille et elle l'écoutait.

Quel va être le sujet de mon prochain roman ? Le situer aujourd'hui ou dans mon cher XIIᵉ siècle ? Lui, au moins, je le connais. Je connais la sensibilité de cette époque, les codes amoureux, les règles de la vie en société. Qu'est-ce que je sais de la vie d'aujourd'hui ? Pas grand-chose. J'apprends, en ce moment. J'apprends les rapports avec les autres, les rapports avec l'argent, j'apprends tout. Hortense en sait plus que moi. Zoé est encore une enfant même si elle change à vue d'œil. Elle rêve de ressembler à sa sœur. Moi aussi, quand j'étais enfant, ma sœur était mon modèle.

J'idolâtrais Iris. Elle était mon maître à penser. Aujourd'hui, elle dérive dans la pénombre d'une chambre de clinique. Ses grands yeux bleus abritent un regard devenu désert. Elle m'effleure d'un œil tandis que l'autre s'échappe dans un vague ennui. Elle m'écoute à peine. Une fois, alors que je l'engageais à faire un effort avec le personnel, si attentionné envers elle, elle m'a répondu : « Comment veux-tu que j'arrive à vivre avec les autres quand je n'arrive pas à vivre avec moi-même ? » – et sa main était retombée, inerte, sur la couverture.

Philippe venait la voir. Il payait les notes des médecins, il payait la note de la clinique, il payait le loyer de leur appartement à Paris, il payait le salaire de Carmen. Chaque jour, Carmen, duègne fidèle et entêtée, faisait des bouquets pour Iris qu'elle lui apportait après une heure et demie de transports en commun et deux changements d'autobus. Iris, incommodée par l'odeur des fleurs, les renvoyait et elles fanaient devant sa porte. Carmen achetait des petits gâteaux au thé chez Mariage Frères, installait la couverture en cachemire rose sur le lit blanc, disposait un livre à portée de main, vaporisait un parfum d'intérieur léger et attendait. Iris dormait. Carmen repartait vers dix-huit heures sur la pointe des pieds. Elle revenait le lendemain, chargée de nouvelles offrandes. Joséphine souffrait du dévouement silencieux de Carmen et du silence d'Iris.

– Fais-lui un signe, dis-lui quelques mots… Elle vient chaque jour et tu ne la regardes pas. Ce n'est pas gentil.

– Je n'ai pas à être gentille, Joséphine, je suis malade. Et puis elle me fatigue avec son amour. Laisse-moi tranquille !

Quand elle n'était pas désabusée, quand elle reprenait un peu de vie et de couleurs, elle pouvait se montrer très méchante. La dernière fois que Joséphine était allée lui rendre visite, le ton, au début neutre, anodin, était monté très vite.

– Je n'ai eu qu'un seul talent, avait déclaré Iris en se contemplant dans un petit miroir de poche qui se trouvait en permanence sur sa table de chevet, j'ai été jolie. Très jolie. Et même ça, c'est en train de m'échapper ! Tu as vu cette ride, là ? Elle n'existait pas hier soir. Et demain, il y en aura une autre et une autre et une autre…

Elle avait reposé le miroir en le faisant claquer sur le dessus de la table en Formica et avait lissé ses cheveux noirs coupés en un carré net et court. Une coiffure qui la rajeunissait de dix ans.

– J'ai quarante-sept ans et j'ai tout raté. Ma vie de femme, ma vie de mère, ma vie tout court… Et tu voudrais que j'aie envie de me réveiller ? Pour quoi faire ? Je préfère dormir.

– Mais Alexandre ? avait soufflé Joséphine, sans croire elle-même à l'argument qu'elle avançait.

– Ne te fais pas plus bête que tu ne l'es, Jo, tu sais très bien que je n'ai jamais été une mère pour lui. J'ai été une apparition, une connaissance, je ne pourrais même pas dire une copine : je m'ennuyais en sa compagnie et je le soupçonne aussi de s'être ennuyé avec moi. Il est plus proche de toi, sa tante, que de moi, sa mère, alors…

La question qui brûlait les lèvres de Joséphine et

28

qu'elle n'osait pas poser concernait Philippe. Tu n'as pas peur qu'il refasse sa vie avec une autre ? Tu n'as pas peur de te retrouver toute seule ? Cela aurait été trop brutal.

– Essaie alors de devenir un être humain bien…, avait-elle conclu. Il n'est jamais trop tard pour devenir quelqu'un de bien.

– Qu'est-ce que tu peux être chiante, Joséphine ! On dirait une bonne sœur égarée dans un bordel qui essaie de sauver les âmes perdues ! Tu viens jusqu'ici me donner des leçons. La prochaine fois, épargne-toi le déplacement et reste chez toi. Il paraît que tu as déménagé ? Dans un bel appartement, dans un beau quartier. C'est notre chère mère qui me l'a appris. Entre parenthèses, elle meurt d'envie d'aller te rendre visite, mais refuse de t'appeler la première.

Elle avait eu un faible sourire, un sourire méprisant. Ses grands yeux bleus, qui prenaient toute la place dans son visage depuis qu'elle était malade, s'étaient assombris d'une humeur jalouse, méchante.

– Tu as de l'argent, maintenant. Beaucoup d'argent. Grâce à moi. C'est moi qui ai fait le succès de ton livre, ne l'oublie jamais. Sans moi, tu aurais été incapable de trouver un éditeur, incapable de répondre à un journaliste, de te mettre en scène, de te faire scalper en direct pour attirer l'attention sur toi ! Alors épargne-moi tes sermons et profite de cet argent. Qu'il serve au moins à l'une de nous deux !

– Tu es injuste, Iris.

Elle s'était redressée. Une mèche de cheveux noirs échappés du carré parfait pendait devant ses yeux. Elle avait crié, pointant son doigt vers Joséphine :

– On avait passé un pacte ! Je te donnais tout l'argent et tu me laissais la gloire ! Moi, j'ai respecté notre marché. Pas toi ! Toi, tu as voulu les deux : l'argent ET la gloire !

– Tu sais très bien que ce n'est pas vrai. Je ne voulais

rien du tout, Iris, rien du tout. Je ne voulais pas écrire le livre, je ne voulais pas l'argent du livre, je voulais juste pouvoir élever Hortense et Zoé de manière décente.

– Ose me dire que tu n'as pas télécommandé cette petite peste d'Hortense pour aller me dénoncer en direct à la télévision ! « Ce n'est pas ma tante qui a écrit le livre, c'est ma mère… » Ose le dire ! Ah ! Ça t'a bien arrangée qu'elle vienne tout déballer ! Tu t'es drapée dans ta dignité et tu as tout récupéré, tu as même eu ma peau. Si je suis là, aujourd'hui, dans ce lit à crever à petit feu, c'est de ta faute, Joséphine, de ta faute !

– Iris… Je t'en prie…

– Et ça te suffit pas ? Tu viens me narguer ! Qu'est-ce qu'il te faut encore ? Mon mari ? Mon fils ? Mais prends-les, Joséphine, prends-les !

– Tu ne peux pas penser ce que tu dis. C'est impossible. On s'est tellement aimées toutes les deux, en tout cas, moi, je t'ai aimée et je t'aime encore.

– Tu me dégoûtes, Jo. J'ai été ta plus fidèle alliée. J'ai toujours été là, toujours payé pour toi, toujours veillé sur toi. La seule fois où je te demande de faire quelque chose pour moi, tu me trahis. Parce que tu t'es bien vengée ! Tu m'as déshonorée ! Pourquoi crois-tu que je reste enfermée dans cette clinique à somnoler, abrutie de somnifères ? Parce que je n'ai pas le choix ! Si je sors, tout le monde me montrera du doigt. Je préfère crever ici. Et ce jour-là, tu auras ma mort sur la conscience et on verra bien comment tu feras pour vivre. Parce que je te lâcherai pas ! Je viendrai te tirer par les pieds la nuit, tes petits pieds chauds enlacés aux grands pieds froids de mon mari que tu guignes en secret. Tu crois que je le sais pas ? Tu crois que j'entends pas les trémolos dans sa voix quand il parle de toi ? Je ne suis pas totalement abrutie. J'entends son attirance. Je t'empêcherai de dormir, je t'empêcherai de tremper tes lèvres dans les coupes de champagne qu'il te tendra et, quand il posera ses lèvres sur ton épaule, je te mordrai, Joséphine !

Ses bras décharnés dépassaient de sa robe de chambre, ses mâchoires crispées roulaient deux petites boules dures sous la peau, ses yeux brûlaient de la haine la plus féroce que jamais femme jalouse jeta sur une rivale. Ce fut cette jalousie, cette haine de fauve qui glaça Joséphine. Elle murmura, comme si elle se faisait un aveu à elle-même :

– Mais tu me hais, Iris…

– Enfin, tu comprends ! Enfin, on ne va plus être obligées de jouer la comédie des sœurs qui s'aiment !

Elle criait en secouant violemment la tête. Puis baissant la voix, ses yeux brûlants plantés dans ceux de sa sœur, elle lui fit signe de partir.

– Va-t'en !

– Mais Iris…

– Je ne veux plus te voir. Pas la peine de revenir ! Bon débarras !

Elle appuya sur la sonnette pour appeler l'infirmière et se laissa tomber sur ses oreillers, les mains plaquées sur les oreilles, sourde à toute tentative de Joséphine pour relancer le dialogue et faire la paix.

C'était trois semaines auparavant.

Elle n'en avait parlé à personne. Ni à Luca, ni à Zoé, ni à Hortense, ni même à Shirley qui n'avait jamais aimé Iris. Joséphine n'avait pas besoin qu'on fasse le procès de sa sœur dont elle connaissait les qualités et les défauts.

Elle m'en veut, elle m'en veut d'avoir pris la première place, celle qui lui revenait de droit. Ce n'est pas moi qui ai poussé Hortense à tout révéler au grand jour, ce n'est pas moi qui ai rompu le contrat. Mais comment faire accepter la vérité à Iris ? Elle était trop meurtrie pour l'entendre. Elle accusait Joséphine d'avoir détruit sa vie. Il est plus facile d'accuser les autres que de se remettre en cause. C'est Iris qui avait eu l'idée de faire écrire un roman à Joséphine qu'elle signerait, elle qui l'avait appâtée en lui donnant tout l'argent du livre – elle avait tout manigancé. Joséphine s'était laissé manœuvrer. Elle était faible face à sa sœur. Mais où réside précisément la limite entre la faiblesse et la lâcheté ? La faiblesse et la duplicité ? N'avait-elle pas été heureuse quand Hortense avait déclaré à la télévision que le vrai auteur d'*Une si humble reine* était sa mère et non sa tante ? J'ai été bouleversée, c'est vrai, mais plus par la démarche d'Hortense qui, à sa façon, me disait qu'elle m'aimait, qu'elle m'estimait que par le fait d'être réhabilitée en tant qu'écrivain. Je me fiche de ce roman. Je me fiche de cet argent. Je me fiche de ce succès. Je voudrais que tout redevienne comme avant. Qu'Iris m'aime, qu'on parte en vacances toutes les deux, qu'elle soit la plus jolie, la plus brillante, la plus élégante, je voudrais qu'on s'écrie en chœur « Cric et Croc croquèrent le Grand Cruc qui croyait les croquer », comme quand on était petites. Je voudrais redevenir celle qui compte pour du beurre. Je ne suis pas à l'aise dans mes nouveaux habits de femme qui réussit.

C'est alors qu'elle aperçut son reflet dans la glace du café.

D'abord, elle ne se reconnut pas.

C'était Joséphine Cortès, cette femme-là ?

Cette femme élégante, dans ce beau manteau beige à larges revers de velours brun glacé ? Cette belle femme aux cheveux de castor brillants, à la bouche bien dessinée, aux yeux remplis d'une lumière étonnée ? C'était elle ? Le chapeau à soufflets joufflus crânait et signait la nouvelle Joséphine. Elle lança un regard à cette parfaite étrangère. Enchantée de faire votre connaissance. Que vous êtes jolie ! Que vous semblez belle et libre ! Je voudrais tellement vous ressembler, je veux dire, être à l'intérieur aussi belle et lumineuse que le reflet qui danse sur la glace. Là, à vous regarder, j'ai l'impression étrange d'être double : vous et moi. Et pourtant nous ne faisons qu'une.

Elle regarda le verre de Coca posé devant elle. Elle n'y avait pas touché. Les glaçons avaient fondu formant une buée sur les parois du verre. Elle hésita à y imprimer la marque de ses doigts. Pourquoi ai-je commandé un Coca ? Je déteste le Coca. Je déteste les bulles qui remontent dans le nez en mille fourmis rouges. Je ne sais jamais quoi commander dans un café, alors je dis Coca comme tout le monde ou café. Coca, café, Coca, café.

Elle leva la tête vers l'horloge de la brasserie : sept heures et demie ! Luca n'était pas venu. Elle sortit son portable de son sac, composa son numéro, tomba sur son répondeur qui énonçait « Giambelli » en détachant les syllabes et laissa un message. Ils ne se verraient pas ce soir.

Cela valait peut-être mieux. Chaque fois qu'elle revivait cette scène terrible avec sa sœur, elle sentait le désespoir l'envahir et ses forces la déserter. Elle n'avait plus envie de rien. Envie d'aller s'asseoir sur le trottoir et de regarder passer des inconnus, les parfaits étrangers de la rue. Dès qu'on aime quelqu'un, faut-il obligatoirement souffrir ? Est-ce la rançon à payer ? Elle ne savait qu'aimer. Elle ne savait pas se faire aimer. C'était deux choses bien différentes.

– Vous ne buvez pas votre Coca, ma petite dame ? demanda le garçon en faisant rebondir son plateau sur ses cuisses. Il a mauvais goût ? C'est pas un bon cru ? Vous voulez que je vous le change ?

Joséphine sourit faiblement et secoua la tête.

Joséphine décida de ne plus attendre. Elle irait rejoindre Zoé et dînerait avec elle. En partant, elle lui avait laissé un repas froid sur la table de la cuisine, un blanc de poulet avec une salade de haricots verts, un petit-suisse aux fruits, et un mot : « Je suis au cinéma avec Luca, je serai de retour vers vingt-deux heures. Je viendrai te faire un baiser avant que tu t'endormes, je t'aime, ma beauté, mon amour, Maman. » Elle n'aimait pas la laisser seule le soir, mais Luca avait insisté pour la voir. « Il faut que je vous parle, Joséphine, c'est important. » Joséphine fronça les sourcils. Il avait prononcé ces mots-là, elle avait oublié.

Elle composa le numéro de la maison. Annonça à Zoé que finalement, elle rentrait dîner, puis fit signe au garçon de lui apporter la note.

– Elle est sous la soucoupe, ma petite dame. Décidément vous n'avez pas l'air dans votre assiette !

Elle lui laissa un généreux pourboire et sortit.

– Hé ! vous oubliez votre paquet !

Elle se retourna, le vit qui brandissait le colis d'Antoine. Elle l'avait laissé sur la chaise. Et si j'étais une sans-cœur ? J'oublie les restes d'Antoine, je trahis ma sœur, j'abandonne ma fille pour aller au cinéma avec mon amant et quoi encore ?

Elle prit le paquet et le plaça contre son cœur, sous son manteau.

– J'voulais vous dire... J'aime beaucoup votre galure ! lui lança le garçon.

Elle sentit ses oreilles rougir sous le chapeau.

Joséphine chercha un taxi, mais n'en vit aucun. C'était la mauvaise heure. L'heure à laquelle les gens regagnent leur domicile ou vont au restaurant, au cinéma, au théâtre. Elle décida de rentrer chez elle à pied. Il tombait une pluie fine et glacée. Elle referma ses bras sur le colis qu'elle tenait toujours sous son manteau. Qu'est-ce que je vais en faire ? Je ne peux pas le garder dans l'appartement. Si jamais Zoé le trouvait... J'irai le mettre à la cave.

Il faisait nuit noire. L'avenue Paul-Doumer était déserte. Elle longea le mur du cimetière d'un pas rapide. Aperçut la station-service. Seules les vitrines des magasins étaient éclairées. Elle déchiffrait les noms des rues qui traversaient l'avenue, essayait de les mémoriser. Rue Schlœsing, rue Pétrarque, rue Scheffer, rue de la Tour… On lui avait raconté que Brigitte Bardot avait accouché de son fils dans ce bel immeuble, à l'angle de la rue de la Tour. Elle avait passé toute sa grossesse enfermée chez elle, les rideaux tirés : il y avait des photographes sur chaque branche d'arbre, sur chaque balcon. Les appartements voisins avaient été loués à prix d'or. Elle était prisonnière chez elle. Et si d'aventure elle sortait, une mégère la poursuivait dans l'ascenseur, la menaçait de lui crever les yeux avec une fourchette, la traitait de salope. Pauvre femme, pensa Joséphine, si c'est la rançon de la célébrité, autant rester inconnu. Après le scandale provoqué par Hortense à la télévision, des journalistes avaient essayé d'approcher Joséphine, de la photographier. Elle était partie rejoindre Shirley à Londres et, de là, elles s'étaient enfuies à Moustique, dans la grande maison blanche de Shirley. À son retour, elle avait déménagé et avait réussi à rester anonyme. On connaissait son nom, mais aucune photo d'elle n'avait paru dans la presse. Parfois, quand elle disait Joséphine Cortès, C.O.R.T.È.S., un visage se relevait et la remerciait d'avoir écrit *Une si humble reine*. Elle ne recevait que des témoignages bienveillants, affectueux. Personne ne l'avait encore menacée avec une fourchette.

Au bout de l'avenue Paul-Doumer commençait le boulevard Émile-Augier. Elle habitait un peu plus loin, dans les jardins du Ranelagh. Elle aperçut un homme qui faisait des tractions, suspendu à une branche. Un homme élégant, en imperméable blanc. C'était cocasse de le voir ainsi, si élégant, accroché à une branche, montant et descendant en tirant sur ses bras. Elle ne voyait pas son visage : il lui tournait le dos.

Ce pourrait être le début d'un roman. Un homme accroché à une branche. Il ferait nuit noire comme ce soir. Il aurait gardé son imperméable et se hisserait en comptant chaque effort. Les femmes se retourneraient sur lui en se dépêchant de regagner leur logis. Allait-il se pendre ou se jeter à l'assaut d'un passant ? Un désespéré ou un meurtrier ? C'est alors que l'histoire commencerait. Elle faisait confiance à la vie pour lui envoyer des indices, des idées, des détails qu'elle convertirait en histoires. C'est comme ça qu'elle avait écrit son premier livre. En ouvrant grand les yeux sur le monde. En écoutant, en observant, en reniflant. C'est comme ça aussi qu'on ne vieillit pas. On vieillit quand on s'enferme, quand on refuse de voir, d'entendre ou de respirer. La vie et l'écriture, ça va souvent ensemble.

Elle avança au milieu du parc. C'était une nuit sans lune, une nuit sans lumière aucune. Elle se sentit perdue dans une forêt hostile. La pluie brouillait les lumières des feux arrière des voitures, faibles lueurs qui jetaient un éclat incertain sur le parc. Une branche poussée par une rafale de vent vint lui frôler la main. Joséphine sursauta. Son cœur s'emballa et se mit à battre fort. Elle haussa les épaules et allongea le pas. Il ne peut rien se passer dans ces quartiers-là. Chacun est occupé chez soi à goûter une bonne soupe aux légumes frais ou à regarder la télé en famille. Les enfants ont pris leur bain, mis leur pyjama et coupent leur viande pendant que leurs parents racontent leur journée. Il n'y a pas de forcené qui déambule pour chercher querelle et sortir un couteau. Elle se força à penser à autre chose.

Cela ne ressemblait pas à Luca de ne pas l'avoir prévenue. Il était arrivé quelque chose à son frère. Quelque chose de grave pour qu'il oublie leur rendez-vous. « Il faut que je vous parle, Joséphine, c'est important. » À cette heure-ci, il devait se trouver dans un commissariat en train de tirer Vittorio d'un mauvais pas. Il laissait toujours tout tomber pour aller le retrouver. Vittorio refusait de la rencontrer, je n'aime pas cette fille, elle t'accapare, elle a l'air gourde, en plus. Il est jaloux, avait commenté Luca, amusé. Vous ne m'avez pas défendue quand il a dit que j'étais gourde ? Il avait souri et avait dit je suis habitué, il voudrait que je ne m'occupe que de lui, il n'était pas comme ça avant, il devient de plus en plus fragile, de plus en plus irritable, c'est pour ça que je ne veux pas que vous le voyiez, il pourrait être très désagréable et je tiens à vous, beaucoup. Elle n'avait retenu que la fin de la phrase et avait glissé sa main dans sa poche.

Ainsi ma chère mère voudrait venir inspecter mon nouvel appartement, mais refuse de l'avouer. Henriette Plissonnier n'appelait jamais la première. On lui devait respect et allégeance. Le soir où je lui ai tenu tête a été mon premier soir de liberté, mon premier acte d'indépendance. Et si tout avait commencé ce soir-là ? La statue de Grande Commandeuse avait été déboulonnée et Henriette Grobz avait chu, les quatre fers en l'air. Cela avait été le début des malheurs d'Henriette. Aujourd'hui, elle vivait seule dans le grand appartement que lui avait laissé, généreusement, Marcel Grobz, son mari. Il avait fui vers une compagne plus clémente à qui il avait fait un petit : Marcel Grobz junior. Il faudrait que j'appelle Marcel, songea Joséphine, qui avait plus de tendresse pour son beau-père que pour sa génitrice.

Les branches des arbres se balançaient, mimant une chorégraphie menaçante. On aurait dit le ballet de la Mort : de longues branches noires comme des haillons de sorcières. Elle frissonna. Un paquet de pluie glacée vint lui piquer les yeux, des petites aiguilles lui hachèrent le visage. Elle ne voyait plus rien. Il n'y avait qu'un seul réverbère qui éclairait sur les trois qui bordaient l'allée. Un pinceau de lumière blanche striée par la pluie montait vers le ciel. L'eau se dressait, débordait, retombait en brume fine. Elle jaillissait, tournoyait, se dérobait, se déchirait avant de réapparaître. Joséphine s'appliqua à suivre la traînée lumineuse jusqu'à ce qu'elle se perde dans le noir, repartit chercher une autre gerbe tremblante, attentive à suivre sa trajectoire de pluie.

Elle ne vit pas une silhouette se faufiler derrière elle.

Elle n'entendit pas les pas précipités de l'homme qui s'approchait.

Elle se sentit tirée en arrière, écrasée par un bras, bâillonnée par une main, pendant que de l'autre, un homme la frappait à plusieurs reprises en plein cœur. Elle pensa aussitôt qu'on voulait lui dérober son paquet. Son bras gauche réussit à maintenir le colis d'Antoine, elle se débattit, résista de toutes ses forces mais suffoqua. Elle étouffait, crachait et finit par tout lâcher en se laissant tomber à terre. Elle eut juste le temps d'apercevoir des semelles de chaussures de ville lisses, propres, qui la frappaient sur tout le corps. Elle se protégea de ses bras, se roula en boule. Le paquet glissa. L'homme sifflait des injures, salope, salope, enculée de mes fesses, sale conne, tu la ramèneras plus, tu prendras plus tes grands airs de pétasse, tu vas la fermer, connasse, tu vas la fermer ! Il martelait des obscénités en redoublant ses coups. Joséphine ferma les yeux. Demeura inerte, un filet de sang coulait de sa bouche, les semelles s'éloignèrent et elle resta allongée sur le sol.

Elle attendit longtemps, puis elle se redressa, s'appuya sur les mains, les genoux, se releva. Happa l'air. Aspira profondément. Constata que du sang coulait de sa bouche, de sa main gauche. Buta contre le colis resté à terre. Le ramassa. Le dessus du paquet était lacéré. Sa première pensée fut : Antoine m'a sauvée. Si je n'avais pas porté ce colis sur mon cœur, ce colis contenant les restes de mon mari, la chaussure de jogging à la semelle épaisse, je serais morte. Elle songea au rôle protecteur des reliques au Moyen Âge. On gardait sur soi, enfermés dans un médaillon ou une bourse en cuir, un bout de robe de sainte Agnès, une lamelle de semelle de saint Benoît et on était protégé. Elle posa ses lèvres sur le papier d'emballage et remercia saint Antoine.

Elle palpa son ventre, sa poitrine, son cou. Elle n'avait pas été blessée. Soudain, elle sentit une douleur cuisante dans la main gauche : il lui avait entaillé le dessus de la main qui saignait abondamment.

Elle avait si peur que ses jambes se dérobaient. Elle alla se réfugier derrière un gros arbre qui la dissimulait et, appuyée contre l'écorce humide et rêche, tenta de reprendre son souffle. Sa première pensée fut pour Zoé. Surtout ne rien lui dire, ne rien lui dire. Elle ne supporterait pas de savoir sa mère en danger. C'est un hasard, ce n'est pas moi qui étais visée, c'est un fou, ce n'est pas moi qu'il voulait tuer, ce n'est pas moi, c'est un fou, qui pourrait m'en vouloir au point de me tuer, ce n'est pas moi, c'est un fou. Les mots se heurtaient dans sa tête. Elle appuya sur ses genoux, vérifia qu'elle tenait debout et se dirigea vers la grande porte en bois verni qui marquait l'entrée de son immeuble.

Sur la table de l'entrée, Zoé avait laissé un mot : « Maman chérie, je suis à la cave avec Paul, un voisin. Je crois bien que je me suis fait un copain. »

Joséphine alla dans sa chambre et referma la porte. À bout de souffle. Elle enleva son manteau, le jeta sur le lit, ôta son pull, sa jupe, découvrit une traînée de sang sur la manche du manteau, deux longues déchirures verticales sur le pan gauche, le roula en boule, alla chercher un grand sac-poubelle, y enfouit tous ses vêtements et jeta le sac au fond de sa penderie. Elle s'en débarrasserait plus tard. Elle inspecta ses bras, ses jambes, ses cuisses. Il n'y avait aucune trace de blessure. Elle alla prendre une douche. En passant devant la grande glace fixée au-dessus du lavabo, elle porta la main à son front et s'aperçut dans le miroir. Livide. En sueur. Les yeux hagards. Elle toucha ses cheveux, chercha son chapeau. Elle l'avait perdu. Il avait dû rouler à terre. Elle fut submergée par les larmes. Devait-elle aller le rechercher afin de faire disparaître tout indice qui permettrait de l'identifier ? Elle ne s'en sentit pas le courage.

Il l'avait frappée. En pleine poitrine. Avec un couteau. Une lame fine. J'aurais pu mourir. Elle avait lu dans un journal qu'il y avait une quarantaine de serial killers en liberté en Europe. Elle s'était demandé combien il y en avait en France. Pourtant, les mots orduriers qu'il avait prononcés semblaient démontrer qu'il avait un compte à régler. « Tu la ramèneras plus, tu prendras plus tes grands airs de pétasse, tu vas la fermer, connasse, tu vas la fermer ! » Ils résonnaient, lancinants. Il a dû me prendre pour une autre. J'ai payé pour quelqu'un d'autre. Il fallait absolument qu'elle se dise ça, sinon la vie deviendrait impossible. Il lui faudrait se méfier de tout le monde. Elle aurait peur tout le temps.

Elle prit une douche, se lava les cheveux, les sécha, enfila un tee-shirt, un jean, se maquilla pour dissimuler d'éventuelles marques, mit un soupçon de rouge à lèvres, s'examina dans la glace en se forçant à sourire. Il ne s'est rien passé, Zoé ne doit rien savoir, prendre l'air gai, faire comme si de rien n'était. Elle ne pourrait en parler à personne. Obligée de vivre avec ce secret. Ou le dire à Shirley. Je peux tout dire à Shirley. Cette pensée la rasséréna. Elle souffla bruyamment, expulsant la tension, l'angoisse qui lui écrasait la poitrine. Avaler une dose d'arnica pour ne pas avoir de bleus. Dans l'armoire à pharmacie, elle prit un petit tube, le déboucha, versa la dose sous la langue, la laissa fondre. Peut-être alerter la police? Les prévenir qu'un meurtrier rôdait? Oui mais… Zoé le saurait. Ne rien dire à Zoé. Elle ouvrit la trappe de la baignoire, y cacha le colis d'Antoine.

Personne n'irait fouiller là.

Dans le salon, elle se servit un grand verre de whisky et partit rejoindre Zoé à la cave.

– Maman, je te présente Paul…

Un garçon de l'âge de Zoé, maigre comme un héron, une huppe de cheveux blonds crêpelés, le torse moulé dans un tee-shirt noir, s'inclina devant Joséphine. Zoé guettait le regard approbateur de sa mère.

– Bonjour, Paul. Tu habites dans l'immeuble? demanda Joséphine d'une voix blanche.

– Au troisième. Je m'appelle Merson. Paul Merson. J'ai un an de plus que Zoé.

Il semblait important, à ses yeux, de préciser qu'il était plus âgé que cette gamine qui le contemplait, les yeux mangés de dévotion.

– Et vous vous êtes rencontrés comment?

Elle faisait un effort pour parler comme si elle n'entendait pas les coups secs et hachés de son cœur.

– J'ai entendu du bruit dans la cave, ça faisait boum-boum, je suis descendue et j'ai trouvé Paul qui jouait de la batterie. Regarde, maman, il a aménagé sa cave en studio de musique.

Zoé invita sa mère à jeter un œil dans le studio de Paul. Il avait installé une batterie acoustique, une grosse caisse, une caisse claire, trois toms, un Charleston et deux cymbales. Un tabouret à vis noir complétait l'ensemble et des baguettes reposaient sur la caisse claire. Sur une chaise, étaient rangées des partitions.

Une ampoule se balançait au plafond, dispersant une lumière hésitante.

— Très bien, commenta Joséphine en se retenant pour ne pas éternuer, la poussière lui chatouillait les narines. Très beau matériel. Du vrai professionnel.

Elle disait n'importe quoi. Elle n'y connaissait rien.

— Normal. C'est une Tama Swingstar. Je l'ai eue pour Noël dernier et à Noël prochain, je vais avoir une Ride Giantbeat de chez Paiste.

Elle l'écoutait, impressionnée par la précision de ses réponses.

— Et la cave, tu l'as insonorisée ?

— Ben oui… Faut bien parce que ça fait du boucan quand je joue. Je répète ici et je vais jouer chez un copain qui a une maison à Colombes. Chez lui, on peut jouer sans gêner personne. Ici, les gens y râlent… Surtout le type d'à côté.

Il montra du menton la cave jouxtant la sienne.

— Peut-être que tu n'as pas assez insonorisé…, suggéra Zoé en regardant les murs de la cave recouverts d'un épais isolant blanc.

— Faut pas exagérer ! C'est une cave. On vit pas dans sa cave. Papa dit qu'il a fait le maximum, mais que ce mec est un râleur professionnel. Jamais content. D'ailleurs, à chaque réunion de copropriétaires, il s'engueule avec quelqu'un.

— Il a peut-être de bonnes raisons…

— Papa dit que non. Que c'est un emmerdeur. Il s'énerve pour un oui, pour un non. Si une voiture est garée sur un passage piétons, il devient hystérique ! Nous, on le connaît bien, ça fait dix ans qu'on habite ici, alors vous savez…

Il dodelina de la tête comme un adulte à qui on ne la fait pas. Il était plus grand que Zoé, mais il restait encore des traces d'enfance sur son visage et ses épaules étroites n'avaient pas encore pris l'ampleur de celles d'un homme.

– Merde ! le voilà ! aux abris ! murmura Paul.

Il referma la porte de la cave sur Zoé et lui. Joséphine vit arriver un homme de grande taille, très bien habillé, qui fendait l'air d'une allure de propriétaire comme si les couloirs de la cave lui appartenaient.

– Bonsoir, parvint-elle à déglutir en s'effaçant contre le mur.

– Bonsoir, fit l'homme qui passa à côté d'elle sans la voir.

Il était vêtu d'un costume de ville gris foncé et d'une chemise blanche. Le costume épousait chaque muscle d'un torse puissant, le nœud de cravate brillait, épais, et les manchettes immaculées de la chemise étaient fermées par deux perles grises. Il sortit des clés de sa poche, ouvrit la porte de sa cave et la referma derrière lui.

Paul réapparut quand il fut sûr que l'homme n'était plus là.

– Il a rien dit ?

– Non, répondit Joséphine. Il ne m'a même pas vue, je crois.

– C'est pas un marrant. Il perd pas son temps en bavardages.

– C'est ton père qui dit ça ? demanda Joséphine, amusée par le sérieux du garçon.

– Non. C'est maman. Elle connaît tout le monde dans l'immeuble. Il paraît qu'il a une cave vachement bien installée. Avec un atelier et tous les outils possibles ! Et chez lui, il a un aquarium. Très grand, avec des grottes, des plantes, des décors fluorescents, des îles artificielles. Mais pas de poissons dedans !

– Elle en sait des choses, ta maman ! déclara Joséphine, comprenant qu'elle en apprendrait beaucoup sur les habitants de l'immeuble en parlant avec Paul.

– Et encore elle a jamais été invitée chez lui ! Elle y est entrée une fois, quand ils étaient pas là, avec la concierge, parce que leur alarme s'était déclenchée et qu'il fallait bien l'arrêter. Il a été fou furieux quand il l'a appris. Personne va chez eux. Moi, je connais les enfants, eh bien, jamais ils m'invitent. Leurs parents veulent pas. Jamais ils descendent jouer dans la cour. Ils sortent quand les parents sont pas là, sinon ils sont bouclés chez eux ! Alors qu'au second, chez les Van den Brock, on est toujours invités et ils ont un grand écran qui fait tout le mur du salon avec deux enceintes et le son Dolby stéréo. Madame Van den Brock, quand il y a un anniversaire, elle fait des gâteaux et elle invite tout le monde. Moi, je suis copain avec Fleur et Sébastien, je pourrais les présenter à Zoé si elle veut.

– Ils sont sympas, eux ? demanda Joséphine.

– Oui, hyper-sympas. Lui, il est médecin. Et sa femme, elle chante dans les chœurs de l'Opéra. Elle a une super-belle voix. Elle fait souvent des vocalises et on l'entend dans l'escalier. Elle me demande toujours des nouvelles de ma musique. Elle m'a proposé de venir jouer sur son piano si je voulais. Fleur joue du violon, Sébastien du saxo…

– Moi aussi, je voudrais bien apprendre à jouer de quelque chose…, dit Zoé qui devait se sentir délaissée.

Elle levait sur Paul une figure soumise de petite fille défaillant à l'idée qu'on ne la regarde pas et ses yeux dorés, sous son buisson de cheveux auburn, lançaient des appels au secours.

– Tu n'as jamais joué d'un instrument ? demanda Paul, surpris.

– Ben non…, répondit Zoé, embarrassée.

– Moi, j'ai commencé par le piano, le solfège et tout le bataclan, pis j'en ai eu marre, je suis passé à la batterie. C'est plus fun pour faire un groupe…

– T'as un groupe ? Il s'appelle comment ?

– « Les Vagabonds ». C'est moi qui ai trouvé le nom… C'est bien, non ?

Joséphine assistait à l'échange entre les deux gamins et sentait le calme revenir en elle. Paul, si sûr de lui, ayant un avis sur tout, et Zoé, au bord du désespoir parce qu'elle n'arrivait pas à attirer son attention. Son visage était tendu, ses sourcils froncés, ses lèvres scellées en une moue désespérée. Joséphine l'entendait chercher dans sa tête comme on racle un fond de moule à gâteau des détails alléchants pour se faire mousser aux yeux du garçon. Elle avait beaucoup grandi pendant l'été, mais son corps s'attardait encore dans les replis doux et moelleux de l'enfance.

– Tu veux pas nous montrer un tout petit peu comment tu joues ? quémanda Zoé à bout d'arguments pour le séduire.

– Ce n'est peut-être pas le bon moment, intervint Joséphine. Elle montra des yeux la cave du voisin. Une autre fois, peut-être…

– Ah ! lâcha Zoé, désappointée.

Elle avait renoncé et traçait des grands cercles avec la pointe de sa chaussure.

– Maintenant c'est l'heure d'aller dîner, continua Joséphine, et je suis sûre que Paul aussi va bientôt remonter…

– J'ai déjà dîné. Il retroussa ses manches, s'empara des baguettes, ébouriffa ses cheveux et commença à ranger. Vous pouvez refermer la porte derrière vous, s'il vous plaît ?

– Salut Paul ! cria Zoé. À plus !

Elle lui fit un petit signe de la main à la fois timide et hardi, qui signifiait je voudrais bien qu'on se revoie… si tu es d'accord, bien sûr.

Il ne prit pas la peine de répondre. Il n'avait que quinze ans et refusait de se laisser éblouir par une fille à l'éclat indécis. Il était à cet âge délicat où on habite un corps qu'on ne connaît pas très bien, et où, pour se donner une contenance, on peut se montrer cruel sans le vouloir. La manière négligente dont il traitait Zoé démontrait qu'il entendait être le plus fort et que, s'il devait y avoir une victime, ce serait elle.

L'homme élégant au costume gris attendait devant l'ascenseur. Il s'effaça pour les laisser entrer les premières. Leur demanda à quel étage elles allaient et appuya sur le bouton du chiffre 5. Puis enfonça le bouton 4.

– Ainsi vous êtes les nouvelles venues…

Joséphine approuva.

– Bienvenue dans l'immeuble. Je me présente : Hervé Lefloc-Pignel. J'habite au quatrième.

– Joséphine Cortès et Zoé, ma fille. Nous habitons au cinquième. J'ai une autre fille, Hortense, qui vit à Londres.

– Je voulais habiter au cinquième, mais l'appartement n'était pas libre quand on s'est installés. Il était occupé par un couple de personnes âgées, monsieur et madame Legrattier. Ils sont morts tous les deux dans un accident de voiture. C'est un bel appartement. Vous avez de la chance.

On peut dire ça comme ça, pensa Joséphine, gênée par le ton expéditif de l'homme pour évoquer le décès des précédents propriétaires.

– Je l'ai visité quand il a été mis en vente, poursuivit-il, mais nous avons hésité à déménager. Aujourd'hui, je le regrette…

Il eut un sourire rapide puis se reprit. Il était très grand, austère. Le visage taillé à la serpe, tout en angles, en anfractuosités. Ses cheveux noirs, raides, séparés par une raie nette sur le côté retombaient en une mèche sur le front, ses yeux bruns étaient très écartés, ses sourcils dessinaient deux larges traits noirs, et son nez, un peu épaté, était cabossé sur le dessus. Ses dents très blanches révélaient un émail impeccable et les soins d'un excellent dentiste. Il est vraiment immense, se dit Joséphine, essayant de le jauger d'un œil discret, il doit mesurer plus d'un mètre quatre-vingt-dix. Large d'épaules, droit, le ventre plat. Elle l'imagina une raquette de tennis dans les bras, recevant un trophée. Un très bel homme. Il tenait un sac en tissu blanc qu'il portait bien à plat sur ses paumes de mains ouvertes.

– On a emménagé en septembre, juste au moment de la rentrée des classes. Ça a été un peu bousculé, mais maintenant ça va.

– Vous verrez, l'immeuble est très agréable, les gens plutôt accueillants et le quartier sans problème.

Joséphine fit une légère grimace.

– Vous ne trouvez pas ?

– Si, si, s'empressa de répondre Joséphine. Mais les allées ne sont pas très éclairées, le soir.

Elle eut soudain les tempes moites et sentit ses genoux trembler.

– C'est un détail. Le quartier est beau, paisible et nous ne sommes envahis ni par des bandes de jeunes désagréables, ni par ces graffitis qui défigurent les immeubles. J'aime tant la pierre blonde des immeubles parisiens, je ne supporte pas de la voir dégradée.

Sa voix s'était teintée de colère.

– Et puis il y a des arbres, des fleurs, des pelouses, on entend chanter les oiseaux tôt le matin, parfois on aperçoit un écureuil qui détale, c'est important pour les enfants de rester en contact avec la nature. Tu aimes les animaux ? demanda-t-il à Zoé.

Celle-ci gardait les yeux fixés au sol. Elle devait se souvenir de ce que lui avait dit Paul sur son voisin de cave et gardait ses distances, voulant rester solidaire de son nouveau copain.

– Tu as donné ta langue au chat ? demanda l'homme en se penchant vers elle avec un grand sourire.

Zoé secoua la tête négativement.

– Elle est timide, s'excusa Joséphine.

– Je suis pas timide, protesta Zoé. Je suis réservée.

– Oh ! s'exclama-t-il. Votre fille a du vocabulaire et le sens de la nuance !

– C'est normal, je suis en troisième.

– Comme mon fils Gaétan… Et tu vas à quelle école ?

– Rue de la Pompe.

– Comme mes enfants.

– Vous en êtes content ? demanda Joséphine qui craignait que le mutisme poli de Zoé ne devienne embarrassant.

– Certains professeurs sont excellents, d'autres incapables. Il faut alors que les parents comblent les manques des enseignants. Je vais à toutes les réunions de parents d'élèves. Je vous y verrai sûrement.

L'ascenseur était arrivé au quatrième et il sortit, portant son sac blanc avec soin, les bras tendus en avant. Il se retourna, s'inclina et leur fit un grand sourire.

– T'as vu, dit Zoé, ça bougeait dans le sac !

– Mais non ! Il a dû remonter un confit ou une cuisse de chevreau. Il doit avoir un congélateur dans sa cave. Cet homme est sûrement un chasseur. Tu as entendu comment il parlait de la nature ?

Zoé n'avait pas l'air convaincu.

– Je te dis que ça bougeait !

– Zoé, arrête d'inventer des histoires tout le temps !

– J'aime bien me raconter des histoires, moi. Ça rend la vie moins triste. Quand je serai grande, je serai écrivain, j'écrirai *Les Misérables*…

Elles dînèrent rapidement. Joséphine réussit à dissimuler les égratignures de sa main gauche. Zoé bâilla à plusieurs reprises en finissant son petit-suisse.

– Tu as sommeil, mon bébé… Va vite te coucher.

Zoé partit en titubant vers sa chambre. Quand Joséphine vint l'embrasser, elle dormait à moitié. Posé sur l'oreiller, usé par les nombreux passages en machine à laver, gisait son doudou. Zoé dormait toujours avec lui. Elle poussait même la ferveur jusqu'à demander à sa mère n'est-ce pas qu'il est beau, Nestor, maman ? Hortense dit qu'il est moche comme un pou boiteux ! Joséphine avait du mal à ne pas être d'accord avec Hortense, mais elle mentait héroïquement, essayant de traquer une once de beauté dans le chiffon informe, borgne et délavé. À son âge, elle devrait pouvoir s'en passer, se dit Joséphine, elle ne va jamais grandir sinon… Ses boucles auburn s'emmêlaient sur le drap blanc du lit, sa main reposait toute molle et, de son petit doigt, elle caressait ce qui était autrefois la jambe de Nestor et ressemblait à une grosse figue molle. Une couille, affirmait Hortense, ce qui arrachait des cris de dégoût à Zoé. Maman, maman, elle dit que Nestor a deux grosses couilles à la place des jambes !

Joséphine souleva la main de Zoé et joua avec les doigts en déposant un baiser sur chacun d'eux. Papa baiser, maman baiser, Hortense baiser, Zoé baiser, mais qui est donc le petit dernier ? c'était le rituel du coucher. Combien de temps encore sa fille lui accorderait-elle sa main pour réciter la ritournelle magique qui rendait les nuits douces et heureuses ? Elle sentit une triste tendresse l'étreindre. Zoé ressemblait encore à un bébé : joues rondes et rouges, petit nez, yeux étirés de chatte gourmande, fossettes et plis aux poignets. L'âge qu'on dit ingrat n'avait pas encore déformé son corps. Joséphine s'en était étonnée auprès de la pédiatre qui l'avait rassurée, ça va venir d'un coup, c'est une lente, votre petite fille. Elle prend son temps. Un matin, elle se réveillera et vous ne la reconnaîtrez plus. Elle aura des seins, elle tombera amoureuse, elle ne vous parlera plus. Profitez au lieu de vous inquiéter ! Et puis, elle n'a peut-être pas envie de grandir. J'en vois de plus en plus qui se raccrochent à l'enfance comme à une bassine de confiture.

Hortense, barbare affûtée, avait longtemps toisé cette petite sœur si fragile. L'une soumise, mendiant l'affection et la reconnaissance, l'autre intraitable, se taillant son chemin à coups de sabre. Zoé, limpide, tendre. Hortense, obscure, inflexible, dure. Avec mes deux filles, je ferais une huître parfaite. Hortense pour la carapace et Zoé à l'intérieur.

– Tu te sens bien dans ta nouvelle chambre, mon amour ?

– J'aime bien l'appartement, mais j'aime pas les gens, ici. J'aimerais bien retourner à Courbevoie. Les gens dans cet immeuble, ils sont bizarres...

– Ils sont pas bizarres, chérie, ils sont différents.

– Pourquoi ils sont différents ?

– À Courbevoie, tu connaissais tout le monde, tu avais des amis à chaque étage, c'était facile de se parler, de se rencontrer. On passait d'un appartement à l'autre. Sans cérémonial. Ici, ils sont plus...

Elle cherchait ses mots. La fatigue pesait sur ses paupières et l'engourdissait.

– Plus guindés, plus chics... Moins familiers.

– Tu veux dire qu'ils sont raides et froids ? Comme des cadavres.

– Je n'aurais pas employé ces mots-là, mais tu n'as pas tort, chérie.

– Le monsieur qu'on a vu dans l'ascenseur, je le sens tout froid à l'intérieur. On dirait qu'il a des écailles sur tout le corps pour pas qu'on l'approche et qu'il vit tout seul dans sa tête...

– Et Paul ? Tu trouves aussi qu'il est raide et froid ?

– Oh, non ! Paul...

Elle s'arrêta puis murmura dans un souffle :

– Paul, il a le zazazou, maman. J'aimerais bien être son amie.

50

– Mais tu vas devenir son amie, chérie…

– Tu crois que lui, il trouve que j'ai le zazazou?

– En tout cas, il t'a parlé, il t'a proposé de te présenter les Van den Brock. Ça veut dire qu'il veut te revoir et qu'il te trouve plutôt mignonne.

– T'es sûre? Moi, je trouve qu'il avait pas l'air si intéressé que ça. Les garçons, ils s'intéressent pas à moi. Hortense, elle, elle a le zazazou.

– Hortense a quatre ans de plus que toi. Attends d'avoir son âge et tu verras!

Zoé observa sa mère, pensive, comme si elle avait envie de la croire, mais que c'était trop difficile, pour elle, d'imaginer qu'elle pourrait un jour égaler sa sœur en séduction et en beauté. Elle préféra renoncer, soupira. Ferma les yeux et cala son visage contre l'oreiller en roulant la jambe de son doudou entre ses doigts.

– Maman, je veux pas devenir une grande personne. Parfois, si tu savais, j'ai tellement peur…

– De quoi?

– Je ne sais pas. C'est ça qui me fait encore plus peur.

Sa réflexion était tellement juste que Joséphine en fut effrayée.

– Maman… comment on sait qu'on est grande?

– Quand on peut prendre une décision très importante toute seule, sans rien demander à personne.

– Toi, t'es grande… T'es même très très grande!

Joséphine aurait aimé lui dire que souvent, elle doutait, souvent elle s'en remettait à la chance, au hasard, au lendemain. Elle décidait en suivant son instinct, tentait de corriger le tir si elle s'était trompée ou soufflait de soulagement si elle avait eu raison. Mais elle attribuait toujours sa réussite au hasard. Et si on ne devenait jamais définitivement grand? se dit-elle en caressant le nez, les joues, le front, les cheveux de Zoé, en écoutant son souffle qui s'apaisait. Elle resta à son chevet le temps qu'elle s'endorme, puisant dans la présence rassurante de sa fille la force de ne plus penser à ce qui s'était passé, puis regagna sa chambre.

Elle ferma les yeux et essaya de dormir ; chaque fois qu'elle allait basculer dans le sommeil, elle entendait les insultes de l'homme et sentait les coups de pied redoubler sur son corps. Elle avait mal partout. Elle se leva, alla fouiller dans un sac en plastique que lui avait donné Philippe. Ce sont des somnifères trouvés dans la table de nuit d'Iris. Je ne veux pas qu'elle les garde à portée de main. On ne sait jamais. Prends-les, Jo, range-les chez toi.

Elle prit un Stilnox, considéra le petit bâtonnet blanc, se demanda quelle était la dose recommandée. Décida d'en prendre une moitié. L'avala avec un verre d'eau. Elle ne voulait plus penser à rien. Dormir, dormir, dormir.

Demain, samedi, elle appellerait Shirley.

Parler à Shirley l'apaiserait. Shirley remettait tout en place.

Est-ce un délit de ne pas prévenir la police ? Je devrais peut-être aller les voir et demander l'anonymat. Est-ce qu'ils pourraient m'accuser de complicité plus tard si le type recommençait ? Elle hésita, voulut se relever, mais sombra dans le sommeil.

Le lendemain matin, elle fut réveillée par Zoé qui sautait sur son lit en brandissant le courrier. Elle leva les bras pour se protéger de la lumière.

– Mais, chérie, quelle heure est-il ?

– Onze heures et demie, maman, onze heures et demie !

– Mon Dieu, j'ai dormi jusqu'à maintenant ! Tu es levée depuis longtemps ?

– Lalalilalaire ! Je viens juste de me réveiller, je suis allée voir sur le paillasson s'il y avait du courrier et devine ce que j'ai trouvé ?

52

Joséphine se redressa, porta la main à la tête. Zoé brandissait une liasse d'enveloppes.

– Un catalogue pour Noël ? Des idées de cadeaux ?

– Pas du tout, m'man, pas du tout ! Bien mieux encore…

Dieu que sa tête était lourde ! Un régiment défilait avec des bottes cloutées. Chaque membre lui faisait mal quand elle bougeait.

– Une lettre d'Hortense ?

Hortense n'écrivait jamais. Elle téléphonait. Zoé secoua la tête.

– T'es froide, maman, mais froide ! Tu brûles pas du tout !

– Je donne ma langue au chat.

– Du sensationnel de chez sensationnel ! Du super-hyper-ultra-costaud-démentiel ! Une nouvelle que tu appuies dessus et que tu décroches la lune et toutes les galaxies du monde ! *Kisses and love and peace all around the world !* Que la force soit avec toi, ma sœur. *Yo ! brother !*

Elle ponctuait chaque cri d'un vigoureux coup de pied qui la faisait rebondir sur le matelas tel un Sioux en transe célébrant sa victoire et faisant tournoyer un scalp.

– Arrête de sauter, chérie. J'ai la tête qui va éclater !

Zoé jeta les pieds en l'air et se laissa tomber de tout son poids sur le lit. Ébouriffée, triomphante, le visage fendu d'un sourire de gagnante au Loto, elle claironna :

– Une carte postale de papa ! Une carte de mon papounet ! Il va bien, il est toujours au Kenya, il dit qu'il a pas pu nous joindre parce qu'il était perdu dans la jungle avec plein de crocodiles autour, mais que pas une minute, maman, tu m'entends ? pas une minute, il a arrêté de penser à nous ! Et il m'embrasse de toutes ses forces de papounet chéri ! Lalalilalaire ! J'ai retrouvé mon papounet !

En une dernière galipette de joie, elle se jeta contre sa mère qui grimaça de douleur : Zoé lui avait écrasé la main.

– Je suis heureuse, maman, je suis heureuse, t'as pas idée ! Je peux te le dire maintenant, je croyais qu'il était mort. Qu'il avait été mangé par un crocodile. Tu te rappelles comme j'avais peur quand j'allais le voir là-bas avec toutes ces sales bêtes autour ? Eh bien, j'étais sûre qu'un jour ou l'autre, il se ferait manger tout cru !

Elle ouvrit une large bouche et croqua l'air en faisant Groumph, Groumph voulant imiter le bruit des mâchoires d'un crocodile mastiquant sa proie.

– Il est vivant, maman, il est vivant ! Il va venir sonner à la porte bientôt…

Elle se redressa, alarmée.

– Au secours ! Il a pas notre nouvelle adresse ! Il va jamais nous retrouver !

Joséphine tendit la main pour attraper la carte postale. Elle provenait bien du Kenya. La date sur les timbres indiquait qu'elle avait été postée, un mois auparavant, de Mombasa, et l'adresse était, bien sûr, celle de Courbevoie. Elle reconnut l'écriture d'Antoine, son style fanfaron.

Mes petites chéries,
Juste un mot pour vous dire que je vais bien et que je suis revenu à la civilisation après un long séjour dans la jungle hostile. J'ai triomphé de tout, des bêtes féroces, des fièvres, des marécages, des moustiques et surtout jamais, jamais je n'ai cessé de penser à vous. Je vous aime de toutes mes forces. À très vite.
Papa.

À soixante-sept ans, Marcel Grobz était, enfin, un homme heureux et ne s'en lassait pas. Il récitait oraisons, prières, grâces et neuvaines dès potron-minet afin que perdure sa félicité. Merci, mon Dieu, merci de me baigner de vos faveurs, de m'asperger de bonheur, de me saupoudrer de délices, de me picoter le train de ravissements, de me gaver de volupté, de me tortillonner de bien-être, de me renverser de béatitude, de me tsunamiser d'euphorie. Merci, merci, merci !

Il se le disait le matin en posant le pied à terre. Se le répétait devant la glace en se rasant. Le psalmodiait en enfilant son pantalon. Invoquait Dieu et ses Saints en faisant son nœud de cravate, promettait de donner dix euros au premier mendiant dans la rue, s'aspergeait d'« Eau de Cologne Impériale » Guerlain, augmentait son obole en bouclant sa ceinture, puis se traitait de rat musqué et, battant sa coulpe, ajoutait deux autres mendiants à régaler. C'est que j'aurais pu finir à la rue, moi aussi, si je n'avais pas été sauvé des griffes d'Henriette et recueilli sur le sein généreux de Choupette. Combien de pauvres hères trébuchent parce qu'une main secourable ne s'est pas tendue vers eux au moment où ils sombraient ?

Enfin, douché, rasé, sanglé, fleurant bon la lavande et le génépi, il pénétrait dans la cuisine pour rendre hommage à la cause de tant de ravissement, le chou à la crème de la féminité, l'Everest de la sensualité : Josiane Lambert, sa compagne, dûment rebaptisée Choupette.

Devant sa cuisinière Aga en fonte recouverte de trois couches d'émail vitrifié, Choupette s'affairait. Elle préparait les œufs au plat de son homme. Revêtue d'un déshabillé rose, qui la parait de voiles vaporeux, elle veillait, le sourcil froncé, la mine grave, à l'excellence de ses gestes. Elle savait mieux que personne jeter l'œuf dans la poêle chaude, saisir l'albumine visqueuse, dorer le jaune puis le crever, retourner l'ensemble, saisir à nouveau puis, enfin, à la dernière minute, d'une délicate virgule du poignet, lâcher une giclée de vinaigre balsamique et servir en faisant glisser dans l'assiette préalablement tiédie par ses soins. Pendant ce temps, de larges tranches de pain complet aux graines de lin grillaient dans un toaster Magimix à quatre gueules chromées. Le bon beurre salé normand baignait dans le beurrier à l'ancienne, des tranches de jambon à l'os et des œufs de saumon reposaient dans un plat blanc à liseré doré.

Tout ceci demandait une extrême concentration que Marcel Grobz avait du mal à respecter. Séparé depuis vingt minutes à peine de Choupette, il la cherchait comme le chien lancé sur la trace du cerf fouille de la truffe les feuilles mortes et marque l'arrêt dès qu'il sent le cervidé à portée de babines. L'arrêt chez Marcel Grobz se traduisait par un lancer de bras sur l'épaule de Choupette, un pincement à la taille et un gros baiser claqué sur le bout de chair satinée qui dépassait de la nuisette.

– Laisse-moi, Marcel, marmonna Josiane, le regard rivé sur la dernière étape de la cuisson des œufs.

Il recula à regret, alla s'asseoir devant son couvert dressé sur un set de table en lin blanc. Un verre de jus d'orange fraîchement pressé, un flacon de vitamines « 60 ans et plus », une soucoupe en laque de Chine contenant une cuillerée de pollen de châtaignier complétaient l'ensemble. Son œil se mouilla.

– Que de soins, que d'attentions, que de raffinement ! Tu sais, Choupette, le meilleur de tout, c'est l'amour que tu me donnes. Je ne serais rien qu'une calebasse vide sans lui. Le monde entier ne serait rien sans l'amour. C'est une force de frappe insensée que la plupart des humains négligent. Ils préfèrent se consacrer au pognon, les imbéciles ! Alors qu'en cultivant l'amour, l'amour humble de tous les jours, l'amour que tu distribues à tout le monde sans faire de chichis, tu t'enrichis, tu t'agrandis, tu resplendis, tu te bonifies !

– Tu parles en faisant des rimes maintenant ? demanda Josiane en posant une large assiette sur le set en lin blanc. À quand l'alexandrin, Racine ?

– C'est le bonheur, Choupette. Il me rend lyrique, heureux, beau même. Tu trouves pas que je suis devenu beau ? Les femmes se retournent sur moi dans la rue et me goûtent de l'œil. Je fais le badin, je ne dis rien, mais je biche, je biche…

– C'est parce que tu parles tout seul qu'elles te reluquent !

– Non, Choupette, non ! C'est tout l'amour que je reçois qui me transforme en astre solaire. Elles veulent se frotter à moi pour se réchauffer. Regarde-moi : depuis que nous vivons ensemble, j'embellis, je rajeunis, je rayonne, je me muscle même !

Il se frappa le ventre qu'il avait rentré et se maintenait plaqué contre le dos de la chaise en grimaçant.

– Tutt ! Tutt ! Marcel Grobz… Ne deviens pas bêtement sentimental et commence par avaler ton jus d'orange sinon les vitamines vont s'évaporer et il faudra que tu happes l'air.

– Choupette ! Je suis sérieux. Et heureux, si heureux… Je pourrais m'envoler si je ne me retenais pas !

Nouant sa large serviette autour du cou pour épargner la chemise blanche, il enchaîna aussitôt, la bouche pleine :

– Comment va l'héritier ? A-t-il bien dormi ?

– Il s'est réveillé vers huit heures, je l'ai changé, je l'ai nourri et hop ! au lit. Il dort encore et il est hors de question que tu ailles le réveiller !

– Juste un petit baiser léger sur le bout de son pied droit…, supplia Marcel.

– Je te connais. Tu vas ouvrir toute grande ta gueule et le dévorer !

– Il adore ça. Il roucoule de plaisir sur la table à langer. Je l'ai changé trois fois, hier. Je l'ai badigeonné de

Mytosil. Il a une de ces paires de couilles ! Féroces !
Mon fils sera un loup affamé, une lance de Bengali, une
arbalète à ailerons profilés qui ira se planter dans le
cœur des filles et ailleurs !

Il éclata de rire, se frotta les mains à l'idée de tant
de truculence à venir.

– Pour le moment, il dort et toi, tu as rendez-vous
au bureau.

– Un samedi, tu te rends compte ! Me donner rendez-vous un samedi matin à l'aube !

– Il est midi ! Tu parles d'une aube !

– On a dormi tout ce temps ?

– Tu as dormi tout ce temps !

– N'empêche qu'on a bien fait la fête, hier, avec
René et Ginette ! Qu'est-ce qu'on a picolé ! Et Junior
qui dormait comme une bûche de Noël ! Allez… Choupette, laisse-moi le manger de baisers avant que je
file…

Le visage de Marcel Grobz se plissa en une sup-
plique tremblante, il joignit les mains, mima le commu-
niant fervent, mais Josiane Lambert demeura inflexible.

– Les bébés, faut que ça dorme. Surtout à sept mois !

– Mais il en fait douze de plus ! T'as vu : il a déjà
quatre dents et quand je lui parle, il comprend tout.
Tiens, l'autre jour, je me demandais si je devais installer une nouvelle usine en Chine, je parlais tout haut,
croyant qu'il était occupé à jouer avec ses pieds – t'as
vu comme il triture ses pieds, je suis sûr qu'il apprend
à compter ! – eh bien, il a relevé sa petite gueule
d'amour et il a fait oui. Deux fois de suite ! Je te jure,
Choupette, il m'a dit oui, vas-y, fonce ! J'ai cru que
j'avais la berlue.

– Mais tu as la berlue, Marcel Grobz. Tu perds complètement la boule.

– Je crois même qu'il m'a dit *go, daddy, go* ! Parce
qu'il parle anglais aussi. Tu le sais ça ?

– À sept mois !

– Parfaitement !

– Parce que tu l'endors avec des méthodes Assimil ? Tu ne crois quand même pas que ça marche ? Tu m'inquiètes, Marcel, tu m'inquiètes.

Chaque soir, en couchant son fils, Marcel Grobz enclenchait un CD pour apprendre l'anglais. Il l'avait acheté au rayon « enfants » chez WH Smith, rue de Rivoli. Il se couchait sur la moquette, près du berceau, ôtait ses chaussures, glissait un oreiller sous sa nuque, et répétait dans le noir les phrases de la leçon numéro 1. *My name is Marcel, what's your name ? I live in Paris, where do you live ? I have a wife...* Enfin *a nearly wife*, rectifiait-il dans le noir. La voix anglaise, féminine et douce, le berçait. Il s'endormait et n'avait jamais dépassé la première leçon.

– Il parle pas couramment, je te l'accorde, mais il balbutie quelques mots. Moi, j'ai entendu *go-Da-ddy-go* en tout cas. J'en mettrais ma main au feu !

– Eh bien, retire-la tout de suite ou tu vas finir manchot ! Marcel, reprends-toi. Ton fils est normal, juste normal, ce qui ne l'empêche pas d'être un bébé très beau, très vif, très futé... Mais ne va pas m'en faire un empereur de Chine polyglotte et biznessman ! À quand ses premiers jetons à ton conseil d'administration ?

– Moi, je te dis simplement ce que je vois et ce que j'entends. J'invente rien. Tu me crois pas, c'est ton droit, mais le jour où il va te dire *hello mummy, how are you ?* ou la même chose en chinois, parce que j'entends bien lui faire apprendre le chinois dès qu'il aura fini l'anglais, ne le laisse pas choir de stupeur ! Je te préviens, c'est tout.

Et il enfonça une mouillette beurrée dans ses œufs frits, la fit racler dans son assiette jusqu'en à barbouiller les bords.

Josiane lui tournait le dos, mais le surveillait dans le reflet de la vitre. Il mangeait, gaillard, avalait ses mouillettes en moulinant des bras comme un Tarzan de répertoire. Il souriait dans le vide, s'arrêtait de mastiquer pour tendre l'oreille et guetter le gazouillis de son fils. Puis, dépité, il reprenait sa mastication. Elle ne put s'empêcher de sourire. Marcel senior et Marcel junior, ils allaient faire une sacrée paire de rusés compères. C'est vrai, reconnut-elle, que Junior a la tête farcie de matière grise et la comprenette rapide. À sept mois, il se tenait droit dans sa chaise de bébé et tendait un doigt impérieux vers l'objet de son désir. Si elle refusait de s'exécuter, il fronçait les yeux et lui balançait un regard Scud. Quand elle parlait au téléphone, il écoutait, la tête penchée et opinait. Parfois il semblait vouloir dire quelque chose, mais s'énervait comme s'il ne trouvait pas ses mots. Un jour, il avait même claqué des doigts ! Elle n'était pas très au courant du comportement habituel des bébés, mais force lui était de constater que Junior était très en avance. De là à lui prêter une compétence pour les affaires de son père, il n'y avait qu'un pas qu'elle se refusait à franchir. Junior grandira à la vitesse normale. Je refuse qu'il devienne un prix d'excellence, un crâne d'œuf prétentieux. Je le veux barbouillé de bouillie, en barboteuse, les fesses à l'air, afin que je puisse le dorloter à satiété. Je l'ai attendu trop longtemps pour le lâcher dans la cour des grands en Pampers.

La vie avait donné deux hommes à Josiane, un grand et un petit, deux hommes qui brodaient son bonheur à petits points serrés. Il était hors de question qu'elle les lui reprenne. Elle n'avait jamais été très généreuse avec elle, la vie. Pour une fois qu'elle lui servait un bon jeu, elle ne laisserait personne lui voler le moindre grain de bonheur, elle moudrait le plus petit ergot pour en extraire la pulpe. J'ai mes créances de bonheur à faire valoir, moi. À mon tour d'avoir le cul cousu de médailles ! Faut me rembourser, allez-y et n'essayez pas de me carotter. Fini le temps où je gobais du malheur ! Fini le temps où, petite secrétaire famélique, je servais d'odalisque à Marcel, mon patron, propriétaire de la chaîne de meubles Casamia, milliardaire en bois divers, en accessoires de maison, tapis, luminaires, babioles bariolées. Marcel l'avait élevée au rang de femme qui partageait sa vie et avait répudié sa revêche épouse, Henriette au long nez ! Fin de l'histoire, début de mon bonheur.

Elle avait repéré Henriette rôdant autour de leur immeuble, s'effaçant à l'angle de la rue pour passer inaperçue. Avec sa galette sur la tête, on ne voyait qu'elle. Pour jouer les privés, faut prendre le risque d'être décoiffé sinon on a vite fait d'être démasqué. Et pas la peine de prétendre qu'elle allait chez Hédiard se remplir le ventre de *delicatessen*. Une fois peut-être, mais pas trois. Ça ne lui disait rien qui vaille, ce grand échalas qui tricotait des genoux pour espionner leur bonheur. Elle frissonna. Elle rôde, elle rôde, elle cherche quelque chose. Guette une occasion. Elle embouteille le divorce avec ses prétentions. Refuse de céder le moindre pouce de terrain. Menace par-ci, menace par-là. Danger, danger, chiffon rouge, rumina Josiane. Elle s'était toujours empêtrée dans des bras qui lui versaient du malheur sur la tête, maintenant qu'elle était arrivée à bon port, elle n'allait pas se laisser dépouiller ou embrouiller. Méfiance, chanta une voix ancienne qu'elle connaissait trop bien. Méfiance et l'œil ouvert sur tout ce qui bouge et fleure le fumier.

La sonnerie du téléphone la tira de sa rêverie. Elle étendit le bras pour décrocher.

– Bonjour, dit-elle, encore empreinte du flux sombre de ses pensées.

C'était Joséphine, la fille cadette d'Henriette Grobz.

– Vous voulez parler à Marcel ? répliqua-t-elle, d'une voix sèche.

Elle tendit l'appareil à son homme.

Quand on se marie avec un homme de cet âge-là, faut le prendre avec tous ses bagages. Et Marcel, il avait la collection complète : de la boîte à pilules à la malle postale. Henriette, Iris, Joséphine, Hortense, Zoé lui avaient servi de famille si longtemps qu'elle ne pouvait les effacer d'un coup de chamoisine. Ce n'était pas l'envie qui lui en manquait.

Marcel s'essuya la bouche et se leva pour prendre le téléphone. Josiane préféra quitter la pièce. Elle alla dans la buanderie chercher le linge dans le panier. Se mit à trier le blanc et la couleur. Se concentrer sur cette tâche ménagère lui faisait du bien. Henriette, Joséphine. Quelle allait être la prochaine revenante ? La petite Hortense ? Celle qui faisait marcher les hommes sur les mains ?

– C'est Jo, dit Marcel sur le pas de la porte. Il lui arrive un truc pas commun : son mari, Antoine…

– Celui qui s'est fait bouffer par un crocodile ?

– Celui-là même… Figure-toi que Zoé, sa fille, a reçu une carte postale de lui, postée il y a un mois du Kenya. Il est vivant !

– Et quel rapport avec toi ?

– J'avais reçu la maîtresse d'Antoine, une dénommée Mylène, au mois de juin pour lui donner des tuyaux sur le monde des affaires en Chine. Elle voulait se lancer dans les cosmétiques, elle avait un financier chinois et désirait des renseignements pratiques. On a parlé pendant une heure, et puis je ne l'ai jamais revue.

– T'es sûr de ça ?

L'œil de Marcel s'alluma. Il aimait éveiller la jalousie de Josiane. Ça lui rendait de la jeunesse, de l'éclat dans les branches.

– Sûr et certain…

– Et Joséphine voudrait que tu lui donnes les coordonnées de cette fille…

– Exact. Je les ai quelque part au bureau.

Il marqua une pause en grattant le cadre de la porte.

– On pourrait l'inviter à dîner un de ces soirs, je l'ai toujours bien aimée, cette gamine…

– Elle est plus vieille que moi !

– Oh ! t'exagères ! Un an ou deux de plus.

– Un an ou deux de plus, c'est plus vieux ! À moins que tu comptes à l'envers, répliqua Josiane, piquée.

– Mais je l'ai connue toute petite, Choupette ! Elle avait encore des couettes et jouait au Diabolo ! Je l'ai vue grandir cette mouflette.

– T'as raison ! J'ai les nerfs qui frisent aujourd'hui. Je ne sais pas pourquoi… On est trop bien, Marcel, on est trop bien, il va nous arriver un vieux corbeau, un truc tout noir, plein de malheur qui pue et qui croasse.

– Mais non ! Mais non ! On l'a pas volé notre bonheur. C'est à notre tour de faire péter les cotillons.

– Et depuis quand elle est morale, la vie ? Depuis quand elle est juste ? T'as vu ça où, toi ?

Elle posa la main sur la tête de Marcel et lui frictionna le crâne. Il se laissa faire en s'ébrouant sous la caresse.

– Encore de l'amour, Choupette, encore… Je t'aime si fort, je donnerais mon testicule gauche pour toi.

– Pas le droit ?

– Le gauche pour toi, le droit pour Junior…

Iris tendit le bras pour attraper son miroir. Sa main tâtonna sur le dessus de la table de nuit et ne le trouva pas. Elle se redressa, enragée. On le lui avait volé. On avait eu peur qu'elle le brise et s'ouvre les veines. Mais pour qui me prennent-ils ? Pour une folle dingo qui se découpe en morceaux. Et pourquoi n'aurais-je pas le droit de mettre fin à mes jours ? Pourquoi me refuseraient-ils cette dernière liberté ? Pour ce qu'elle me réserve la vie ! Elle est finie, à quarante-sept ans et demi. Les rides se creusent, l'élastine s'évapore, les corps adipeux s'agglutinent dans les recoins. Ils se cachent, au début, pour accomplir leurs outrages. Puis, quand ils vous ont bien grignotée, quand vous n'êtes plus qu'une masse molle et flasque, ils prennent leurs aises et poursuivent leur œuvre de démolition sans se gêner. Je peux le constater chaque jour. Avec mon petit miroir, j'inspecte la peau derrière le genou, j'espionne l'amas de graisse qui profite tel un glouton. Et ce n'est pas en restant allongée toute la journée que je vais le chasser. Je dépéris dans ce lit. Mon teint devient cireux comme une coulée de bougie de sacristie. Je le lis dans l'œil des médecins. Me regardent pas. Me parlent comme à un verre gradué qu'on remplit de médicaments. Je ne suis plus une femme, je suis devenue une cornue de laboratoire.

Elle s'empara d'un verre et le fracassa contre le mur.

– Je veux me voir ! hurla-t-elle, je veux me voir ! Rendez-moi mon miroir.

C'était son meilleur ami et son pire ennemi. Il réfléchissait l'éclat liquide, profond, changeant de ses yeux bleus ou signalait la ride. Parfois, en le tournant vers la fenêtre, il l'enluminait et elle rajeunissait. En le tournant vers le mur, il lui infligeait dix ans de plus.

>– Mon miroir ! rugit-elle en frappant le drap de ses poignets. Mon miroir ou je me tranche la gorge. Je ne suis pas malade, je ne suis pas folle, j'ai été trahie par ma sœur. C'est une maladie que vous ne pouvez pas soigner.

Elle attrapa une cuillère à soupe avec laquelle elle buvait son sirop, la nettoya avec le haut du drap et la retourna pour apercevoir son reflet. Elle n'aperçut qu'un visage déformé comme s'il avait été mangé par un essaim d'abeilles. Elle la jeta contre le mur.

Mais qu'est-ce qui m'est arrivé pour que je me retrouve seule, sans amis, sans mari, sans enfant, coupée du reste du monde ?

Et d'ailleurs est-ce que j'existe encore ?

On n'est plus personne quand on est seule. Le souvenir de Carmen vint lui porter la contradiction, mais elle le repoussa en pensant elle, elle ne compte pas, elle m'a toujours aimée et elle m'aimera toujours. Et d'ailleurs, elle m'ennuie, Carmen. La fidélité m'ennuie, la vertu me pèse, le silence m'arrache les oreilles. Je veux du bruit, des éclats de rire, du champagne, des abat-jour roses, des regards d'hommes qui me désirent, des calomnies d'amies. Bérengère n'est pas venue me voir. Elle a mauvaise conscience, alors elle se tait quand on dit du mal de moi dans les dîners parisiens, elle se tait jusqu'à ce qu'elle n'en puisse plus et rejoigne la meute en s'écriant : « vous êtes méchantes, cette pauvre Iris n'a pas mérité de croupir dans une clinique, elle a juste été imprudente », et les autres de s'exclamer en staccato aigu « imprudente ? Comme tu es bonne ! Malhonnête, tu veux dire ! Carrément malhonnête ! » Ainsi, libérée de sa fidélité d'amie, elle reprend, gourmande, dégustant chaque mot, se laissant glisser dans le marécage du ragot : « C'est vrai que c'est pas bien ce qu'elle a fait. Pas bien du tout ! » et rejoint, affriolée, le cercle des médisantes qui, chacune à sa façon, ajoute une tare à l'absente. « Et c'est bien fait pour elle, conclut la plus acerbe, elle ne pourra plus nous écraser de son mépris, elle n'est plus personne. » Fin de l'oraison funèbre et choix d'une nouvelle proie.

Elles n'ont pas tort, reconnut Iris, en contemplant la chambre blanche, les draps blancs, les stores blancs. Qui suis-je en réalité ? Personne. Je n'ai aucune consistance. J'ai tout raté, je peux servir de définition au mot « échec » dans le dictionnaire. Échec, nom commun, masculin singulier, voir Iris Dupin. Je ferais mieux de reprendre mon nom de jeune fille, je ne vais pas rester longtemps mariée. Joséphine va tout me prendre. Mon livre, mon mari, mon fils, mon argent.

Est-ce qu'on peut vivre coupée de sa famille, de ses amis, de son mari, de son enfant ? Coupée de soi, aussi. Je vais devenir un pur esprit. Me fondre dans le néant, m'apercevoir que je n'ai jamais eu aucune consistance. Que je n'ai toujours été qu'une apparence.

Avant, j'existais parce que les autres me regardaient, me prêtaient des pensées, des talents, un style, une élégance. Avant, j'existais parce que j'étais la femme de Philippe Dupin, que j'avais la Carte Bleue de Philippe Dupin, le carnet d'adresses de Philippe Dupin. On me craignait, on me respectait, on m'encensait de louanges mensongères. Je pouvais moucher Bérengère, impressionner ma mère. J'avais réussi.

Elle renversa la tête en arrière et éclata d'un rire furieux. Quelle pauvre réussite que celle qui ne vous appartient pas, celle qu'on ne se forge pas, qu'on ne construit pas pierre à pierre ! Quand on la perd, on peut aller s'accroupir dans la rue et tendre la main.

Il n'y a pas si longtemps, quand Iris n'était pas malade, un soir qu'elle rentrait d'avoir fait des courses les bras chargés de paquets, qu'elle courait pour attraper un taxi, elle avait croisé un mendiant calé sur ses genoux, le regard baissé, la nuque ployée. Il disait merci monsieur, merci madame, à voix étouffée, à chaque pièce qui tombait dans son gobelet. Ce n'était pas le premier qu'elle rencontrait mais celui-là, elle ne savait pas pourquoi, il lui avait sauté aux yeux. Elle avait pressé le pas, détourné le regard. Pas le temps de lui faire la charité, le taxi allait s'éloigner, ce soir, ils sortaient, il lui fallait se mettre en beauté, prendre un bain, choisir la robe parmi les dizaines de tenues pendues sur les cintres, se coiffer, se maquiller. En rentrant, elle avait dit à Carmen, je ne vais pas ressembler à ce mendiant dans la rue, dis ? je ne veux pas devenir pauvre. Carmen lui avait promis que jamais ça ne lui arriverait, qu'elle s'userait les doigts à faire des ménages pour qu'elle continue à briller. Elle l'avait crue. Elle avait étalé le masque de beauté à la cire d'abeille, s'était laissée glisser dans l'eau chaude du bain et avait fermé les yeux.

Et pourtant, je ne suis pas loin de ressembler à une mendiante, songea-t-elle en soulevant le drap pour chercher le miroir. Il a peut-être glissé. J'ai oublié de le remettre à sa place, il se cache dans un pli.

Mon miroir, rendez-moi mon miroir, je veux me voir, m'assurer que j'existe, que je ne me suis pas évaporée. Que je peux plaire encore.

Les médicaments qu'on lui donnait le soir commençaient à faire leur effet, elle délira encore un moment, vit son père qui lisait le journal au pied de son lit, sa mère qui vérifiait si les épingles de son chapeau étaient bien enfoncées, Philippe qui la conduisait en robe blanche le long de l'allée centrale de l'église. Je ne l'ai jamais aimé. Je n'ai jamais aimé personne et je voudrais qu'on m'aime. Ma pauvre fille ! Tu es pitoyable. Un jour, mon prince viendra, un jour mon prince viendra… Gabor. Il était mon prince charmant. Gabor Minar. Le metteur en scène que tout le monde adule, dont le nom jette tant de lumière qu'on veut se blottir sous son projecteur. J'étais prête à tout quitter pour lui : mari, enfant, Paris. Gabor Minar. Elle cracha son nom comme un reproche. Je ne l'ai pas aimé, pauvre, inconnu, je me suis jetée à sa tête quand il a été célèbre. Il me faut toujours la signature des autres. Même pour aimer. Quelle dérisoire amante je fais !

Iris était lucide, ce qui amplifiait son malheur. Elle pouvait être injuste le temps d'un accès de colère, mais retrouvait vite la raison et se maudissait. Maudissait sa lâcheté, sa frivolité. La vie m'a tout donné à la naissance et je n'en ai rien fait. Je me suis laissée flotter sur l'écume de la facilité.

Si elle avait eu un peu d'estime pour elle-même, elle aurait pu alors, grâce à cette lucidité impitoyable qui, parfois, la faisait plus noire qu'elle n'était, se corriger et commencer à s'aimer. L'estime de soi, on ne l'obtient pas en la décrétant. Cela demande un effort, du travail et, rien qu'à cette idée, elle plissa le nez de dégoût. Et puis, je n'ai plus le temps, constata-t-elle, pratique. On ne recommence pas sa vie à quarante-sept ans et demi. On la rapièce, on la colmate, mais on ne fait pas de neuf.

Non, se dit-elle, sentant le sommeil l'envahir, luttant pour trouver une solution, il me faut vite, vite un nouveau mari. Plus riche, plus fort, plus important que Philippe. Un mari immense. Qui m'émerveille, qui me subjugue, devant lequel je m'agenouille comme une petite fille. Qui prenne ma vie en main, qui me replace dans la marche du monde. Avec de l'argent, des relations, des dîners en ville. Je suis encore jolie. Dès que je sortirai d'ici, je redeviendrai la belle et magnifique Iris.

Ma première pensée positive depuis que je suis enfermée ici, marmonna-t-elle en remontant le drap sous son menton, peut-être suis-je en train de guérir ?

Le dimanche matin, Luca appela. La veille, Joséphine avait laissé trois messages sur son portable. Sans réponse. Ce n'est pas bon signe, s'était-elle dit en tapotant l'émail de ses dents. La veille aussi, elle avait appelé Marcel Grobz pour obtenir les coordonnées de Mylène. Il fallait qu'elle lui parle. Savoir si elle avait, elle aussi, reçu une carte d'Antoine. Si elle savait où il se trouvait, ce qu'il faisait et si, enfin, il était *vraiment* vivant. Je ne peux pas le croire, je ne peux pas le croire, répétait Joséphine. La lettre dans le paquet parlait de sa mort horrible. C'était bien une lettre de condoléances, pas un faire-part de naissance.

Cette nouvelle la perturbait. Elle en avait presque oublié l'agression dont elle avait été victime. En fait, les deux incidents se heurtaient dans sa tête et la rendaient à la fois tremblante et perplexe. Elle avait beaucoup de mal à répondre à Zoé qui, euphorique à l'idée que son père allait bientôt réapparaître, posait mille questions, esquissait des projets, des retrouvailles, des baisers et ne tenait pas en place. On aurait dit une danseuse de cancan frénétique, couronnée de boucles enfantines.

Elles étaient en train de prendre leur petit déjeuner quand le téléphone sonna.

– Joséphine, c'est Luca.

– Luca ! mais où étiez-vous ? Je vous ai appelé toute la journée, hier.

– Je ne pouvais pas vous parler. Êtes-vous libre cet après-midi, on pourrait aller se promener autour du lac ?

Joséphine réfléchit rapidement. Zoé allait au cinéma avec une fille de sa classe, elle avait trois heures de libres.

– À quinze heures près des barques ? proposa Joséphine.

– J'y serai.

Il raccrocha sans un mot. Joséphine garda le téléphone en l'air et se surprit à être triste. Il avait été lapidaire. Pas une once de tendresse dans sa voix. Les larmes montèrent, elle les bloqua en plissant les yeux.

– Ça va pas, maman ?

Zoé levait vers elle un regard inquiet.

– C'est Luca. J'ai peur qu'il ne soit arrivé quelque chose à son frère, tu sais, Vittorio.

– Ah…, fit Zoé, soulagée que l'air soucieux de sa mère concerne un étranger.

– Tu veux d'autres tartines ?

– Oh oui ! S'il te plaît, m'man.

Joséphine se leva, alla couper du pain et le fit griller.

– Avec du miel ? demanda-t-elle.

Elle prenait soin de parler avec entrain pour que Zoé ne décèle pas la tristesse dans sa voix. Elle se sentait le cœur vidé. Avec Luca, je suis heureuse par intermittence. Je lui vole mon bonheur, le grappille. J'entre en lui par effraction. Il ferme les yeux, fait semblant de ne pas me voir, me laisse le dévaliser. Je l'aime à son corps défendant.

– Le bon miel d'Hortense ?

Joséphine acquiesça.

– Elle ne serait pas contente de savoir qu'on y goûte quand elle est pas là.

– Mais tu ne vas pas finir le pot !

– On sait jamais, dit Zoé dans un sourire glouton. C'est un pot tout neuf. Tu l'as acheté où ?

– Sur le marché. Le marchand m'a dit qu'avant de l'ouvrir il fallait le faire tiédir au bain-marie à feu doux pour qu'il soit bien liquide et ne se gélifie pas quand il aura refroidi.

À l'idée qu'elle allait préparer cette cérémonie du miel pour le plaisir de Zoé, le souvenir de Luca s'effaça et elle se détendit.

– Tu es trop mignonne, sourit Joséphine en ébouriffant les cheveux de Zoé. Tu devrais te démêler les cheveux, tu vas avoir des nœuds.

– Je voudrais être un koala… J'aurais pas besoin de me coiffer.

– Tiens-toi droite !

– La vie est dure quand on n'est pas un koala ! soupira Zoé en se redressant. Elle revient quand Hortense, m'man ?

– Je ne sais pas…

– Et Gary, il vient quand ?

– Aucune idée, chérie.

– Et Shirley ? t'as des nouvelles ?

– J'ai essayé de l'appeler hier, mais ça ne répondait pas. Elle a dû partir en week-end.

– Ils me manquent… Dis, m'man, on n'a pas beaucoup de famille, nous ?

– C'est vrai. On est assez pauvres en famille, répondit Jo sur le ton de la plaisanterie.

– Et Henriette ? Tu pourrais pas te réconcilier avec elle ? Ça ferait au moins *une* grand-mère. Même si elle veut pas qu'on l'appelle comme ça !

Tout le monde appelait Henriette par son prénom, elle refusait qu'on la nomme « Mamie » ou « Grand-mère ».

Zoé avait insisté sur le *une*. Antoine n'avait pas de famille, non plus. Fils unique, ses parents étaient décédés depuis longtemps, il s'était disputé avec ses oncles, tantes, cousins et ne les avait jamais revus.

– Tu as *un* oncle et *un* cousin, c'est déjà ça.

– C'est peu. Les filles dans ma classe, elles ont des vraies familles…

– Elle te manque vraiment, Henriette ?

– Des fois, oui.

– On dit pas « des fois », mais « parfois », chérie amour…

Zoé hocha la tête, mais ne se reprit pas. À quoi pense-t-elle, se dit Joséphine en contemplant sa fille. Sa mine s'était assombrie. Elle réfléchissait. Toute sa figure s'était arrêtée sur une pensée qu'elle creusait en silence, le menton dans les mains, le front têtu. Joséphine suivait sur le visage de sa fille la progression de sa réflexion, respectant ce tête-à-tête avec elle-même. Ses yeux fonçaient, s'éclaircissaient et ses sourcils se tordaient, se relâchaient. Enfin, Zoé lança son regard dans celui de sa mère et, la mine anxieuse, demanda :

– Dis, m'man, tu trouves que je ressemble à un homme ?

– Pas du tout ! Pourquoi dis-tu ça ?

– Je ne suis pas carrée d'épaules ?

– Mais non ! Quelle drôle d'idée !

– Parce que j'ai acheté *Elle*. Toutes les filles, dans ma classe, elles le lisent…

– Et alors…

– On ne devrait jamais lire *Elle*. Elles sont trop belles, les filles dans ce journal… Je serai jamais comme elles.

Elle avait la bouche pleine et engloutissait sa quatrième tartine.

– Moi, en tous les cas, je te trouve jolie et pas carrée d'épaules.

– Mais toi, c'est normal, t'es ma mère. Les mères trouvent toujours leur fille belle. Elle te disait pas ça, Henriette ?

– Pas vraiment, non ! Elle me disait que j'étais pas jolie, mais qu'en se concentrant bien, on pouvait me trouver intéressante.

– Comment t'étais, petite ?

– Moche comme un pou qui louche !

– T'avais le zazazou ?

– Pas vraiment.

– Alors comment t'as fait pour plaire à papa ?

– On va dire qu'il a vu ma beauté « intéressante ».

– Il a l'œil, papa, hein maman ? Tu crois qu'il va revenir quand ?

– Aucune idée, mon amour… Tu as du travail à faire pour lundi ?

Zoé fit oui de la tête.

– Tu le fais avant d'aller au cinéma parce que après, tu n'auras pas la tête à travailler.

– Et on pourra se regarder un film toutes les deux ce soir ?

– Deux films dans la même journée ?

– Oui, mais si on regarde un chef-d'œuvre, ce n'est pas pareil, c'est de la culture générale. Plus tard, moi, je serai metteur en scène. Je filmerai *Les Misérables*…

– Mais qu'est-ce que tu as avec *Les Misérables*, en ce moment, Zoé ?

– Je trouve ça trop beau, maman. Cosette, elle me fait pleurer avec son seau et sa poupée… et puis après, elle vit une belle histoire d'amour avec Marius et tout s'arrange. Elle n'a plus jamais de trous dans le cœur.

Et qu'est-ce qu'on fait quand l'amour creuse un trou dans le cœur, un trou tellement gros qu'on dirait un trou d'obus, tellement énorme qu'on pourrait voir le ciel à travers ? se demandait Joséphine en allant retrouver Luca. Qui pourra me dire ce qu'il ressent pour moi ? Je n'ose pas lui dire « je vous aime », j'ai peur que ce ne soit un trop grand mot. Je sais bien que dans mes « je vous aime », il y a un « m'aimez-vous ? », que je n'ose pas prononcer de peur qu'il ne s'éloigne les mains dans les poches de son duffle-coat. Une femme amoureuse est-elle forcément une femme inquiète, douloureuse ?

Il attendait près des barques. Assis sur un banc, les mains dans les poches, les jambes allongées, son grand nez l'entraînant vers le sol, une mèche de cheveux bruns barrant son visage. Elle s'arrêta et le regarda avant de l'aborder. Le malheur, c'est que je ne sais pas être légère en amour. Je voudrais me jeter au cou de celui que j'aime, mais j'ai si peur de l'effrayer que je tends un visage humble pour recevoir son baiser. Je l'aime à la dérobée. Quand il lève les yeux sur moi, quand il attrape mon regard, je me mets à l'unisson de son humeur. Je deviens l'amoureuse qu'il veut que je sois. Je m'enflamme à distance, me contrôle dès qu'il s'approche. Vous ne savez pas ça, Luca Giambelli, vous me croyez souris apeurée, mais si vous pouviez poser la main sur l'amour qui bout en moi vous seriez brûlé au troisième degré. Je me plais à ce rôle : vous faire sourire, vous apaiser, vous enchanter, je me travestis en douce et patiente infirmière et prends les miettes que vous voulez bien me donner pour les transformer en tartines épaisses. Un an qu'on se voit et je n'en sais pas plus sur vous que ce que vous m'avez murmuré lors d'un premier rendez-vous. En amour, vous ressemblez à un homme qui n'a pas d'appétit.

Il l'avait aperçue. Il se leva. L'embrassa sur la joue en un léger baiser presque fraternel. Joséphine se rétracta, sentant déjà la douleur floue que ce baiser faisait naître. Je vais lui parler, aujourd'hui, décida-t-elle avec la hardiesse des grands timides. Je vais lui raconter mes malheurs. Ça sert à quoi un amoureux si on doit lui cacher ses peines et ses angoisses ?

– Ça va, Joséphine ?

– Ça pourrait aller mieux…

Allez, se dit-elle, courage, sois-toi même, parle-lui, parle de l'agression, parle de la carte postale.

– J'ai passé deux jours épouvantables, enchaîna-t-il. Mon frère a disparu vendredi après-midi, le jour où je devais vous retrouver dans cette brasserie que je n'aime pas et que vous aimez tant.

Il se tourna vers elle et esquissa un sourire moqueur.

– Il avait rendez-vous chez le médecin qui le soigne pour ses accès de violence et il n'est pas venu. On l'a cherché partout, il n'a réapparu que ce matin. Il était dans un sale état. J'ai craint le pire. Je suis désolé de vous avoir posé un lapin.

Il avait pris la main de Joséphine et le contact de sa longue main, chaude et sèche, la troubla. Elle posa la joue sur la manche de son duffle-coat. Elle s'y frotta comme pour dire ce n'est pas grave, je vous pardonne.

– Je vous ai attendu et puis je suis allée dîner avec Zoé. Je me suis dit que vous aviez dû avoir un ennui avec… euh… avec Vittorio.

Cela lui semblait drôle d'appeler par son prénom un homme qu'elle ne connaissait pas et qui la détestait. Cela lui procurait le sentiment d'une intimité truquée. Pourquoi me déteste-t-il ? Je ne lui ai rien fait.

– Quand il est revenu chez lui, ce matin, je l'attendais. J'ai passé toute la journée d'hier et toute la nuit à l'attendre, assis sur son canapé. Il m'a regardé comme s'il ne me connaissait pas. Il était hagard. Il a foncé sous la douche et n'a pas desserré les dents. Je l'ai convaincu de prendre un somnifère et de dormir, il ne tenait pas debout.

Sa main étreignit la main de Joséphine comme pour lui faire passer la détresse de ces deux jours à attendre, à craindre le pire.

– Vittorio m'inquiète, je ne sais plus quoi faire.

Deux femmes jeunes, minces, qui faisaient leur jogging, s'arrêtèrent à leur hauteur. Essoufflées, elles se tenaient les côtes et consultaient leur montre pour calculer le temps qu'il leur restait à cavaler. L'une d'elles déclara d'un ton saccadé :

– Alors je lui ai dit : mais qu'est-ce que tu veux exactement ? Et il m'a dit, tu sais ce qu'il a osé me dire, que tu arrêtes de me harceler ! Le harceler, moi ? Je vais te dire un truc, je crois bien que je vais arrêter. Je ne le supporte plus. Et puis quoi encore ? Lui servir de gei-sha ? M'écraser ? Lui faire de bons petits plats et ouvrir les jambes quand il l'ordonne ? Plutôt vivre seule. Au moins, j'aurai la paix et j'aurai moins de boulot !

La jeune femme serra les bras sur sa poitrine en signe de résolution furieuse, ses longs yeux bruns exaspérés grinçaient de colère. Sa copine acquiesça en reniflant. Puis donna le signal de reprise de la course.

Luca les regarda s'éloigner.

– Je ne suis pas le seul à avoir des problèmes !

C'est le moment de narrer tes infortunes, vas-y, s'exhorta Joséphine.

– Moi aussi… J'ai des problèmes.

Luca leva un sourcil étonné.

– Il m'est arrivé une chose très désagréable et une chose surprenante, déclara Jo d'un ton qu'elle voulait badin. Je commence par laquelle ?

Un labrador noir se précipita devant eux et se jeta à l'eau. Luca détourna son attention pour le regarder plonger dans l'eau verdâtre du lac. L'eau était si grasse qu'à la surface se dessinaient des cercles irisés. La gueule ouverte, le chien haletait en nageant. Son maître lui avait jeté une balle et il pédalait pour l'attraper. Son pelage noir et luisant accrochait des perles liquides, des gerbes d'eau éclaboussaient son sillage ; les canards faisaient de brusques écarts et se posaient un peu plus loin, méfiants.

– Ces chiens sont incroyables ! s'exclama Luca. Regardez !

L'animal revenait. Il s'ébroua en faisant gicler l'eau et alla déposer la balle aux pieds de son maître. Il agita la queue et aboya pour que le jeu reprenne. Et comment j'enchaîne, moi ? se demanda Joséphine, suivant des yeux la balle qui repartait et le chien qui se jetait à l'eau.

– Vous me disiez, Joséphine ?

– Je disais qu'il m'est arrivé deux choses, une violente et l'autre étrange.

Elle se forçait à sourire pour rendre sa narration légère.

– J'ai reçu une carte d'Antoine... euh... vous savez, mon mari...

– Mais je croyais qu'il était...

Il n'osait pas prononcer le mot et Joséphine le lui souffla :

– Mort ?

– Oui. Vous m'aviez dit que...

– Je le croyais aussi.

– C'est étrange, en effet.

Joséphine attendit qu'il pose une question, émette une hypothèse, crie son étonnement, n'importe quoi qui permette de commenter cette nouvelle, mais il se contenta de froncer les sourcils et poursuivit :

– Et l'autre nouvelle, la violente ?

Quoi ? se dit Joséphine, je lui dis qu'un mort rédige des cartes postales, achète un timbre, le colle sur la carte, la glisse dans une boîte aux lettres et il me dit :

76

« Quoi d'autre ? » Ça lui paraît normal. Les morts se relèvent la nuit pour rédiger leur courrier. D'ailleurs, les morts ne sont pas morts et font la queue à la poste, c'est pour cela qu'il faut toujours attendre. Elle déglutit et lâcha tout à trac :

– Et j'ai failli être assassinée !

– Assassinée, vous ? Joséphine ? C'est impossible !

Et pourquoi pas ? Je ne ferais pas un beau cadavre, peut-être ? Je n'ai pas la tête de l'emploi ?

– Vendredi soir, en rentrant de notre rendez-vous manqué, j'ai été poignardée en plein cœur. Là !

Elle se frappa la poitrine pour accentuer le tragique de sa phrase et se trouva ridicule. Elle n'était pas crédible en victime de fait divers. Il pense que je fais mon intéressante pour rivaliser avec son frère.

– Ça ne tient pas debout, votre histoire ! Si vous aviez été poignardée, vous seriez morte…

– J'ai été sauvée par une chaussure. La chaussure d'Antoine…

Elle lui expliqua calmement ce qui s'était passé. Il l'écouta en suivant un vol de pigeons.

– Vous l'avez dit à la police ?

– Non. Je ne voulais pas que Zoé l'apprenne.

Il la regarda, dubitatif.

– Enfin, Joséphine ! Si vous avez été agressée, vous devez aller trouver la police !

– Comment ça « si » ? J'ai été agressée.

– Imaginez que cet homme s'en prenne à quelqu'un d'autre, vous serez responsable ! Vous aurez une mort sur la conscience.

Non seulement il ne la prenait pas dans ses bras pour la rassurer, non seulement il ne lui disait pas je suis là, je vais vous protéger, mais il la culpabilisait et pensait à la prochaine victime. Elle lui lança un regard désarmé, mais que fallait-il pour l'émouvoir, cet homme-là ?

– Vous ne me croyez pas ?

– Mais si… Je vous crois. Je vous conseille simplement d'aller déposer plainte contre X.

– Vous avez l'air bien renseigné !

– Avec mon frère, j'ai l'habitude des commissariats. Je connais presque tous ceux de Paris.

Elle le dévisagea, stupéfaite. Il était revenu à son histoire à lui. Il avait effectué un petit détour pour l'écouter puis avait refermé la boucle sur son propre malheur. C'est lui, mon amoureux, mon homme magnifique ? L'homme qui écrit un livre sur les larmes, cite Jules Michelet : « larmes précieuses, elles ont coulé en limpides légendes, en merveilleux poèmes, et s'amoncelant vers le ciel, se sont cristallisées en gigantesques cathédrales qui montent vers le Seigneur ». Un cœur sec, oui. Un raisin de Corinthe. Il lui passa le bras sur l'épaule, l'attira vers lui et, d'une voix douce et lasse, lui murmura :

– Joséphine, je ne peux pas gérer les problèmes de tout le monde. Restons légers, voulez-vous ? Je suis bien avec vous. Vous êtes mon seul espace de gaieté, de rire, de tendresse. Ne le saccageons pas. S'il vous plaît…

Joséphine opina d'un hochement de tête résigné.

Ils poursuivirent leur promenade autour du lac, croisant d'autres joggers, d'autres chiens nageurs, des enfants à bicyclette, des pères qui les suivaient, le dos en équerre pour les maintenir en selle, un géant noir au torse majestueux et trempé de sueur qui courait à moitié nu. Elle songea à lui demander : « Et de quoi vouliez-vous me parler l'autre soir quand on avait rendez-vous à la brasserie ? Ça avait l'air important », mais renonça.

La main de Luca, sur son épaule, la caressait avec, lui semblait-il, l'envie de s'échapper.

Ce jour-là, un petit morceau de son cœur se détacha de Luca.

Le soir, Joséphine alla se réfugier sur son balcon.

Quand elle s'était mise en quête d'un nouvel appartement, sa première question à l'agent immobilier, avant de connaître le prix, l'ensoleillement, l'étage, le quartier, la station de métro, l'état du toit et des gouttières, était toujours : « Y a-t-il un balcon ? un vrai balcon où je peux m'asseoir, allonger mes jambes et regarder les étoiles. »

Son nouvel appartement possédait un balcon. Un grand et beau balcon, avec une balustrade noire, ventrue, cossue, qui dessinait des motifs en fer forgé enchaînés comme les lettres d'une maîtresse d'école au tableau.

Joséphine voulait un balcon pour parler aux étoiles.

Parler à son père, Lucien Plissonnier, mort un 13 juillet alors qu'elle avait dix ans, que les pétards éclataient, que les gens dansaient sur des estrades de bal, que les feux d'artifice éclaboussaient le ciel et faisaient hurler les chiens à la mort. Sa mère s'était remariée avec Marcel Grobz qui s'était révélé un beau-père bon, généreux, mais ne savait pas très bien comment se placer entre sa femme revêche et les deux fillettes. Alors il ne se plaçait pas. Il les aimait de loin comme un touriste qui a son billet de retour dans la poche.

C'est une habitude qu'elle avait prise quand elle avait du vague à l'âme. Elle attendait qu'il fasse nuit, s'enveloppait dans une couette, s'installait sur le balcon et parlait aux étoiles.

Tout ce qu'ils ne s'étaient pas dit de son vivant, ils se le disaient maintenant en passant par la Voie lactée. Bien sûr, reconnaissait Joséphine, ce n'est pas très rationnel, bien sûr on pourrait dire que je suis folle, m'enfermer, me poser des pinces sur la tête et envoyer de l'électricité, mais je m'en fiche. Je sais qu'il est là, qu'il m'écoute et d'ailleurs, il me fait des signes. On se met d'accord sur une étoile, la toute petite au bout de la Grande Ourse, et il la fait briller plus fort. Ou il l'éteint. Ça ne marche pas à chaque fois, ce serait trop facile. Il lui arrive de ne pas me donner de réponse. Mais, quand je suis naufragée, il me lance une bouée. Parfois aussi, il fait clignoter une ampoule dans la salle de bains, un phare de vélo dans la rue ou un réverbère. Il aime les luminaires.

Elle suivait toujours le même rituel. Elle se posait dans un coin du balcon, pliait les jambes, posait ses coudes sur les genoux, levait la tête vers le ciel. D'abord, elle repérait la Grande Ourse, puis la petite étoile au bout et se mettait à parler. Chaque fois qu'elle prononçait ce tout petit mot « papa », les yeux lui piquaient et quand elle disait : « Papa ! Mon petit papa chéri », à tous les coups, elle pleurait.

Ce soir-là, elle s'installa sur le balcon, scruta le ciel, repéra la Grande Ourse, lui envoya un baiser, chuchota papa, papa… j'ai du chagrin, un gros chagrin qui m'empêche de respirer. D'abord l'agression dans le parc, ensuite la carte postale d'Antoine et puis tout à l'heure, la réaction de Luca, sa froideur, son indifférence polie. Comment fait-on avec les sentiments qui débordent ? Si on les exprime mal, on fait tout à l'envers. Quand on a des fleurs à offrir, on ne les donne pas la tête en bas, les tiges en l'air, sinon l'autre ne voit que les épines et se pique. Moi, je fais ça avec les sentiments, je les offre à l'envers.

Elle fixait la petite étoile. Il lui semblait qu'elle s'allumait, s'éteignait, s'allumait encore comme pour dire vas-y, ma chérie, je t'écoute, parle.

Papa, ma vie est devenue un tourbillon. Et je me noie.

Tu te souviens quand, petite, j'ai failli me noyer, que tu me regardais sur le rivage sans pouvoir rien faire parce que la mer était déchaînée et que tu ne savais pas nager… Tu te souviens ?

La mer était calme quand on est parties, maman, Iris et moi. Maman nageait en tête de son crawl puissant, Iris suivait et moi, plus loin derrière, j'essayais de ne pas me faire semer. Je devais avoir sept ans. Et puis, d'un seul coup, le vent s'est levé, des vagues de plus en plus fortes ont déferlé, les courants nous ont entraînées, on dérivait et tu n'étais plus qu'un tout petit point sur la plage qui agitait les bras et s'affolait. On allait mourir. C'est alors que maman a choisi de sauver Iris. Elle ne pouvait pas nous sauver toutes les deux, peut-être, mais elle a choisi Iris. Elle l'a calée sous son bras, l'a remorquée jusqu'à la plage, me laissant seule, buvant des bols et des bols d'eau salée, me cognant aux vagues, rebondissant comme un galet. Quand j'ai compris qu'elle m'avait abandonnée, j'ai essayé de nager jusqu'à elle, de l'agripper, elle s'est retournée en criant laisse-moi, laisse-moi et elle m'a rejetée. D'un coup d'épaule. Je ne sais plus comment j'ai fait pour reprendre pied, pour me poser sur le rivage, je ne sais plus, j'ai eu l'impression qu'une main m'empoignait, me prenait par les cheveux et me ramenait à terre.

Je sais que j'ai failli me noyer.

Aujourd'hui, c'est pareil. Les courants sont trop forts, ils m'entraînent trop loin. Trop loin, trop vite. Trop seule. Je suis triste, papa. Triste de subir la colère d'Iris, la violence d'un inconnu, le retour improbable de mon mari, l'indifférence de Luca. C'est trop. Je ne suis pas assez costaud.

La petite étoile s'était éteinte.

Tu veux dire que je me plains pour rien, que ce n'est pas grave ? Ce n'est pas juste. Tu le sais bien.

Et comme si son père là-haut reconnaissait la vertu accusée et se souvenait du crime ancien déguisé, la petite étoile se remit à briller.

Ah ! tu te souviens. Tu n'as pas oublié. J'ai survécu une fois, est-ce que je survivrai cette fois ?

C'est la vie.

Elle a bon dos, la vie. Jamais, elle ne vous octroie une longue période de repos, toujours elle vous remet à l'ouvrage.

On n'est pas sur terre pour se tourner les pouces.

Mais moi, je n'arrête pas. Je me démène comme une enragée. Tout tient debout sur mes seules épaules.

La vie m'a gâtée aussi ? Tu as raison.

La vie me gâtera encore ? Tu sais très bien que je me fiche de l'argent, que je me fiche du succès, que je préférerais un bel amour, un homme que je vénérerais, que je chérirais, tu le sais. Toute seule, je ne peux rien.

Il va arriver, il est là, pas loin.

Quand ? Quand ? Papa, dis-moi !

La petite étoile ne répondait plus.

Joséphine enfonça la tête entre ses genoux. Elle écouta le vent, elle écouta la nuit. Un silence de cloître l'enveloppa, elle s'y abrita. Elle imagina un long couloir de couvent, des dalles inégales, des piliers ronds en pierre blanche, un jardin enserré comme une tache verte, une voûte cintrée qui en appelle une autre et une autre et une autre. Elle entendit les cloches légères qui sonnaient au lointain, lançant leurs notes claires à intervalles réguliers. Elle égrena dans sa main un rosaire, récita des grâces et des prières qu'elle ne connaissait pas. Les complies, les vêpres et les matines, une liturgie qu'elle inventait et qui remplaçait le bréviaire. Elle lâcha sa peur, ses questions et ne pensa plus. Elle s'en remit au vent, écouta la chanson que lui soufflait le bruissement des branches, composa quelques notes, chantonna en sourdine.

Une pensée traversa son esprit : si Luca n'a pas trouvé ça grave, c'est peut-être parce que je ne trouve pas ça grave, moi non plus.

Si Luca ne m'accorde pas plus d'attention, c'est parce que je ne m'accorde pas d'attention.

Luca me traite comme je me traite moi-même.

Il n'a pas entendu le danger dans mes mots, ni la peur dans ma voix, il n'a pas senti les coups de couteau parce que je ne les ai pas sentis.

Je sais que ça m'est arrivé, mais je ne ressens rien. On me poignarde, mais je ne cours pas porter plainte, réclamer protection, vengeance ou assistance. On me poignarde et je ne dis rien..

Ça glisse sur moi.

J'énonce un fait, les mots sont là, je les articule à haute voix, mais l'émotion ne les colore pas. Mes mots sont muets.

Il ne les entend pas. Il ne peut pas les entendre. Ce sont les mots d'une morte, disparue depuis longtemps.

Je suis cette morte qui décolore ses mots. Qui décolore sa vie.

Depuis ce jour où ma mère a choisi de sauver Iris.

Ce jour-là, elle m'a barrée de sa vie, elle m'a barrée de la vie. C'était comme si elle me disait, tu ne vaux pas la peine d'exister donc tu n'existes plus.

Et moi, petite fille de sept ans, grelottant dans l'eau glacée, je reste interloquée. Frappée de stupeur par ce geste, le coude qui se relève et me rejette dans la vague.

Je suis morte, ce jour-là. Je suis devenue une morte qui porte le masque d'une vivante. J'agis, sans jamais établir de lien entre ce que je fais et moi. Je ne suis plus réelle. Je deviens virtuelle.

Tout glisse.

Quand je réussis à sortir de l'eau, que papa m'emporte dans ses bras en traitant ma mère de criminelle, je me dis elle ne pouvait pas faire autrement, elle ne pouvait pas nous sauver toutes les deux, elle a choisi Iris. Je ne me révolte pas. Je trouve ça normal.

Tout glisse sur moi. Je ne revendique rien. Je ne m'approprie rien.

Je suis reçue à l'agrégation de lettres, ah bon…

Je suis recrutée au CNRS, trois élus sur cent vingt-trois candidats, ah bon…

Je me marie, je deviens une femme appliquée, douce sur laquelle s'évapore l'amour distrait de son mari.

Il me trompe ? C'est normal, il va mal. Mylène l'apaise, le réconforte.

Je n'ai aucun droit, rien ne m'appartient puisque je n'existe pas.

Mais je continue à faire comme si j'étais vivante. Une, deux, une, deux. J'écris des articles, je fais des conférences, je publie, je prépare une thèse, je vais bientôt finir comme directeur de recherche, j'aurai alors atteint le sommet de ma carrière. Ah bon…

Ça ne résonne pas en moi, ça ne m'apporte aucune joie.

Je deviens mère. Je mets au monde une fille, puis une autre.

Alors je m'anime. Je retrouve l'enfant en moi. La petite fille grelottante sur la plage. Je la prends dans mes bras, je la berce, je lui baise le bout des doigts, je lui raconte des histoires pour l'endormir, je lui réchauffe son miel, je lui donne tout mon temps, tout mon amour, toutes mes économies. Je l'aime. Rien n'est assez beau pour la petite fille morte à sept ans, que je réanime avec des soins, des compresses, des baisers.

Ma sœur me demande d'écrire un livre qu'elle signera. J'accepte.

Le livre devient un immense succès. Ah bon…

Je souffre d'en être dépossédée, mais je ne proteste pas.

Quand ma fille Hortense va dire la vérité à la télé, qu'elle me projette en pleine lumière, je disparais, je ne veux pas qu'on me voie, je ne veux pas qu'on me connaisse. Il n'y a rien à voir, rien à connaître : je suis morte.

Rien ne peut me toucher puisque depuis ce jour-là, dans la mer furieuse des Landes, j'ai cessé d'exister.

Depuis ce jour-là, les choses m'arrivent, mais ne s'impriment pas en moi.

Je suis morte. Je fais de la figuration dans ma propre vie.

Elle releva la tête vers les étoiles. Il lui sembla que la Voie lactée était illuminée, elle clignotait de mille éclats nacrés.

Elle se dit qu'elle irait acheter des camélias blancs. Elle aimait beaucoup les camélias blancs.

– Shirley ?
– Joséphine !

Dans la bouche de Shirley, son prénom résonnait telle une sonnerie de clairon. Elle prenait appui sur la première syllabe, s'élevait dans les airs et dessinait des arabesques de sons : Joooséphiiine ! Il fallait alors se mettre à l'unisson de peur de subir un interrogatoire en règle : « Qu'est-ce que tu as ? Ça va pas ? tu n'as pas le moral ? Tu me caches quelque chose… »

– Shiiiirley ! Tu me manques ! Reviens vivre à Paris, je t'en supplie. J'ai un grand appartement maintenant, je peux te loger, toi et ta suite.

– Je n'ai pas de page enamouré, en ce moment. J'ai bouclé la ceinture de chasteté. Abstinence est ma volupté !

– Alors viens…

– Il n'est pas impossible, en effet, que je débarque un de ces jours, que je fasse un petit tour chez les arrogantes grenouilles.

– Pas un tour, une occupation, une bonne guerre de Cent Ans !

Shirley éclata de rire. Le rire de Shirley ! Il posait du papier peint sur les murs, accrochait des rideaux, des tableaux, emplissait toute la pièce.

– Tu viens quand ? demanda Joséphine.

– À Noël… Avec Hortense et Gary.

– Mais tu resteras un peu ? La vie n'est plus pareille sans toi.

– Dis donc, c'est une déclaration d'amour ça.

– Les déclarations d'amour et d'amitié se ressemblent.

– Alors… comment tu te débrouilles dans ton nouvel appartement ?

– J'ai l'impression d'être invitée chez moi. Je m'assieds du bout des fesses sur les canapés, je frappe avant d'entrer dans le salon et je reste dans la cuisine, c'est la pièce où je me sens le mieux.

– Ça ne m'étonne pas de toi !

– J'ai choisi cet appartement pour faire plaisir à Hortense et elle est partie vivre à Londres…

Elle lâcha un gros soupir qui signifiait, c'est toujours comme ça avec Hortense. On dépose son offrande devant une porte close.

– Zoé est comme moi. On se sent étrangères, ici. C'est comme si on avait changé de pays. Les gens sont froids, distants, pincés. Ils portent des costumes croisés et des noms composés. Il n'y a que la concierge qui a l'air vivante. Elle s'appelle Iphigénie, elle change de couleur de cheveux tous les mois, passe du rouge iroquois au bleu glacier, je ne la reconnais jamais, mais son sourire est vrai quand elle m'apporte le courrier.

– Iphigénie ! Elle va mal finir, celle-là ! Immolée par son père ou son mari…

– Elle vit dans la loge avec ses deux enfants, un garçon de cinq ans et une fille de sept ans. Elle sort les poubelles tous les matins à six heures et demie.

– Laisse-moi deviner : elle va devenir ta copine… Je te connais.

Ce n'est pas impossible, se dit Joséphine. Elle chante en faisant le ménage dans les escaliers, danse avec le tuyau de l'aspirateur, fait éclater des bulles géantes de Malabar qui lui recouvrent le visage. La seule fois où Joséphine avait frappé à la porte de la loge, Iphigénie lui avait ouvert, déguisée en cow-boy.

– J'ai essayé de t'appeler samedi et dimanche, ça ne répondait pas.

– J'étais partie à la campagne, dans le Sussex, chez des amis. De toute façon, j'allais t'appeler. Comment va la vie ?

Joséphine murmura ça pourrait aller mieux… puis elle raconta tout en détail. Shirley lâcha plusieurs « *oh ! shit ! Joooséphiiine !* » pour marquer sa stupeur, son effroi, demanda des détails, réfléchit, puis décida de prendre les problèmes un par un.

– Commençons par le mystérieux tueur. Luca a raison, tu dois aller parler aux flics. C'est vrai qu'il peut recommencer ! Imagine qu'il tue une femme sous tes fenêtres…

Joséphine opina.

– Essaie de te souvenir de tout quand tu feras ta déposition. Parfois, c'est un détail qui les met sur la piste.

– Il avait des semelles lisses.

– Ses semelles de chaussures ? Tu les as vues ?

– Oui. Des semelles lisses et propres comme si les chaussures sortaient de la boîte. Des belles chaussures, tu sais, genre Weston ou Church.

– Ah…, fit Shirley. Ce n'est pas un voyou de banlieue s'il roule en Church. Et puis, c'est pas bon pour l'enquête.

– Pourquoi ?

– Parce qu'on n'apprend rien de semelles lisses. Ni le poids ni la taille de la personne. Ni ses derniers trajets. Alors qu'une bonne semelle usée livre des renseignements précieux. Tu as une idée de son âge ?

– Non. Il était vigoureux, ça, c'est sûr. Ah si ! Il avait une voix nasillarde quand il débitait ses obscénités. Une voix qui partait du nez. Je me souviens très bien. Il parlait comme ça…

Elle se mit à nasiller en répétant les propos de l'homme.

– Et puis il sentait bon. Je veux dire, il ne sentait pas la sueur ou les pieds.

– Ce qui indique qu'il a fait ça de sang-froid, sans paniquer. Il a préparé son acte, l'a pensé. L'a mis en scène. Il doit éprouver un sentiment de revanche, de vengeance. Il répare un tort qui lui a été fait. J'ai appris ça quand j'étais dans le renseignement. Tu dis donc qu'il n'y a pas eu de décharge d'humeur aqueuse ?

Le terme, s'il étonna Joséphine, ne la surprit pas. Le passé de Shirley, sa connaissance d'un univers de violence revenait dans ces simples mots « décharge d'humeur aqueuse ». Shirley, pour cacher le secret de sa naissance, avait été, un temps, engagée dans les services secrets de Sa Gracieuse Majesté. Elle avait suivi une formation de garde du corps, avait appris à se battre, à se défendre, à lire sur les visages les moindres intentions, les moindres pulsions. Elle avait fréquenté des hommes prêts à tout, déjoué des complots, appris à pénétrer des esprits criminels. Joséphine admirait son sang-froid. Chacun de nous peut basculer dans le crime, l'étonnant, ce n'est pas que ça arrive, c'est plutôt que ça n'arrive pas plus souvent, avait-elle l'habitude de répondre quand Joséphine l'interrogeait.

– Ça ne peut donc pas être Antoine, conclut Jo.

– Tu y as pensé ?

– Après… après avoir reçu la carte postale. Je n'ai pas beaucoup dormi et je me suis dit que c'était peut-être lui… J'ai honte, mais oui…

– Antoine transpirait abondamment si j'ai bonne mémoire, n'est-ce pas ?

– Oui. Il ruisselait de peur à l'approche de l'épreuve. Il avait l'air d'être passé sous un jet.

– Donc ce n'est pas lui. À moins qu'il ait changé… Mais tu y as pensé, tout de même.

– Oh ! j'ai honte…

– Je te comprends, sa réapparition, en effet, est bizarre. Soit il a écrit cette carte et a demandé qu'on la poste après sa mort, soit il est vivant et rôde près de chez toi. Connaissant ton mari et son sens de la mise en scène, on peut tout imaginer. Il se racontait tellement d'histoires. Il se voulait tellement grand, tellement important ! Il a peut-être voulu prolonger sa mort comme ces acteurs cabots qui mettent des heures à mourir sur scène, rallongeant leur tirade pour voler la vedette aux autres.

– Tu es méchante, Shirley.

– Pour les gens comme lui c'est vexant de mourir, d'une seconde à l'autre tu trépasses, on t'oublie, on te met dans un trou et tu n'es plus personne.

Elle était lancée et Joséphine ne pouvait plus l'arrêter.

– En envoyant cette carte, Antoine se paie une tranche de vie supplémentaire, il vous empêche de l'oublier et on parle de lui.

– C'est sûr que ça m'a fait un choc… mais c'est cruel pour Zoé. Elle y croit dur comme fer, elle.

– Il s'en fiche pas mal ! Il est trop égoïste. Je n'ai jamais eu beaucoup d'estime pour ton mari.

– Arrête ! Il est mort !

– J'espère bien. Manquerait plus qu'il vienne faire le planton devant votre porte !

Joséphine entendit le bruit d'une bouilloire qui sifflait. Shirley dut couper le gaz car le sifflement mourut dans un soupir aigu. *Tea time.* Joséphine imagina Shirley, dans sa cuisine, le combiné coincé sur l'épaule, versant l'eau presque bouillante sur les feuilles odorantes. Elle possédait un assortiment de thés enfermés dans des boîtes en métal coloré qui, lorsqu'on en soulevait le couvercle, délivraient des odeurs enivrantes. Thé vert, thé rouge, thé noir, thé blanc, Prince Igor, Tsar Alexandre, Marco Polo. Trois minutes et demie d'infusion, puis Shirley enlevait les feuilles de la théière. Elle surveillait le temps de pause avec minutie.

– Quant à l'indifférence de Luca, que veux-tu que je te dise ? poursuivit Shirley passant d'un sujet à l'autre sans se laisser distraire. Il est comme ça depuis le début et tu l'entretiens dans cette distance affectueuse. Tu l'as posé sur un piédestal, tu lui balances myrrhe et encens et te prosternes à ses pieds. Tu as toujours fait ça avec les hommes, tu t'excuses de respirer, tu les remercies de baisser les yeux sur toi.

– Je crois que j'aime pas qu'on m'aime…

– … et pourtant ? Allez, Jo, allez…

– … et pourtant j'ai l'impression d'être en permanence la gueule grande ouverte, affamée d'amour.

– Il faudrait te soigner !

– Justement… J'ai décidé de me soigner.

Joséphine raconta ce qu'elle venait de comprendre en regardant les étoiles et en parlant à la Grande Ourse.

– Parce que tu parles toujours aux étoiles !

– Oui.

– Remarque, ça vaut une thérapie et c'est gratuit.

– Je suis sûre que de là-haut, il m'entend et il me répond.

– Si tu le crois… Moi, je n'ai pas besoin de me hisser dans les étoiles pour t'affirmer que ta mère est une criminelle et toi, une pauvre pomme qui se laisse marcher dessus depuis sa naissance.

– Je sais, je viens juste de le comprendre. À quarante-trois ans… Je vais aller au commissariat. Tu as raison.

C'est si bon de te parler, Shirley. Tout s'éclaire quand je te parle.

– C'est toujours plus simple de voir les choses de l'extérieur, quand on n'est pas concernée. Et l'écriture, ça avance ?

– Pas vraiment. Je tourne en rond. Je cherche un sujet pour un roman et je ne trouve pas. Je commence mille histoires le jour qui s'évanouissent la nuit. J'ai eu l'idée d'*Une si humble reine* en parlant avec toi, tu te souviens ? On était dans ma cuisine à Courbevoie. Il faudrait que tu reviennes me tenir la main…

– Fais-toi confiance.

– C'est pas mon fort, la confiance en moi…

– Tu n'es pas pressée.

– Je n'aime pas ne rien faire de mes journées.

– Va au cinéma, promène-toi, regarde les gens aux terrasses des cafés. Laisse ton imagination vagabonder et, un jour, sans que tu saches pourquoi, tu auras l'idée d'une histoire.

– L'histoire d'un homme qui poignarde les femmes seules dans les parcs, la nuit, et d'un mari qu'on croyait mort et qui envoie des cartes postales !

– Pourquoi pas ?

– Non ! J'ai envie d'oublier tout ça. Je vais me remettre à mon HDR.

– À ton quoi ?

– HDR, habilitation à diriger les recherches.

– Et ça consiste en quoi, cette… chose ?

– C'est un ensemble de publications comprenant une thèse, et tous les travaux réalisés sous forme d'articles, de conférences que tu présentes devant un jury. Ça constitue un gros pavé. J'en ai déjà à peu près dix-sept kilos !

– Et ça sert à quoi ?

– À être intégré à l'école doctorale d'une université. À avoir une chaire…

– Et gagner plein de sous !

– Non ! Les universitaires ne sont pas attirés par l'argent. Ils le méprisent. C'est le couronnement d'une carrière. On devient une sommité, on vous parle avec respect, on vient vous consulter du monde entier. Tout ce dont j'ai besoin pour restaurer mon image.

– Joséphine, tu es épatante !

– Attends, je n'en suis pas là ! J'ai encore deux, trois ans de dur labeur avant de pouvoir me présenter à la soutenance.

Et ça, c'est une autre paire de manches. Il s'agit de défendre son travail devant un jury, des hommes grognons et machistes la plupart du temps. Le dossier est épluché en détail et, à la première faute, ils vous éjectent. Ce jour-là, il est recommandé de porter une jupe qui godaille, des sandales, d'avoir les jambes tressées de poils et le dessous de bras en barbe de poireau.

Comme si elle avait suivi le cours secret de ses pensées, Shirley s'exclama :

– Jo, tu es maso !

– Je sais, j'ai aussi décidé de travailler là-dessus et d'apprendre à me défendre ! J'ai pris plein de bonnes résolutions en parlant aux étoiles !

– La Voie lactée t'a tapé sur le ciboulot ! Et ta vie amoureuse, dans ce tumulte de matière grise, tu la mets où ?

Joséphine s'empourpra.

– Quand j'ai fini de compulser mes grimoires et que j'ai couché Zoé…

– C'est bien ce que je pensais : mince comme du papier à cigarettes !

– Tout le monde ne peut pas s'envoyer en l'air avec un homme en noir !

– Touché !

– Qu'est-ce qu'il devient l'homme en noir ?

– Je n'arrive pas à l'oublier. C'est terrible. J'ai décidé de ne plus le voir, mon cœur ne veut plus, ma tête refuse, mais chaque pore de ma peau hurle au manque. Jo, tu sais quoi ? L'amour ça naît dans le cœur mais ça vit sous la peau. Et lui, il est tapi sous ma peau. En embuscade. Oh, Jo ! Si tu savais comme il me manque…

Parfois, se souvint Shirley, il me pinçait l'intérieur de la cuisse, ça me faisait un bleu, j'aimais cette douleur, j'aimais cette couleur que je gardais comme une trace de lui, une preuve de ces instants où j'aurais pu accepter de mourir parce que je savais que ce qui suivrait ne pourrait être que du fade, du rien du tout, de la respiration artificielle. Je pensais à lui en regardant le bleu, je le caressais, je le chérissais, je ne te dirai pas tout ça, petite Jo…

– Et tu fais quoi pour ne plus y penser ? demanda Joséphine.

– Je serre les dents… Et j'ai monté une association qui lutte contre l'obésité. Je vais dans les écoles et j'apprends aux enfants à se nourrir. On est en train de fabriquer une société d'obèses.

– Aucune de mes deux filles n'est concernée.

– Forcément… tu leur concoctes des bons petits plats équilibrés depuis qu'elles sont bébés. À ce propos, ta fille et mon fils ne se quittent plus.

– Hortense et Gary ? Tu veux dire qu'ils sont amoureux ?

– Je ne sais pas, mais ils se voient beaucoup.

– On les interrogera quand ils viendront à Paris.

– J'ai vu Philippe aussi. L'autre jour, à la Tate. Il était en arrêt devant un tableau rouge et noir de Rothko.

– Seul ? demanda Joséphine, étonnée de sentir son cœur s'emballer.

– Euh… Non. Il était avec une jeune femme blonde. Il me l'a présentée comme une experte en tableaux qui l'aide à acheter des œuvres d'art. Il se constitue une collection. Il a beaucoup de temps libre depuis qu'il s'est éloigné du monde des affaires…

– Elle est comment l'experte ?

– Pas mal.

– Si tu n'étais pas mon amie, tu irais jusqu'à dire qu'elle est même…

– Pas mal du tout. Tu devrais venir à Londres, Jo. Il est séduisant, riche, beau, oisif. Pour le moment, il vit seul avec son fils, c'est une proie parfaite pour les louves affamées.

– Je ne peux pas, tu le sais bien.

– Iris ?

Joséphine se mordit les lèvres sans répondre.

– Tu sais, l'homme en noir… Quand on se retrouvait à l'hôtel, quand il m'attendait dans la chambre au sixième étage, allongé sur le lit… Je ne pouvais pas attendre l'ascenseur. J'avalais les escaliers à toute allure, j'enfonçais la porte, je me jetais contre lui.

– Moi, tu sais, je suis plutôt tortue dans mes transports.

Shirley soupira bruyamment.

– Faudrait peut-être changer, Jo.

– Me transformer en Amazone ? Je tomberais de cheval au premier temps de trot !

– Tu tomberais une fois et puis tu remonterais en selle.

– Tu crois que je n'ai jamais été amoureuse, vraiment amoureuse ?

– Je crois que tu as encore beaucoup de choses à découvrir et c'est tant mieux. La vie n'a pas fini de t'étonner !

Joséphine songea, si je mettais autant de soin à apprendre la vie que j'en mets à travailler sur ma thèse, je serais peut-être plus délurée.

Son regard fit le tour de sa cuisine. On dirait un laboratoire tellement elle est propre et blanche. Je vais aller au marché acheter des guirlandes d'ail et d'oignons, des poivrons verts et rouges, des pommes jaunes, des paniers, des ustensiles en bois, des torchons, des serviettes, coller des photos et des calendriers, inonder les murs de vie. Parler avec Shirley l'apaisait, lui donnait envie d'accrocher des lampions partout. Shirley était plus que sa meilleure amie. C'était celle à qui elle pouvait tout dire sans que ça porte à conséquence ni être prise en otage.

– Viens vite, souffla-t-elle dans l'appareil avant de raccrocher. J'ai besoin de toi.

Le lendemain matin, Joséphine se rendit au commissariat de police de son quartier. Après une longue attente dans un couloir qui sentait le produit de nettoyage à la cerise, elle fut introduite dans un bureau étroit, sans fenêtre, éclairé par un plafonnier jaunâtre qui donnait un air d'aquarium à la pièce.

Elle exposa les faits à l'officier de police. C'était une femme, jeune, les cheveux châtains tirés en arrière, les lèvres minces, le nez aquilin. Elle portait un chemisier bleu pâle, un treillis bleu marine, une petite boucle dorée à l'oreille gauche. La plaque sur son bureau donnait son nom : GALLOIS. Elle lui fit décliner ses nom, prénom, adresse. La raison de sa présence dans les locaux de la police. Elle l'écouta sans qu'un muscle de son visage bouge. S'étonna que Joséphine ait attendu tout ce temps pour déclarer l'agression. Elle avait l'air de trouver cela louche. Proposa à Joséphine de voir un médecin. Joséphine déclina. Elle lui demanda une description de l'individu, si elle avait noté un détail qui pourrait aider l'enquête. Joséphine mentionna les semelles lisses et propres, la voix nasillarde, l'absence de sudation. L'officier de police leva un sourcil, surprise par ce détail, puis continua à taper sa déposition.

Elle lui fit préciser si quelqu'un avait une raison de lui en vouloir, s'il y avait eu vol ou viol. Elle parlait d'une voix mécanique, sans aucune émotion. Elle énonçait des faits.

Joséphine eut envie de pleurer.

C'est quoi ce monde où la violence est devenue si banale qu'on ne relève plus la tête de son clavier pour s'émouvoir, partager ? se demanda-t-elle en retrouvant le bruit de la rue et la lumière du jour.

Elle resta immobile à contempler les voitures qui s'alignaient en une longue file impatiente. Un camion bloquait la rue. Le chauffeur prenait tout son temps pour décharger sa cargaison, portant les cartons un à un sans se presser, considérant la rue embouteillée d'un air satisfait. Une femme aux lèvres hurlantes de rouge passa la tête par la vitre de sa voiture et explosa : « C'est quoi ce bordel ? Merde ! Ça va durer longtemps ? » Elle cracha sa cigarette et enfonça le klaxon de ses deux paumes de main.

Joséphine sourit tristement et repartit en se bouchant les oreilles pour ne pas entendre le concert de protestations.

Hortense enjamba la pile de vêtements posés à même le sol du salon de l'appartement qu'elle partageait avec sa colocataire, une Française anémique et blafarde qui écrasait ses cigarettes au hasard, multipliant les trous partout sans le moindre regret. Jean, string, collant, tee-shirt, col roulé, veste, elle s'était déshabillée sur place et avait tout laissé choir.

Elle s'appelait Agathe, suivait des cours dans la même école qu'Hortense, mais ne montrait pas le même entrain à travailler ou à ranger l'appartement. Elle se levait quand elle entendait le réveil, sinon elle restait au lit et attrapait le cours suivant. La vaisselle s'empilait dans l'évier du coin cuisine, le linge sale de plusieurs jours recouvrait ce qui, autrefois, avait dû ressembler à des canapés, la télé restait allumée en permanence et des cadavres de bouteilles vides jonchaient la table basse en verre au milieu des magazines découpés, des croûtes de pizzas sèches et des vieux mégots de joints brunâtres qui débordaient des cendriers.

– Agathe ! hurla Hortense.

Et comme Agathe demeurait enfouie sous les draps, dans sa chambre, Hortense entama un réquisitoire violent contre le laisser-aller de sa colocataire, le ponctuant de coups de pied dans la porte de sa chambre.

– Ça peut plus durer ! T'es dégueulasse ! Tu fous le bordel dans *ta* chambre, mais pas dans les parties communes ! Je viens de passer une heure à nettoyer la salle de bains, y a des touffes de cheveux partout, tout est bouché, les tubes de dentifrice coulent, un vieux Tampax traîne dans le lavabo, mais t'as été élevée où ? Tu vis pas seule ici ! Je te préviens, je vais chercher un autre appartement. J'en peux plus !

Le pire, songea Hortense, c'est que je ne peux pas partir. Le bail est à nos deux noms, deux mois de loyer versés à l'avance et puis j'irais où ? Elle le sait pertinemment cette bordélique, bonne à rien qu'à s'affamer pour rentrer dans ses jeans et tortiller du cul devant des vieux qui bavent en regardant danser son arrière-train.

Elle contempla le dessus de la table basse, dégoûtée, alla chercher un sac-poubelle et y enfouit tout ce qui traînait sur et sous la table. Elle se boucha le nez, referma le sac et le balança sur le palier en attendant de le descendre. Ça la ferait peut-être réagir de devoir repêcher son jean parmi les ordures. Même pas sûr, maugréa-t-elle, elle s'en achètera un autre avec l'argent d'un de ses vieux baveux à tête de mafieux qui fument le cigare dans le salon pendant que l'anémique colle ses faux cils dans la salle de bains. Mais où va-t-elle les chercher ? Rien qu'à les voir se pointer dans leur manteau en poil de chameau au col relevé, on a envie de prendre ses jambes à son cou et de se réfugier dans un terrier. Ils me collent l'angoisse tous ces types qui défilent, le soir. Elle va finir dans un bordel au Caire, si ça continue.

– Tu m'entends, pétasse ?

Elle tendit l'oreille. Agathe ne broncha pas.

Elle enfila des gants en caoutchouc, prit une éponge, du Domestos, un produit qui se vantait de tuer *tous* les germes, d'effacer *toutes* les taches, entreprit de récurer l'appartement. Gary passait la chercher dans une heure, il était hors de question qu'il mette un pied dans cette porcherie.

Les longs poils emmêlés de la moquette retenaient des morceaux de chips, des Bic, des pinces à cheveux, des vieux Kleenex, des Smarties. L'aspirateur eut un hoquet, mais avala un peigne sans s'étrangler. Hortense eut une moue satisfaite : au moins un truc qui marchait. Quand j'aurai de l'argent, je prendrai un appartement toute seule, marmonna-t-elle en essayant de décoller un vieux chewing-gum pris dans les poils de la moquette. Quand j'aurai de l'argent, j'aurai une femme de ménage, quand j'aurai de l'argent...

Tu n'as pas d'argent, alors ferme-la et nettoie, gronda-t-elle tout bas.

C'est sa mère qui payait l'appartement, l'école, le gaz, l'électricité, la *council tax*, les fringues, le téléphone et le sandwich de midi dans le parc. En fait, sa mère payait tout. Et rien n'était gratuit à Londres. Deux livres le Tropicana du matin, dix livres le sandwich du déjeuner, mille deux cents livres pour un appartement de deux chambres avec salon. Dans un beau quartier, certes. Notting Hill, Royal Borough of Chelsea & Kensington. Les parents d'Agathe devaient avoir de l'argent ou alors c'était les vieux en poil de chameau qui l'entretenaient.

Elle n'arrivait pas à savoir. Elle sentit l'odeur du produit de nettoyage et grimaça. Je vais puer le Domestos. Ce truc-là, ça passe à travers les gants.

Elle se retourna vers la chambre d'Agathe et balança un nouveau coup de pied dans la porte.

– Suis pas ta boniche ! Va falloir que tu te mettes ça dans la tête !

– *Too bad !* répondit l'autre. Et trop tard. J'ai été élevée avec des boniches, j'en avais deux à la maison, ça te cloue le bec, pauvresse !

Hortense contempla la porte close, stupéfaite. Pauvresse ! Elle avait osé l'appeler pauvresse !

Mais qu'est-ce qui m'a pris de la choisir, elle, entre toutes les autres ? J'avais de la colle dans les yeux, ce jour-là. C'est à cause de son air. Elle avait l'air d'avoir l'air. Hautaine, sûre d'elle, pressée, ripolinée Prada-Vuitton-Hermès. Elle visait les beaux quartiers et l'appartement vaste. Affichait les moyens et l'assurance d'une fille délurée. Lui avait juste demandé : « T'habites où à Paris ? » pour savoir si elle était fréquentable. Hortense avait répondu « La Muette », l'autre avait laissé tomber : « OK, tu feras l'affaire. » Comme si elle lui faisait l'aumône. Bingo, j'ai ferré le turbot ! avait pensé Hortense. Elle s'était dit qu'en se mettant dans son sillage, elle profiterait de son argent, de ses relations. Le seul truc qu'elle m'a apporté, c'est de pouvoir entrer au Cuckoo Club sans faire la queue. Tu parles d'un avantage ! Quelle gourde j'ai été ! Je me suis laissé bluffer comme une provinciale qui débarque dans la capitale avec deux nattes dans le dos et un tablier à carreaux.

Gary vivait dans un grand appartement, sur Green Park, juste derrière Buckingham Palace, mais il avait été clair : il ne voulait pas le partager. « Cent cinquante mètres carrés, rien que pour toi, c'est injuste, rageait Hortense. – Peut-être, mais c'est comme ça. J'ai besoin de silence, d'espace, besoin de lire, d'écouter ma musique, de penser, de marcher en long, en large et en paix, je ne veux pas que tu me houspilles et, que tu le veuilles ou non, Hortense, tu prends de la place. – Mais je me ferai toute petite, je resterai dans ma chambre ! – Non, avait conclu Gary. N'insiste pas ou tu vas ressembler à ces filles que je déteste, qui geignent et qui harcèlent. »

Hortense s'était arrêtée net. Il était hors de question qu'elle ressemblât à qui que ce soit, elle était unique et travaillait dur pour le rester. Il était hors de question aussi qu'elle perde l'amitié de Gary. Ce garçon était sûrement le célibataire de son âge le plus convoité de Londres. Du sang royal coulait dans ses veines, personne n'était censé le savoir, mais elle, elle le savait. Elle avait entendu sa mère parler avec Shirley. Et patati et patata, *to make a long story short*, Gary était le petit-fils de la reine. Sa mamie habitait Buckingham. Il y entrait les mains dans les poches et ne s'y perdait jamais. Il recevait des invitations pour des soirées, des ouvertures de boîtes, des expositions, des brunches, des lunches, des dîners. Les cartons s'entassaient sur la table de l'entrée, il les brassait, distrait. Il portait toujours le même col roulé noir, la même veste informe, le même pantalon qui godaillait sur des pompes infâmes. Il se moquait de son look. Il se moquait de ses cheveux noirs, de ses grands yeux verts, de tous les détails qu'elle soulignait pour le mettre en valeur. Il détestait sortir pour se montrer. Elle devait le supplier pour qu'il accepte et l'emmène avec lui.

– C'est pour mes relations, Gary, on n'est personne sans relations et toi, tu connais tout le monde à Londres.

– Erreur, grossière erreur ! Ma mère connaît tout le monde, pas moi. Moi, je dois faire mes preuves et vois-tu, j'ai aucune envie de faire mes preuves. J'ai dix-neuf ans, je suis ce que je suis, j'essaie de m'améliorer, c'est du boulot. Je vis comme je l'entends et j'aime ça. Et c'est pas toi qui vas me faire changer, *sorry* !

– Mais tu n'as qu'à apparaître et les preuves sont faites, trépignait Hortense, énervée par le manque de frivolité de Gary. Ça te coûte rien et ça peut me rapporter gros ! Ne sois pas égoïste. Pense à moi !

– *No way.*

Il n'en démordait pas. Elle avait beau le tancer, le relancer, il l'ignorait et remettait ses écouteurs sur les oreilles. Il voulait être musicien, poète ou philosophe. Prenait des cours de piano, de philo, de théâtre, de littérature. Regardait des vieux films en mangeant des chips écologiques, écrivait ses pensées sur des cahiers quadrillés et s'entraînait à imiter la démarche saccadée des écureuils dans Hyde Park. Il lui arrivait parfois de bondir dans le grand salon, les bras en crochets et les dents en avant.

– Gary ! T'es ridicule !

– Je suis un écureuil magnifique ! Le roi des écureuils au pelage étincelant !

Il imitait l'écureuil, récitait des tirades d'Oscar Wilde ou de Chateaubriand, des dialogues de *Scarface* ou des *Enfants du paradis*. « Si les riches souhaitaient tous être aimés, que resterait-il aux pauvres ? » Il se renversait dans un fauteuil qui avait appartenu à George V et méditait la beauté de la phrase en se tenant le menton.

Il était, elle devait le reconnaître, charmant, brillant, original.

Il refusait la société de consommation. Tolérait le portable, mais ignorait les gadgets à la mode. Quand il s'achetait des vêtements, il les prenait à la pièce. Même si les chemises étaient en promotion, deux pour le prix d'une.

– Mais prends la deuxième, c'est gratos ! insistait Hortense.

– Je n'ai qu'un torse, Hortense !

En plus, rumina-t-elle en reniflant ses gants, il est beau. Grand, beau, riche, royal, le tout dans cent cinquante mètres carrés sur Green Park. Aucun effort à faire. C'est injuste.

Elle passa l'aspirateur sur les accoudoirs d'un vieux fauteuil club en cuir et songea, bien sûr, il y en a d'autres qui me courent après, mais ils sont moches. Ou petits. Je déteste les hommes petits. C'est la race la plus méchante, la plus aigrie, la plus rancunière qui existe. Un homme petit est un homme méchant. Il ne pardonne pas au monde sa petite taille. Gary peut être flegmatique, insouciant : il est magnifique. Et il n'a pas à se soucier de la triste réalité. Il en est dispensé. C'est ce que j'aime dans l'argent, d'ailleurs : il vous dispense de la réalité.

Quand j'aurai de l'argent, je serai dispensée de réalité.

Elle se pencha par-dessus l'aspirateur et n'en crut pas ses yeux. Il y avait des bêtes dans les poils de la moquette. Une colonie grouillante de cafards. Elle écarta les poils, plaqua le tuyau de l'aspirateur sur les insectes et imagina leur mort horrible. Bien fait ! Et après, je foutrai le feu au sac pour être sûre qu'ils sont crevés. Elle les imagina crépitant dans les flammes, leurs pattes tordues, leur carapace fondue, leurs poumons asphyxiés. Cette pensée lui arracha un sourire et elle poursuivit son nettoyage avec délectation. J'aspirerais bien Agathe avec les cafards. Ou je l'étranglerais lentement avec les collants qu'elle laisse traîner. Elle suffoquerait, sa langue sortirait, grotesque et démesurée, elle deviendrait violette, elle se tordrait, elle supplierait…

– Ma chère Hortense, lui avait dit Gary un jour qu'ils descendaient Oxford Street, tu devrais aller te faire psychanalyser, tu es un monstre.

– Parce que je dis ce que je pense ?

– Parce que tu oses penser ce que tu penses !

– Hors de question, je perdrais ma créativité. Je ne veux pas devenir normale, je veux être une névrosée géniale comme Mademoiselle Chanel ! Tu crois qu'elle s'est fait psychanalyser, elle !

– Je n'en sais rien, mais je vais me renseigner.

– J'ai des défauts, je les connais, je les comprends et je me pardonne. Un point, c'est tout. Quand tu ne triches pas avec toi-même, tu as des réponses à tout. Ce sont les gens qui se racontent des histoires qui vont s'allonger chez les psy, moi, je m'assume. Je m'aime. Je trouve que je suis une fille formidable, belle, intelligente, douée. Pas la peine de faire des efforts pour plaire aux autres.

– C'est bien ce que je disais : tu es un monstre.

– Je peux te dire un truc, Gary, j'ai tellement vu ma mère se faire entuber que je me suis juré d'entuber le monde entier avant qu'on ne touche à un seul de mes cheveux.

– Ta mère est une sainte qui ne mérite pas d'avoir une fille comme toi.

– Une sainte qui m'a fait prendre en horreur la bonté et la charité ! Elle m'a servi de psy à l'envers : elle m'a confortée dans toutes mes névroses. Je l'en remercie d'ailleurs, ce n'est qu'en s'affirmant différente, résolument différente et débarrassée de tous les bons sentiments, qu'on réussit.

– On réussit quoi, Hortense ?

– On avance, on ne perd pas de temps, on s'affranchit, on règne, on fait ce qu'on veut en gagnant plein d'argent. Comme Mademoiselle Chanel, je te dis. Quand j'aurai réussi, je deviendrai humaine. Ça deviendra un hobby, une occupation délicieuse.

– Ce sera trop tard. Tu seras seule, sans amis.

– C'est facile pour toi de dire ça. Tu es né avec un service de petites cuillères en or dans la bouche. Moi, il me faut ramer, ramer, ramer…

– T'as pas les mains très calleuses pour une rameuse !

– Les cals, je les ai à l'âme.

– Parce que t'as une âme ? Ravi de l'apprendre.

Elle s'était tue, mortifiée. Bien sûr que j'ai une âme. Je ne l'exhibe pas, c'est tout. Quand Zoé l'avait appelée pour lui annoncer que son père avait envoyé une carte postale, elle avait eu un pincement au cœur. Et quand Zoé lui avait demandé d'une petite voix tremblante la prochaine fois que je viens à Londres, dis, je pourrais rester dormir chez toi ? elle avait dit oui, Zoétounette. C'est bien le signe qu'elle avait une âme, non ?

Les émotions sont une perte de temps. On n'apprend rien en pleurant. Aujourd'hui, tout le monde pleure à la télé pour un oui, pour un non. C'est dégoûtant. Ça produit des générations d'assistés, de chômeurs, d'aigris. Ça fait un pays comme la France où tout le monde gémit et joue les victimes. Elle avait les victimes en horreur. Avec Gary, elle pouvait parler. Elle n'avait pas besoin de faire semblant d'être une succursale de la Croix-Rouge. Il n'était pas souvent d'accord avec elle, mais il écoutait et lui donnait la réplique.

Son regard fit le tour du salon. Ordre parfait, bonne odeur de propreté, Gary pourrait entrer sans glisser sur un string ou un reste de guacamole.

Elle se regarda dans la glace : parfaite aussi.

Elle allongea ses longues jambes, les contempla, satisfaite, prit le dernier numéro de *Harper's Bazaar*. « 100 astuces beauté à piquer aux stars, aux pros, aux copines ». Elle le parcourut, en déduisit qu'elle n'avait rien à apprendre, passa à l'article suivant : le jean, oui mais lequel ? Elle bâilla. C'était le trois centième qu'elle lisait sur le même sujet. Faudrait leur ramoner la tête aux rédactrices de mode. Un jour, c'est elle qu'on viendrait interviewer. Un jour, je créerai ma marque. Dimanche dernier, aux Puces de Camden Market, elle avait acheté un jean Karl Lagerfeld. Une occasion que le vendeur lui avait certifiée authentique. Presque neuf, s'était-il vanté, c'est le modèle préféré de Linda Evangelista. Dorénavant ce sera le mien ! avait-elle claironné en divisant par deux le prix. Garde ton baratin pour les demi-portions que ça impressionne, avec moi, ça ne marche pas ! Il faudrait bien sûr le customiser, le transformer en événement : elle ajouterait des jambières, une veste cintrée, une grosse écharpe qui dégouline.

C'est alors qu'Agathe émergea de sa chambre brandissant une bouteille de Marie Brizard qu'elle tétait à même le goulot. Elle avança en somnambule, rota, se laissa tomber sur le canapé, chercha ses vêtements, se frotta les yeux et s'envoya une nouvelle rasade de liqueur pour se réveiller. Elle n'avait pas pris la peine de se démaquiller et le rimmel coulait sur ses joues blafardes.

– Ouaouh ! C'est propre ! T'as passé l'appartement au jet ?

– Je préfère ne pas aborder ce sujet ou je vais te ratatiner.

– Et je peux savoir où t'as mis mes affaires ?

– Tu veux dire le tas de chiffons par terre ?

La blonde famélique hocha la tête.

– À la poubelle. Sur le palier. Avec les vieux mégots, des poils de moquette et les restes de pizza.

La famélique hurla :

– T'as fait ça ?

– Et je recommencerai tant que tu ne rangeras pas.

– C'était mon jean préféré ! Un jean de couturier, deux cent trente-cinq *pounds* !

– Et tu as trouvé cet argent où, boudin anémique ?

– Je t'interdis de me parler comme ça !

– Je dis ce que je pense, et encore je me retiens. Tu m'inspires des adjectifs bien plus violents que je bannis par bonne éducation.

– Tu vas me le payer ! Je vais t'envoyer Carlos au cul, tu vas voir !

– Ton loufiat basané ? Excuse-moi, mais il m'arrive au menton et en montant sur une chaise encore !

– Rigole, rigole… Tu rigoleras moins quand il te déchirera les seins à la tenaille !

– Mon Dieu, j'ai peur ! Je tremble de peur.

Agathe tituba jusqu'à la porte, sa bouteille à la main, pour récupérer son bien. Gary se tenait sur le seuil et s'apprêtait à sonner. Il entra, fit quelques pas, attrapa le *Harper's Bazaar* et le glissa dans sa poche.

– Tu lis des journaux de gonzesses, maintenant ? cria Hortense.

– Je cultive mon côté féminin…

Hortense jeta un dernier regard sur sa colocataire à quatre pattes qui extirpait son jean du sac à ordures en poussant des cris de goret effrayé.

– Viens, on se casse…, lança-t-elle en empoignant son sac à main.

Dans l'escalier, ils croisèrent le fameux Carlos, un mètre cinquante-huit, soixante-dix kilos, les cheveux teints en noir corbeau, la peau trouée par une vieille acné rebelle. Il les dévisagea.

– Qu'est-ce qu'il a ? Il veut ma photo ? demanda Gary en se retournant.

Les deux hommes s'affrontèrent du regard.

Hortense attrapa Gary par le bras et l'entraîna.

– T'occupe ! C'est un des baveux qui lui tournent autour.

– Vous vous êtes encore disputées ?

Elle s'arrêta, se tourna vers lui, dessina la moue la plus suppliante, la plus émouvante qu'elle avait dans son répertoire et demanda, câline :

– Dis, tu ne voudrais pas que je vienne ha…

– Non ! Hortense ! Il n'en est pas question ! Tu te débrouilles avec ta coloc, mais je reste chez moi, tranquille et seul !

– Elle m'a menacée de m'arracher les seins avec une tenaille !

– On dirait que tu es tombée sur une plus coriace que toi. Ça va être un match intéressant à suivre ! Tu me gardes une place au premier rang ?

– Avec ou sans pop-corn ?

Gary gloussa. Cette fille avait vraiment de la repartie. Il n'était pas né celui qui la bâillonnerait ou lui ferait baisser les yeux. Il faillit dire allez, d'accord, viens habiter chez moi, mais se reprit.

– Avec pop-corn, mais sucré ! Et plein de sucre dessus !

Autour du lit, gisaient les vêtements dont ils s'étaient débarrassés à la hâte avant de plonger dans le lit king size qui occupait la moitié de la chambre. Il y avait des cœurs rouges imprimés sur les rideaux, de la moquette rose acrylique au sol et une gaze transparente surplombait le lit, dessinant une sorte de dais médiéval.

Où suis-je ? se demanda Philippe Dupin en faisant le tour de la chambre des yeux. Un ours brun en peluche à qui il manquait un œil de verre, ce qui lui donnait l'air sincèrement désolé, un méli-mélo de petits coussins en tapisserie dont un qui proclamait WON'T YOU BE MY SWEETHEART? I'M SO LONELY, des cartes postales représentant des chatons dans des positions acrobatiques, un poster de Robbie Williams en bad-boy tirant la langue, un éventail de photos de filles éclatant de rire et s'envoyant des baisers.

Mon Dieu ! quel âge a-t-elle ? La veille, dans le pub, il lui avait donné vingt-huit, trente ans. En contemplant les murs, il n'en était plus si sûr. Il ne se rappelait plus très bien comment il l'avait abordée. Des bouts de dialogue lui revenaient. Toujours les mêmes. Seul le pub ou la fille changeait.

– Can I buy you a beer ?

– Sure.

Ils en avaient bu une, deux, trois, debout au bar, levant et baissant le coude en regardant d'un œil l'écran de la télé qui retransmettait un match de foot. Manchester-Liverpool. Les supporters hurlaient et tapaient le cul des verres sur le bar. Ils portaient des tee-shirts de leur équipe et se donnaient des coups dans les côtes à chaque action d'éclat. Derrière le bar, un garçon en chemise blanche se démenait et criait les commandes à un autre dont le bras semblait soudé au percolateur.

Elle avait des cheveux blonds très fins, la peau pâle, un rouge à lèvres foncé qui laissait des marques sur son verre. Ça faisait un feston de baisers rouge sang. Elle avalait les bières. Enchaînait les cigarettes. Dans le journal, il avait lu un article qui s'alarmait du nombre de femmes enceintes qui fumaient pour avoir un bébé tout petit qui ne leur fasse pas mal à la naissance. Il avait regardé son ventre : creux, très creux. Elle n'était pas enceinte.

Puis il avait chuchoté :

– Fancy a shag ?

– Sure. My place or your place ?

Il préférait aller chez elle. Chez lui, il y avait Alexandre et Annie, la nounou.

En ce moment, je passe mon temps à me réveiller dans des chambres que je ne connais pas avec des corps inconnus. J'ai l'impression d'être un pilote de ligne qui change d'hôtel et de partenaire tous les soirs. En étant plus sévère, on pourrait dire aussi que je suis retombé en pleine puberté. Bientôt je vais regarder *Bob l'Éponge* avec Alexandre, on apprendra par cœur les dialogues de Carlo le Calamar.

Il eut envie de rentrer chez lui pour voir dormir son fils. Alexandre était en train de changer, de s'affirmer. Il s'était mis très vite au système anglais. Buvait du lait, mangeait des muffins, avait appris à traverser sans se faire écraser, prenait le métro ou le bus tout seul. Il allait au lycée français, mais était devenu un vrai petit Britannique. En quelques mois. Philippe avait dû imposer l'usage du français à la maison pour qu'Alexandre n'oublie pas sa langue maternelle. Il avait engagé une nounou française. Annie était bretonne. De Brest. Trapue, la cinquantaine. Alexandre semblait bien s'entendre avec elle. Son fils l'accompagnait dans les musées, posait des questions quand il ne comprenait pas, demandait quand est-ce qu'on sait avant tout le monde si ça va être beau ou laid ? Parce que Picasso, quand il a commencé à tout peindre de travers, plein de gens ont trouvé ça laid. Maintenant on trouve ça beau… Alors ? Parfois, ses questions étaient plus philosophiques : faut-il aimer pour vivre ou vivre pour aimer ? Ou ornithologiques : les pingouins, papa, ils attrapent le sida ou pas ?

Le seul sujet qu'il n'abordait jamais était sa mère. Quand ils allaient la voir dans sa chambre à la clinique, il restait assis sur une chaise, les mains posées sur les genoux, les yeux dans le vague. Une seule fois, Philippe les avait laissés seuls, pensant que sa présence les empêchait de se parler.

Dans la voiture, au retour, Alexandre l'avait averti : « Plus jamais, tu me laisses seul avec maman, papa. Elle me fait peur. Vraiment peur. Elle est là, mais elle est pas là, ses yeux sont vides. » Puis sur un ton savant de médecin, tout en bouclant sa ceinture, il avait ajouté : « Elle a beaucoup maigri, tu ne trouves pas ? »

Il avait tout son temps pour s'occuper de son fils et il ne s'en privait pas. Il avait gardé la présidence de son cabinet d'avocats à Paris, mais sa fonction se limitait à un rôle de surveillance. Il encaissait les dividendes, qui n'étaient pas négligeables, loin de là, mais n'était plus soumis à aucune des obligations qui le forçaient, il y a un an encore, à faire de la présence quotidienne et harassante. Il lui arrivait de travailler sur des dossiers difficiles quand on lui demandait son avis. Il trouvait parfois des clients, un travail de rabatteur qui ne lui déplaisait pas, il suivait le début des dossiers. Après, il passait la main. Un jour, il retrouverait l'envie de se battre, de travailler.

Pour le moment, il n'avait pas de désir particulier. C'était comme une gueule de bois qui ne passait pas. La rupture avec Iris avait été à la fois violente et progressive. Il s'était détaché d'elle peu à peu, avait dérivé, apprivoisant l'idée de ne plus vivre avec elle, et lorsque avait eu lieu la confrontation entre Iris et Gabor Minar au Waldorf Astoria, à New York, cela avait été comme un sparadrap qu'on arrache d'un coup. Douloureux, mais satisfaisant. Il avait vu sa femme se jeter dans les bras d'un autre, sous ses yeux, comme s'il n'existait pas. Cela lui avait fait mal. Et, en même temps, il s'était senti libéré. Un autre sentiment, un mélange de mépris et de pitié, avait remplacé l'amour qu'il avait éprouvé pour Iris pendant de longues années. J'ai aimé une image, une très belle image, mais j'étais moi aussi une illustration. L'illustration de la réussite. Un homme plein d'assurance, de morgue, de certitudes. Un homme fier d'aller vite, fier de réussir. Un homme qui reposait sur du vide.

Sous le sparadrap, un autre homme avait poussé, débarrassé des apparences, des faux-semblants, des mondanités. Un homme qu'il apprenait à connaître, qui le déconcertait parfois. Quel avait été le rôle de Joséphine dans l'émergence de cet homme-là ? Il s'interrogeait. Elle avait joué un rôle, il en était sûr. À sa manière à elle, discrète et effacée. Joséphine est comme une brume bienfaisante qui vous enveloppe et vous donne envie de déplier vos poumons. Il se souvenait de leur premier baiser volé dans son bureau à Paris. Il lui avait pris le poignet, l'avait attirée vers lui et…

Il avait choisi de s'installer à Londres. Quitter ses habitudes parisiennes pour faire le point dans une ville étrangère. Il y avait des amis, ou plutôt des relations, appartenait à un club. Ses parents habitaient près de lui. Paris n'était qu'à trois heures. Il y allait souvent. Il emmenait Alexandre voir Iris. Il n'appelait jamais Joséphine. Ce n'était pas encore le moment. C'est une drôle de période que je traverse. Je suis en attente. Au point mort. Je ne sais plus rien. Je dois tout réapprendre.

Il dégagea un bras et se redressa. Chercha sa montre qu'il avait posée sur la moquette. Sept heures et demie. Il fallait qu'il rentre.

Comment s'appelle-t-elle déjà? Debbie, Dottie, Dolly, Daisy?

Il enfila son caleçon, sa chemise, se préparait à mettre son pantalon lorsque la fille se retourna, cligna des yeux, leva le bras pour se protéger de la lumière.

— Il est quelle heure?
— Six heures.
— Mais c'est le milieu de la nuit!

Il pouvait sentir les relents de bière dans son haleine et s'écarta.

— Il faut que je rentre, j'ai… euh… j'ai un enfant qui m'attend et…
— Et une femme?
— Euh… oui.

Elle se retourna d'un coup et serra son oreiller dans ses bras.

— Debbie…
— Dottie.
— Dottie… Ne sois pas triste.
— Je ne suis pas triste.
— Si. Je lis sur ton dos que tu es triste.
— Même pas…

– Il faut vraiment que je rentre.

– Est-ce que tu traites toutes les femmes de la même façon, Eddy ?

– Philippe.

– Est-ce que tu les achètes avec cinq bières, les baises et puis au revoir et même pas merci !

– On va dire qu'en ce moment, je ne suis pas très élégant, tu as raison. Mais je ne veux surtout pas te faire de peine.

– C'est raté.

– Debbie, tu sais…

– Dottie !

– On était d'accord tous les deux, je ne t'ai pas violée.

– N'empêche. On part pas comme un voleur après avoir pris son pied. C'est désobligeant pour celle qui reste.

– Je dois vraiment partir.

– Comment veux-tu que j'aie une belle image de moi après ça ? Hein ? Ça va me foutre le cafard pour toute la journée ! Et, avec un peu de chance, je vais être triste demain aussi !

Elle lui tournait toujours le dos et parlait en mordant son oreiller.

– Je peux faire quelque chose pour toi ? Tu as besoin d'argent, de conseils, d'une oreille attentive ?

– Va te faire foutre, connard ! Je ne suis ni une pute ni une paumée ! Je suis comptable chez Harvey & Fridley.

– OK. J'aurai au moins essayé.

– Essayé quoi ? hurla la fille dont il n'arrivait pas à se rappeler le prénom. Essayé d'être humain deux minutes et demie ? C'est raté.

– Écoute, euh…

– Dottie.

– On a partagé un taxi et un lit, une nuit, on ne va pas en faire un drame. Ce n'est pas la première fois que tu ramasses un homme dans un pub…

112

– MAIS C'EST MON ANNIVERSAIRE AUJOUR-
D'HUI ! ET JE VAIS ME RETROUVER TOUTE
SEULE COMME D'HABITUDE !

Il la prit dans ses bras. Elle le repoussa. Il la serra
contre lui. Elle résista de toutes ses forces.

– Bon anniversaire…, chuchota-t-il.

– Dottie. Bon anniversaire, Dottie.

– Bon anniversaire, Dottie.

Il hésita à lui demander son âge, mais eut peur de la
réponse. Il la berça un instant sans rien dire. Elle se
laissa aller contre lui.

– Je m'excuse, dit-il, OK ? Je m'excuse vraiment.

Elle se retourna et le dévisagea, dubitative. Il avait
l'air sincère. Et triste. Elle haussa les épaules, et se
dégagea. Il lui caressa les cheveux.

– J'ai soif, dit-il. Pas toi ? On a trop bu hier…

Elle ne répondit pas. Elle fixait les cœurs rouges de
ses rideaux. Il disparut dans la cuisine. Revint avec une
tranche de pain de mie tartinée de marmelade sur
laquelle il avait planté cinq allumettes. Il les alluma
l'une après l'autre et entonna : « *Happy birthday…* »

– Dottie, murmura-t-elle, les yeux brillants de larmes
en fixant les allumettes.

– *Happy birthday, happy birthday sweet Dottie,
happy birthday to you…*

Elle souffla, il détacha la montre Cartier, qu'Iris lui
avait achetée pour Noël, l'attacha au poignet de Dottie
qui le laissa faire, émerveillée.

– Pour sûr, t'es différent…

Ne pas lui demander son numéro. Ne pas dire je
t'appelle, on se revoit. Ce serait lâche. Il ne la reverrait
pas. Elle avait raison : l'espoir est un poison violent. Il
en savait quelque chose, lui qui n'arrêtait pas d'espérer.

Il prit sa veste, son écharpe. Elle le regarda partir
sans rien dire.

Il claqua la porte et se retrouva dans la rue. Cligna des yeux en regardant le ciel. Est-ce le même ciel gris qui va jusqu'à Paris ? Elle doit dormir, à cette heure-ci. Est-ce qu'elle a reçu mon camélia blanc ? Est-ce qu'elle l'a mis sur son balcon ?

Ce n'est pas comme ça qu'il l'oublierait. Il arrêtait d'y penser pendant quelques jours, puis le manque revenait le tenailler. Il suffisait d'un rien. D'un nuage gris, d'un camélia blanc.

Un camion s'arrêta à sa hauteur. Il commençait à bruiner. Une brume légère qui ne mouillait pas. Il releva son col et décida de rentrer à pied.

Blaise Pascal, un jour, écrivit : « Il y a des passions qui resserrent l'âme et la rendent immobile, et il y en a qui la grandissent et la font se répandre au-dehors. » Henriette Grobz, depuis que Marcel Grobz l'avait quittée pour se mettre en ménage avec sa secrétaire, Josiane Lambert, s'était découvert une passion qui lui étouffait l'âme : la vengeance. Elle ne pensait plus qu'à une chose : rendre à Marcel, au centuple, la monnaie de l'humiliation qu'il lui avait infligée. Elle voulait pouvoir lui dire un jour, tu m'as pris ma situation, tu m'as volé mon confort, tu as saccagé mon sanctuaire, je te châtie, Marcel, je te traîne dans la boue, toi et ta gourgandine. Il ne vous restera que les yeux écorchés de douleur pour pleurer et vous verrez votre fils chéri grandir en guenilles, privé de toutes les espérances dont vous le parez pendant que je caracolerai sur un tas d'or et vous écraserai de mon mépris.

Elle éprouvait le besoin de blesser Marcel Grobz, de le marquer au fer rouge comme une marchandise qui lui avait autrefois appartenu et qu'on lui avait reprise. Il a osé ! s'étranglait-elle, il a osé ! Il l'avait dépouillée de ses droits, de ses privilèges, de cette rente à vie qu'elle s'était assurée en l'épousant, lui, ce porc répugnant dont le seul attrait consistait en une belle et ronde fortune. Il l'avait grugée par un habile tour de passe-passe administratif, elle qui croyait s'être tricoté un contrat en béton armé qui la mettait à vie à l'abri du besoin. Il lui avait volé son or. Son gros tas d'or sur lequel elle veillait avec les yeux d'une mère éperdue.

Elle avait oublié sa bonté, sa générosité, l'enfer qu'elle lui avait fait vivre en le traitant comme un pauvre intrus indigne de respirer son air, de manger à sa table. Elle oubliait que, pour l'humilier, elle lui infligeait l'usage de trois fourchettes à table, le port de pantalons serrés, le respect scrupuleux d'une syntaxe impossible. Elle oubliait qu'elle l'avait proscrit du lit conjugal, remisé dans un cagibi à peine assez grand pour contenir un lit et une table de chevet, elle ne retenait qu'une seule chose : ce misérable avait eu l'outrecuidance de se rebeller et de prendre la fuite avec son argent.

Vengeance, vengeance ! criait tout son être dès le réveil. Et de parcourir son appartement désolé, privé des énormes bouquets de fleurs que lui livrait autrefois le fleuriste Veyrat, de constater qu'il n'y avait plus de maître d'hôtel pour établir les menus, plus de lingère pour soigner sa garde-robe, plus de domestique pour lui apporter son petit déjeuner au lit, plus de chauffeur pour la promener dans Paris, plus de rendez-vous quotidiens chez le couturier, le pédicure, le masseur, le coiffeur, la manucure. Ruinée. La veille, place Vendôme, au moment de payer le nouveau bracelet de sa montre Cartier, elle avait dû s'asseoir en voyant le montant de la note. Elle n'achetait plus ses produits de beauté en parfumerie, mais en pharmacie, s'habillait chez Zara, avait renoncé à l'agenda Hermès et au champagne blanc de blanc de Ruinart. Chaque journée amenait un nouveau sacrifice.

Marcel Grobz payait le loyer de l'appartement et lui versait une pension, mais cela ne suffisait pas à la voracité d'Henriette qui avait connu des jours de magnificence où il lui suffisait d'ouvrir son chéquier pour obtenir ce qu'elle voulait. Le doux bruit de la plume de son stylo en or sur le chèque blanc... Le dernier sac Vuitton, des châles en cachemire comme s'il en pleuvait, des aquarelles douces à ses yeux usés, des truffes blanches de chez Hédiard ou deux places au premier rang salle Pleyel, une pour son sac à main, l'autre pour elle. Elle ne supportait pas la promiscuité. L'argent de Marcel Grobz était un sésame dont elle avait abusé et qui lui avait été retiré brusquement comme on confisque sa tétine au bébé qui suçote, heureux.

Elle n'avait plus d'argent, elle n'était plus rien. L'autre avait tout.

L'autre. Elle en faisait des cauchemars chaque nuit, se réveillait, la chemise trempée. La colère la suffoquait. Il fallait qu'elle boive un grand verre d'eau pour dénouer la rage qui lui écrasait la poitrine. Elle finissait ses nuits aux lueurs tremblantes de l'aube à remâcher une revanche qu'elle ne finissait pas d'enluminer. Josiane Lambert, j'aurai ta peau et celle de ton fils, sifflait-elle, enfoncée dans le moelleux de ses oreillers. Encore heureux qu'il n'ait pas emporté la literie ! Elle aurait été obligée de dormir sur des oreillers Monoprix.

Il fallait que prenne fin cette infamie. Cela ne viendrait pas d'une nouvelle union, ce n'est pas à soixante-huit ans qu'on appâte les hommes avec ce qu'il nous reste de charmes, cela ne pouvait provenir que d'une action qu'elle allait entreprendre pour rentrer dans ses droits. D'une vengeance mûrie, préméditée.

Laquelle ? Elle ne savait pas encore.

Pour passer ses nerfs, elle tournait autour du domicile de sa rivale, la filait, promenant l'héritier dans un landau anglais, moussant de dentelles et de couvertures en laine peignée, suivie par la voiture au volant de

laquelle se tenait Gilles, le chauffeur, au cas où l'usur-
patrice viendrait à se fatiguer. Elle suffoquait de rage,
mais cavalait derrière l'attelage de la mère et du fils en
tricotant de ses longues jambes maigres, protégée,
croyait-elle, par le large couvre-chef qu'elle ne quittait
jamais.

Elle avait songé au vitriol. Asperger la mère et l'enfant, les défigurer, les aveugler, inscrire sur leur visage
une lèpre éternelle. Ce projet la transfigurait, un large
sourire illuminait sa face sèche, plâtrée de poudre
blanche, elle jubilait. Elle se renseigna sur les moyens
de se procurer ce concentré d'acide sulfurique, fit une
enquête, en étudia les effets ; cette idée la charma
quelque temps, puis elle se ravisa. Marcel Grobz l'accu-
serait et son courroux serait terrible.

Sa vengeance devait être secrète, anonyme, silencieuse.

Elle décida alors d'étudier le terrain de sa rivale. Elle
tenta de soudoyer la petite bonne qui travaillait chez
Marcel, de la faire parler des amis, des relations, de la
famille de sa patronne. Elle savait s'adresser aux subal-
ternes, se mettre à leur niveau, épouser leurs points de
vue, renchérir sur leurs peurs imaginaires, elle en rajoutait, les flattait, caressait leurs rêves, se montrait bonne
amie, bonne fille pour soutirer le renseignement dont
elle avait besoin : cette Josiane, n'avait-elle pas un
amant ?

– Oh, non… Madame ne ferait pas ça, rougissait la
domestique. Elle est trop bonne. Et puis trop franche
aussi. Quand elle a quelque chose sur le cœur, elle le
dit. Elle est pas du genre à dissimuler…

Une sœur, un frère indigne qui viendrait la ponction-
ner quand le gros plein de soupe avait le dos tourné ? La
petite bonne, après avoir placé les billets pliés en quatre
dans la poche de sa veste, disait, je ne crois pas,
Madame Josiane a l'air bien éprise et Monsieur aussi, ils

se mangent de baisers et, s'il n'y avait pas Junior pour les surveiller, ils se culbuteraient toute la journée dans la cuisine, dans l'entrée, dans le salon, c'est sûr que pour s'aimer, ils s'aiment. Ils sont comme deux berlingots collés.

Henriette tapait du pied de colère.

– Parce qu'ils se frottent encore l'un contre l'autre ? C'est répugnant !

– Oh non, madame, c'est charmant ! Si vous les voyiez. Ça vous donne de l'espérance, on croit fort à l'amour quand on travaille pour eux.

Henriette s'éloignait en se bouchant le nez.

Alors, elle tenta d'amadouer la concierge de l'immeuble pour obtenir des renseignements qui, judicieusement utilisés, auraient pu lui servir mais elle renonça. Elle ne se voyait pas enlever l'enfant ni payer un homme de main pour supprimer la mère.

Elle et Marcel n'étaient pas encore divorcés, elle faisait mille difficultés, inventait mille obstacles, repoussait la date fatidique où il reprendrait sa liberté et pourrait convoler en justes noces. C'était son seul atout : elle était encore mariée, et pas près de divorcer. La loi la protégeait.

Il lui fallait battre le fer de manière sûre et subtile. Marcel n'était pas niais. Il pouvait se révéler impitoyable. Elle l'avait vu à l'ouvrage. Il ratatinait des ennemis redoutables avec son sourire d'enfant de chœur. Il emberlificotait l'adversaire en trois coups de pelote.

Je vais trouver, je vais trouver, se disait-elle chaque jour en tricotant des jambes avenue des Ternes, avenue Niel, avenue de Wagram, avenue Foch, suivant le carrosse de cet enfant qu'elle abominait. Ces parcours l'épuisaient. Sa rivale, plus jeune et plus vive, menait son landau avec entrain. Elle rentrait chez elle, les pieds en sang, et méditait, les orteils déployés dans une bassine d'eau salée. Je m'en suis toujours sortie, ce n'est pas aujourd'hui que je vais laisser ce vieux dégoûtant saisi par la débauche me réduire à néant.

Il lui arrivait parfois, au petit matin, quand le jour pointait à travers les rideaux, de s'offrir un luxe qu'elle goûtait fort du fait de sa rareté : des larmes. Elle versait de chiches larmes froides en réfléchissant à sa vie qui aurait dû être lumineuse, douce si l'infortune ne s'était pas acharnée sur elle. Acharnée, répétait-elle, en délivrant un sanglot rageur. Je n'ai vraiment pas eu de chance, la vie est une loterie et j'ai été mal servie. Sans parler de mes filles, ricanait-elle, droite dans son lit. L'une, ingrate et commune, ne veut plus me voir, l'autre, frivole et gâtée, a laissé passer la chance de sa vie en voulant devenir madame de Sévigné. Quelle drôle d'idée ! Avait-elle besoin de se travestir en auteur à succès ? Elle avait tout. Un mari riche, un appartement magnifique, une maison à Deauville, de l'argent à jeter par les fenêtres. Et je vous prie de croire, ajoutait-elle comme si elle s'adressait à une amie imaginaire assise au pied de son lit, qu'elle ne les fermait jamais les fenêtres ! Il a fallu qu'elle se prenne pour une autre, qu'elle se livre à des rêveries stériles, se donne l'air d'être un écrivain. Aujourd'hui, elle dépérit dans une clinique. Je ne vais pas la voir : elle me déprime. Et puis, c'est si loin et les transports en commun, mon Dieu ! comment font les gens pour s'entasser chaque jour dans ces wagons à bétail humain. Non merci !

Un jour qu'elle questionnait la petite bonne sur les relations de Marcel et de sa putain – c'est ainsi qu'elle appelait Josiane quand elle soliloquait –, elle apprit que Joséphine était attendue à dîner, prochainement. Ils en parlaient. Joséphine chez l'ennemi ! Elle pourrait être son cheval de Troie. Il lui fallait absolument se réconcilier avec elle. Elle était si sotte, si naïve, elle n'y verrait que du feu.

Sa détermination fut renforcée lorsqu'un jour où elle attendait que le feu passe au rouge et qu'elle puisse continuer sa filature, elle eut la surprise de voir la voiture de Marcel se garer à sa hauteur.

– Alors la vieille, claironna Gilles, le chauffeur, on gambade, on s'aère ? On redécouvre les plaisirs de la marche à pied ?

Elle avait détourné la tête, fixant le sommet des arbres, se concentrant sur les marrons qui éclataient dans leur coque brune. Les marrons, elle les aimait glacés. Elle les achetait chez Fauchon. Elle avait oublié que ça poussait sur des arbres.

Il avait klaxonné pour qu'elle revienne à lui et avait enchaîné :

– On chercherait pas plutôt des noises au patron en filant le train de sa belle et de son fils ? Vous croyez que je vous ai pas repérée depuis le temps que vous galopez derrière eux ?

Heureusement il n'y avait personne pour s'étonner de ce dialogue déplacé. Elle baissa les yeux jusqu'à lui et le fusilla du regard. Il en profita pour porter la touche finale :

– Je vous conseille de déguerpir et vite fait, sinon j'en parle au patron. Et votre chèque de fin de mois pourrait bien y passer !

Ce jour-là, Henriette abandonna ses filatures. Il fallait absolument qu'elle trouve un moyen de nuire, un moyen invisible, anonyme. Une vengeance à distance, où elle n'apparaisse pas.

Elle n'allait pas se laisser tuer par le chagrin, elle allait tuer son chagrin.

Joséphine vérifia qu'elle portait bien le médaillon, claqua la porte et sortit. Elle s'était souvenue des règles de prudence édictées par Hildegarde de Bingen afin d'écarter le danger : porter en sachet sous le cou les reliques d'un saint protecteur ou des fragments de cheveux, d'ongles, de peau du chef de famille mort. Elle avait placé la mèche de cheveux d'Antoine dans un médaillon et le portait autour du cou. Elle était persuadée qu'Antoine l'avait sauvée en s'interposant, sous forme de colis postal, entre le meurtrier et elle ; il pouvait donc la protéger d'un nouvel assaut si l'assassin récidivait. Qu'importe qu'on la prenne pour une timbrée !

Après tout, la croyance en des reliques protectrices avait perduré suffisamment longtemps dans l'histoire de France pour y apporter un peu de crédit. Ce n'est pas parce que je vis à une époque qui se veut scientifique et rationnelle que je n'ai pas le droit de croire au surnaturel. Les miracles, les saints, les manifestations de l'au-delà faisaient partie de la vie de tous les jours au Moyen Âge. On était même allé jusqu'à prêter des dons de guérisseur à un chien. Au XIIe siècle, dans la paroisse de Châtillon-sur-Chalaronne. Il s'appelait Guignefort. Il avait été martyrisé par son maître et enterré à la sauvette par une paysanne, qui avait pris l'habitude de poser des fleurs sur la tombe du pauvre cabot chaque fois qu'elle passait dans la clairière. Un jour qu'elle y avait emmené son fils de quinze mois qui avait une forte fièvre et des pustules sur le visage, elle avait posé l'enfant sur la tombe, le temps d'aller cueillir, comme d'habitude, des fleurs dans les champs. Quand elle revint, l'enfant, le visage lisse comme lavé, gazouillait et tapait des mains pour célébrer la délivrance du mal qui le tourmentait. La paysanne narra à tous cette aventure qu'on baptisa miracle. Les femmes du village prirent l'habitude de se rendre en pèlerinage sur la tombe du chien dès qu'un enfant était malade. Elles revenaient en chantant, louant le chien et ses pouvoirs surnaturels. Bientôt on vint de partout déposer les enfants malades sur la tombe de

Guignefort. On en fit un saint. Saint Guignefort, aboyez pour nous. On lui récitait des prières, on lui édifiait un autel, on déposait des offrandes. Cela fit tant de bruit qu'en 1250, un dominicain, Étienne de Bourbon, interdit ces pratiques superstitieuses, mais les pèlerinages continuèrent jusqu'au XXe siècle.

Elle avait prévu de travailler en bibliothèque puis de se rendre à l'école de Zoé à dix-huit heures trente pour la traditionnelle réunion parents-professeurs. Tu n'oublies pas, maman ? Tu ne restes pas coincée dans un donjon à respirer un lys ? Elle avait souri et promis d'être à l'heure.

Elle était donc assise dans le métro, dans le sens de la marche, le nez contre la vitre. Elle réfléchissait à l'organisation de son travail, les livres qu'il allait falloir retenir, les fiches à remplir, le sandwich et le café qu'elle prendrait sur un zinc. Elle avait une étude à faire sur la toilette des jeunes filles. Le costume changeait selon les régions et on pouvait dire d'où venait une femme d'après son habit. La jeune fille du peuple portait une robe et un chaperon avec une ceinture et des petites bourses accrochées à la ceinture car, au Moyen Âge, il n'y avait pas de poches. Par-dessus la robe, on mettait un surcot, une sorte de manteau souvent fourré de ventre d'écureuil qu'on appelait le vair. Aujourd'hui, on se ferait arracher les yeux et les oreilles si on portait de la fourrure de ventre d'écureuil !

Elle tourna la tête et jeta un coup d'œil sur son voisin qui étudiait un cours d'électricité. Un exposé sur le triphasé. Tenta de lire ses notes. C'était un enchevêtrement de flèches rouges et de ronds bleus, de racines carrées et de divisions. Un titre souligné à l'encre rouge disait : « Qu'est-ce qu'un transformateur parfait ? » Joséphine sourit. Elle avait lu : « Qu'est-ce qu'un homme parfait ? » Son histoire avec Luca languissait. Elle n'allait plus dormir chez lui : il avait recueilli son frère. Vittorio était de plus en plus agité. Luca s'inquiétait de son état mental. J'hésite à le laisser seul et je ne veux pas le faire enfermer. Il fait une vraie fixation sur vous. Je dois lui prouver que lui seul compte pour moi. D'autre part, l'éditeur avait avancé la date de parution de son livre sur les larmes, et il devait corriger ses épreuves. Il l'appelait, parlait de films, d'expositions où ils se rendraient ensemble, mais ne lui donnait pas rendez-vous. Il me fuit. Une question la taraudait : qu'avait-il voulu lui dire ce fameux soir où il n'était pas venu à leur rendez-vous ? « Il faut absolument que je vous parle, c'est important… » Faisait-il allusion à la violence de son frère ? Vittorio avait-il menacé de s'en prendre à elle ? Ou l'avait-il agressé, lui, Luca ?

Une gêne s'était installée entre eux après qu'elle lui eut raconté l'agression dont elle avait été victime. Elle en venait à penser qu'elle aurait dû se taire. Ne pas l'importuner avec ses problèmes. Puis elle se reprenait et s'invectivait, mais non ! enfin Jo, arrête de te prendre pour quantité négligeable ! Tu es une personne formidable ! Il faut que je m'entraîne à le penser. Je suis une personne formidable, je vaux la peine d'exister. Je ne suis pas une motte de beurre.

Luca était un mystère comme l'exposé sur le courant triphasé de son voisin. Il me faudrait un circuit fléché pour que je le comprenne et l'atteigne en plein cœur.

En face d'elle, deux étudiants examinaient les petites annonces à la recherche d'un appartement et s'exclamaient devant la cherté des loyers.

Ils avaient de bonnes têtes. Joséphine eut envie de les inviter à s'installer chez elle, elle possédait une chambre de service au sixième étage, mais elle se retint. La dernière fois qu'elle avait cédé à un élan de générosité, elle avait dû supporter la présence de madame Barthillet et de son fils Max chez elle : elle n'arrivait plus à les mettre à la porte. Elle n'avait plus de nouvelles des Barthillet.

À la station Passy, le métro devenait aérien. C'était le passage qu'elle préférait : quand la rame sortait du ventre de la terre et s'élançait dans le ciel. Elle se tourna vers la fenêtre, guettant la lumière. D'un seul coup, les quais apparurent, éclaboussés de soleil. Elle cligna des yeux. Cela la surprenait toujours.

Un métro, venant en direction opposée, s'arrêta contre le sien. Elle détailla les gens assis dans la voiture. Elle les observait, leur inventait des vies, des amours, des regrets. Essayait de deviner ceux qui étaient en couple, tentait d'attraper sur les lèvres des bouts de dialogue. Son regard caressa une première dame, forte, enveloppée dans un manteau à gros carreaux, qui fronçait les sourcils. Pas très heureux les carreaux quand on est gros, et ces sourcils ! je la déclare acariâtre et vieille fille. Son fiancé a fui, un jour, et elle l'attend pour lui dire son fait, un rouleau à pâtisserie caché derrière son dos. Puis une autre femme, toute mince, avec un trait d'eye-liner vert pistache sur chaque paupière. Elle devait faire des mots croisés parce qu'elle suçait un crayon, penchée sur un journal. Elle ne portait pas d'alliance, avait les ongles rouges, Joséphine décida qu'elle était informaticienne, célibataire, qu'elle n'avait pas d'enfant et ne faisait jamais la vaisselle. Le samedi soir, elle sortait dans des boîtes, dansait jusqu'à trois heures du matin et rentrait toute seule. À côté d'elle, un homme, les épaules basses, un col roulé rouge, une veste grise, trop grande, un peu râpée, lui tournait le dos. Une femme voulut s'asseoir et il se déplaça pour la laisser passer. Elle vit son visage et resta figée sur place. Antoine ! C'était Antoine. Il ne regardait pas dans sa direction, ses yeux flottaient dans le vague, mais c'était lui. Elle frappa de toutes ses forces contre la vitre, cria Antoine ! Antoine ! se dressa, martela le verre, l'homme tourna la tête, la regarda, étonné, et lui fit un petit signe de la main. Comme s'il était embarrassé et lui demandait de se calmer.

Antoine !

Il avait une large balafre sur la joue droite et son œil droit était fermé.

Antoine ?

Elle n'en était plus sûre du tout.

Antoine ?

Il n'avait pas l'air de la connaître.

Les portes se refermèrent. Le métro s'ébranla. Joséphine se laissa retomber sur le siège, la tête dévissée en arrière pour tenter d'apercevoir encore une fois l'homme qui ressemblait à Antoine.

Ce n'est pas possible. S'il était vivant, il serait venu nous voir. Il n'a pas notre adresse, chuchota la petite voix de Zoé. Mais ça se trouve une adresse ! J'ai bien reçu son colis, moi ! Il va la demander à Henriette !

Mais elle ne pouvait pas le sacquer, répliqua la petite voix de Zoé.

Le garçon tournait la page de son cours d'électricité triphasée. Les étudiants encerclaient au feutre rouge un appartement rue de la Glacière. Deux pièces, sept cent cinquante euros. Un homme, monté à la station Passy, feuilletait une revue sur les résidences secondaires. Financement et fiscalité. Il portait une chemise blanche, un costume gris à rayures bleu ciel et une cravate à pois bleus. L'homme qu'elle avait pris pour Antoine portait un col roulé rouge. Antoine détestait les cols roulés. Antoine détestait le rouge. C'est une couleur pour camionneur, affirmait-il.

Elle passa l'après-midi à la bibliothèque, mais eut beaucoup de mal à travailler. Elle n'arrivait pas à se concentrer. Revoyait le wagon et ses occupants, la grosse femme à carreaux, la femme menue aux deux traits d'eye-liner vert et... Antoine en col roulé rouge. Elle secouait la tête et reprenait l'étude de ses textes.

Sainte Hildegarde de Bingen, protégez-moi, dites-moi que je ne suis pas folle. Pourquoi revient-il me torturer ?

À six heures moins le quart, elle rangea ses dossiers, ses livres et reprit le métro en sens inverse. À la station Passy, elle chercha des yeux un homme en col roulé rouge. Il est peut-être devenu clochard. Il vit dans une rame de métro. Il a choisi la ligne 6 parce qu'elle est aérienne, qu'on y voit Paris comme sur une carte postale, qu'il peut admirer la tour Eiffel qui scintille. La nuit, il dort dans un vieux manteau sous une arche du métro aérien. Ils sont nombreux à se réfugier sous le métropolitain. Il ne sait pas où j'habite. Il erre tel un ermite. Il a perdu la mémoire.

À dix-huit heures trente, elle pénétra dans le collège de Zoé. Chaque professeur recevait dans une salle d'étude. Les parents faisaient la queue dans le couloir, attendant que leur tour vienne pour parler des problèmes ou des exploits de leur enfant.

Elle inscrivit sur une feuille le nom des professeurs, le numéro de leur salle et l'heure à laquelle elle était attendue. Alla faire la queue devant son premier rendez-vous, le professeur d'anglais, miss Pentell.

La porte était ouverte et miss Pentell, assise derrière son bureau. Elle avait sous les yeux les notes de l'élève et des commentaires sur sa conduite en classe. Chaque entretien était censé durer cinq minutes, mais il n'était pas rare que des parents anxieux prolongent l'entrevue dans l'espoir de faire remonter la cote de leur progéniture. Les autres parents, qui patientaient sur le seuil de la salle de classe, soupiraient en regardant leur montre. Il y avait souvent des échanges acerbes, parfois même des altercations. Elle avait déjà assisté à des prises de bec mémorables où des pères solennels se transformaient en vociférateurs violents.

Certains lisaient le journal en attendant, des mères papotaient, échangeaient des adresses de cours particuliers, de stages de vacances, des téléphones de filles au pair. D'autres avaient l'oreille collée à leur portable, d'autres enfin tentaient de resquiller en passant devant tout le monde, soulevant des concerts de protestations.

Elle entrevit son voisin, monsieur Lefloc-Pignel, qui sortait d'une salle de cours. Il lui fit un petit signe de main amical. Elle lui sourit. Il était seul, sans sa femme. Puis ce fut son tour de s'entretenir avec le professeur d'anglais. Miss Pentell lui assura que tout allait bien, Zoé avait un très bon niveau, un accent parfait, une aisance remarquable dans la langue de Shakespeare, un très bon comportement en classe. Elle n'avait rien à signaler de particulier. Joséphine rougit devant tant de compliments et renversa sa chaise en se levant.

Il en fut de même pour les professeurs de maths, d'espagnol, de SVT, d'histoire, de géographie, elle cheminait de salle en salle, recueillant louanges et lauriers. Tous la félicitaient d'avoir une fille brillante, drôle, consciencieuse. Très bonne camarade aussi. On l'a nommée tutrice d'un élève en difficulté. Joséphine recevait ces compliments comme autant de satisfecit qu'elle se décernait. Elle aussi aimait l'effort, la perfection, la précision. Elle rayonnait de bonheur et marchait allégrement vers son dernier rendez-vous, madame Berthier.

Monsieur Lefloc-Pignel attendait à la porte de la classe. Son salut fut moins chaleureux qu'auparavant. Il se tenait appuyé contre le chambranle de la porte ouverte, en frappait le panneau de son index, faisant un bruit régulier et irritant qui dut importuner madame Berthier car elle leva la tête et demanda d'un ton las : « Pouvez-vous arrêter ce bruit, s'il vous plaît ? »

Sur une chaise, à côté d'elle, posé bien à plat et toujours aussi joufflu, reposait son chapeau vert à soufflets.

– Vous ne gagnerez pas de temps et vous m'empêchez de me concentrer, souligna madame Berthier.

Monsieur Lefloc-Pignel tapota le cadran de sa montre pour lui indiquer qu'elle était en retard. Elle hocha la tête, écarta les mains en signe d'impuissance et se pencha vers une mère qui avait l'air désespérée, les épaules voûtées, les pieds en dedans, ses longues manches de manteau couvrant ses doigts. Monsieur Lefloc-Pignel se contint un moment, puis reprit son martèlement, l'index replié, comme s'il cognait à la porte.

– Monsieur Lefloc-Pignel, dit madame Berthier en lisant son nom sur la liste des parents, je vous serais reconnaissante d'attendre votre tour patiemment.

– Je vous serais reconnaissant de respecter vos horaires. Vous avez déjà trente-cinq minutes de retard ! C'est inadmissible.

– Je prendrai le temps nécessaire.

– Quel genre de professeur êtes-vous si vous ne savez pas que l'exactitude est une politesse qu'il convient d'enseigner aux élèves ?

– Quel genre de parent êtes-vous si vous êtes incapable d'écouter les autres et de vous adapter ? répliqua madame Berthier. Nous ne sommes pas dans une banque, ici, nous nous occupons d'enfants.

– Vous n'avez pas de leçons à me donner !

– C'est dommage, sourit madame Berthier, je vous aurais bien pris comme élève et vous auriez été obligé de filer doux !

Il se cabra comme piqué au sang.

– C'est toujours comme ça, dit-il, prenant Joséphine à partie. Les premiers rendez-vous, ça va, et ensuite, les retards s'enchaînent. Aucune discipline ! Et elle, à chaque fois, elle fait exprès de me faire attendre ! Elle croit que je ne m'en aperçois pas, mais je ne suis pas dupe !

Il avait élevé la voix de façon que madame Berthier l'entende.

– Savez-vous qu'elle a traîné les enfants à la Comédie-Française, le soir, en pleine semaine, vous êtes au courant, n'est-ce pas ?

Madame Berthier avait emmené sa classe voir *Le Cid*. Zoé avait été enchantée. Elle avait troqué *Les Misérables* contre les stances du *Cid* et déambulait, tragique, dans le couloir en récitant : « Ô rage ! ô désespoir ! ô vieillesse ennemie ! N'ai-je donc tant vécu que pour cette infamie… ? »

Joséphine avait beaucoup de mal à ne pas éclater de rire devant ce don Diègue imberbe en pyjama rose.

– Et ils se sont couchés à minuit. C'est un scandale. Un enfant a besoin de sommeil. Son équilibre, le développement de son cerveau en dépendent.

Il parlait de plus en plus fort. Il avait été rejoint par une mère d'élève qui alimentait sa colère en renchérissant.

– En plus, elle nous a demandé huit euros par enfant ! glapit-elle.

– Quand on pense à l'argent qu'on verse avec nos impôts ! s'exclama un autre père.

– C'est un théâtre subventionné, grogna la mère. Il pourrait offrir les places aux enfants des collèges et des lycées.

– Absolument ! renchérit une autre qui grossit le groupe de mécontents. Faut être pauvre pour qu'on s'occupe de vous dans ce fichu pays !

– Vous ne dites rien ? lança Lefloc-Pignel, outré que Joséphine reste coite.

Ses pommettes s'enflammèrent, elle rabattit ses cheveux pour qu'on ne voie pas la pointe de ses oreilles s'empourprer. Madame Berthier se leva et vint fermer la porte d'un coup sec. Les parents restèrent interdits.

– Elle m'a claqué la porte au nez ! s'exclama Lefloc-Pignel.

Il fixait la porte, livide.

– Quand je vous disais que les professeurs, ils les recrutent en banlieue maintenant ! dit une mère en pinçant les lèvres.

– Quand les élites se délitent, on ne répond plus de rien ! grogna un père. Pauvre France !

Joséphine aurait donné n'importe quoi pour se trouver ailleurs. Elle décida d'organiser sa fuite.

– Je crois qu'en attendant, je vais aller voir… euh… le professeur d'EPS !

Une mère la jaugea et, dans son regard, Joséphine perçut le mépris d'un général devant le soldat qui déserte. Elle s'éloigna. Devant chaque salle, il y avait un père ou une mère qui trépignait, invoquait Jules Ferry. Un père menaçait d'en parler au ministre dont il était proche. Elle eut un élan de solidarité envers les professeurs et décida d'alléger leur peine en séchant ses deux derniers rendez-vous.

Elle fit un compte rendu à Zoé. Souligna la bonne opinion qu'avaient d'elle ses professeurs, lui raconta les scènes d'émeute auxquelles elle avait failli assister.

– Toi, tu es restée zen, parce que tu étais contente, fit remarquer Zoé. Peut-être que les autres parents, ils ont plein de problèmes avec leurs enfants et ils s'énervent…

– Ils mélangent tout. Ce n'est pas la faute des professeurs.

Elle commença à débarrasser. Zoé vint lui entourer la taille de ses bras.

– Je suis très fière de toi, mon amour, murmura Joséphine.

Zoé lui rendit son câlin et resta blottie contre elle.

– Il va revenir quand papa, tu crois ? soupira-t-elle au bout d'un moment.

Joséphine sursauta. Elle avait oublié l'homme du métro.

Elle resserra son étreinte. Revit le col roulé rouge. La joue balafrée, l'œil fermé. Murmura, je ne sais pas, je ne sais pas.

Le lendemain matin, Iphigénie, en lui apportant le courrier, l'informa qu'une femme avait été poignardée, la veille, sous les frondaisons de Passy. À côté du corps, on avait retrouvé un chapeau, un drôle de chapeau à soufflets, vert amande... Exactement comme le vôtre, madame Cortès !

Deuxième partie

La recette disait : «Facile, raisonnable, temps de préparation et de cuisson : 3 h. » Ce soir, c'était Noël. Joséphine préparait une dinde. Une dinde farcie de vrais marrons, et non une de ces purées congelées insipides qui collent au palais. Le marron est moelleux, parfumé lorsqu'il est frais, fade et pâteux, cryogénisé. Elle préparait aussi des purées de céleri, carottes, navets pour accompagner la dinde. Des entrées, une salade, un plateau de fromages qu'elle était allée choisir chez Barthélemy, rue de Grenelle, et une bûche de Noël avec des nains et des champignons en meringue.

Qu'est-ce que j'ai ? Tout me pèse et m'ennuie. J'aime préparer la dinde de Noël, d'habitude ; chaque ingrédient m'apporte son lot de souvenirs, je remonte jusqu'à mon enfance ; debout sur un tabouret, je regardais officier mon père dans son grand tablier blanc, où était brodé en lettres bleues : JE SUIS LE CHEF ET ON M'OBÉIT. J'ai gardé ce tablier, il me ceint la taille, je passe les doigts sur les lettres en relief et relis mon passé en braille.

Son regard tomba sur la dinde pâle et flasque qui reposait sur le papier gras du boucher. Plumée, les ailes repliées, le ventre gonflé, la chair rougie, piquée de points noirs, elle offrait crûment sa misère de dinde faite aux pattes. À côté était posé un long couteau à lame étincelante.

Madame Berthier avait été poignardée. Quarante-six coups de couteau en plein cœur. On l'avait retrouvée, inerte, cuisses ouvertes, couchée sur le dos. Joséphine avait été convoquée au commissariat. L'officier de police avait rapproché les deux agressions. Mêmes circonstances, même mode opératoire. Elle avait dû expliquer à nouveau comment la chaussure d'Antoine placée sur son cœur l'avait sauvée. Le capitaine Gallois, qui l'avait reçue la première fois, l'écoutait, les lèvres pincées. Joséphine pouvait lire dans ses pensées « elle a été sauvée par une pompe ».

– Vous êtes un miracle vivant, avait dit la femme policier en secouant la tête comme si elle n'arrivait pas à y croire. Madame Berthier a reçu des coups extrêmement violents. La profondeur des entailles est évaluée entre dix et douze centimètres. L'homme est fort ; il sait manier l'arme blanche, ce n'est pas un amateur.

En entendant ces chiffres macabres, Joséphine avait serré ses mains entre ses cuisses pour réprimer le tremblement qui la secouait.

– La semelle de la chaussure devait être drôlement épaisse, énonça le capitaine comme si elle essayait de se convaincre. Il a frappé à l'emplacement du cœur. Comme pour vous.

Elle lui avait demandé d'apporter le colis d'Antoine afin de l'analyser.

– Vous connaissiez madame Berthier ?

– Elle était le professeur principal de ma fille. Nous étions rentrées un soir ensemble de l'école. J'étais allée la voir au sujet de Zoé.

– Vous n'aviez parlé de rien qui vous ait marquée ?

Joséphine sourit. Elle allait rapporter un détail cocasse. Le capitaine croirait qu'elle le faisait exprès ou qu'elle ne la prenait pas au sérieux.

– Si. Nous avions le même chapeau. Un drôle de chapeau à trois étages, un peu extravagant, que je n'osais pas porter et qu'elle m'a encouragée à mettre… J'avais peur de me faire remarquer.

La femme s'était penchée, avait pris une photo.

– Celui-là ?

– Oui. Le soir où je me suis fait agresser, je le portais, avait murmuré Joséphine en regardant la photo du bibi crâneur. Je l'ai perdu dans le parc… Pas eu le courage d'aller le rechercher.

– Rien d'autre qui vous aurait intriguée ?

Joséphine avait hésité, un autre détail cocasse… puis elle avait ajouté :

– Elle n'aimait pas la *Petite Musique de nuit* de Mozart, elle trouvait que c'était une ritournelle assommante. Il y a peu de gens qui osent dire ça. C'est vrai que c'est assez répétitif comme mélodie.

Le lieutenant de police lui avait jeté un regard mi-agacé, mi-dédaigneux.

– Bien, avait-elle conclu. Restez à notre disposition, nous vous appellerons si nous avons besoin de vous.

Tirer des lignes, dessiner des hypothèses, tracer des frontières entre le possible et l'impossible, le travail de l'enquêteur commençait. Joséphine ne pouvait plus les aider. C'était aux hommes et aux femmes de la brigade criminelle de travailler. Un détail : un chapeau vert à trois étages, dénominateur commun aux deux agressions. L'assassin n'avait laissé aucune trace, aucune empreinte.

Tirer des lignes, établir une limite à ne pas franchir, ne plus penser à madame Berthier, à l'assassin. Peut-être habite-t-il le quartier ? Peut-être voulait-il me poignarder en s'acharnant sur madame Berthier ? Il avait échoué, il a voulu recommencer et s'est trompé de proie. Il a vu le chapeau, il a cru que c'était moi, même taille, même allure… Stop ! cria Joséphine. Stop ! Tu vas gâcher la soirée. Shirley, Gary et Hortense étaient arrivés la veille de Londres et ce soir, Philippe et Alexandre les rejoindraient pour le dîner.

Me créer une bulle. Comme lorsque je fais mes conférences. Le travail m'apaise. Il fixe mon esprit, l'empêche de vagabonder dans des pensées moroses. La cuisine, aussi, la ramenait à ses chères études. On n'a rien inventé, ruminait Joséphine en s'écorchant les doigts sur les marrons. Les fast-foods existaient au Moyen Âge. Tout le monde ne possédait pas sa propre cuisine, les logements en ville étant trop petits. Les célibataires et les veufs mangeaient dehors. Il existait des traiteurs, des professionnels de l'alimentation ou « chair cuitiers », qui installaient des tables dehors et vendaient des saucisses, des petits pâtés ou des tourtes à emporter. L'ancêtre des hot-dogs ou des MacDos. La cuisine représentait un secteur très important de la vie quotidienne. Les marchés étaient bien approvisionnés, huile d'olive de Majorque, écrevisses et carpes de la Marne, pain de Corbeil, beurre de Normandie, lard du Ventoux, tout arrivait aux halles de Paris. Dans les bonnes maisons, il y avait un « maître queux », qui, du haut de sa chaire, agitait sa louche pour indiquer à chacun son travail. Il surveillait les « happe-lopins » ou galopins, les enfants de cuisine qui arrachaient des morceaux de nourriture pour les avaler en cachette. Les cuisiniers s'appelaient « Poire molle », « Goulu », « Rince-pot », « Taillevent ». Les recettes s'écrivaient en mesures religieuses. On faisait cuire « de l'heure des vêpres jusqu'au soir », bouillir les raviolis de viande le temps de deux *Pater Noster*, les noix pendant trois *Ave Maria*. Dans les cuisines, les marmitons récitaient des prières, surveillaient la cuisson, goûtaient, priaient à nouveau en reprenant leur chapelet. La haute noblesse utilisait la feuille d'or pour décorer les plats. Le repas donnait lieu à une vraie cérémonie. Les cuisiniers s'efforçaient de préparer des plats en couleur, le civet rosé, la tarte blanche, la sauce cameline pour accompagner le poisson frit. La couleur aiguisait l'appétit, les aliments blancs étant réservés aux malades qu'il convenait de ne pas exciter. Chaque plat changeait de couleur selon la saison : le potage de tripes était brun en automne, jaune en été. Le comble du raffinement étant la sauce italienne « bleu céleste ». Et, pour plaire aux convives, le cuisinier peignait les armoiries sur les plats en gelée, déposait des grains de grenade ou des fleurs de violette. Inventait des « mets déguisés » dignes de figurer dans des films d'épouvante. Il fabriquait des animaux fantastiques ou des scènes humoristiques en assemblant des moitiés d'animaux différents. Le coq heaumé représentait un chevalier à tête de coq enfourchant un cochon de lait. Il y avait aussi les entremets-surprises : on plaçait des oiseaux dans une tourte en pain, on soulevait le couvercle au moment de servir et les oiseaux s'envolaient, effrayant l'assistance ravie. Je devrais essayer un jour, se dit Jo en retrouvant le sourire.

Ses tourments s'éloignaient quand elle repartait au XIIᵉ siècle. Au temps de Hildegarde de Bingen. Difficile de l'éviter, Hildegarde s'intéressait à tout : aux plantes, aux aliments, à la musique, à la médecine, aux humeurs de l'âme qui agissent sur le corps, le rendant faible ou fort, selon qu'on rit ou qu'on rumine ! « Si l'homme qui agit suit le désir de l'âme, ses œuvres sont bonnes, mauvaises s'il agit selon la chair. »

« Chair à saucisse. Mélangez les marrons avec de la chair à saucisse, le foie et le cœur hachés, du thym effeuillé, du sel, du poivre. » Revenir à mon HDR. Je n'ai pas d'idée pour me remettre à un roman. Pas d'idée et pas d'appétit. Je dois avoir confiance : un jour, un début d'histoire s'imposera, me prendra par la main et me fera écrire.

J'ai le temps, se dit-elle en commençant à ôter la peau dure des marrons, attentive à ne pas se couper les doigts.

Pourquoi dit-on « dinde aux marrons » alors qu'on la farcit de châtaignes ? Le détail est important. Le détail ancre, incarne, dégage une odeur, une couleur, une atmosphère. En additionnant les détails, on reconstitue une histoire, voire l'Histoire. On a découvert des pans entiers de la vie quotidienne du Moyen Âge en fouillant les humbles maisons des paysans. On en a plus appris qu'en cherchant dans les châteaux. Elle pensa à ces vieux pots en terre au fond desquels on avait trouvé des traces de caramel. Au monastère de Cluny, on avait mis au jour des systèmes d'arrivée d'eau, des latrines, des pièces pour la toilette ressemblant à nos salles de bains.

Monsieur et madame Van den Brock étaient venus lui rendre visite après avoir appris la mort de madame Berthier. Ils avaient sonné à sa porte, plus solennels que des candélabres. Elle, fantaisiste, ronde, primesautière, lui, sérieux et maigre. Elle avait les yeux qui roulaient dans tous les sens et tentait obstinément de les ramener à un point fixe ; il fronçait les sourcils et agitait de longs doigts de moine apothicaire comme de gigantesques paires de ciseaux. Leur couple ressemblait à l'union de Dracula et de Blanche-Neige. C'était un couple désincarné. Elle s'était demandé comment ils avaient réussi à faire des enfants. Un moment d'inattention et il s'était posé sur elle en repliant ses longs doigts coupants pour ne pas l'égratigner. Deux libellules maladroites s'accouplant dans l'azur. Il faut protéger nos enfants, affirmait-elle, s'il s'en prend aux femmes, il peut s'attaquer aux plus petits. Oui, mais que faire ? Que faire ? Elle agitait sa tête ronde et un chignon maigre piqué de deux grandes aiguilles fines. Ils avaient proposé une ronde effectuée par les pères de famille dès que la nuit tomberait. Joséphine avait souri, elle n'avait pas cet article sous la main, et, comme ils semblaient ne pas comprendre, elle avait ajouté : je veux dire le père de famille, je n'ai pas de mari. Ils avaient marqué un petit temps d'arrêt pour gober son trait d'esprit, et avaient poursuivi, on ne peut rien attendre de la police, ce ne sera pas une priorité pour eux, les banlieues brûlent alors les beaux quartiers… Une légère acrimonie avait coloré la fin de la phrase, brisant le ton jusque-là responsable et grave.

Joséphine s'était excusée de ne pas pouvoir participer à l'effort de guerre, mais avait ajouté qu'elle refusait de se laisser gouverner par la peur. Dorénavant, elle serait sur ses gardes, irait chercher Zoé à la sortie des cours, le soir, mais ne céderait pas à la panique. Elle avait émis l'idée d'organiser un tour pour ramener les enfants de l'école – ils étaient tous, les Van den Brock, Lefloc-Pignel et Zoé, dans le même collège. Ils avaient décidé d'en reparler après les fêtes.

– Je vais dire à Hervé Lefloc-Pignel de passer vous voir, il est très inquiet, assura monsieur Van den Brock d'une voix mâle. Sa femme n'ose plus sortir. Elle n'ouvre même plus la porte à la concierge.

– Dites, vous ne trouvez pas ça bizarre cette concierge qui change de couleur de cheveux toutes les trois semaines ? Elle n'aurait pas un petit copain qui… ? s'était inquiétée madame Van den Brock.

– Qui sortirait de prison et cacherait un grand couteau derrière son dos ? avait demandé Joséphine. Non, je ne crois pas qu'Iphigénie soit mêlée à ça !

– J'ai entendu dire que son compagnon avait eu affaire à la justice…

Ils étaient repartis en promettant de lui envoyer Hervé Lefloc-Pignel dès qu'ils le verraient.

Je vais finir par réconforter tout l'immeuble, avait soupiré Jo en refermant la porte, ce soir-là. C'est ironique, j'ai été agressée et c'est moi qui les rassure ! J'ai bien fait de n'en parler à personne, je serais devenue une curiosité, on viendrait me lancer des cacahuètes sur le paillasson.

Au premier étage de son immeuble vivaient un fils et sa mère, les Pinarelli. Il devait avoir cinquante ans, elle quatre-vingts. Il était grand, mince, les cheveux teints en noir. Il ressemblait, en plus âgé, à Anthony Perkins dans *Psychose*. Il avait un drôle de sourire quand il vous croisait, un sourire qui retroussait un coin de sa bouche comme s'il se méfiait de vous et vous demandait de vous écarter. Il ne travaillait pas, devait servir de dame de compagnie à sa mère. Ils sortaient chaque matin faire leurs courses. Ils avançaient à petits pas et se tenaient la main. Lui tirait le Caddie tel un lévrier tenu en laisse, elle serrait dans ses doigts la liste des commissions. La vieille était pète-sec. Elle ne mâchait pas ses mots et lançait des remarques acerbes comme ces vieilles personnes qui se croient dispensées de toute civilité à cause de leur grand âge. Joséphine leur tenait la porte grande ouverte. Ils ne la remerciaient jamais, passaient sans la saluer, s'engageaient telles deux altesses royales à qui on ouvre une haie, sabre au clair.

Elle ne connaissait pas les autres habitants, ceux de l'immeuble B au fond de la cour. Ils étaient plus nombreux que ceux de l'immeuble A qui ne comptait qu'un appartement par étage. L'immeuble B en comportait trois. Iphigénie lui avait rapporté que les occupants de l'immeuble A étant plus riches, ceux du B les détestaient et que les réunions de copropriétaires donnaient souvent lieu à des règlements de comptes violents. Ils ergotaient, se traitaient de tous les noms. Les A l'emportaient toujours au grand dam des B, qui se voyaient infliger de nouvelles charges, de nouveaux travaux et rechignaient à payer.

Son regard accrocha la grande pendule Ikea : six heures et demie ! Hortense, Gary et Shirley allaient rentrer. Ils étaient sortis faire les derniers achats. Zoé était enfermée dans sa chambre. Elle préparait ses cadeaux. Depuis l'arrivée des Anglais, la maison résonnait de bruits et de rires. Le téléphone n'arrêtait pas de sonner. Ils avaient débarqué la veille. Joséphine leur avait montré l'appartement, fière de cet espace qu'elle mettait à leur disposition. Hortense avait ouvert la porte de sa chambre et s'était jetée sur son lit, les bras en croix, *home sweet home !* Joséphine n'avait pu s'empêcher d'être émue par son exclamation. Shirley avait réclamé un whisky pendant que Gary, assis sur le canapé, ses écouteurs sur les oreilles, demandait «on mange quoi, ce soir, Jo ? qu'as-tu fait de succulent ? ». Des portes claquaient, des voix fusaient, des musiques sortaient de chaque chambre. Joséphine comprit que ce qu'elle n'aimait pas dans cet appartement, c'était qu'il était trop grand pour Zoé et elle. Encombré de rires, de cris, de valises ouvertes, il devenait chaleureux.

La grande casserole d'eau salée attendait sur le feu qu'elle y jette les marrons déshabillés. Vaquer dans sa cuisine lui donnait toujours des idées. Comme courir autour du lac. Les mains s'agitent, les jambes s'agitent, la tête, libérée des soucis dont on l'emplit, délivre mille idées.

Chaque matin, elle enfilait un jogging, chaussait ses baskets et partait courir autour du lac du bois de Boulogne. Avant d'atteindre le lac, elle trottinait en observant les boulistes, les cyclistes, les autres joggers, évitant les crottes de chien, sautant dans les flaques d'eau. Elle aimait par-dessus tout s'élancer dans les ornières remplies d'eau de pluie. Elle le faisait quand elle était seule, que personne ne pouvait lui jeter un regard réprobateur. Elle aimait le bruit que faisaient ses chaussures en frappant l'eau, les gerbes qui giclaient. Dès qu'elle atteignait ce qu'elle appelait pompeusement « son circuit », elle accélérait. Elle bouclait un tour de lac en vingt-cinq minutes. Puis s'arrêtait, essoufflée, allait faire des élongations pour ne pas avoir de courbatures le lendemain. Elle partait, chaque matin, à dix heures de chez elle et, chaque matin, à dix heures vingt, elle croisait un homme qui, lui aussi, tournait autour du lac. En marchant. Les mains dans les poches, le nez dans un caban bleu marine, un bonnet de laine enfoncé jusqu'aux sourcils, des lunettes noires, une écharpe qui l'emmaillotait. Il semblait entouré de bandes Velpeau. Elle l'avait baptisé « l'homme invisible ». Il marchait avec application, d'un pas mécanique. Comme s'il suivait les prescriptions d'une ordonnance : un à deux tours de lac par jour, le matin de préférence, le dos droit, en respirant profondément. Il leur arrivait de se croiser deux fois, s'il avait accéléré le pas ou si elle ajoutait un tour de lac à celui déjà effectué. Cela doit bien faire quinze jours que je cours, quinze jours que je le vois et il m'ignore. Même pas un signe de tête qui signifierait qu'il a repéré ma présence. Il est pâle, maigre. Il doit sortir d'une cure de désintoxication. Ou d'un chagrin d'amour. Il a eu un accident de voiture, il est brûlé au troisième degré. C'est un dangereux repris de justice qui s'est évadé. Elle se racontait mille histoires. Pourquoi un homme, seul et obstiné, marche-t-il au bord d'un lac tous les jours entre dix heures et onze heures ? Il y avait dans sa démarche une détermination presque féroce, comme si, en bandant ses muscles, il s'accrochait à la vie ou réglait un compte.

Une goutte d'eau gicla de la casserole. Elle poussa un cri et baissa le feu. Versa la première portion de marrons et continua à éplucher les autres.

« Laissez bouillir trente minutes et retirez la deuxième peau au fur et à mesure que vous les sortez de l'eau. »

Papa faisait une croix sur les châtaignes pour qu'elles s'épluchent facilement. C'est toujours lui qui cuisinait la dinde de Noël. Peu de temps avant de mourir, il avait recopié sa recette sur une feuille de papier blanc. Il avait signé en bas de la feuille : « L'homme qui aime sa fille et la cuisine. » Il avait écrit sa fille. Et non ses filles.

C'est la première fois que ce détail lui sautait aux yeux. Et pourtant chaque année, le jour de Noël, elle sortait la feuille manuscrite. J'étais sa fille de cœur. Iris devait l'intimider. C'est moi qu'il prenait sur ses genoux pour écouter ses disques, Léo Ferré, Jacques Brel, Georges Brassens. Iris nous regardait en passant dans le couloir et haussait les épaules.

Est-ce que Philippe sait faire la cuisine ? Elle chercha des yeux un Kleenex et se gratta le bout du nez avec la pointe de l'éplucheur. Philippe. Son cœur s'emportait chaque fois qu'elle pensait à lui. *Forget me not.* Ses derniers mots, sur le quai d'une gare au mois de juin. Depuis, ils ne s'étaient pas revus. Quand elle avait appris qu'il serait seul avec Alexandre, le soir de Noël, elle les avait invités.

Tirer des lignes, tracer des frontières entre le possible et l'impossible, créer une distance qu'elle s'interdirait de franchir. Ce sera plus simple si j'établis des règles. J'aime les règles, je suis une femme qui s'incline devant les lois. Comme on s'arrête à un feu rouge. Il faut se fixer des limites dans la vie. Des distances entre nous et les autres. Pour survivre. Pour apprendre à se connaître. À connaître le sentiment trouble qui m'attire vers lui et le maîtriser. Quand il n'est pas là, je ne pense pas à lui. C'est quand il s'approche que tout se trouble, tout s'enflamme.

« Allumez le bas du four. Le préchauffer thermostat à 7 pendant vingt minutes. » Nos rapports ont évolué sans que je m'en rende compte. D'invisible, je suis devenue aimable, différente, spéciale, précieuse, convoitée, interdite. Quant à moi, cet homme qui me glaçait s'est révélé abordable, familier, attentif, attirant, dangereux. L'admirable graduation des sentiments nous a conduits, sans qu'on s'en aperçoive, au bord d'un précipice. Le camélia blanc, sur le balcon, est la dernière borne franchie. Quand je l'arrose, je pense à lui. Lui souffle un baiser. Il ne le sait pas, je ne le lui dirai jamais.

Il me trouverait gourde.

Je dois être gourde, c'est sûr. Vittorio le répète sans arrêt à Luca. Tu vois ta gourde aujourd'hui ? Elle fait quoi la gourdasse pour Noël ? Elle va baiser les pieds du pape au Vatican ? Elle bénit le pain avant de le manger ? Elle s'asperge d'eau bénite avant de baiser ? Luca ne devrait pas me répéter ces propos. Cela me blesse. Il dit que Vittorio est de plus en plus incohérent, que le temps qui passe accentue son angoisse. Il parle d'un lifting, mais n'a pas assez d'argent. Tape ta gourde, il dit, elle est pleine aux as avec son roman de gare. Une gourde, ça a le cœur sur la main. Et t'appelles ça un écrivain ? Luca soupirait, si je vous vois moins, ce n'est pas ma faute, il a besoin de moi.

Dans trois casseroles en cuivre cuisaient les carottes, les navets, le céleri qu'elle allait réduire en purée. Bientôt les châtaignes seraient cuites et épluchées. Elle avait prévu du foie gras en entrée. Et des tranches de saumon sauvage. Zoé raffolait du saumon sauvage. Elle avait le goût très développé et pouvait dire, rien qu'en étudiant la pâleur ou la brillance de la chair, si le poisson était succulent, bon ou mauvais. Devant l'étalage du poissonnier, elle plissait le nez. C'était le signal qui avertissait : « Pas bon, celui-là, maman. Du saumon d'élevage gueule contre cul à bouffer les crottes des autres. » Zoé aimait les goûts, les odeurs, elle butait sur une couleur à préciser, un son à imiter, elle fermait les yeux et créait des palais de saveurs en faisant claquer sa langue. Elle aimait quand venait l'hiver avec son cortège de froids qu'elle déclinait. Froid coupant, froid mouillé, froid gris et bas qui annonce la neige, froid feutré qui vous pousse près de la cheminée. « J'aime le froid, maman, il me fait chaud au cœur. » Elle avait dû confectionner ses cadeaux avec des cartons, des bouts de laine, de tissu, des agrafes, de la colle, des trombones, des paillettes. Elle fabriquait des magnifiques poupées, des tableaux, des mobiles. Elle n'aimait pas acheter, contrairement à Hortense. C'est une adolescente d'autrefois, ma fille. Elle n'aime pas les changements, elle aime que se répète chaque année le même menu de fête, qu'on décore le sapin avec les mêmes boules, les mêmes guirlandes, qu'on écoute les mêmes chants de Noël. C'est pour elle que je respecte l'étiquette. L'enfant n'aime pas qu'on bouscule ses habitudes. Par sentimentalité, par désir d'être rassuré. Dans la bûche de Noël qu'elle goûte de la langue avant d'y planter les dents, Zoé recherche le goût de toutes les autres bûches, et peut-être aussi la saveur de celles qu'elle dégustait avec son père. Où passera-t-il cette soirée de Noël, l'homme entrevu dans le métro ? Est-il possible qu'il s'agisse d'Antoine ? Il aurait une balafre, l'œil à moitié fermé. S'il est vivant et qu'il nous recherche, il doit tourner autour de l'immeuble de Courbevoie. La concierge a changé. La nouvelle ne nous connaît pas. Mon nom ne figure pas dans l'annuaire.

Zoé avait demandé qu'on laisse une place libre à table le soir de Noël.

– Tu verras, maman, ce sera une surprise, une surprise de Noël.

– Elle va nous ramener un SDF ! avait pronostiqué Hortense. Si elle fait ça, je dégage, moi !

Les yeux de Shirley riaient en silence.

– Si Zoé ne le fait pas, c'est ta mère qui le fera ! avait-elle répliqué.

– Ça me rend malade de festoyer quand dehors il y a tant de...

– Arrête, maman, arrête ! avait crié Hortense. J'avais oublié que j'allais retrouver Mère Teresa ! Pourquoi pas un orphelinat de petits Noirs craquants pendant que tu y es ?

« Ajoutez le fromage blanc et les pruneaux à la farce. Mélangez. Farcissez l'intérieur de la dinde. » C'est ce que je préférais, petite. Je bourrais la dinde de farce épaisse, odorante. Le ventre de la dinde enflait, je demandais à papa, tu crois qu'elle va éclater ? Iris et maman faisaient une grimace, papa riait aux éclats. Iris ne sera pas là, ce soir. Ni Henriette. Je n'aurai pas le goût des Noëls passés, le brin de houx accroché à la porte, le collier de perles à trois rangs d'Henriette sur sa robe noire, le ruban de velours violet qui retenait les cheveux d'Iris et provoquait la même exclamation de la part d'Henriette : « Je ne devrais pas le dire devant cette petite mais je n'ai jamais vu des yeux de ce bleu-là ! Et ses dents ! Et sa peau ! » Elle s'esclaffait comme si elle découvrait une rivière de saphirs dans du papier de soie. Moi ? Moi, je me sentais laide, avec la certitude que personne, jamais, ne me regarderait. Cette blessure-là ne s'est jamais refermée.

« Recousez l'ouverture avec du gros fil. Tartinez la volaille de beurre ou de margarine. Salez, poivrez. Mettez la volaille sur la plaque du four bien chaud. Au bout de quarante-cinq minutes environ, modérez la chaleur du four. Laissez cuire une heure. Arrosez très souvent au cours de la cuisson. »

Après la mort de Lucien Plissonnier, il y avait eu les Noëls tristes où la place du chef de famille restait vide et puis Marcel était arrivé avec ses vestes écossaises et ses cravates en Lurex. Les cadeaux s'entassaient dans leurs assiettes. Iris les recevait avec condescendance comme si elle daignait lui pardonner d'être assis à la place de son père, Joséphine hésitait à lui sauter au cou devant les mines réprobatrices de sa mère et de sa sœur. Ce soir, Marcel Grobz doit fêter son premier Noël avec Josiane et son fils. Elle irait le voir bientôt. Elle aurait l'impression de trahir sa mère, de passer dans le camp ennemi, ça lui était égal.

On sonna à la porte. Un coup bref et précis. Joséphine regarda sa montre, sept heures. Ils avaient dû oublier leur clé.

C'était monsieur Lefloc-Pignel. Il venait s'excuser du bruit qu'il risquait de faire dans la soirée : sa femme et lui recevaient de la famille. Il portait un smoking, un nœud papillon, une chemise blanche à petits plis, une large ceinture noire en satin. Ses cheveux étaient lissés et partagés tels les massifs d'un jardin à la française.

– Ne vous excusez pas ! sourit Joséphine filant la métaphore dans sa tête et concluant qu'elle préférait le charme flou des parterres anglais, nous aussi, nous risquons de faire du bruit...

Elle se dit qu'elle devrait peut-être lui offrir une coupe de champagne. Elle hésita, puis, comme il ne faisait pas mine de partir, elle l'invita à entrer.

– Je ne voudrais pas abuser de votre temps..., s'excusa-t-il en s'engageant franchement dans l'entrée.

Elle s'essuya avec son torchon et lui tendit une main un peu grasse.

– Ça vous ennuierait de me suivre à la cuisine ? Je dois surveiller la cuisson de la dinde.

Il lui emboîta le pas et ajouta d'un ton guilleret :

– Ainsi je pénètre dans votre sanctuaire ! C'est un grand honneur...

Il sembla sur le point d'ajouter quelque chose, mais se tut. Elle sortit une bouteille de champagne du Frigidaire et la lui tendit pour qu'il l'ouvrît. Ils se souhaitèrent un joyeux Noël et une très bonne année à venir. Il est quand même très séduisant malgré ses tifs en massifs, pensa-t-elle. À quoi ressemble sa femme ? Je ne la vois jamais.

– Je voulais vous demander, commença-t-il d'une voix sourde, votre fille... euh... Comment a-t-elle réagi à ce qui est arrivé à madame Berthier ?

– Ça a été un choc. On en a beaucoup parlé.

– Parce que Gaétan, lui, n'en parle pas.

Il avait l'air préoccupé.

– Et vos autres enfants ? s'enquit Joséphine.

– Charles-Henri, l'aîné, ne la connaissait pas, il est au lycée, Domitille ne l'avait pas comme professeur... C'est Gaétan qui me soucie. Et comme il est dans la classe de votre fille... Ils auraient pu se parler.

– Elle ne m'a rien dit.

– J'ai entendu dire que vous aviez été convoquée par les policiers.

– Oui. J'ai été agressée, il n'y a pas longtemps.

– De la même manière ?

– Oh, non ! Ce n'était rien du tout comparé à la pauvre madame Berthier...

– Ce n'est pas ce que m'a dit le commissaire. J'ai demandé à le rencontrer et il m'a reçu.

– Vous savez, on exagère beaucoup dans les commissariats.

– Je ne crois pas.

Il avait prononcé ces mots d'un ton sévère comme s'il voulait dire : « Je crois que vous mentez. »

– De toute façon, ce n'est pas important, je ne suis pas morte ! Je suis là, en train de boire du champagne avec vous !

– Je ne voudrais pas qu'il s'en prenne à nos enfants, poursuivit monsieur Lefloc-Pignel. Il faudrait demander une protection devant l'immeuble, un policier en faction.

– Nuit et jour ?

– Je ne sais pas. C'est pour cela que je suis venu vous parler.

– Pourquoi le ferait-on rien que pour notre immeuble ?

– Parce que vous avez été agressée. Pourquoi le nier ?

– Je ne suis pas sûre que ce soit par le même homme. Je me méfie des amalgames, de la précipitation...

– Enfin, madame Cortès...

– Vous pouvez m'appeler Joséphine.

– Je… non… je préfère madame Cortès.

– Comme vous voulez…

Ils furent interrompus par l'arrivée de Shirley, suivie de Gary et Hortense, les bras chargés de paquets, le nez et les pommettes rougis par le froid. Ils tapaient dans leurs gants, soufflaient sur leurs mains, réclamèrent en chahutant une coupe de champagne. Joséphine fit les présentations. Hervé Lefloc-Pignel s'inclina devant Shirley et Hortense. «Ravi de faire votre connaissance, dit-il à Hortense. Votre mère m'a souvent parlé de vous.» Première nouvelle, pensa Joséphine, on n'a jamais évoqué Hortense. Hortense lui dédia son plus beau sourire. Joséphine sut alors qu'Hervé Lefloc-Pignel avait saisi la vraie nature de sa fille : Hortense était flattée et le parerait de toutes les qualités.

– Vous étudiez la mode, paraît-il ?

Comment le sait-il ? se demanda Joséphine.

– Oui. À Londres.

– Si jamais je peux vous aider, dites-le-moi, je connais beaucoup de gens dans ce milieu. À Paris, à Londres, à New York.

– Merci beaucoup. Je n'oublierai pas. Comptez sur moi ! Justement, il faudrait que je trouve un stage bientôt. Vous avez un numéro où je peux vous joindre ?

Joséphine, médusée, assistait au ballet d'araignée d'Hortense qui tissait sa toile autour de Lefloc-Pignel, babillait, acquiesçait, notait le numéro de portable et remerciait déjà de l'aide qu'il lui apporterait. Ils parlèrent encore de la vie à Londres, de l'enseignement, de l'avantage d'être bilingue. Hortense expliqua comment elle travaillait, alla chercher le grand cahier où elle agrafait les échantillons de tissu qui lui plaisaient, montra les croquis qu'elle dessinait à partir de couleurs, de matières, de silhouettes croisées dans la rue. «Tout ce qu'on dessine, on doit savoir le faire, c'est le principe numéro un de l'école. » Hervé Lefloc-Pignel posait des questions auxquelles Hortense répondait en prenant son temps. Shirley et Joséphine avaient été reléguées au rang de figurantes. À peine était-il parti qu'Hortense s'écria : « Voilà un homme pour toi, maman ! »

– Il est marié et père de trois enfants !

– Et alors ? Tu peux t'envoyer en l'air sans que sa femme le sache, non ? Ni en parler à ton directeur de conscience ?

– Hortense ! gronda Joséphine.

– Délicieux, ce champagne ! Quel millésime ? demanda Shirley, tentant de faire diversion.

– Je ne sais pas ! Ce doit être écrit sur l'étiquette.

Joséphine avait répondu, distraitement. Les répliques d'Hortense au sujet de son voisin ne lui plaisaient pas. Je ne dois pas laisser passer, il faut qu'elle comprenne que l'engagement en amour est important, qu'on ne se laisse pas aller avec le premier bellâtre qui passe.

– Et toi, chérie, demanda-t-elle, tu es… amoureuse, en ce moment ?

Hortense but une gorgée de champagne et soupira :

– Ça y est ! *Back home !* retour aux grands mots ! Tu veux savoir si j'ai rencontré un homme beau, riche, intelligent dont je suis follement éprise ?

Joséphine hocha la tête, pleine d'espoir.

– Non, lâcha Hortense en ménageant un petit temps de suspense avant sa réponse. En revanche…

Elle tendit son verre pour que sa mère le remplisse et elle ajouta :

– En revanche… J'ai rencontré un mec. Beau… Mais beau !

– Ah ! dit Joséphine d'une petite voix.

Shirley suivait l'échange entre la mère et la fille et priait tout bas : « Ne rêve pas, ma Jo, tu vas droit dans le mur avec ta fille ! » Gary souriait et attendait la chute

qu'il savait inéluctablement terrible pour la mère sentimentale qu'était Joséphine.

– Ça a duré combien de temps ?

– Deux semaines. Tous les deux, enroulés dans une
passion gluante…

– Et après ? espéra Joséphine.

– Après, plus de zazazou ! Plus rien ! Zappé total.
Un jour, imagine-toi, il a relevé le bas de son pantalon
et j'ai aperçu une socquette blanche. Une socquette
blanche sur une cheville poilue… deux doigts dans la
bouche !

– Mon Dieu ! Quelle idée tu as de l'amour ! soupira
Joséphine.

– Mais ce n'est pas de l'amour, maman !

– Aujourd'hui, expliqua Shirley, ils baisent d'abord
et puis, ils tombent amoureux.

Hortense bâilla.

– Les hommes amoureux sont si ennuyeux !

– Je ne vivrai pas de passion gluante avec Hervé
Lefloc-Pignel, marmonna Joséphine qui avait l'impression qu'on se moquait d'elle.

– J'en mettrais pas ma main au feu, claironna Hortense. C'est tout à fait ton genre et il te regardait avec
beaucoup d'attention. Ses yeux brillaient. Il avait une
manière de te palper sans te toucher, c'était… envoû-
tant !

Shirley sentit la gêne de Joséphine. Elle décida d'arrêter de plaisanter sur un sujet que son amie, à l'évidence, prenait au sérieux. Que se passe-t-il pour qu'elle
perde ainsi tout sens de l'humour ? Peut-être éprouve-t-
elle un réel attrait pour cet homme, qui, *my God, is
really good looking.*

– Je ne sais pas comment maman se débrouille, mais
elle est toujours entourée d'hommes séduisants, conclut
Hortense, cherchant l'apaisement en décernant un compliment.

– Merci, chérie, dit Joséphine, se forçant à sourire devant cet armistice improvisé. Et toi, Gary ? Tu es un sentimental ou un consommateur comme Hortense ?

– Je vais te décevoir, Jo, mais moi, en ce moment, je chasse la grosse cochonne. J'approfondis ma science de gros cochon, donc…

– J'ai compris. Je dois être la seule grosse nunuche, ce n'est pas nouveau.

– Mais non ! T'es pas la seule ! grogna Hortense. Y a le beau Luca, non ? Au fait, pourquoi il n'est pas là, ce soir ? Tu l'as pas invité ?

– Il passe Noël avec son frère.

– Fallait inviter le frère ! J'ai vu sa photo sur Internet. Agence Saphir, passage Vivienne. Il est vachement beau, Vittorio Giambelli ! Brun, vénéneux, mystérieux. J'en ferais qu'une bouchée !

Un nouveau coup de sonnette interrompit leur échange. Philippe, un carton de bouteilles de champagne dans les bras, entra en compagnie d'Alexandre, sombre, muet, le regard chaviré.

– Champagne pour tout le monde ! s'écria Philippe.

Hortense sauta de joie. Du Roederer rosé, mon champagne adoré ! Philippe fit un signe à Joséphine et l'attira dans l'entrée sous prétexte de ranger son manteau et celui d'Alexandre.

– Faut enchaîner avec les cadeaux très vite ! On sort de la clinique et ça a été sinistre !

– La table est mise. La dinde presque cuite, on peut passer à table dans vingt minutes. Et après, on ouvre les cadeaux.

– Non ! Les cadeaux d'abord. Ça lui changera les idées. On dînera après.

– D'accord, dit-elle, surprise par son ton autoritaire.

– Zoé n'est pas là ?

– Elle est dans sa chambre, je vais la chercher…

– Ça va, toi ?

Il l'avait attrapée par le bras, l'avait attirée contre lui.

Elle sentit la chaleur de son corps sous la laine humide de la veste, le bout de ses oreilles s'empourpra. Elle répondit précipitamment oui, oui, ça t'ennuierait de t'occuper du feu dans la cheminée pendant que j'enfile une robe, me donne un coup de brosse. Elle parlait à toute vitesse pour oublier son trouble. Il posa un doigt sur ses lèvres, la contempla un moment qui lui parut infini et la relâcha avec regret.

Le feu crépitait dans la cheminée. Les cadeaux de Noël brillaient, entassés sur le parquet en point de Hongrie. Deux clans se formaient : celui des anciens qui n'attendaient que la joie de distribuer, l'espérance secrète d'avoir fait mouche, et la jeune génération qui guettait la réalisation des rêves échafaudés dans le secret des vœux nocturnes. À la légère anxiété des uns répondait l'attente crispée des autres qui se demandaient s'il allait falloir déguiser leur déception ou s'ils pourraient laisser éclater leur joie sans avoir à se forcer.

Joséphine n'aimait pas ce rituel des cadeaux. Elle ressentait, chaque fois, un désespoir inexplicable, comme s'il lui était démontré l'impossibilité d'aimer juste et bien, et l'assurance d'être toujours insatisfaite dans l'expression de son amour. Elle aurait voulu accoucher d'une montagne et se retrouvait presque toujours devant une souris. Je suis sûre que Gary comprend ce que je ressens, se dit Joséphine en croisant son regard attentif qui disait en souriant : « *Come on, Jo*, souris, c'est Noël, tu es en train de nous plomber la soirée avec tes mines de crucifiée. » « À ce point ? » demanda Joséphine qui marqua son étonnement en haussant les sourcils. Gary hocha la tête, affirmatif. « Okay, je fais un effort », répondit-elle d'un signe de tête.

Elle se tourna vers Shirley qui expliquait à Philippe en quoi consistait son action contre l'obésité dans les écoles anglaises.

– Huit mille sept cents morts par jour dans le monde à cause de ces marchands de sucre ! Et quatre cent mille enfants obèses de plus chaque année rien qu'en Europe ! Après avoir fait mourir des esclaves pour cultiver la canne à sucre, ils s'en prennent à nos enfants en les saupoudrant !

Philippe l'arrêta de la main.

– Tu n'exagères pas un peu ?

– Ils en mettent partout ! Ils placent des distributeurs de sodas et de barres chocolatées dans les écoles, ils leur pourrissent les dents, les goinfrent de gras ! Tout ça pour une histoire de gros sous, bien sûr. Tu ne trouves pas ça scandaleux ? Tu devrais t'investir dans cette cause. Après tout, tu as un fils que le problème concerne.

– Tu crois vraiment ? demanda Philippe, en posant les yeux sur Alexandre.

Mon fils risque plutôt de se faire dévorer par l'angoisse que par le sucre, pensa-t-il.

C'était le premier Noël d'Alexandre sans sa mère.

C'était son premier Noël d'homme marié sans Iris.

Leur premier Noël de célibataires.

Deux hommes privés de l'image de la femme qui avait longtemps régné sur eux. Ils avaient quitté la clinique en silence. Avaient remonté la petite allée en gravier, les mains dans les poches, chacun regardant la marque de ses pieds sur le givre blanc. Deux orphelins dans les rangs d'un pensionnat. Il s'en serait fallu d'un rien pour que leurs mains s'accrochent l'une à l'autre, mais ils avaient tenu bon. Droits et dignes sous leur manteau de chagrin.

– Six morts minute, Philippe ! C'est tout l'effet que ça te fait ? Le regard de Shirley tomba sur la silhouette dégingandée d'Alexandre. Tu as raison : il a de la marge ! Bon, je me calme ! On n'avait pas dit qu'on allait ouvrir les cadeaux ?

Alexandre paraissait ignorer l'étincelant amoncellement de paquets à ses pieds. Son regard restait perdu dans le vide, dans une autre pièce, lugubre et vide, où se tenait une mère muette, décharnée, les bras serrés sur la poitrine, bras qu'elle n'avait pas dénoués au moment de lui dire au revoir. « Amusez-vous bien », avait-elle sifflé entre ses lèvres pincées. « Vous penserez à moi si on vous en laisse le temps et l'occasion. » Alexandre était reparti en gardant pour lui le baiser qu'elle n'avait pas réclamé. Il cherchait à comprendre, en regardant danser le feu, la raison de la froideur de sa mère. Peut-être ne m'a-t-elle jamais aimé ? Peut-être n'est-on pas obligé d'aimer son enfant ? Cette pensée creusa un abîme en lui qui lui donna le vertige.

— Joséphine, cria Shirley, qu'est-ce qu'on attend pour ouvrir les cadeaux ?

Joséphine frappa dans ses mains et déclara qu'exceptionnellement, on allait offrir les cadeaux avant minuit. Zoé et Alexandre joueraient les Pères Noël à tour de rôle en plongeant une main innocente dans le grand tas enrubanné. Un chant de Noël s'éleva, déposant un voile sacré sur la tristesse fardée de la soirée. « Ô douce nuit, ô sainte nuit, dans les cieux l'astre luit... » Zoé ferma les yeux et tendit la main au hasard.

— Pour Hortense, de la part de maman, énonça-t-elle en retirant une longue enveloppe. Elle lut le petit mot écrit dessus : « Joyeux Noël, ma petite fille chérie que j'aime. »

Hortense se précipita sur l'enveloppe qu'elle ouvrit avec appréhension. Une carte de vœux ? Une petite lettre moralisatrice qui expliquait que la vie à Londres, les études coûtaient cher, que c'était déjà un bel effort de la part d'une mère et que le cadeau de Noël ne pouvait être que symbolique ? Le visage crispé d'Hortense se détendit comme regonflé par une bouffée de plaisir : « Bon pour une journée de shopping toutes les deux, mon amour chéri. » Elle se jeta au cou de sa mère.

— Oh ! Merci, maman ! Comment as-tu deviné ?

Je te connais si bien, eut envie de dire Joséphine. Je sais que la seule chose qui peut nous réunir sans heurts ni malice est une course éperdue dans une avalanche de dépenses. Elle ne dit rien et reçut, émue, le baiser de sa fille.

— On ira où je voudrai ? Toute une journée ? demanda Hortense, étonnée.

Joséphine hocha la tête. Elle avait vu juste, même si cette prescience la rendait un peu triste. Comment transmettre autrement son amour à sa fille ? Qui l'avait faite si avide, si blasée pour que seul l'espoir d'une journée à dépenser de l'argent puisse lui arracher un élan de tendresse ? L'existence que je lui ai imposée ou l'âpre temps que l'on vit ? Il ne faut pas tout rejeter sur l'époque et les autres. Moi aussi, je suis responsable. Ma culpabilité date de ma première négligence, de ma première impuissance à la consoler, à la comprendre, impuissance que j'ai escamotée par une promesse de cadeau, de shopping à deux, moi émerveillée devant l'aplomb élégant d'une robe sur sa taille élancée, l'ajustement exquis d'un petit haut, les épousailles d'un jean sur ses longues jambes, elle, heureuse de recevoir ce que je déposais à ses pieds. Mon éblouissement devant sa beauté que je veux parer afin de maquiller les blessures de la vie. C'est plus facile de faire naître ce mirage-là que de donner le conseil, la présence, l'assistance de l'âme que je ne sais pas offrir, empêtrée dans mes maladresses. Nous payons toutes les deux ma négligence, ma chérie, ma beauté, mon amour que j'aime à la folie.

Elle la retint un instant dans ses bras et lui répéta à l'oreille ces derniers mots :

– Ma chérie, ma beauté, mon amour que j'aime à la folie.

– Moi aussi, je t'aime, maman, balbutia Hortense dans un souffle.

Joséphine ne fut pas sûre qu'elle mentît. Elle éprouva un vrai mouvement de joie qui la redressa, lui redonna désir et appétit. La vie devenait belle si Hortense l'aimait et elle aurait encore écrit vingt mille chèques pour recevoir au creux de l'oreille une déclaration d'amour de sa fille.

La distribution des cadeaux continuait, scandée par les annonces de Zoé et d'Alexandre. Les papiers volaient dans le salon avant de mourir dans le feu, les ficelles bouclaient sur le sol, les étiquettes déchirées allaient se coller au hasard de la feuille qui traînait. Gary jetait des bûches dans la cheminée, Hortense déchirait les nœuds des paquets de ses dents, Zoé ouvrait en tremblant les pochettes-surprises. Shirley reçut une belle paire de bottes et les œuvres complètes d'Oscar Wilde en anglais, Philippe, une longue écharpe en cachemire bleu ciel et une boîte de cigares, Joséphine la collection entière des disques de Glenn Gould et un iPod, « oh, mais je ne sais pas faire marcher ces machins-là – Je te montrerai ! » promit Philippe en passant son bras autour de ses épaules. Zoé n'avait plus assez de place dans les bras pour tout emporter dans sa chambre, Alexandre souriait, émerveillé, devant ses cadeaux et retrouvant son sens pointilleux de l'observation demanda à la cantonade : « Pourquoi les piverts n'ont-ils jamais de maux de tête ? »

Tout le monde partit d'un éclat de rire et Zoé ne voulant pas rester muette se lança :

– Est-ce que vous croyez que si on parle longtemps, longtemps avec quelqu'un, à la fin, il oublie que vous avez un gros nez ?

– Pourquoi demandes-tu ça ? dit Joséphine.

– Parce que j'ai tellement saoulé Paul Merson hier après-midi dans la cave qu'il m'a invitée à aller écouter son groupe dimanche à Colombes !

Elle fit une pirouette et plongea en une profonde révérence pour recueillir les hommages.

La mélancolie de l'après-midi s'était évanouie. Philippe déboucha une bouteille de champagne et demanda où en était la dinde.

– Mon Dieu ! La dinde ! sursauta Joséphine en détachant son regard des bonnes joues enflammées de sa ballerine de fille.

Zoé avait l'air si heureuse ! Elle savait à quel point elle tenait à être au mieux avec Paul Merson. Joséphine avait découvert une photo de lui dans l'agenda de Zoé. C'était la première fois que Zoé cachait une photo de garçon. Elle courut à la cuisine, ouvrit le four, inspecta le degré de cuisson du volatile. Encore très rosé, fut le diagnostic. Elle décida de remonter le thermostat.

Elle se tenait devant le four, ceinte du grand tablier blanc, les yeux plissés dans un effort pour arroser la dinde sans faire gicler la sauce sur la plaque brûlante, lorsqu'elle sentit une présence derrière elle. Elle se retourna, la cuillère à la main, et se retrouva dans les bras de Philippe.

– C'est bon de te revoir, Jo. Ça fait si longtemps…

Elle leva la tête vers lui et rougit. Il la serra contre lui.

– La dernière fois, se souvint-il, tu accompagnais Zoé que j'emmenais avec Alexandre à Évian…

– Tu les avais inscrits à un stage de cheval…

– On s'est retrouvés, tous les deux, sur le quai…

– Il faisait un temps de mois de juin, avec une petite brise sous la grande verrière de la gare.

– C'étaient les premiers départs en vacances. Je me disais encore une année scolaire finie… et si je demandais à Joséphine de partir avec nous ?

– Les enfants sont allés acheter des boissons…

– Tu portais une veste en daim, un tee-shirt blanc, un foulard à carreaux, des boucles d'oreilles dorées et des yeux noisette.

– Tu m'as dit « ça va », j'ai dit « oui » !

– Et j'ai eu très envie de t'embrasser.

Elle releva la tête et le regarda dans les yeux.

– Mais on ne s'est pas…, commença-t-il.

– Non.

– On s'est dit qu'on ne pouvait pas.

– …

– Que c'était interdit.

Elle hocha la tête, affirmative.

– Et on avait raison.

– Oui, chuchota-t-elle en tentant de s'écarter.

– C'est interdit.

– Complètement interdit.

Il la reprit contre lui et lui caressant les cheveux, il murmura :

– Merci, Jo, pour cette fête de famille.

Sa bouche effleura la sienne. Elle vacilla, détourna la tête.

– Philippe, tu sais… je crois que… il ne faudrait pas que…

Il se redressa, la regarda comme s'il ne comprenait pas ce qu'elle disait, plissa le nez et s'exclama :

– Est-ce que tu sens ce que je sens, Joséphine ? La farce ne serait-elle pas en train de se répandre dans le plat ? Ce serait fâcheux de manger des entrailles sèches et vides !

Joséphine se retourna et ouvrit le four. Il avait raison : la dinde se vidait lentement. Cela faisait un éboulis marron dont les bords caramélisaient. Elle se demandait comment arrêter l'hémorragie lorsque la main de Philippe vint se poser sur la sienne et tous les deux, maniant la cuillère avec précaution, ils refoulèrent le trop-plein de farce qui s'écoulait du ventre de la dinde.

– C'est bon ? Tu as goûté ? demanda Philippe dans le cou de Joséphine.

Elle secoua la tête.

– Et les pruneaux, tu les as laissés tremper ?

– Oui.

– Dans de l'eau avec un peu d'armagnac ?

– Oui.

– C'est bien.

Il murmurait dans son cou, elle sentait les mots s'imprimer sur sa peau. Sa main toujours posée sur la sienne, la guidant vers la farce odorante, il préleva un peu de chair à saucisse, de marrons, de pruneaux, de fromage blanc et lentement, lentement, monta la cuillère pleine et fumante vers leurs lèvres qui se rejoignirent. Ils goûtèrent en fermant les yeux la délicate farce de pruneaux ramollis qui fondit dans leur bouche. Ils laissèrent échapper un soupir et leurs bouches s'emmêlèrent en un long baiser goûteux, tendre.

– Peut-être pas assez salé, commenta Philippe.

– Philippe…, supplia Joséphine, le repoussant. On ne devrait pas…

Il l'arrima contre lui et sourit. Un peu de sauce grasse coulait de la commissure de ses lèvres, elle eut envie d'y goûter.

– Tu me fais rire !

– Pourquoi ?

– Tu es la femme la plus drôle que j'aie jamais rencontrée !

– Moi ?

– Oui, si incroyablement sérieuse qu'on a envie de rire et de te faire rire…

Et toujours ces mots qui se déposaient sur ses lèvres comme une buée.

– Philippe !

162

– Elle est très bonne cette farce d'ailleurs, Joséphine…

Et il repartit en chercher avec la cuillère, en porta le contenu aux lèvres de Joséphine, se pencha comme pour dire : « Je peux goûter ? » Ses lèvres se mélangèrent à celles de Joséphine, les effleurèrent, ses lèvres douces, pleines, parfumées au coulis de pruneaux avec une pointe d'armagnac, et elle comprit, traversée par un fulgurant pressentiment de bonheur, qu'elle ne décidait plus rien, qu'elle avait franchi ces limites mêmes qu'elle s'était promis de ne jamais dépasser. À un moment, se dit-elle, on doit comprendre que les limites ne tiennent pas les autres à distance, elles ne vous protègent pas des problèmes, des tentations, elles ne font que vous enfermer, vous couper de la vie. Alors, soit vous décidez de vous dessécher et de rester dans les limites, soit vous vous farcissez de mille plaisirs en franchissant ces mêmes limites.

– Je t'entends penser, Jo. Arrête de faire ton examen de conscience !

– Mais…

– Arrête, sinon je vais avoir l'impression d'embrasser une bonne sœur !

Mais il y a certaines limites qui sont beaucoup trop dangereuses à franchir, certaines limites qu'il ne faut en aucun cas dépasser et c'est précisément ce que je suis en train de faire et mon Dieu, mon Dieu que c'est bon, les bras de cet homme autour de moi !

– C'est que…, essaya-t-elle encore d'articuler. J'ai la sensation de…

– Joséphine ! Embrasse-moi !

Il la serra étroitement contre lui, lui bâillonnant la bouche comme s'il voulait la mordre. Son baiser devint brutal, impérieux, il la poussa contre la porte brûlante du four, elle eut un mouvement pour se dégager, il la plaqua, força sa bouche, la fouilla comme s'il cherchait encore un peu de farce, un peu de cette farce qu'elle avait pétrie de ses doigts, comme s'il léchait le bout de ses doigts malaxant la pâte, le goût des pruneaux lui remplissait la bouche, il salivait, Philippe, gémit-elle, oh, Philippe ! elle s'accrocha à lui, enfonça sa bouche dans sa bouche. Depuis le temps, Jo, depuis le temps… et il se jetait sur le tablier blanc, le froissait, le retroussait, la repoussait contre la porte vitrée du four, entrait dans sa bouche, entrait dans son cou, écartait le chemisier blanc, caressait la peau chaude, descendait ses doigts sur ses seins, appuyait sa bouche sur le moindre morceau de peau arraché au chemisier, au tablier, mettait fin à des jours et des jours d'attente torturante.

Un éclat de rire provenant du salon les fit sursauter.

– Attends ! chuchota Joséphine en se dégageant. Philippe, il ne faut pas qu'ils…

– Je m'en fous, si tu savais ce que je m'en fous !

– Il ne faut pas recommencer…

– Pas recommencer ? cria-t-il.

– Je veux dire…

– Joséphine ! Remets tes bras autour de moi, je n'ai pas dit que c'était fini…

C'était une autre voix, un autre homme. Elle ne le connaissait pas celui-là. Elle s'abandonna, emportée par une insouciance nouvelle. Il avait raison. Elle s'en moquait. Avait juste envie de recommencer. C'était donc ça un baiser ? C'était comme dans les livres quand la terre s'ouvre en deux, que les montagnes dégringolent, qu'on signe pour mourir la fleur aux lèvres, cette force qui la soulevait de terre et lui faisait oublier sa sœur, ses deux filles dans le salon, le vagabond balafré dans le métro, l'œil triste de Luca, pour la jeter dans les bras d'un homme. Et quel homme ! Le mari d'Iris ! Elle se rétracta, il la reprit, l'enferma contre lui, la cala de la pointe des pieds jusqu'à la ligne du cou comme s'il prenait un appui ferme et définitif, un appui pour l'éternité, et chuchota : « Et maintenant, on ne parle plus ou en silence ! »

Sur le seuil de la cuisine, les bras chargés des paquets qu'elle avait décidé de ranger dans sa chambre, Zoé les observait. Elle resta là, à contempler sa mère dans les bras de son oncle, puis baissa la tête et repartit en glissant vers sa chambre.

– On attend qui maintenant ? demanda Shirley. C'est une soirée de magiciens, vous disparaissez chacun à votre tour !

Philippe et Joséphine étaient revenus de la cuisine en racontant avoir sauvé la dinde de la sécheresse. Leur excitation tranchait avec la réserve du début de soirée et Shirley leur jeta un regard intrigué.

– On attend Zoé et son mystérieux visiteur ! soupira Hortense. On ne sait toujours pas qui c'est.

Elle vérifia son reflet dans la glace au-dessus de la commode, tira sur une mèche pour la placer derrière l'oreille, fit la moue, la remit devant. Elle avait bien fait de ne pas se couper les cheveux. Ils étaient épais, brillants, lançaient des reflets cuivrés qui soulignaient le vert de ses yeux. Encore une idée de cette larve d'Agathe qui suit à la lettre les oukases des magazines ! Où passe-t-elle Noël, cette abrutie ? À Val-d'Isère avec ses parents ou à Londres dans une boîte avec ses copains à la mine patibulaire ? Je vais leur interdire de mettre les pieds dans l'appartement. Je ne supporte plus leurs regards glauques. Même Gary, ils le matent.

– C'est peut-être quelqu'un de l'immeuble ? dit Shirley. Elle a repéré un homme ou une femme seule, ce soir, et l'a invité.

– Je ne vois pas qui ça peut être, réfléchit Joséphine. Les Van den Brock sont en famille, les Lefloc-Pignel aussi, les Merson…

— Lefloc-Pignel ? reprit Philippe. Je connais un Lefloc-Pignel, un banquier. Hervé, je crois.

— Très bel homme, souligna Hortense, il mange maman des yeux !

— Ah bon…, dit Philippe, dévisageant Joséphine qui devint toute rouge. Il t'a fait des avances ?

— Non ! Hortense raconte n'importe quoi !

— Cet homme aurait juste très bon goût ! dit Philippe en souriant. Mais si c'est celui que je connais, il n'est pas du genre à batifoler.

— Il me vouvoie, refuse de m'appeler par mon prénom, me dit madame Cortès ! On est loin des privautés et des jeux de séduction !

— Ce doit être le même, dit Philippe. Banquier, bel homme, austère, marié à une jeune femme d'excellente famille dont le père possède une banque d'affaires à la tête de laquelle il a placé son gendre…

— Elle, je ne l'ai jamais vue, dit Joséphine.

— Elle est blonde, effacée, discrète, elle parle à peine, lui laisse toute la place. Ils ont trois enfants, je crois. Si je me souviens bien, ils en ont perdu un, leur premier, qui est mort, écrasé. Il avait neuf mois. Sa mère l'avait posé par terre, dans sa chaise à bébé, sur un parking pendant qu'elle cherchait ses clés et il a été fauché par une voiture.

— Mon Dieu ! s'écria Joséphine. Je comprendrais qu'elle soit complètement anéantie. Pauvre femme !

— C'était terrible. Aucun de ses collaborateurs n'osait en parler, il les foudroyait du regard dès qu'ils tentaient de formuler de vagues condoléances !

— Vous auriez pu vous croiser, il est passé me voir juste avant que tu n'arrives.

— J'ai été en affaires avec lui autrefois. Un homme susceptible, pas facile et en même temps beaucoup de charme, d'entregent, de culture. Entre nous on l'appelait Double Face.

166

— Comme le scotch ? demanda Joséphine, amusée.

— C'est une tête, tu sais. ENA, Polytechnique, les Mines. Je crois qu'il a tous les diplômes. Il a enseigné quatre ans à Harvard. A eu des propositions du MIT. On s'inclinait avec respect quand il parlait…

— Eh bien ! C'est notre voisin et il louche sur maman ! Un nouveau feuilleton à suivre, claironna Hortense.

— Mais que fait Zoé ? J'ai faim, moi, dit Gary. Ça sent bon, Jo !

— Elle est allée ranger ses cadeaux dans sa chambre, dit Shirley.

— Je vais préparer le saumon et le foie gras, ça la fera venir, décida Joséphine. Vous n'avez qu'à vous installer à table, j'ai mis un nom sur un petit carton à chaque place.

— Je viens avec toi, à mon tour de disparaître ! dit Shirley.

Elles se retrouvèrent dans la cuisine. Shirley referma la porte et, pointant un doigt sur Joséphine, ordonna :

— Et maintenant, tu me racontes tout ! Parce qu'elle a bon dos, la dinde du Sahel !

Joséphine rougit, attrapa un plat pour disposer le foie gras frais.

— Il m'a embrassée !

— Ah, enfin ! Je finissais par me demander ce qu'il attendait !

— Mais c'est mon beau-frère ! Tu as oublié ?

— Et c'était bon ? En tout cas, vous avez pris votre temps. On se demandait ce que vous faisiez.

— C'était bon, Shirley, mais bon ! Comme je ne pouvais même pas l'imaginer ! C'est donc ça, un baiser ! J'ai frissonné. De la tête aux pieds ! Avec la barre brûlante du four dans le dos !

— Il était temps, non ?

— Moque-toi !

– Pas du tout ! Maximum respect pour le baiser torride, le vrai.

Joséphine démoula le foie gras avec la pointe d'un couteau trempé dans l'eau bouillante, le disposa sur un plat, l'entoura de gelée, de feuilles de laitue et ajouta :

– Et maintenant, je fais quoi ?

– Tu le sers avec des toasts…

– Non, idiote ! Avec Philippe ?

– Tu es dans la merde ! *Deep, deep shit ! Welcome* au club des amours impossibles !

– Je préférerais appartenir à un autre club ! Shirley, sérieusement… qu'est-ce que je vais faire ?

– Mettre le saumon sur un plat, faire griller des toasts, ouvrir une bonne bouteille de vin, mettre le beurre dans un joli beurrier, couper des tranches de citron pour le saumon… Tu n'es pas sortie de l'auberge !

– Merci beaucoup, tu m'es d'un grand secours ! J'ai le cerveau en feu, c'est la lutte entre mes deux hémisphères, celui de droite me dit bravo, tu t'es laissée aller, tu as connu la volupté, celui de gauche crie attention danger ! reprends-toi !

– Je connais par cœur.

Les joues de Joséphine flambèrent.

– J'aime quand il m'embrasse, j'ai envie qu'il recommence. Oh, Shirley ! C'est si bon ! Je n'ai pas envie que ça s'arrête.

– Aïe ! Le danger se précise.

– Tu crois que je vais souffrir ?

– La grande volupté s'accompagne souvent d'une grande souffrance.

– Et tu es une spécialiste…

– Et je suis une spécialiste.

Joséphine réfléchit un long moment, son regard tomba sur la barre du four, elle la caressa des yeux, soupira.

– Je suis si heureuse, Shirley, si heureuse ! Même si ce grand bonheur ne doit durer que ces dix minutes et demie. Y a des gens, je suis sûre, qui n'ont pas dix minutes et demie de grand bonheur dans toute leur vie !

– Tu parles de veinards ! Montre-les-moi que je les évite !

– Moi, je suis riche de dix minutes et demie de grand, grand bonheur ! Je me passerai le film de ce baiser en boucle et ça me suffira. Je ferai lecture, arrêt, rembobinage, baiser au ralenti, arrêt, rembobinage, baiser au ralenti…

– Tes soirées vont être passionnantes ! pouffa Shirley.

Joséphine s'était appuyée contre le four et rêvassait, les bras enroulés autour d'elle comme si elle berçait un rêve. Shirley la secoua.

– Et si on festoyait ? Ils vont vraiment se demander ce qu'on fait.

Dans le salon, ils attendaient Zoé.

Hortense feuilletait les œuvres complètes d'Oscar Wilde et lisait des passages à voix haute, Gary actionnait le soufflet sur les bûches. Alexandre reniflait les cigares de son père, la mine réprobatrice.

– « La beauté est dans les yeux de celui qui regarde », déclama Hortense.

– *Very thoughtfull indeed*, commenta Gary.

– « Les femmes se divisent en deux catégories : les laides et les maquillées, les mères étant à part » !

– Il a oublié les grosses cochonnes ! rugit Gary.

– « Quand j'étais jeune, je croyais que, dans la vie, l'argent était ce qu'il y a de plus important. Maintenant que je suis vieux, je le sais. »

Gary se moqua d'Hortense :

– Pas mal… pour toi !

Elle fit semblant de ne pas avoir entendu et reprit :

– « Il n'y a que deux tragédies dans la vie : l'une est de ne pas avoir ce que l'on désire, l'autre est de l'obtenir. »

– Faux ! s'exclama Philippe.

– Archivrai ! renchérit Shirley. Le désir ne reste vivace que si on lui court après. Il se nourrit de distance.

– Moi, je sais ce qui nourrit mon désir, chuchota Philippe.

Joséphine et Philippe étaient assis sur le canapé, près du feu. Il s'empara de la main de Jo dans son dos. Elle devint cramoisie et le supplia du regard de lâcher sa main. Il n'en fit rien et la caressa doucement, ouvrant la paume, la retournant, passant et repassant dans l'intervalle entre chaque doigt. Joséphine ne pouvait se dégager sans faire de geste brusque et attirer l'attention sur eux, aussi resta-t-elle, sans bouger, la main brûlante dans sa main à lui, écoutant sans les entendre les citations d'Oscar Wilde, essayant de rire quand les autres riaient mais toujours avec un léger temps de retard, ce qui finit par attirer l'attention.

– Mais, maman, t'as bu ou quoi ? s'exclama Hortense.

C'est ce moment que choisit Zoé pour avancer dans la pièce et décréter, solennelle :

– Tout le monde à sa place ! Et j'éteins les lumières…

Ils se dirigèrent vers la table, cherchant leur nom près de l'assiette. S'assirent. Déplièrent leurs serviettes. Se tournèrent vers Zoé qui les surveillait, les bras derrière le dos.

– Et maintenant, tout le monde ferme les yeux et personne triche.

Ils s'exécutèrent. Hortense tenta d'apercevoir ce qui se tramait, mais Zoé avait éteint les lumières, et elle ne distingua qu'une forme raide, carrée qui se glissait à table, soutenue par Zoé. C'est quoi ce machin-là ? Ce doit être un vieux gâteux et il ne tient pas debout. Elle nous refile un grabataire comme invité mystère. Tu parles d'une surprise ! Il va nous vomir dessus ou se faire péter un vaisseau au premier rot. On va appeler le Samu, les pompiers, joyeux Noël à tous !

– Hortense ! Tu triches ! Ferme les yeux !

Elle obéit, tendit l'oreille. L'homme, en se déplaçant, faisait un bruit de papier kraft. À tous les coups, il n'a pas de chaussures, il a les pieds enveloppés dans du papier journal. Un clochard ! Elle nous a ramené un clochard ! Elle se pinça le nez. Les pauvres, ça pue. Relâcha la pression pour détecter l'odeur putride. Ne flaira rien de suspect. Zoé a dû lui faire prendre une douche ; c'est pour ça qu'on a attendu si longtemps. Puis une légère odeur de colle fraîche vint chatouiller ses narines. Et encore ce frôlement dans le noir. Comme un chat qui se frotte aux meubles. Elle lâcha un soupir exaspéré et attendit.

Elle a ramené un clodo, pensait Philippe, un de ces pauvres vieux qui passent Noël sous un carton dans la rue. Ça ne me dérangerait pas. Ça peut nous arriver à tous. Pas plus tard qu'hier, en attendant son taxi dans la cour de la gare du Nord, il avait croisé un ancien collègue qui marchait appuyé sur une canne. Le cartilage de son genou droit s'émiettait et il ne tenait plus sur ses jambes. Il refusait de se laisser opérer. Tu sais ce que c'est, Philippe, tu t'arrêtes un mois, deux mois, et tu n'es plus dans la course, moi, ça fait six mois que je ne fais plus rien, lui avait répondu Philippe, et ça m'est complètement égal. Je profite de la vie et j'aime ça, avait pensé Philippe en le regardant partir en claudiquant. J'achète des œuvres d'art et je suis heureux. Et j'embrasse la seule femme au monde que je n'ai pas le droit d'embrasser. Il retrouva sur ses lèvres le goût du baiser, qui se prolongeait, se développait. Il chercha du bout de la langue un morceau de pruneau, suça un peu d'armagnac. Il souriait béatement dans la pénombre. La prochaine fois que je vais à New York, je l'emmène avec moi. On vivra heureux, cachés, en se remplissant les yeux de beauté, on assistera ensemble aux ventes aux enchères. Le chiffre d'affaires des deux dernières semaines de ventes à New York avait culminé à un milliard trois cent mille dollars, soit à peu près l'équivalent de deux cent cinquante ans de budget d'acquisitions du Centre Pompidou. Je me verrais bien à la tête d'un musée privé où j'exposerais mes acquisitions. J'apprendrais à Alexandre à acheter des tableaux. Chez Christie's, l'autre jour, l'heureux acheteur du *Cape Codder Troll*, une sculpture de Jeff Koons, était un bambin de dix ans, assis entre son père, un magnat de l'immobilier, et sa mère, une psychiatre renommée. Le caprice de l'enfant leur avait coûté trois cent cinquante deux mille dollars, mais ils semblaient très fiers ! Alexandre, Joséphine, New York, des œuvres d'art à la pelle, le bonheur émergeait comme une petite chose qui n'existait pas juste avant le baiser à la dinde et occupait toute la place.

— Je rallume les lumières et vous pourrez ouvrir les yeux, annonça Zoé.

Ils poussèrent un cri de surprise. À la place de la chaise vide était installé... Antoine. Une photo d'Antoine grandeur nature collée sur un panneau de polystyrène.

— Je vous présente papa, déclara Zoé, les yeux brillants.

Ils fixaient, embarrassés, la silhouette d'Antoine et leurs regards revenaient vers Zoé. Pour repartir ensuite vers Antoine comme s'il allait s'animer.

— Il croyait qu'il pourrait être là pour Noël, mais il a eu un empêchement. Alors j'ai pensé que ce serait bien qu'il soit avec nous, ce soir, parce que Noël sans papa, ce n'est pas Noël. Personne peut remplacer un papa.

Personne. Alors je voudrais qu'on lève tous un verre à sa santé, qu'on lui dise qu'on l'attend et qu'on a hâte qu'il soit avec nous.

Elle avait dû apprendre son petit discours par cœur parce qu'elle le débita d'un trait. Les yeux fixés sur l'effigie de son père en costume de chasseur.

– J'oubliais ! Il n'est pas habillé très chic pour un soir de Noël, mais il a dit que vous comprendriez… qu'après tout ce qu'il avait vécu, l'élégance était le cadet de ses soucis. Parce qu'il en a connu des aventures !

Antoine portait une chemise de sport beige, un foulard blanc, un pantalon de treillis kaki. Ses manches étaient remontées sur des avant-bras blonds, bronzés. Il souriait. Ses cheveux châtain clair, coupés court, son teint hâlé, une lueur de fierté dans l'œil lui donnaient l'audace d'un chasseur de grands fauves. Il avait le pied droit posé sur une antilope, mais on ne le voyait pas, le pied et l'antilope étant cachés sous la nappe. Joséphine reconnut la photo : elle avait été prise juste avant son départ de chez Gunman quand l'avenir lui souriait encore, qu'on ne parlait pas de fusion ni de licenciement. L'effet était saisissant ; ils eurent, tous, l'impression qu'Antoine était attablé avec eux.

Alexandre eut un mouvement d'effroi et se renversa sur sa chaise, ce qui eut pour effet de faire vaciller puis tomber Antoine.

– Tu ne lui fais pas un baiser, maman ? demanda Zoé en ramassant l'effigie de son père qu'elle remit d'aplomb devant son assiette.

Joséphine secoua la tête, pétrifiée. Ce n'est pas possible. Serait-il vraiment vivant ? A-t-il revu Zoé sans que je le sache ? Est-ce lui qui a eu l'idée de cette mise en scène grotesque ou elle, toute seule ? Elle restait immobile, face à Antoine en carton-pâte, essayant de comprendre.

Philippe et Shirley se regardaient, pris par une terrible envie de rire qu'ils tentaient de réprimer en se mordant l'intérieur des joues. Ça lui ressemble bien à ce chasseur d'opérette de venir nous gâcher la fête, persiflait Shirley dans sa tête, lui qui dégoulinait de trouille dès qu'il fallait prendre la parole en public !

– Ce n'est pas très hospitalier, maman. On doit faire un baiser à son mari, le soir de Noël. Après tout, vous êtes toujours mariés.

– Zoé… s'il te plaît, balbutia Joséphine.

Hortense contemplait le portrait de son père en tirant sur une mèche de cheveux.

– Tu joues à quoi, Zoé ? Tu nous fais un remake des *Envahisseurs* ou de « Papounet, le retour » ?

– Papa ne peut pas encore être avec nous, alors j'ai eu l'idée de lui faire une place à table et je voudrais qu'on boive tous à sa santé !

– Papaplat, tu veux dire ! lança Hortense. C'est le nom qu'on donne à ce genre de collage aux États-Unis et tu le sais très bien, Zoé !

Zoé ne cilla pas.

– Elle n'a pas trouvé ça toute seule, elle l'a lu dans les journaux anglais, continua Hortense. *Flat Daddy !* Ça vient d'Amérique. Ça a commencé quand une femme de militaire basé en Irak a constaté que sa petite fille de quatre ans ne reconnaissait plus son père lors d'une permission, puis les familles de la Garde nationale l'ont imitée et ça a fait école. Maintenant chaque famille de militaire américain basé à l'étranger reçoit son *Flat Daddy* par la poste si elle en fait la demande. Zoé n'a rien inventé ! Elle a juste décidé de nous flinguer la soirée.

– Pas du tout ! J'avais envie qu'il soit là, avec nous.

Hortense se dressa comme un ressort jailli de sa boîte.

– Tu veux quoi : nous culpabiliser ? Montrer qu'il n'y a que toi qui l'oublies pas. Que toi qui l'aimes vraiment ? C'est raté. Parce qu'il est mort, papa. Ça fait six mois ! Bouffé par un crocodile ! On te l'a pas dit pour te ménager, mais c'est la vérité !

– C'est faux, hurla Zoé en plaquant ses mains sur ses oreilles. Il a pas été bouffé par un crocodile puisqu'il nous a envoyé une carte postale !

– Mais c'était une vieille carte moisie oubliée par la poste !

– Faux ! Archifaux ! C'était papa vivant qui donnait des nouvelles ! Tu n'es qu'une sale punaise qui pue et qui voudrait que tout le monde soit mort et qu'il n'y ait plus qu'elle sur terre ! Oh, la punaise ! oh, la punaise ! se mit-elle à crier à tue-tête en sanglotant.

Hortense se laissa tomber sur sa chaise, eut un geste de la main qui signifiait « c'est trop pour moi ! j'abandonne ». Joséphine éclata en larmes, jeta sa serviette et sortit de table.

– Génial, Zoé ! hurla Hortense. T'as pas une autre surprise en réserve qu'on se marre encore ? Parce qu'on est morts de rire !

Gary, Shirley et Philippe attendaient, gênés. Le regard d'Alexandre allait d'une cousine à l'autre, essayant de comprendre. Il était mort, Antoine ? Mangé par un crocodile ? Comme au cinéma ? Le foie gras rosissait dans le plat, les toasts racornissaient, le saumon transpirait. Une odeur de brûlé parvint de la cuisine.

– La dinde ! cria Philippe. On a oublié d'éteindre le four tout à l'heure !

Au même instant, Joséphine réapparut, ceinte du grand tablier blanc.

– La dinde a brûlé, annonça-t-elle en grimaçant.

Gary poussa un soupir dépité.

– Il est onze heures et on n'a toujours pas dîné. Vous faites chier avec vos psychodrames, les Cortès ! Plus jamais je passerai Noël avec vous !

175

– Mais que se passe-t-il ? C'est la guerre ? s'exclama Shirley.

– Gagné ! glapit Zoé, s'emparant de Papaplat et retournant dans sa chambre d'un pas militaire.

Gary prit le plat de saumon, en glissa deux tranches dans son assiette, fit de même avec le foie gras.

– Désolé, commenta-t-il la bouche pleine, je commence avant qu'un nouveau numéro s'enchaîne. J'apprécierai mieux, le ventre plein !

Alexandre l'imita et plongea les mains dans les plats. Philippe détourna la tête. Ce n'était pas le moment de donner une leçon de savoir-vivre à son fils. Joséphine, affalée sur sa chaise, considérait la table d'un œil morne et caressait les lettres brodées du tablier. C'est moi le chef et on m'obéit.

Philippe proposa d'oublier la dinde calcinée et de passer directement aux fromages et à la bûche.

– Commencez sans moi. Je vais voir Zoé, dit Joséphine, en se levant.

– Ça y est ! On reprend le jeu des gens qui disparaissent ! dit Shirley. Je goûterais bien au foie gras avant de devenir fantôme !

Mylène Corbier jeta son sac Hermès – un vrai, acheté à Paris, pas une imitation comme on en trouvait à tous les coins de rue – sur le gros fauteuil en cuir rouge de l'entrée et contempla son intérieur avec satisfaction. Elle murmura, que c'est beau ! Mais que c'est beau ! Et c'est chez moi ! C'est moi qui ai payé tout ça avec MES sous !

Six mois qu'elle était à Shanghai, elle n'avait pas traîné. L'appartement était là pour en témoigner. Vaste, avec de grandes baies vitrées, d'amples rideaux en toile écrue, des boiseries sur les murs qui lui rappelaient la maison de son enfance, quand elle était apprentie coiffeuse et vivait chez sa grand-mère à Lons-le-Saunier. Lons-le-Saunier, dont le titre de gloire était d'avoir été la ville natale de Rouget de Lisle. Lons-le-Saunier, deux minutes d'arrêt. Lons-le-Saunier, une éternité d'ennui.

L'appartement s'étendait tel un long loft, divisé par de hauts claustras équipés de persiennes. Sur les murs, une patine couleur coquille d'œuf. « Le comble du chic ! » prononça-t-elle à voix haute en faisant claquer sa langue contre son palais. Elle était bien obligée de parler toute seule, elle n'avait personne avec qui partager sa satisfaction. C'était déjà suffisamment pénible de vivre seule, alors seule et muette ! Surtout à cette époque de fêtes. Noël, le jour de l'an, elle allait les célébrer en tête à tête avec son sapin en plastique, commandé sur Internet. Et une petite crèche au pied du sapin. Sa grand-mère la lui avait donnée avant de partir pour la Chine. « Et n'oublie pas de faire tes prières au petit Jésus chaque soir ! Il te protégera. »

Pour le moment, il avait rempli son contrat nickel chrome, le petit Jésus. Elle n'avait rien à lui reprocher. Elle aurait bien aimé un peu de compagnie, un petit câlin de temps en temps, mais ce ne semblait pas être sa priorité. Elle soupira, on ne peut pas tout avoir, je sais. Elle avait choisi de vivre à Shanghai et de réussir, les célébrations haut les cœurs, ce serait pour plus tard. Quand elle serait riche. Très riche. Pour le moment, elle était OK riche. Elle avait un bel appartement, un chauffeur à plein temps (cinquante euros par mois !), mais hésitait encore à investir dans un animal de compagnie. Cinq mille euros par an d'impôts si on dépassait la taille du chihuaha. Elle voulait un vrai chien, tout en poils et en babines qui dégoulinent, pas un modèle réduit qu'on glisse dans son sac avec son poudrier. Dans ce pays, dès qu'on ajoutait un habitant au mètre carré, il fallait payer. Cinq ans de salaire si on désirait un deuxième enfant ! Pour le moment, elle se contentait de parler toute seule ou de regarder la télé. Si la solitude me pèse trop, j'investirai dans un poisson rouge. C'est autorisé. C'est même un porte-bonheur. Je commence par le poisson rouge, je fais fortune et après… Ou je m'achète une tortue. Ça porte bonheur aussi, les tortues. Une belle tortue et son conjoint. Ils me regarderont avec leurs yeux globuleux et leur éperon sur le nez. Il paraît que c'est très affectueux… oui, mais quand elles ont la trouille, elles émettent des gaz nauséabonds !

Dans la crèche, il y avait le bœuf et l'âne, les moutons, les bergers, des villageois portant des fagots sur l'épaule. Jésus et ses parents n'étaient pas encore arrivés. Ce soir, à minuit pile, elle déposerait le petit Jésus en pagne dans son lit de paille, elle dirait sa prière, se choisirait une bonne bouteille de champagne et irait se coucher devant la télé.

De l'entrée, elle apercevait sa chambre, le grand lit à baldaquin en fer forgé habillé de drap blanc, le parquet en larges lattes blondes, des meubles bien cirés, de grandes lampes en laque de Chine. Elle avait appris le goût, le bon goût de ceux qui naissent avec le sens des matières, des couleurs, des proportions. Elle avait étudié des revues de décoration. Pour le reste, il suffisait de payer les factures. Tout était possible. Et quand je dis « tout », c'est bien TOUT. On leur donne le truc le plus tordu et ils le copient au détail près. Hop là boum ! Ils reproduisent même des traces de vers dans le bois des meubles pour imiter la patine du temps.

Elle en avait fait du chemin depuis qu'elle avait quitté son studio minable de Courbevoie. « Oui, minable, ma fille ! N'ayons pas peur des mots ! » clama-t-elle en envoyant valser ses escarpins qui lui cambraient le dos tel un torero face à la bête. Des meubles de récupération, une kitchenette étroite, mal aérée, donnant sur une pièce unique qui servait de salon-salle à manger-chambre-placard. Un dessus-de-lit en piqué blanc, des coussins jetés en vrac, des miettes de pain qui s'incrustaient dans les plis et lui grattaient les reins quand elle se couchait. Et le soir, quand elle dépliait la planche à repasser, elle pouvait toucher le nez du présentateur du journal télévisé avec la pointe du fer. Salut Patrick ! lançait-elle en aplatissant son col blanc. Elle en avait fait une plaisanterie : « PPDA, je le connais très bien, je lui lisse la pomme d'Adam tous les soirs ! » Elle restait coquette et repassait soigneusement sa tenue du lendemain. Ce n'est pas parce qu'on n'a rien qu'il faut se comporter comme une moins-que-rien, confiait-elle au journaliste qui débitait d'une voix morne tous les malheurs de la planète.

Sale époque ! Elle guettait les pourboires pour finir le mois et réanimer son misérable salaire. Sautait le repas du soir pour garder la ligne et celle de son porte-monnaie. Ne décrochait pas le téléphone quand apparaissait le numéro du banquier et tournait de l'œil à la vue d'une enveloppe imprimée. Tu parles d'une existence ! Elle en était arrivée à envisager sérieusement de faire des passes, une ou deux par semaine, histoire de subsister. Elle avait des copines qui racolaient sur Internet. Elle s'y était préparée, au moins c'est toi qui décides, qui choisis le client, les gâteries, la durée de l'entrevue, le tarif. T'es le patron. T'as ta petite entreprise. Personne pour te harceler. Hop là boum, ni vu ni connu. Le moyen de faire autrement ? Comment je paie le loyer, les impôts, les taxes locales, les assurances, la redevance, le gaz, l'électricité, le téléphone avec mes trois sous et demi ? Elle sentait le regard des mâles sur son décolleté. Ils bavaient. Elle les appelait ses Rantanplan. Elle était sur le point de céder aux chaleurs d'un Rantanplan friqué lorsque Antoine Cortès était arrivé.

Un sauveur. Antoine Cortès, le chevalier sans peur ni reproche qui lui parlait d'Afrique, de grands fauves, de bivouacs, de coups de fusil dans la nuit, de profits, de réussite en mordant dans la quiche congelée qu'elle lui réchauffait au micro-ondes avant de l'étreindre sous le dessus-de-lit en piqué blanc.

Puis ça avait été l'Afrique. Le Croco Park à Kilifi. Entre Monbasa et Malindi. Le grand frisson. Les plages de sable blanc. Les cocotiers. Les crocodiles. Les projets mirifiques. La maison avec des domestiques. Rien à faire qu'à glisser les pieds sous la table ! Les filles d'Antoine leur rendaient visite. Elles étaient mignonnes. Surtout Zoé, la petite. Elle lui confectionnait une garde-robe, l'habillait comme une poupée, lui faisait des boucles. L'aînée l'avait toisée au début, mais elle avait fini par se la mettre dans la poche. Quand elles étaient là, ça allait. Ça allait même très bien. Elle était folle de ces petites. Devait se retenir pour ne pas les manger de baisers. Surtout Hortense, qui n'aimait pas qu'on la colle. Elle les emmenait à la plage avec un panier de pique-nique rempli de leurs sandwichs préférés, de jus de fruits frais, de mangues et d'ananas. Elles jouaient aux cartes, cuisinaient en braillant à tue-tête. Elle se souvenait d'un wapiti aux patates douces qui avait fini caramélisé au fond de la marmite, impossible de le décoller, un bloc de béton ! Hortense l'avait baptisé *What a pity*. On remange quand du *What a pity ?* elle claironnait dans la maison. Ne le dis surtout pas à ton père, il prétend que je suis nulle en cuisine, avait supplié Mylène, ce sera notre secret, notre petit secret, d'accord ? D'accord, mais tu me donnes quoi en échange ? avait riposté Hortense. Je t'apprends à te faire des yeux de biche avec des faux cils et je te fais une french manucure. Hortense avait tendu les mains.

Mais sinon… Des journées à ne rien faire si ce n'est lire des revues et se soigner les ongles. Attendre Antoine, lovée dans le hamac. Antoine qui travaillait, Antoine qui se décourageait, Antoine qui déchantait. Les difficultés à cause de ces sales bêtes qui refusaient de se reproduire et bouffaient les employés. Monsieur

Wei qui menaçait Antoine. Antoine qui ne travaillait plus. Antoine qui s'était mis à boire. Elle s'ennuyait dans son hamac. Je vais avoir des moignons à force de me limer les ongles ! Suis pas habituée à l'oisiveté, moi ! Envie de travailler, de gagner des sous. Il ricanait, il buvait. Elle avait pris les choses en main. Elle s'était assise derrière son bureau, avait tenu la comptabilité, noté des chiffres sur le grand cahier, étudié les revenus, les amortissements, les bénéfices, avait appris comment marchaient les affaires. Elle imitait l'écriture d'Antoine, les jambes des « m » étroites et maigres, les « o » étranglés, le brusque piqué du « s » qui s'écrase en fin de mot. Elle imitait sa signature. Hop là boum ! Monsieur Wei n'y avait vu que du feu. Jusqu'au jour tragique où…

Elle s'éventa de la main pour chasser l'horrible souvenir. Atroce, atroce, oublier ça, pauvre chou. Elle frissonna, secoua la tête. Sa main tâtonna sur la table basse, attrapa une cigarette. L'alluma. Tira une bouffée. C'était nouveau. Pas bon pour le teint. Elle avait baptisé sa ligne de maquillage « Belle de Paris » et son fond de teint « Lys de France » avec un beau dessin en relief de lys blanc sur la boîte.

Mon best-seller ! Le produit qui blanchit, lisse, unifie et maquille en même temps. Quand elle était au Croco Park, qu'elle se grattait la tête pour savoir comment s'occuper, elle avait pensé aux produits de beauté. C'était son rayon, la beauté. Elle était coquette et appréciait la peinture. Surtout Renoir et ses femmes grasses, roses. Elles faisaient impression, ces femmes-là, c'est pas un hasard si elles avaient déclenché l'impressionnisme, on en parlait encore. Elle s'était confiée à Antoine, il avait haussé les épaules. Elle en avait parlé à monsieur Wei, il lui avait demandé un « projet d'exploitation ». Bigre ! s'était-elle dit, ça veut dire quoi ?

Elle avait commencé par faire une enquête en parlant avec les Chinoises qui vivaient au Croco Park. Elle avait lu, sur Internet, que c'était ainsi que procédaient de nombreuses entreprises étrangères avant de lancer un produit en Chine. Passer du temps avec le client pour comprendre ses habitudes de consommation. Des concepteurs de General Motors avaient visité la province de Guangxi et rencontré des acheteurs de camionnettes chez eux, dans leur ferme. Ils s'étaient assis sur le trottoir en discutant de ce que ces derniers aimaient ou reprochaient à leur véhicule. Elle avait fait comme General Motors. Avait bavardé avec les Chinoises en mauvais anglais et avait compris que le seul produit de beauté qui les faisait rêver était celui qui blanchissait la peau. *White, white*, répétaient-elles en lui touchant les joues. Elles étaient prêtes à échanger leur paie contre un pot de blanc. Elle avait eu une idée géniale : elle avait conçu un produit qui faisait fond de teint ET blanchisseur. Avec un peu d'ammoniaque dedans. Juste un peu. Elle n'était pas sûre que ce soit très bon pour la peau, mais ça marchait. Et monsieur Wei avait accepté d'être son partenaire.

Ici, tout était si facile. On pouvait produire ce qu'on voulait, il suffisait de bien expliquer ce qu'on désirait et hop là boum ! la chaîne de fabrication se mettait en marche. Prix de revient, prix de vente, bénéfice, combien, *how much*, le calcul était vite fait. Pas besoin de contrat. Ils ne faisaient pas de tests, ne se souciaient pas de savoir si c'était bon ou pas pour la peau. Un essai et, si ça marchait, ils lançaient la production.

Monsieur Wei avait testé le produit sur des ouvrières dans une usine. Le stock avait été dévalisé en quelques minutes. Il avait décidé de vendre en zone rurale et ensuite, par Internet. Il lui avait expliqué, plissant les yeux en fentes de tirelire, que sept cent cinquante millions de Chinois habitaient la campagne, que leur revenu par habitant ne cessait de grimper, que c'était là leur cible. Puis il avait cité l'exemple de Wahaha, le premier fabricant de boissons du pays, qui s'était développé en partant des campagnes. Le marketing de Wahaha consistait à badigeonner son logo sur les murs des villages. Mylène avait fermé les yeux, imaginé des murs entiers de maisons en torchis ornés de lys royaux et avait eu une pensée émue pour Louis XVI. Comme si elle le rétablissait sur le trône.

– Les multinationales font face à un défi immense en matière de distribution dans la Chine rurale, avait insisté monsieur Wei. Il ne faut pas faire comme les Occidentaux et ne penser qu'aux villes.

Elle lui faisait confiance. Il s'occupait de la production, elle de la création. Trente-cinq pour cent chacun et le reste pour les intermédiaires. Pour qu'ils mettent notre produit en vedette. Faut graisser les pattes. C'est comme ça que ça se passe chez nous, disait-il de sa voix nasillarde. Parfois, elle avait envie de poser une question. Il toussait alors, de manière forte, réprobatrice, comme s'il lui interdisait de pénétrer sur son domaine. Faut que je me méfie, se disait-elle, ne pas mettre tous mes œufs dans le même panier. Marcel Grobz l'avait aidée. Je vais le relancer, on n'est jamais assez prudent. En même temps, il ne faut pas que je me fâche avec Wei, il me fait faire des placements financiers juteux. Il m'a fait acheter des actions de l'assureur China Life qui ont plus que doublé à l'issue du premier jour de cotation ! J'aurais jamais eu l'idée toute seule.

Et pourtant des idées, elle en avait à la pelle. Ce matin, en se levant, hop là, boum ! elle avait eu un flash : un téléphone portable qui ferait fond de teint et rouge à lèvres. D'un côté, le clavier du téléphone, dans la coquille, un boîtier de maquillage. C'est pas une idée géniale, ça ? Faudrait que je la dépose. Penser à téléphoner à l'avocat de Grobz. Bonjour, c'est moi, la fille d'Einstein et d'Estée Lauder ! Restait plus qu'à en souffler trois mots au Mandarin Rusé.

Il partait le lendemain pour Kilifi. Elle lui en parlerait à son retour. Il avait trouvé un nouveau régisseur pour diriger le Croco Park. Un Hollandais brutal qui se fichait pas mal que les crocodiles bouffent les employés. Les crocodiles s'étaient remis à copuler. Il les avait affamés afin que le naturel reprenne le dessus et qu'ils se jettent les uns sur les autres. Il y avait eu un bain de sang puis les plus forts l'avaient emporté et avaient rétabli leur suprématie sur la colonie. Les femelles se laissaient engrosser sans se rebiffer. « Ils sentent le maître et s'inclinent », se vantait-il au téléphone à monsieur Wei qui se caressait les couilles, les jambes écartées. Lui aussi veut me montrer qui est le maître, avait pensé Mylène en lui adressant un sourire un peu forcé.

Il fallait qu'elle lui donne une lettre à poster. Elle se leva, alla s'asseoir à son secrétaire en bois flotté sur lequel trônaient les photos d'Hortense et de Zoé, ouvrit un tiroir, sortit son dossier. Elle faisait un double de chaque courrier pour ne pas se répéter. Elle soupira. Mordilla le capuchon du stylo. Il fallait faire attention aux fautes d'orthographe. C'est pour cette raison qu'elle n'écrivait pas de textes trop longs.

— Ils viennent à quelle heure ? demanda Josiane qui sortait de la salle de bains en se massant les reins.

Elle dormait mal depuis deux semaines. Elle avait la nuque prise dans le plâtre et le dos lardé de petits couteaux comme ceux qu'on lance dans les cirques sur des cibles vivantes.

— Midi trente ! Philippe sera là aussi. Avec Alexandre. Et une dénommée Shirley et son fils, Gary. Ils viennent tous ! J'ai le gosier qui roucoule de bonheur. Je vais pouvoir te présenter, ma petite reine. C'est un grand jour, ce premier janvier !

— Tu es sûr que c'est une bonne idée ?

– Arrête de faire ta raclette ! C'est Joséphine qui a proposé ce déjeuner. Elle nous avait invités chez elle, mais j'ai pensé que tu te sentirais mieux si on les recevait chez nous. Pense à Junior. Il a besoin d'une famille.

– C'est pas sa famille !

– Mais puisque qu'on n'en a pas, on emprunte celle des autres !

Josiane tournait autour du lit dans son déshabillé en étirant le cou telle une girafe arthritique.

– C'est plus à la mode les familles, plus personne n'en a…, maugréa-t-elle.

Il ne l'écoutait pas, il refaisait le monde, son Nouveau Monde.

– Ils m'ont connu rabroué, rapetissé, humilié par le Cure-Dents. Je vais la jouer Roi-Soleil, galerie des Glaces ! Holà manants, voici mon palais, mes laquais, mon Petit Prince ! Femme, apporte-moi ma perruque poudrée et mes mocassins à boucles !

Il se renversa sur le lit, les bras en croix, ses cuisses de géant roux à peine couvertes par les pans de sa chemise blanche. Marcel Grobz. Une grosse pelote de poils blonds, de bourrelets moelleux, de chair rose tavelée, illuminée par deux yeux myosotis, vifs comme des lames d'épée.

Josiane se laissa tomber sur le lit à côté de lui. Il était frais rasé, parfumé. Sur une chaise étaient disposés un costume en alpaga gris, une cravate bleue, des boutons de manchettes assortis.

– Tu te fais beau…

– Je me sens beau, Choupette. C'est différent !

Elle posa la tête contre son épaule et sourit.

– Avant, tu ne te sentais pas beau ?

– Avant, j'étais un vilain crapaud. Tiens ! Je me demande même comment tu as pu me regarder…

C'est vrai qu'il n'était pas un dieu grec, son Marcel. Au début, elle devait le reconnaître, elle avait été plus attirée par sa galette que par son charme, mais, très vite, sa vitalité, sa générosité l'avaient émue et elle avait fini par devenir sa maîtresse attitrée avant d'être consacrée seule femme de sa vie et mère de son petit.

— J'ai pas regardé le détail, j'ai acheté l'ensemble !

— C'est ce qu'on dit des moches ! Le fameux charme des vilains ! Mais je m'en fiche, aujourd'hui, je suis le grand mamamouchi.

— Encore plus sexy que le grand mamamouchi…

— Arrête, Choupette, tu m'excites ! Vise mon slip ! Droit comme un mât de bateau dans la tempête ! Si on se recouche, on est pas levés de sitôt !

Il avait toujours le même appétit au lit. Cet homme était fait pour manger, boire, rire, jouir, gravir des montagnes, planter des baobabs, empocher des tonnerres, étreindre des éclairs. Et dire que cette vipère d'Henriette avait voulu en faire un caniche poudré ! Elle avait encore rêvé d'elle. Qu'est-ce qu'elle fout à traîner dans mes nuits, celle-là ?

— T'as des nouvelles du Cure-Dents ? demanda-t-elle, prudente.

— Veut toujours pas divorcer. Ses conditions sont exorbitantes et je lâcherai pas ! Tu dis ça pour me faire débander ?

— Je dis ça parce qu'elle hante mes nuits !

— Ah ! Voilà pourquoi tu manques d'entrain, ces derniers temps…

— Je me sens triste comme un bas qui sèche tout seul. J'ai plus envie de rien…

— Même pas de moi ?

— Même pas de toi, mon gros loup !

Le bateau démâta d'un seul coup.

— T'es sérieuse ?

— Je me traîne, j'ai pas faim, je mange plus…

— Ça doit être grave !

186

– J'ai mal au dos. Comme si je recevais des coups de couteau.

– T'as une sciatique. C'est la grossesse, elle t'a ruiné les osselets.

– J'ai qu'une envie : m'asseoir et pleurer. Même Junior me laisse de glace.

– C'est pour ça qu'il grimace. Je le trouve maussade en ce moment.

– Il doit s'ennuyer. Avant j'assurais. Je lui faisais le grand huit, le rodéo sur la banquise, le french-cancan avec jetés de mousseline…

– Et là t'es en rade avec ton cabas à Vierzon ! T'as vu un toubib ?

– Non.

– Et madame Suzanne ?

– Non plus !

Marcel Grobz se redressa, inquiet. La situation était grave si madame Suzanne n'était pas désirée. Madame Suzanne avait prédit la signature du contrat avec les Chinois, l'emménagement dans le grand appartement, la naissance de Junior, la chute d'Henriette et même la mort d'un proche dans la gueule tranchante d'un monstre. Madame Suzanne fermait les yeux et voyait. L'œil est menteur, affirmait-elle, on voit mieux les yeux clos, la vraie vision est intérieure. Elle ne se trompait jamais et quand elle ne voyait rien, elle le disait. Pour être sûre de garder son don intact, elle ne demandait jamais d'argent.

Pour gagner sa vie, elle était pédicure. Elle épluchait les doigts de pieds, ponçait les peaux mortes, rabotait les oignons, auscultait les organes en pressant des points précis et, pendant que ses doigts couraient, agiles, le long des métatarses et des phalanges, elle s'engouffrait dans les âmes et déchiffrait le Destin. D'une simple pression sur la voûte plantaire, elle remontait jusqu'aux organes vitaux, découvrait la bonté ou la vilenie de celui dont elle tenait le pied. Elle débusquait le fluide blanc du grand cœur, le charbon sale du conspirateur, la bile acide du méchant, l'humeur jaunâtre du jaloux, le calcul bleu de l'avaricieux, le caillot rouge du libidineux. Penchée sur les trois cunéiformes, elle pénétrait l'âme et lisait l'avenir. Ses doigts allaient et venaient, elle marmonnait des phrases décousues. Il fallait tendre l'oreille pour recueillir l'oracle. Quand le message était important, elle se balançait de droite à gauche et répétait crescendo les injonctions qu'une voix venue de là-haut lui murmurait à l'oreille. C'est ainsi que Josiane avait appris qu'elle aurait un fils, « un beau garçon bien membré, à la tête de feu, aux paroles d'argent, au cerveau de platine, l'or coulera de sa bouche et ses bras puissants feront vaciller les colonnes du temple. Il ne faudra pas le contrarier car l'homme se lèvera tôt dans les langes de l'enfant. »

Il lui arrivait aussi, après avoir rangé ses pinces coupantes, ses limes, ses polissoirs, ses onguents et ses huiles, de se relever et de dire, « je ne crois pas que je reviendrai, votre âme est trop vilaine, ça pue le soufre et le pourri en vous, un macchabée n'y retrouverait pas ses petits ». Le client, ramolli de délices sur sa couche, protestait de sa blancheur immaculée. « N'insistez pas, ajoutait madame Suzanne, repentez-vous, amendez-vous et peut-être alors reviendrai-je vous taquiner la plante. »

Une fois par mois, madame Suzanne débarquait avec sa mallette et sa mine pointue de sourcière des âmes. Il arrivait à Marcel, après avoir commis une indélicatesse financière ou un coup fourré, de dérober sa voûte plantaire à l'extralucide car il tenait plus que tout à conserver son estime. Madame Suzanne lui expliquait alors qu'il fallait parfois, dans le monde impitoyable où il évoluait, employer les mêmes armes que ses rivaux et qu'à condition de ne pas nuire à plus faible que lui, l'escroquerie lui serait pardonnée.

– C'est comme si on m'avait vidangée, poursuivait Josiane. Je marche à côté de mes pompes. Je suis dédoublée. Tu me vois là, mais je suis pas là.

Marcel Grobz écoutait, incrédule. Jamais Choupette ne lui avait tenu de tels propos.

– Tu ne ferais pas une dépression nerveuse ?

– C'est possible. J'ai jamais connu cette maladie. Ça ne se faisait pas chez nous.

Il était perplexe. Il posa la main sur le front de Josiane et secoua la tête. Elle n'avait pas de fièvre.

– Peut-être un peu d'anémie ? Tu as fait des analyses ?

Josiane fit une moue négative.

– Ben, va falloir commencer par ça…

Josiane sourit. Il était inquiet, son bon gros. Sa mine soucieuse lui rappelait qu'elle était sa neige éternelle. Il lui suffisait de l'observer pour se rassurer.

– Dis, Marcel, tu m'aimes toujours comme la Sainte Vierge que tu mettrais au lit ?

– Tu en doutes, Choupette ? Tu en doutes encore ?

– Non. Mais j'aime te l'entendre dire… À force de se frotter le cuir, on oublie de le polir.

– Tu veux que je te dise, Choupette, il n'y a pas un jour, tu m'entends, pas un jour que je ne commence sans remercier là-haut pour le bonheur immense qui m'a été donné en te rencontrant.

Ils étaient assis sur le lit, appuyés l'un contre l'autre. À méditer sur ce mal étrange qui frappait Josiane, cette langueur qui l'enveloppait et lui coupait l'envie, l'appétit, le désir, toutes ces vertus qui la maintenaient en vie depuis qu'elle était enfant.

Le déjeuner fut un succès. Junior, placé en tête de table, dans sa chaise de bébé, trônait tel le seigneur du château. Il tenait son biberon à la main et le frappait sur l'armature de son siège pour indiquer ses volontés. Il aimait que la table soit bien dressée, que verres, couteaux et fourchettes soient à leur place, et si, par hasard, un convive se trompait d'alignement, il frappait son siège de son biberon jusqu'à ce que le coupable ait rectifié son erreur. On sentait, à ses sourcils froncés, qu'il essayait de suivre la conversation. Il se concentrait tant qu'il en était congestionné.

– Je crois qu'il est en train de faire caca, glissa Zoé à Hortense.

Marcel avait placé un cadeau dans chaque assiette. Un billet de deux cents euros pour chaque enfant. Hortense, Gary et Zoé eurent un hoquet en découvrant le grand billet jaune plié en deux dans une enveloppe. Zoé faillit demander : « C'est un vrai ? », Hortense déglutit et se leva pour embrasser Marcel et Josiane. Gary, gêné, regardait sa mère, se demandant s'il fallait protester. Shirley lui fit signe de ne rien dire, il risquait de fâcher Marcel.

Philippe reçut une bouteille de château-cheval-blanc, premier grand cru, classé A, Saint-Émilion 1947. Il tournait doucement la bouteille entre ses mains, pendant que Marcel récitait le boniment du caviste chez qui il achetait son vin : « Belle robe rouge, fin, élégant, souple, structuré. Fruit d'un terroir sablo-graveleux, les graviers captant le soleil le jour, et réchauffant la vigne, la nuit. » Philippe, amusé, s'inclina et lui promit qu'ils le boiraient ensemble pour les dix ans de Junior.

Junior acquiesça d'un rot sonore.

Dans l'assiette de Joséphine et Shirley, Marcel avait placé un bracelet en or gris, décoré de trente diamants brillantés, et dans celle de Josiane une paire de clips d'oreilles ornés d'une grosse perle de culture grise de Tahiti piquée de diamants. Shirley protesta, elle ne pouvait accepter. En aucun cas. Marcel la prévint qu'il quitterait la table si elle refusait son cadeau. Il se considérerait offensé. Elle insista, il renchérit, elle s'obstina, il tint bon, elle s'entêta, il ne voulut pas en démordre.

– J'adore jouer les Pères Noël, j'ai une hotte à cadeaux qui déborde, faut bien que je la vide de temps en temps !

Josiane, pensive, caressait ses boucles d'oreilles.

– C'est trop, mon loup ! Je vais ressembler à un gros caillou !

Joséphine murmura :

– Marcel, tu es fou !

– Fou de bonheur, Jo. Tu ne sais pas le cadeau que vous me faites en venant déjeuner chez nous. Jamais j'aurais pu imaginer que… Tiens, ma petite Jo, j'ai bien envie de pleurer !

Sa voix tremblait, ses yeux clignaient, il tordait le nez pour enrayer l'émotion qui le submergeait. Joséphine eut la gorge nouée à son tour et Josiane renifla en se détournant pour que personne ne la voie.

C'est le moment que choisit Junior pour chasser la mélancolie en donnant un grand coup de biberon sur sa chaise qui signifiait assez de simagrées, je m'ennuie, moi, action !

Ils se tournèrent vers lui, surpris. Il leur fit un grand sourire en tendant la tête en avant comme pour les encourager à lui faire la conversation.

– On dirait qu'il a envie de parler, dit Gary, étonné.

– T'as vu comme il tend le cou ! remarqua Hortense, se faisant la remarque qu'il était vraiment laid quand il avançait la tête, le cou long et flexible, la bouche fendue, les yeux exorbités.

– Il faut lui parler tout le temps ou il s'ennuie…, soupira Josiane.

– Ce doit être épuisant, remarqua Shirley.

– En plus, on ne peut pas lui dire n'importe quoi, sinon il se met en colère ! Il faut le faire rire, l'étonner ou lui apprendre quelque chose.

– Vous êtes sûre ? demanda Gary. Il est trop petit pour comprendre.

– C'est ce qu'on se dit à chaque fois, mais à chaque fois on est surpris !

– Je comprends que vous soyez fatigués, compatit Joséphine.

– Attendez…, dit Gary, je vais lui dire quelque chose qu'il ne pourra pas comprendre. C'est impossible.

– Vas-y, le provoqua Marcel, sûr de la science infuse de son rejeton.

Gary se concentra un long moment, cherchant ce qu'il pourrait trouver de spirituel pour tester le garnement. Quelle drôle de bouille il a ! ne pouvait-il s'empêcher de penser en constatant que Junior ne le lâchait pas des yeux et poussait des petits cris signalant son impatience.

– J'ai trouvé ! s'exclama-t-il, triomphant. Et là, mon petit vieux, tu peux toujours essayer, tu ne comprendras rien de rien !

Junior releva le menton tel un gladiateur outragé et tendit son biberon comme un bouclier pour prendre la mesure de son adversaire.

– « L'eunuque décapité raconte des histoires sans queue ni tête », énonça Gary, articulant chaque mot comme s'il les dictait à un analphabète.

Junior écouta, la tête et les épaules penchées en avant, le cou se balançant, le corps raide, les bras le long du corps. Il resta un instant dans cette position, ses sourcils se froncèrent, dessinant de petits festons, ses joues se marbrèrent de plaques écarlates, il grogna, gronda, puis son corps se détendit, il jeta la tête en arrière, éclata d'un rire tonitruant, battit des mains, des pieds pour montrer qu'il comprenait, et fit le geste de se couper la tête et le bas du ventre du plat de la main.

– Il a vraiment compris ce que j'ai dit ? demanda Gary.

– Apparemment oui, dit Marcel Grobz en dépliant sa serviette d'un air enchanté. Et il a raison de rire, c'est très drôle !

Gary observait, médusé, le bébé roux et rose dans sa grenouillère bleue qui le considérait en rigolant et dont le regard disait encore, encore des histoires, fais-moi rire, les trucs de bébé, ça m'ennuie, mais ça m'ennuie.

– C'est dingue ! déglutit Gary. *This baby is crazy !*

– Craizzzzy ! répéta Junior en bavant sur sa grenouillère.

– Il est génial, le nain ! s'écria Hortense.

En entendant le mot « génial », Junior roucoula et, pour lui montrer à quel point elle avait raison, il tendit son biberon vers un spot du plafond et énonça clairement :

– Lampe…

Devant leurs mines stupéfaites, il se gargarisa d'un grand rire de gorge, puis ajouta, une lueur espiègle dans l'œil :

– *Light !*

– Mais c'est…

– Incroyable ! c'est ce que je vous disais, dit Marcel, et personne ne me croyait !

– *Luz…,* continua Junior, le doigt toujours tendu vers la lumière du spot.

– En espagnol aussi ! Cet enfant me…

– *Deng !*

– Ah, là, c'est n'importe quoi ! dit Shirley, rassurée.

– Non, rectifia Marcel, c'est « soleil » en chinois !

– Au secours ! s'écria Hortense, le nain est polyglotte !

Junior caressa Hortense du regard. Il la remerciait de reconnaître ses mérites.

– Ce n'est pas un nain, c'est un géant ! T'as vu la taille de ses mains ! Et ses pieds !

Gary siffla, impressionné.

– *Chouchou*..., hurla Junior en crachant l'eau de son biberon en direction de Gary.

– Ça veut dire quoi ? demanda ce dernier.

– Tonton. En chinois. Il t'a choisi comme oncle !

– Je peux le prendre dans mes bras ? demanda Joséphine en se levant, ça fait longtemps que je n'ai plus tenu un bébé… et un bébé comme ça, je veux le regarder de plus près !

– Tant que ça ne te donne pas d'idées ! marmonna Zoé.

– Tu n'aimerais pas avoir un petit frère ? demanda Marcel, goguenard.

– Et qui serait le père si je peux poser une question indiscrète ? répondit Zoé en foudroyant sa mère du regard.

– Zoé…, bredouilla Joséphine, décontenancée par la véhémence de sa fille.

Elle s'était approchée de Josiane qui avait pris Junior dans ses bras et se penchait sur lui, prête à déposer un baiser sur ses boucles rousses. Junior la fixa, son visage se plissa et il émit un rot abondant de purée de carottes qui alla maculer le chemisier de Jo et la blouse en soie de Josiane.

– Junior ! gronda Josiane en le tapotant dans le dos. Je suis désolée…

– Ce n'est pas grave, dit Joséphine, essuyant son chemisier. Ça veut juste dire qu'il a bien digéré.

– Choupette, tu en as partout, toi aussi ! dit Marcel, s'emparant de Junior.

– Comme s'il vous avait visées toutes les deux ! dit Zoé en riant. Je le comprends, tous ces gens qui veulent l'embrasser, le toucher, il doit en avoir ras le bol. On devrait respecter les bébés, leur demander la permission avant de leur sucer la pomme !

– Vous ne voulez pas venir vous nettoyer dans la salle de bains ? proposa Josiane à Joséphine.

– Surtout que ça commence à puer grave ! dit Hortense en se bouchant le nez. J'aurai jamais d'enfant, ça pue trop.

Junior lui lança un regard meurtri, qui semblait dire : « Moi qui croyais que tu étais mon amie ! »

Dans la chambre, Josiane proposa à Joséphine de lui prêter un chemisier propre. Joséphine accepta et commença à se déshabiller. Joséphine rit :

– C'est pas un rot, c'est une éruption. Vous auriez dû l'appeler Stromboli, votre petit !

Josiane ouvrit la porte de sa penderie et en sortit deux chemisiers blancs à jabots de dentelle. Elle en tendit un à Joséphine qui la remercia.

– Vous voulez prendre une douche ? proposa Josiane, gênée.

Elle venait de comprendre que le jabot blanc n'était pas du goût de Joséphine.

– Non merci… il est étonnant votre fils !

– Parfois, je me demande s'il est normal… Il est trop en avance pour son âge !

– Il me rappelle une histoire… Un bébé qui a défendu sa mère lors d'un procès au Moyen Âge. La mère était accusée d'avoir conçu son enfant dans le péché, en livrant son corps à un homme qui n'était pas son mari. Elle allait être brûlée vive lorsqu'elle parut devant le juge, tenant son bébé dans les bras.

– Il avait quel âge ?

– Le même âge que Junior… Alors la mère s'adressa à l'enfant en l'élevant en l'air et lui dit : « Beau fils, je vais recevoir la mort à cause de vous et pourtant, je ne l'ai pas méritée, mais qui voudrait croire la vérité ? »

– Et alors ?

– « Tu ne mourras pas de mon fait, clama l'enfant. Moi, je sais qui est mon père et je sais que tu n'as pas péché. » À ces mots, les commères qui assistaient au procès furent émerveillées et le juge, craignant d'avoir mal entendu, demanda à l'enfant de s'expliquer. « Ce n'est pas de sitôt qu'elle sera brûlée ! tonna-t-il, car si l'on condamnait au feu tous ceux et celles qui se sont abandonnés à d'autres que leurs femmes et leurs maris, il ne serait guère de gens ici qui ne dussent y aller ! »

– Il parlait si bien ?

– C'est ce que raconte le livre… Et il finit en ajoutant : « Et je connais mieux mon père que vous le vôtre ! » – ce qui cloua le bec au juge qui acquitta la mère.

– Vous avez inventé cette histoire pour me rassurer ?

– Mais non ! C'est dans les romans de *La Table ronde*.

– C'est bien d'être savante. Moi, je suis pas allée loin dans mes études.

– Mais vous avez appris la vie. Et c'est plus utile que n'importe quel diplôme !

– Vous êtes gentille. Ça me manque parfois de ne pas avoir de culture. Mais ça se rattrape pas, ça !

– Bien sûr que si ! Aussi sûr que deux et deux font quatre !

– Ça, je le sais…

Et Josiane, soulagée, donna une bourrade dans les côtes de Joséphine qui, surprise, marqua un temps d'arrêt puis la lui rendit.

C'est ainsi qu'elles devinrent amies.

Assises sur le lit, boutonnant leur chemisier à jabot, elles se mirent à parler. Des enfants petits et des enfants grands, des hommes qu'on croit grands et qui se révèlent petits, et du contraire aussi. De ces bavardages pour ne rien dire où l'on apprend l'autre, où l'on guette la phrase qui favorisera la confidence ou l'arrêtera net, où l'on épie l'œil derrière la mèche de cheveux, le sourire qui s'économise ou s'épanouit. Josiane rectifia le jabot du chemisier de Joséphine qui se laissa faire. Il régnait une atmosphère douce, tendre dans la chambre.

– On se sent bien chez vous…

– Merci, dit Josiane. Vous savez, j'appréhendais votre venue. Je n'avais pas envie de vous rencontrer. Je ne vous imaginais pas comme ça…

– Vous m'imaginiez plutôt comme ma mère ? demanda Joséphine dans un sourire.

– Je l'aime pas beaucoup votre mère.

Joséphine soupira. Elle ne voulait pas dire du mal d'Henriette, mais elle comprenait ce que pouvait ressentir Josiane.

– Elle me traitait comme une boniche !

– Vous l'aimez Marcel, n'est-ce pas ? demanda Joséphine à voix basse.

– Oh, oui ! Au début, j'ai eu du mal. Il était trop doux, j'étais habituée aux méchants, aux durs. La gentillesse, je trouvais ça suspect. Et puis… il est si pur dans son cœur que, quand il me regarde, je me sens lavée. Il a épongé ma misère. L'amour m'a rendue meilleure.

Joséphine songea à Philippe. Quand il me regarde, je me sens géante, belle, intrépide. Je n'ai plus peur. Dix minutes et demie de pur bonheur, elle n'arrêtait pas de se passer le film du baiser à la dinde. Elle rougit et ses pensées revinrent vers Marcel.

– Longtemps, il a été malheureux avec ma mère. Elle le traitait mal. Je souffrais pour lui. Depuis que je ne la vois plus, je me sens beaucoup mieux.

– Ça fait longtemps ?

– Trois ans, environ. Quand Antoine est parti…

Joséphine se souvint de la scène chez Iris où sa mère l'avait écrasée de son mépris. Ma pauvre fille, incapable de garder un homme même le plus minable, incapable de gagner de l'argent, incapable de réussir, comment vas-tu t'en sortir seule, avec deux enfants ? Ce jour-là, elle s'était révoltée. Elle avait craché tout ce qu'elle avait sur le cœur. Elles ne s'étaient plus jamais revues.

– Moi, ma mère est morte. Si on peut appeler ça une mère… Jamais une caresse, jamais un baiser, des coups et des engueulades ! Quand on l'a enterrée, j'ai pleuré. Le chagrin, c'est comme l'amour, c'est pas des choses qu'on contrôle. Devant le trou au cimetière, je me disais que c'était ma mère, qu'un homme l'avait aimée, lui avait fait des enfants, qu'elle avait ri, chanté, pleuré, espéré… Elle devenait humaine tout à coup.

– Je sais, je me dis parfois la même chose. Qu'on devrait se réconcilier avant qu'il soit trop tard.

– Faut faire gaffe avec elle ! Ne soyez pas trop bonne, et bonne ça ne s'écrit pas avec un « c » !

– Moi, je suis les deux : bonne et conne !

– Oh non ! protesta Josiane. Pas conne… Je l'ai lu, votre livre, et c'est pas écrit par une conne !

Joséphine sourit :

– Merci. Pourquoi n'est-on jamais sûre de soi ? C'est une maladie de femme, n'est-ce pas ?

– Je connais peu d'hommes qui doutent ou alors ils cachent bien leur jeu !

– Je peux vous poser une question indiscrète ? demanda Joséphine en regardant Josiane dans les yeux.

Josiane hocha la tête.

– Vous allez vous marier avec Marcel ?

Josiane eut l'air surpris, puis secoua la tête vigoureusement.

– Pourquoi se mettre la bague au doigt ? On n'est pas des pigeons !

Joséphine éclata de rire.

– À mon tour de poser une question indiscrète ! déclara Josiane en tapotant le dessus-de-lit. Si ça vous ébouriffe, vous répondez pas.

– Allez-y, dit Joséphine.

Josiane prit une profonde inspiration et se lança :

– Vous l'aimez, Philippe ? Et il vous aime aussi, ça crève les yeux.

Joséphine sursauta.

– Ça se voit ?

– D'abord, vous êtes devenue très jolie… Et ça, ça cache toujours un homme ! Femme en beauté, homme embusqué !

Joséphine rougit.

– Ensuite… Vous faites tellement attention à ne pas vous regarder, à ne pas vous adresser l'un à l'autre que ça en devient criant ! Essayez d'être naturelle, ça se verra moins. Je dis ça pour vos filles, parce que moi, il me plaît, il sent bon la confiance. Et puis, il est beau ! C'est de la confiture, cet homme-là !

– C'est le mari de ma sœur, balbutia Joséphine.

Je n'en finis pas de répéter ces mots quand je parle de lui. Je pourrais trouver autre chose ! Je vais finir par le réduire à cette seule définition, « le mari de ma sœur ».

– Vous n'y pouvez rien ! L'amour, ça ne klaxonne pas avant d'entrer ! ça se pointe, ça s'impose, ça force les barrages et puis, telle que je vous connais, vous vous êtes pas jetée à son cou !

– Ça non !

– Vous avez même pédalé en arrière de toutes vos forces !

– Et je pédale encore !

– Faites gaffe quand même. Parce que quand ça s'éparpille, ça ne se récupère pas au ramasse-miettes !

– C'est moi qui vais être éparpillée, si ça continue.

– Allez ! C'est plutôt une embellie, ce genre de choses, ne le transformez pas en mélasse ! Je demanderai pour vous à madame Suzanne. Laissez-moi une mèche de cheveux et, rien qu'en la palpant, elle vous dira si ça marchera, vous deux.

Et Josiane d'expliquer le don et les vertus de madame Suzanne. Et Joséphine de froncer le nez, non, non, j'aime pas trop ça, les voyantes.

– Oh ! Elle serait vexée de s'entendre traiter de voyante ! C'est une liseuse d'âmes.

– Et puis, je n'ai pas envie de savoir. Je préfère la beauté du vague…

– Vous habitez pas la terre, vous ! Allez ! je vous comprends. Faites juste gaffe à vos filles ! Surtout à la petite, elle me semble prête à mordre !

– C'est ce qu'on appelle l'âge ingrat. Elle est en plein dedans. Il faut juste que je prenne ce mal-là en patience ! J'ai déjà connu ça avec Hortense. Un soir, elles s'endorment en petits anges joufflus et se réveillent, le lendemain, en démons crochus !

– Si vous le dites !

Josiane semblait penser à autre chose.

– C'est dommage que vous vouliez pas voir madame Suzanne. Elle avait prédit la mort de votre mari. « Un animal à gueule tranchante… » Il est bien mort croqué par un crocodile ?

– Je croyais mais l'autre jour, dans le métro…

Et Joséphine raconta. L'homme au col roulé rouge, l'œil fermé, la cicatrice, la carte postale du Kenya. Elle se livrait sans réticence. Elle sentait une écoute bienveillante de la part de Josiane qui la contemplait de son regard chaud et attentif en lissant son jabot blanc.

– Vous croyez que j'ai des visions ?

– Non… mais madame Suzanne l'a vu dans la gueule d'un crocodile et elle se trompe rarement. C'est pas commun comme mort, tout de même !

– Non ! C'est même la seule chose originale qui lui soit arrivée.

Joséphine eut un drôle de rire, un rire nerveux, puis s'arrêta, gênée.

– Peut-être qu'elle l'a vu, en effet, dans la gueule d'un crocodile mais qu'il n'en est pas mort ? suggéra Josiane.

– Vous croyez qu'il aurait pu s'en sortir ?

– Ça expliquerait l'œil fermé et la cicatrice…

Josiane réfléchit un moment puis, comme si elle venait de comprendre quelque chose, s'exclama :

– C'est pour ça que vous vouliez les coordonnées de cette femme, Mylène… Pour savoir si elle aussi avait des nouvelles !

– Elle a été la maîtresse de mon mari. S'il nous a écrit, il lui a sûrement écrit aussi. Ou téléphoné…

– Je sais qu'elle a appelé Marcel récemment. Elle parle souvent de vos filles. Elle demande de leurs nouvelles. Elle lui a réclamé votre adresse pour vous envoyer une carte de vœux.

– Elle a le sens des traditions. J'ai remarqué qu'on fait plus attention à ces choses-là quand on vit à l'étranger. En France, on a tendance à oublier. Marcel a donc son adresse…

– Il l'a notée sur un papier qu'il m'a montré ce matin. Il voulait pas oublier de vous la donner.

Elle se leva, chercha sur une table de chevet, aperçut une feuille de papier qui traînait, la lut et la lui tendit.

– C'est ça, je crois… En tout cas, ce sont les derniers renseignements qu'il a eus d'elle. Elle le contacte parfois, quand elle a des problèmes…

– Et vous n'aimez pas ça ?

Josiane sourit en haussant les épaules.

– Elle est maligne, cette fille. Donc je me méfie… Vous savez, le pognon, ça cintre les mirettes ! Mon gros nounours devient un bel Apollon, paré de tous ses beaux billets qui lui gomment les bourrelets !

Sur le chemin du retour, alors que Philippe les raccompagnait en voiture, Joséphine se dit qu'elle aimait beaucoup Josiane. Les rares fois où elle s'était rendue dans l'entrepôt de Marcel, avenue Niel, elle n'avait eu d'elle qu'une image tronquée : celle d'une secrétaire derrière son bureau qui mâchait son chewing-gum. Les mots de sa mère avaient fait le reste, « cette saleté de secrétaire », disait Henriette en vomissant chaque syllabe. Sur l'image de la femme-tronc s'était superposée une autre image, celle d'une femme facile, commune, vénale, maquillée comme un masque de carnaval. C'est tout le contraire, soupira-t-elle. Elle est bonne, douce, attentive. Moelleuse.

Shirley et Gary étaient partis se promener dans le Marais. Elle rentrait chez elle avec Philippe, les filles et Alexandre. Philippe conduisait la grosse berline en silence. Un concerto de Bach passait à la radio. Alexandre et Zoé babillaient à l'arrière. Hortense caressait du bout des doigts l'enveloppe qui renfermait les deux cents euros. La pluie mêlée de neige molle dessinait sur le pare-brise des ronds hésitants que les essuie-glaces effaçaient dans un ballet régulier.

Au-dehors, sur des arbres grelottants habillés de lampions lumineux, elle apercevait les décorations de Noël des Champs-Élysées et de l'avenue Montaigne. Noël ! La nouvelle année ! Le premier janvier ! Que de rituels pour donner une raison aux arbres grelottants de se parer de guirlandes ! On serait une famille qui rentre à la maison, c'est dimanche après-midi, les enfants vont s'amuser pendant qu'on préparera le dîner. On sort de table, on n'a pas faim, mais on va se forcer à manger. Joséphine ferma les yeux et sourit. Je rêve toujours « conjugal », je ne rêve jamais « canaille ». Je suis une femme ennuyeuse. Je n'ai aucune fantaisie. Bientôt, Philippe repartira à Londres. Demain ou après-demain, il ira voir Iris à la clinique. Que lui disait-il lors de ces visites ? Était-il tendre ? La prenait-il dans ses bras ? Et elle ? Comment se conduisait-elle ? Alexandre était-il toujours présent ?

La main chaude et douce de Philippe vint envelopper la sienne, la caressa. Elle lui rendit sa pression, mais eut peur que les enfants les surprennent et se dégagea.

Dans le hall de l'immeuble, ils se heurtèrent à Hervé Lefloc-Pignel qui courait derrière son fils Gaétan en hurlant « reviens, reviens im-mé-dia-te-ment, j'ai dit immédiatement ». Il les croisa sans s'arrêter, ouvrit la porte et se précipita sur l'avenue.

Ils traversèrent le hall, se dirigèrent vers l'ascenseur.

– T'as vu ? Il était tout décoiffé ! chuchota Zoé. Lui d'habitude si clean !

– Il avait l'air fou furieux, je voudrais pas être à la place de son fils ! souffla Alexandre.

– Taisez-vous, ils reviennent ! murmura Hortense.

Hervé Lefloc-Pignel traversait le large hall de l'immeuble en tenant son fils par le col de son blouson. Il s'arrêta face à la grande glace et hurla :

– Tu t'es regardé, petit con ? Je t'avais interdit d'y toucher !

– Mais je voulais juste lui faire prendre l'air ! Elle s'ennuie, elle aussi ! On s'ennuie tous à la maison ! On n'a le droit de rien faire ! J'en ai marre des couleurs obligées, je veux de l'écossais ! De l'écossais !

Il avait prononcé ces derniers mots en criant. Son père le secoua violemment pour le faire taire. L'enfant eut peur et, levant les bras pour se protéger, laissa choir un objet rond et marron qui rebondit sur le sol. Hervé Lefloc-Pignel poussa un hurlement.

– Regarde ce que tu as fait ! Ramasse, ramasse !

Gaétan se baissa, prit la chose entre ses doigts et, se tenant à distance de peur de prendre un coup, la tendit à son père. Hervé Lefloc-Pignel s'en empara, la posa délicatement dans la paume de sa main et la caressa.

– Elle ne bouge plus ! Tu l'as tuée ! Tu l'as tuée !

Il se pencha sur la chose en lui parlant doucement.

Grâce à un jeu de miroirs, ils assistaient à la scène sans se montrer et n'en perdaient pas une miette. Philippe leur fit signe de ne pas faire de bruit. Ils s'engouffrèrent dans l'ascenseur.

– En tout cas, c'est bien le Lefloc-Pignel que je connais… Il n'a pas changé. Dans quel état peuvent se mettre les gens parfois ! dit Philippe en refermant la porte de l'appartement.

– Ils sont à bout, en ce moment, soupira Joséphine. La violence est partout. Je la sens chaque jour dans la rue, dans le métro, c'est comme si les gens ne se supportaient plus. Comme si la vie leur roulait dessus et qu'ils étaient prêts à écraser leur prochain pour être épargnés. Ils s'agressent pour un rien, sont prêts à se sauter à la gorge. Ça fait peur. Avant, je n'avais pas peur comme ça…

– Je n'ose penser à ce que ce pauvre gamin doit subir ! dit Philippe.

Ils étaient dans la cuisine, les filles et Alexandre, dans le salon, allumaient la télévision.

– La haine qu'il y avait dans sa voix… J'ai cru qu'il allait le massacrer.

– N'en rajoute pas tout de même !

– Si, je t'assure. Je sens la haine, le ressentiment dans l'air. Ça infiltre tout.

– Allez ! On va déboucher une bonne bouteille, faire un gros plat de pâtes et tout oublier ! proposa Philippe en l'enlaçant.

– Je ne sais pas si ça va suffire, soupira Joséphine, se raidissant.

Le malaise s'épaississait, l'envahissait, la recouvrait d'un lourd manteau noir. Elle perdait l'équilibre. Elle n'était plus sûre de rien. N'avait plus envie de s'abandonner contre lui.

– N'exagère pas ! Il a juste pété les plombs. Je ne t'emmènerai jamais à un match de foot. Tu serais terrorisée !

– Je pleure quand je vois une pub pour l'ami Ricoré à la télé ! Je voudrais faire partie de la famille Ricoré…

Elle se retourna vers lui, eut un sourire tremblant qu'elle lui offrit dans un effort pour partager la détresse qui la paralysait.

– Je suis là, je te défendrai... avec moi, tu ne crains rien, dit-il en la prenant dans ses bras.

Joséphine sourit distraitement. Son attention était ailleurs. Il y avait eu quelque chose de familier dans la scène à laquelle elle venait d'assister. Une violence, un éclat de voix, un geste qui traînait comme une longue écharpe. Elle fouillait dans sa mémoire pour se rappeler. Elle ne trouvait pas, mais se sentait menacée. Un autre mystère de son enfance qui allait se révéler ? L'emmener dans un autre drame ? Combien de drames occulte-t-on, enfant, afin de ne plus souffrir ? Elle avait bien oublié pendant trente ans que sa mère avait failli la noyer. Ce soir, dans le hall de l'immeuble, devant la glace et les plantes vertes, un autre danger s'était faufilé. Une ombre menaçante, fuyante, qui ne tenait qu'à une note et l'avait glacée. Une seule note. Elle frissonna. Personne ne peut comprendre la violence muette qui me menace. Comment expliquer cette peur fantôme qui n'a pas de nom, mais glisse et m'enveloppe ? Je suis seule. Personne ne peut m'aider. Personne ne peut comprendre. On est toujours seul. Il faut que j'arrête de me raconter des histoires à l'eau de rose pour me rassurer, que je cesse de me réfugier dans des bras d'hommes charmants. Ce n'est pas une solution.

– Joséphine, que se passe-t-il ? demanda Philippe, une lueur inquiète dans les yeux.

– Je ne sais pas...

– Tu peux tout me dire, tu le sais.

Elle secoua la tête. Elle recevait, tel un coup de poignard, la double certitude qu'elle était seule et en danger. Elle ne savait pas d'où venait cette assurance. Elle le regarda et lui en voulut. Comment peut-il être si sûr de lui ? Si sûr de moi ? Si sûr de suffire à mon bonheur ?

Comme si la vie était aussi simple ! Elle ressentit son besoin de protection comme une intrusion, sa déclaration de protection comme une intolérable arrogance.

– Tu te trompes, Philippe. Tu n'es pas une solution. Tu es un problème pour moi.

Il la regarda, stupéfait.

– Qu'est-ce qui te prend ?

Elle parlait en fixant le vide, les yeux grands ouverts comme si elle lisait un grand livre, le grand livre des vérités.

– Tu es marié. Avec ma sœur. Bientôt, tu vas repartir à Londres ; auparavant, tu iras voir Iris, c'est ta femme, c'est normal, mais c'est aussi ma sœur, et ça, c'est pas normal.

– Joséphine ! Arrête !

Elle lui fit signe de se taire et continua :

– Rien ne sera jamais possible entre nous. On s'est raconté des histoires. On a vécu un conte, un conte de Noël, mais… Je viens de redescendre sur terre. Ne me demande pas comment, je ne sais pas.

– Mais… ces derniers jours, tu avais l'air…

– Ces derniers jours, j'ai rêvé… Je viens de le comprendre… maintenant.

C'était ça alors, ce malheur qu'elle avait senti s'abattre sur elle d'un coup de ciseaux noirs ? Il fallait qu'elle renonce à lui et chaque mot qui la coupait de lui était un coup de couteau en plein cœur. Elle recula d'un pas, puis d'un autre et déclara :

– Ose me dire le contraire ! Même toi, tu ne peux pas changer ça. Iris sera toujours entre nous.

Il la dévisageait comme s'il ne l'avait jamais vue, qu'il n'avait jamais vu cette Joséphine-là, dure, déterminée.

– Je ne sais pas quoi dire. Peut-être as-tu raison… Peut-être as-tu tort…

– J'ai bien peur d'avoir raison.

206

Elle s'était écartée et le contemplait, les bras croisés sur la poitrine.

– Je préfère souffrir tout de suite. D'un seul coup… plutôt que de dépérir à petit feu.

– Si c'est ce que tu veux…

Elle hocha la tête en silence, resserra les bras autour de sa poitrine pour qu'ils ne se tendent pas vers lui. Recula encore, encore. En même temps, elle suppliait, il va protester, me faire taire, me bâillonner, me traiter de folle, ma folle chérie, ma folle que j'aime, ma folle qui s'envole, ma folle pourquoi tu dis ça, ma folle souviens-toi. Il la fixait, immobile, le regard noir et, dans ce regard, passaient leurs derniers jours ensemble, les doigts qui s'effleurent sous une table, les mains qui se nouent dans la pénombre d'un couloir, les caresses volées en prenant un manteau, en tenant une porte, en ramassant des clés, des baisers murmurés du bout des lèvres et le long, long baiser contre la barre du four, le goût du pruneau noir, de la farce, de l'armagnac… Les images passaient tel un film muet dans son regard en noir et blanc et elle pouvait lire leur histoire dans ses yeux. Puis il cilla, le film s'arrêta, il passa les mains dans ses cheveux comme pour s'interdire de les poser sur elle, et, sans rien dire, il sortit. Il s'arrêta un instant sur le seuil, prêt à ajouter quelque chose, mais se ravisa et referma la porte derrière lui.

Elle l'entendit appeler son fils :

– Alex, changement de programme, on rentre à la maison.

– Mais on n'a pas fini *Les Simpson*, p'pa ! Plus que dix minutes !

– Non ! Tout de suite ! Prends ton manteau…

– Dix minutes, p'pa !

– Alexandre…

– T'es pas marrant !

– Alexandre !

Sa voix était montée d'un ton. Impérieuse, rude. Joséphine frissonna. Elle ne connaissait pas cette voix-là. Elle ne connaissait pas cet homme qui donnait des ordres et entendait se faire obéir. Elle écouta le silence qui suivit, tendit l'oreille, espéra que la porte allait s'ouvrir, qu'il allait revenir, dire, Joséphine…

La porte de la cuisine s'entrebâilla. Joséphine se projeta en avant.

Alexandre passa la tête.

– R'voir, Jo ! lâcha-t-il sans la regarder.

– Au revoir, mon chéri.

Elle entendit claquer la porte d'entrée. La voix de Zoé crier : « Mais pourquoi ils partent ? On n'a pas fini *Les Simpson.* »

Joséphine mordit son poing pour ne pas hurler son chagrin.

Le lendemain matin, au courrier, il y avait une carte d'Antoine. Postée de Monbasa. Écrite au feutre noir à pointe épaisse.

Joyeux Noël, mes petites chéries. Je pense à vous fort comme je vous aime. Je vais mieux, mais il est encore trop tôt pour que je voyage et vienne vous retrouver. Je vous souhaite une nouvelle année pleine de surprises, d'amour, de réussites. Embrassez votre maman pour moi. À très vite.

Votre petit papa d'amour.

Joséphine scruta l'écriture : c'était bien celle d'Antoine. Il dessinait toujours ces barres de « J » en milieu de lettre au lieu de les poser au faîte, comme si c'était trop fatigant de hisser la barre jusqu'au sommet et recroquevillait ses « s » tels des moignons de Chinoises aux pieds bandés.

Puis elle jeta un coup d'œil au cachet de la poste : 26 décembre. Cette fois-ci, on ne pouvait prétendre que c'était une vieille lettre écrite avant qu'il périsse. Elle relut la carte plusieurs fois. Seule face à l'écriture d'Antoine. Shirley et Gary étaient rentrés tard, la veille, les filles dormaient encore. Elle posa la carte sur la table de l'entrée, bien en évidence, et alla se faire une tasse de thé. C'est en attendant que l'eau bouille, accoudée près de la bouilloire électrique vert amande à guetter les premiers frémissements, qu'il lui vint une question : pourquoi Antoine ne donnait-il pas d'adresse ni de téléphone où le joindre ?

C'était son deuxième courrier sans qu'il indique le moindre point de chute. N'importe quoi : une adresse e-mail, une boîte postale, un numéro de téléphone, un hôtel. Avait-il peur qu'on le retrouve et qu'on lui demande des comptes ? Était-il si défiguré qu'il craignait de provoquer le dégoût ? Vivait-il dans le métro à Paris ? S'il vivait à Paris, adressait-il ses lettres à ses copains du Crocodile Café de Monbasa afin qu'ils les postent et que les filles croient qu'il était encore là-bas ? Ou tout cela n'était-il qu'une supercherie et il était mort, bien mort ? Mais alors… qui avait intérêt à faire croire qu'il était vivant ? Et pour quelle raison ?

Pour lui faire peur ? Lui extorquer de l'argent ? Elle était riche maintenant. C'est ce que soulignaient les journaux qui, lorsqu'ils évoquaient le succès du livre, ne se privaient jamais de parler des millions que l'auteur avait gagnés.

Avait-il appris qu'elle était le véritable auteur d'*Une si humble reine* ? S'il n'était pas mort, il lisait les journaux. Ou il les avait lus au moment du scandale provoqué par Hortense à la télévision. Et, dans ce cas-là, y avait-il un lien entre l'agression dont elle avait été victime et la réapparition d'Antoine ? Parce que, s'il lui arrivait quelque chose, ce seraient les filles qui hériteraient. Les filles et Antoine.

Je délire, se dit-elle en regardant le niveau d'eau de la bouilloire bondir sous les bulles. Antoine était incapable de tirer sur un lapin de garenne ! Oui, mais le doux, le sensible rêve toujours de rudesse, de virilité comme un moyen d'échapper à la réalité, à la pression qu'il subit, à l'inéluctable constatation de son impuissance. La société actuelle pousse les gens à la violence comme seule affirmation de soi. S'il a eu vent de mon succès, comment ne pas penser qu'il n'ait pas vécu cela comme un affront personnel ? Moi, Joséphine, l'attardée du Moyen Âge, qu'il a toujours maintenue en tutelle, je réussis et je deviens une provocation vivante qu'il oppose à ses échecs répétés. Cela développe en lui un sentiment d'infériorité et de frustration qu'il ne peut supprimer qu'en me supprimant. Équation vite faite dans l'esprit d'un homme aux abois.

Antoine croyait au succès, au succès facile. Il ne croyait ni en Dieu ni en l'Homme, il croyait en lui. Tonio Cortès, le flamboyant. Un fusil à la hanche, un godillot sur le fauve sacrifié, un éclair de flash qui l'immortalise. Combien de fois lui ai-je dit de se construire patiemment ? De ne pas brûler les étapes. Le succès se bâtit de l'intérieur. Il n'arrive pas par magie. Ce sont mes années d'études et de recherches qui ont rendu mon roman vivant, vibrant de mille détails qui ont résonné dans l'esprit des lecteurs. L'âme y a sa part. L'âme de la chercheuse humble, érudite, patiente. La société, aujourd'hui, ne croit plus à l'âme. Elle ne croit plus en Dieu. Elle ne croit plus en l'Homme. Elle a aboli les majuscules, met des minuscules sur tout, engendre le désespoir et l'amertume chez les faibles, l'envie de déserter chez les autres. Impuissants et inquiets, les sages s'écartent, laissant le champ libre aux fous avides.

Oui mais… pourquoi aurait-il supprimé madame Berthier ? Parce qu'elle portait le même chapeau et qu'il a cru que c'était moi dans l'obscurité ? Cela n'est possible que s'il est en France depuis quelque temps déjà. Qu'il m'épie, qu'il me suit, qu'il connaît mes habitudes.

Elle écouta le chant des bulles dans la bouilloire, le lent crescendo de l'eau qui gronde jusqu'au déclic, versa l'eau bouillante sur les feuilles de thé noir. Trois minutes et demie d'infusion, insistait Shirley. Plus de trois minutes et demie, c'est âcre, moins, c'est fade. Le détail a son importance, tous les détails ont toujours leur importance, rappelle-toi, Jo.

Il y a un détail qui cloche, un tout petit détail qui ne va pas. Un détail que j'ai vu sans le voir. Elle récapitula. Antoine. Mon mari. Mort à quarante-trois ans, cheveux châtains, taille moyenne, Français moyen, pointure trente-neuf, victime de suées abondantes en société, fan de Julien Lepers et de «Questions pour un champion», de manucures blondes, de bivouacs africains et de fauves en descentes de lit. Mon mari qui vendait des carabines à condition de ne pas y introduire de cartouches. Chez Gunman, on le gardait pour sa douceur, ses bonnes manières, sa conversation. Je déraisonne. Depuis hier soir, je pense de travers.

Elle resta un moment à ruminer, entourant la théière brûlante de ses mains, pensant à Antoine, puis à l'homme au col roulé rouge, à l'œil fermé, à la cicatrice…

Antoine n'est pas un assassin. Antoine est faible, c'est sûr, mais il ne me veut pas de mal. Je ne suis pas dans un roman policier, je suis dans ma vie. Il faut que je me calme. Il est à Paris, peut-être, il me suit, c'est possible, il veut m'approcher, mais n'ose pas. Il ne veut pas sonner à la porte et dire «voilà, c'est moi». Il veut que ce soit moi qui aille à lui, l'accoste, lui propose de l'héberger, de le nourrir, de l'aider. Comme je l'ai toujours fait.

Sur un quai de métro…

Deux rames qui se croisent.

Pourquoi sur ce trajet, la ligne n° 6, qu'elle prenait tout le temps ? Elle aimait cette ligne qui traversait Paris en survolant les toits. Qui rebondissait sur les chiens-assis, volait des bouts de vie. Un baiser par-ci, un menton de barbe banche par-là, une femme qui brosse ses cheveux, un enfant qui trempe sa tartine dans le café au lait. Ligne qui joue à saute-mouton, un coup au-dessus des immeubles, un coup en dessous, un coup je te vois, un coup je ne te vois pas, grand serpent de terre, monstre du Loch Ness parisien. Elle aimait s'engouffrer dans les stations Trocadéro, Passy ou, quand il faisait beau, marcher jusqu'à Bir-Hakeim en passant par le pont. Par le petit square où les amoureux s'embrassent, où la Seine reflète leurs baisers dans le miroir de ses eaux fauves.

Elle courut chercher la carte qu'elle avait posée dans l'entrée et lut l'adresse. C'était bien leur adresse. Leur adresse actuelle. Écrite de sa main à lui. Pas raturée par une gracieuse dame de la poste.

Il savait où elles habitaient.

L'homme au pull à col roulé rouge dans le métro n'était pas sur la ligne n° 6 par hasard. Il l'avait choisie parce qu'il était sûr de la rencontrer, un jour.

Il avait tout son temps.

Elle trempa les lèvres dans sa tasse et fit la grimace. Âcre, si âcre ! Elle avait laissé le thé infuser trop longtemps.

Le téléphone de la cuisine sonna. Elle hésita à décrocher. Et si c'était Antoine ? S'il avait leur adresse, il devait aussi connaître le numéro de téléphone. Mais non ! Je suis sur liste rouge ! Elle décrocha, rassurée.

– Vous vous souvenez de moi, Joséphine, ou vous m'avez oublié ?

Luca ! Elle prit un air enjoué.

– Bonjour Luca ! Vous allez bien ?

– Comme vous êtes polie !

– Vous avez passé de bonnes fêtes ?

– Je déteste cette période où les gens se croient obligés de s'embrasser, de cuire des dindes infectes…

Le goût de la dinde lui revint en bouche, elle ferma les yeux. Dix minutes et demie de terre qui s'ouvre en deux, de bonheur fugace.

– J'ai passé Noël avec une mandarine et une boîte de sardines.

– Tout seul ?

– Oui. C'est une habitude chez moi. Je déteste Noël.

– Parfois, on change ses habitudes… Quand on est heureux.

– Quel mot vulgaire !

– Si vous le dites…

– Et vous, Joséphine, Noël fut gai à ce qu'on dirait…

Il parlait d'une voix sinistre.

– Pourquoi dites-vous cela si vous n'en pensez pas un mot ?

– Mais je le pense, Joséphine, je vous connais. Un rien vous enchante. Et vous aimez les traditions.

Elle entendit la condescendance dans sa dernière phrase, mais l'ignora. Elle ne voulait pas faire la guerre, elle voulait comprendre ce qui était en train de se passer en elle. Quelque chose se défaisait à son insu. Se détachait. Un vieux lambeau de cœur desséché. Elle parla du feu dans la cheminée, des yeux brillants des enfants, des cadeaux, de la dinde brûlée, elle alla même jusqu'à évoquer la farce au fromage blanc et aux pruneaux comme un savoureux danger qu'elle osait affronter et ne ressentit qu'une délicieuse duplicité, une nouvelle liberté qui gonflait en elle. Elle comprit alors qu'elle n'éprouvait plus rien pour lui. Plus elle parlait, plus il s'effaçait. Le beau Luca qui la faisait trembler en s'emparant de sa main, en la glissant dans la poche de son duffle-coat disparaissait comme une silhouette dans la brume. On tombe amoureuse et, un jour, on se relève et on n'est plus amoureuse. Quand avait commencé ce désamour ? Elle se souvenait très bien : leur promenade autour du lac, la conversation des filles qui couraient, le labrador qui s'ébrouait, Luca qui ne l'écoutait pas. Leur amour s'était effrité, ce jour-là. Le baiser de Philippe contre la barre du four avait fait le reste. Sans qu'elle s'en aperçoive, elle avait glissé d'un homme à l'autre. Avait déshabillé Luca de ses beaux atours pour en habiller Philippe. L'amour s'était évaporé. Hortense avait raison : on se détourne un instant, on saisit un détail et le zazazou disparaît. Ce n'est qu'une illusion, alors ?

— Vous voulez qu'on aille au cinéma ? Vous êtes libre, ce soir ?

— Euh… c'est-à-dire qu'Hortense est là et j'aimerais en profiter tant que…

Il y eut un silence. Elle l'avait offensé.

— Bon. Vous me rappellerez quand vous serez libre… que vous n'avez rien de mieux à faire.

— Luca, s'il vous plaît, je suis désolée, mais elle ne vient pas souvent et…

— J'ai compris : le tendre cœur d'une mère !

Son ton moqueur énerva Joséphine.

— Votre frère va mieux ?

— État stationnaire…

— Ah…

— Ne vous sentez pas obligée de prendre de ses nouvelles. Vous êtes trop polie, Joséphine. Trop polie pour être sincère…

Elle sentit la colère monter en elle. Il devenait un intrus à qui elle n'avait plus envie de parler. Elle observait ce sentiment nouveau avec étonnement et une certaine assurance. Il lui suffirait d'appuyer sur cette colère pour qu'elle fasse levier et le jette par-dessus bord. Un homme à la mer de son indifférence. Elle hésita.

– Joséphine ? Vous êtes toujours là ?

Le ton était railleur, léger. Elle prit son courage à deux mains et appuya sur le levier.

– Vous avez raison, Luca, je me moque complètement de votre frère qui passe son temps à me traiter de gourdasse sans que vous y voyiez aucun mal !

– Il souffre, il n'arrive pas à s'adapter à la vie…

– Ça ne vous interdit pas de me défendre ! Ça me fait de la peine que vous ne me défendiez jamais. Et que vous me le rapportiez en plus. Comme si vous étiez ravi de m'humilier. Je n'aime pas votre attitude, Luca, autant que je sois claire.

Les mots se précipitaient comme si elle les avait retenus trop longtemps. Elle sentait son cœur cogner et l'émotion brûler ses oreilles.

– Ah ! Ah ! La bonne sœur se rebiffe !

Il se mettait à parler comme son frère !

– Au revoir, Luca…, dit-elle à bout de mots.

– Je vous ai blessée ?

– Luca, je crois que ce n'est pas la peine qu'on se rappelle.

Elle sentit qu'elle prenait de la hauteur. Puis répéta avec une sorte d'indifférence étudiée, une lenteur calculée qui l'enivrèrent :

– Au revoir.

Raccrocha. Regarda le téléphone comme si c'était l'arme d'un crime, étonnée par sa témérité, saisie d'un vague respect envers cette nouvelle Joséphine qui raccrochait au nez d'un homme. C'est moi ? C'est moi qui ai fait ça ? Elle éclata de rire. J'ai rompu ! Pour la première fois de ma vie, j'ai rompu avec un homme ! J'ai osé. Moi, l'empotée, celle qui a le nez bêtement au milieu de la figure, celle qu'on désigne comme noyée d'office, qu'on largue pour une manucure, qu'on crible de dettes, qu'on accable, qu'on manipule, je l'ai fait.

Elle releva la tête. C'était trop tôt pour parler aux étoiles, mais ce soir, elle leur raconterait. Elle raconterait comment elle avait tenu sa promesse : plus personne ne la traiterait comme une quantité négligeable, plus personne ne l'écraserait de son mépris, plus personne ne l'offenserait sans qu'elle se défende. Elle avait tenu parole.

Elle courut réveiller Shirley pour lui annoncer la bonne nouvelle.

Henriette Grobz sortit du taxi en défroissant sa robe de soie grège et, se penchant vers la portière, demanda au chauffeur de l'attendre. L'homme marmonna qu'il n'avait pas que ça à faire. Henriette lui promit d'un ton sec un bon pourboire ; il acquiesça tout en réglant la fréquence de sa station de radio. « Je lui propose de l'argent pour rester assis derrière son volant sans bouger, et il râle ! » gronda Henriette en écrasant sous ses talons carrés les graviers de l'allée. « Peste soit de ces paresseux ! »

Elle venait chercher sa fille. « Ça suffit comme ça, tu t'es assez reposée, tu ne vas pas moisir dans une chambre de clinique, c'est de la complaisance, rien de plus ; fais ta valise, prépare-toi à partir », l'avait-elle prévenue au téléphone.

Les médecins avaient donné leur accord, Philippe avait payé la note, Carmen l'attendait à la maison.

– Qu'est-ce que je vais faire maintenant ? demanda Iris, une fois assise dans le taxi, les mains posées sur ses genoux. À part une bonne manucure…

Elle glissa ses mains sous son sac pour dissimuler ses ongles abîmés.

216

– J'étais bien dans ma petite chambre. Personne ne venait me déranger.

– Tu vas te battre. Reprendre ton mari, retrouver ton rang et ta beauté que tu as tendance à négliger. Une poignée d'arêtes ! Voilà ce que tu es devenue ! On se coupe en t'embrassant. Une femme qui se laisse aller est une femme sans avenir. Tu es trop jeune pour te cloîtrer.

– Je suis foutue, dit Iris d'une voix calme comme si elle constatait un fait.

– Taratata ! Tu fais un peu de gym, tu te remplumes, tu te maquilles et tu récupères ton mari. Un homme, ça se harponne avec une bonne danse du ventre. Apprends à te déhancher !

– Philippe…, soupira Iris. Il vient me voir par charité.

Je le gêne, se dit-elle. Il ne sait pas quoi faire de moi. Il ne faut pas gêner quand on ne vous aime plus. Il faut se faire oublier, devenir toute petite pour ne pas précipiter la chute. Attendre que l'autre vous oublie, oublie les griefs qu'il a contre vous. Espérer qu'il vous reprenne, une fois l'orage passé.

– Fais un effort !

– J'ai plus envie…

– Tu vas la retrouver, l'envie, sinon tu finiras comme moi : vêtue de chandails qui grattent, à manger du thon à l'huile de vidange et des petits pois de chez Ed l'épicier !

Iris se redressa, une lueur amusée dans les yeux.

– C'est pour ça que tu me sors de là ? Parce que tu n'as plus d'argent, que tu comptes sur Philippe pour te remplumer ?

– Ah ! Je vois que tu vas mieux, tu reprends du poil de la bête !

– Tu n'es pas venue souvent durant ces semaines à la clinique. Ton absence fut remarquable.

– Ça me déprimait.

– Et soudain, tu viens parce que tu as besoin de moi ou plutôt de l'argent de Philippe. C'est désespérant !

– Ce qui est désespérant, c'est que tu renonces alors que Joséphine, elle, parade. Elle est allée déjeuner chez ce porc de Marcel. Au bras de ton mari !

– Je sais, il me l'a dit… Il ne se cache pas, tu sais. Il ne fait même pas cet effort… Je préférerais qu'il me mente, ça me laisserait un espoir. Je pourrais me dire qu'il me ménage, qu'il tient encore à moi.

– Et tu laisses faire ?

– Que veux-tu que je fasse ? que je pleure ? que je m'accroche à ses basques ? C'était bon de ton temps. Aujourd'hui, la pitié, ça ne marche plus. C'est la compétition partout, même en amour. Il faut du nerf, toujours plus de nerf, de l'assurance, de l'aplomb et j'en manque cruellement.

– Ce n'est pas grave. Tu vas réapprendre…

– En plus, je ne suis même pas sûre de l'aimer. Je n'aime personne. Même mon fils m'indiffère. Je ne l'ai pas embrassé pour Noël. Pas eu envie de me baisser vers lui pour lui donner un baiser ! Je suis un monstre. Alors mon mari…

Elle avait prononcé ces derniers mots d'un ton léger comme si cette observation l'amusait plus qu'elle ne la navrait.

– Qui te demande de l'aimer ? C'est toi qui dates, ma pauvre chérie !

Iris se tourna vers sa mère et décida que la conversation devenait intéressante.

– Tu ne l'as jamais aimé, papa ?

– Quelle remarque idiote ! C'était un mari, on ne se posait pas toutes ces questions. On se mariait, on vivait ensemble, parfois on riait, d'autres fois on ne riait pas, mais on ne souffrait pas pour autant.

Iris ne se souvenait pas d'avoir entendu son père et sa mère rire ensemble. Il riait tout seul des bons mots qu'il inventait. Quel drôle d'homme ! Il ne prenait pas de place, il parlait peu, il est mort comme il a vécu : sans faire de bruit.

– De toute façon, poursuivait Henriette, l'amour, c'est un attrape-couillon qu'on a inventé pour vendre des livres, des journaux, des crèmes de beauté, des places de cinéma. En réalité, c'est tout sauf romantique.

Iris bâilla :

– Tu aurais peut-être dû réfléchir avant de nous mettre au monde… C'est un peu tard, non ?

– Quant au sexe dont vous faites si grand cas aujourd'hui, n'en parlons pas… C'est un pensum répugnant qu'on se force à accomplir pour satisfaire l'homme qui s'agite au-dessus de vous.

– De mieux en mieux. Tu voudrais me donner envie de retourner dans ma chambre de malade, que tu ne t'y prendrais pas autrement !

– Mais tu n'es pas sortie pour tomber amoureuse ! Tu es sortie pour reprendre ton rang, ton appartement, ton mari, ton fils…

– Mon compte en banque et le partager avec toi ! J'ai compris. Mais j'ai peur de te décevoir.

– Je ne te laisserai pas glisser sur la pente du désespoir. C'est trop facile ! Je vais te reprendre en main, ma petite fille. Compte sur moi !

Iris sourit avec une sorte de désenchantement calme et tourna son beau visage mélancolique vers la vitre. Qu'est-ce qu'ils avaient tous à vouloir qu'elle s'agite ? Le médecin qui la soignait lui avait trouvé un professeur de gymnastique qui allait venir chez elle la « reconnecter avec son corps ». Quel jargon horrible ! Comme si j'étais une rallonge qu'on branche sur une prise électrique. C'était un jeune médecin. Grand, doux, les cheveux châtains, les yeux bruns ronds comme des billes, une barbe de barde mélancolique. Un homme précis et sans mystère, avec lequel on est sûre de ne jamais souffrir. Un homme qui doit toujours être à l'heure. Il l'appelait madame Dupin, elle l'appelait docteur Dupuy. Elle pouvait lire, dans ses yeux, le diagnostic précis qu'il était en train d'établir. Elle pouvait presque déchiffrer le nom des médicaments qu'il allait lui prescrire. Elle n'éveillait aucun trouble en lui. Avant d'entrer dans cette clinique feutrée, je plaisais encore. Les regards des hommes ne glissaient pas sur moi comme ceux du docteur Dupuy. Ma mère a raison, je dois me reprendre. Je n'ai qu'à mentir, prétendre que j'ai cinq ans de moins et remplir mon mensonge de Botox.

Elle chercha à tâtons son poudrier dans son sac et l'ouvrit afin de se contempler dans la glace. Elle aperçut deux taches bleues immenses et graves qui la regardaient. Mes yeux ! Il me reste mes yeux ! Tant que j'ai mes yeux, je suis sauvée ! Ça ne vieillit pas, des yeux.

— C'est bon d'être dehors ! dit Iris, rassurée d'avoir retrouvé sa beauté.

Puis, revenant au spectacle de la rue sous la pluie, elle s'exclama :

— Que c'est laid ! Comment font les gens pour vivre dans ces cages ? Je comprends qu'ils y mettent le feu. On entasse les gens dans des clapiers et on s'étonne qu'ils soient en colère...

— Réfléchis bien. Si tu ne veux pas finir dans une de ces tours, tu as intérêt à te remplumer et à récupérer ton mari. Sinon, tu seras bien obligée de découvrir les charmes cachés de la banlieue...

Iris eut un sourire las. Elle ne prononça plus un mot et se laissa aller contre la vitre.

Elle n'a pas beaucoup apprécié ma remarque, pensa Henriette, observant à la dérobée le profil buté de sa fille aînée. Chaque fois qu'Iris est confrontée à une réalité déplaisante, elle tente de la contourner. Jamais elle ne l'affronte. Toujours à se rêver ailleurs. Transportée dans un monde idéal d'un coup de baguette magique qui efface tous les problèmes, résout toutes les difficultés. Un monde feutré, doux, où elle n'a qu'à apparaître. Elle serait prête à écouter n'importe quel charlatan qui lui vendrait du bonheur plus blanc que blanc et sans le moindre effort. Prête à se donner au maître qui la comblera : Botox ou Dieu. Elle pourrait devenir bonne sœur, s'enfermer dans un couvent, rien que pour ne pas avoir à se battre. Elle qu'on croit si forte ne tient que sur du rêve de pacotille. Tout plutôt que de tremper ses mains dans le cambouis de la réalité. Pourtant, il va bien falloir qu'elle s'élance. Philippe ne se laissera pas reprendre facilement. C'est une drôle de fille. Elle vous balaie de son sourire éblouissant, vous effleure de son regard bleu intense sans vous voir. Ni le sourire ni le regard ne transmettent la moindre chaleur, le moindre intérêt. Au contraire, elle les déplie comme deux paravents qui la protègent. Tous succombent pourtant : elle est si belle. Et dire que je parle de ma fille ! On pourrait croire que je suis amoureuse d'elle. Comme cette Carmen qui l'attend à la maison. En tous les cas, je ne paierai pas ce taxi. Cette course est une ruine !

Quelle va être ma vie ? se demandait Iris en essuyant du bout du doigt la buée sur la vitre. Il va bien falloir que je sorte, que j'affronte les autres. Ces bouches assoiffées de calomnies qui se sont gargarisées en évoquant mon cas, ces derniers mois. Elle entendait leurs chuchotis malveillants, leurs sifflements de commères : la belle Iris Dupin se meurt dans une clinique de la région parisienne. Elle poussa un soupir. Il faudrait que je trouve une parade. Un cheval de Troie qui me fasse réintégrer cette bonne société cruelle et fétide. Bérengère ? Trop légère. Elle ne fait pas le poids. Un homme ? Un homme riche et puissant. Un homme en vue qui me voie. Elle eut un petit rire. Dans mon état ! Je suis devenue invisible. Il ne me reste plus qu'à séduire mon mari. Ma mère a raison. Cette femme a souvent raison. C'est une avisée, une coriace. Il ne reste donc que Philippe. Je n'ai pas le choix. C'est ma seule carte à jouer. Il est épris de cette dinde de Joséphine. Un éléphant dans un magasin de tasses de thé. Elle renverserait les tables sur son passage si je l'emmenais déjeuner et serait capable de remercier chaudement la fille du vestiaire d'avoir bien rangé son manteau. Soudain, elle se redressa et frappa du plat de ses deux mains sur son sac.

Pourquoi n'y avait-elle pas pensé plus tôt ?

Ce serait Joséphine, son cheval de Troie ! Mais bien sûr ! C'est avec elle qu'elle s'afficherait. Qui mieux qu'elle pourrait signifier au monde parisien que l'histoire du livre n'était qu'une affaire injustement exagérée. Un de ces ragots enflés jusqu'à la démesure qu'une piqûre d'épingle fait éclater. Leur faire croire à ces bouches d'égout que cette histoire n'était qu'un terrible malentendu, un arrangement entre les deux sœurs. L'une voulait écrire, mais refusait de signer, d'apparaître en public, l'autre, que la plaisanterie amusait, consentit à jouer un rôle. Elles voulaient juste s'amuser. Comme lorsqu'elles étaient petites et inventaient des jeux de rôle. Ce qui aurait dû être un divertissement était devenu un scandale. Et si elles devaient être coupables, c'est de ne pas avoir prévu le succès.

Comment n'y avait-elle pas pensé plus tôt ? C'est à force de ruminer dans cette clinique. Je perdais toute créativité, abrutie par des petites pilules de toutes les couleurs. Ce n'est pas mon mari que je dois reconquérir en premier, c'est Joséphine. Elle sera mon sésame, la clé de mon retour au monde. Elle ne doit pas supporter d'être fâchée avec moi et doit rougir de honte à l'idée d'avoir séduit mon mari. Les flammes de l'Enfer lui lèchent les doigts de pieds et chauffent à blanc sa conscience. Je l'inviterai à déjeuner dans un restaurant connu. J'aurai réservé une table bien en vue. M'afficher avec celle qu'on prétend ma victime suffira à museler les langues des vipères. Elle imaginait déjà les dialogues aux tables voisines : ne sont-ce pas les sœurs ennemies, attablées là-bas ? Mais oui ! Je croyais qu'elles étaient fâchées ? Ce n'était pas si terrible alors, puisqu'elles déjeunent ensemble ? L'oubli descendrait sur ce monde à la mémoire trouée comme une passoire. Trop de vilenies à mémoriser pour se permettre le luxe de se souvenir de toutes. Et ainsi, sans m'abaisser, sans m'expliquer, sans m'excuser, je reprendrai ma place et effacerai la bave des ragots. Lumineux. Enfantin. Efficace. Elle eut envie de s'applaudir. Et après, décidat-elle, en tapotant son sac Chanel, enchantée et légère, je n'aurai plus qu'à reprendre mon mari.

Elle sortit un tube de rouge à lèvres et retoucha son sourire.

Il me faudra racheter un tube de ce rouge à lèvres.

Remettre ma garde-robe à jour.

Prendre rendez-vous chez le coiffeur.

Me faire poser des extensions pour retrouver mes cheveux longs.

Beauté des mains, beauté des pieds.

Botox.

Vitamines bonne mine.

Maillot brésilien.

Puis danse du ventre, puisqu'il le faut bien !

Le paysage avait changé. Elle apercevait les tours de la Défense, et plus loin, les arbres du bois de Boulogne. Les immeubles en pierre de taille remplaceraient bientôt les barres en béton et les réverbères se feraient plus gracieux. Elle avait toujours su se sortir des pires situations par un tour de passe-passe. Il fallait lui reconnaître cette qualité. Je ne sais peut-être pas faire grand-chose, mais je camoufle mes crimes en beauté.

Elle s'étira et étendit les bras.

— Ça a l'air d'aller déjà mieux, remarqua Henriette. Est-ce de reconnaître le chemin de l'écurie qui fouette ton humeur ?

— Il faut se méfier de l'eau qui dort, ma chère mère. Les pires desseins fermentent sous l'apparente quiétude. Mais tu le sais, n'est-ce pas ? On n'est jamais tout à fait celle que les autres croient.

Elle se pencha vers le chauffeur et lui demanda de s'arrêter.

— Je crois que je vais finir à pied. Cela me fera du bien et achèvera de me donner ce coup de fouet dont tu parlais !

Henriette lança un regard affolé au compteur. Iris surprit son regard.

— Je te laisse payer… Je n'ai pas d'argent sur moi. Désolée.

— Si j'avais su, on serait rentrées en bus ! bougonna Henriette.

— Ne présume pas de tes forces… Tu hais les transports en commun.

— Ça sent l'oignon vert et les pieds !

Iris lui dédia son fameux sourire. Celui qui ignorait les compteurs de taxi et les embûches de la vie. Un rire malicieux traversa ses yeux. Henriette fut rassurée. Elle paierait la course, mais serait bientôt remboursée au centuple. Elle avait eu des frais importants ces derniers temps, des frais imprévus. Mais si tout marchait comme elle en avait été assurée, cette saleté de secrétaire ne l'emporterait pas au paradis. D'ailleurs, à l'heure qu'il était, elle devait déjà moins faire son intéressante.

À l'heure qu'il était, elle ne devait même plus être intéressante du tout.

De retour chez elle, debout dans la salle de bains, dans sa longue chemise de nuit, Henriette Grobz réfléchissait. Si le plan A ne donnait pas satisfaction, le plan B, avec Iris, était en route. Sa journée avait été, malgré le compteur du chauffeur de taxi – quatre-vingt-quinze euros sans le pourboire ! –, positive.

On ne l'aurait plus comme ça. Avec Marcel, elle avait péché par négligence. Elle s'était laissée aller, avait cru que sa vie était toute tracée. Grossière erreur. Mais elle avait appris une leçon : ne jamais se laisser bercer par l'apparente sécurité, prévoir, anticiper. Une vie de femme au foyer se règle comme une entreprise. La concurrence est partout, prête à vous débarquer ! Elle l'avait oublié, et le réveil avait été brutal.

Plan A, plan B. Tout était en place.

Elle contempla avec tendresse la trace ancienne d'une brûlure sur sa cuisse. Un pâle rectangle de chair rose, lisse et doux.

Et dire que tout était parti de là ! Un simple accident domestique et elle avait repris du poil de la bête ! Quelle bonne idée elle avait eue, ce jour-là, c'était au début du mois de décembre, de décider de faire son chignon, toute seule ! Elle s'en félicitait chaudement en caressant le rectangle rose.

Ce jour-là, elle se souvenait très bien, elle était allée chercher son fer à défriser dans le placard de la salle de bains. Un siècle qu'elle ne l'avait plus utilisé ! L'avait branché. Avait démêlé ses longues mèches qui accrochaient le peigne comme du foin sec, les avait séparées en paquets égaux et attendait patiemment que le fer chauffât pour les lisser une par une et les monter ensuite en chignon sur le sommet du crâne. Il fallait qu'elle apprenne à se coiffer sans l'aide de Clochette, sa petite coiffeuse. Avant, au temps béni où Marcel Grobz remplissait sa bourse, Clochette venait la coiffer chaque matin, avant de filer à son salon parisien. Elle l'avait baptisée Clochette parce qu'elle accomplissait des merveilles avec ses doigts de fée. Et qu'elle oubliait toujours son nom. Et puis ça avait un petit air affectueux, qui valorisait cette pauvre fille au demeurant assez ingrate et diminuait le montant des pourboires.

Elle n'avait plus les moyens de s'offrir les services de Clochette. Un sou était un sou, elle devait veiller à faire des économies. La nuit, quand elle se relevait pour aller aux toilettes, elle se servait d'une lampe de poche et ne tirait la chasse d'eau qu'une fois sur trois. Au début, cette traque des dépenses superflues l'avait irritée, humiliée. Mais là elle s'était prise au jeu et reconnaissait volontiers que cela mettait un peu de piment dans son quotidien. Par exemple, le matin, elle se fixait une somme à ne pas dépasser de toute la journée. Aujourd'hui, pas plus de huit euros ! Il lui fallait parfois des trésors d'imagination pour remplir son contrat. Mais la nécessité rend ingénieux. Un matin, prise d'une soudaine audace, elle avait décidé : zéro euro ! Elle avait eu un petit hoquet de surprise. Zéro euro ! Qu'avait-elle dit là ? Il lui restait quelques biscuits, du jambon, de l'Orangina, du pain de mie, mais pour la baguette tiède du matin, le tube de rouge Bourjois à Monoprix, il lui faudrait trouver un stratagème. Elle était restée dans son lit jusqu'à ce que midi sonne. Elle se tortillait, supputait, imaginait des chemins détournés pour ramasser une monnaie égarée, un tube de rouge qui roule du présentoir et qu'elle pousserait du pied jusqu'à la sortie à la barbe du vigile, elle roucoulait d'aise, plissait un nez redevenu féminin, d'exquises fossettes de plaisir creusaient ses joues rêches et plissées, elle gloussait, oh ! la la ! quelle aventure ! Puis, n'y tenant plus, elle s'était levée, avait roulé ses mèches sous le chapeau, enfilé une blouse, une jupe, un manteau et avait posé le pied en conquérante dans la rue. Courage, s'était-elle dit, alors que le vent lui coupait les yeux et en faisait jaillir des larmes. Le froid lui mordait les doigts, et elle n'avait pas assez de ses deux mains pour maintenir en place la large galette qui menaçait de s'envoler de son crâne. Elle sentit de la boulangerie voisine s'exhaler une douce odeur de baguette chaude. Elle regarda tout autour d'elle, cherchant un moyen de parvenir à ses fins, et regretta soudain de s'être laissée aller à cette extrémité : zéro euro tout de même ! Elle avait serré les dents, relevé le menton. Était restée un long moment, immobile, cherchant des yeux une solution qu'elle ne trouvait pas. Partir sans payer ? Faire une dette ? C'était tricher. Des larmes de froid lui brûlaient les pommettes, elle secouait la tête, découragée, quand soudain, jetant les yeux à terre, elle avait aperçu un mendiant. Un pauvre hère à canne blanche qui avait placé à portée de main sa sébile. Une sébile, ma foi, bien garnie. Sauvée ! Dans le paroxysme de sa convoitise, elle avait cherché dans les cimes ce qu'elle avait à ses pieds. Un soupir de bonheur s'était échappé de ses lèvres. Elle avait tressailli de joie ; son esprit s'était rasséréné aussitôt. Elle avait essuyé la sueur de son front, étudié calmement la situation, les passants sur l'avenue, sa position. L'aveugle avait allongé ses jambes maigres sur le macadam et tapait du bout de sa canne blanche afin d'attirer l'attention. Elle avait regardé à droite, regardé à gauche et avait vidé la sébile d'un rapide tour de poignet. Neuf pièces d'un euro, six de cinquante centimes, trois de vingt et huit de dix ! Elle était riche. Elle en aurait presque embrassé l'aveugle et était remontée en courant chez elle. Le rire habitait ses grandes rides et elle avait refermé la porte, laissant éclater sa joie. Pourvu qu'il soit là le lendemain ! S'il revient, s'il ne s'aperçoit de rien, je redouble mon pari de zéro euro quotidien !

L'aventure lui chatouillait le ventre, elle n'avait plus faim.

Il était revenu. Assis sur le trottoir, un bonnet sur les yeux, des lunettes fumées, un lambeau d'écharpe autour du cou et des mains atrocement mutilées. Elle prenait bien soin de ne pas le regarder afin de ne pas ressentir, au lieu du délicieux frisson du danger couru, les tourments d'une conscience peu habituée à commettre des larcins.

Cette quête de la dépense zéro rendait ses journées passionnantes. On oublie souvent de mentionner cette volupté hors la loi des nécessiteux obligés de chaparder, pensait Henriette. Ce plaisir interdit qui transforme chaque instant de la vie en aventure. Parce que si, par malchance, le mendiant changeait de lieu, il lui faudrait trouver une autre victime. C'est pour cette raison qu'elle avait décidé de ne lui voler chaque fois que quelques pièces, lui laissant de quoi subsister. Et pour qu'on ne pense pas qu'elle le dévalisait, elle faisait tinter les pièces dérobées afin qu'on croie qu'elle les déposait au lieu de les prélever.

Ce fameux jour donc, ce matin où elle attendait que le fer chauffât, elle s'était demandé soudain si l'aveugle était bien à sa place et, prise d'angoisse, voulant vérifier sur-le-champ si sa pitance journalière serait assurée, elle s'était levée brusquement et avait renversé le fer chauffé à blanc sur sa cuisse, la brûlant atrocement. Des lambeaux entiers de peau s'arrachèrent quand elle retira le fer rouge. Le sang coulait de la peau écorchée. Elle poussa un cri affreux, courut chez sa concierge, lui montra sa blessure, la suppliant d'aller chercher une pommade ou demander conseil à la pharmacienne au coin de la rue. C'est alors que cette brave femme, qu'elle avait autrefois accablée des cadeaux dont elle ne voulait plus, la fit entrer dans sa loge, décrocha le téléphone et composa, d'un air mystérieux, un numéro.

– Dans quelques minutes, vous n'aurez plus le feu et, dans une semaine, la peau sera rose et belle ! lui assurat-elle, tapant sur le cadran avec des airs de conspiratrice.

Puis elle lui avait passé son interlocutrice.

Il en fut ainsi. Le feu disparut puis la chair boursou-flée se lissa comme par enchantement. Chaque matin, Henriette, éberluée, constatait la guérison éclair.

Il lui en avait quand même coûté cinquante euros et elle avait eu beau grimacer, la guérisseuse au bout du fil n'en démordait pas. C'était son prix. Sinon elle soufflait sur le téléphone et la douleur revenait. Henriette avait promis de payer. Plus tard, en possession du précieux numéro, elle avait appelé celle qu'elle avait déjà bapti-sée la sorcière. Elle l'avait remerciée, avait demandé à quelle adresse envoyer le chèque puis, sur le point de raccrocher, s'était entendu proposer :

– Si vous avez besoin d'autres services…

– Qu'est-ce que vous faites à part guérir les brûlures ?

– Les foulures, les piqûres d'insectes, les venins, les zonas…

Elle débitait sur un ton mécanique un catalogue de services à la carte.

– Les inflammations diverses, pertes blanches, eczéma, asthme…

Henriette l'avait interrompue. Une idée lui était venue, fulgurante :

– Et les âmes ? Vous travaillez les âmes ?

– Oui mais c'est plus cher… Retour d'affection, dépression, chasse aux esprits, désenvoûtement…

– Et vous envoûtez aussi ?

– Oui, et c'est encore plus cher. Parce qu'il faut que je me protège si je ne veux pas prendre de choc en retour…

Henriette avait réfléchi. Et pris rendez-vous.

Un beau jour, donc, juste avant les fêtes de Noël qui allaient consacrer sa solitude et son impécuniosité, elle s'était rendue chez Chérubine. Dans un immeuble défraîchi du vingtième arrondissement. Rue des Vignoles. Pas d'ascenseur, une moquette verte constellée de taches et de trous, une odeur de chou rance, un appartement au

troisième étage où, sur la sonnette, une pancarte disait :
« SONNEZ ICI SI VOUS ÊTES PERDU ». Une grosse femme lui
ouvrit. Elle entra dans un appartement minuscule qui
avait du mal à contenir le tour de taille de sa propriétaire.

Tout était rose chez Chérubine. Rose et en forme de
cœur. Les coussins, les chaises, les cadres aux murs,
les plats, les miroirs et les fleurs en papier crépon.
Même le front bombé et luisant de Chérubine était
orné d'accroche-cœurs pommadés. Ses bras gras et
flasques comme du fromage blanc sortaient d'une djel-
laba en foulards roses. Elle se sentait en visite dans la
roulotte d'une romanichelle obèse.

– Elle m'a apporté une photo ? demanda Chérubine
en allumant des bougies roses sur une table de bridge
recouverte d'une nappe rose.

Henriette sortit de son sac une photo en pied de
Josiane et la posa devant la forte femme dont la poitrine
se soulevait en sifflant. Elle avait le teint blafard, les
cheveux rares. Elle devait manquer de chlorophylle.
Henriette se demanda s'il lui arrivait de sortir de chez
elle. Peut-être y est-elle entrée un jour et ne pouvait plus
en sortir vu son embonpoint et l'étroitesse du logis ?

Levant les yeux, pendant que Chérubine tirait une
boîte à ouvrage de sous la table, Henriette aperçut,
posée sur un coin de commode, une grande statue de la
Vierge Marie qui, les mains jointes, une couronne dorée
sur son voile blanc, se penchait vers elles. Elle fut rassurée.

– Qu'est-ce qu'elle veut exactement ? demanda
alors Chérubine en prenant le même air dévot et
penché que la Vierge.

Henriette eut une seconde d'hésitation, se demandant si Chérubine s'adressait à elle ou à la Vierge. Puis
elle se reprit.

– Je ne veux pas vraiment un retour d'affection,
expliqua Henriette, je veux que ma rivale, la femme

sur la photo, tombe dans une profonde dépression, que tout ce qu'elle touche tourne vinaigre et que mon mari revienne.

– Je vois, je vois…, dit Chérubine en fermant les yeux et en croisant les doigts sur son ample poitrine. C'est une demande très chrétienne. Le mari doit rester avec la femme qu'il s'est choisie comme compagne pour la vie. Ce sont les liens sacrés du mariage. Celui qui les défait encourt le courroux divin. Nous allons donc demander un envoûtement premier degré. Elle ne veut pas sa mort ?

Henriette hésita. L'usage du pronom personnel troisième personne du singulier la troublait. Elle avait du mal à savoir à qui parlait Chérubine.

– Je ne veux pas sa mort physique, je veux qu'elle disparaisse de ma vie.

– Je vois, je vois…, psalmodia Chérubine, les yeux toujours fermés, passant et repassant ses mains sur sa poitrine comme si elle la massait.

– Euh…, demanda Henriette, qu'est-ce exactement un envoûtement premier degré ?

– Voilà, cette femme va se sentir très fatiguée, n'aura plus de goût à rien, plus de goût à l'acte sexuel, aux tartelettes aux fraises, aux bavardages, aux jeux avec ses enfants. Elle va faner sur pied comme une fleur coupée. Perdre sa beauté, son rire, son entrain. En un mot : dépérir lentement, avoir des pensées sombres et même suicidaires. Une fleur coupée, je peux pas dire mieux…

Henriette se demanda si c'était pour cette raison que l'appartement était rempli de fleurs en papier crépon. Une fleur par victime.

– Et mon mari reviendra ?

– L'ennui et le dégoût s'étendront à tout ce que touchera cette femme et, à moins qu'il soit animé d'un amour extraordinaire, plus fort que le sort, il se détournera d'elle.

– Parfait, dit Henriette en se rengorgeant sous son chapeau. J'ai besoin qu'il reste en forme pour faire tourner sa boîte et gagner de l'argent.

– On le protégera donc… Il faudra qu'elle m'apporte une photo de lui.

Ah ! Il allait falloir revenir ! La bouche d'Henriette se pinça en une grimace de dégoût.

– A-t-il des enfants avec cette femme ?

– Oui. Un fils.

– Elle veut qu'on le travaille lui aussi ?

Henriette hésita. Un bébé tout de même…

– Non. Je veux être débarrassée d'elle, d'abord…

– Parfait. Elle peut partir maintenant, je vais me concentrer sur la photo. Les effets seront immédiats. Le sujet va être englué dans une langueur, un malaise perpétuels, un mal de vivre, et perdra le goût à tout.

– Vous êtes sûre ? Bien sûre ?

– Elle pourra vérifier si elle en a les moyens… Chérubine n'échoue jamais.

Elle se retourna vers la statue en plâtre et joignit les mains en signe d'allégeance à la Vierge.

– L'homme marié ne doit pas quitter son épouse. Le sacrement du mariage est sacré. Elle verra, ajouta-t-elle en revenant vers Henriette. Elle saura me le dire… Elle a un moyen de vérifier l'efficacité du sort ?

Henriette pensa à la petite bonne qu'elle rencontrait au parc quand cette dernière promenait l'enfant et qu'elle soudoyait depuis plusieurs mois pour avoir des nouvelles du couple honni.

– Oui. Je pourrai, en effet, suivre les progrès de votre…

Elle voulait prononcer le mot « travail », mais n'y parvint pas. Elle se sentait oppressée dans cette atmosphère surchauffée où les meubles semblaient peu à peu se rapprocher et l'encercler.

– Ça fera six cents euros. En liquide. J'accepte les chèques pour les petites sommes, pour les grosses, je veux du liquide. Elle a compris ?

Henriette s'étrangla. Elle avait escompté que la sorcière lui prendrait deux cents, voire trois cents euros.

– C'est que je n'ai que trois cents euros sur moi…

– Pas de problème, elle me les donne et elle reviendra avec le reste quand elle apportera la photo du mari. Mais il faut revenir vite…, ajouta-t-elle avec une nuance de menace dans la voix. Parce que si je commence le travail…

Sa respiration se fit plus sifflante. Elle posa la main sur la poitrine, poussa un long soupir qui finit en un mugissement. Henriette tremblait. Elle se demandait si elle n'avait pas commis une grosse erreur en s'adressant à cette femme. Mais l'image de Marcel et de Josiane confits d'amour, béats dans leur grand appartement, balaya ses scrupules.

Elle avait sorti les billets placés dans son soutien-gorge et les avait déposés sur la table.

Ce jour-là, elle s'était retrouvée dans la rue, étourdie. Sans un sou. Elle avait dû faire un effort pour s'engager dans une bouche de métro et était rentrée chez elle, soucieuse. Il allait falloir qu'elle multiplie les journées à zéro euro pour payer Chérubine.

Trois semaines plus tard, elle s'était rendue au parc Monceau, à la recherche de la petite bonne qu'elle trouva sur un banc en train de lire une revue pendant que le marmot dans sa poussette était plongé dans la contemplation d'un papier tout collant de caramel.

– Bonjour…, avait-elle dit en s'asseyant à côté de la fille.

– Jour, avait répondu la fille levant les yeux de sa revue.

– Vous avez passé de bonnes fêtes ?

– Comme ci, comme ça…

– Tous mes vœux de bonne année, ajouta Henriette qui trouvait que la fille ne faisait pas beaucoup d'efforts pour engager la conversation.

– Merci. À vous aussi…

– Il fait quoi, là ? avait demandé Henriette en montrant le gamin du bout de son escarpin.

– C'est le papier de son Carambar, avait dit la fille, se penchant pour essuyer les joues du bébé maculées de caramel. Il adore les Carambar. Il se fait les dents avec…

– Il le dévore, on dirait ! s'exclama Henriette. Le caramel et le papier !

– Il essaie de lire la blague écrite dessus !

– Parce qu'il lit ?

– Ah ça ! Il en fait des merveilles, ce gosse-là ! J'en reviens pas. Sais pas à quoi ils pensaient quand ils l'ont fabriqué, mais ils devaient pas se raconter des fadaises !

Elle laissa la petite bonne parler de l'enfant, des progrès étonnants qu'il faisait chaque jour, de ses mines enjouées ou courroucées, de l'état de ses dents, de ses pieds, de ses selles bien moulées.

– Lui manque que la parole ! Et si vous voulez mon avis, ça va pas tarder !

Henriette essayait de paraître intéressée, écouta encore quelques anecdotes surprenantes de la part d'un enfant de cet âge, puis la coupa.

Elle n'allait pas commencer à s'attendrir devant un rejeton qui bavait sur un papier de Carambar.

– Et la mère ? Elle va bien ? Je ne la vois plus au parc…

– Ne m'en parlez pas ! Elle a le mal de vivre.

– Et ça se traduit comment ?

– Une langueur terrible.

– Comment ça ? Avec tout le bonheur qui vient d'entrer dans sa vie ?

– C'est à y rien comprendre ! dit la fille en secouant la tête. Elle passe ses journées au lit. Elle pleure tout le

234

temps. Ça lui a pris un matin. Elle s'est réveillée, s'est assise sur son lit, a mis un pied à terre, m'a dit je crois bien que j'ai la grippe, je me sens faible, je vois tout tourner et elle s'est recouchée... et depuis, elle n'en finit pas de se traîner. Le pauvre monsieur sait plus quoi faire ! Il a des croûtes sur le crâne à force de se gratter la tête. Même le petit, il gazouille plus. Il est plongé dans ses lectures, il attrape tout ce qui lui tombe sous la main et je vous le dis, bientôt il lira tout seul ! Forcément, y a plus personne pour l'amuser, il s'ennuie, alors il lit !

Henriette écoutait, émerveillée. Elle en aurait baisé l'air qu'elle respirait. Ainsi ça marchait ! C'était comme la brûlure : Josiane allait disparaître par enchantement.

– Mon Dieu ! Mais c'est terrible ! fit-elle d'une voix qu'elle voulait pleine de compassion, mais qui hennissait de bonheur. Pauvre monsieur !

La fille opina et enchaîna :

– Il tourne en rond comme une bourrique. Elle reste couchée toute la journée, veut voir personne, veut même pas qu'on ouvre les rideaux, la lumière lui fait mal aux yeux. Jusqu'à Noël, ça allait encore. À Noël, elle s'est levée, elle a même reçu du monde, mais depuis c'est terrible !

Henriette lisait sur les lèvres de la fille son bulletin de victoire.

– Je dois tout faire. Le ménage, la cuisine, le linge et le gosse ! J'ai pas une minute à moi ! Sauf quand je sors le promener... là, je respire un peu, je peux lire un bouquin.

– Ça arrive parfois, vous savez, ces dépressions. On appelle ça le retour de couches. Enfin, de mon temps, on appelait ça comme ça.

– Elle refuse d'aller au docteur. Elle refuse tout ! Elle dit qu'elle a des papillons noirs qui volent dans sa tête. J'vous jure, c'est ses propres mots. Des papillons noirs !

– Mon Dieu ! soupira Henriette. À ce point-là !

– Puisque je vous le dis ! Ça m'arrange pas, moi. Et impossible de lui faire entendre raison ! Elle dit que ça va bien finir par passer. Ce qui va se passer, c'est qu'on va tous partir !

– Oh ! Pas lui quand même ! Il l'aime sa Josiane ! avait protesté Henriette qui avait du mal à contenir sa joie.

– Vous en connaissez beaucoup d'hommes qui endurent la maladie ? Quinze jours, oui, mais pas plus ! Là, ça fait des semaines que ça dure ! J'en donne pas cher de ce ménage. C'est dommage pour l'enfant. C'est toujours eux qui trinquent dans ces cas-là…

Ses yeux s'étaient abaissés sur le bébé qui les regardait intensément comme s'il essayait de comprendre ce qui se disait au-dessus de sa tête.

– Pauvre biquet, avait chuchoté Henriette. Il est si mignon ! Avec ses boucles rouges et ses gencives à vif.

Elle s'était baissée vers le marmot, avait voulu poser la main sur sa tête. Il avait poussé un cri strident, s'était raidi et avait reculé au fond de la poussette afin d'échapper à sa caresse. Pire : il avait joint ses pouces et ses deux index et avait brandi vers elle une sorte de losange menaçant en hurlant pour qu'elle s'éloigne.

– Oh, ben ça ! On dirait que vous êtes le diable ! Dans *L'Exorciste*, c'est comme ça qu'on éloigne le Malin !

– Mais non, c'est mon chapeau ! Il lui fait peur. Ça fait souvent ça avec les enfants.

– C'est sûr qu'il est bizarre. On dirait une soucoupe volante. Ça doit pas être pratique dans le métro !

Henriette se retint de la rembarrer. Est-ce que j'ai une tête à prendre le métro ? Sa bouche se tordit pour empêcher une réplique cinglante de s'échapper. Elle avait besoin de cette gamine.

– Allez, avait-elle dit en se levant, je vous laisse à votre lecture…

Elle avait glissé un billet dans le sac entrouvert de la fille.

– Oh! Faut pas. Je me plains comme ça, mais ils sont bons pour moi…

Henriette s'en était allée, un sourire aux lèvres. Chérubine avait bien travaillé.

Tout cela coûtait de l'argent, c'est sûr, calculait Henriette en chemise de nuit, caressant sur sa cuisse sa brûlure rose et lisse, mais c'était aussi un investissement. Bientôt Josiane ne serait plus qu'une loque. Avec un peu de chance, elle deviendrait amère, agressive. Elle repousserait le père Grobz, le chasserait de son lit. Marcel, désemparé, reviendrait vers elle. Il pouvait être si benêt. Elle avait toujours été étonnée qu'un homme aussi redoutable en affaires puisse être aussi naïf en amour. Et puis, la petite bonne avait raison, les hommes n'aiment guère les malades. Ils les supportent un moment, puis se détournent.

Peut-être maintenant, se dit-elle en se glissant dans son lit, serait-il temps de passer à l'étape suivante de mon plan : me rapprocher de Grobz, faire semblant de discuter des termes du divorce, me montrer douce, compréhensive, faire preuve de repentir. Battre ma coulpe. L'endormir et le ferrer. Et cette fois-ci, il ne s'échapperait plus.

Et si ça ne marchait pas, il y aurait toujours le plan B. Iris était revenue à la vie, semblait-il. Elle avait eu un beau sourire triomphant quand elle était descendue du taxi. Plan A, plan B… Elle serait sauvée !

Gary et Hortense, dans un Starbucks café, savouraient un cappuccino. Gary était venu retrouver Hortense pendant sa pause-déjeuner ; ils regardaient à travers la vitrine passer les gens sur le trottoir en trempant leurs lèvres dans la mousse blanche et épaisse.

C'était un de ces jours d'hiver que les Anglais appellent « glorieux ». *What a glorious day!* se lancent ils, le matin, en se saluant d'un large sourire satisfait comme s'ils en étaient personnellement responsables. Ciel bleu, froid vif, lumière éclatante.

Hortense aperçut un homme qui marchait tout en finissant de s'habiller d'une main et de manger un *donut* de l'autre. En retard! En retard! chantonna-t-elle en étudiant sa démarche de pingouin pressé. Il était si occupé qu'il ne vit pas la paroi transparente d'un abri de bus et la heurta de plein fouet. Sous le choc, il se plia en deux et lâcha tout; Hortense éclata de rire et reposa la tasse qu'elle tétait doucement.

– Ben… On dirait que t'as la pêche! déclara Gary d'un ton sinistre.

– Pourquoi? Tu l'as pas, toi? répondit Hortense sans quitter l'homme des yeux.

Il était maintenant à quatre pattes et tentait de rattraper le contenu de son attaché-case renversé sur le trottoir. Le flot des passants s'ouvrait pour l'éviter et se reformait aussitôt après l'obstacle franchi.

– Hier soir, j'ai été convoqué par ma grand-mère…

– Au Palais?

Gary acquiesça. Le cappuccino avait dessiné une fine moustache blanche au-dessus de ses lèvres. Hortense l'effaça du doigt.

– Y avait une raison? demanda-t-elle en suivant de l'œil l'homme agenouillé qui répondait au téléphone tout en essayant de refermer son attaché-case.

– Oui, elle dit que j'ai assez traîné, que je dois décider ce que je vais faire l'année prochaine. On est en janvier… C'est maintenant qu'on doit s'inscrire dans les universités…

– Et tu as répondu quoi?

L'homme avait raccroché, il se préparait à se remettre debout quand il se mit à taper de toutes ses forces sur ses cuisses, sa poitrine avec un air de panique, les yeux roulant de tous côtés.

– Ben, rien justement. Tu sais, elle est impressionnante ! Tu te tiens à carreau devant elle…

Hortense se retint de rire. Qu'est-ce qu'il avait à présent ?

– Elle m'a donné le choix entre une académie militaire ou une université de droit, quelque chose comme ça. Elle m'a précisé que tous les hommes de la famille faisaient un passage dans l'armée, même ce vieux pacifiste de Charlie !

– Ils vont te raser la tête ! s'exclama Hortense, sans détacher les yeux du spectacle de la rue. Et tu vas porter un uniforme !

L'homme semblait avoir perdu son téléphone et était reparti à quatre pattes dans la foule le chercher.

– Je n'irai pas dans une académie militaire, je ne ferai pas l'armée et je n'étudierai pas le droit, le business ou quoi que ce soit d'autre !

– Ben, c'est clair au moins… Alors où est le problème ?

– Le problème, c'est la pression qu'elle va me mettre ! Elle lâche pas comme ça, tu sais.

– C'est à toi de décider, c'est ta vie ! Il faut que tu lui dises ce que toi, tu as envie de faire.

– De la musique… Mais je ne sais pas encore sous quelle forme. Pianiste. C'est un métier, pianiste ?

– Si tu es doué et travailles comme un enragé !

– Mon prof dit que j'ai l'oreille absolue, que je dois continuer, mais… Je sais pas, Hortense. Je sais pas. Ça ne fait que huit mois que je fais du piano. C'est angoissant de décider à mon âge de ce qu'on va faire toute une vie…

L'homme avait retrouvé son portable et, toujours accroupi, essayait de remettre le boîtier en place, tout en maintenant sa serviette coincée sous le bras, ce qui ne lui facilitait pas la tâche.

— Va te coucher, mon pauvre vieux, soupira Hortense, c'est pas ton jour !

— Merci beaucoup ! s'exclama Gary. On peut dire que tu trouves vite des solutions, toi !

— C'est pas à toi que je m'adressais ! Je parlais au mec dans la rue qui vient de tomber. T'as rien vu ?

— Je croyais que tu m'écoutais ! T'es vraiment incroyable, Hortense ! Tu te fous des gens !

— Mais non... J'ai juste commencé le feuilleton du mec dans la rue avant que tu ne te mettes à parler ! Bon, je ne le regarde plus, promis...

Juste un dernier coup d'œil : l'homme s'était redressé et cherchait quelque chose par terre. Il ne va pas ramasser son *donut* quand même ! Elle se hissa légèrement sur les fesses pour le suivre. L'homme scrutait le trottoir, aperçut le beignet un peu plus loin, contre un pied de l'abribus, se baissa, le ramassa, l'épousseta et le porta à sa bouche.

— Oh ! Le gros dégueulasse !

— Merci beaucoup, lâcha Gary en se levant. Tu fais chier Hortense !

Il ouvrit la porte du café et sortit, en la claquant.

— Gary ! cria Hortense, reviens...

Elle n'avait pas fini son cappuccino et hésitait à le laisser sur la table. C'était son déjeuner.

Elle se précipita dans la rue et chercha des yeux quelle direction Gary avait pris. Elle aperçut son large dos, sa haute taille qui tournait au coin d'Oxford Street d'une pirouette furieuse. Elle le rattrapa et s'accrocha à son bras.

— Gary ! *Please !* C'est pas de toi que je parlais quand j'ai dit « gros dégueulasse ! »

Il ne répondit pas. Il avançait à grandes enjambées et elle avait du mal à le suivre.

– Étant donné que tu fais dix-huit centimètres de plus que moi, tes enjambées sont donc dix-huit pour cent plus grandes que les miennes. Si tu continues à ce train-là, tu vas vite me semer et on ne pourra plus parler...

– Qui a dit que j'avais envie de parler ? maugréa-t-il.

– Toi, tout à l'heure.

Il resta muet et continua ses amples foulées, la traînant à son bras droit.

– Faut que je me roule par terre ? demanda-t-elle, essoufflée.

– Fais chier.

– L'argument est mince ! Elle a raison ta grand-mère, faudrait que tu reprennes des études, tu es en train de perdre ton vocabulaire.

– Tu m'emmerdes !

– C'est pas mieux !

Ils continuèrent à marcher. *What a glorious day ! What a glorious day !* chantonnait Hortense dans sa tête. Ce matin, elle avait eu la meilleure note en classe de style et avait dessiné une boutonnière de belle allure pour le cours de cet après-midi. Les autres élèves allaient la détester. Si elle appréciait le style, elle ne négligeait pas la technique et se souvenait d'une phrase lue dans un journal : « Un styliste qui ne connaît pas la technique n'est qu'un illustrateur. »

– Je te donne jusqu'au coin de la rue pour changer d'humeur parce que au coin de la rue, nos chemins se séparent. Mon temps est précieux.

Il s'arrêta si brusquement qu'elle lui rentra dedans.

– Je veux faire de la musique, c'est la seule chose dont je sois sûr. Je ne fume pas, je ne bois pas, je ne me drogue pas, je ne pille pas les magasins à la recherche d'un look, je n'écoute pas mes cheveux pousser en attendant Dieu, je n'ai pas de goûts de luxe, mais je veux faire de la musique...

– Ben alors, dis-lui tout ça.

Il haussa les épaules et la regarda du haut de sa grande taille. Ses yeux s'arrêtèrent au-dessus d'elle et dessinèrent un toit de colère.

– Je sors le paratonnerre ou tu me foudroies tout de suite ? demanda-t-elle.

– Comme si c'était si simple ! dit-il en levant les yeux au ciel.

– Et ta mère, elle dit quoi ?

– Que je fais ce que je veux, que j'ai encore le temps…

– Et elle a bien raison !

Il s'était assis sur un muret et avait relevé le col de son caban. Il était émouvant, réfugié dans son grand col, avec des boucles de cheveux noirs qui tombaient sur ses yeux égarés. Elle vint s'asseoir à côté de lui.

– Écoute Gary, tu as le luxe de pouvoir faire ce que tu veux. Tu n'as pas de problèmes d'argent. Si toi, tu n'essaies pas de faire ce qui te passionne dans la vie, qui peut le faire ?

– Elle comprendra pas.

– Depuis quand laisses-tu quelqu'un d'autre décider de ta vie !

– Tu la connais pas. Elle lâche pas facile. Elle va faire pression sur maman qui va culpabiliser de ne pas s'occuper de moi « sérieusement » – il dessina des guillemets dans l'air – et va intervenir.

– Demande-lui de te faire confiance pendant un an…

– Mais un an, ça ne suffira pas ! Il faut bien plus de temps pour faire vraiment de la musique… Je vais pas suivre des cours de cuisine !

– Inscris-toi dans une école de musique. Une bonne école de musique. Une qui en impose.

– Elle ne voudra pas en entendre parler…

– Tu passeras outre !

– Plus facile à dire qu'à faire !

242

– C'est bizarre, jusqu'à aujourd'hui, je ne t'avais jamais imaginé en looser !

– Ah ! ah ! ah ! Très drôle !

Il inclina la tête comme pour dire vas-y piétine l'homme à terre, écrase-moi de ton mépris, tu es très forte à ce jeu-là.

– Tu renonces avant même d'avoir essayé. Puisque tu dis que c'est ta passion, prouve-lui que c'est sérieux et elle te fera confiance. Sinon c'est comme si tu jetais l'éponge avant même d'être monté sur le ring !

Leurs regards se croisèrent et se questionnèrent en silence.

– C'est comme ça que tu fais, toi ? demanda-t-il en ne la lâchant pas des yeux comme si sa réponse pouvait changer sa vie.

– Oui.

– Et ça marche ?

Elle en avait la chair de poule tellement il la regardait sérieusement.

– Pour tout. Mais faut bosser. Je voulais mon bac avec mention, je l'ai eu, je voulais venir à Londres, je suis venue à Londres, je voulais faire cette école, j'ai été prise et je vais devenir une grande styliste, peut-être même une grande couturière. Personne ne m'a fait dévier de ma route d'un centimètre parce que j'ai décidé que personne ne le ferait. Je me suis fixé un but, c'est assez simple, tu sais. Quand tu décides sérieusement quelque chose, tu réussis toujours à l'avoir. Suffit d'en être convaincu et tu convaincs tous les autres. Même une reine !

– Y a d'autres choses que tu t'es juré d'avoir ? demanda-t-il sentant que le moment était précieux, qu'elle avait baissé la garde.

– Oui, répondit-elle sans trembler, sachant exactement ce à quoi il faisait allusion mais refusant de répondre.

Ils ne se quittaient pas des yeux.

– Comme quoi ?

– *Not your business !*

– Si. Dis-moi…

Elle secoua la tête.

– Je te le dirai quand j'aurai atteint mon but !

– Parce que tu l'atteindras, bien sûr.

– Bien sûr…

Il eut un petit sourire énigmatique comme s'il concédait qu'elle pouvait avoir raison, mais que l'affaire n'était pas encore réglée. Loin de là. Il y avait encore quelques formalités à remplir. Il y eut ensuite une minute de grande solennité qui les entraîna dans un domaine où ils n'étaient encore jamais entrés : celui de l'abandon. Ils se mangeaient l'intérieur de l'âme, le velouté du cœur et pouvaient dire, sauf qu'ils ne prononçaient pas les mots, exactement ce à quoi ils pensaient. Ils se le dirent dans les yeux. Comme si ça n'existait pas ou que ça ne devait pas exister encore. Ils dansèrent deux pas de tango avec ce velouté du cœur, s'embrassèrent doucement sur la bouche de leurs âmes, puis retombèrent dans les klaxons de la rue et les passants qui perdaient leur *donut* en courant.

– Bon, récapitulons, dit Hortense étourdie par ces confidences muettes. Tu vas d'abord te trouver une bonne école de musique. Tu feras ce qu'il faut pour te faire accepter. Tu vas travailler, travailler…

Il la suivait des yeux et écoutait son avenir.

– Après, tu affrontes ta grand-mère et tu emportes le morceau… Tu auras des arguments, tu te seras bougé le cul pour lui prouver que c'est une passion. Pas un passe-temps. Ça l'impressionnera, elle t'écoutera. Tu es trop nonchalant, Gary.

– C'est ce qui fait mon charme ! plaisanta-t-il en ouvrant ses grands bras, en les faisant planer au-dessus d'elle pour poursuivre leur tango muet.

Elle s'écarta, reprit sérieuse :

– À dix-neuf ans, oui. Mais dans dix ans, tu seras un vieux charmeur inutile et désabusé. Alors prends-toi en main, prouve aux autres qu'ils ont raison de te faire confiance…

– Y a des fois où j'ai envie de rien. Juste d'être un écureuil qui sautille dans Hyde Park…

Un petit vent froid s'était levé et il avait le bout du nez qui rougissait. Il enfonça ses mains dans ses poches comme s'il voulait les crever, racla le sol du bout de ses chaussures, poursuivit un moment ce qui semblait être un long monologue intérieur. Elle l'observait, amusée. Ils se connaissaient depuis si longtemps ; il n'y avait personne dont elle était aussi proche. Elle se rapprocha, passa une main sous son bras, posa la tête sur son épaule.

– Tu ne lâches jamais, toi ! grogna-t-il.

Elle releva la tête vers lui et lui sourit.

– Jamais ! Et tu sais pourquoi ?

– …

– Parce que j'ai pas peur. Toi, tu meurs de trouille. Tu te dis que dans la musique, il y a beaucoup d'appelés et peu d'élus et tu as peur de ne pas être élu…

– Pas faux…

– Ta peur t'empêche de passer à l'action. Et elle empêchera ton rêve de se transformer en réalité.

Il l'écoutait, ému, presque effrayé par la justesse de ses propos.

– Tu veux qu'on aille au cinéma, ce soir ? demanda-t-il pour retrouver la légèreté de l'air.

– Non. Faut que je bosse. J'ai un travail à rendre demain.

– Tu bosses toute la soirée ?

– Oui. Mais en fin de semaine, si tu veux, je serai plus libre.

– Je te dois combien pour la consultation ?

– Tu me paieras ma place de ciné.

– D'accord.

Hortense regarda sa montre et poussa un cri.

– Zut ! Je vais être en retard !

– Tu es comme ta mère, tu dis jamais merde !

– Merci du compliment !

– Mais c'est un beau compliment. J'aime bien ta mère !

Elle ne répondit pas. Chaque fois qu'on lui parlait de sa mère, elle se refermait. Il la raccompagna jusqu'à l'entrée de son école.

– Tu sais ce qu'elle a dit d'autre ma grand-mère ?

– Elle t'a donné ton rang d'accession au trône ?

– *No way.* Je veux être musicien, je te dis !

Hortense eut un petit sourire qui semblait dire « bonne réplique » et accéléra le pas.

– Elle m'a parlé de mes conquêtes sentimentales, c'est comme ça qu'elle appelle les grosses cochonnes que je me tape, et elle m'a dit avec son air de royale délicatesse… « Mon cher Gary, quand on donne son corps, on donne son âme. »

– Impressionnante !

– Réfrigérante, oui ! Tu baises plus jamais, après une réplique comme ça !

– Arrête de te plaindre ! T'es un privilégié. L'oublie jamais. Y a pas beaucoup de mecs qui sont les petits-fils de la reine ! En plus, tu as tous les avantages : tu es royal et personne ne le sait. Alors *shut up !*

– Heureusement qu'on le sait pas ! T'imagines ma vie, traqué par les paparazzi ?

– Moi, ça m'irait très bien. Je serais sur toutes les photos et je deviendrais célèbre ! Je lancerais ma marque en un clin d'œil !

– Compte pas là-dessus ! Je partirais sur une île déserte et tu me verrais plus jamais !

Ils étaient arrivés devant l'école d'Hortense à Picca-dilly Circus. Elle lui plaqua un rapide baiser sur la joue et le quitta.

Gary la regarda disparaître dans le flot d'étudiants qui s'engouffraient à l'intérieur du bâtiment. Cette fille avait l'art de régler les problèmes. Elle ne s'encombrait pas d'états d'âme. Des faits, des faits, rien que des faits ! Elle avait raison. Il allait se mettre en quête d'une école. Il apprendrait le solfège et ferait des gammes. Hortense lui avait donné un coup de pied dans le der-rière et un coup de pied dans le derrière vous fait tou-jours avancer. Et gomme les idées noires. Il n'avait plus l'impression de porter sa vie comme un fardeau mais de l'avoir posée sur le trottoir et de la considérer d'un œil détaché. Comme une chose à laquelle il allait imprimer une direction, nord, sud, est, ouest. Il n'avait plus qu'à choisir. Une vague d'allégresse l'emporta et il se sentit voler après Hortense pour l'embrasser. Il cria « Hortense, Hortense », mais elle avait disparu.

Il se retourna vers la rue, les passants, les feux rouges, les voitures, les motos et les bicyclettes et eut envie de les prendre à partie.

« *What a glorious day !* » lança-t-il en apercevant un bus rouge à deux étages qui se détachait, majestueux sur le ciel bleu. Bientôt il serait remplacé par un bus à un seul étage, mais ce n'était pas grave, la vie continue-rait parce que la vie était belle, qu'il allait la prendre en main et décharger tout ce barda noir qu'il trimballait parfois sur le dos.

En première heure, c'était un cours d'histoire de l'art.

Le professeur, un homme tout gris au teint ivoire, avait un débit lent, traînant et un petit ventre rond qui pointait sous un gilet bordeaux. Son col de chemise était un col de radin. Il faudrait mettre de l'ampleur dans le col, dans les manches, dans les basques, observait Hortense en dessinant des croquis sur sa feuille blanche. Souffler sur lui le vent du grand large. Il expliquait comment l'art et la politique parfois marchaient main dans la main et parfois tiraient à hue et à dia. Il demanda à la classe somnolente quand étaient nés les premiers partis politiques.

— Dans le monde ? demanda Hortense en relevant la tête de son cahier.

— Oui, mademoiselle Cortès. Mais plus précisément en Angleterre, car les premiers partis ne vous en déplaise sont nés en Angleterre. Vous n'avez pas l'apanage de la démocratie, malgré votre Révolution française.

Hortense n'en avait aucune idée.

— En Angleterre, reprit-il en tirant sur les pointes de son gilet. Au XVIIe siècle. Il y eut d'abord ce qu'on appelait des « agitateurs » qui haranguaient les hommes dans les armées, puis, en 1679, une querelle opposa les parlementaires et les grands du royaume. Les débats devinrent vifs, ils s'insultaient en se traitant de « tories », voleurs de bétail, et de « whigs », bandits de grand chemin. Ces insultes restèrent et c'est ainsi que naquirent les noms des deux grandes formations politiques anglaises. Plus tard, en 1830, le premier parti politique fut fondé, il s'agit du parti conservateur, le premier parti européen et, on peut le dire, du monde…

Il s'arrêta, satisfait. Sa main tapota son petit ventre rond. Hortense prit un crayon et entreprit de le rhabiller avec panache. Un homme si cultivé se devait d'être élégant. Elle se mit à dessiner une chemise pour homme : le col, les manches, les boutons, la coupe, la forme longue, avec pans réguliers, irréguliers.

Elle pensa au torse de Gary et gribouilla un torse juvénile dans un col de caban. Gary royal. Gary poursuivi par des paparazzi. Elle dessina des chemises de voyou dans des blousons étroits, y ajouta en souriant des lunettes noires. Gary à Buckingham, dans une réception, face à la reine ? Elle esquissa une chemise de smoking romantique avec de multiples plis. Pas trop larges, les plis. La pointe de son crayon cassa, faisant un pâté sur la feuille blanche. « Mince ! » laissa-t-elle échapper. « Tu es comme ta mère, tu dis jamais merde ! » Elle avait du mal avec sa mère. Son amour pesait des tonnes. Le désir de vouloir tout donner à l'enfant qu'on aime empoisonne l'amour. Enferme l'enfant dans une gratitude obligée, une reconnaissance mièvre. Ce n'était pas de la faute de sa mère, mais c'était lourd à porter.

L'émotion était un luxe qu'elle ne pouvait s'offrir. À chaque fois qu'elle était sur le point de succomber, elle bloquait tout. Clic, clac, elle fermait les écoutilles. Et ainsi, elle continuait à être de bon conseil pour elle-même. Elle restait sa meilleure amie. C'est le problème avec les émotions, elles vous torpillent. Vous éparpillent en mille morceaux. Vous tombez amoureuse et, tout à coup vous vous trouvez trop grosse, trop maigre, trop petits seins, trop gros seins, trop basse sur pattes, trop haute sur pattes, trop grand nez, trop petite bouche, dents jaunes, cheveux gras, stupide, ricanante, collante, ignare, moulin à paroles, muette. Vous n'êtes plus votre meilleure amie.

En revenant de faire des courses avec sa mère, alors qu'elles tendaient le bras pour héler un taxi, elles avaient aperçu un escargot réfugié sur le bord de l'avenue, rétracté sous sa coquille, tentant de passer inaperçu sous une feuille morte. Sa mère s'était penchée, l'avait ramassé et lui avait fait traverser l'avenue. Hortense s'était aussitôt murée dans une réprobation muette.

– Mais qu'est-ce que tu as ? avait demandé Joséphine, à l'affût de la moindre humeur passant sur le visage de sa fille. Tu n'es pas contente ? Je croyais te faire plaisir en t'offrant une journée de shopping...

Hortense avait secoué la tête, exaspérée.

– T'es obligée de t'occuper de tous les escargots que tu rencontres ?

– Mais il se serait fait écraser en traversant !

– Qu'est-ce que t'en sais ? Peut-être qu'il a mis trois semaines pour franchir la chaussée, qu'il se reposait, soulagé, avant d'aller retrouver sa copine et toi, en dix secondes, tu le ramènes à son point de départ !

Sa mère l'avait regardée, interdite. Des larmes étaient montées dans ses yeux paniqués. Elle avait couru rechercher l'escargot, manquant se faire écraser. Hortense l'avait rattrapée par la manche et poussée dans un taxi. C'était le problème avec sa mère. L'émotion lui brouillait la vue. Son père, aussi. Il avait tout pour réussir, mais se liquéfiait dès qu'il était confronté à un soupçon d'adversité, à un nuage d'hostilité. Il suait à grosses gouttes. Elle souffrait, petite fille, lors des déjeuners chez Iris ou chez Henriette, quand elle voyait apparaître les premiers signes d'angoisse. Elle joignait les mains sous la table pour que l'inondation s'arrête, souriait, inerte. Les yeux tournés vers l'intérieur pour ne pas voir.

Alors elle avait appris. À bloquer sa transpiration, à bloquer ses larmes, à bloquer le carré de chocolat qui allait lui faire prendre un gramme, à bloquer la glande sébacée qui se transformerait en bouton, le sucre du bonbon qui deviendrait carie. Elle bloquait toutes les entrées de l'émotion. La fille qui voulait devenir sa meilleure copine, le garçon qui la raccompagnait et essayait de l'embrasser. Elle ne voulait courir aucun danger. Chaque fois qu'elle risquait de se laisser aller, elle pensait au front dégoulinant de son père et l'émotion s'arrêtait net.

Alors qu'on ne lui dise surtout pas qu'elle ressemblait à sa mère ! C'était le travail de toute sa vie qu'on remettait en cause.

Elle ne se maîtrisait pas uniquement par dégoût de l'émotion, elle le faisait aussi pour l'honneur. L'honneur perdu de son père. Elle voulait croire à l'honneur. Et l'honneur, elle en était sûre, n'avait rien à voir avec les émotions. À l'école, quand elle avait étudié *Le Cid*, elle s'était jetée à corps perdu dans les tourments de Rodrigue et de Chimène. Il l'aime, elle l'aime, c'est de l'émotion, ça les rend flageolants et pleutres. Mais il a tué son père, elle doit se venger, leur honneur est en jeu et ils se redressent. Corneille était bien clair là-dessus : l'honneur grandit l'homme. L'émotion le courbe. Le contraire de Racine. Racine l'insupportait. Bérénice lui tapait sur les nerfs.

L'honneur était une denrée rare. La compassion avait remplacé l'honneur. On avait interdit les duels. Elle aurait adoré se battre en duel. Provoquer celui ou celle qui lui manquait de respect. Trucider d'un coup de lame l'offenseur. Avec qui, dans cette classe endormie, aimerais-je croiser l'épée ? se demanda-t-elle en survolant l'assistance.

Elle aperçut, sur sa gauche, le profil de sa colocataire. Agathe avait enfoui sa tête dans son bras comme si elle prenait des notes, mais elle somnolait. De face, on pouvait la croire absorbée par le cours professoral, mais de côté, on voyait bien qu'elle dormait. Elle était rentrée à quatre heures du matin. Hortense l'avait entendue vomir dans la salle de bains. Elle ne se battrait jamais, celle-là. Elle rampait. Laissait des nains rastaquouères lui dicter leur loi. Presque chaque soir, ils venaient la chercher. Ils n'appelaient même plus pour la prévenir. Ils arrivaient, aboyaient « allez ! Habille-toi, on sort ! » et elle les suivait. Je ne peux pas croire qu'elle soit amoureuse de l'un d'eux. Ce sont des gnomes vulgaires, brutaux, suffisants. Ils ont une drôle de voix avec des charbons ardents, une voix qui vous prend à la gorge, vous brûle le visage, vous fait courir des frissons dans tout le corps. Elle les évitait, mais s'entraînait aussi à ne pas laisser la peur l'envahir quand elle les croisait. Elle les maintenait à distance, imaginait un kilomètre entre elle et eux. C'était un exercice difficile car ils étaient terrifiants malgré leurs sourires forcés.

Pourtant cette fille était douée. C'était une modéliste très inspirée, une styliste qui ne dessinait pas, mais trouvait d'instinct la ligne du vêtement, ses découpes. Ajoutait le petit détail qui allait affiner la taille, allonger la silhouette. Elle savait travailler une toile. Elle ne savait pas le goût de l'effort et du travail. Elles avaient été retenues toutes les deux, sur cent cinquante candidates, pour un stage chez Vivienne Westwood. Une seule serait prise. Hortense comptait bien que ce soit elle. Il y avait encore un entretien à passer. Elle s'était documentée sur l'histoire de la marque, afin de saupoudrer l'entretien de ces petits détails qui lui donneraient l'avantage. Agathe n'y avait sûrement pas pensé. Elle était trop occupée à sortir, danser, boire, fumer, se déhancher. Et vomir.

Story of her life, pensa Hortense en dessinant le dernier bouton de la chemise blanche de smoking de Gary dînant à Buckingham Palace.

— Tu ne veux pas aller à Londres ?

Zoé secoua la tête, en baissant les yeux.

— Tu ne veux plus jamais aller à Londres ?

Zoé émit un long soupir qui disait non.

— Tu t'es disputée avec Alexandre ?

Le regard de Zoé glissa sur le côté. Aucun indice sur son visage ne permettait de savoir si elle était en colère, malheureuse ou menacée par un danger.

– Mais parle, Zoé ! Comment veux-tu que je devine ? s'énerva Joséphine. Avant, tu faisais des bonds de joie quand tu partais pour Londres, maintenant tu ne veux plus y aller ! Qu'est-ce qui s'est passé ?

Zoé lança un regard furieux à sa mère.

– Il est huit heures moins cinq. Je vais être en retard à l'école.

Elle prit son cartable, l'installa sur son dos, serra les courroies, ouvrit la porte d'entrée. Avant de sortir, elle se retourna et menaça :

– Et tu rentres pas dans ma chambre ! Interdit !

– Zoé ! Tu ne m'as même pas fait un baiser ! continua Joséphine en regardant disparaître le dos de sa fille.

Elle courut dans l'escalier, descendit les marches quatre à quatre, rattrapa Zoé dans le hall de l'immeuble. Elle se vit dans la glace : en pyjama avec un sweat-shirt que lui avait offert Shirley et qui disait : MORT AUX GLUCIDES. Elle eut honte quand elle croisa le regard de Gaétan Lefloc-Pignel qui avait rejoint Zoé. Elle tourna les talons et s'engouffra dans l'ascenseur. Elle heurta une jeune femme blonde qui n'avait pas l'air en meilleure forme qu'elle.

– Vous êtes la maman de Gaétan ? demanda-t-elle, heureuse de faire la connaissance de madame Lefloc-Pignel.

– Il avait oublié sa banane pour la récréation. Il a des baisses de tension parfois, il lui faut du sucre. Alors je me suis dépêchée pour le rattraper et… J'ai pas eu le temps de m'habiller, je suis sortie comme ça.

Elle avait posé un imperméable sur sa chemise de nuit et était pieds nus.

Elle se frottait les bras, évitant le regard de Joséphine.

– Je suis contente de vous connaître. Je ne vous rencontre jamais…

– Oh ! c'est mon mari, il n'aime pas que je…

Elle s'arrêta comme si on pouvait l'entendre.

– Il serait furieux de me voir pas habillée, dans l'ascenseur !

– Je ne vaux pas mieux que vous, s'exclama Joséphine. J'ai couru après Zoé. Elle est partie sans m'embrasser ; j'aime pas commencer ma journée sans un baiser de ma fille…

– Moi non plus ! soupira madame Lefloc-Pignel. C'est doux, les baisers d'enfants.

Elle ressemblait à une enfant. Chétive, pâle, deux grands yeux bruns peureux. Elle baissait le regard et tremblait en serrant les pans de son imperméable. L'ascenseur s'arrêta et elle sortit de l'ascenseur en disant plusieurs fois au revoir, en retenant la lourde porte. Joséphine se demanda si elle voulait lui confier quelque chose. Des mèches blondes s'échappaient de ses cheveux tressés en deux nattes fines. Elle jetait des regards inquiets à droite et à gauche.

– Vous voulez monter prendre un café chez moi ? demanda Joséphine.

– Oh, non ! Ce ne serait pas…

– On pourrait faire connaissance, parler des enfants… On vit dans le même immeuble et on ne se connaît pas.

Madame Lefloc-Pignel avait recommencé à se frotter les bras.

– J'ai ma liste de choses à faire. Il ne faut pas que je sois en retard…

Elle parlait comme si elle était terrorisée à l'idée d'oublier quelque chose.

– Vous êtes très gentille. Une autre fois, peut-être…

Elle retenait toujours la porte de l'ascenseur de son bras maigre.

– Si vous voyez mon mari, ne lui dites pas que vous m'avez aperçue comme ça, en négligé… Il est trop… Il est très à cheval sur l'étiquette !

Elle eut un petit rire gêné, se frotta le nez contre son coude, cachant son visage dans la manche de l'imperméable.

– Gaétan est très mignon. Il vient parfois sonner à la maison…, tenta Joséphine.

Madame Lefloc-Pignel la regarda, effrayée.

– Vous ne le saviez pas ?

– Parfois je fais des siestes l'après-midi…

– Je ne connais pas bien vos deux autres enfants, Domitille et…

Madame Lefloc-Pignel haussa les sourcils, hésita comme si elle cherchait elle aussi le nom de son fils aîné. Joséphine répéta :

– Mais Gaétan est très mignon…

Elle ne savait plus quoi dire. Elle aurait bien aimé qu'elle relâchât la porte de l'ascenseur. Il faisait froid et le sweat-shirt MORT AUX GLUCIDES n'était pas très épais.

Finalement, comme à regret, madame Lefloc-Pignel laissa la porte se refermer. Joséphine lui fit un petit geste amical de la main. Elle doit prendre des tranquillisants. Elle tremble comme une feuille, sursaute au moindre bruit. Ce ne doit pas être une compagne très agréable, ni une mère très présente. Elle ne l'apercevait jamais à l'école, ni à la supérette du quartier. Où va-t-elle faire ses courses ? Puis elle se ravisa. Elle fait peut-être comme moi qui retourne à l'Intermarché de Courbevoie. Une habitude que j'ai gardée de mon ancienne vie. Elle avait toujours sa carte de fidélité. Antoine aussi en avait une. Deux cartes sur un seul compte. C'était encore un lien qu'elle gardait avec lui.

Elle rentra chez elle et décida d'aller courir. Elle passa devant la chambre de Zoé et poussa la porte. Elle n'entra pas. Une promesse est une promesse. Une nouvelle lettre était arrivée. Avec l'écriture d'Antoine. Elle l'avait tendue à Zoé qui s'était enfermée dans sa chambre pour la lire. Elle avait entendu le double tour de clé qui signifiait qu'il ne fallait pas la déranger. Joséphine n'avait posé aucune question.

Zoé restait enfermée dans sa chambre avec Papaplat. Joséphine collait l'oreille à la porte et entendait Zoé lui demander son avis sur une règle de grammaire ou un problème de maths, une jupe, un pantalon. Elle faisait les questions et les réponses. Disait « mais oui, que je suis bête, tu as raison ! » et elle éclatait de rire. D'un rire forcé, qui bouleversait Joséphine.

Le soir, Zoé dînait en silence, fuyant son regard, ses questions.

« Mais qu'est-ce que je peux faire ? » se demandait Joséphine en courant autour du lac, ce matin-là. Elle avait parlé aux professeurs de Zoé, mais non, lui avait-on répliqué, tout va bien, elle participe, joue dans la cour, rend ses devoirs propres et bien faits, apprend ses leçons. Madame Berthier lui manquait. Elle aurait aimé se confier à elle.

L'enquête sur sa mort n'avançait pas. Joséphine était retournée voir le capitaine Gallois. Aimable comme une circulaire administrative.

– Nous avons très peu d'éléments. Je vous mentirais si je prétendais le contraire…

Cette femme avait une manière très désagréable de s'adresser à elle.

Elle boucla un premier tour de lac et en entama un second. Elle aperçut l'inconnu qui venait à sa rencontre, les mains dans les poches, son bonnet enfoncé jusqu'aux sourcils. Il la croisa sans la regarder.

Il fallait qu'elle se souvienne exactement quand avait commencé la métamorphose de Zoé. Le soir de Noël. Pendant les cadeaux, elle était encore gaie, elle faisait le clown. C'est l'entrée en scène de l'effigie de son père qui avait tout déclenché. À partir de ce moment-là, à partir du moment où Antoine a été assis parmi nous,

Zoé s'est désolidarisée. Comme si elle prenait le parti de son père contre moi… Mais pourquoi ? Mince ! pesta Joséphine, c'est quand même lui qui est parti avec sa manucure ! Il faudrait qu'elle appelle Mylène. Elle n'avait pas eu le temps. Pas le temps ou pas envie ? Elle hésitait à se confier à Mylène. Ne savait pas pourquoi. Je ne suis pas de ces femmes qui tapent sur les cuisses de leur rivale et deviennent leur meilleure copine. Elle s'arrêta. Elle avait trop forcé dans la petite côte avant l'embarcadère pour l'île.

Elle s'étira, lança les bras en l'air, plongea la tête en bas, tira sur les bras, sur les jambes. Il lui manquait. Il lui manquait. Il revenait tout le temps. Il se glissait dans sa tête, prenait toute la place. Reviens, supplia-t-elle tout bas, reviens, on vivra en clandestins, on se cachera, on volera des instants de bonheur en attendant que le temps passe, qu'Iris guérisse, que les filles grandissent. Les filles ! Peut-être que Zoé savait. Les enfants savent de nous des choses que nous ignorons, nous-mêmes. On ne peut pas leur mentir. Peut-être que Zoé sait que j'ai embrassé Philippe ? Elle sent le goût de ses baisers quand je me penche vers elle.

Elle se redressa. Se massa les jambes, les mollets. S'étira encore une fois. Il faut que je lui parle. Que je la confesse.

Elle fit quelques pas. Réfléchit en trottinant. Elle avançait, absorbée par sa réflexion, quand elle entendit crier son nom :

– Joséphine ! Joséphine !

Elle se retourna. Luca venait vers elle. Les bras ouverts, un grand sourire sur le visage.

– Luca ! s'écria-t-elle.

– Je savais que je vous trouverais là. Je connais vos habitudes !

Elle le dévisagea comme pour s'assurer que c'était bien lui.

– Vous allez bien, Joséphine ?

– Oui. Et vous, vous allez mieux ?

Il la regarda en souriant.

– Joséphine ! Il faut qu'on parle. On ne peut pas rester sur ce malentendu.

– Luca…

– Je suis désolé pour l'autre fois. J'ai dû vous blesser, mais je ne voulais pas vous faire du mal ni me moquer.

Elle secouait la tête, essuyait la sueur qui coulait sur son front, écartait ses cheveux collés sur son visage.

– Vous permettez que je vous offre un café ?

Elle rougit et refusa son bras.

– C'est que je suis toute collante, j'ai couru et…

Joséphine n'en revenait pas : Luca, l'homme le plus indifférent du monde, lui courait après ! Elle sentit ses genoux flageoler. Elle n'était pas habituée à susciter des passions. Ne savait pas comment se comporter. D'un côté, elle lui était reconnaissante. Elle se sentait importante, séduisante. D'un autre côté, elle le regardait et se disait qu'il était beau comme un bout de bois mort. Ils se dirigèrent vers la buvette près du lac. Luca commanda deux cafés et les posa devant elle. Elle serra les genoux, ramena les pieds sous sa chaise et se prépara.

– Vous allez bien, Joséphine ?

– Oui, ça va…

Elle n'était pas très douée pour tenir les hommes à distance. Elle n'en avait pas l'habitude. Elle préférait le laisser parler.

– Joséphine, j'ai été injuste envers vous…

Elle fit un geste de la main pour l'excuser.

– Je me suis mal conduit.

Elle le regarda en pensant que beaucoup de gens se conduisaient mal avec ceux qui les aimaient. Il n'était pas le seul.

– Je voudrais qu'on oublie tout ça…

Il leva vers elle un regard sincère.

– C'est que…, bafouilla-t-elle.

Elle ne savait pas quoi dire. C'est que c'est trop tard, c'est que c'est fini, c'est que depuis il y en a eu un autre qui…

– Je ne suis pas très habituée aux choses de l'amour. Je suis un peu cruche…

Elle ajouta, à voix basse :

– Vous le savez bien, d'ailleurs…

– Vous me manquez, Joséphine. Je m'étais habitué à vous, à votre présence, à votre attention délicate, généreuse…

– Oh ! s'exclama-t-elle, surprise.

Pourquoi ne lui avait-il pas dit ces mots, avant ? Quand il était encore temps. Quand elle désespérait de les entendre. Elle le regarda, désemparée. Il lut la désolation dans son regard.

– Vous n'éprouvez plus rien pour moi ? C'est ça ?

– C'est que j'ai tellement attendu un signe de vous que… je crois que je me suis…

– Que vous vous êtes lassée ?

– Oui, en quelque sorte…

– Ne dites pas que c'est trop tard ! déclara-t-il, enjoué. Je suis prêt à tout… pour que vous me pardonniez !

Joséphine était à la torture. Elle essaya d'attraper un bout d'amour, un fil qu'elle pourrait tirer, pincer, froncer, ourler, broder pour en faire un gros pompon. Elle plongea dans le regard de Luca, plongea les yeux grands ouverts, chercha, chercha. Ça ne pouvait pas s'évanouir comme ça ! Elle guetta un bout de fil dans ses yeux, sur sa bouche, dans l'échancrure de sa manche, j'aimais m'y blottir quand on dormait ensemble, j'apercevais son bras qui me retenait, j'étais émue, je fermais les yeux pour retenir cette image. Elle chercha, chercha, mais ne trouva pas le début d'un fil. Elle remonta à la surface, bredouille.

– Vous avez raison, Joséphine. Ce n'est pas un hasard si je me retrouve tout seul à mon âge. Je n'ai jamais été capable de garder quelqu'un ! Vous, au moins, vous avez vos filles…

Joséphine se remit à penser à Zoé. Elle ferait comme Luca. Elle se mettrait à nu devant elle et lui dirait parle-moi, je suis nulle en expression d'amour, mais je t'aime tant que si tu ne m'embrasses plus le matin, je ne peux plus respirer, je ne sais plus mon nom, je perds le goût de la première tartine, le goût de mes recherches, le goût de tout.

– Mais vous avez votre frère. Il a besoin de vous…

Il la regarda comme s'il ne comprenait pas. Fronça les sourcils. Chercha à qui elle faisait allusion, puis se reprit et ricana :

– Vittorio !

– Oui, Vittorio… Vous êtes son frère, vous êtes aussi la seule personne vers qui il peut se tourner !

– Oubliez Vittorio !

– Luca, je ne peux pas oublier Vittorio. Il a toujours été entre nous.

– Oubliez-le, je vous dis !

Sa voix était pleine d'ordres et de colère. Elle recula, surprise par son changement de ton.

– Il fait partie de notre histoire. Je ne peux pas l'oublier. J'ai vécu avec lui puisque je vous ai…

– Puisque vous m'avez aimé… C'est ça, Joséphine ? Autrefois. Il y a longtemps…

Elle baissa la tête, gênée. Ce n'était pas de l'amour, ça s'était enfui si vite.

– Joséphine… S'il vous plaît…

Elle se détourna. Il n'allait pas la supplier. C'était embarrassant.

Ils restèrent un long moment, silencieux. Il jouait avec le sachet de sucre, l'écrasait de ses longs doigts, le pressait, le roulait, l'aplatissait.

– Vous avez raison, Joséphine. Je suis un boulet. J'entraîne tout le monde vers le bas.

– Non, Luca. Ce n'est pas ça.

– Si, c'est exactement ça.

Leurs cafés étaient froids. Joséphine grimaça.

– Vous en voulez un autre ? Ou autre chose ? Un jus d'orange ? Un verre d'eau ?

Elle refusa d'un geste de la main. Arrêtez, Luca, supplia-t-elle en silence, arrêtez. Je ne veux pas que vous deveniez cet homme suppliant, servile.

Il tourna son regard vers le lac. Aperçut un chien qui s'ébrouait et sourit.

– C'est ce jour-là que tout a commencé… N'est-ce pas ? Ce jour où je ne vous ai pas écoutée…

Elle ne répondit pas et suivit le chien des yeux. Son maître lui avait renvoyé sa balle dans le lac et il plongeait pour la chercher. Le maître attendait, fier de sa science de dresseur, fier de pouvoir claquer des doigts et que l'animal lui obéisse. Il cherchait dans le regard des gens autour de lui la reconnaissance de ce pouvoir-là.

– Vous savez ce qu'on va faire, Joséphine ?

Il s'était redressé, l'air déterminé.

– Je vais vous laisser une clé de chez moi et…

– Non ! protesta Joséphine, effrayée de la responsabilité qu'il allait lui donner.

– Je vais vous laisser une clé de chez moi et quand vous m'aurez pardonné mon indifférence, ma muflerie, vous viendrez et je vous attendrai…

– Luca, il ne faut pas…

– Si. Je n'ai jamais fait ça. C'est une preuve d'a…

Elle écouta le mot qu'il faillit dire. Mais il ne le prononça pas.

– Une preuve d'attachement…

Il se leva, chercha une clé dans sa poche. La posa sur la table à côté du café froid. Déposa un baiser sur les cheveux de Joséphine et répéta :

– Au revoir, Joséphine.

Elle le regarda partir, prit la clé. Elle était encore chaude. L'enferma dans sa main comme la preuve inutile d'un amour défunt.

Zoé ne voulut pas parler.

Joséphine l'attendait à son retour de l'école. Elle dit à sa fille, ma chérie, il faut qu'on s'explique. Je suis prête à tout entendre. Si tu as fait quelque chose que tu regrettes ou dont tu as honte, dis-le-moi, on en parlera et je ne me mettrai pas en colère parce que je t'aime plus que tout.

Zoé posa son cartable dans l'entrée. Enleva son manteau. Alla à la cuisine. Se lava les mains. Prit un torchon. S'essuya les mains. Coupa trois tartines de pain. Les beurra. Rangea le beurre dans le Frigidaire. Le couteau dans le lave-vaisselle. Préleva deux barres de chocolat noir aux amandes. Plaça le tout sur une assiette. Revint chercher son cartable dans l'entrée et, sans écouter Joséphine qui insistait « il faut qu'on parle Zoé, ça ne peut plus durer comme ça », referma la porte de sa chambre et s'enferma jusqu'à l'heure du dîner.

Joséphine fit réchauffer le poulet basquaise qu'elle avait préparé. Zoé aimait le poulet basquaise.

Elles dînèrent en tête à tête. Joséphine ravalait les larmes dans sa gorge. Zoé sauçait la sauce du poulet sans un regard pour sa mère. La pluie frappait les carreaux de la cuisine et s'écrasait en grosses gouttes molles. Quand les gouttes sont épaisses, lourdes, elles s'accrochent sur la vitre et on peut les compter.

– Mais qu'est-ce que je t'ai fait ? hurla Joséphine, à bout de mots, à bout de nerfs, à bout d'arguments.

– Tu le sais très bien, lâcha Zoé, imperturbable.

Elle débarrassa son assiette, son verre et ses couverts. Les plaça dans le lave-vaisselle. Passa l'éponge sur la table, délimitant précisément son emplacement, prenant bien soin de ne pas ramasser les miettes de sa mère, plia sa serviette, se lava les mains et se retira.

Joséphine bondit de sa chaise, lui courut après. Zoé referma la porte de sa chambre. Elle entendit deux tours de clé.

– Je ne suis pas ta bonne ! cria Joséphine. Tu dis merci pour le dîner.

Zoé ouvrit la porte et dit :

– Merci. Le poulet était délicieux.

Puis elle referma, laissant Joséphine sans voix.

Elle revint dans la cuisine. S'assit devant l'assiette à laquelle elle n'avait pas touché. Regarda le poulet froid figé dans sa sauce. Les tomates fripées, les poivrons racornis.

Elle attendit un long moment, étalée sur la table, la tête dans ses bras.

Une chanson des Beatles éclata dans la chambre de Zoé. *Don't pass me by, don't make me cry, don't make me blue, cause you know, darling, I love only you.* C'est inutile. Cela ne sert à rien de forcer les confidences. On ne se bat pas contre un mort. Encore moins contre un mort vivant. Elle eut un rire amer. Elle n'avait jamais entendu ce rire dans sa bouche. Elle ne l'aimait pas. Il faut que je travaille. Que je trouve un directeur de recherches. Que je soutienne ma thèse. Étudier m'a toujours sauvée des pires situations. Chaque fois que la vie me joue des tours, le Moyen Âge vient à mon secours. Je récitais le symbolisme des couleurs aux filles pour dissimuler l'angoisse du lendemain ou le chagrin de la veille. Bleu, couleur de deuil, violet associé à la mort, vert, l'espérance et la sève qui monte, jaune, la maladie, le péché, rouge, à la fois feu et sang, rouge comme la croix du croisé sur sa poitrine ou la robe du bourreau, noir, couleur des Enfers et des ténèbres. Elles arrondissaient la bouche, effrayées, et j'oubliais mes problèmes.

Le téléphone vint interrompre ses pensées. Elle le laissa sonner, sonner puis se leva.

— Joséphine ?

La voix était enjouée. Le timbre insouciant et gai.

— Oui, déglutit Joséphine, les mains crispées sur le combiné.

— Tu es devenue muette ?

Joséphine eut un rire gêné.

— C'est que je ne m'attendais vraiment pas…

— Eh oui ! C'est moi. Retour à la vie active… et je précise, sans rancune aucune. Ça fait longtemps, hein, Jo ?

— …

— Ça va, Jo ? Parce qu'on dirait que ça ne va pas du tout…

— Si, si. Ça va. Et toi ?

— En pleine forme.

— Tu es où ? demanda Joséphine, cherchant un point où accrocher la robe de ce fantôme.

— Pourquoi ?

— Pour rien…

— Si, Joséphine. Je te connais, tu as une idée derrière la tête.

— Non. Je t'assure… C'est juste que…

— La dernière fois, c'est vrai, ça a été un peu violent entre nous. Et je m'en excuse. Je le regrette vraiment… Et je vais te le prouver : je t'invite à déjeuner.

— J'aimerais tant qu'on ne se dispute plus.

— Prends un crayon et écris l'adresse du restaurant.

Elle écrivit l'adresse. Hôtel Costes, 239, rue Saint-Honoré.

— Tu es libre après-demain, jeudi ? demanda Iris.

— Oui.

– Alors, jeudi à treize heures… Je compte sur toi, Jo, c'est très important pour moi qu'on se retrouve.

– Pour moi aussi, tu sais.

Et puis elle ajouta à voix basse :

– Tu m'as manqué…

– Qu'est-ce que tu dis ? demanda Iris. Je n'entends plus…

– Rien. À jeudi.

Elle prit son édredon et alla s'installer sur le balcon. Elle leva la tête vers le ciel et accrocha son regard aux étoiles. Un beau ciel étoilé éclairé par une lune pleine et brillante comme un soleil froid. Elle chercha sa petite étoile au bout de la Grande Ourse. Tordit la tête pour la repérer. Elle l'aperçut. En bout de trajectoire. Elle joignit les mains. Merci de m'avoir rendu Iris. Merci. C'est comme si je rentrais à la maison. Faites que Zoé revienne. Je ne veux pas la guerre, vous le savez, je suis une piètre guerrière. Faites qu'on se parle à nouveau. Ce soir, je m'engage devant vous… si vous me rendez l'amour de ma petite fille, je vous promets, vous m'entendez, je vous promets de renoncer à Philippe.

Étoiles ? Vous m'entendez ?

Je sais que vous m'entendez. Vous ne répondez pas toujours tout de suite, mais vous prenez note.

Elle regarda la petite étoile. Elle avait posé son problème là-haut, tout là-haut, à des millions de kilomètres. Il faut toujours poser ses problèmes loin, loin, parce qu'on les regarde différemment. On voit ce qu'il y a derrière. Quand on les a sous le nez, on ne voit plus rien. On ne voit plus la beauté, le bonheur qui demeurent malgré tout, tout autour. Derrière le silence buté de Zoé, il y avait l'amour de sa petite fille pour elle. Elle en était sûre. Mais elle ne le voyait plus. Et Zoé non plus. La beauté et le bonheur reviendraient…

Il suffisait d'attendre, d'être patiente…

Il était devenu un homme oisif. Un homme qui traînait dans les bars d'hôtel avec des livres et des catalogues d'art. Il aimait les bars des grands hôtels. Il goûtait l'éclairage, l'ambiance feutrée, le fond de musique de jazz, les langues étrangères qu'on y parlait, les serveurs qui passaient avec leur plateau et leur démarche fluide. Il pouvait s'imaginer à Paris, à New York, à Tokyo, à Singapour, à Shanghai. Il était nulle part, il était partout. Ça lui allait très bien. Il était en convalescence d'amour. Ce n'est pas très viril comme état d'âme, se disait-il.

Il prenait un air rébarbatif, un air d'homme d'affaires occupé à lire des ouvrages sérieux. En fait, il lisait Auden, il lisait Shakespeare, il lisait Pouchkine, il lisait Sacha Guitry. Tous ces types qu'il n'avait jamais lus dans sa vie précédente. Il voulait comprendre l'émotion, les sentiments. Les grandes affaires du monde, il les laissait aux autres. Aux autres comme lui, avant. Quand il était sérieux, pressé, qu'il avait sa raie sur le côté, son col de chemise bien fermé, sa cravate bien rayée, deux portables. Un homme bourré de chiffres et de certitudes.

Il n'avait plus aucune certitude. Il avançait à tâtons. Et c'était tant mieux ! Les certitudes vous bouchent la vue. Il était en train de lire *Eugène Onéguine* de Pouchkine. L'histoire d'un jeune oisif qui se retire à la campagne, fatigué de vivre, en proie au spleen. Eugène lui plaisait infiniment.

Le matin, il passait à son bureau sur Regent Street et suivait quelques affaires en cours. Il téléphonait à Paris. À celui qui l'avait remplacé. Si tout s'était bien passé, au début, il sentait maintenant chez ce dernier une invitation à peine voilée. Il ne supporte plus mon oisiveté. Il ne supporte plus que je continue à toucher des dividendes sans suer à grosses gouttes. Ensuite, il appelait

Magda, son ancienne secrétaire devenue la secrétaire du Crapaud. C'était le nom de code de son remplaçant : le Crapaud. Elle parlait tout bas de peur que le Crapaud ne l'entende et lui racontait les derniers potins du bureau. Le Crapaud était un obsédé sexuel.

– L'autre jour, gloussa Magda, j'ai failli le passer par la fenêtre tellement il a les mains baladeuses !

Le Crapaud restait au bureau jusqu'à onze heures le soir, était d'une laideur parfaite, sournois, odieux, prétentieux.

– Il est remarquable en affaires ! Il a doublé le chiffre depuis qu'il est aux commandes…, disait Philippe.

– Oui mais il peut exploser n'importe quand ! En tout cas, faites attention, il vous hait ! Il a les boutons du gilet qui pètent après vous avoir parlé !

Philippe avait augmenté le salaire de ses deux avocats pour être sûr d'être protégé. Il faut se garder dans ce monde de requins marteaux ! Le Crapaud était marteau, requin, mais brillant.

Il avait souvent des déjeuners de prospection. Avec des clients qu'il choisissait fortunés, agréables, cultivés. Afin de ne pas perdre son temps. Il entamait les premières négociations, puis les dirigeait sur le Crapaud, à Paris. L'après-midi, il choisissait le bar d'un palace, un bon livre et lisait. Vers dix-sept heures trente, il allait chercher Alexandre au lycée et ils rentraient ensemble en devisant. Souvent, ils s'arrêtaient dans un musée ou une galerie. Ou allaient au cinéma. Cela dépendait du travail d'Alexandre.

Parfois, alors qu'il était occupé à lire, une fille venait s'asseoir à côté de lui. Une professionnelle déguisée en touriste qui draguait l'homme d'affaires esseulé. Il la regardait s'approcher. Se tortiller. Faire semblant de lire une revue. Il ne bougeait pas, continuait à lire. Au bout d'un moment, elle se lassait. Il arrivait qu'une fille plus entreprenante lui demande un renseignement, une adresse. Il répondait toujours par la même phrase :

– Désolé, mademoiselle, j'attends ma femme !

Lors de son dernier séjour à Paris, Bérengère, la meilleure amie d'Iris, l'avait appelé pour prendre un verre. Sous prétexte d'obtenir des renseignements sur des écoles anglaises pour son fils aîné. Elle avait commencé, maternelle et préoccupée, puis s'était rapprochée. La gorge tendue sous le chemisier entrouvert, la main qui passe et repasse derrière le cou, soulevant la masse de cheveux, ployant la nuque dans une position de soumission lascive, le sourire accrocheur.

– Bérengère, ne me dis pas que tu espères que l'on devienne… comment dire, intimes ?

– Et pourquoi pas ? On se connaît depuis longtemps. Tu n'éprouves plus rien pour Iris, je suppose, après ce qu'elle t'a fait, et je m'ennuie à mourir avec mon mari…

– Mais Bérengère, Iris est ta meilleure amie !

– Était, Philippe, était ! Je ne la vois plus. J'ai coupé les ponts. Je n'ai pas aimé du tout la façon dont elle s'est comportée avec toi ! Dégueulasse !

Il avait eu un petit sourire :

– Désolé. Si tu veux, nous resterons…

Il ne trouvait pas le mot.

– Nous en resterons là.

Il avait demandé l'addition et était parti.

Il ne voulait plus perdre son temps. Il avait décidé de travailler moins pour gagner du temps. Réfléchir, apprendre. Il n'allait pas dilapider ce temps avec Bérengère ou ses semblables. Il avait laissé tomber sa conseillère en achat d'œuvres d'art. Un jour qu'ils étaient tous les deux dans une galerie et que le propriétaire leur montrait les œuvres d'un jeune peintre prometteur, il avait aperçu un clou. Un clou planté dans un mur blanc qui attendait l'accroche d'un tableau. Il lui avait fait remarquer combien ce clou semblait ridicule.

Elle l'avait écouté, réprobatrice, et avait dit : Ne vous méprenez pas, Philippe, ce clou en lui-même est le début d'une œuvre d'art. Ce clou participe à la beauté de l'œuvre qu'il va recevoir, ce clou… Il l'avait interrompue : Ce clou est un pauvre clou, sans intérêt, ce clou va juste servir à supporter le poids d'un tableau. Ah non ! Philippe ! Je ne suis pas d'accord avec vous, ce clou est, ce clou existe, ce clou vous interpelle. Il avait marqué un temps d'arrêt et avait dit, ma chère Elizabeth, dorénavant, je me passerai de vos services. Je veux bien m'incliner, m'interroger devant Damien Hirst, David Hammons, Raymond Pettibon, la danseuse de Mike Kelley, les autoportraits de Sarah Lucas, mais pas devant un clou !

Il faisait le vide autour de lui. Il s'allégeait. C'est peut-être pour cela que Joséphine s'est dérobée. Elle me trouvait trop lourd, trop encombré. Elle a de l'avance sur moi, elle a appris à se dépouiller. J'apprendrai. J'ai tout mon temps.

Zoé lui manquait. Les week-ends avec Zoé. Les longs conciliabules entre Zoé et Alexandre quand il les surveillait du coin de l'œil. Alexandre ne réclamait pas sa cousine, mais il pouvait dire à son regard triste du vendredi soir qu'elle lui manquait. Elle reviendrait. Il en était certain. Ils avaient brûlé les étapes en s'embrassant le soir de Noël. Il y avait encore trop de choses irrésolues entre eux. Et il y avait Iris… Il pensa à sa dernière soirée à Paris. Iris était sortie de clinique. Ils avaient dîné « à la maison ». On pourrait faire une dînette, tous les trois ? Ce serait ballot d'aller au restaurant ! Elle avait fait la cuisine. C'était un peu raté, mais elle s'était donné du mal.

Il posa son livre. En prit un autre. Le théâtre de Sacha Guitry. Ferma les yeux et se dit, je l'ouvre au hasard et je médite la phrase que je trouve. Il se concentra, ouvrit le livre, ses yeux tombèrent sur cette phrase : « On peut faire baisser les yeux aux gens qui vous aiment, mais on ne peut pas faire baisser les yeux aux gens qui vous désirent. »

Je ne baisserai pas les yeux. J'attendrai, mais je ne renoncerai pas.

La seule femme dont il supportait la présence était Dottie. Ils s'étaient retrouvés, par hasard, un soir de réception à la New Tate.

– Que faites-vous là ? avait-il demandé en l'apercevant.

Il ne se rappelait plus son prénom.

– Dottie. Vous vous souvenez ? Vous m'avez offert une montre, une très belle montre que je porte toujours d'ailleurs…

Elle avait relevé sa manche et lui avait montré la montre Cartier.

– Elle vaut du pognon, non ? J'ai tout le temps peur de la perdre. Je la quitte pas des yeux..

– Ça tombe bien : c'est une montre, elle sert à ça !

Elle avait éclaté de rire, en ouvrant grand la bouche, révélant trois plombages en mauvais état.

– Que faites-vous là, Dottie ? avait-il répété avec un petit air supérieur comme si ce n'était pas sa place.

Il avait aussitôt regretté son ton arrogant et s'était mordu les lèvres.

Elle avait répondu, piquée :

– Pourquoi ? Je n'ai pas le droit de m'intéresser à l'art ? Je ne suis pas assez intelligente, pas assez chic, pas assez…

– Touché ! avait reconnu Philippe. Je suis un imbécile, prétentieux et…

– Snob. Con. Arrogant. Froid.

– N'en jetez plus ! Je vais rougir…

– J'ai compris. Je suis une pauvre comptable nulle à chier qui ne PEUT pas s'intéresser à l'art. Juste une fille qu'on baise et qu'on ne revoit plus !

Il avait eu l'air si contrit qu'elle avait éclaté de rire à nouveau.

– En fait, vous avez raison. Je trouve tout ça nul et bidon, mais c'est une copine qui m'a traînée ici… Je m'emmerde, vous avez pas idée ! Je comprends rien à l'art moderne. Je me suis arrêtée à Turner et encore ! On va se boire une bière ?

Il l'avait emmenée dîner dans un petit restaurant.

– Ah ! Ah ! Je monte en grade. J'ai droit au resto, à la nappe blanche…

– C'est juste pour ce soir. Et parce que j'ai faim.

– J'oubliais que monsieur était marié et ne voulait pas s'engager.

– C'est toujours d'actualité…

Elle avait baissé les yeux. S'était absorbée dans la lecture de la carte.

– Alors… Quoi de nouveau depuis votre anniversaire raté ? avait demandé Philippe en essayant de ne pas paraître trop ironique.

– Une rencontre et une rupture…

– Oh !

– Par SMS, la rupture. Et vous ?

– À peu près la même chose. Une rencontre et une rupture. Mais pas par SMS. En silence. Sans un mot d'explication. Ce n'est pas mieux.

Elle n'avait pas posé de question sur le rôle de sa supposée femme dans l'histoire de son amour raté. Il lui en avait été reconnaissant.

Il s'était retrouvé chez elle. Sans trop bien savoir comment.

Elle avait débouché une bouteille de chardonnay. L'ours brun en peluche, à qui il manquait un œil de verre, était toujours là ainsi que les petits coussins en tapisserie qui réclamaient de l'amour et le poster de Robbie Williams tirant la langue.

Ils avaient fini la nuit ensemble. Il n'avait pas été brillant. Elle n'avait pas fait de commentaire.

Le lendemain matin, il s'était levé tôt. Il ne voulait pas la réveiller, mais elle avait ouvert l'œil et avait posé la main sur son dos.

— Tu prends la fuite tout de suite ou tu as le temps pour un café ?

— Je crois que je vais prendre la fuite…

Elle s'était appuyée sur son coude et l'avait considéré comme on contemple une mouette engluée de mazout.

— Tu es amoureux, c'est ça ? Je le sais bien. Tu n'étais pas vraiment avec moi, cette nuit…

— Je suis désolé.

— Non ! C'est moi qui suis désolée pour toi. Alors…

Elle avait attrapé un coussin et l'avait bloqué sur ses seins.

— Elle est comment ?

— Tu veux vraiment me faire parler…

— Tu n'es pas obligé, mais ce serait mieux. Comme on n'est pas destinés à vivre une grande passion physique autant se lancer dans l'amitié ! Alors comment elle est ?

— De plus en plus jolie…

— C'est important ?

— Non… Avec elle, je découvre une autre manière de voir la vie et ça me rend heureux. Elle vit parmi des livres et saute dans les flaques d'eau à pieds joints…

— Elle a quel âge ? Douze ans et demi ?

— Elle a douze ans et demi et tout le monde profite d'elle. Son ancien mari, sa sœur, ses filles. Personne ne la traite comme elle le mérite et moi, je voudrais la protéger, la faire rire, la faire s'envoler…

— T'es drôlement pincé…

— Et pas plus avancé ! Tu me fais un café ?

Dottie s'était levée et préparait un café.

— Elle habite Londres ?

272

– Non. Paris.

– Et qu'est-ce qui vous empêche de vivre votre belle histoire d'amour ?

Il se redressa et attrapa sa chemise.

– Fin des confidences. Et merci pour cette nuit où j'ai été particulièrement minable !

– Ça arrive, tu sais ! On va pas en faire un drame !

Elle buvait son café et ajoutait des sucres au fur et à mesure que le niveau dans la tasse baissait. Il fit la grimace.

– C'est comme ça que je l'aime ! dit-elle en voyant son air dégoûté. Je peux manger une tablette de chocolat sans prendre un gramme !

– Tu sais quoi ? Je crois qu'on va se revoir… Tu veux bien ?

– Même si tu n'es pas Tarzan, le roi du frisson ?

– Ça, c'est à toi de décider !

Elle fit mine de réfléchir et posa sa tasse.

– D'accord, dit-elle. Mais à une condition… Tu m'apprends la peinture moderne, tu m'emmènes au théâtre, au cinéma, bref tu m'instruis… Puisqu'elle est à Paris, ce n'est pas gênant.

– J'ai un fils, Alexandre. Il passe avant tout le monde.

– Tu ne sors pas avec lui, le soir ?

– Non.

– *It's a deal ?*

– *It's a deal.*

Ils s'étaient serré la main en copains.

Il l'appelait. L'emmenait écouter des opéras. Lui expliquait l'art moderne. Elle écoutait, sage comme une image. Marquait des noms, des dates. Avec un sérieux qui ne se démentait pas. Il la raccompagnait chez elle. Parfois, il montait et s'endormait dans ses bras. Parfois, ému par son abandon, son innocence, sa simplicité, il l'embrassait et ils tombaient dans le lit king size qui prenait toute la place.

Il ne la rendait pas malheureuse. Il faisait très attention. Il surveillait le tremblement de la lèvre qui retient un sanglot ou le froncement d'un sourcil qui bloque une douleur. Il apprenait l'émotion avec elle. Elle ne savait pas mentir, faire semblant. Il lui disait tu es folle ! Apprends à dissimuler, on lit en toi comme dans un livre ouvert.

Elle haussait les épaules.

Il se demandait si cela pourrait durer longtemps.

Elle avait arrêté de chercher des hommes sur Internet.

Il lui avait dit qu'il ne fallait pas qu'elle interrompe sa quête à cause de lui. Qu'il n'était pas cet homme-là. L'homme qui la prendrait sous son bras. Elle soupirait je sais, je sais. Et imaginait le chagrin à venir. Parce que ça finissait toujours par un chagrin, elle le savait bien.

Il avait fini par lui demander son âge. Vingt-neuf ans.

– Tu vois ! Je ne suis plus un bébé !

Comme si elle sous-entendait, je peux me défendre et j'y trouve mon compte aussi dans notre drôle de relation.

Il lui en était infiniment reconnaissant.

Depuis qu'elles attendaient la réponse de Vivienne Westwood, pour savoir laquelle de leurs deux candidatures serait retenue pour le stage, l'atmosphère entre Agathe et Hortense était électrique. Elles ne se parlaient presque plus. Se cognaient l'une à l'autre dans l'appartement. Cachaient leurs cours, leurs cahiers. Agathe se levait tôt, allait en classe, ne sortait plus. Elle s'était mise à travailler et il régnait un calme inhabituel dans l'appartement. Hortense s'en félicitait. Elle pouvait travailler sans boules Quiès dans les oreilles, c'était un grand progrès.

Un soir, Agathe rentra avec un dîner acheté chez le Chinois et proposa à Hortense de partager sa pitance. Hortense se méfia.

– Tu goûtes les plats d'abord…, déclara-t-elle.

Agathe éclata d'un rire d'enfant et roula sur le canapé en se tenant le ventre.

– Tu crois vraiment que je vais t'empoisonner ?

– Avec toi, je m'attends à tout ! grogna Hortense qui se trouvait un peu ridicule, mais se méfiait quand même.

– Écoute. Si ça te rassure, je mange d'abord et je te passe le plat après… Tu ne me fais vraiment pas confiance…

– Pas confiance du tout, si tu veux savoir.

Elles avaient dîné, assises sur le tapis à longs poils. Agathe n'avait rien renversé. Elle n'avait pas bu outre mesure. Avait débarrassé. Rangé. Était revenue s'asseoir en tailleur sur le tapis.

– J'ai autant le trac que toi, tu sais.

– J'ai pas le trac, avait répliqué Hortense. Je suis sereine. C'est moi qui l'aurai. J'espère que tu seras bonne perdante !

– Demain soir, y a une soirée au Cuckoo's. Une soirée où il y aura toute l'école des Français, tu sais, Esmod…

Il n'y avait pas que Saint Martins ou la Parsons School à New York, il y avait aussi Esmod, à Paris. Si Hortense n'avait pas choisi d'y aller, c'était parce qu'elle voulait quitter Paris et sa mère. Vanina Vesperini, Fifi Chachnil, Franck Sorbier ou encore Catherine Malandrino étaient sortis de cette école. Si, il y a cinq ans, on ne parlait que de Londres, Paris était revenu au centre de la planète mode. Avec une spécialité française : le modélisme. À Esmod, on apprenait à maîtriser les techniques de moulage à la toile, le travail de coupe, de patron. Un savoir-faire précieux qu'Hortense avait très envie d'apprendre. Elle hésita.

– Y aura tes potes ?

Agathe fit une moue qui disait « bien obligé ».

– C'est sûr que c'est pas un cadeau, ces mecs-là !
Ce sont de gros porcs…

– Mais ils sont gentils, aussi, tu sais !

– Gentils ?

Hortense éclata de rire.

– Parfois, ils m'aident, ils m'encouragent, ils me
donnent des ailes…

– Ça se saurait si les cochons avaient des ailes ! Ils
se racleraient pas le cul dans la gadoue, ils voleraient !
Et eux, ils sont pas près de décoller !

Elle avait fini par accepter d'aller à la soirée avec
Agathe.

Elles avaient pris un taxi. Agathe avait donné une
adresse qui n'était pas celle de la boîte.

– Ça t'embête si on passe chez eux d'abord ?

– Chez eux ! avait hurlé Hortense. Je monte pas chez
ces mecs-là, moi.

– S'il te plaît, avait supplié Agathe. Avec toi, j'aurai moins peur… Ils me foutent la trouille, quand je
suis seule.

Elle avait vraiment l'air effrayé.

Hortense était montée en pestant.

Ils étaient assis dans le salon. Un décor qui brillait
de mauvais goût. Que du marbre, de l'or, des candélabres, des rideaux à glands dorés, des bergères clin-
quantes, des fauteuils obèses. Cinq hommes en noir.
Posés sur leurs gros culs de cochons. Elle n'avait pas
aimé quand ils s'étaient tous levés et s'étaient rap-
prochés d'elle. Pas aimé du tout quand Agathe s'était
éloignée sous prétexte d'aller aux toilettes.

– Alors… On se la joue moins grande gueule, soudain ? C'est une idée, Carlos, ou la gamine, elle fait
dans sa culotte ? avait demandé un petit costaud.

Elle n'avait pas répondu, guettant la sortie d'Agathe des toilettes.

– Dis donc, ma poule, tu sais pourquoi on t'a fait venir ici ?

Elle était tombée dans un piège. Comme une novice. Il n'y avait pas plus de soirée au Cuckoo's que de bon goût dans ce salon !

– Aucune idée. Mais vous allez sûrement m'expliquer…

– On voulait te parler d'un truc… Après, on te laisse tranquille.

Ils vont me demander de faire des passes. De tapiner pour leurs sales tronches de cochons qui ne volent pas. Qui s'engraissent pendant que les filles triment. Voilà d'où viennent le pognon d'Agathe, ses jeans à trois cents euros, ses petites vestes Dolce & Gabbana.

– Je crois que j'ai une petite idée et vous pouvez toujours vous brosser le pantalon…

– Je crois que t'as pas d'idée du tout, dit celui qui devait être le patron puisqu'il mesurait au moins un mètre soixante-quinze et leur mangeait à tous la soupe sur la tête.

– Ça m'étonnerait. Je ne suis pas née de la dernière pluie, vous savez…

De nombreuses étudiantes faisaient des passes. Pour payer leurs études ou pour aller skier à Val-d'Isère. Il y avait des agences spécialisées qui les louaient au weekend. Elles partaient dans les pays de l'Est passer une nuit avec un poussah et revenaient, les poches pleines.

– C'est un service un peu spécial qu'on va te demander… Que tu as intérêt à nous accorder. Parce que sinon, on va se mettre en colère. Très fort. Tu vois là-bas, la porte de la salle de bains…

Hortense s'interdit de regarder et fixa celui qui devait passer pour un géant au nez des nains qui l'entouraient. Il a le poil dru et le menton bleu, se dit-elle en le repoussant du regard et une petite tache jaune dans l'œil, comme un éclat de mayonnaise.

– Derrière la porte de cette salle de bains, tu risques de dérouiller. Et de dérouiller salement…

– Ah, oui ? dit Hortense essayant de prendre de l'altitude, mais sentant la peur la remplir d'un blanc cotonneux qui lui faisait trembler les jambes.

– Alors voilà ce que tu vas faire… tu vas très gentiment te retirer de la compétition avec Agathe. Lui laisser la place chez Vivienne Westwood.

– Jamais ! lâcha Hortense qui comprenait le repas chinois, la propreté soudaine de sa colocataire, l'ambiance studieuse de l'appartement.

– Réfléchis. Ça me fait mal de penser à ce que tu vas endurer derrière la porte de la salle de bains…

– C'est tout vu. C'est non.

Agathe ne réapparaissait pas. La salope, pensa Hortense. Et moi qui pensais qu'elle était en train de s'amender ! J'avais bien raison de me méfier des bons sentiments.

Il ne fallait pas qu'elle s'écroule face à ces rastaquouères. Tous habillés en noir avec des pompes pointues. C'est une colonie de vacances ou quoi ?

– T'as deux minutes pour réfléchir. Ce s'rait con que tu te fasses amocher !

Et ce serait con de vous priver d'une entrée gratuite dans ce monde-là, pensa Hortense qui réfléchissait vite. Vous utilisez cette gourde d'Agathe et vous pénétrez ni vu ni connu dans le temple de la mode. Comptez pas sur moi, les mecs. Comptez pas sur moi.

Cinq minutes passèrent. Hortense inspectait les lieux avec l'application d'une touriste à Versailles : les dorures des commodes, les tiroirs renflés, l'argenterie étalée sur le dessus – pour faire croire qu'ils prennent le thé, peut-être ? –, le balancier de la pendule qui battait l'air en silence, les miroirs biseautés, le parquet bien ciré. Elle était faite aux pieds.

– Le temps est passé, précisa-t-elle en regardant sa montre. Je vais vous laisser. Enchantée d'avoir fait votre connaissance et j'espère bien ne jamais vous revoir…

Elle tourna les talons et se dirigea vers la porte.

Un des rastaquouères se leva et vint bloquer la sortie, la ramenant à son point de départ. Un autre choisit un CD, l'ouverture de *La Pie voleuse* de Rossini, et tourna le volume à fond. Ils allaient lui taper dessus, c'était sûr. Je ne crierai pas. Je ne leur donnerai pas ce plaisir-là. Ils n'allaient pas la trucider. Seraient bien embêtés avec un cadavre sur les bras !

– Tu t'en charges, Carlos, dit le plus grand avec son air de chef.

– OK, répondit l'interpellé.

Il la poussa vers la salle de bains, la jeta par terre. Ressortit. Elle se releva, resta un moment, debout, les bras croisés. Il me laisse là pour que je réfléchisse. C'est tout vu. Je ne vais pas moisir ici.

Elle ressortit de la salle de bains, les rejoignit dans le salon et demanda :

– Alors ? On se dégonfle ?

Le grand qui se prenait pour le chef vit rouge. Il fonça sur elle, la traîna jusqu'à la salle de bains et la précipita sur le sol carrelé en gueulant espèce de putain ! Claqua la porte. Je l'ai vexé, se dit Hortense. Un bon point pour moi. Ça ne va pas adoucir les coups, mais au moins, ils sont prévenus. Je ne vais pas me laisser faire.

Elle ajusta sa veste, brossa ses épaules. Rester digne et droite. C'est tout ce qui lui restait. L'air était toujours aussi blanc, cotonneux et elle avait envie de vomir.

Il ne fallait surtout pas qu'elle se laisse dominer par la peur. Il fallait qu'elle la garde à distance. Qu'elle mette des détails entre la peur et elle. Du pratique. Pas de l'abstrait qui affole, brouille la tête. Pas des grandes idées du genre c'est pas juste, c'est pas bien ce que vous faites, je me plaindrai à qui de droit... Ça, c'était se mettre à genoux devant eux.

Elle entendit le dénommé Carlos. Il fallait toujours qu'il fasse du bruit, qu'il gueule pour s'annoncer. Il était là. Dans la salle de bains. Du blanc partout. Pas un détail de couleur auquel se raccrocher, démarrer un bout de résistance. Cet homme était un cube. Un mètre cinquante-cinq sur un mètre cinquante-cinq. Un cube chauve et gras. Un vrai gnome. Lui manquait que les poils sur le nez, la glotte en goutte d'huile et les oreilles pointues. Encore que les poils sur le nez, à y regarder de plus près, on pouvait les compter.

Sa large silhouette masqua la lumière du plafonnier en verre opaque. Il faisait de l'ombre partout. Devant la violence qu'il avait en lui, elle oublia tout. Elle ne pouvait même pas regarder ses yeux tant ils brillaient de colère. Si elle voulait garder un peu de sang-froid, il valait mieux qu'elle fixe le rideau de la douche. Blanc, tout blanc, comme le blanc cotonneux qui montait en elle et l'étouffait. Les murs aussi étaient blancs. La glace, la petite fenêtre, le meuble au-dessus du lavabo. Blanc le lavabo. La baignoire, blanche. Le tapis de bain, blanc aussi.

Il tendit son bras, décrocha sa ceinture, lui demanda de baisser son jean.

— Même pas en rêve ! lâcha Hortense, les dents serrées pour repousser tout le blanc qui l'étouffait.

— Baisse ton jean, ou je sors le rasoir...

Elle réfléchit rapidement. Si elle baissait son pantalon, il sortirait le rasoir après. Elle serait vite effacée.

— Même pas en rêve, elle répéta, en cherchant un détail de couleur dans la salle de bains.

Il posa la ceinture sur le rebord de la baignoire, ouvrit l'armoire à pharmacie et prit un rasoir. Un rasoir noir à longue lame qui se replie. Le rasoir de pépé mafieux dont se sert Marlon Brando dans *Le Parrain*. Elle s'accrocha à la scène, se la passa dans sa tête. Il a le menton tout blanc et il glisse la lame en faisant la moue, une moue veule et cruelle. Pouvait pas se raccrocher à Marlon Brando pour s'en sortir. Pas fiable.

– Même pas peur…, elle dit en repérant une serviette jaune roulée dans la baignoire.

« Du rouge au vert, tout le jaune se meurt. » Apollinaire. C'est sa mère qui leur avait appris ce vers quand elles étaient petites. Sa mère qui leur racontait l'histoire des couleurs. Bleu, vert, jaune, rouge, noir, violet… Elle s'en était servie dans un devoir sur le thème « Harmonie et couleurs », il n'y avait pas longtemps. Elle avait eu la meilleure note. Belle culture, avait dit le prof. Références intéressantes qui approfondissent le propos. Elle avait mentalement remercié sa mère, le XIIe siècle, Apollinaire et avait fait amende honorable pour s'être si souvent moquée de tout ça.

La peur recula de dix bons centimètres. Si elle trouvait un autre détail de couleur, elle serait sauvée.

– Agathe, viens voir ici…, gueula le cube.

Agathe entra, les épaules enroulées, le regard collé au sol. Gluante de peur. Hortense chercha son regard, mais l'autre se déroba comme une anguille.

– Montre-lui ton doigt de pied ! aboya le cube.

Agathe s'appuya au mur blanc de la salle de bains, défit la boucle de son escarpin et exhiba le moignon d'un petit doigt de pied. Un truc minuscule, ratatiné, qui avait dû être sectionné à la racine. C'était dégoûtant à voir : un bout de chair tout violet avec du rouge. Plus d'ongle, mais du rouge. Du rouge vinasse, du rouge tordu, mais du rouge !

– Tu peux remballer ! Casse-toi !

Agathe sortit comme elle était venue : en glissant le long du mur.

Hortense l'entendit gémir de l'autre côté de la porte.

– T'as compris comment ça obéit les filles ?

– Je ne suis pas une fille. Je suis Hortense. Hortense Cortès. Et je vous emmerde !

– T'as compris ou je te fais un dessin ?

– Allez-y. Je vous dénoncerai. J'irai voir les flics. Vous avez même pas idée dans quel pétrin vous vous mettez !

– Moi aussi, je connais du monde, ma petite. Peut-être pas du propre, mais du haut placé aussi !

Il avait posé le rasoir, repris la ceinture.

Le premier coup partit. En plein visage. Elle ne l'avait pas vu venir. Elle ne bougea pas. Fallait pas qu'elle lui montre qu'elle avait mal ou qu'elle avait peur. Le second coup, elle le laissa venir, ne se baissa pas et serra les dents pour ne pas crier. C'était comme des décharges de feu dans tout le corps. Des pointes qui partaient d'en haut et descendaient jusqu'au ventre.

– Allez-y… je m'en fous, je changerai pas d'idée. Vous perdez votre temps.

Un autre coup sur les seins. Puis un autre encore sur le visage. Il frappait de toutes ses forces. Elle pouvait le voir qui reculait, s'élançait. Il avait un air sérieux, appliqué. Il était ridicule.

– J'ai prévenu mon copain, haleta Hortense, la bouche pleine de salive, si je ne suis pas rentrée à minuit, il appelle les flics. J'ai donné votre nom, celui d'Agathe, celui de la boîte. Ils vous retrouveront…

Elle ne sentait plus les coups. Elle pensait juste au mot qu'elle devait ajouter après chaque mot prononcé. Elle prenait l'excuse de parler pour se placer de biais et ne plus tout prendre en pleine face.

– Vous le connaissez, cracha-t-elle entre deux coups. C'est le grand brun qui vient tout le temps chez moi. Sa mère travaille dans les services spéciaux. Vous pouvez vérifier. Elle fait partie de la police secrète de la reine.

Ce sont pas des tendres. Vous allez pas vous marrer avec eux…

Il devait écouter car il frappait moins fort. Il y avait comme une légère hésitation dans son bras. Elle essayait de ne pas hurler parce que, si elle se mettait à hurler, il se dirait qu'il était presque rendu au but et se déchaînerait. Elle avait l'impression que sa peau partait en lambeaux, que le sang giclait, que ses dents allaient sauter. Elle entendait les coups résonner dans sa mâchoire, sur ses joues, sur son cou. Les larmes coulaient de ses yeux, mais il ne devait pas les voir. Il faisait trop sombre et puis il bouchait toute la lumière avec son torse de brute, ses bras de brute, ses ahanements de brute.

Au bout d'un moment, elle ne ressentit plus rien qu'un grand tourbillon où seuls les mots qu'elle tentait de prononcer en restant au plus près de sa pensée, en la gardant le plus précise, le plus déterminée possible, l'empêchaient de sombrer et de se laisser tomber à terre. Tant qu'elle était debout, elle pouvait discuter. D'égale à égal. Encore que le gnome, elle le dominait de deux bonnes têtes. Ça devait l'énerver aussi de devoir se mettre sur la pointe des pieds pour la frapper !

– Vous me croyez peut-être pas ? Mais si j'étais pas si sûre de moi, je me serais déjà traînée à vos pieds…

Elle voyait sa bedaine monter et descendre à chaque respiration. Il avait mis un pied en avant comme s'il voulait reprendre l'équilibre. Reprendre des forces. Il n'est pas en bonne santé, eut-elle le temps de penser avant qu'il se rétablisse. Ça la fit rire, elle l'imagina s'écroulant, victime d'un infarctus parce qu'il avait frappé trop fort.

– Vous êtes pitoyable, mon pauvre vieux ! Vous devriez faire un peu de sport, vous êtes en mauvais état.

Elle lui cracha au visage.

Le coup lui arriva dessus, lui déchirant la lèvre supérieure. Elle eut un hoquet de surprise et les larmes jaillirent sans qu'elle pût les ravaler. Le cuir s'abattit une deuxième fois. Il devenait fou.

– Il s'appelle Weston. Paul Weston. Vous pouvez vérifier. Et sa mère, c'est Harriet Weston, garde du corps de la reine. Son dernier amant a été expédié en Australie parce que sinon il disparaissait les pieds plombés..

Elle avait la voix remplie de sang et de larmes, mais elle ne lâchait pas.

– Et le patron… Son patron, c'est Zachary Gorjiack… Il a une fille, Nicole, qui est handicapée et ça le rend très énervé contre les mecs de votre espèce. Parce que si elle est dans cet état-là, Nicole, c'est à cause d'un mec comme vous. Alors il peut pas les blairer les mecs comme vous. Il les écrase avec son pouce. Et il écoute le bruit que ça fait. Il paraît que ça fait un bruit de bouillie craquante. Vous connaissez ce bruit ? Faudrait vous y intéresser, vous risquez de l'entendre bientôt…

C'était la vérité. Shirley leur avait raconté comment ce Zachary était une fine lame, comment il trucidait ceux qui tentaient de l'intimider ou de le truander. Il zigouillait sans état d'âme. Et les hommes tombaient, transpercés. Elle leur avait raconté aussi, à Gary et à elle, comment un de ces hommes s'était vengé en écrasant sa fille en lui roulant dessus. La fille était clouée dans un fauteuil. Zachary était devenu encore plus fou, encore plus violent, encore plus acharné dans sa traque des hommes à découper.

Le cube flageolait. Ses coups étaient moins précis. Elle pouvait les supporter à présent.

– Et Diana, ça vous dit quelque chose, Diana ? Le tunnel du pont de l'Alma ? Vous finirez comme ça. Parce que, moi, je les connais vos noms. Je les ai donnés à mon pote au cas où… Ça fait un moment que je peux pas vous sacquer. Suis une fille d'accord, mais pas conne. Parce qu'il y en a, vous savez. Des coriaces et des pas connes ! Vous êtes tombés sur le mauvais numéro. Mauvaise pioche ! Et par Agathe, on pourra toujours vous retrouver… Vous avez été filmés dans des boîtes avec elle. Il me l'a dit, mon pote. Il m'avait dit aussi de me méfier de vous. Il avait raison. Drôlement raison ! Et ce soir, plus le temps passe, plus il se demande où je suis, pourquoi j'appelle pas. J'aimerais pas être à votre place…

Elle ne pouvait plus s'arrêter de parler. Ça la maintenait debout. Elle fixait la serviette jaune, elle s'y accrochait pour gommer le blanc. Elle n'avait plus peur. Ce qu'il y a de bien avec la douleur, c'est qu'au bout d'un moment, on ne la sent plus. Ça fait un écho de plus, un petit écho, puis ça se dissout dans la masse. Une grosse masse qui se soulève à chaque coup, mais qu'on ne sent plus.

Elle éclata de rire et lui cracha à nouveau dessus.

Il posa la ceinture et sortit.

Elle regarda autour d'elle. Elle avait un œil si enflé qu'elle ne voyait rien, ne pouvait pas cligner sans grimacer, mais l'autre était en état de marche. Elle eut l'impression d'être enfermée dans une boîte. Une boîte blanche et humide. Elle resta debout. Si jamais il revenait. Toucha son visage gluant de sang, de larmes, de sueur. Se lécha avec sa langue, c'était épais et visqueux. Ravala l'eau salée dans sa gorge. Ils devaient délibérer dans la pièce d'à côté. Le cube répétait tout ce qu'elle avait lâché. Les services secrets de Sa Majesté ? Zachary Gorjiack, ils devaient connaître son nom.

Elle s'en moquait d'être abîmée. Pouvaient même lui couper le doigt de pied s'ils voulaient. Ça repousse pas ce truc-là ? Elle avait lu que le foie repoussait, alors le doigt de pied, ça devait bien repousser aussi.

Elle se déplaça jusqu'au lavabo. Ouvrit les robinets. Se ravisa. Ils pourraient rentrer, ça leur donnerait des idées. Du genre la tête sous l'eau et je t'étouffe. Là, elle était moins sûre de résister. Elle regarda autour d'elle.

Aperçut un verrou sur la porte. Le poussa. Se pencha sur le lavabo, se rinça le visage. L'eau était glacée. Ça lui fit si mal qu'elle faillit hurler.

Et puis, elle aperçut la fenêtre au-dessus de la baignoire. Une petite lucarne blanche. Elle l'ouvrit doucement. Elle donnait sur une terrasse. Ces cochons habitaient les beaux quartiers, avec des terrasses fleuries.

Elle se hissa jusqu'à la fenêtre, passa une jambe, une autre, se faufila, atterrit en douceur, glissa dans la nuit jusqu'à la terrasse voisine, puis jusqu'à une autre et une autre, et se retrouva dans la rue.

Elle se retourna, nota l'adresse.

Elle héla un taxi. Se couvrit le visage pour que le chauffeur n'ait pas peur en la voyant. Devait être un vrai Picasso période déglingue.

Le taxi s'arrêta. Elle lui lança l'adresse de Gary en grimaçant de douleur : elle avait la lèvre supérieure sérieusement entaillée. Pouvait presque passer un doigt entre les deux bouts de lèvre éclatée.

Mince ! gémit-elle, et si je me retrouvais avec un bec-de-lièvre ?

Elle s'effondra sur la banquette du taxi et éclata en sanglots.

Troisième partie

Paul Merson ne faisait pas que de la batterie. Paul Merson avait un groupe et Paul Merson animait des soirées dansantes, le samedi soir.

Paul Merson avait une mère à la silhouette ondulante qui en bouleversait plus d'un. Elle travaillait aux relations publiques d'une société de spiritueux. Monsieur Merson n'étant pas un farouche défenseur de la fidélité conjugale, madame Merson avait toute liberté pour onduler et faisait profiter ses clients de ses ondulations d'abord verticales, puis horizontales. Elle en retirait des avantages, certains sonnants et trébuchants, d'autres plus subtils qui lui permettaient de se maintenir à un poste convoité par nombre de ses collègues.

Paul Merson avait vite compris le profit qu'il pourrait tirer des ondulations de sa mère. Quand un quidam venait la chercher, le soir, qu'il la cernait d'un peu trop près, Paul Merson s'intercalait et demandait innocemment à l'homme s'il n'avait pas en tête une petite fête, où lui et son orchestre pourraient mettre de l'ambiance moyennant finance. On est bons, on est même très bons, on peut jouer à la commande, du ringard ou du branché, on ne demande pas grand-chose, pas de grands galas, mais des réunions dansantes, des animations à la noix, ça nous va très bien. Têtes de gondoles, queues de soirées, on prend tout. La vie de collégien est dure, soupirait-il, on n'a pas l'âge pour décrocher de vrais emplois, mais l'envie furieuse de changer de matériel ou d'aller boire une bière. Avec toutes vos relations, vous devez bien avoir quelques ouvertures... Le client, dont les yeux humides suivaient les ondulations de madame Merson, disait « oui, oui, pourquoi pas ? » et se retrouvait lié par son acquiescement distrait.

Sinon les ondulations cessaient.

C'est ainsi que Paul Merson et « Les Vagabonds » se mirent à animer des fêtes promotionnelles pour les tracteurs VDirix, les chips Clin d'œil, les saucissons Roches Claires. Fort de ses premiers contrats, Paul Merson était devenu un gamin hardi, insolent, pressé qui découvrait le monde et entendait bien en profiter. Un soir où Joséphine avait un groupe de travail et rentrait tard, Paul vint frapper à la porte de Zoé.

– Tu veux pas descendre à la cave ? Y aura Domitille et Gaétan. Leurs parents sont de sortie. À l'Opéra. Robe longue et tralala. Rentrent pas avant une plombe du mat... Fleur et Seb peuvent pas : leurs parents reçoivent de la famille.

– J'ai du boulot...

– Arrête de faire ta bonne élève ! Tu vas finir par avoir des problèmes !

Il n'avait pas tort : on commençait à la regarder de travers au collège. On lui avait déjà piqué deux fois sa trousse, on la bousculait dans les escaliers, et personne ne voulait rentrer avec elle le soir.

– Bon. D'accord.

– Génial. On t'attend.

Il avait tourné les talons en chaloupant, reproduisant les pas d'une démarche soigneusement étudiée devant la glace. S'était arrêté net, était revenu en arrière, les pouces dans les poches, les hanches en avant.

– T'as pas de la bière dans ton frigo ?

– Non. Pourquoi ?

– Pas grave... Apporte des glaçons.

Zoé n'était pas rassurée. Si elle aimait bien Gaétan, Paul Merson l'impressionnait et Domitille Lefloc-Pignel la mettait mal à l'aise. Elle ne pouvait pas vraiment dire pourquoi, mais cette fille coulissait. On ne savait jamais à qui on avait affaire. À la fille impeccable, tirée à quatre épingles, jupe plissée, petit col blanc, ou à celle qui, parfois, avait une lueur sale dans l'œil. Les garçons en parlaient en gloussant et quand Zoé demandait pourquoi, ils gloussaient de plus belle en mouillant leurs lèvres.

Elle descendit vers neuf heures et demie. S'assit dans le noir de la cave éclairée à la bougie et déclara tout de suite :

– Je pourrai pas rester longtemps…

– T'as les glaçons ? demanda Paul Merson.

– C'est tout ce que j'ai trouvé…, dit-elle en ouvrant un récipient en plastique. Et faut pas que j'oublie de remonter la boîte…

– Oh ! la bonne ménagère, ricana Domitille en suçant son index.

Paul Merson sortit une bouteille de whisky, quatre verres à moutarde, et les remplit à moitié.

– Désolé, j'ai pas de Perrier, dit-il en rebouchant la bouteille qu'il cacha derrière un gros tuyau recouvert de scotch noir épais.

Zoé prit son verre et contempla le liquide ambré avec appréhension. Un soir, pour fêter le succès du livre, sa mère avait ouvert une bouteille de champagne, elle avait goûté et couru à la salle de bains tout recracher.

– Me dis pas que t'as jamais bu ! s'esclaffa Paul Merson.

– Laisse-la, protesta Gaétan, c'est pas une tare de pas boire !

– C'est que c'est juste délicieux, dit Domitille en allongeant les jambes sur le sol en béton. Moi, je pourrais pas vivre sans alcool !

Oh ! la poseuse ! pensa Zoé. Elle se la joue fatale et voluptueuse alors qu'elle a un an de moins que moi.

– Hé ! vous savez à quoi sert une moitié de chien ? lança Gaétan.

Ils attendaient la réponse en suçotant leurs glaçons. Zoé avait le trac. Si elle ne buvait pas, elle passerait pour une gourde. Elle pensa à renverser discrètement le contenu du verre derrière son dos. Il faisait noir, ils ne verraient rien. Elle s'approcha du tuyau, s'y adossa, écarta son bras, le fit glisser sur le sol et versa lentement le verre.

– À guider un borgne !

Zoé rit de bon cœur et se sentit rassurée de s'entendre rire.

– Et tu sais qu'elle est la différence entre un Pastis 51 et un 69 ? demanda Paul Merson, irrité de voir que Gaétan lui volait la vedette.

À nouveau, ils plongèrent le nez dans leur verre, cherchant la réponse. Paul Merson jubilait.

– Ce doit être un truc bien dégueulasse, dit Gaétan.

– Tu vas pas être déçu ! Vous trouvez ou pas ?

Ils secouèrent la tête tous les trois.

– Y en a un qui sent l'anis et l'autre l'anus !

Ils hurlèrent de rire. Zoé enfouit son visage dans son coude et fit semblant de contenir un fou rire. Paul Merson reprit la bouteille de whisky et demanda à la ronde :

– Encore un p'tit coup ?

Domitille tendit son verre. Gaétan dit non, merci, pas pour le moment et Zoé répéta la même formule.

– Euh… Y a pas de Coca ? demanda-t-elle, prudente.

– Non…

– C'est dommage…

– La prochaine fois, t'en apporteras ! La prochaine fois, vous apportez tous quelque chose et on fait une vraie teuf. On peut même installer une chaîne en la branchant sur le compteur de la cave… Moi, je m'occupe de la sono, Zoé, de la bouffe, et Gaétan et Domitille, de l'alcool.

– On pourra jamais ! On n'a pas d'argent de poche ! s'exclama Gaétan.

– Bon alors, Zoé, tu t'occupes de la bouffe et des boissons et moi, je te donnerai un coup de main pour l'alcool…

– Mais moi, je…

– Vous, vous êtes pleines aux as ! C'est ma mère qui me l'a dit, le bouquin de ta mère il a cartonné !

– Mais, c'est pas juste.

– Faut savoir ce que tu veux. Tu veux faire partie de la bande ou pas ?

Zoé n'était pas sûre d'avoir envie de faire partie de la bande. Ça puait le moisi dans la cave. Il faisait froid. Des graviers lui piquaient les fesses. Elle trouvait ça nul d'être assise par terre à ricaner de blagues douteuses en buvant un liquide amer. Elle entendait de drôles de bruits, imaginait des rats, des chauves-souris, des pythons abandonnés. Elle avait sommeil, elle ne savait pas quoi dire. Elle n'avait jamais embrassé un garçon. Mais, si elle disait non, elle serait complètement isolée. Elle finit par faire une moue qui disait oui.

– Allez, tope là !

Paul Merson lui tendit la paume de la main et elle la frappa sans conviction. Et comment elle trouverait l'argent pour faire les courses ?

– Et eux, ils font quoi ? demanda Zoé en montrant Gaétan et Domitille.

– Nous, on peut rien faire, on n'a que dalle ! maugréa Gaétan. Avec notre père, on se marre pas. S'il savait qu'on était là, il nous tuerait !

– Y a quand même des soirs où ils sortent, soupira Domitille en suçant le bord de son verre. On peut se débrouiller pour le savoir à l'avance…

– Et votre frère, il va pas cafter ? interrogea Paul Merson.

– Charles-Henri ? Non. Il est solidaire.

– Et pourquoi il est pas descendu ?

– Il a du boulot, et il nous couvre s'ils rentrent plus tôt… Il dira qu'on est descendus dans la cour parce qu'on avait entendu du bruit et il viendra nous chercher. Il vaut mieux qu'il fasse le guet parce que si on se fait piquer, on est mal, mais mal !

– Moi, ma mère, elle est plus que cool, dit Paul Merson qui ne supportait pas de ne pas être le centre de la conversation. Elle me raconte tout, je suis son confident…

– Elle est drôlement bien foutue ta mère, dit Gaétan. Comment ça se fait qu'il y ait des gonzesses superbien roulées et d'autres qui sont des tas ?

– C'est parce que quand on baise convenablement, bien allongé, bien concentré, on trace de belles lignes fluides qui font de beaux corps de femme. Quand on baise couilles par-dessus tête, en se tortillant de plaisir, on loupe des lignes et on fait de gros boudins mal foutus…

Ils éclatèrent de rire. Sauf Zoé qui pensa à son père et à sa mère. Ils avaient dû baiser bien droit pour Hortense et tout tortillé pour elle.

– Si tu baises en t'agitant sur un sac de noix, par exemple, t'es sûr de faire un petit boudin plein de cellulite ! continua Paul Merson, fier de sa démonstration et entendant exploiter son capital comique.

– Moi, je peux même pas imaginer les miens en train de baiser, grogna Gaétan, ou alors sous la menace ! Mon père, il doit lui braquer un pistolet sur la tempe… Mon père, je peux pas le sacquer. Il nous fout la terreur.

– Arrête de t'énerver ! Il est facile à berner, lâcha Domitille. Tu baisses les yeux et tu files droit, il y voit que du feu ! Tu peux faire tout ce que tu veux dans son dos. Toi, faut toujours que tu l'affrontes !

– Ma mère, je l'ai matée une fois en train de baiser, raconta Paul. C'est dingue ! Elle s'économise pas. Elle en parcourt des kilomètres ! J'ai pas tout vu parce qu'à un moment, ils se sont enfermés dans la salle de bains mais après, elle m'a raconté que le type, il lui avait fait pipi dessus !

– Beurk ! c'est dégueu ! s'exclamèrent Gaétan, Domitille et Zoé ensemble.

– Elle s'est vraiment laissé pisser dessus ? insista Domitille.

– Ouais. Et il lui a filé cent euros !

– Elle te l'a dit ? interrogea Zoé en écarquillant les yeux.

– J't'ai déjà dit qu'elle me dit tout…

– Il a bu son pipi ? demanda Domitille, toujours intéressée.

– Ah, non ! Il prenait juste son pied en lui pissant dessus.

– Elle l'a revu ?

– Ouais. Mais elle a fait monter ses prix ! Elle est pas con !

Zoé était sur le point de vomir. Elle serrait les dents pour retenir la bile qui montait. Son estomac se retournait comme un gant, à l'endroit, à l'envers, à l'endroit, à l'envers. Elle ne pourrait plus jamais croiser madame Merson sans se boucher le nez.

– Et ton père, il est où quand on lui pisse dessus ? s'enquit Domitille, intriguée par la vie de ce drôle de couple.

– Mon père, il va dans les clubs à partouzes. Il préfère y aller tout seul. Il dit qu'il a pas envie de sortir bobonne… Mais ils s'entendent bien. Ils se disputent jamais, ils se marrent toujours !

– Mais alors, personne s'occupe de toi ? dit Zoé qui n'était pas sûre de tout comprendre.

– Je m'occupe tout seul. Allez bois, Zoé, tu bois rien…

Zoé, le cœur au bord des lèvres, montra son verre vide.

– Ben, dis donc, t'as la descente facile ! fit Paul en lui remplissant à nouveau son verre. T'es cap de faire cul sec ?

Zoé le regarda, terrifiée. C'était un nouveau jeu, cul sec ?

– C'est pas un truc de filles, répondit-elle pour retrouver un peu d'aplomb.

– Ça dépend lesquelles ! dit Paul.

– Moi, si tu veux je fais cul sec ! fanfaronna Domitille.

– Cul sec et touffe humide !

Domitille se tortilla et eut un petit rire idiot.

Mais de quoi ils parlent ? se demanda Zoé. Ils semblaient tous être au courant d'un truc qu'elle ignorait complètement. C'est comme si j'avais été malade et avais sauté des cours. Je ne reviendrai jamais dans cette cave. Je préfère rester seule à la maison. Avec Papaplat. Elle eut envie de remonter chez elle. Elle chercha dans le noir la boîte à glaçons, tâtonna jusqu'à ce qu'elle la trouve, prépara une excuse pour expliquer son départ. Elle ne voulait pas passer pour une idiote ou une poule mouillée.

C'est ce moment-là que choisit Gaétan pour passer son bras sur les épaules de Zoé et l'attirer à lui. Il déposa un baiser sur ses cheveux, frotta son nez contre son front.

Elle se sentit toute molle, toute faible, ses seins gonflèrent, ses jambes s'allongèrent, elle eut un rire étranglé de femme heureuse et posa sa tête sur l'épaule du garçon.

Hortense raconta tout à Gary.

Elle avait sonné chez lui, à deux heures du matin, couverte de sang. Il avait lâché, très sobre, un *Oh ! My God !* et l'avait fait entrer.

Pendant qu'il lui désinfectait le visage avec de l'eau oxygénée et un bout de torchon – Je suis désolé, ma chère, je n'ai ni Kleenex ni coton, je ne suis qu'un garçon –, elle lui raconta le piège dans lequel elle était tombée.

– ... Et ne me dis pas, «je te l'avais bien dit» parce que c'est trop tard, que ça me ferait hurler de rage et accentuerait la douleur !

Il la soignait avec des gestes précis et doux, millimètre par millimètre, elle le contemplait, rassurée et émue.

– T'es de plus en plus beau, Gary.

– Bouge pas !

Elle poussa un long soupir, étouffa un cri de douleur. Il avait appuyé sur la lèvre supérieure.

– Tu crois que je vais être défigurée ?

– Non. C'est superficiel. Ça va se voir pendant quelques jours, puis ça va dégonfler et cicatriser... Les blessures sont pas profondes.

– Depuis quand t'es médecin ?

– J'ai suivi des cours de secourisme, en France. Souviens-toi... et ma mère a insisté pour que je les poursuive, ici.

– Moi, j'avais séché ces cours.

– J'oubliais : t'occuper des autres n'est pas ton destin !

– Très juste ! Je me concentre sur moi... et j'ai du boulot : la preuve !

Elle montra son visage du doigt et se rembrunit. Sourire lui faisait mal.

Il l'avait installée sur une chaise dans le grand salon. Elle apercevait le piano, des partitions ouvertes, un métronome, un crayon, un cahier de solfège. Il y avait des livres partout, posés à l'envers, ouverts, sur une table, un rebord de fenêtre, un canapé.

— Faut que je parle à ta mère et qu'elle m'aide. S'il y a pas de représailles, ils vont recommencer. En tout cas, je mets plus les pieds chez moi !

Elle lui lança un regard suppliant qui l'implorait de bien vouloir l'héberger et il acquiesça, impuissant.

— Tu peux rester ici… et demain, on parle à ma mère…

— Je peux dormir avec toi, ce soir ?

— Hortense ! T'exagères…

— Non. Je vais faire des cauchemars sinon…

— Bon, mais rien que pour ce soir… et tu restes dans ton coin de lit !

— Promis ! Je te viole pas !

— Tu sais très bien que c'est pas ça…

— D'accord, d'accord !

Il se redressa. Considéra son visage avec sérieux. Porta encore quelques retouches à son travail. Elle grimaça.

— Les seins, j'y touche pas. Tu peux le faire toute seule…

Il lui tendit le flacon et le torchon. Elle se leva, alla se planter devant la glace au-dessus de la cheminée et désinfecta ses blessures, une à une.

— Demain, je vais porter des lunettes noires et un col roulé !

— T'as qu'à dire que tu t'es fait taper dessus dans le métro…

— Et je coincerai cette petite salope pour lui dire deux mots.

— À mon avis, elle ne viendra plus à l'école…

— Tu crois ?

Ils allèrent se coucher. Hortense s'installa dans un coin du lit. Gary, à l'opposé. Elle gardait les yeux ouverts et attendait que le sommeil lui tombe dessus. Si elle les fermait, elle revivrait toute la scène et elle n'y tenait pas. Elle écoutait la respiration irrégulière de Gary. Ils restèrent un long moment à s'épier, puis Hortense sentit un long bras se poser sur elle et entendit Gary lui dire :

– T'en fais pas. Je suis là.

Elle ferma les yeux et s'endormit aussitôt.

Le lendemain, Shirley vint les voir. Elle poussa un cri en voyant le visage tuméfié d'Hortense.

– C'est impressionnant… Tu devrais aller porter plainte.

– Ça ne servira à rien. Il faut leur faire peur.

– Raconte-moi tout, dit Shirley en prenant la main d'Hortense.

C'est la première fois que j'ai un geste de tendresse envers elle, se dit-elle.

– J'ai pas donné ton nom, Shirley. J'ai inventé un nom pour toi et pour Gary, mais j'ai donné le nom de ton patron : Zachary Gorjiack… et ça l'a calmé ! En tout cas, suffisamment pour qu'il sorte de la salle de bains et aille en parler aux autres nains.

– Tu es sûre que tu n'as pas fait allusion à Gary ? s'enquit Shirley.

Elle pensait à l'homme en noir. Elle se demandait s'il avait joué un rôle dans l'agression d'Hortense. Si ce n'était pas un moyen déguisé pour approcher Gary. Elle tremblait toujours pour son fils.

– Sûre de sûre. J'ai juste prononcé le nom de Zachary Gorjiack… et c'est tout. Ah, si ! J'ai raconté l'accident arrivé à sa fille, Nicole…

– Bon, réfléchit Shirley. Je vais en parler à Zachary. À mon avis, ils ne bougeront plus une oreille après…

En attendant, fais attention. Tu comptes retourner dans ton école ?

– Je vais pas lui laisser le champ libre, en plus, à cette pétasse ! J'y retourne cet après-midi… Et on va s'expliquer !

– Et tu vas habiter où, en attendant ?

Hortense se tourna vers Gary.

– Avec moi, dit Gary, mais il faut qu'elle se trouve un autre appart…

– Tu veux pas qu'elle reste ici ? C'est très grand.

– J'ai besoin d'être seul, m'man.

– Gary…, insista Shirley. C'est pas le moment d'être égoïste !

– C'est pas ça ! C'est juste que j'ai plein de choses à décider dans ma tête et il faut que je sois seul.

Hortense ne disait rien. Elle semblait lui donner raison. C'est étonnant la complicité qui existe entre ces deux-là, se dit Shirley.

– Ou alors, je lui laisse l'appart et je vais habiter ailleurs… Ça m'est égal.

– C'est hors de question, dit Hortense. Je vais me trouver un appart. Tu me laisses juste le temps de me retourner…

– D'accord.

– Merci, dit Hortense. T'es vraiment sympa. Et toi aussi, Shirley.

Shirley ne pouvait s'empêcher d'être admirative devant cette fille qui tenait tête à cinq truands, s'échappait par une fenêtre en pleine nuit, se retrouvait le visage et les seins lacérés, et ne se plaignait pas. Je l'ai peut-être mal jugée…

– Ah ! Une dernière chose, Shirley, ajouta Hortense. Il est hors de question, tu m'entends bien, hors de question d'en parler à ma mère…

– Mais pourquoi ? s'étrangla Shirley. Il faut qu'elle sache…

– Non, la coupa Hortense. Elle ne vivra plus si elle sait. Elle se fera du souci pour tout, elle ne dormira plus, elle tremblera comme une feuille et, accessoirement, elle me cassera les pieds… Et je suis polie !

– À une condition, alors…, concéda Shirley. Tu me dis tout à moi. Mais absolument tout ! Promis ?

– Promis, répondit Hortense.

Gary avait vu juste : Agathe n'était pas à l'école. Hortense provoqua un attroupement, questions et exclamations horrifiées fusèrent. Elle dut répondre à chaque élève qui la dévisageait et prenait un air dégoûté ou compatissant. On lui demanda de soulever ses lunettes pour constater l'étendue de ses blessures. Elle refusa en décrétant qu'elle n'était pas un phénomène de foire, que l'incident était clos.

Elle alla placarder une petite annonce sur le tableau d'annonces de l'école.

Elle précisa qu'elle cherchait une colocataire qui ne fumait ni ne buvait et si possible vierge, pensa-t-elle en punaisant l'annonce.

Quand elle rentra chez Gary, il était au piano. Elle traversa l'entrée sur la pointe des pieds, et alla jusqu'à sa chambre. C'était un morceau qu'elle connaissait, joué par Bill Evans, *Time Remembered*. Elle s'allongea sur le lit, ôta ses chaussures. La mélodie était si triste qu'elle ne fut pas étonnée de sentir des larmes sur ses joues. Je ne suis pas en acier trempé, je suis une personne avec des émotions, des sentiments, se dit-elle avec le sérieux étonné de ceux qui se sont toujours crus invincibles et perçoivent soudain une faille dans l'armure. Je me laisse dix minutes de répit et je reprends les armes. Elle était toujours d'accord avec elle-même pour affirmer que les émotions nuisaient gravement à la santé.

Une semaine passa avant qu'elle reçoive un appel d'une fille qui cherchait une colocataire. Elle s'appelait Li May, était chinoise de Hong Kong et semblait très à cheval sur les principes : elle avait renvoyé sa dernière partenaire parce qu'elle avait fumé une cigarette au balcon de sa chambre. L'appartement était bien situé, juste derrière Piccadilly Circus. Le loyer raisonnable, l'étage élevé. Hortense accepta.

Elle invita Gary au restaurant. Il étudia le menu avec le sérieux d'un comptable devant un bilan de fin d'année. Hésita entre un melba de coquilles Saint-Jacques et un perdreau aux légumes de saison relevé aux épices. Opta pour le perdreau et attendit son plat, silencieux, derrière sa mèche de cheveux noirs. Dégusta chaque bouchée comme s'il mangeait un bout d'hostie.

— J'aimais bien notre vie commune. Tu vas me manquer, soupira Hortense au dessert.

Il ne répondit pas.

— Tu pourrais être poli et dire « toi aussi, tu vas me manquer », fit-elle remarquer.

— J'ai besoin d'être seul…

— Je sais, je sais…

— On peut pas faire attention à DEUX personnes : soi et l'autre. C'est déjà tellement de boulot de savoir ce qu'on veut soi…

— Oh ! Gary ! soupira-t-elle.

— T'en es le meilleur exemple, Hortense.

Elle leva les yeux au ciel et changea brusquement de sujet :

— T'as remarqué que j'avais ôté mes lunettes noires ? Je me suis maquillée à la truelle pour dissimuler mes bleus !

— Je remarque tout de toi… Toujours ! dit-il d'une voix égale.

Elle se troubla et baissa les yeux devant son regard

appuyé. Elle joua avec sa fourchette, traçant des lignes parallèles sur la nappe.

– Et Agathe ? t'as eu des nouvelles ?

– Je t'ai pas dit ? Elle a quitté l'école ! En pleine année ! C'est un prof qui nous l'a annoncé en début de cours : « Agathe Nathier nous a quittés. Pour des raisons de santé. Elle est retournée à Paris. »

Il ferma les yeux pour déguster la dernière bouchée de sa pomme confite au miel accompagnée d'un sorbet au Calvados.

– J'ai appelé chez elle et sa mère m'a répondu qu'elle était malade, qu'ils ne savaient pas ce qu'elle avait... J'ai dit que je voulais lui parler, elle m'a demandé mon nom, est allée voir si sa fille était réveillée – il paraît qu'elle dort tout le temps. Quand elle est revenue, elle m'a dit qu'Agathe ne pouvait pas me parler. Trop fatiguée. Tu parles, morte de trouille, plutôt ! Je ne perds pas espoir. Un jour, j'irai l'attendre en bas de chez elle avec un parapluie ! Ça marque bien, un parapluie ?

– Moins bien qu'une ceinture !

– Ah... Et l'acide sulfurique ?

– Parfait !

– Et ça se trouve où ?

– Aucune idée !

– Tu finis pas ton dessert ? T'aimes pas ? C'est pas bon ?

– Mais si ! Je savoure... C'est délicieux, Hortense. Je te remercie.

– Tu as l'air ailleurs...

– Je pensais à ma mère et à ce Zachary.

Hortense n'en avait plus reparlé avec Shirley, mais cette dernière lui avait assuré que Zachary Gorjiack avait fait le nécessaire. Si ça se trouve, ils gisent tous les cinq, lestés de parpaings, au fond de la Tamise. Cinq nains basanés en chemise noire et pieds plombés. Si ça se trouve aussi, juste avant d'être envoyés dans les bas-fonds, ils ont eu le temps de demander à Zachary pour quelle raison ils étaient si durement traités et j'espère bien qu'il leur a mentionné mon nom.

Elle sortit une liasse de billets et entonna un « ta-ta-ta » triomphant en la posant sur la note que venait d'apporter le garçon.

– Première fois que j'invite un garçon à dîner ! Oh, mon Dieu ! Je suis sur la mauvaise pente !

Ils rentrèrent, bras dessus, bras dessous, en parlant de la biographie de Glenn Gould que Gary venait d'acheter. Ils traversèrent le parc. Gary chercha des yeux un écureuil ou deux, mais ils devaient dormir. La nuit était belle, le ciel troué d'étoiles. S'il me demande si je connais le nom des étoiles, ce n'est pas un mec pour moi, pensa Hortense. Je hais les gens qui veulent vous apprendre le nom des étoiles, des capitales, des monnaies étrangères, des sommets enneigés, tout ce savoir de bazar qu'on trouve au dos des paquets de corn-flakes.

– Il y a des gens qui sont allergiques à Glenn Gould, expliquait Gary. Des gens qui disent qu'il joue tout le temps pareil…, et puis il y en a d'autres qui sont fous de lui et vénèrent jusqu'à sa chaise déglinguée.

– C'est pas bon de vénérer… Chaque humain a ses failles.

– C'est son père qui lui avait bricolé cette chaise en 1953. Il ne s'en est jamais séparé, même lorsqu'elle tombait en morceaux. C'était comme un doudou, pour lui…

Il avait prononcé ces derniers mots d'une voix mal assurée. Il attrapa son regard et lui demanda brusquement :

– Pourquoi tu me regardes comme ça ?

– Je ne sais pas. Tu m'as paru troublé tout à coup…

– Moi ? Et pourquoi ?

Hortense n'aurait pas pu dire pourquoi. Ils continuèrent à avancer en silence. Je le connais depuis combien de temps, se demanda Hortense, huit ans, neuf ans ? On a grandi ensemble et pourtant, je ne le considère pas comme mon frère. Ce serait plus pratique, je n'aurais pas peur qu'il tombe amoureux, vraiment amoureux, d'une autre. C'est que j'ai tant à faire avant de m'abandonner.

– Tu connais le nom des étoiles ? demanda Gary, levant le nez vers le ciel.

Hortense s'arrêta net et se boucha les oreilles.

– Qu'est-ce que tu as ? demanda-t-il, inquiet.

Il l'auscultait des yeux.

– Non. Ça va. Ce n'est pas grave, dit-elle.

Il y avait tant d'inquiétude dans ses yeux, tant de tendresse dans sa voix qu'elle s'en trouva désarçonnée. Il était temps qu'elle déménage. Elle était en train de devenir terriblement sentimentale.

Des échos de conversations, des éclats de voix surexcitées partaient de plusieurs petits salons adjacents et Joséphine marqua un temps d'arrêt à l'entrée du restaurant. Le décor ressemblait à l'antre des *Mille et Une Nuits* : canapés profonds, coussins joufflus, statues de femmes aux seins nus, plantes vertes en virgule, orchidées sauvages d'un blanc de velours neigeux, tapis chamarrés, fauteuils aux jambes ouvertes, enchevêtrement de meubles biscornus. Les serveuses semblaient sortir d'un catalogue de mannequins, louées à l'heure pour faire de la figuration, et si elles portaient un menu, un bloc ou un crayon, c'était, à n'en pas douter, des accessoires de mode. Longilignes, indifférentes, elles lâchaient leur sourire comme on tend une carte de visite, frôlaient Joséphine de leurs hanches menues, l'air de dire : « Que faites-vous là, femme de peu d'éclat ? »

Joséphine avait le trac. Iris avait repoussé plusieurs fois la date de leur déjeuner. Chaque fois qu'Iris s'était décommandée, prétextant une épilation au caramel, une séance chez le coiffeur, un détartrage de dents, Joséphine s'était sentie rabaissée. Tout le plaisir qu'elle avait ressenti la première fois qu'Iris l'avait appelée avait disparu. Elle n'éprouvait plus qu'une sourde angoisse à l'idée de revoir sa sœur.

— J'ai rendez-vous avec madame Dupin, bredouilla Joséphine à la fille qui plaçait les gens à l'entrée.

— Suivez-moi, dit la créature de rêve en allongeant ses jambes de rêve. Vous êtes la première…

Joséphine lui emboîta le pas, faisant attention à ne rien renverser sur son passage. Elle suivait la course de la minijupe à travers les tables et se sentait lourde, maladroite. Elle avait passé deux heures à interroger sa penderie, égarée au milieu de cintres hostiles, avait sorti sa plus belle tenue, mais se fit la réflexion qu'elle aurait mieux fait d'enfiler un vieux jean.

— Vous ne donnez pas votre manteau au vestiaire ? demanda la créature, étonnée, comme si Joséphine venait de commettre une faute de protocole.

— C'est que…

— Je vous l'envoie, conclut la fille en détournant son regard, pressée de passer à une actualité plus brillante.

Un acteur de cinéma venait de faire son entrée. Elle ne comptait pas s'attarder sur un cas social.

Joséphine se laissa tomber sur un petit fauteuil crapaud rouge si bas qu'elle faillit verser. Elle se rattrapa à la table ronde, la nappe glissa, menaçant d'entraîner dans sa chute assiettes, verres et couverts. Elle reprit contenance et tendit son manteau à la fille du vestiaire, qui avait suivi sa chute, impassible. Elle souffla, paniquée. Elle était en sueur. Elle ne bougerait plus, même pour aller aux toilettes. C'était trop risqué. Elle attendrait sagement à sa place qu'Iris fasse son entrée. Ses sens étaient si tendus que le moindre regard accroché, la moindre intonation moqueuse, pouvait la blesser.

Elle demeura assise, priant que les gens l'oublient. Les couples, autour d'elle, buvaient du champagne et éclataient de rire. Tout chez eux était grâce et légèreté. Où donc avaient-ils appris à être si à l'aise ? Et pourtant, se dit Joséphine, ce n'est pas aussi simple, derrière ces belles façades se cachent des mensonges, des indélicatesses, des félonies, des secrets. Certains, qui se sourient, tiennent la dague prête dans leur manche. Mais ils possèdent cette science dont j'ignore tout : celle des apparences.

Elle ramena les pieds sous la table – elle n'aurait pas dû choisir ces chaussures –, cacha ses mains dans la serviette blanche – ses ongles pleuraient pour une manucure – et attendit Iris. Elle ne pourrait pas la manquer. Leur table était le point de mire du restaurant.

Ainsi, elle allait revoir sa sœur…

Elle vivait, depuis quelque temps, parmi des bourrasques de pensées. Iris. Philippe. Iris, Philippe. Philippe… Il s'exhalait de son prénom une félicité tranquille, un plaisir trouble qu'elle savourait comme un bonbon pour le recracher aussitôt au bord de l'écœurement. Impossible, sifflait la bourrasque dans sa tête, oublie-le, oublie-le. Bien sûr qu'il faut que je l'oublie. Et je l'oublierai. Ce ne devrait pas être si dur. On ne lie pas un lien d'amour en dix minutes et demie debout contre la barre d'un four. C'est ridicule. Désuet. Affligeant. C'était une sorte de jeu où elle s'entraînait à dire des choses qu'elle ne pensait pas pour s'en convaincre. Cela marchait un moment, elle relevait la tête, souriait, trouvait une paire de chaussures jolie dans une vitrine, chantonnait l'air d'un film, puis la tempête se levait à nouveau, sifflant toujours le même mot : Philippe, Philippe. Elle s'accrochait à ce mot. Le reprenait, têtue, attendrie, Philippe, Philippe. Que fait-il ? Que pense-t-il ? Qu'éprouve-t-il ? Elle tournait comme une chèvre attachée à un piquet autour de ces points d'interrogation. Ajoutait d'autres piquets : il me déteste ? il ne veut plus jamais me voir ? il m'a oubliée ? Avec Iris ? Ce n'était plus une pensée, c'était une ritournelle, un refrain à l'étourdir pour de bon.

C'est alors qu'Iris fit son entrée.

Joséphine assista, émerveillée, à l'arrivée de sa sœur. La tempête se tut, une petite voix s'éleva : « Qu'elle est belle ! Dieu qu'elle est belle ! »

Elle entra sans hâte, d'un pas nonchalant, fendant l'air comme si elle avançait en territoire conquis. Long manteau en cachemire beige, hautes bottes en daim, long gilet aubergine qui faisait office de robe, large ceinture tombant sur les hanches. Des colliers, des bracelets, de longs cheveux noirs épais, des yeux bleus qui découpent l'espace de leurs arêtes glacées. Elle tendit son manteau à la fille du vestiaire qui l'enveloppa d'un regard flatteur, balaya les tables voisines d'un sourire absent, puis, après avoir ramassé tous les regards en une gerbe d'offrandes, s'achemina jusqu'à la table où gisait, effondrée, Joséphine.

Sûre d'elle et s'amusant de voir sa sœur assise si bas, elle lui lança un regard radieux.

– Je t'ai fait attendre ? demanda-t-elle, faisant mine de s'apercevoir qu'elle avait vingt minutes de retard.

– Oh ! Non ! C'est moi qui étais en avance !

Iris sourit encore, immensément, mystérieusement, magnanimement. Elle étendit son sourire comme on déroule une étoffe des comptoirs de Chine. Se retourna vers les tables voisines pour s'assurer qu'on l'avait bien vue, qu'on avait bien identifié la femme qu'elle était et la femme avec qui elle allait déjeuner, agita la main, fit un sourire à l'un, un signe à une autre. Joséphine la voyait tel un portrait : une femme séduisante, élégante, aux traits réguliers, aux yeux lourds de beauté, avec, dans la ligne du cou et des épaules, quelque chose de fier, d'obstiné, de cruel même, et puis l'instant d'après, quand cette même femme posait les yeux sur elle, elle la découvrait attentive, émue, presque tendre. Les yeux levés vers Iris, elle regardait sur le visage de sa sœur passer toutes les nuances de l'affection.

— Je suis si heureuse de te voir, dit Iris, s'asseyant délicatement sur le même siège bas, posant son sac sans qu'il se renverse. Si tu savais…

Elle lui avait pris la main et la serrait. Puis elle se rapprocha et déposa un baiser sur la joue de Joséphine.

— Moi aussi, murmura Joséphine d'une voix étouffée par l'émotion.

— Tu m'en veux pas de ces rendez-vous remis ? J'avais tellement à faire ! Tu as vu ? J'ai les cheveux longs, maintenant. Des extensions. C'est beau, non ?

Elle l'emprisonnait dans son regard bleu profond.

— Je suis désolée. Je me suis conduite de manière inqualifiable à la clinique. Ce sont ces médicaments qu'on me donnait qui me rendaient misérable…

Elle soupira, releva sa masse de cheveux noirs. La dernière fois que je l'ai vue, il y a trois mois, elle avait les cheveux courts, très courts. Et le visage pointu comme une lame de couteau.

— Je détestais tout le monde. J'étais odieuse. Ce jour-là, je t'ai détestée, toi aussi. J'ai dû te dire des choses horribles… Mais tu sais, je me conduisais ainsi avec tout le monde. J'ai beaucoup à me faire pardonner.

Sa bouche dessinait une moue horrifiée, ses sourcils se haussaient en deux traits parallèles et droits, soulignant l'horreur que lui inspirait sa conduite, et ses yeux d'un bleu tremblotant se fondaient dans ceux de Joséphine pour lui soutirer un pardon.

— Je t'en prie, n'en parlons plus, murmura Joséphine, embarrassée.

— Je tiens absolument à m'excuser, insista Iris en reculant dans son siège.

Elle la considérait avec une ingénuité grave comme si son sort dépendait de la mansuétude de Joséphine et guettait un geste de sa sœur qui signifierait qu'elle avait pardonné.

Joséphine tendit les bras vers Iris, se souleva et la serra contre elle. Elle devait avoir l'air grotesque dans cette position, les fesses en arrière, en équilibre sur ses jambes fléchies, mais l'émotion la portait et elle étreignit Iris, cherchant un repos, une absolution dans l'étau de leurs bras enlacés.

– On oublie tout? On tourne la page? On ne parle plus jamais du passé? suggéra Iris. Cric et Croc, à nouveau? Cric et Croc pour toujours?

Joséphine opina.

– Alors dis-moi ce que tu deviens, ordonna Iris en prenant le menu que lui tendait une créature devenue soudain transparente face à elle.

– Non! Toi d'abord, insista Joséphine. Moi, je n'ai rien de très nouveau à t'apprendre. J'ai repris mon HDR, Hortense est à Londres, Zoé…

– Je sais tout ça par Philippe, l'interrompit Iris en lançant à la serveuse :

– Je prendrai comme d'habitude.

– Moi aussi, comme ma sœur, s'empressa de dire Joséphine qui paniquait à l'idée de devoir lire le menu et choisir un plat. Comment vas-tu?

– Ça va, ça va. Je reprends goût tout doucement à la vie. J'ai compris beaucoup de choses quand j'étais à la clinique et je vais essayer de les mettre en pratique. J'ai été stupide, légère, incroyablement superficielle et égoïste. Je n'ai pensé qu'à moi, j'ai été emportée par un tourbillon de vanité. J'ai tout détruit, je ne suis pas fière, tu sais. J'ai même honte. J'ai été une épouse infecte, une mère infecte, une sœur infecte…

Elle continua à battre sa coulpe. À énumérer ses manquements, ses trahisons, ses rêves de fausse gloire. On déposa une salade de haricots verts sur la table, puis un blanc de poulet. Iris grignota quelques haricots et déchira le blanc. Joséphine n'osait pas manger de peur de paraître grossière, insensible au flot de confidences qui s'échappait de la bouche de sa sœur. Chaque fois qu'elle était en compagnie d'Iris, elle reprenait sa place de servante. Elle ramassa la serviette qu'Iris avait fait tomber, lui servit un verre de vin rouge puis un peu de Badoit, rompit un minuscule morceau de pain, mais surtout, surtout elle l'écouta parler en disant « oui, mais oui, tu as raison, oh, non ! oh, non ! tu n'es pas comme ça au fond ». Iris récoltait les compliments et les ponctuait d'un « tu es gentille, Jo » que cette dernière recevait avec reconnaissance. Elles n'étaient plus fâchées.

Elles évoquèrent leur mère, sa vie rendue difficile par le départ de Marcel, ses difficultés financières.

— Tu sais, soupira Iris, quand on a été habitué au luxe, c'est dur de s'en défaire. Si tu compares la vie de notre mère à celle de millions de gens, elle n'est pas à plaindre, bien sûr, mais pour elle, à son âge, c'est difficile...

Elle eut un sourire compatissant puis enchaîna :

— Moi aussi, j'ai failli perdre mon mari et je sais ce qu'elle éprouve...

Joséphine se redressa, le souffle coupé. Elle attendit qu'Iris poursuive son récit, mais celle-ci fit une pause et demanda :

— On peut parler de Philippe, ça ne te gêne pas ?

Joséphine bafouilla :

— Oh, non ! Pourquoi ?

— Parce que tu ne me croiras jamais, mais j'ai été jalouse de toi ! Oui, oui... J'ai cru à un moment qu'il était amoureux de toi. Tu vois à quel point les médicaments ont pu m'abrutir ! Il parlait tout le temps de toi, c'est normal, il te voyait beaucoup à cause de Zoé et d'Alexandre, mais moi, j'ai tout mélangé et j'en ai fait un drame… C'est ballot, non ?

Joséphine sentit le sang monter dans ses oreilles et battre comme sur une enclume. Faire un boucan de fou. Taper partout. Elle n'entendait plus qu'un mot sur deux. Elle était obligée de tendre l'oreille, d'allonger le cou jusqu'à la bouche d'Iris pour saisir les mots, le sens des mots.

– J'étais folle. Folle à lier ! Mais lors de son dernier passage à Paris…

Elle marqua un temps de suspens comme pour annoncer une grande nouvelle. Ses lèvres s'arrondirent en une moue gourmande, la nouvelle promettait d'être succulente. Elle la gardait en bouche avant de l'articuler.

– Il était à Paris ? articula Joséphine d'une voix blanche.

– Oui, et on s'est revus. Et tout a été comme autrefois. Je suis si heureuse, Jo, si heureuse !

Elle battit des mains pour applaudir l'immensité de sa joie. Se reprit, superstitieuse :

– J'avance tout doucement, je ne veux pas le brusquer, j'ai beaucoup à me faire pardonner, mais je crois que nous sommes sur la bonne voie. C'est l'avantage d'être un vieux couple… On se comprend à demi-mots, on se pardonne d'un regard, on s'étreint et tout est dit.

– Il va bien ? parvint à articuler Joséphine qui avait reçu les mots « vieux couple », « étreint » comme des bouts de ferraille qui restaient coincés au fond de sa gorge.

– Oui et non, je me fais du souci pour lui…

– Du souci, murmura Joséphine, mais pourquoi ?

– Je te le dis, mais tu n'en parles à personne, promis ?

Iris prit un air de conspiratrice inquiète. Préleva un haricot qu'elle grignota, pensive, ramassant ses pensées pour ne pas dire n'importe quoi.

– La dernière fois qu'il est venu à Paris, et qu'on s'est… comment te dire ça, qu'on s'est réconciliés, enfin tu vois…

Elle eut un petit sourire gêné, rougit légèrement.

– J'ai aperçu une vilaine tache à l'aine. À l'intérieur de sa cuisse gauche, tout en haut…

Elle écarta les jambes, pointa son doigt sur l'intérieur de sa cuisse. Joséphine regarda ce doigt qui signalait l'intimité retrouvée entre mari et femme, entre amant et amante. Ce doigt la rappelait à l'ordre, disait tu n'es qu'une intruse, qu'est-ce que tu crois ?

– Je lui ai dit d'aller voir un dermato, j'ai insisté mais il n'a pas voulu m'écouter. Il prétend qu'il l'a toujours eue, qu'il s'est déjà fait examiner et que ce n'est rien…

Joséphine n'entendait plus. Elle luttait pour rester droite, muette, alors qu'elle avait envie de se tordre et de hurler. Ils avaient dormi ensemble. Philippe et Iris, dans les bras l'un de l'autre. Sa bouche sur sa bouche, sa bouche dans sa bouche, leurs corps emmêlés, les draps défaits, les mots qu'on murmure, étourdis de plaisir, les lourds cheveux noirs répandus sur l'oreiller, Iris qui gémit, Philippe qui… Les images défilaient. Elle porta la main à sa bouche pour arrêter sa plainte.

– Ça va pas, Jo ?

– Non. C'est juste que tu parles d'une manière si…

– Si quoi, Jo ?

– Comme s'il avait vraiment…

– Mais non ! Je me fais du souci, c'est tout. Si ça se trouve, c'est lui qui a raison et il n'a rien du tout ! Je n'aurais jamais dû te raconter ça, j'avais oublié à quel point tu étais sensible ! Ma petite chérie…

Il ne faut surtout pas qu'elle se mette à pleurer, s'énerva Iris. Tous mes effets seraient ruinés ! Il m'a fallu trois tentatives pour avoir la bonne table, insister, supplier, faire une longue enquête pour être sûre que Bérengère et Nadia seraient là, aujourd'hui, juste derrière cette plante verte, l'oreille tendue, les sens aiguisés afin de ne rien perdre de notre conversation, et de pouvoir la rapporter comme un tam-tam de brousse affolé. Des jours d'efforts méticuleux pour tout ordonner et elle va saboter mon plan en pleurant !

Elle déplaça son fauteuil, prit sa sœur dans ses bras et la berça.

– Là... Là..., chuchota-t-elle. Doucement, Jo, doucement. Je me fais sûrement du souci pour rien...

Ainsi j'avais raison, il y a quelque chose entre eux. Un sentiment naissant, un trouble, une attirance. Rien de charnel sinon elle ne serait pas venue à ce déjeuner. Elle est trop honnête, elle ne sait pas mentir, pas tricher. Elle n'aurait pas pu soutenir mon regard. Mais elle est amoureuse, j'en suis sûre. Je tiens ma preuve. Mais lui ? L'aime-t-il ? Elle a du charme, c'est incontestable. Elle est même devenue jolie. Elle a appris à s'habiller, à se coiffer, à se maquiller. Elle a maigri. Elle a un petit air suranné attachant. Il va falloir que je me méfie. Ma petite sœur, si malhabile, si godiche ! Il ne faudrait jamais qu'elles grandissent, les petites sœurs.

Joséphine se reprit, se dégagea de l'étreinte d'Iris et s'excusa :

– Je suis désolée... Excuse-moi.

Elle ne savait plus quoi dire. Excuse-moi d'être tombée amoureuse de ton mari. Excuse-moi de l'avoir embrassé. Excuse-moi d'avoir toujours de pauvres rêves de midinette. La midinette en moi est une mauvaise herbe aux racines profondes.

– T'excuser ? Mais de quoi, ma chérie ?

– Oh, Iris !..., commença Joséphine en se tordant les mains.

Elle allait tout lui raconter.

– Iris, dit-elle en prenant une grande aspiration... Il faut que je te dise...

– Joséphine ! Je croyais qu'on avait tourné la page ?

– Oui mais...

Les deux sœurs s'attardèrent dans le regard l'une de l'autre, l'une prête à déposer son secret, l'autre répugnant à le recevoir, chacune avertie du danger tapi sous les mots. Une lourde porte se fermerait. Une porte blindée. Elles attendaient, hésitantes, un signal qui rendrait la confidence possible ou impossible, utile ou superflue. Si je lui parle, se disait Joséphine, je ne la vois plus. Je le choisis, lui. Lui, qui est retourné avec elle... Si je parle, je les perds tous les deux. Je perds un amour, un ami, je perds ma sœur, je perds ma famille, je perds mes souvenirs, je perds mon enfance, je perds même le souvenir du baiser contre la barre du four.

Iris suivait l'hésitation dans les yeux de Joséphine. Si elle me livre son secret, je suis obligée de paraître offensée, de la traiter en ennemie, de l'éloigner. C'est la rupture. On se sépare. Je lui laisse le champ libre. Elle est libre de le revoir. Il ne faut pas qu'elle parle, il ne le faut pas !

Elle rompit brusquement le silence :

– Je vais te faire une confidence, Jo : je suis si heureuse d'être revenue dans la vie que rien, tu m'entends bien, rien ne pourra gâcher mon plaisir. Alors tournons la page, veux-tu, mais tournons-la vraiment...

Oui, se dit Joséphine. Que faire d'autre ? Que s'était-il passé d'autre ? Des pressions de la main, des yeux qui se mélangent, une voix qui se casse, un sourire qui prolonge celui de l'autre, un bout de peau qu'on caresse sous la manche d'un manteau. Piteux indices d'une passion évaporée.

– Et toi, tu as repris ta thèse ? Quel sujet as-tu choisi pour ton HDR ? Je veux tout savoir... C'est vrai, je parle, je parle et toi, tu ne dis rien ! Ça va changer, tout ça Jo, ça va changer. Parce que j'ai pris des résolutions, tu sais, dont celle de m'intéresser vraiment aux autres, de sortir de mon nombril… Dis, tu trouves que j'ai vieilli ?

Joséphine n'entendait plus. Elle regardait son amour s'enfuir à tire-d'aile entre les seins des statues et les palmiers en éventail. Elle eut un sourire de vaincue. Elle ne parlerait pas. Elle ne reverrait plus Philippe.

Elle ne goûterait plus jamais au baiser à l'armagnac.

Et d'ailleurs n'en avait-elle pas fait la promesse aux étoiles ?

Joséphine décida de marcher. Remonta la rue Saint-Honoré, soupira de bonheur devant la beauté parfaite de la place Vendôme, parcourut la rue de Rivoli et ses arcades, longea les quais de la Seine, tourna le dos aux chars ailés du pont Alexandre-III pour gagner le Trocadéro.

Elle avait besoin de reprendre consistance. La présence d'Iris l'avait suffoquée. Comme si sa sœur avait absorbé tout l'air du restaurant. Face à Iris, elle s'asphyxiait. « Assez ! gronda-t-elle en frappant du pied le coin d'un pavé. Je me compare à elle et je m'anéantis. Je m'aventure sur son terrain, celui de la beauté, de l'aisance, du dernier potin parisien, du manteau élégant, de l'extension du cheveu, de l'anéantissement de la ride et je ne peux pas lutter. Mais si je l'attirais de mon côté, si je lui parlais de l'intime, de l'invisible, du regard posé sur l'autre, de l'amour qu'on verse, des émotions qui submergent, de la vanité des apparences, de la force qu'il faut déployer pour savoir qui on est, peut-être alors arriverais-je à me grandir un peu au lieu de me ratatiner comme une chaussette. »

Elle regarda le ciel, aperçut le dessin d'un œil dans le pli d'un nuage. Lui trouva une certaine ressemblance avec le regard de Philippe. « Tu m'as vite oubliée », lança-t-elle au nuage qui se décomposa et se recomposa, effaçant l'œil. « L'amour, un peu de miel qu'on cueille sur des ronces », chantaient les troubadours à la cour d'Aliénor. Je bouffe les ronces maintenant. À pleines dents. C'est de ma faute : je l'ai renvoyé et il est retourné, docile, vers Iris. Il n'aura pas attendu longtemps. La colère la submergea. Elle reprit espoir : elle se rebellait !

Elle traversa le parc en se voûtant d'instinct. Elle ne pouvait s'en empêcher. Madame Berthier avait été retrouvée un peu plus loin...

Elle poussa la porte de l'immeuble et entendit des cris dans la loge d'Iphigénie.

– C'est un scandale, hurlait une voix d'homme. C'est vous la responsable ! C'est infect ! Vous devez nettoyer ce local tous les jours ! Il y a des cannettes de bière, des bouteilles vides, des Kleenex par terre ! On trébuche dans les immondices !

L'homme sortit de la loge en vociférant. Joséphine reconnut le fils Pinarelli. Iphigénie, derrière la porte vitrée tendue d'un rideau, était livide. La pancarte affichant ses heures de présence se balançait au bout de la chaîne. Il revint vers elle, leva le bras pour la frapper, elle tourna le loquet. Joséphine se précipita vers lui et lui attrapa le bras. L'homme se dégagea et l'envoya à terre avec une force étonnante. La tête de Joséphine heurta violemment le mur.

– Mais vous êtes fou ! cria-t-elle, bouleversée.

– Je vous interdis de prendre sa défense ! Elle est payée pour ça ! Elle doit nettoyer ! Connasse !

Un filet de salive coulait sur son menton qui tremblait, sa peau était marquée de plaques rouges et sa pomme d'Adam s'agitait comme un bouchon fou.

Il tourna les talons et remonta chez lui en avalant les marches.

– Ça va, madame Cortès ?

Joséphine tremblait et se frottait le front pour effacer la douleur. Iphigénie lui fit signe de la rejoindre dans la loge.

– Vous voulez boire quelque chose ? Vous avez l'air toute remuée…

Elle lui tendit un verre de Coca et la fit asseoir.

– Qu'est-ce que vous avez fait pour le mettre dans cet état ? demanda Joséphine, reprenant ses esprits.

– Je le nettoie, le local à poubelles. Je vous assure. Je fais de mon mieux. Mais sans arrêt, il y a des gens qui déposent des cochonneries que j'ose même pas vous dire ! Alors si j'oublie d'y aller un jour ou deux, c'est vite sale ! Mais l'immeuble est grand et je ne peux pas être partout…

– Vous savez qui fait ça ?

– Mais non ! Je dors la nuit, moi. Je suis fatiguée. C'est du boulot, cet immeuble. Et quand la journée est finie, j'ai les enfants à m'occuper !

Joséphine parcourut la loge du regard. Une table, quatre chaises, un canapé défraîchi, un vieux buffet, une télé, une kitchenette en Formica qui s'écaillait, un vieux lino jaune au sol et, au fond, séparée par un rideau bordeaux, une pièce sombre.

– C'est la chambre des enfants ? demanda Joséphine.

– Oui, et moi, je dors sur le canapé. C'est comme si je dormais dans le hall. J'entends la porte d'entrée qui claque toute la nuit quand les gens rentrent tard. Je fais des bonds dans mon lit…

– Faudrait donner un coup de peinture et acheter des meubles… C'est un peu triste.

– C'est pour ça que je me teins les cheveux dans toutes les couleurs ! dit Iphigénie en souriant. Ça fait du soleil dans la maison…

– Vous savez ce qu'on va faire, Iphigénie ? On va aller demain chez Ikea à l'heure de votre pause et on va tout acheter : des lits pour les enfants, une table, des chaises, des rideaux, des commodes, un canapé, un buffet, des tapis, une cuisine, des coussins… et après, on ira chez Bricorama, on choisira de belles peintures et on repeindra tout ! Vous n'aurez plus besoin de vous teindre les cheveux.

— Et avec quel argent, madame Cortès ? Vous voulez que je vous montre mes fiches de salaire ? Vous allez pleurer !

— C'est moi qui paierai.

— Je vous le dis tout de suite, c'est non !

— Et moi, je vous dis, c'est oui ! L'argent, on ne l'emporte pas dans la tombe. Moi, j'ai tout ce qu'il faut, vous, vous n'avez rien. Ça sert à ça, l'argent : à remplir les vides.

— Ah ben non, madame Cortès !

— Je m'en fiche, j'irai toute seule et je ferai livrer devant votre porte. Vous ne me connaissez pas, je suis têtue.

Les deux femmes s'affrontèrent en silence.

— Le seul truc bien, si vous venez avec moi, c'est que vous pourrez choisir, on n'a pas forcément les mêmes goûts.

Iphigénie avait croisé les bras sur sa poitrine et fronçait les sourcils. Ce jour-là sa chevelure avait une couleur mandarine qui virait au jaune par endroits. Sous la lumière du vieux lampadaire, on aurait dit que des flammèches s'échappaient de sa tête.

— C'est vrai que ce serait bien que les couleurs, vous les mettiez sur les murs, et pas sur la tête, dit Joséphine en faisant la moue.

Iphigénie passa la main dans ses cheveux.

— Je sais, je l'ai ratée cette fois-ci, ma couleur… mais c'est pas pratique, la douche est dans la cour, y a pas de lumière et je ne peux pas toujours respecter le temps de pause. Et puis, l'hiver, je fais vite parce que sinon, je m'enrhume !

– La douche est dans la cour ! s'exclama Joséphine.

– Ben oui... À côté du local à poubelles...

– C'est pas possible !

– Mais si, madame Cortès, mais si...

– Bon, décida Joséphine. On y va demain !

– N'insistez pas, madame Cortès !

Joséphine aperçut la petite Clara qui se tenait dans l'embrasure de la chambre. C'était une fillette étonnamment sérieuse dont les yeux tombaient, tristes et résignés. Son frère Léo l'avait rejointe ; chaque fois que Joséphine lui souriait, il se cachait derrière sa sœur.

– Je vous trouve un peu égoïste, Iphigénie. Il me semble que vos enfants aimeraient bien vivre dans un arc-en-ciel...

Iphigénie posa les yeux sur ses enfants et haussa les épaules.

– Ils sont habitués comme ça.

– Moi, j'aimerais bien qu'on repeigne la chambre en rose... et j'aurais une couette vert pomme, dit Clara en mâchonnant une mèche de cheveux.

– Oh, non ! Rose, c'est pour les filles, s'écria Léo. Moi je veux du zaune coin-coin et une couette rouge avec des vampires !

– Ils ne sont pas à l'école ? demanda Joséphine qui répugnait à crier victoire et préférait laisser le temps à Iphigénie de se rendre sans perdre la face.

– C'est mercredi. Le mercredi, y a pas école ! répondit Léo.

– Tu as raison. J'avais oublié !

– T'as la tête à l'envers, on dirait...

– Je l'avais, mais depuis que je suis avec vous, ça va beaucoup mieux, dit Joséphine en l'attirant sur ses genoux.

– Et puis, maman, on pourrait avoir des lits qui s'empilent ? continua Clara. Comme ça, moi, je pourrais dormir au premier étage et je croirais que je suis dans le ciel… Et un bureau aussi ?

– Et moi, un cheval à bascule ! T'es le Père Noël ? demanda Léo à Joséphine.

– Que tu es bête ! Je n'ai pas de barbe !

Il eut un rire-gazouillis qui lui rinça la gorge.

– Je crois bien que vous avez perdu, Iphigénie. Rendez-vous demain à midi. Vous avez intérêt à être à l'heure parce qu'on aura juste le temps de faire l'aller-retour…

Les deux enfants encerclèrent leur mère en criant leur joie.

– Dis oui, m'man, dis oui…

Iphigénie frappa la table de la main et demanda le silence :

– Alors, en échange, je vous fais le ménage. Deux heures par jour. C'est à prendre ou à laisser.

– Une heure suffira. On n'est que deux. Vous n'aurez pas beaucoup de travail et je vous paierai.

– C'est gratuit ou j'y vais pas chez Ikea !

Le lendemain, Joséphine attendait dans le hall à midi. Elles montèrent dans la voiture de Joséphine. Iphigénie tenait un cabas sur ses genoux et avait noué un foulard sur ses cheveux.

– Vous êtes musulmane, Iphigénie ?

– Non, mais je m'enrhume des oreilles. Après, j'ai des otites, les oreilles qui brûlent dedans et dehors…

– Comme moi. À la moindre émotion, elles s'enflamment…

Elles traversèrent le bois de Boulogne et prirent la direction de La Défense. Elles se garèrent devant Ikea. S'emparèrent d'un mètre en papier, d'un petit bloc et d'un crayon et pénétrèrent dans les dédales du magasin. Joséphine marquait, Iphigénie pestait. Joséphine remplissait le carnet de commandes, Iphigénie criait à la gabegie :

– Mais c'est trop, madame Cortès ! Beaucoup trop !

– Vous ne voulez pas m'appeler Joséphine, je vous appelle bien Iphigénie !

– Non, pour moi, vous êtes madame Cortès. Faut pas mélanger les torchons et les serviettes.

Chez Bricorama, elles choisirent une peinture jaune canari pour la chambre des enfants, rose framboise pour la pièce principale, bleu criard pour le coin cuisine. Joséphine aperçut Iphigénie qui contemplait des lattes de parquet, la bouche arrondie de plaisir. Elle commanda du parquet. Une douche. Du carrelage.

– Mais qui va poser tout ça ?

– On trouvera un carreleur et un plombier.

Joséphine donna l'adresse de la loge afin que tout soit livré. Elles regagnèrent la voiture et s'assirent en soufflant.

– Vous êtes complètement zinzin, madame Cortès ! Je peux vous dire que je vais le briquer votre appartement, vous pourrez manger par terre !

Joséphine lui sourit et déboîta en tournant son volant d'un doigt.

– Et puis vous conduisez drôlement bien !

– Merci, Iphigénie. Je me sens valorisée avec vous. Je devrais vous voir plus souvent !

– Oh non, madame Cortès ! Vous avez d'autres choses à faire…

Elle laissa tomber sa tête sur l'appui-tête et murmura, heureuse :

– C'est la première fois que quelqu'un est gentil avec moi. Je veux dire gentil sans arrière-pensée. Parce qu'il y en a eu des prétendus gentils, mais ils cherchaient tous à me piquer quelque chose… Tandis que vous…

Elle fit un bruit de pétard mouillé avec sa bouche pour exprimer sa surprise. Le foulard encadrait un visage de madone juvénile qui se maquille d'une toilette vite faite au coin de l'évier. Elle sentait le savon de Marseille qu'on frotte sous la douche froide et qu'on n'a pas le temps de bien rincer. Long nez fin, yeux noirs, teint mat, dents éclatantes, une ride profonde entre les sourcils qui prouvait, si Joséphine en doutait encore, qu'elle avait du caractère. Un corps un peu lourd, une poitrine de vamp italienne et partout, en surimpression, le sérieux enfantin de celle qui lutte pour boucler sa fin de mois et s'émerveille d'y parvenir.

– Le pire, ça a été mon mari… Enfin, je dis, mon mari, mais on n'a pas officialisé. Il tapait sur tout ce qui lui résistait. Moi, en premier. J'ai perdu deux dents avec lui. J'ai travaillé dur pour les remplacer. Il était en éruption tout le temps. Un jour, il a tabassé un flic qui lui demandait ses papiers. Six ans de prison ferme. J'étais enceinte de Léo. J'ai été bien contente qu'on l'envoie en prison. Il va sortir bientôt, il aura jamais l'idée de venir me chercher ici. Les beaux quartiers, ça l'intimide. Il dit que ça grouille de flics…

– Les enfants ne le réclament pas ?

Elle refit son petit bruit de trompette pétaradante qui, cette fois, marquait son mépris.

– Ils l'ont pas connu et c'est tant mieux. Quand ils me demandent où il est, ce qu'il fait, je dis explorateur, je dis le pôle Sud, le pôle Nord, la cordillère des Andes, j'invente des voyages avec des aigles, des ours et des pingouins. Le jour où ils le verront, si ce jour maudit arrive, il aura intérêt à porter un casque et une barbe !

Il s'était mis à pleuvoir et Joséphine actionna les essuie-glaces en essuyant la buée du revers de la main.

– Dites, madame Cortès, je voulais vous dire merci. Vraiment merci. Ça me touche terriblement ce que vous faites pour moi. Ça me pénètre.

Elle replaça une mèche de cheveux qui s'était échappée du foulard.

– Vous leur direz pas aux gens de l'immeuble que c'est vous qui avez payé pour tout ça, hein ?

– Non, mais de toute façon, vous n'avez pas à vous justifier !

– À la prochaine réunion des copropriétaires, vous n'avez qu'à lancer à la ronde que j'ai gagné au Loto. Ça les étonnera pas. Au Loto, y a que les pauvres qui gagnent, les riches, ils y ont pas droit !

Elles passèrent devant l'Intermarché où Joséphine faisait ses courses quand elle habitait Courbevoie. Iphigénie demanda si elles pouvaient s'arrêter : elle avait besoin de Canard W-C et d'un balai-brosse. Elles se présentèrent à la caisse avec deux Caddie pleins. La caissière leur demanda si elles avaient une carte de fidélité. Joséphine sortit la sienne et en profita pour payer les emplettes d'Iphigénie. Celle-ci vit rouge.

– Ah, non ! Ça suffit, madame Cortès ! On va plus être copines !

– Comme ça, je vais avoir encore plus de points !

– Je parie que vous les utilisez jamais vos points !

– Jamais, avoua Joséphine.

– La prochaine fois, je viendrai avec vous et vous les utiliserez ! Vous ferez des économies.

– Ah ! dit Joséphine, malicieuse. Il y aura donc une prochaine fois. Vous n'êtes pas complètement fâchée…

– Si. Je suis fâchée, mais je suis faible !

Elles repartirent en courant sous la pluie battante, veillant à ne rien renverser.

Joséphine déposa Iphigénie devant l'immeuble et alla garer sa voiture au parking en priant le ciel de ne pas faire de mauvaise rencontre. Depuis qu'elle avait été agressée, elle avait peur dans le parking.

Ginette était en train de préparer le café du matin quand on frappa à la porte. Elle hésita, se demandant si elle suspendait l'opération, resta un moment le coude en l'air et décida de faire passer le café avant le mystérieux visiteur. René serait de mauvaise humeur toute la journée si son café était mauvais. Il ne parlait pas avant d'en avoir bu deux bols et d'avoir avalé trois tartines de la baguette fraîche que le fils de la boulangère déposait sur le palier en allant à l'école. En échange, Ginette lui donnait une pièce.

– Tu sais, grondait René, combien elle coûtait la baguette quand on s'est installés ici en 1970 ? Un franc. Et aujourd'hui, un euro dix ! Plus la commission du petit, on doit manger le pain le plus cher du monde !

Les jours où le gamin n'avait pas école, elle enfilait un manteau sur sa chemise de nuit et descendait faire la queue à la boulangerie. René, c'était son homme. Son homme de chair et de convoitise. Elle l'avait rencontré à vingt ans ; elle était choriste de Patricia Carli, il montait et démontait la scène. Taillé en V majuscule, chauve comme une patinoire à poux, il parlait peu, mais ses yeux récitaient l'*Iliade* et l'*Odyssée*. Aussi prompt à gueuler qu'à sourire, doté de la sérénité des gens qui savent en naissant ce qu'ils veulent et qui ils sont, il l'avait attrapée un soir par la taille et ne l'avait plus lâchée. Trente ans d'hymen et elle tremblait encore quand il posait les mains sur elle. Que du bonheur, son René ! À l'horizontale, il travaillait la volupté, à la verticale, le respect. Tendre, prévenant, bourru, tout ce qu'elle aimait. Près de trente ans qu'ils habitaient le petit logis au-dessus de l'entrepôt que leur avait gracieusement attribué Marcel, le jour où il avait embauché René comme… « on verra votre titre plus tard ». C'était tout vu : ils n'en avaient plus jamais parlé, mais Marcel augmentait la paie en même temps que les responsabilités et le prix de la baguette. C'est là que les enfants avaient grandi : Johnny, Eddy, Sylvie. Une fois les enfants dégourdis, Marcel avait embauché Ginette à l'entrepôt.

Responsable des entrées et des sorties de marchandise. Et les années s'étaient enchaînées sans que Ginette ait le temps de les compter.

On se remit à frapper à la porte.

– Un moment ! cria-t-elle en surveillant l'eau frémissante sur la poudre noire.

– Prends ton temps ! Ce n'est que moi ! répondit une voix qui était celle de Marcel.

Marcel ? Que faisait-il ici à l'aube ?

– T'as un problème ? T'as oublié les clés du bureau ?

– Faut que je te parle !

– J'arrive, répéta Ginette, j'en ai pour une minute.

Elle finit de verser l'eau, posa la bouilloire, prit un torchon, s'essuya les mains.

– Je te préviens, je suis encore en robe de chambre ! annonça-t-elle avant d'ouvrir.

– Je m'en fous ! Tu serais en string que j'y verrais que du feu !

Ginette ouvrit et Marcel entra, portant Junior sur le ventre.

– Pour de la visite, c'est de la visite ! Deux Grobz sur le paillasson ! s'exclama Ginette en faisant signe à Marcel d'entrer.

– Oh ! Ma pauvre Ginette ! grommela Marcel. C'est terrible ce qui nous arrive... Ça nous est tombé sur les bretelles ! On n'a rien vu venir !

– Si tu commençais par le début ? Je vais rien comprendre sinon !

Marcel s'assit, ôta Junior du porte-bébé, le cala sur ses genoux et prit un morceau de pain qu'il plaça dans la bouche de l'enfant.

– Allez, mon gars, fais-toi les dents pendant que je cause à Ginette...

– Ça lui fait quel âge à ce petit amour ?

– Il va sur son premier anniversaire !

– Dis donc, il fait beaucoup plus vieux ! Qu'est-ce

qu'il est costaud ! Mais comment ça se fait que tu l'emmènes au travail ?

– Oh ! M'en parle pas ! M'en parle pas !

Il dodelinait de la tête, catastrophé. Il n'était pas rasé et sa veste affichait une tache de gras sur le revers.

– Si, parle-moi justement.

Il attaqua, le regard en berne :

– Tu te souviens dans quel état de bonheur j'étais la dernière fois qu'on a dîné chez vous avec Josiane ?

– Juste avant Noël ? Tu nous as saoulés. On n'en pouvait plus !

– J'exultais, j'enflais de joie, je pétais de bonheur ! Quand j'arrivais au bureau le matin, je demandais à René de me mordre l'oreille, juste pour voir si tout ça était vrai.

– Tu voulais installer un fauteuil de bébé dans ton bureau pour initier le gamin !

– C'était le bon temps, on était heureux. Maintenant…

– Maintenant, on vous voit plus. Vous êtes habillés en fantômes !

Il ouvrit les bras en signe d'impuissance. Ferma les yeux. Soupira. Le bébé bascula, il le rattrapa et, de ses deux mains fortes aux poils roux, se mit à le pétrir. Il enfonçait ses phalanges dans le petit ventre rond de Junior qui se laissait tripoter avec un rictus douloureux.

– Arrête, Marcel, ce n'est pas de la pâte à modeler, ton môme !

Marcel relâcha la pression. Junior respira d'aise et tendit la main à Ginette pour la remercier de son intervention.

– T'as vu ? s'exclama Ginette, abasourdie.

– Je sais, c'est un génie ! Mais, bientôt, il ne sera plus qu'un pauvre orphelin.

– C'est Josiane ? Elle est malade ?

– La pire des maladies : elle broie du noir. Et ça, ma pauvre belle, on n'y peut rien !

– Allons ! Allons ! le bouscula Ginette. C'est la déprime post-natale. Ça arrive à toutes les femmes ! On s'en remet.

– C'est pire ! Bien pire !

Il se pencha et chuchota :

– Il est où, René ?

– En train de s'habiller. Pourquoi ?

– Parce que… ce que je vais te dire est totalement secret. Il est hors de question que tu lui en parles.

– Cacher un truc à René ? s'offusqua Ginette. Je ne pourrais jamais ! Garde ton secret, je garde mon mari !

Marcel se rembrunit. Reprit Junior contre lui et se remit à le pétrir. Ginette arracha l'enfant des mains de son père.

– Donne-le-moi, tu vas finir par l'éviscérer !

Marcel s'effondra, les deux coudes sur la table.

– Je suis à bout ! J'en peux plus ! On était si heureux ! Si heureux !

Il s'agitait, se passait la main sur le crâne, se mordait le poing. Son poids faisait gémir la chaise. Ginette arpentait la pièce, Junior contre son épaule. Cela faisait longtemps qu'elle n'avait plus tenu un bébé dans les bras et elle était émue. La tendresse qu'elle éprouvait pour Junior rejaillit sur Marcel, ce bon Marcel qui se mangeait les doigts et suait à grosses gouttes.

– Mais tu es malade, ma parole ! dit Ginette en le voyant cramoisi.

– Oh ! moi, c'est juste de l'angoisse, mais Josiane… Si tu la voyais ! Un voile blanc ! Une apparition ! Elle va finir par monter au ciel.

Il s'effondra sur lui-même et se laissa pleurer.

– J'en peux plus, j'ai les circuits en berne. J'erre dans l'appartement comme un vieux cerf auquel on a limé les bois. Je brame plus, je suis chiffonnette et torchon mouillé. Je sais plus ce que je signe, je sais plus mon nom, je dors plus, je mange plus, je perds mes eaux et mes entrailles. Je pue le malheur. CAR LE MALHEUR EST ENTRÉ DANS LA MAISON !

Il s'était appuyé sur les coudes et rugissait. René entra dans la cuisine et lâcha un juron.

– Putain ! Qu'est-ce qui lui arrive à ce pauvre Mohican ? Il en fait un de ces boucans !

Ginette comprit qu'il fallait qu'elle prenne la situation en main. Elle installa Junior sur le canapé, l'entoura de coussins pour qu'il ne tombe pas, posa devant Marcel et René le pot de café odorant, coupa les tartines, les beurra, leur tendit le sucrier.

– D'abord, vous prenez le petit déjeuner, ensuite je reste avec Marcel et je le confesse...

– Tu veux pas me parler ? demanda René, suspicieux.

– C'est spécial, expliqua Marcel, gêné, je peux en parler qu'à ta femme.

– J'ai pas le droit de savoir ? s'étonna René. Je suis ton plus vieux pote, ton homme de confiance, ton bras droit, ton bras gauche et même ta cervelle parfois !

Marcel piqua du nez, confus.

– C'est intime, dit-il en se curant les ongles.

René se caressa le menton puis laissa tomber :

– Allez ! Confesse-le ! Sinon il va étouffer...

– Mange d'abord. On parlera après...

Ils prirent leur petit déjeuner tous les trois. En silence. René s'empara de sa casquette et sortit.

– Il va faire la tête ?

– Il est vexé, c'est sûr. Mais je préférais qu'il me donne l'autorisation. Je suis pas bonne pour les cachotteries...

Elle jeta un œil sur Junior qui se tenait assis au milieu des coussins et écoutait.

– Faudrait peut-être l'occuper...

– Donne-lui un truc à lire. Il adore ça.

– Mais j'ai pas de livres pour bébés, moi !

– N'importe quoi ! Il lit tout. Y compris le Bottin…

Ginette alla chercher l'annuaire téléphonique et le tendit à Junior.

– Je n'ai que les Pages jaunes…

Marcel leva la main, à bout d'arguments. Junior prit l'annuaire, l'ouvrit, posa un doigt sur une page et commença à baver dessus.

– Il est étrange quand même ton gamin ! Tu l'as montré à un docteur ?

– Si y avait que ça d'étrange dans ma vie, je serais le plus heureux des hommes…

– Parle et arrête de pleurer, tu vas prendre froid aux yeux !

Il renifla, se moucha dans la serviette en papier que lui tendait Ginette. La regarda avec un air craintif et lâcha :

– C'est Choupette. Elle a été maraboutée.

– Maraboutée ! Mais ça n'existe pas ces choses-là !

– Si, si, je te le dis : elle a été travaillée avec des aiguilles.

– Mon pauvre Marcel ! T'as renversé la mayonnaise !

– Écoute… Au début, j'étais comme toi, je voulais pas y croire. Et puis j'ai bien été forcé de constater…

– Quoi ? Il lui a poussé des cornes ?

– T'es bête ! C'est plus subtil !

– Tellement subtil que j'y crois pas.

– Écoute-moi, j'te dis !

– Je t'écoute, la timbale !

– Elle n'a plus de goût à rien, elle se sent vide comme une baignoire, se cloue au lit toute la journée et ne gazouille plus avec le petit. C'est pour ça qu'il grandit si vite… Il veut sortir de ses langes et l'aider.

– Vous êtes tous timbrés !

– Elle parle par monosyllabes. Pour la lever, c'est toute une affaire, elle dit qu'elle a des poignards dans le dos, qu'elle a cent deux ans, que ça grince de partout… Et ça dure depuis trois mois !

– C'est vrai que ça ne lui ressemble pas…

– J'ai fini par faire venir madame Suzanne, tu sais notre…

– Celle que tu appelles la guérisseuse d'âmes et moi, la rebouteuse ?

– Oui. Elle a été formelle : Choupette est travaillée. On veut sa mort par lent éteignement. Depuis elle essaie de la dégager, mais chaque fois que ça va mieux, elle a deux jours de bons, elle mange un peu, elle sourit, elle pose la tête sur mon épaule, je retiens mon souffle… et elle rechute. Elle dit qu'elle sent qu'on la débranche. Qu'on la retire de la vie. Madame Suzanne sait plus quoi faire. Elle assure que c'est un envoûtement puissant. Que ça va être long. En attendant, nous, on dépérit. La petite qui s'occupait du bébé a pour mission de ne pas lâcher Choupette d'une semelle. J'ai peur qu'elle fasse une bêtise. Et moi, je m'occupe de Junior…

– Vous êtes tous les deux surmenés, c'est tout. C'est pas un âge aussi pour faire un bébé !

Marcel la regarda comme si elle lui retirait sa raison de vivre. Tout le bleu de son regard disparut et il eut en une seconde les yeux complètement délavés.

– C'est pas une chose à dire, ça, Ginette ! Tu me déçois grandement.

– Excuse-moi. T'as raison. Vous êtes forts comme deux chênes. Deux chênes qui ont un pet au casque !

Elle s'approcha de Marcel, passa la main sur son cou de taureau. Le caressa doucement. Il s'affala sur ses bras repliés et gémit :

– Aide-nous, Ginette, aide-nous… Je sais plus quoi faire.

Elle continua à lui masser le cou, les épaules. Lui parla doucement de sa force, de sa puissance en affaires, de sa ténacité, de sa ruse, de l'empire industriel qu'il avait créé, tout seul, n'écoutant que son instinct. Elle ne choisissait à escient que des mots musclés pour lui tonifier l'âme.

– Tu en as parlé à qui d'autre ?

Il lui jeta un regard éperdu.

– À qui veux-tu que j'en parle ? On va penser que je suis fou !

– C'est sûr.

– J'ai réagi comme toi quand madame Suzanne m'a parlé. Je l'ai envoyée au fond du bocal. Et puis, je me suis renseigné. J'ai fait une vraie enquête. Ces choses-là existent, Ginette. On n'en parle pas parce qu'on a des racines carrées dans la tête, mais elles existent.

– Dans les pays à vaudou, à Haïti ou à Ouagadougou !

– Non. Partout. On jette un sort, un mauvais sort, et la victime est ligotée de malheur. Engluée dans une toile d'araignée. Elle peut plus bouger, elle peut plus rien faire sans déclencher l'adversité. L'autre jour, Choupette a voulu sortir le petit au parc, et tu sais pas quoi ? elle s'est foulé la cheville et on lui a volé son sac ! Quand elle a essayé de repasser une de mes chemises, la planche a brûlé et, y a deux jours, elle a pris un taxi pour aller chez le coiffeur, il a été embouti au premier carrefour...

– Mais qui pourrait lui en vouloir au point de souhaiter sa mort, votre mort à tous les deux ?

– Sais pas. Je ne savais même pas que ce genre de choses existait. Alors...

Il éleva le bras et le laissa retomber lourdement.

– C'est ça qu'il faut trouver... Tu as été un peu dur en affaires dernièrement ?

Marcel secoua la tête.

– Pas plus que d'habitude. Je ne fais jamais de crasses, tu le sais bien.

– Tu t'es engueulé avec quelqu'un ?

– Non. Je suis même plutôt affable. Je suis si heureux, j'ai envie que tout le monde soit heureux autour de moi. Mon personnel est le mieux payé du monde, les primes attendriraient le plus rigide des syndicalistes, je répartis scrupuleusement tous les bénéfices, et tu as vu, j'ai fait installer une garderie pour les enfants des employés, un terrain de boules dans la cour pour la pause du déjeuner... Manque plus que la buvette et la plage, et c'est le Club Med, ma boîte ! Pas vrai ?

Ginette s'assit à côté de lui et demeura pensive.

– C'est pour ça qu'elle ne vient plus nous voir, dit-elle à voix haute.

– Comment veux-tu qu'elle t'explique ? Elle a honte, en plus. On a fait le tour de tous les spécialistes, des tonnes de scanners, de radios, de bilans. Ils trouvent rien. Rien !

Sur le canapé, Junior se crevait les yeux à tenter de déchiffrer son annuaire. Ginette resta un long moment à l'observer. C'est un drôle d'enfant, quand même. À son âge, un bébé, ça joue avec ses mains, ses doigts de pieds, une peluche, ça ne bouquine pas des annuaires !

Il leva le regard et la dévisagea. Il avait les mêmes yeux bleus que son père.

– Ma-ra-bou ! balbutia-t-il, couvert de bave. Ma-ra-bou.

– Qu'est-ce qu'il dit ? demanda Ginette.

Marcel se redressa, hébété. Junior répéta. Il avait les cordes vocales tendues à se rompre et ça faisait des traînées rouges sur son cou. Un triangle de veines violettes s'était allumé entre ses yeux. Il mettait toute son énergie de bébé à tenter de se faire entendre.

– Marabout, traduisit Marcel.

– C'est ce que je me disais ! Mais comment...

– Vérifie. Il a dû voir un encart de pub pour un de ces sorciers à la noix !

Mon Dieu ! se dit Ginette. C'est moi qui vais devenir folle !

Mylène était dégoûtée : les carreaux de sa salle de bains se décollaient et la poignée de la porte lui était restée dans la main. « Bordel de merde ! s'exclamat-elle, neuf mois que je vis dans cet appartement et il commence déjà à se déglinguer ! » Sans parler de l'étagère au-dessus de son lit qui lui était tombée dessus, des plombs qui provoquaient des courts-circuits, allumant des feux d'artifice dans la nuit, et du Frigidaire qui tournait à l'envers et ventilait de la canicule.

Quand elle faisait venir quelqu'un pour réparer, l'homme était à peine reparti que tout dégringolait à nouveau. Je n'en peux plus de vivre ici. Marre de parler avec mes mains ou de baragouiner un mauvais anglais, de passer mes soirées à regarder des karaokés stridents à la télé, de voir les gens cracher, roter, péter dans la rue, marcher dans la bouffe jetée par terre. D'accord, ils passent leur temps à rire et débordent d'énergie, d'accord y a qu'à se baisser pour ramasser des profits, mais je fatigue. Je voudrais les rives de la Loire, un mari qui rentre le soir, des enfants que j'aiderais à faire leurs devoirs et la trogne de PPDA sur mon écran. Ce n'est pas ici que je vais trouver tout ça ! La Loire ne fait pas de crochets par Shanghai, que je sache ! Une petite maison à Blois avec un mari chez Gaz de France, des enfants que je promènerais dans les jardins de l'Évêché, à qui je ferais des gâteaux et réciterais l'histoire des Plantagenêts. Elle avait affiché un plan de la ville sur le mur de sa cuisine et vaticinait debout en le détaillant. Elle avait de plus en plus souvent des crises de Blois. Rêvait de toits en ardoise, de rives sablonneuses, de ponts en vieilles pierres, de feuilles de Sécu à remplir et de baguettes moulées pas trop cuites sorties du four de la boulangère. Mais surtout, surtout, elle voulait des enfants. Longtemps, elle avait choisi d'ignorer ses penchants maternels, remettant à plus tard une tâche qui signerait la fin de sa carrière, mais elle ne pouvait plus se le cacher, son ventre réclamait des habitants.

En plus, comme par un fait exprès, Shanghai débordait d'enfants. Ils gambadaient, jouaient et dansaient, le soir, dans la ville. Quand elle marchait dans les ruelles du centre, elle pouvait presque passer la main sur les crânes ronds de bébés magnifiques qui lui souriaient et lui rappelaient que l'horloge biologique tournait inexorablement. Bientôt trente-cinq ans, ma vieille ! Si tu ne veux pas accoucher d'un raisin de Corinthe, va falloir trouver un ensemenceur. Elle ne voulait pas de fiancé aux yeux bridés. Elle n'avait pas le mode d'emploi des Chinois. Ne comprenait pas pourquoi ils riaient, se taisaient, semblaient en colère ou grimaçaient. Un vrai mystère. L'autre jour, elle avait dit à Elvis, le secrétaire de Wei, qu'on appelait ainsi à cause de ses rouflaquettes, qu'il avait l'air fatigué, avait-il bien dormi ? était-il grippé ? Il avait été secoué d'un fou rire que rien ne semblait pouvoir arrêter. On ne voyait plus ses yeux, il hoquetait, pleurait, se tordait. Sa solitude lui était apparue définitive et tragique.

C'est juste après les fêtes que la nostalgie du pays natal et d'une vie ménagère l'avait empoignée. Elle soupçonnait le sapin en plastique commandé sur Internet de lui avoir chamboulé les hormones. Jusqu'à Noël, elle trottinait légère, calculant ses profits, inventant de nouvelles formules, de nouveaux gadgets. Le téléphone portable-maquillage était sorti : un triomphe ! L'argent faisait du gras à la banque, Wei acquiesçait à chaque idée nouvelle, les contrats se signaient, les chaînes de fabrication se mettaient en branle et crachaient un produit nouveau qui envahissait les campagnes et transformait chaque Chinoise en délicieuse Barbie Bridée. Tout allait très vite.

Trop vite… Elle avait à peine le temps de souffler que c'était empaqueté, prêt à être vendu, les marges de bénéfice calculées. Il fallait inventer tout le temps. Faire chauffer les calculettes. Elle avait besoin de lenteur, de répit, d'attente, de douceur angevine, de soufflé qui gonfle dans le four.

Elle tentait d'expliquer ses états d'âme à la directrice commerciale de Wei et la longue liane brune la regardait avec un intérêt mêlé d'inquiétude. « Pourquoi tu penses à tout ça ? elle lui disait. Moi, je ne réfléchis pas, ne lis jamais de journaux et quand on se réunit avec mes amis, on ne parle jamais politique. Je crois qu'on n'a jamais dû ensemble prononcer le nom de Hu Jintao ! » C'était le président de la République. Mylène la contemplait, les yeux écarquillés. « Nous, en France, on ne fait que ça : parler de politique ! » La longue liane brune haussait les épaules et disait : « Pendant les événements de Tian'anmen, en 1989, je suis sortie dans la rue, j'étais passionnée par tout ce qui se passait et puis la tragédie est arrivée, la répression… Aujourd'hui, je me dis que tout va trop vite en Chine. Je suis excitée et, en même temps, je suis effrayée : notre pays va-t-il accoucher d'un monstre ? Est-ce que nos enfants vont devenir ces monstres ? » Elle restait pensive un moment et replongeait dans ses dossiers.

Mylène frissonnait. Et elle, était-elle en train de devenir ce monstre ? Elle n'avait même plus le temps de dépenser son argent. Juchée sur de hauts talons, cambrée dans ses tailleurs de femme d'affaires, elle travaillait du matin au soir. À quoi sert d'avoir tant d'argent ? Et avec qui le dépenser ? Avec mon reflet dans la glace ? Elle était rassasiée, repue, et guettait, avec angoisse, le moment où viendrait le dégoût.

Elle n'était pas habituée à l'abondance. De son enfance à Lons-le-Saunier, elle avait retenu le rythme lent des saisons, la neige qui fond et perle dans la gouttière, l'oiseau étonné qui lance son premier cri de printemps, la fleur qui s'ouvre, la truie qui s'ébroue dans la bauge, le papillon qui émerge, gluant, de son cocon, la châtaigne qui éclate dans la poêle trouée. Une petite voix hurlait en elle : trop vite, trop vide, trop n'importe quoi. Et puis, il lui fallait bien se l'avouer : la solitude lui pesait.

Elle était trop âgée pour intéresser les jeunes milliardaires chinois et les étrangers qu'elle rencontrait portaient tous une alliance. Elle avait cru en Louis Montbazier, fabricant de petit matériel électrique. Elle était sortie trois soirs de suite avec lui, trois soirs à échanger des rires, des pressions de mains, elle se voyait déjà en train d'organiser son déménagement à Blois, de partager la redevance télé avec lui, mais, le quatrième soir, il lui avait collé sous le nez un dépliant de photos de sa femme et de ses fils. Ça va, j'ai compris, s'était-elle dit. Elle avait refusé de l'embrasser quand il l'avait raccompagnée.

L'alarme se déclencha véritablement le jour où monsieur Wei lui refusa un déplacement à Kilifi. Elle avait envie de remettre ses pas dans ceux de la jeune Mylène échappée de Courbevoie, de humer l'air paresseux d'Afrique, de fouler le sable blanc des plages, de revoir les yeux jaunes des crocodiles.

– Hors de question, avait-il piaillé. Vous restez ici et vous travaillez.

– Mais, c'est juste pour m'aérer…

– Pas bon, avait-il répondu. Pas bon du tout. Vous pas bouger. Vous être instable. Vous être dangereuse pour vous. Moi surveiller vous pour votre bien. Moi avoir votre passeport dans mon coffre.

Et il avait toussé très fort pour lui signifier que la discussion était terminée. C'était sa manière à lui de lui claquer la porte au nez. Elle était prisonnière de ce vieux Chinois avide qui comptait ses sous sur son bou-lier et se grattait les couilles, les jambes écartées.

– *What a pity !* elle avait répondu.

« Wapiti ! Wapiti ! » avaient entonné deux fillettes adorables en brandissant une casserole de wapiti cramé. Hortense et Zoé avaient jailli comme deux diables hors de leurs boîtes. Comme elles me manquent ! Parfois, elle s'adressait à elles en s'endormant. Jouait à la maman. Refaisait un ourlet, repassait un pantalon, arrangeait une boucle sur le front. Elles ont dû changer. Je ne les reconnaîtrais plus. Elles me dévisageront de loin comme on bat froid à une étrangère. Je suis deve-nue une émigrée, une déracinée…

Dans un journal français, vieux de plusieurs semaines, elle avait lu un reportage sur des soulève-ments dans les campagnes chinoises. Des paysans refu-saient qu'on prenne leurs terres pour y construire des usines. L'armée avait calmé les séditieux, mais cela recommencerait. Les belles affiches de fleurs de lys qui recouvraient les murs en torchis seraient arrachées. Ce serait le début de la fin.

Le matin suivant, en se levant, Mylène Corbier décida de passer à la phase suivante de son existence : le retour en France.

Pour cela, elle allait avoir besoin de Marcel Grobz.

Henriette exultait : elle venait de croiser au parc Monceau la petite bonne et Josiane. Dans quel état, la Josiane ! Un spectre. Manquait plus que les toiles d'araignées aux ossements des poignets. Elle avançait, courbée, posée sur d'épaisses semelles de crêpe. Elle gîtait à droite, elle gîtait à gauche, flottait dans son manteau de gabardine bleu marine et ses cheveux vole-taient en mèches plates et pauvres. La petite bonne ne la quittait pas des yeux et la guidait. Elles faisaient étape sur chaque banc public.

Ça marchait ! Les ensorcellements de Chérubine faisaient merveille. Dire que j'ai ignoré si longtemps ces pouvoirs magiques ! Que de malins complots j'aurais pu ourdir ! De combien d'ennemis j'aurais pu me débarrasser ! Et quelle fortune, j'aurais amassée ! Elle en avait le tournis. Si j'avais su, si j'avais su…, se dit-elle en ôtant son grand chapeau. Elle tapota sa chevelure pour effacer le pli que le poids de son horrible galette y avait imprimé et s'adressa, dans la glace, un sourire radieux. Elle venait de découvrir une nouvelle dimension : la toute-puissance. Désormais, les lois qui régissaient le commun des mortels ne s'appliqueraient plus à elle. Désormais, elle irait droit au but, Chérubine dans sa manche pour les basses besognes, et retrouverait son lustre d'antan. À moi, l'agenda Hermès, les savonnettes Guerlain, les cachemires douze fils, mon eau de linge à la lavande, les cartes de visite Cassegrain, ma thalasso à l'hôtel Royal et le compte en banque qui moutonne.

Pour un peu, elle aurait valsé sous les lambris de son salon. Elle hésita, pinça le bas de sa jupe, s'élança et se mit à tourner, tourner, prise d'une joie frénétique. Le monde lui appartenait. Elle allait régner en souveraine impitoyable. Et quand je serai riche à millions, je m'achèterai des amis. Ils seront toujours d'accord avec moi, ils m'emmèneront au cinéma, ils paieront ma place, paieront le taxi, paieront le restaurant. Il suffira que je fasse miroiter quelques faveurs, une clause sur un testament, un plan d'épargne-logement et mon antichambre sera remplie d'amis. Les valses de Strauss bourdonnaient dans sa tête, elle se mit à chantonner. C'est le son de sa voix éraillée qui brisa le rêve. Elle s'arrêta net et s'adjura : ne pas m'étourdir en vaines songeries, reprendre mes esprits, poursuivre mon plan de bataille. Elle n'avait pas encore relancé le père Grobz,

mais le temps approchait où elle décrocherait le téléphone et susurrerait : « Allô, Marcel, c'est Henriette et
si on parlait tous les deux, sans avocats ni intermédiaires ? » Il ne serait plus en état de lui résister, elle
obtiendrait ce qu'elle voudrait. Elle n'aurait plus besoin
de dévaliser l'aveugle au pied de son immeuble.

Quoique…

Elle n'en était pas si sûre.

Détrousser chaque jour ce pauvre homme sans se
faire prendre, récolter quelques piécettes chaudes dans
le creux de la main donnait du frisson à sa vie. C'était
un plaisir qu'elle n'aurait jamais soupçonné. Car il faut
bien l'avouer, en prenant de l'âge, les plaisirs dimi-
nuent. Que reste-t-il comme menues jouissances ? Les
sucreries, les médisances et la télé. Elle n'aimait ni le
sucre ni la lucarne. Les médisances lui plaisaient bien,
mais c'est une distraction qui exige des partenaires et
elle n'avait pas d'amies. Alors que la cupidité est une
activité solitaire. Elle ordonne même que l'on soit seul,
concentré, âpre, intraitable. Ce matin même, ne s'était-
elle pas réveillée en murmurant : « Moins de dix
euros ! » Elle avait fait un bond dans son lit. Non seulement il lui faudrait passer la journée sans rien dépenser,
mais elle devrait, en plus, grappiller quelques pièces
par-ci, par-là pour respecter son contrat. Comment
faire ? Elle n'en avait pas la moindre idée. L'ingénio-
sité viendrait en larcinant. Elle commençait à être
habile. L'autre jour, par exemple, elle s'était dit, au
petit matin – c'était le moment où elle se lançait des
défis – : « Aujourd'hui, une bouteille de champagne
gratuite ! » Son corps s'était aussitôt rétracté, irradié
d'un plaisir douloureux. Elle avait bien réfléchi et avait
mis au point un plan astucieux.

Vêtue modestement, sans chapeau ni signe extérieur
de richesse, la mine humble, les pieds à plat dans une
vieille paire d'espadrilles, elle était entrée dans une bou-

tique Nicolas Feuillatte, avait joint les deux mains et demandé, la larme à l'œil : « Vous n'auriez pas une petite bouteille de champagne, au prix le plus bas, pour deux petits vieux qui fêtent leurs cinquante ans de mariage ? Avec notre retraite, on est un peu juste, vous savez… » Elle se tenait digne avec un faux air de gamine prise en faute de mendicité. Le vendeur avait secoué la tête, embarrassé.

— C'est que nous n'avons pas d'échantillons, ma pauvre dame… Nous avons bien des quarts de bouteille, à cinq euros, mais nous les vendons…

Elle avait baissé les yeux sur la pointe de ses espadrilles, encastré ses hanches dans le comptoir en bois, et avait attendu qu'il fléchisse. Il ne fléchissait pas. S'était retourné vers un client qui commandait une caisse de millésimes réputés. Henriette, alors, avait pris son « air », un air souffreteux et las. Elle jouissait à composer ce rôle. Elle l'enrichissait de nouveaux soupirs, de nouvelles mines. Elle inclinait la tête, baissait les épaules, geignait faiblement. Ce jour-là, chez Nicolas Feuillatte, le vendeur ne cédait pas. Elle s'apprêtait donc à partir lorsqu'une dame fort bien mise s'était approchée.

— Madame, excusez-moi, mais je n'ai pu m'empêcher de surprendre votre conversation avec le vendeur. Ce serait un honneur et un plaisir pour moi de vous offrir une bouteille de ce merveilleux champagne… que vous boirez avec votre mari.

Henriette s'était abîmée en remerciements, des larmes de gratitude, perlant au bord des yeux. Elle avait appris à pleurer sans ruiner son maquillage. Elle était repartie, la bouteille bien calée sous le bras. Ils ne savaient pas ce qu'ils perdaient ceux qui dépensaient sans compter. La vie se révélait palpitante. Chaque jour apportait son lot de hasards, d'aventures, de peurs délicieuses. Chaque jour, elle triomphait. Elle n'était même plus sûre de vouloir récupérer Marcel. Son argent, oui, mais, une fois seul et ruiné, elle le mettrait dans une maison de retraite. Elle ne le garderait pas chez elle.

Ses filles ne lui manquaient pas. Ses petits-enfants, non plus. La seule qu'elle regrettait peut-être était Hortense. Elle se reconnaissait dans cette gamine qui allait de l'avant sans états d'âme. C'était bien la seule.

Elle mourait d'envie d'appeler Chérubine. Non pour la féliciter ni la remercier, la gueuse pourrait s'en trouver flattée et enflerait d'importance, mais pour s'assurer de son allégeance. Cette femme pourrait se révéler une précieuse alliée. Elle composa son numéro, reconnut la voix lente et traînante de Chérubine.

— Chérubine, c'est madame Grobz, Henriette Grobz. Comment allez-vous, ma chère Chérubine ?

Henriette n'attendit pas que Chérubine répondît. Elle enchaîna aussitôt :

— Vous ne devinerez jamais à quel point je suis comblée. Je viens de croiser ma rivale dans la rue, vous savez cette femme immonde qui m'a volé mon mari et…

— Madame Grobz ?

Henriette, surprise de ne pas être identifiée tout de suite, se présenta à nouveau et continua :

— Elle est dans un état lamentable ! Lamentable ! Ce n'est pas difficile, j'ai failli ne pas la reconnaître ! À votre avis quel est le prochain stade de sa décrépitude ? Va-t-elle mettre fin à…

— Il me semble qu'elle me doit de l'argent…

— Mais, Chérubine, je vous ai réglé ma dette ! protesta Henriette.

Elle avait porté, elle-même, la somme réclamée. En petites coupures. Elle avait souffert le martyre dans le métro, pressée par des corps transpirants et informes, son sac et son chapeau coincés sous le bras.

– Elle me doit de l'argent… Si elle veut que je poursuive, elle devra me payer. Elle est contente de mes offices, il me semble…

– Mais, enfin, je croyais qu'on était… que nous étions… Que je vous avais…

– Six cents euros… Avant samedi.

Il y eut un bruit sec dans l'oreille d'Henriette.

Chérubine avait raccroché.

Le matin, quand Zoé était partie en classe, Joséphine pénétrait dans l'antre de sa fille et s'asseyait sur le lit. Du bout des fesses pour ne pas laisser de marque. Elle n'aimait pas entrer ainsi en intruse chez Zoé. Elle n'aurait jamais déplié une lettre, déchiffré une note sur un cahier de textes, elle aurait eu l'impression de la cambrioler. Elle voulait juste goûter un peu de son intimité.

Elle étudiait le désordre, remarquait un tee-shirt déplié, une jupe tachée, des chaussettes dépareillées, mais n'y touchait pas. Interdiction de faire le ménage. Seule, Iphigénie avait le droit d'entrer dans la chambre de Zoé.

Elle humait l'odeur de sa crème Nivea, les effluves boisés de son eau de toilette, la tiède transpiration qui s'échappait des draps. Elle lisait, sur les murs, les pages de journaux que Zoé découpait et affichait. Des gros titres de faits divers : « Après son double parricide, il a hérité de ses victimes », « Le prof se poignarde en pleine classe », des photocopies de courriers de lecteurs soulignés au Stabilo : « Je m'inquiète pour l'avenir du monde… », « Je redouble ma troisième », « Trop jeune pour rouler des pelles. »

Et, solennel dans un coin de la chambre, droit dans son short beige, le pied cambré sur le fauve écroulé, Papaplat souriait. Joséphine avait envie de le bousculer.

Elle l'apostrophait : un peu de courage ! Sors de l'ombre et viens m'affronter au lieu de me pourrir la vie de loin ! C'est facile d'enflammer l'imagination d'une adolescente en lui envoyant des messages mystérieux. Et puis elle imaginait un cadavre déchiqueté et elle avait honte.

Plus de nouvelles de lui.

Demain, ce serait le printemps. Le premier jour du printemps. Il a peut-être trouvé un logis… Il s'installe dans ses meubles.

Elle réfléchissait, toujours assise sur le lit. Elle était triste, vide, comme chaque fois qu'elle se sentait impuissante. Impuissante à abolir la barrière installée par Zoé qui ne lui laissait aucun interstice pour se faufiler. Zoé rentrait de l'école et s'enfermait dans sa chambre. Zoé sortait de table et filait à la cave écouter la batterie de Paul Merson. Zoé lançait « Bonne nuit, m'man » et retournait dans sa chambre. Elle avait grandi d'un seul coup, des petits seins poussaient sous son pull, ses fesses se cambraient. Elle se mettait du gloss sur les lèvres, du noir sur les cils. Bientôt, elle aurait quatorze ans, bientôt elle serait aussi jolie qu'Hortense.

Joséphine se forçait à garder l'espoir. On peut tout perdre, les deux bras, les deux jambes, les deux yeux, les deux oreilles, si on garde deux sous d'espoir, on est sauvé. Chaque matin, elle se réveillait et se disait aujourd'hui, elle va me parler. L'espoir est plus fort que tout. Il empêche les gens de se tuer en arrivant sur terre quand ils se voient attribuer un bidonville ou un désert. Il leur donne la force de penser : la pluie va tomber, un bananier va pousser, je vais gagner à la loterie, un homme magnifique va me déclarer qu'il m'aime à la folie. C'est un truc qui ne coûte pas cher et qui peut changer la vie. On peut espérer jusqu'à la fin. Il y a des gens qui, à deux minutes de mourir, font encore des projets.

Quand elle était à court d'espoir, qu'elle avait travaillé à ne plus pouvoir déchiffrer un seul mot, elle refermait son ordinateur et se réfugiait dans la loge d'Iphigénie où elle retrouvait monsieur Sandoz. Les meubles d'Ikea allaient être livrés, il fallait que les peintures soient sèches et le parquet posé. Monsieur Sandoz était peintre. C'est l'ANPE de Nanterre qui l'avait envoyé. Joséphine lui avait expliqué le chantier, il avait répondu : « Pas de problème, je peux tout faire : peintre, électricien, plombier, menuisier ! »

Parfois, elle lui donnait un coup de main. Clara et Léo les rejoignaient en sortant de l'école. Monsieur Sandoz leur prêtait un pinceau et les regardait en souriant tristement, répétant : « Le passé, le présent, le futur, le présent et le passé, le futur et le présent, le futur et le passé. » Il secouait la tête comme si les mots l'envoyaient au fond d'une mare. Il arrivait chaque matin dans la loge en costume-cravate, enfilait sa salopette de peintre et, à l'heure du déjeuner, remettait son costume, sa cravate, se nettoyait les mains et allait dans un bistrot. Il tenait beaucoup à sa dignité. Il avait failli la perdre, quelques années auparavant, l'avait retrouvée *in extremis* et veillait scrupuleusement à ne pas l'égarer. Il n'expliquait pas comment il avait failli la perdre. Joséphine ne posait pas de questions. Elle sentait la douleur, le malheur prêts à bondir. Elle ne voulait pas remuer la vase de la mare pour satisfaire sa curiosité.

Il avait de très beaux yeux bleus, très tristes, mais très bleus. Il était précis, travailleur, sujet à des crises de mélancolie. Il posait son pinceau et attendait, muet, que la mélancolie s'éloigne. Il ressemblait alors à Buster Keaton perdu dans la tempête de mariées. Ils avaient de longues conversations qui partaient souvent d'un détail.

– Vous avez quel âge, monsieur Sandoz ?

– L'âge où on ne veut plus de vous.

– Soyez précis.

– Cinquante-neuf ans et demi… Bon à jeter aux orties !

– Pourquoi vous dites ça?

– Parce que jusqu'à maintenant, je n'avais pas compris qu'on pouvait être vieux et avoir vingt ans.

– C'est formidable!

– Non, pas du tout! Quand je rencontre une femme plaisante, j'ai vingt ans, je sifflote, je m'asperge d'eau de toilette, je mets un foulard autour du cou et quand je veux l'embrasser, qu'elle refuse, j'ai soixante ans! Je me regarde dans la glace, je vois des rides, des poils dans les narines, des cheveux blancs, des dents jaunies, je tire la langue, elle est blanche, je sens mauvais… vingt ans et soixante ans, ça ne va pas ensemble.

– Et vous vous sentez l'âme d'un ancêtre…

– Je me sens l'âme d'un égaré. J'ai un fils de vingt-cinq ans et je veux avoir vingt-cinq ans. Je tombe amoureux de ses petites amies, je cours en short, je bouffe des vitamines, je lève des poids. Je suis pitoyable. Mais je ne vois pas de solution parce que aujourd'hui, être jeune, ce n'est pas seulement un moment de la vie, c'est une condition de survie. Ce n'était pas comme ça, avant!

– Vous vous trompez, affirmait Joséphine. Au XIIe siècle, on jetait les vieux à la rue.

Il s'arrêtait de peindre, guettant l'explication. Joséphine se lançait:

– Je connais un fabliau qui raconte l'histoire d'un fils qui met son père à la porte, il vient de se marier et veut vivre seul avec sa jeune épouse. Ça s'appelle *La Housse partie* ou en français moderne, «la couverture partagée». C'est le fils qui parle au vieux père qui le supplie de ne pas le jeter à la rue:

> *Vous vous en irez par la ville*
> *Il y en a bien encore dix mille*
> *Qui trouvent leurs moyens d'existence*
> *Ce serait vraiment malchance*

Si vous n'y trouviez votre pitance
Chacun y guette sa chance !

Vous voyez, ce n'était pas le paradis d'être vieux à l'époque ! Ils vivaient en bandes, rejetés par tous, contraints à mendier ou à voler.

– Mais comment vous savez ça ?

– J'étudie le Moyen Âge. Je m'amuse à chercher les similitudes entre hier et aujourd'hui. Et il y en a bien plus qu'on ne croit ! La violence des jeunes, leur désarroi devant un avenir bouché, les soirées de beuverie, le viol des filles en bandes, le piercing, les tatouages, on trouve tous ces thèmes dans les fabliaux.

– Alors, c'est toujours le même malheur…

– … et la même peur. La peur devant un monde qui change et qu'on ne reconnaît pas. Le monde n'a jamais autant changé qu'au Moyen Âge. Chaos puis renouveau. Il faut toujours en passer par là…

Il prenait une cigarette, l'allumait et se mettait de la peinture rose sur le nez. Il souriait, piteux.

– Et comment sait-on qu'ils avaient peur ?

– Par les textes et l'archéologie, les objets qu'on retrouve dans les fouilles. Ils étaient obsédés par leur sécurité. Ils construisaient des murs pour se protéger du voisin, des châteaux et des tours pour décourager d'éventuels assaillants. Il s'agissait de faire peur à tout prix. Beaucoup de fossés, d'enceintes, de meurtrières étaient des protections symboliques et ne servaient jamais. Les verrous, les cadenas et les clés sont des objets qu'on retrouve très souvent lors des fouilles. Tout était bouclé par des serrures : les coffres, les portes, les fenêtres et la porte du jardin. C'était la femme qui détenait les clés. Elle était le maître de la maison.

– Le pouvoir était déjà entre les mains des femmes !

– On s'effrayait devant les changements climatiques,

les inondations, le réchauffement de la planète. Sauf qu'on ne disait pas planète…

– On disait le village dans la vallée de l'Ubaye ou de la Durance…

– Exact. En l'an mil, il y a eu de gros écarts de température et un réchauffement qui a fait monter le niveau des lacs alpins de deux mètres ! De nombreux villages se sont retrouvés sous l'eau. Les habitants fuyaient ; le chroniqueur Raoul Glaber, moine de Cluny, écrivit qu'il plut tellement pendant trois ans, qu'« on ne put ouvrir de sillon capable de recevoir la semence. Il s'ensuivit une famine ; une faim enragée poussa les hommes à dévorer de la chair humaine. »

Elle parlait, parlait. C'est drôle, en discutant avec lui, j'élabore ma thèse, j'expose mes arguments, je les teste, je les développe.

Elle prit l'habitude de venir à la loge avec un petit cahier où elle griffonnait l'enchaînement de ses idées. Il lui venait des pensées en maniant le pinceau, le rouleau, le grattoir, la râpe, le ciseau à bois, en s'usant les doigts sur un morceau de parquet à encoller. Bien plus qu'en restant assise devant son ordinateur. À trop penser assis, on finit par s'avachir. Le cerveau repose sur le corps et le corps donne de l'énergie au cerveau en s'agitant. Comme lorsqu'elle courait le matin. C'est peut-être pour cette même raison que l'inconnu du lac tourne en rond. Il cherche des mots pour un roman, une chanson, une tragédie moderne ?

Monsieur Sandoz finissait toujours par dire :

– Vous êtes une drôle de femme. Je me demande ce que les hommes pensent de vous quand ils vous rencontrent…

Elle avait envie de lui demander : « Et vous ? que pensez-vous de moi ? » mais n'osait pas. Il aurait pu croire qu'elle attendait un compliment. Ou qu'elle désirait qu'il l'emmène déjeuner pendant sa pause, qu'il lui prenne la main, qu'il lui parle à l'oreille et l'embrasse. Elle ne voulait embrasser qu'un seul homme. Un homme qu'il était interdit d'embrasser.

Ils se remettaient au travail. Ils ponçaient, ils peignaient, ils enduisaient, ils remuaient des gravats, des plâtres, des staffs, des stucs et des vernis.

Ils étaient souvent interrompus par Iphigénie :

– Vous savez ce qu'on pourrait faire, madame Cortès, une fois que tout sera fini ? On inviterait les gens de l'immeuble. Ce serait *simpatico*, non ?

– Oui, Iphigénie, *muy simpatico*...

Iphigénie attendait ses meubles avec impatience. Dormait dans les vapeurs de peinture, les fenêtres grandes ouvertes sur la cour. Surveillait l'évolution de sa douche que monsieur Sandoz transformait en salle de bains. Il avait récupéré une vieille baignoire et avait réussi à l'encastrer. Il lui laissait des dépliants pour qu'elle choisisse les robinets. Elle hésitait entre un mitigeur à bille creuse ou un autre à cartouche.

– Ils vont être jaloux, les gens de l'immeuble, ils vont me sermonner ! s'inquiétait-elle.

– Parce que vous avez fait d'un taudis un petit palais ? Au contraire, ils devraient vous rembourser vos frais ! tonnait monsieur Sandoz.

– C'est pas moi qui paie, c'est elle, chuchotait Iphigénie en montrant Joséphine qui déclouait une plinthe mangée par l'usure.

– Vous avez tiré le gros lot le jour où vous vous êtes installée ici !

– On peut pas avoir tout le temps du malheur sinon c'est lassant, disait Iphigénie qui repartait en faisant son bruit de trompette.

Un matin, Iphigénie sonna à la porte de Joséphine pour apporter le courrier. Il y avait des lettres, des imprimés et un petit paquet.

– Les meubles ne sont toujours pas arrivés ? demanda Joséphine en jetant un œil distrait sur le courrier.

– Non. Dites, madame Cortès, la semaine prochaine, c'est la réunion des copropriétaires, vous n'avez pas oublié ?

Joséphine secoua la tête.

– Vous me raconterez ce qu'ils disent, hein ? Au sujet de la petite fête… Ça ferait du bien à tout l'immeuble. Il y a des gens qui vivent ici depuis dix ans et ne se parlent pas. Vous pouvez inviter de la famille, si vous voulez.

– Je vais dire à ma sœur de venir. Comme ça, elle verra mon appartement en même temps.

– Et pour la fête, on ira faire un plein chez Intermarché ?

– D'accord.

– Bonne lecture, madame Cortès, je crois que c'est un livre ! ajouta Iphigénie en désignant le paquet.

Celui-ci venait de Londres. Elle ne reconnaissait pas l'écriture.

Hortense ? Elle avait déménagé. Elle ne supportait plus sa colocataire. Elle appelait de temps en temps. Tout va bien. Je poursuis mon stage chez Vivienne Westwood, j'ai travaillé trois jours dans son atelier et c'était trop bien. J'ai suivi le début de la prochaine collection, mais je n'ai pas le droit d'en parler. J'apprends à tordre des armatures, à monter des corsets en gaze fine, des chapeaux de géant, des guimpes en dentelle. J'ai les doigts en sang. Je pense déjà au prochain stage que je dois faire. Peux-tu demander à Lefloc-Pignel s'il a une idée ou préfères-tu que je l'appelle ?

Joséphine ouvrit le paquet avec précaution. Un patron de robe dessiné par Hortense ? Un petit livre sur les ravages du sucre dans les écoles anglaises, préfacé par Shirley ? Des photos d'écureuils bondissants prises par Gary ?

C'était un livre. *Les Neuf Célibataires* de Sacha Guitry. Une édition rare en veau cerise. Elle ouvrit la page de garde. Une haute écriture à l'encre noire jaillit de la feuille blanche : « On peut faire baisser les yeux de quelqu'un qui vous aime, mais on ne peut pas faire baisser les yeux de quelqu'un qui vous désire. Je t'aime et je te désire. Philippe. »

Elle serra le livre sur sa poitrine et cueillit un rayon de bonheur. Il l'aimait ! Il l'aimait !

Elle déposa un baiser sur la couverture. Ferma les yeux. Elle avait promis aux étoiles… Elle deviendrait carmélite et disparaîtrait derrière les grilles dans un silence éternel.

La serveuse portait des tennis blanches, une minijupe noire, un tee-shirt blanc et un petit tablier noué sur les hanches. Elle voltigeait dans le café, ses cheveux blonds attachés sur la nuque, dessinait des ronds autour des tables, glissait en se déhanchant entre deux clients et semblait avoir deux paires d'oreilles pour entendre les demandes qu'on lui criait à chaque table et quatre bras pour porter les plats sans les renverser. C'était l'heure du déjeuner et tout le monde était pressé. Dans la poche arrière de sa minijupe était glissé un bloc au bout duquel se balançait un Bic. Un large sourire errait sur ses lèvres comme si elle servait les clients en pensant à autre chose. À quoi peut-elle bien songer qui la rende si heureuse ? se demanda monsieur Sandoz en consultant le menu. Il prendrait le plat du jour, saucisses-purée. C'est rare les gens qui sourient en silence. Comme s'ils cachaient un secret. Est-ce que tous les individus ont un secret qui les rend heureux ou malheureux ? Est-ce que je voudrais connaître le secret de cette fille ? Oui sûrement…

– Et pour vous, ce sera quoi ? demanda la fille en abaissant son regard gris pâle vers lui.

– Un plat du jour. Et de l'eau du robinet.

– Pas de vin ?

Il secoua la tête. Plus de vin. L'alcool l'avait envoyé au fond de la mare. Lui avait fait perdre son boulot d'ingénieur, sa femme et son fils. Il venait de retrouver son fils. Il ne boirait plus jamais une goutte d'alcool. Chaque matin, il se levait en se disant je tiendrai jusqu'au soir et chaque soir, il se couchait en se répétant encore une journée de gagnée. Cela faisait dix ans qu'il ne buvait plus, mais il savait que l'envie de tendre le bras vers un verre était toujours présente. Il pouvait presque la sentir comme une main mécanique.

– Valérie ! cria une voix derrière le comptoir. Deux cafés et l'addition pour la 6 !

La fille blonde était repartie en criant une saucisse, une !

Ainsi elle s'appelait Valérie. Valérie qui sourit, Valérie qui a un mot aimable pour chacun, Valérie qui ne semble pas avoir plus de vingt ans. Valérie qui se penche au-dessus de deux hommes qui finissent de déjeuner. Si l'un portait beau et semblait sorti d'une page du *Figaro Économie*, l'autre ressemblait à une libellule affolée. Il s'agitait, tressaillait, battait des paupières tel un aveugle. Il tenait ses couverts de ses doigts longs et effilés comme des lames de ciseaux et inclinait un torse raide et maigre au-dessus de son assiette. La peau semblait s'être posée sur son visage en un film transparent, laissant voir les veines et les artères et quand il pliait le coude, on pouvait craindre qu'il ne casse.

Quel drôle de personnage, pensa monsieur Sandoz. Un vrai coléoptère. Il a l'air sombre, presque sinistre. Il parlait à voix basse au bel homme élégant et semblait mécontent. Ces deux hommes-là, eux aussi, ont un secret, peut-être partagent-ils le même ? Ils avaient un air de connivence et semblaient se comprendre sans avoir besoin de se parler.

– Vous avez oublié mon café ! lança l'homme élégant à Valérie qui revenait avec la saucisse-purée et un café posé sur le même bras.

– Une minute ! J'arrive ! répondit-elle en posant le plat devant monsieur Sandoz, rattrapant de justesse le café qui menaçait de glisser.

Monsieur Sandoz lui sourit, ébloui par son adresse.

– Vous êtes très forte ! dit-il.

– Ça s'appelle avoir du métier, dit la fille en tournant la tête vers l'homme qui s'impatientait et réclamait son café.

– En tous les cas, moi, je suis bluffé !

– Ah ! s'ils pouvaient tous être comme vous ! Y en a, ce sont de vrais emmerdeurs ! Suivez mon regard ! répondit-elle en découvrant une rangée de dents blanches qui riaient.

– Vous êtes toujours aussi gaie ? poursuivit monsieur Sandoz, ne la lâchant pas des yeux.

Elle lui sourit gentiment, presque maternellement. Une mèche de cheveux tomba sur ses yeux clairs et elle secoua la tête pour la remettre en place.

– Je vais vous dire mon secret : je suis amoureuse !

– Mais enfin ! Mademoiselle ! C'est inadmissible ! s'écria l'homme élégant en agitant le bras.

– Voilà ! Voilà ! J'arrive…, dit la serveuse en se redressant, le café en équilibre à la main. Et quand on est amoureuse, on voit la vie en rose, n'est-ce pas ?

– Ça, c'est sûr, répondit monsieur Sandoz. Mais il faut être deux…

Iphigénie ne semblait pas sensible aux regards ardents qu'il posait sur elle. Quand il aurait eu envie de parler de lui, d'elle, elle lui répondait clous et tournevis, colle à bois et pinceau. S'il avait la tentation de poser un index sur la ride du front d'Iphigénie pour la lisser, elle pivotait sur elle-même et partait ranger les poubelles ou faire ses carreaux. Il tentait de timides échappées qu'elle ne remarquait pas. Il étala la serviette en papier sur sa chemise blanche, coupa un bout de saucisse, porta la fourchette à sa bouche et suivit des yeux Valérie qui s'approchait de la table de l'homme élégant et de la libellule, le café à la main.

Au même instant, une femme repoussa sa chaise et heurta la serveuse qui, déséquilibrée, trébucha. Le café se renversa, éclaboussant l'imperméable blanc de l'homme élégant qui fit un bond sur sa chaise.

— Je suis désolée, dit Valérie, en attrapant un torchon posé sur son épaule, j'ai pas vu la dame qui se levait et…

Elle tentait d'effacer les traces de café sur la manche de l'imperméable. Frottait, frottait, le nez baissé.

— Mais vous m'avez ébouillanté ! hurla l'homme en se dressant, furieux.

— N'exagérez pas tout de même ! Puisque je vous dis que je suis désolée…

— Et vous m'insultez en plus !

— Je vous insulte pas ! Je vous présente mes excuses…

— De bien piètres excuses !

— Vous allez pas en faire tout un plat ! Je vous dis que j'ai pas vu la dame !

— Et moi je vous dis que vous m'avez insulté !

— Oh ! la, la ! Pauvre mec ! C'est pas la peine de vous mettre dans cet état ! Vous avez pas d'autres problèmes dans la vie ? Votre imper, vous le portez au pressing et ça vous coûtera pas un rond ! On a des assurances pour ça !

L'homme élégant bafouillait d'indignation. Prenait à partie la libellule qui considérait Valérie avec, semblait-il, une étincelle d'appétit dans sa face de parchemin. Il doit la trouver belle en femme indignée. Elle s'était échauffée et ses joues pâles rosissaient. C'est vrai qu'elle est encore plus belle quand elle s'anime. À vingt ans, que pouvait-elle connaître de la vie ? Elle savait se défendre, c'est sûr, mais avec l'impétuosité de la jeunesse. Et l'homme élégant en paraissait offusqué.

Il s'était levé, avait mis son imperméable sous son bras et s'apprêtait à quitter la brasserie, laissant à la libellule le soin de régler l'addition.

– Ben… vous êtes con ! Puisque je vous dis qu'on a une assurance ! répéta encore Valérie en le regardant partir. Il est con, ç'lui-là !

Monsieur Sandoz crut alors que l'homme élégant allait la frapper. Il en esquissa le geste puis se reprit et sortit en crachant sa colère.

La libellule était restée à table et attendait que la serveuse lui apporte l'addition. Il tendit la main vers elle quand elle la posa sur la table et lui caressa la main de ses longs doigts squelettiques.

– Dis donc, espèce de vieux Dracula pervers ! Tu vas pas t'y mettre, toi aussi ! s'écria-t-elle en le foudroyant du regard.

Il baissa le nez, faussement contrit, et se retira tel un courant d'air.

– Oh ! la, la ! Tous les mêmes ! Cherchent toujours à se créer des ouvertures ! Vous demandent même pas votre avis…

Monsieur Sandoz la regarda, amusé. Ils devaient être nombreux à chercher des « ouvertures » avec elle.

Il resta un moment à la contempler. Elle portait des bagues argentées à chaque doigt et cela faisait comme un coup-de-poing américain. Pour se défendre ? Pour repousser les clients entreprenants ? Deux hommes accoudés au bar la suivaient des yeux et, quand elle revint vers eux, ils la félicitèrent. Monsieur Sandoz goûta la purée, elle était presque froide, il se dépêcha de la finir avant qu'elle ne le soit tout à fait. C'était de la purée chimique, de la purée en flocons vite faite et cette purée-là, il le savait, virait vite au plâtre.

Quand il leva la main à son tour pour demander un café et l'addition, la salle s'était vidée et la serveuse revint en faisant attention à ne rien renverser.

– Ça vous arrive souvent ce genre d'incident ? demanda-t-il en cherchant dans sa poche s'il avait la monnaie.

– Sais pas ce qu'ils ont les gens à Paris, mais ils vivent sur le bout des nerfs !

– Vous n'êtes pas d'ici ?

– Non ! s'exclama-t-elle en retrouvant son sourire. Moi, je viens de la province et, en province, je peux vous dire qu'on s'énerve pas comme ça ! On prend son temps.

– Et qu'est-ce que vous êtes venue faire chez les énervés ?

– Je veux être comédienne, je travaille pour payer mes cours de théâtre… Ces deux-là, je les ai repérés depuis longtemps, toujours pressés, toujours désagréables et pas un rond de pourboire ! Comme si j'étais une boniche !

Elle frissonna et son sourire heureux s'évanouit à nouveau.

– Allez ! C'est pas grave…, dit monsieur Sandoz.

– Vous avez raison ! dit-elle. C'est quand même une belle ville, Paris, si vous oubliez les gens !

Monsieur Sandoz se leva. Il avait laissé un billet de cinq euros sur la table. Elle le remercia d'un grand sourire.

– Ben, vous alors… Vous me réconciliez avec les hommes ! Parce que je peux vous dire un autre secret, moi, j'aime pas les hommes…

– Et alors ? Elle t'a répondu ? demanda Dottie.

Ce soir, ils allaient à l'Opéra.

Avant de retrouver Dottie, il avait dîné avec Alexandre. « Maman a téléphoné, elle veut venir vendredi, elle demande que tu la rappelles », avait dit son fils les yeux sur son bifteck bien cuit, écartant les frites qu'il gardait pour plus tard. Il mangeait le steak par devoir, les frites par gourmandise.

– Ah…, avait dit Philippe, pris au dépourvu. On avait des projets pour ce week-end ?

– Pas que je sache…, avait répondu Alexandre en mastiquant sa viande.

– Parce que si tu veux la voir, elle peut venir. On n'est pas fâchés, tu sais.

– Vous êtes juste pas d'accord sur la manière de voir la vie…

– C'est ça. Tu as tout compris.

– Elle peut amener Zoé ? J'aimerais bien voir Zoé. Elle me manque…

Il avait appuyé sur le « elle » comme s'il ne retenait pas la proposition de sa mère.

– Je vais y réfléchir, avait dit Philippe en se disant que la vie devenait très compliquée.

– En cours de français, on nous a demandé de raconter une histoire en un maximum de dix mots… Tu veux savoir comment je m'en suis sorti ?

– Bien sûr…

– « Ses parents étaient postiers, il finit timbré… »

– Génial !

– J'ai eu la meilleure note. Tu sors ce soir ?

– Je vais à l'Opéra avec une amie. Dottie Doolittle.

– Ah… Quand je serai plus grand, tu m'emmèneras ?

– Promis.

Il avait embrassé son fils, avait marché jusqu'à l'appartement de Dottie, espérant qu'une solution s'imposerait à lui au fil des pas. Il n'avait pas envie de revoir Iris, mais il ne voulait pas non plus l'empêcher de voir son fils, ni la brusquer en parlant séparation, divorce. Dès qu'elle ira mieux, j'aborderai le sujet, s'était-il dit avant de sonner à l'appartement de Dottie Doolittle. Il remettait toujours à plus tard.

Il était assis sur le rebord de la baignoire, un verre de whisky à la main, et regardait Dottie se maquiller. Chaque fois qu'il levait son verre, son coude heurtait le rideau de douche en plastique où une Marilyn éclatante se déhanchait en envoyant des baisers. Devant lui, en collant et soutien-gorge noirs, Dottie s'agitait dans un désordre coloré de poudres, de pinceaux, de houppettes. Quand elle manquait un trait ou un aplat de peinture, elle jurait comme une mal embouchée et reprenait :

– Alors ? Elle t'a répondu ou pas ?

– Non.

– Rien du tout ? Même pas un cil glissé dans une enveloppe ?

– Rien…

– Moi, quand je serai très amoureuse d'un garçon, je lui enverrai un cil par la poste. C'est une preuve d'amour, tu sais, parce que les cils, ça ne repousse pas. On naît avec un capital et il ne faut pas le dilapider…

Elle avait repoussé ses cheveux en arrière, les avait écrasés avec deux larges pinces ; elle ressemblait à une adolescente qui se maquille en cachette. Elle sortit une petite boîte de boue noire, une petite brosse aux poils rêches, cracha, frotta la brosse sur la boue noire. Philippe grimaça. Les yeux plantés dans la glace, elle déposait sur ses cils un épais crachat noir. Elle crachait, frottait, visait, posait, et recommençait. Quatre temps cadencés qui racontaient l'habitude, l'habileté, la féminité entraînée.

– C'est pour une phrase comme ça qu'un jour, un garçon tombera amoureux de toi, dit-il pour lui rappeler que, justement, il n'était pas ce garçon-là.

– Les beaux garçons amoureux des mots, ça n'existe plus. Ils grandissent en parlant à leur game-boy.

Une goutte d'eau tomba du pommeau de la douche sur son col et il se déplaça.

– Ta douche fuit…

– Elle ne fuit pas. J'ai dû mal refermer le robinet.

La bouche grande ouverte, les yeux au ciel, le coude en équerre, elle s'enduisait les cils en faisant bien attention à ce que la pâte noire ne coule pas. Elle reculait d'un pas, s'examinait dans la glace, faisait une grimace et recommençait.

– Elle n'a pas succombé à l'esprit de Sacha Guitry, reprit Philippe, pensif. La phrase était belle, pourtant…

– Tu vas trouver autre chose. Je vais t'aider. Rien de mieux qu'une femme pour séduire une autre femme ! Vous avez perdu la main, vous !

Elle mordilla ses lèvres, apprécia son reflet dans la glace. Faufila son index dans un Kleenex pour effacer la minuscule ride qui se remplissait de noir. Souleva une paupière d'un geste sec de chirurgien pour y glisser un bâton de khôl gris, ferma l'œil, laissa filer le bâton et rouvrit un œil de Néfertiti éblouie. Se retourna vers lui d'un mouvement rapide de reins qui quêtait le compliment.

– Très joli ! fit-il dans un sourire rapide.

– C'est intéressant, dit-elle en répétant l'opération sur l'autre œil, tu ne trouves pas ? On va se mettre à deux pour séduire une femme !

Il la dévisageait, fasciné par le ballet des mains, du bâtonnet, du flacon de khôl qu'elle maniait en experte sans renverser la poudre.

– Toi, Christian, moi, Cyrano. À cette époque, un homme engageait un homme pour parler à sa place.

– C'est que les hommes ne savent plus parler aux femmes… Moi, en tout cas, j'échoue. Je crois bien que je n'ai jamais su.

Une nouvelle goutte tomba sur sa main et il choisit d'aller s'asseoir sur le couvercle des toilettes.

– Tu as fini *Cyrano* ? demanda-t-il en s'essuyant le dos de la main sur la première serviette qu'il trouva.

Il lui avait offert *Cyrano de Bergerac* en anglais.

– J'ai adoré… *So french !*

Elle brandit sa brosse de rimmel, l'agita en récitant les vers en anglais :

> *Philosopher and scientist,*
> *Poet, musician, duellist –*
> *He flew high, and fell back again !*
> *A pretty wit – whose like we lack –*
> *A lover… not like other men…*

C'est si beau que j'ai cru mourir ! Grâce à toi, je palpite. Je m'endors avec la sonate de Scarlatti, je lis des pièces de théâtre. Avant, je palpitais en rêvant qu'on m'offrait des manteaux de fourrure, des voitures, des parures, aujourd'hui, j'attends un livre, un opéra ! Je ne coûte pas cher comme maîtresse !

Le mot « maîtresse » sonna comme un contre-ut poussé par une diva qui s'écroule dans la fosse d'orchestre. Elle l'avait prononcé exprès, pour voir s'il réagirait, si le gros mot glisserait, invisible, consolidant la place qu'elle prenait chaque jour dans sa vie ; il l'entendit comme un premier tour de clé qui l'enfermait. Elle attendit, suspendue à l'image de la truqueuse dans la glace, priant pour que le mot passe et qu'elle puisse le répéter plus tard et plus tard encore pour mieux l'enfoncer. Il se demanda comment le jeter par-dessus bord sans la blesser. Ne pas le laisser s'incruster, le décoller doucement, le balancer dans la petite corbeille qui débordait d'emballages en carton et de cotons. Un silence tremblant d'attente et de réticence s'installa. Il réfléchit et se dit qu'il n'y avait pas plusieurs manières de retirer ce mot qui l'entravait.

– Dottie ! Tu n'es pas ma maîtresse, tu es mon amie.

– Une amie avec laquelle on dort est une maîtresse, assura-t-elle, forte de son abandon de la nuit précédente. Il n'avait pas parlé, mais avait crié son nom comme s'il découvrait un nouveau monde. Dottie ! Dottie ! Ce n'était pas un cri de copain, c'était un cri d'amant qui se soumet au joug du plaisir. Elle connaissait ce cri-là, elle pouvait en tirer des conclusions. Cette nuit, se dit-elle, cette nuit, dans le lit, il y a eu reddition.

– Dottie !

– Oui…, marmonna-t-elle en rectifiant un cil qui s'incurvait à l'envers.

– Dottie, tu m'entends ?

– D'accord, soupira Dottie, qui ne voulait pas entendre. Tu m'emmènes où, ce soir ?

– Voir *La Gioconda*.

– De…

– Ponchielli.

– Super ! Bientôt je serai prête pour Wagner. Encore quelques soirées et j'entendrai la *Tétralogie* sans broncher !

– Dottie…

Elle baissa les bras, devant la glace, et aperçut la vaincue, en face, qui faisait la grimace. Elle n'avait plus l'air aussi enjoué et une trace de rimmel descendait sur sa joue en une piste noire.

Il l'attrapa par la main, l'attira vers lui.

– Tu veux qu'on arrête de se voir ? Je le comprendrais très bien, tu sais.

Elle se raidit et détourna les yeux. Parce que ça lui serait égal qu'on ne se voie plus ? Je suis superflue. Vas-y, mon vieux, vas-y, tue-moi, enfonce plus profond le couteau dans la plaie, je respire encore. Je hais les hommes, je me hais d'avoir besoin d'eux, je hais les sentiments, je voudrais être une femme bionique qui donne des coups de pied quand on veut l'embrasser et ne laisse personne l'approcher.

Elle renifla, détournant les yeux, le corps comme une marionnette.

– Je ne veux pas te rendre malheureuse… Mais je ne veux pas non plus que tu croies que…

– Assez ! hurla-t-elle en plaquant ses mains sur les oreilles. Vous êtes tous les mêmes ! J'en ai marre d'être la bonne copine. Je veux qu'on m'aime !

– Dottie…

– Marre d'être seule ! Je veux des phrases de Sacha Guitry, je m'arracherais les cils un par un et je les enverrais couchés dans du papier de soie ! Je ferais pas la fine bouche, moi !

– Je comprends très bien… Je suis désolé.

– Arrête, Philippe, arrête ou je vais te tuer !

On dit qu'un homme se sent impuissant devant les larmes d'une femme. Philippe regardait pleurer Dottie, étonné. On avait passé un contrat, pensait-il en homme d'affaires courtois, je ne fais que lui en rappeler les termes.

– Mouche-toi, dit-il en attrapant un Kleenex.

– C'est ça ! Pour ruiner le fond de teint à un milliard d'Yves Saint Laurent !

Il roula le mouchoir en boule et le jeta.

L'orage annoncé éclatait, le rimmel dégoulinait sur des joues balafrées de noir et de beige. Il regarda sa montre. Ils allaient être en retard.

– Vous êtes tous pareils ! Des lâches ! Des salauds de lâches ! Voilà ce que vous êtes ! Y en a pas un pour racheter l'autre !

Elle rugissait comme si elle provoquait en duel tous les mâles qui avaient abusé d'elle, l'avaient roulée sous eux une nuit puis congédiée par SMS.

Pourquoi, si tu as une si mauvaise idée des hommes, parais-tu étonnée ? pensait Philippe. Pourquoi espères-tu à chaque fois ? Ce devrait être le contraire : moi qui les connais bien, je sais qu'il ne faut rien attendre d'eux. Je les prends et je les jette. Puisqu'ils ne dépassent pas l'épaisseur d'un Kleenex.

Ils restaient silencieux, chacun buté dans ses questions, sa solitude, sa colère. Je veux une peau contre laquelle me frotter, mais une peau qui me parle et qui m'aime, trépignait Dottie. Je voudrais que Joséphine bondisse dans un train et me rejoigne, qu'elle me fasse la grâce d'une nuit. Philippe, *please ! love me !* implorait Dottie, Merde ! Joséphine, une nuit, une seule nuit ! ordonnait Philippe.

Les fantômes auxquels ils s'adressaient ne répondaient pas et ils étaient face à face, embarrassés, chacun, d'un amour qu'ils ne pouvaient troquer.

Philippe ne savait que faire de ses bras. Il les ramena le long du corps, prit son manteau, son écharpe et sortit. Il irait voir *La Gioconda* sans fille pendue à son bras.

Dottie lança une dernière plainte avant de se jeter sur son lit, au milieu des petits coussins *WON'T YOU BE MY SWEETHEART ? I'M SO LONELY* qu'elle envoya valser à travers la pièce dans une violente bourrasque. Elle ne serait plus jamais la chérie d'un homme. Elle en avait fini avec eux. Elle serait comme Marilyn : « *I'M THROUGH WITH LOVE…* »

– Va-t'en ! Bon débarras ! hurla-t-elle une dernière fois en se retournant vers la porte.

Elle se leva en titubant, glissa le DVD de *Certains l'aiment chaud* dans le lecteur, s'enroula dans les couvertures. Au moins, cette histoire-là finissait bien. À la dernière minute, alors que tout semblait perdu, que Marilyn, moulée dans une mousseline fine, pleurait sa chanson sur scène, Tony Curtis se jetait sur elle, lui roulait un patin et l'enlevait.

À la toute dernière minute ?

Un soupçon d'espoir se leva en elle.

Elle se précipita à la fenêtre, souleva le rideau, scruta la rue.

Et s'insulta.

« La vie est belle. La vie est belle », chantonnait Zoé en sortant de la boulangerie. Elle avait envie de danser dans la rue, de dire aux passants : Hé ! Vous savez quoi ? Je suis amoureuse ! Pour de vrai ! Comment je le sais ? Parce que je rigole toute seule, que j'ai l'impression que mon cœur va exploser quand on s'embrasse.

Quand est-ce qu'on s'embrasse ?

Juste après les cours, on va dans un café, on se met dans le fond de la salle, là où on est sûrs que personne nous verra, et on s'embrasse. Au début, je ne savais pas comment on faisait, c'était la première fois, mais lui non plus, il savait pas. C'était la première fois, aussi. J'ouvrais la bouche toute grande et il disait, t'es pas chez le dentiste. Alors on a fait comme dans les films.

Hé ! Vous savez quoi ? Il s'appelle Gaétan. C'est le plus beau prénom du monde. D'abord il y a deux « a » et moi, j'aime les « a » et puis il y a un « G ». J'aime les « G ». Et par-dessus tout, quand ça fait « Ga… »

Comment il est ?

Plus grand que moi, blond, des yeux pas grands et très sérieux. Il aime le soleil et les chats. Il déteste les tortues. Il est pas baraqué, mais quand il me serre dans ses bras, c'est comme s'il avait trois millions de muscles. Il a une odeur, pas de parfum, il sent bon, j'adore. Il préfère marcher que prendre le métro et sa petite copine, c'est ZOÉ CORTÈS.

Je ne savais pas que ça me ferait ça, j'ai envie de le hurler au monde entier dans la rue ! En fait non, j'ai envie de le chuchoter à tout le monde comme un secret qu'on peut pas s'empêcher de raconter. Je m'embrouille. Bon, ça fait comme un secret. Un secret hyperimportant que j'aurais pas le droit de raconter, mais que je brûlerais de crier. De toute manière apparemment, il se dévoile tout seul mon secret. Je le dis sans parler. Ça se mélange grave dans ma tête. Y a un drôle de truc en plus, c'est que j'ai l'impression de rayonner. C'est comme si j'étais plus grande, plus haute et puis aussi, tout à coup, je suis devenue belle. Je crains plus personne ! Même les filles dans *Elle*, je m'en fiche.

En sortant du collège, ce soir, on a décidé d'aller au cinéma. Il a trouvé une excuse pour ses parents. Moi, j'ai pas besoin. Ma mère, en ce moment, je lui parle plus. Elle m'a trop déçue. Quand je suis en face d'elle, je vois celle qui embrasse Philippe sur la bouche, et j'aime pas. Pas du tout.

Mais finalement, c'est pas grave parce que... Je suis heureuse, heureuse.

Je suis plus la même. Et pourtant, je suis la même. Ça fait comme si j'avais un grand ballon dans la gorge, comme si j'avalais plein d'air. Ça fait le cœur qui s'envole, qui bat comme une casserole, juste avant de le voir tellement j'ai peur de ne pas être assez jolie, qu'il ne m'aime déjà plus ou quoi. J'ai peur tout le temps. Je vais aux rendez-vous sur la pointe des pieds de peur qu'il change d'avis.

Quand on s'embrasse, j'ai envie de rire et je sens ses lèvres sourire. Je ne ferme pas les yeux, juste pour voir ses paupières baissées.

Quand on marche dans la rue, il me prend par les épaules et on se serre tellement fort que nos copains râlent parce qu'on avance pas assez vite.

Oui parce que maintenant, grâce à lui, j'ai plein de copains !

Hier, j'avais un pull sur les épaules, il m'a prise dans ses bras et je me suis rendu compte que le pull était tombé seulement quand c'était trop tard… C'était un pull d'Hortense, elle va être furieuse ! Je m'en fiche.

Hier, il a dit « Zoé Cortès est ma petite copine » avec des yeux très sérieux et puis il m'a serrée fort, et j'ai cru mourir dans le ciel.

Quand on s'embrasse en marchant, on perd tout le temps l'équilibre, on pourrait en faire une chanson. Il se moque de moi parce que je rougis. Il dit « tu es la seule fille qui rougit et qui marche en même temps ».

Hier, j'ai eu envie de l'embrasser, tout à coup, comme ça, au milieu d'une phrase, comme si une abeille m'avait piquée. Il a ri quand je l'ai embrassé, et puis comme je faisais la tête, il a dit en s'excusant « c'est parce que je suis content », et j'avais encore plus envie de l'embrasser.

J'ai tout le temps envie qu'il me serre dans ses bras. J'ai pas envie de faire l'amour avec lui, juste d'être avec lui. D'ailleurs, on n'a pas fait l'amour. On n'en parle pas. On se serre très fort. Et on s'envole.

Moi, ça me suffit d'être dans ses bras. Je pourrais y rester des heures. On ferme les yeux et on décolle. On se dit « demain, on va à Rome, dimanche à Naples ». Il a un faible pour l'Italie. Il se moque de moi parce que je lui dis que mon dernier amour, c'était Marius dans *Les Misérables*. Il préfère les actrices, les blondes. Il dit que moi, je suis presque blonde. J'ai des reflets dans les cheveux et sous une certaine lumière, on dirait que je suis blonde. Le mieux, c'est bête, mais c'est quand on se sépare. J'ai l'impression que quelque chose va sortir de ma poitrine et de mon ventre tellement je suis heureuse. Quelque chose va exploser et montrer mes entrailles à tout le monde.

En ce moment, j'ai un sourire qui s'accroche tout seul sur mes lèvres et j'ai de la musique cool dans la tête. Et en même temps j'ai comme une impression d'irréel, comme si c'était juste pas vrai. J'ai fait un vœu, le vœu qu'il m'aime encore demain matin et le matin d'après, parce que j'ai toujours peur que ça s'arrête.

J'ai rien dit à ma mère. Ça me tue quand j'y pense. Je me demande si, elle aussi, elle a les entrailles qui explosent quand elle pense à Philippe. Je me demande si l'amour, c'est pareil à tous les âges...

Joséphine poussa la porte de la salle où avait lieu la réunion des copropriétaires au moment même où on votait pour désigner le président de séance. Elle était en retard. Shirley l'avait appelée alors qu'elle partait. Puis, elle avait attendu l'autobus en pestant, avec tout l'argent que j'ai gagné je pourrais quand même prendre un taxi ! L'argent, ça s'apprend. On apprend à en gagner et on apprend à le dépenser. Elle avait toujours mauvaise conscience à le dilapider en petits conforts, douceurs, sucreries de la vie. Elle ne concevait encore les dépenses que pour des choses « importantes » : l'appartement, la voiture, les études d'Hortense, les charges, les impôts. Pour le futile, elle répugnait à dépenser. Elle regardait trois fois le prix d'un manteau et reposait le parfum à quatre-vingt-dix-neuf euros.

On aurait dit une salle d'examen. Une quarantaine de personnes étaient assises devant des papiers posés sur la tablette de leurs sièges. Elle alla s'asseoir au fond de la salle, à côté d'un homme au visage rond, aux cheveux mal aplatis, avachi sur sa chaise comme sur un transat. Il ne lui manquait plus que la crème solaire et le parasol. Il battait la mesure de ses jambes croisées, en fixant la pointe de ses chaussures. Il avait dû rater un accord parce qu'il s'interrompit, marmonna « merde ! merde ! » avant de reprendre le battement de pied.

— Bonjour, dit Joséphine en se laissant tomber sur le siège voisin. Je suis madame Cortès, cinquième étage...

– Et moi, monsieur Merson, le père de Paul… et le mari de madame Merson, répondit-il, et toutes ses rides remontèrent vers le haut en un joyeux sourire.

– Enchantée, dit Joséphine en rougissant.

Il avait un regard perçant qui tentait de voir à travers ses vêtements. Comme s'il voulait lire la marque de son soutien-gorge.

– Y a-t-il un monsieur Cortès ? demanda-t-il en faisant pencher le poids de son corps vers elle.

Joséphine, troublée, fit celle qui n'avait pas entendu.

Le fils Pinarelli leva la main pour se proposer comme président de séance.

– Tiens ! Il est venu sans sa maman ! Quelle audace ! lâcha monsieur Merson.

Une dame d'une cinquantaine d'années au visage sévère, assise devant lui, se retourna et le foudroya du regard. Maigre, presque émaciée, les cheveux en casque noir, les sourcils charbon noués en une broussaille épaisse, elle ressemblait à ces épouvantails qu'on plante dans les champs pour faire peur aux oiseaux.

– Un peu de décence, s'il vous plaît ! croassa-t-elle.

– Je plaisantais, mademoiselle de Bassonnière, je plaisantais…, lui répondit-il avec un large sourire.

Elle haussa les épaules et fit volte-face. Cela fit le bruit d'une lame qui déchire l'air. Monsieur Merson eut une moue d'enfant.

– Ils ont très peu le sens de l'humour, vous allez vite vous en apercevoir !

– J'ai raté quelque chose d'important ?

– J'ai peur que non ! Les empoignades commenceront plus tard. Pour le moment, nous en sommes aux hors-d'œuvre. Les lances ne sont pas encore sorties… C'est votre première fois ?

– Oui. J'ai emménagé en septembre.

– Alors, bienvenue à *Massacre à la tronçonneuse*… Vous n'allez pas être déçue. Le sang va couler !

Le regard de Joséphine fit le tour de la pièce. Au premier rang, elle reconnut Hervé Lefloc-Pignel, assis à côté de monsieur Van den Brock. Les deux hommes s'échangeaient des papiers. Un peu plus loin, sur le même rang, monsieur Pinarelli. Ils avaient pris le soin de laisser trois chaises vides entre eux.

Le syndic, un homme en costume gris, au regard flou, au sourire doux et conciliant, décréta que monsieur Pinarelli serait donc président de séance. Puis il fallut choisir un secrétaire, deux scrutateurs. Les mains se levaient, avides d'être retenues.

– C'est leur moment de gloire ! chuchota monsieur Merson. Vous allez comprendre la griserie du pouvoir.

L'ordre du jour comportait vingt-six articles et Joséphine se demanda combien de temps durerait l'assemblée générale. Chaque point soulevé était soumis au vote. Le premier sujet de discorde fut le sapin de Noël qu'Iphigénie avait dressé dans le hall de l'immeuble pendant les fêtes.

– Quatre-vingt-cinq euros le sapin, glapit monsieur Pinarelli. Ces frais devraient être à la charge de la gardienne étant donné que ce sapin est là, c'est évident, pour forcer les étrennes. Or, il ne semble pas que nous touchions, en tant que copropriété, un centime de cet argent récolté. Donc je propose que, dorénavant, elle paie le sapin et les décorations de Noël. Et qu'elle rembourse les frais occasionnés, cette année.

– Je suis d'accord avec monsieur Pinarelli, se rengorgea en soulevant sa poitrine creuse mademoiselle de Bassonnière. Et j'émets des réserves sur cette gardienne qu'on nous a, une fois de plus, imposée.

– Enfin, s'exclama Hervé Lefloc-Pignel, qu'est-ce que quatre-vingt-cinq euros partagés en quarante lots !

– Il est facile de se montrer généreux avec l'argent des autres ! persifla mademoiselle de Bassonnière d'une voix aiguë.

– Ah ! Ah ! commenta en aparté monsieur Merson, première passe d'armes ! Ils sont en jambes, ce soir. D'habitude, ils s'échauffent plus longtemps.

– Qu'insinuez-vous par cette phrase ? demanda Hervé Lefloc-Pignel en se dressant face à l'adversaire.

– J'entends qu'on dépense facilement l'argent quand on n'a pas à le gagner à la sueur de son front !

Joséphine crut que Lefloc-Pignel allait défaillir. Il eut un haut-le-corps et devint livide.

– Madame ! Je vous somme de retirer vos insinuations ! s'exclama-t-il, étranglé dans son col de chemise.

– Bien, monsieur le Gendre ! ricana mademoiselle de Bassonnière en piquant du nez comme pour picorer son succès.

Joséphine se pencha vers monsieur Merson et demanda :

– Mais de quoi parlent-ils ?

– Elle lui reproche d'être le gendre de son beau-père qui possède la banque dont il est P-DG ! Une banque privée d'affaires. Mais c'est la première fois qu'elle est aussi explicite. Ce doit être en votre honneur. C'est une sorte d'initiation… et un avertissement à ne pas vous frotter à elle, sinon elle ira fouiller dans votre passé. Elle a un oncle aux Renseignements généraux et possède des fiches sur tous les habitants de l'immeuble.

– Je ne continuerai pas cette réunion si mademoiselle de Bassonnière ne me présente pas des excuses ! rugit Lefloc-Pignel en s'adressant au syndic, dont le regard embarrassé flottait sur l'assemblée.

– C'est hors de question, grommela l'ennemie frissonnante sur ses ergots.

– C'est de la routine. Ils s'asticotent, ils s'évaluent, commenta monsieur Merson. Vous savez que vous avez de jolies jambes ?

Joséphine rougit et étala son imperméable sur ses genoux.

– Madame, monsieur, je vous demande de revenir à la raison, intervint le syndic qui s'essuyait le front, ébranlé par cette première joute verbale.

– J'attends des excuses ! insista Hervé Lefloc-Pignel.

– Je n'en ferai pas !

– Mademoiselle, je ne me retirerai pas à cause du dix-huitième point qui requiert ma présence, mais sachez que si vous n'étiez pas une femme, on irait s'expliquer !

– Oh ! Je n'ai pas peur ! Quand on sait d'où vient ce monsieur ! Un péquenot… Ah ! Elle est belle, la copropriété !

Hervé Lefloc-Pignel tremblait. Les veines de son front gonflaient, sur le point d'éclater. Il se balançait sur ses longues jambes, prêt à massacrer la malotrue qui, enchantée, en rajoutait, vomissant son fiel :

– Sa femme divague dans les couloirs et sa fille se dandine en roulant des hanches ! Bravo !

Lefloc-Pignel fit un pas vers la duègne. Joséphine crut un instant qu'il allait la gifler, mais monsieur Van den Brock intervint. Il se leva, lui parla à l'oreille et Lefloc-Pignel finit par se rasseoir, non sans avoir jeté un regard noir à la vipère. Il se dégageait de cette scène une violence étrange. Comme si c'était la répétition d'une pièce dont chaque participant connaissait la fin, mais où chacun tenait à jouer son rôle sans faiblir.

– Oh ! mais c'est violent ! s'exclama Joséphine, horrifiée. Je n'aurais jamais cru que…

– C'est tout le temps comme ça, soupira monsieur Merson. Lefloc-Pignel pousse la copropriété à des dépenses qui ulcèrent la radine Bassonnière. Il entend tenir son rang et que l'immeuble brille. Elle lâche les biffetons avec l'arthrose de l'usurier. En plus, il semblerait qu'elle sache des choses sur son origine qu'il aimerait mieux qu'on tût. Ah ! Ah ! Vous avez remarqué : quand je suis entouré de ce beau monde, je me mets à l'imparfait du subjonctif! Sinon, je parle comme un charretier…

Il la considéra avec un grand sourire en se tapotant la poitrine.

– N'empêche que vous avez de fines attaches! Très fines, très belles, une invitation à la caresse…

– Monsieur Merson!

– J'aime les jolies femmes. Je crois même que j'aime toutes les femmes. Je les vénère. Particulièrement lorsqu'elles s'abandonnent. Alors là… La beauté féminine atteint une perfection quasi mystique! C'est, à mes yeux, une preuve que Dieu existe. Une femme dans le plaisir est toujours jolie.

Il siffla d'excitation, croisa, décroisa ses jambes et jeta un regard carnivore sur Joséphine qui ne put s'empêcher d'étouffer un rire.

Il fit une pause et reprit :

– Comment croyez-vous qu'elle soit, dans le plaisir, la Bassonnière? Renversée serrée ou renversée ouverte et molle? Je parierais pour renversée serrée à double tour! Et sèche comme un coing! Pas de velouté ni de charnu. Dommage!

Et comme Joséphine ne répondait pas, il entreprit de lui raconter les riches heures de la famille Bassonnière, en chuchotant caché derrière la paume de la main, ce qui donnait une impression d'intimité qui ne passa pas inaperçue.

Mademoiselle de Bassonnière était issue d'une famille noble et ruinée qui, à l'origine, possédait tout l'immeuble, plus deux ou trois autres dans le quartier. Elle n'avait que neuf ans quand elle surprit, l'oreille collée à la porte du bureau de son père, les sombres gémissements d'un homme acculé à la faillite. Il annonçait à sa femme dans quel piteux état se trouvaient leurs finances et comment il faudrait se résoudre à vendre, un par un, leurs biens immobiliers. «Encore heureux si nous réussissons à en conserver un, de bon aloi, en façade noble ! » avait-il dit, effondré à l'idée de se dépouiller de ce patrimoine qui lui permettait d'entretenir chevaux de polo, maîtresses et de s'adonner au poker, le mercredi soir. La famille habitait alors au quatrième étage de l'immeuble A, dans l'appartement occupé par les Lefloc-Pignel.

Ce fut le premier coup que reçut Sibylle de Bassonnière. Les dettes de son père allèrent grandissant ; elle avait dix-huit ans quand ils durent quitter l'immeuble A pour se réfugier dans le sombre trois pièces sur cour de l'immeuble B, où logeait autrefois leur vieille bonne, Mélanie Biffoit, et son époux, chauffeur de monsieur de Bassonnière. Elle en avait entendu des quolibets au sujet de cette pauvre Mélanie qui se contentait de si peu ! « C'est ça, les pauvres, disait sa mère, on leur donne un quignon de pain et ils vous baisent la main. C'est ne pas leur faire du bien que de trop les gâter ! Rassasiez un pauvre, il devient enragé. »

Désargentée, mademoiselle de Bassonnière avait choisi d'ériger sa misère en sacerdoce. Elle se vantait de n'avoir jamais cédé aux sirènes de l'argent, de la gloire ou du pouvoir, oubliant simplement qu'elle n'avait les moyens d'aucune de ces trois tentations. Elle était donc restée vieille fille et amère. Comme elle en voulait à son père de les avoir ruinés, elle en voulut aux hommes d'être des créatures faibles, pleutres, dépensières. Après une longue carrière comme dactylo au ministère de la Marine, elle avait pris sa retraite. Elle crachait son venin à chaque réunion de copropriété. C'était son seul exutoire. Le reste de l'année, elle épargnait pour payer les folles dépenses imposées par les A.

Après avoir provoqué Lefloc-Pignel, elle s'en prit à monsieur Merson au sujet d'un scooter mal garé, fit une allusion à sa sexualité débridée, ce qui le fit ronronner d'aise, et, voyant que ses propos le chatouillaient plutôt que de l'offenser, elle se retourna contre monsieur Van den Brock et le piano de sa femme.

– Et je voudrais que cessât ce vacarme provenant à toute heure de votre étage !

– Ce n'est pas du vacarme, madame, c'est Mozart ! répliqua monsieur Van den Brock.

– Je ne vois pas la différence quand votre femme joue ! siffla la vipère.

– Changez votre sonotone ! Il sature !

– Retournez dans votre pays ! C'est nous qui saturons !

– Mais je suis français, madame, et fier de l'être…

– Van den Brock ? C'est français ?

– Oui, madame.

– Un métèque blond qui se pousse du col et sème des petits bâtards dans le ventre de ses patientes abusées !

– Madame ! s'écria monsieur Van den Brock, le souffle coupé par l'énormité de l'accusation.

Le syndic, épuisé, avait jeté l'éponge. Son stylo faisait des ronds et des carrés sur la première page de l'ordre du jour et son coude ne semblait plus pouvoir soutenir longtemps le poids de sa tête. Il y avait encore treize points à examiner et il était sept heures du soir. À chaque réunion, il assistait aux mêmes scènes et se demandait comment ces gens réussissaient à cohabiter le restant de l'année.

Chacun y alla de son couplet sur le racisme, la tolérance, l'exorbitance des propos, mais mademoiselle de Bassonnière n'en démordit pas, soutenue dans ses flots de bile par monsieur Pinarelli qui ponctuait toutes ses interventions par un « cela fait du bien de le dire ! » qui la relançait si, d'aventure, elle avait la tentation de se calmer.

– Les Bassonnière et les Pinarelli habitent l'immeuble depuis toujours et c'est comme si on avait envahi leurs terres ! Nous sommes leurs immigrés ! expliqua monsieur Merson.

– Cette femme est dangereuse, dit Joséphine. Elle respire la haine !

– Elle s'est déjà fait casser la gueule deux fois. Une fois par un Arabe qu'elle avait traité de parasite social à la poste, la fois suivante par un Polonais qu'elle avait accusé d'être nazi ! Elle l'avait pris pour un Allemand. Au lieu de la calmer, ces agressions renforcent son amertume ; elle se prend pour une victime et crie à l'injustice, au complot mondial. On change de concierge tous les deux ans à cause d'elle. Elle les martyrise, les harcèle et le syndic cède. Mais Pinarelli n'est pas mal, non plus ! Vous saviez qu'il ne supporte pas Iphigénie qu'il accuse d'être fille mère ! « Fille mère ! » C'est une appellation de l'autre siècle !

– Mais elle a un mari ! Le problème, c'est qu'il est en prison…, pouffa Joséphine.

– Comment le savez-vous ?

– Elle me l'a dit…

– Vous êtes copine avec elle ?

– Oui. Je l'aime beaucoup. Et je sais qu'elle veut organiser une petite fête dans sa loge à la fin des travaux… Ça va être difficile ! soupira Joséphine en considérant l'assemblée.

Monsieur Merson éclata de rire, ce qui fit l'effet d'un coup de tonnerre dans la salle. Tout le monde se retourna vers lui.

– C'est nerveux, s'excusa-t-il avec un grand sourire. Mais au moins, ça va calmer le jeu ! Mademoiselle de Bassonnière, vous êtes indigne d'appartenir à notre communauté.

Au mot de « communauté », elle faillit s'étrangler et se tassa sur sa chaise en maugréant que, de toute façon, c'était trop tard, la France foutait le camp, le mal était fait, le vice et l'étranger régnaient dans le pays.

Il y eut un murmure désapprobateur dans la salle et le syndic, profitant de l'accalmie relative, reprit l'ordre du jour. À chaque proposition, les B votaient non, les A, oui et l'atmosphère redevenait électrique. Réfection des portes des parties communes situées dans la cour? Oui. Travaux de réfection des bandeaux en zinc? Oui. Travaux d'assainissement du local à poubelles avec création de bacs appropriés? Oui.

Joséphine décida de s'envoler à tire-d'aile vers un océan bleu, des palmiers, une plage de sable blanc. Elle imagina des vaguelettes lui léchant les chevilles, le soleil sur son dos, le sable en plaques sur le ventre, et se détendit. Elle entendait, de loin en loin, des bouts de phrases, des termes barbares, «constitution de provisions spéciales», «modalités de consultation», «couverture et charpente» qui troublaient son paradis, mais poursuivit sa rêverie. Elle avait raconté à Shirley la phrase écrite par Philippe en page de garde du livre.

– Alors, tu conclus quand, Jo?

– Tu es bête!

– Saute dans l'Eurostar et viens le voir. Personne ne le saura. Je vous prête mon appart, si tu veux! Vous n'aurez même pas besoin de sortir.

– Je te le répète, Shirley, c'est impossible! Je ne peux pas.

– À cause de ta sœur?

– À cause d'un truc qui s'appelle la conscience. Tu connais?

– C'est quand on a peur du châtiment de Dieu?

– Si tu veux…

– Oh! *by the way*, j'en ai une bien bonne à te raconter…

– Pas trop crue? Tu sais que ça me gêne toujours.

– Si, justement… Écoute. L'autre jour, dans un cocktail, je rencontre un homme très bien, très beau, très charmant. On se regarde, il me plaît, je lui plais, on s'interroge, on se dit oui, on s'esquive, on va dîner, on se plaît encore, on se dévore des yeux, on se goûte, on se soupèse et on se retrouve au lit… Chez lui. Je vais toujours chez l'adversaire pour pouvoir lever le camp quand je le désire. C'est plus pratique.

– Shirley…, gémit Joséphine qui voyait se préciser la confidence abrupte.

– Donc on se couche, on s'entreprend et je suis en train de lui faire mille gâteries que je ne te détaillerai pas vu ton faible niveau en volupté lorsque l'homme se répand en gémissements et marmonne : « *Oh ! My God ! Oh ! my God !* » en battant de la tête sur l'oreiller. Alors, outrée, je m'interromps, je m'appuie sur un coude et rectifie : « *It's not God ! It's Shirley !* »

Joséphine avait soupiré, découragée :

– J'ai peur d'être une vraie gourde, au lit…

– C'est pour ça que tu recules devant la nuit d'amour avec Philippe ?

– Non ! Pas du tout !

– Mais si, mais si…

– C'est vrai que parfois, je me dis qu'il a dû connaître des femmes plus délurées que moi…

– De là tant de vertu ! J'ai toujours pensé que les gens étaient vertueux par paresse ou par peur. Merci, Jo, tu viens de me donner raison…

Joséphine avait dû expliquer qu'il fallait qu'elle écourte leur conversation, elle allait être en retard à la réunion.

– Y aura le beau voisin aux yeux de braise ? avait demandé Shirley.

– Oui, sûrement…

– Et vous rentrerez ensemble bras dessus, bras dessous en devisant…

– Tu es vraiment une obsédée !

Shirley ne nia point. On reste si peu de temps sur terre, Jo, profitons, profitons. Moi, se disait Joséphine en entendant les derniers mots de la réunion et les premiers participants se lever, j'ai besoin de me regarder dans la glace, le soir, de dire, les yeux dans les yeux, à la fille dans la glace « ça va pour aujourd'hui, je suis fière de toi ».

– Vous comptez dormir ici ? l'interrogea monsieur Merson. Parce qu'on lève le camp...

– Excusez-moi ! Je rêvassais...

– Je m'en suis aperçu, on ne vous a pas entendue !

– Oups ! fit Joséphine, gênée.

– Ce n'est pas grave. Ce n'était pas les budgets du Pharaon !

Son téléphone sonna, il décrocha et Joséphine l'entendit dire « oui, ma beauté... ».

Elle se détourna et gagna la sortie.

Hervé Lefloc-Pignel la rattrapa et lui proposa de la raccompagner.

– Ça vous ennuierait de rentrer en marchant ? J'aime Paris, la nuit. Je me promène souvent. C'est ma façon à moi de faire de l'exercice.

Joséphine pensa à l'homme qui faisait des tractions, accroché à la branche d'un arbre, le soir de l'agression. Elle frissonna et s'écarta de lui.

– Vous avez froid ? demanda-t-il, d'un ton plein de sollicitude.

Elle sourit et se tut. Le souvenir de l'agression revenait souvent en petits rappels douloureux. Elle y pensait sans y penser vraiment. Tant qu'on ne l'aurait pas arrêté, l'homme aux semelles lisses demeurerait embusqué dans son esprit comme un danger.

Ils prirent le boulevard Émile-Augier, longèrent l'ancienne voie ferrée et se dirigèrent vers le parc de la Muette. Il faisait un temps de printemps, frais, piquant et Joséphine remonta le col de son imperméable.

– Alors, s'enquit-il, comment avez-vous trouvé cette première réunion ?

– Détestable ! Je ne pensais pas que ça pouvait être aussi violent…

– Mademoiselle de Bassonnière dépasse souvent les bornes, concéda-t-il d'un ton mesuré.

– Je vous trouve gentil. Elle insulte carrément les gens !

– Je devrais apprendre à me maîtriser. Chaque fois, je tombe dans le panneau. Et pourtant, je la connais ! Mais je me laisse avoir…

Il paraissait furieux contre lui-même et secouait la tête comme un cheval étranglé par son licol.

– Monsieur Van den Brock a été servi, lui aussi, reprit Joséphine. Et monsieur Merson ! Ces allusions à sa sexualité !

– Personne n'y échappe. Elle a frappé fort cette fois-ci ! Sûrement pour vous impressionner.

– C'est ce que m'a dit monsieur Merson ! Il m'a expliqué qu'elle avait des fiches sur tout le monde…

– J'ai vu que vous vous étiez assise à côté de lui, vous aviez l'air de beaucoup vous amuser.

Il avait prononcé ces mots avec un soupçon de réprobation.

– Je le trouve drôle et plutôt sympathique, dit Joséphine pour se justifier.

Il commençait à se faire tard et le ciel s'assombrissait d'ombres mauves et sombres. Les marronniers avides des premières chaleurs de printemps tendaient leurs branches vert tendre comme autant d'appels à la douceur. Joséphine les imaginait en géants bottés s'ébrouant après l'hiver. Des fenêtres des appartements s'échappaient des bruits de conversation et l'animation derrière les vitres entrouvertes jurait avec les rues désertes où résonnait l'écho de leurs pas.

Un grand chien noir traversa et s'arrêta sous un réverbère. Il les considéra un instant, se demandant s'il devait s'approcher ou les éviter. Joséphine posa sa main sur le bras d'Hervé Lefloc-Pignel.

– Vous avez vu comme il nous regarde ?

– Qu'il est laid ! s'exclama Lefloc-Pignel.

C'était un grand dogue noir, au poil ras, haut de garrot, au regard jaune, oblique. Son oreille gauche, cassée, pendait et l'autre, mal taillée, était réduite à un moignon. On apercevait, sur son flanc droit, une large estafilade où la peau affleurait, rose et boursouflée. Il émit un grognement sourd comme pour les avertir de ne pas bouger.

– Vous croyez qu'il est abandonné ? dit Joséphine. Il n'a pas de collier.

Elle le détaillait avec tendresse. Il lui semblait qu'il s'adressait à elle, que son regard l'isolait d'Hervé Lefloc-Pignel, comme s'il regrettait qu'elle soit accompagnée.

– Le dogue noir de Brocéliande. C'était le surnom de Du Guesclin. Il était si laid que son père ne voulait pas le voir. Il se vengea en devenant le plus belliqueux de sa génération ! À quinze ans, il triomphait dans les tournois et combattait masqué, pour cacher sa laideur...

Elle tendit la main vers le chien qui recula l'amble puis vira et s'enfuit en trottinant vers le parc de la Muette. Sa haute silhouette noire se fondit dans la nuit.

– Il a peut-être un maître qui l'attend sous les arbres, dit Hervé Lefloc-Pignel. Un vagabond. Ils ont souvent des gros chiens comme compagnons, vous avez remarqué ?

– On devrait le déposer sur le paillasson de mademoiselle de Bassonnière ! suggéra Joséphine. Elle serait bien embêtée.

– Elle irait le livrer à la police !

– Ça, c'est sûr ! Il n'est pas assez chic pour elle.

Il eut un sourire triste, puis enchaîna comme s'il n'avait cessé de penser aux propos de la Bassonnière :

– Ça ne vous ennuie pas d'être en compagnie d'un péquenot ?

Joséphine sourit.

– Vous savez, je ne viens pas de très haut non plus… On est deux sur la même balançoire !

– Vous êtes gentille…

– Et puis ce n'est pas une tare de ne pas sortir de la cuisse de Jupiter !

Il baissa la voix et prit le ton de la confidence.

– Elle a raison, vous savez : je suis un petit gars de la campagne. Abandonné par ses parents, recueilli par un imprimeur dans un patelin normand. Elle a des fiches sur tout le monde grâce à son oncle. Bientôt, elle saura tout de vous si ce n'est déjà fait !

– Ça m'est complètement égal. Je n'ai rien à cacher.

– On a tous un petit secret. Réfléchissez bien…

– C'est tout réfléchi !

Puis elle pensa à Philippe et rougit dans l'obscurité.

– Si votre secret est d'avoir grandi dans un petit village du fond de la campagne, d'avoir été abandonné puis recueilli par un homme généreux, ce n'est pas honteux ! Ce pourrait même être le début d'un roman à la Dickens… J'aime Dickens. On ne le lit plus beaucoup.

– Vous aimez raconter des histoires, les écrire…

– Oui. En ce moment, je suis en panne romanesque, mais un rien pourrait me faire repartir ! Je vois des débuts d'histoire partout. C'est une manie.

– On m'a dit que vous aviez écrit un livre qui avait très bien marché…

– C'était une idée de ma sœur, Iris. C'est le contraire de moi : belle, vive, élégante, à l'aise partout !

– Vous étiez jalouse d'elle quand vous étiez petite ?

– Non. Je l'adorais.

– Ah ! Vous avez employé le passé !

– Je l'aime toujours, mais je ne la vénère plus comme avant. Il m'arrive même de me rebeller.

Elle eut un petit rire modeste et ajouta :

– Je fais des progrès chaque jour !

– Pourquoi ? Elle vous tyrannisait ?

– Elle n'aimerait pas que je dise cela, mais oui... Elle imposait sa loi. Maintenant, ça va mieux, j'essaie de m'affranchir. Je ne réussis pas à chaque fois... C'est du boulot de changer un pli qui est pris !

Elle eut un petit rire pour masquer son embarras. Cet homme l'intimidait. Il avait belle allure, belle figure, haute taille, et une prévenance qui la touchait. Elle se sentait flattée de marcher à ses côtés et s'en voulait, en même temps, d'avoir besoin d'être mise en valeur. Elle avait la fâcheuse habitude de se précipiter dans des confidences afin d'accaparer l'attention de ceux qui l'impressionnaient. Comme si elle ne s'estimait pas assez intéressante pour rester silencieuse, comme s'il fallait qu'elle se « vende », qu'elle livre un kilo de chair fraîche pour charmer l'autre. Elle se remit à babiller. C'était plus fort qu'elle.

– Quand on va chez ma sœur, elle a une maison à Deauville, on prend l'autoroute et je regarde les villages au loin, dans la campagne. Je vois des petites fermes enfermées dans des bosquets, des toits de chaume, des granges et j'entends les histoires de Flaubert et de Maupassant...

– Je viens d'un de ces petits villages... et ma vie ferait un roman !

– Racontez-moi !

– Ce n'est pas très intéressant, vous savez...

– Si ! j'aime les histoires.

Ils marchaient du même pas. Ni trop lent ni trop rapide. Elle eut envie de lui prendre le bras, mais se retint. Ce n'était pas un homme qui autorisait les épanchements.

– À l'époque, mon village était vivant, animé. Il y avait une grand-rue avec des boutiques de chaque côté. Un bazar, une épicerie, un coiffeur, un bureau de poste, une boulangerie, deux bouchers, un marchand de fleurs, un café. Je n'y suis jamais retourné, mais il ne doit pas rester grand-chose du monde que j'ai connu. C'était il y a…

Il chercha dans ses souvenirs.

– Plus de quarante ans… j'étais un enfant.

– Vous aviez quel âge quand vous avez été…

Elle hésita à dire « abandonné » et ne finit pas sa phrase.

– Je devais avoir… Je ne me souviens pas, vous savez… Je me souviens de certaines choses, très précises, mais pas de l'âge que j'avais.

– Vous êtes resté longtemps chez lui ?

– J'ai grandi avec lui. Sa petite entreprise s'appelait IMPRIMERIE MODERNE. Les lettres étaient peintes en vert sur un bandeau de bois blanc. Il s'appelait Graphin. Benoît Graphin… Il disait qu'il avait un nom prédestiné. Graphin, graphie, graphique. Il travaillait jour et nuit. Il n'était pas marié, il n'avait pas d'enfants. J'ai tout appris de lui. Le sens du travail bien fait, la ponctualité, l'ardeur à l'ouvrage…

Il semblait reparti dans un autre monde. Même ses mots étaient désuets. Ils s'écaillaient sur le bandeau en peinture blanche. Il se frottait l'intérieur du majeur comme pour en effacer des traces d'encre imaginaires.

– J'ai grandi au milieu des machines. L'imprimerie à cette époque, c'était artisanal. Il composait ses textes à la main. Avec des caractères en plomb qu'il alignait dans un compositeur. C'était souvent du Didot ou du Bodoni. Ensuite, il tirait une épreuve, il corrigeait les erreurs. Il mettait les caractères dans un châssis, il imprimait. Il avait une machine OFMI qui sortait deux mille exemplaires à l'heure. Il surveillait l'encrage et pendant tout ce temps-là, tout ce temps où il travaillait, il m'expliquait ce qu'il faisait. Il me récitait les termes techniques comme on récite à un enfant les tables de multiplication. Je devais connaître deux cents types de polices, ainsi que toutes les mesures typographiques, le point et le cicéro. Je me souviens de tout. De tous les termes techniques, de ses gestes, des odeurs, des rames de papier qu'il massicotait, qu'il mouillait, qu'il faisait sécher... Il y avait une grosse machine au fond de l'atelier, une Marinoni qui faisait un bruit infernal. Il restait là, à la surveiller, et il me prenait la main... Ce sont des souvenirs merveilleux. Les souvenirs d'un péquenot !

Il avait prononcé ces derniers mots d'un air mauvais.

— C'est une mauvaise femme, dit Joséphine. Il ne faut pas prêter attention à ce qu'elle dit !

— Je sais, mais c'est mon passé. Il ne faut pas y toucher. C'est interdit. J'avais une amie, aussi. Elle s'appelait Sophie. Je dansais avec elle, une, deux, trois, une, deux, trois... Elle tendait sa petite tête vers moi, une, deux, trois, une, deux, trois, et je me sentais grand, protecteur, important. C'étaient des moments de grand bonheur. J'aimais cet homme. À dix ans, à l'entrée en sixième, il m'a mis en pension à Rouen. Il disait que je devais étudier dans de bonnes conditions. Je revenais le voir le week-end et pendant les vacances. Je grandissais. Je m'ennuyais dans l'atelier. J'étais jeune. Ce qu'il m'apprenait ne m'intéressait plus. Je frimais avec mon nouveau savoir, il me regardait en se caressant le menton d'un air à la fois mélancolique et douloureux. Je crois que je le méprisais d'être resté un artisan. Quel idiot j'étais ! Je croyais prendre le pouvoir en affirmant mon savoir. Je voulais lui en imposer...

– Vous devriez entendre comment me parlent mes filles quand elles m'apprennent à me servir d'Internet : comme à une débile !

– Quand les enfants en savent plus que les parents, cela pose le problème de l'autorité…

– Oh ! moi, ça m'est égal, je m'en fiche pas mal qu'elles pensent que je suis une attardée mentale !

– Il ne faut pas. Vous devez être respectée, en tant que mère et éducatrice. Vous savez, dans le futur, les problèmes d'autorité vont devenir centraux. La carence du père dans les sociétés actuelles pose un énorme problème pour l'éducation des enfants. Moi, je veux restaurer l'image du *pater familias*.

– On peut aussi apprendre la douceur, la tendresse, d'un père, suggéra Joséphine qui leva les yeux vers le ciel.

– Ça, c'est le rôle de la mère, rectifia Hervé Lefloc-Pignel.

– À la maison, c'était l'inverse ! dit Joséphine en souriant.

Il lui lança un regard brusque, vite dérobé. Il y avait en lui quelque chose de farouche, de secret. Elle avait l'impression qu'il hésitait à se livrer, mais que, lorsqu'il le faisait, il était capable de grands abandons.

– Iphigénie, la gardienne, voudrait donner une petite fête dans sa loge pour la fin des travaux… Avec tous les gens de l'immeuble.

Ils entraient dans le square et Joséphine frissonna à nouveau. Elle se rapprocha de lui comme si le meurtrier pouvait surgir, derrière son dos.

– Ce n'est pas une bonne idée. Personne ne se parle dans l'immeuble.

– Ma sœur Iris viendra…

Elle avait dit cela pour le convaincre de venir. Iris demeurait son sésame, sa clé magique. Celle qui ouvrait toutes les portes. Elle se souvint, petite, quand elle désirait inviter des amis chez elle et qu'ils se montraient réticents, elle ajoutait, honteuse de ne pas emporter l'adhésion, « ma sœur sera là ». Et ils venaient. Et elle se sentait encore plus misérable.

– Je passerai, alors. Pour vous faire plaisir.

Elle ne put s'empêcher de penser qu'il serait attiré par Iris. Et qu'Iris serait surprise qu'elle connaisse un homme aussi séduisant. Arrête de te comparer à elle, ma pauvre fille, arrête ! Ou tu seras malheureuse pour l'éternité. On perd toujours à se comparer.

Ils se quittèrent dans l'ascenseur avec un petit salut de la tête. Il avait repris ses distances et elle se demanda si c'était le même homme qui venait de lui ouvrir son cœur.

Zoé n'était pas dans sa chambre : elle avait dû filer dans la cave de Paul Merson. Elle ne lui demandait plus l'autorisation.

– Ça suffit comme ça, déclara-t-elle aux étoiles, les coudes posés sur la rambarde du balcon. Aidez-moi ! Faites qu'elle me parle. C'est insupportable, ce silence.

Elle resta un long moment à fixer la nuit sombre et mauve. Son cou devenait douloureux à force de le tendre vers le ciel. Elle attendrait jusqu'à ce que les étoiles lui répondent et si elle devait devenir un bout de bois, qu'importe, elle deviendrait un bout de bois !

Elle attendit, au garde-à-vous, la tête droite. Elle promit de réparer si elle avait blessé Zoé, promit de comprendre, promit de se remettre en question, de ne pas fuir lâchement s'il y avait un problème à affronter. Elle fit le vide en elle et resta dressée vers le ciel. Les grands arbres du parc remuaient doucement comme s'ils accompagnaient son attente. Elle se glissa dans les branches pour y poser sa demande, qu'elle monte vers le ciel et soit entendue.

Bientôt, elle aperçut la petite étoile au bout de la Grande Ourse qui scintillait. Elle envoya un, deux, trois éclairs comme un langage en morse qui lui transmettait un message. Elle poussa un cri.

Elle referma la fenêtre et, remplie d'un bonheur qui chantait à tue-tête, alla se coucher, impatiente d'être au lendemain. Ou au jour d'après. Ou d'après… Elle n'était plus pressée.

Sibylle de Bassonnière ouvrit le couvercle de sa poubelle et grimaça. Une odeur rance de poisson gras monta des détritus. Elle décida de la descendre sans plus attendre. Elle avait mangé du saumon, ce soir, et la poubelle empestait. C'est fini, je n'en reprends plus jamais. D'abord ça coûte cher, ensuite ça rissole et ça colle, enfin ça empeste. Ça empeste dans la poêle, ça empeste dans la poubelle, ça empeste jusque dans mes doubles rideaux. On renifle le gras grésillant du saumon pendant plusieurs jours. À chaque fois, je me laisse berner par ce poissonnier, par son refrain sur les oméga 3, le bon et le mauvais cholestérol ! Désormais, je prendrai du flétan. C'est moins cher et ça n'empeste pas. Maman faisait toujours du flétan, le vendredi.

Elle passa sa robe de chambre achetée par correspondance chez Damart, chaussa ses pantoufles, mit une paire de gants en caoutchouc et s'empara de la poubelle. Elle sortait sa poubelle chaque soir, à vingt-deux heures trente, c'était un rite, mais ce soir-là, elle s'était dit qu'elle attendrait le lendemain.

Elle n'attendrait pas. Un rite était un rite, il convenait de le respecter pour conserver l'estime de soi.

Elle eut une petite moue de femme gourmande et se dit qu'en fin de compte elle ne regrettait pas le saumon. C'était sa douceur hebdomadaire. Il en fallait bien ! Elle les avait bien mouchés encore, ce soir. Elle s'était fait la brochette complète : Lefloc-Pignel, Van den Brock et Merson. Trois impudents qui habitaient dans ses meubles. Le premier avait réussi à faire oublier ses origines grâce à son mariage, le deuxième était un dangereux imposteur et le troisième un dévergondé fier de l'être. Elle savait sur eux des choses qu'elle était seule à connaître. Grâce à son oncle, le frère de sa mère. Il avait travaillé dans la police. Au ministère de l'Intérieur. Il avait des fiches sur tout le monde. Quand elle était petite, elle prenait un journal, montait sur ses genoux, pointait un fait divers du doigt et disait raconte-moi comment il a été arrêté celui-là. Il chuchotait dans son oreille tu ne le diras à personne, hein ? c'est un secret, elle hochait la tête et il racontait les filatures, les embuscades, les indics, les longues heures d'attente avant que l'homme ne tombe dans les filets de la police. Mort ou vif. Il y avait des trahisons, des imprudences, des sommations, des fusillades et toujours, toujours du drame et du sang. C'était bien plus intéressant que les livres de la Bibliothèque verte ou rose que sa mère l'obligeait à lire.

Elle avait pris goût aux secrets.

Il avait pris goût aux fiches et même s'il n'était plus en poste, il avait toujours ses dossiers. Mis à jour. Parce qu'il rendait des services. Qu'il était muet comme un tombeau, souple dans ses alliances, tolérant pour les excès d'autorité des uns ou les faiblesses des autres.

Elle avait ainsi appris l'origine de Lefloc-Pignel, sa longue errance d'enfant adopté et rejeté par tous, les foyers d'accueil plus minables les uns que les autres, son mariage inespéré avec la petite Mangeain-Dupuy et son ascension dans la bonne société. Elle savait pourquoi Van den Brock avait quitté Anvers et était venu exercer en France, « erreur médicale ? crime parfait, plutôt », s'amusait-elle à lui murmurer quand elle sortait de ces réunions annuelles où elle était confrontée à ses trois victimes. Et le libidineux Merson ? N'allait-il pas fricoter dans des boîtes à partouzes ? Ne s'emmêlait-il pas le corps dans des nœuds infâmes ? Cela ferait mauvais effet si ça se savait… L'oncle avait des photos. Merson avait l'air de s'en moquer, mais il rirait moins si elles atterrissaient sur le bureau de son P-DG, le très austère monsieur Lampalle des Maisons Lampalle, « les maisons du bonheur et de la famille » ! Adieu veaux, vaches, promotion ! Il ne tenait qu'à elle que ce bel avenir s'évanouisse.

Elle les tenait. Une fois par an, elle leur lançait des avertissements. C'était son grand soir. Elle s'y préparait des semaines à l'avance. Le Van den Brock avait failli rendre l'âme, cette fois. Elle avait le dossier complet de son « erreur » médicale. Elle rit toute seule et imagina l'ouverture d'un nouveau procès. Avec toutes les maîtresses, présentes et passées. Cela ferait du beau linge à laver ! C'était un fameux pouvoir qu'elle avait là. Cela ne suffisait pas à lui rendre son immeuble et le bel appartement de façade, mais c'étaient de délicieuses piqûres de rappel du temps où elle était quelqu'un, où les locataires lui faisaient des sourires, lui demandaient comment elle allait. Aujourd'hui, on lui claquait les portes au nez. Elle était une vieille fille inutile.

Elle prit l'ascenseur, tenant à distance la poubelle qui puait le saumon. Appuya sur le bouton du rez-de-chaussée. La petite nouvelle avec ses yeux de biche égarée l'avait galvanisée. Son dossier était vide. Le livre écrit par sa sœur ? Secret éventé. Mais son mari, en revanche… L'homme n'était pas clair. La sainte-nitouche ne savait pas tout. Ou feignait d'ignorer. Elle ne désespérait pas d'apprendre quelque chose sur elle. C'était la devise de son oncle : chaque homme a son secret, sa petite vilenie qui, bien exploitée, en fait un serviteur ou un allié.

Elle traversa la cour et se dirigea vers le local à poubelles.

Elle ouvrit la porte. Une odeur de moisi humide, de déchets putrides la saisit à la gorge. Elle porta la main à sa bouche et se pinça le nez. Quelle porcherie ! Et cette concierge qui ne faisait rien ! Trop occupée à repeindre sa loge ! Mais ça allait changer, elle en parlerait au syndic. Elle savait comment lui parler.

Elle se félicita d'avoir mis des gants en caoutchouc et souleva le lourd couvercle de la première poubelle, en reculant pour ne pas recevoir les effluves nauséabonds en plein nez. C'est ignoble ! Du temps de mes parents, on n'aurait pas supporté cette crasse. Demain, j'adresse un courrier au syndic et réclame le départ de cette fille. Il connaît la procédure par cœur, maintenant, je n'ai plus besoin d'insister, je n'aurai même pas besoin de mentionner le nom de son concubin qui est en prison. Quand je pense qu'il a engagé cette fille sans enquêter sur ses relations ! Le père de ses enfants, un criminel ! Quelle négligence ! Je lui mettrai le dossier sous le nez.

Elle n'entendit pas la porte du local s'ouvrir derrière elle.

Penchée au-dessus de la grande poubelle grise, pestant au sujet d'Iphigénie, sa robe de chambre Damart ouverte sur sa chemise de nuit rose, elle se sentit attirée violemment en arrière, reçut un premier coup dans la poitrine, puis un autre, et un autre.

Elle n'eut pas le temps de crier, d'appeler à l'aide. Elle tomba en avant, sur la poubelle. Son long corps de vierge sèche s'affala sur le couvercle puis heurta une autre poubelle avant de s'effondrer sur le sol. Elle pivota sur elle-même, se laissa tomber comme une chiffe molle. Elle pensa qu'elle n'avait pas encore tout dit, qu'il y avait encore beaucoup de gens dont elle connaissait les secrets honteux, beaucoup de gens qui pourraient la détester, et elle aimait tellement qu'on la déteste car on ne déteste pas les faibles, n'est-ce pas, on ne hait que les puissants.

Couchée sur le sol, elle aperçut les chaussures de l'homme qui s'acharnait sur elle, de belles chaussures d'homme riche, des chaussures anglaises, arrondies au bout, des chaussures neuves, aux semelles lisses qui lançaient des éclairs blancs dans la nuit. Il s'était baissé et la poignardait en cadence, elle pouvait compter les coups et cela faisait comme une danse, elle les comptait pendant qu'ils s'abattaient sur elle, ils se mélangeaient dans son esprit avec le sang dans sa bouche, le sang sur ses doigts, le sang sur ses bras, le sang partout. Une vengeance ? Se pourrait-il qu'elle ait vu juste : tous empêtrés dans des secrets trop lourds pour eux ?

Elle se répandait lentement sur le sol, les yeux fermés, se disant oui, oui, je le savais, tous quelque chose à cacher, et même cet homme si beau qui pose en slip sur les panneaux publicitaires. Un bel homme brun à la mèche romantique. Qu'il lui plaisait ! Fort et fragile, proche et distant, magnifique et absent. Avec une fêlure qui le mettait à sa merci. L'oncle lui avait raconté la fêlure. Il connaissait tous les moyens de posséder les gens. Tout le monde a un prix, disait-il, tout le monde a une blessure. Bien sûr, il était plus jeune qu'elle, bien sûr il ne la regarderait pas, mais cela ne l'empêchait pas de s'endormir en rêvant qu'il devenait son obligé, qu'elle devenait sa confidente, qu'il l'écoutait et que, peu à peu, des liens se tissaient entre eux, le mannequin et la vieille fille. L'oncle possédait des fiches sur lui : plusieurs arrestations en état d'ivresse ou sous l'emprise de stupéfiants. Insultes à agent, troubles sur la voie publique. Il a une gueule d'ange, mais se conduit comme un voyou, ton ami. Oh, si seulement, il pouvait être mon ami ! s'était-elle dit, la confidence au bord des lèvres.

Elle avait appris son nom, son adresse, l'agence, galerie Vivienne, pour laquelle il travaillait. Mais surtout, elle avait appris son secret. Le secret de sa vie, sa double vie. Elle n'aurait peut-être pas dû lui envoyer cette lettre anonyme. Elle avait été imprudente. Elle était sortie de son univers. Son oncle lui disait toujours de choisir sa cible avec discernement, de se garder du danger.

Savoir se garder. Elle avait oublié.

Elle se laissa glisser lentement dans la douleur, puis une douce inconscience, une mare de sang chaude, gluante. Elle aurait aimé se retourner pour voir le visage de son agresseur, mais elle n'en eut pas la force. Elle remua un doigt de la main gauche, sentit le sang visqueux, épais, son sang à elle. Elle se demanda se peut-il qu'il m'ait identifiée après avoir reçu la lettre ? Quelle faute ai-je commise pour qu'il me retrouve ? J'avais pris soin de ne pas laisser d'empreinte, d'aller la poster à l'autre bout de Paris, j'avais acheté des journaux que je ne lis jamais pour découper les mots. Je ne poserai plus jamais mes lèvres sur ses photos. J'aurais dû avouer cette ferveur à mon oncle. Il m'aurait mise en garde : « Sibylle, garde ton calme, c'est ton problème, tu ne sais pas te maîtriser. Les menaces se distillent en douceur. Plus tu restes modérée, plus l'impact est fort. Si tu t'emportes, tu ne fais plus peur à personne, tu révèles ta faiblesse. » C'était une autre de ses devises. Elle aurait dû écouter son oncle. Il parlait comme la Bible.

Alors, s'étonna-t-elle, on peut continuer à penser si près de mourir ? Le cerveau marche encore alors que le corps se vide, que le cœur hésite à battre, que le souffle s'épuise…

Elle sentit l'agresseur la pousser du pied, rouler son corps inerte, derrière la grosse poubelle, celle du fond qu'on ne sortait qu'une fois la semaine. Il la poussait et la tassait au fond du local pour la cacher, l'enroulait dans un bout de moquette sale pour qu'on ne la découvre pas tout de suite. Elle se demanda qui avait déposé cette moquette, pourquoi elle traînait là. Encore une négligence de cette incapable de concierge ! Les gens ne font plus leur métier, ils veulent les primes et les vacances, mais ils ne veulent plus se salir les mains. Elle se demanda au bout de combien de temps on la retrouverait. Pourrait-on déterminer l'heure exacte de la mort ? L'oncle lui avait expliqué comment on faisait. La tache noire sur le ventre. Elle aurait une tache noire sur le ventre. Elle heurta une cannette qui roula contre son bras, respira un sachet vide de cacahuètes, s'étonna encore de rester consciente même si toute sa force se vidait avec son sang. Elle n'avait plus le courage de résister.

Étonnée, étonnée et si faible.

Elle entendit la porte du local à poubelles se refermer. Ça fit un crissement rouillé dans le silence de la nuit. Elle compta encore trois battements de cœur avant de pousser un petit soupir et de mourir.

Quatrième partie

Iris sortit le poudrier Shisheido de son sac Birkin. Saint Pancras approchait, elle voulait être la plus belle pour descendre sur le quai.

Elle avait attaché ses longs cheveux noirs, posé un fard gris-violet sur ses paupières, une couche de rimmel sur ses cils, ah ! ses yeux ! elle ne se lassait pas de les contempler, c'est incroyable ce que leur couleur peut changer, ils virent à l'encre quand je suis triste, s'éclairent d'une lueur dorée lorsque je suis enjouée, qui saurait décrire mes yeux ? Elle releva le col de son chemisier Jean-Paul Gaultier, se félicita d'avoir choisi ce tailleur-pantalon en jersey parme qui mettait sa silhouette en valeur. Le but de son voyage était simple : reconquérir Philippe, reprendre sa place dans sa famille.

Elle eut un élan de tendresse pour Alexandre qu'elle n'avait pas vu depuis six semaines. Elle avait été très occupée à Paris. Bérengère avait été la première à l'appeler.

– Tu étais resplendissante, avant-hier, au Costes. Je n'ai pas voulu te déranger, tu déjeunais avec ta sœur…

Elles avaient babillé comme si de rien n'était. Le temps efface tout, pensa Iris en faisant un raccord de poudre. Le temps et l'indifférence. Bérengère avait « oublié » parce que Berengère n'avait jamais accordé son attention. Elle avait reçu l'écume des bavardages

397

parisiens, s'en était pourléchée, l'écume s'était envolée, elle ne se souvenait plus de rien. Mortelle légèreté, tu me sers bien ! pensa Iris. Sur la joue gauche, elle aperçut une fine ride, elle rapprocha le miroir, pesta et se promit de demander à Bérengère l'adresse de son dermatologue.

L'homme en face d'elle ne la quittait pas des yeux. Il devait avoir quarante-cinq ans, un visage résolu, de larges épaules. Philippe reviendrait. Ou elle en séduirait un autre ! Il fallait être réaliste, elle jouait ses dernières cartouches, et un général se doit d'être lucide dans la bataille finale. Il jette toutes ses forces pour l'emporter, mais se prépare aussi une solution de retrait.

Elle rangea son poudrier et rentra le ventre. Elle avait engagé un « coach », monsieur Kowalski, qui la manipulait comme de la pâte à modeler. Il la roulait, la déroulait, la pliait, l'étirait, la ramassait, la faisait rebondir, l'aplatissait. Il égrenait le nombre d'abdos sans sourciller, n'avait aucune pitié et quand elle le suppliait de modérer ses exigences, il comptait et un, et deux, et trois, et quatre, faut savoir ce que vous voulez, madame Dupin, à votre âge, vous devez en faire deux fois plus. Elle le détestait, mais il était efficace. Il venait chez elle trois fois par semaine. Il arrivait en sifflotant, un bâton dont il se servait pour ses exercices à l'épaule. Les cheveux coupés au bol, des petits yeux marron enfoncés, un nez en bouton de bottine et un torse de marin pêcheur. Il portait toujours le même survêtement bleu ciel avec des bandes orange et violettes et un petit sac en bandoulière. Il entraînait des femmes d'affaires, des avocates, des actrices, des journalistes, des oisives. Il égrenait leurs noms et leurs performances pendant qu'elle transpirait. Elle l'avait rencontré chez Bérengère qui, elle, avait renoncé au bout de six séances.

Elle se laissa aller contre le siège. Elle avait eu raison d'annoncer son arrivée à Alexandre avant d'en parler à

Philippe. Il n'avait pas pu refuser de la recevoir. Tout allait se jouer durant ce séjour. Un frisson lui parcourut l'échine.

Et si elle échouait ?

Son regard se posa sur les faubourgs gris de Londres, les petites maisons encastrées l'une dans l'autre, les maigres jardinets, le linge qui séchait, les chaises de jardin fracassées, les murs taggués. Elle se souvint des barres de la banlieue parisienne.

Et si elle échouait ?

Elle fit rouler ses bagues entre ses doigts, caressa le sac Hermès, la large étole en cachemire.

Et si elle échouait ?

Elle ne voulait pas y penser.

Elle inclina la tête quand l'homme en face d'elle lui proposa de descendre son sac de voyage. Elle le remercia d'un sourire poli. L'odeur d'eau de Cologne bon marché qui se dégagea quand il haussa les bras pour atteindre son bagage la renseigna : il ne valait pas la peine qu'elle s'attarde.

Philippe et Alexandre l'attendaient sur le quai. Qu'ils étaient beaux ! Elle fut fière d'eux et ne se retourna pas vers l'homme qui lui emboîtait le pas puis ralentit quand il vit qu'elle était attendue.

Ils dînèrent dans un pub au coin de Holland et Clarendon Street. Alexandre raconta comment il avait eu la meilleure note en histoire, Philippe applaudit, Iris l'imita. Elle se demanda s'ils allaient partager la même chambre ou s'il avait pris des dispositions pour dormir de son côté. Elle se rappela combien il avait été amoureux d'elle et se convainquit que cela ne pouvait pas s'arrêter ainsi. Après tout, un petit accroc dans une longue vie conjugale, cela arrive à tout le monde, le principal, c'est ce qu'on a construit ensemble… Mais qu'ai-je construit avec lui ? se demanda-t-elle aussitôt, maudissant la lucidité qui l'empêchait de se montrer complaisante. Il a tenté de construire, mais moi ?

Elle entendit Alexandre qui détaillait l'emploi du temps de leur week-end.

– On va arriver à tout faire ? demanda-t-elle, amusée.

– Si tu te lèves tôt, oui. Mais faudra pas traîner...

Comme il paraissait sérieux ! Elle fit un effort pour se rappeler quel âge il avait. Quatorze ans, bientôt. Il parlait un anglais sans accent quand il s'adressait au serveur ou évoquait le titre d'un film. Philippe s'adressait à lui pour éviter d'avoir affaire à elle. Il disait : « Crois-tu que ça intéresserait maman d'aller voir la rétrospective Matisse ou préférerait-elle aller à l'exposition Miró ? » Et Alexandre répondait qu'à son avis maman voudrait voir les deux. Je suis un volant de badminton qu'ils se renvoient allégrement à coups de questions auxquelles je ne dois pas donner de réponse. Cette légèreté ne lui inspira pas confiance.

L'appartement de Philippe ressemblait à celui de Paris. Ce n'était pas surprenant : il avait meublé les deux. Elle l'avait regardé faire. La décoration ne l'intéressait pas. Elle appréciait les beaux décors, mais n'aimait pas courir les antiquaires, les ventes aux enchères. Tout ce qui suppose un effort prolongé me déplaît, j'aime flâner, rêvasser, lire de longues heures, allongée. Je suis une contemplative. Comme madame Récamier. Une paresseuse, oui ! murmura une petite voix qu'elle fit taire.

Philippe avait posé son sac de voyage dans l'entrée. Alexandre alla se coucher après avoir réclamé poliment un baiser et ils se retrouvèrent seuls, dans le grand salon. Il avait fait poser de la moquette blanche, il ne devait pas recevoir beaucoup. Elle s'assit en prenant soin de s'étaler sur un grand canapé. Elle le regarda allumer la chaîne, choisir un CD. Il paraissait si hermétique qu'elle se demanda si elle n'avait pas fait une erreur en venant. Elle n'était plus sûre d'avoir les yeux bleus, la taille fine, l'épaule ronde. Elle tritura le bout de ses cheveux, replia ses longues jambes après s'être débarrassée de ses chaussures, dans une posture de défense et d'attente. Elle se sentait étrangère dans cet appartement. Pas un instant, elle n'avait perçu de l'abandon chez Philippe. Il était affectueux, poli, mais la maintenait à distance. Comment en est-on arrivé là ? Elle décida d'arrêter de penser. Elle ne pouvait imaginer la vie sans lui. L'eau de Cologne de l'homme dans le train lui revint en bouffée et elle eut une moue de dégoût.

– Il semble aller bien, Alexandre...

Philippe sourit et secoua la tête comme s'il se parlait à lui-même.

– Je suis heureux avec lui. Je ne savais pas qu'il pouvait me rendre si heureux.

– Il a beaucoup changé. Je ne le reconnais presque plus.

Il pensa, tu ne l'as jamais connu ! mais ne dit rien. Il ne voulait pas ouvrir les hostilités en parlant d'Alexandre. Le problème n'était pas Alexandre, le problème était ce mariage qui n'en finissait pas de mourir, qui faisait semblant de durer. Il la regardait, assise en face de lui. La plus jolie de toutes, ses doigts taquinant le collier de perles fines qu'il lui avait offert pour leurs dix ans de mariage, le regard bleu-mauve fixant le vide, s'interrogeant sur l'avenir de leur relation, sur son avenir à elle, comptant les années qu'il lui restait à être séduisante, évaluant les moyens qu'elle devrait mettre en œuvre pour rester sa femme ou devenir la femme d'un autre, essoufflée devant la difficulté de devoir tout recommencer avec un étranger alors qu'il était là, à portée de main, une proie si facile et si longtemps ferrée.

Il détailla le bras mince, le cou élancé, la bouche charnue, il la découpa en morceaux et chaque morceau remporta le prix d'excellence du plus beau morceau. Il la vit avec ses amies, parlant de son week-end à Londres, ou bien n'en parlant pas, elle ne doit plus avoir beaucoup d'amies. Il l'imagina, dans le train, calculant ses chances, scrutant son visage dans la glace... Il s'était perdu si longtemps dans le mirage de son amour. Là où je voyais une oasis, des palmiers, une source d'eau vive, il n'y avait qu'aridité et calcul. A-t-elle eu du plaisir avec moi ? Je ne sais rien de cette femme que j'ai tenue dans mes bras. Ce n'est plus mon problème. Mon problème, ce soir, est de mettre un terme à ses illusions. Elle a cherché des yeux où j'avais posé son sac de voyage. Elle se demande où elle va dormir. Nous ne dormirons pas ensemble, Iris.

Il ouvrit la bouche pour énoncer tout haut sa pensée, mais elle se pencha en avant et sa main partit à la recherche d'une boucle d'oreille qui était tombée. Tiens, se dit Philippe, je ne la connais pas, celle-là ! Se peut-il que quelqu'un d'autre que moi lui offre des bijoux ? Ou est-ce une boucle de pacotille aperçue dans une vitrine ?

Iris avait retrouvé la boucle d'oreille, elle l'avait remise en place. Elle lui lança un sourire éblouissant. « Son cœur est un cactus hérissé de sourires. » Où avait-il lu cette phrase ? Il avait dû la noter en pensant à elle. Il esquissa un sourire rapide. Je te connais, tu survivras à notre séparation. Parce que tu ne m'aimes pas. Parce que tu n'aimes personne. Parce que tu n'as pas d'émotions. Les nuages survolent ton cœur, mais ne s'impriment pas. Comme une enfant gâtée à qui on offre un jouet. Elle bat des mains, s'amuse un moment puis le laisse tomber. Pour passer à un autre. Encore plus grand, encore plus beau, encore plus décevant. Rien ne peut combler le vide de ton cœur. Tu ne sais plus quoi rechercher pour te faire trembler... Il te faut des orages, des ouragans pour que tu éprouves une petite, une toute petite émotion. Tu en deviens dangereuse, Iris, dangereuse pour toi. Prends garde, tu vas te fracasser. Je devrais te protéger, mais je n'en ai plus le désir, plus l'envie. Je t'ai protégée longtemps, longtemps, mais ce temps est fini.

— Je t'ai apporté des cadeaux, finit par dire Iris pour rompre le silence.

— C'est gentil…

— Où as-tu mis mon sac ? demanda-t-elle d'un ton badin.

Tu le sais très bien, faillit-il dire.

— Dans l'entrée…

— Dans l'entrée ? reprit-elle, étonnée.

— Oui.

— Ah…

Elle se leva, alla chercher son sac. Sortit un pull en cachemire bleu, une boîte de calissons. Les lui tendit avec le sourire d'un éclaireur yankee qui négocie avec le Sioux rusé.

— Des calissons ? s'étonna Philippe en recevant la boîte blanche en forme de losange.

— Tu te souviens ? Notre week-end à Aix-en-Provence… Tu en avais acheté dix boîtes pour en avoir partout : dans la voiture, au bureau, à la maison ! Moi, je trouvais ça trop sucré…

Sa voix chantonnait, heureuse ; il entendit le refrain qu'elle n'osait pas entonner. Nous étions si heureux, alors, tu m'aimais tant !

— C'était il y a longtemps…, dit Philippe, faisant un effort de mémoire.

Il reposa la boîte sur la table basse comme s'il refusait de repartir en arrière dans un bonheur inventé.

— Oh ! Philippe ! Ce n'est pas si loin que ça !

Elle s'était assise à ses pieds et lui enserrait les genoux. Elle était si belle qu'il la plaignit. Livrée à elle-même, sans la protection d'un homme qui l'aime, ses faiblesses feraient d'elle une proie si facile. Qui la protégera quand je ne serai plus là ?

– On dirait que tu as oublié qu'on s'est aimés…

– Je t'ai aimée ! corrigea-t-il d'une voix douce.

– Qu'est-ce que tu veux dire ?

– Que c'était à sens unique… et que c'est fini.

Elle s'était redressée et le dévisageait, incrédule.

– Fini ? Mais ce n'est pas possible !

– Si, on va se quitter, divorcer…

– Oh, non ! Je t'aime, Philippe, je t'aime. J'ai pensé à toi, à nous, tout le temps dans le train, je me disais, on va recommencer de zéro, on va tout recommencer. Mon chéri…

Elle lui avait pris la main et la serrait fort.

– Je t'en prie, Iris, ne rends pas les choses plus compliquées, tu sais très bien ce qu'il en est !

– J'ai commis des erreurs. Je le sais… Mais j'ai compris aussi que je t'aimais. Que je t'aimais vraiment… Je me suis comportée comme une petite fille gâtée, mais maintenant, je sais, je sais…

– Tu sais quoi ? demanda-t-il, lassé à l'avance de ses explications.

– Je sais que je t'aime, que je ne te mérite pas, mais que je t'aime…

– Comme tu aimais Gabor Minar…

– Je ne l'ai jamais aimé !

– En tous les cas, tu faisais bien semblant.

– Je me suis trompée !

– Tu m'as trompé ! Ce n'est pas pareil. Et puis à quoi bon ? C'est du passé. J'ai tourné la page. J'ai changé, je ne suis plus le même homme, et cet homme nouveau n'a plus rien de commun avec toi…

– Ne dis pas ça ! Je changerai aussi. Ça ne me fait pas peur, rien ne me fait peur avec toi !

Il la regarda, ironique.

– Tu crois que parce que tu dis que tu vas changer, tu changeras, et parce que tu dis que tu es désolée, j'oublierai tout et on repartira ! La vie n'est pas aussi simple, ma chérie !

Elle reprit espoir en entendant ce terme d'affection. Elle posa sa tête sur ses genoux et caressa sa jambe.

– Je te demande pardon pour tout !

– Iris ! Je t'en prie ! Tu m'embarrasses…

Il secoua sa jambe comme s'il se dépêtrait d'un chien envahissant.

– Mais je ne pourrai pas vivre sans toi ! Qu'est-ce que je vais faire ?

– Ce n'est pas mon problème, mais sache que, matériellement, je ne te laisserai pas tomber…

– Et toi, qu'est-ce que tu vas faire ?

– Je ne sais pas encore. J'ai envie de paix, de tendresse, de partage… J'ai envie de changer de vie. Longtemps, tu as été ma raison de vivre, puis il y a eu mon métier qui m'a passionné, mon fils que j'ai découvert, il n'y a pas si longtemps. Je me suis lassé de mon métier, tu as tout fait pour que je me lasse de toi, il me reste Alexandre et l'envie de vivre différemment. J'ai cinquante et un ans, Iris. Je me suis beaucoup amusé, j'ai gagné beaucoup d'argent, mais je me suis aussi beaucoup gaspillé. Je ne veux plus des belles manières, des mondanités, des fausses déclarations d'amour et d'amitié, des concours d'ego priapiques ! Ton amie Bérengère m'a fait des avances la dernière fois que je l'ai vue…

– Bérengère !

Elle eut l'air étonné et amusé.

– Je sais comment je veux être heureux maintenant et ce nouveau bonheur n'a rien à voir avec toi. Tu en es même l'opposé. Alors je te regarde, je te reconnais, mais je ne t'aime plus. Cela a mis du temps, le temps d'un sablier de dix-huit ans, le temps que les minuscules grains de sable glissent d'un côté à l'autre du sablier. Tu as épuisé ton stock de sable et moi, je suis passé sur le tas d'à côté. C'est très simple, au fond...

Elle levait vers lui un visage adorable et crispé où se lisait l'incrédulité.

– Mais ce n'est pas possible ! cria-t-elle de nouveau en lisant la détermination dans son regard.

– C'est devenu possible. Iris, tu le sais très bien, nous n'éprouvons plus rien l'un pour l'autre. Pourquoi faire semblant ?

– Mais je t'aime, moi !

– S'il te plaît ! Ne deviens pas indécente !

Il eut un sourire indulgent. Lui caressa les cheveux comme on caresse la tête d'un enfant pour l'apaiser.

– Garde-moi avec toi ici. Je serai à ma place.

– Non, Iris, non... J'ai espéré longtemps, mais c'est fini. Je t'aime beaucoup, mais je ne t'aime plus. Et ça, ma chère, je n'y peux rien.

Elle se rétracta comme piquée par un serpent.

– Tu as une femme dans ta vie ?

– Ça ne te regarde pas.

– Tu as une femme dans ta vie ! C'est qui ? Elle vit à Londres ? C'est pour ça que tu es venu ici ! Tu me trompes depuis longtemps ?

– C'est ridicule. Épargnons-nous ça.

– Tu en aimes une autre. Je l'ai senti dès que je suis arrivée. Une femme sait quand elle n'est plus désirée parce qu'elle devient transparente. Je suis devenue transparente. C'est insupportable !

– Il me semble que tu es assez mal placée pour me faire une scène, non ?

Il leva sur elle un visage moqueur et elle éclata en exclamations de colère.

– Je ne t'ai même pas trompé avec lui ! Il ne s'est rien passé ! Rien du tout !

– C'est possible, mais cela ne change rien. C'est fini et ce n'est pas la peine de se demander comment et pourquoi. Ou plutôt tu devrais te demander comment et pourquoi... Pour ne pas recommencer les mêmes erreurs avec un autre !

– Et qu'est-ce que tu fais de mon amour à moi ?

– Ce n'est pas de l'amour, c'est de l'amour-propre ; tu guériras vite. Tu trouveras un autre homme, je te fais confiance !

– Fallait pas me dire de venir alors !

– Comme si tu m'avais demandé mon avis ! Tu t'es imposée, je n'ai rien dit par égard pour Alexandre, mais je ne t'ai jamais invitée.

– Parlons-en d'Alexandre ! Je le ramène avec moi puisque c'est comme ça. Je ne le laisserai pas ici avec ta... maîtresse !

Elle avait craché ce mot qui lui salissait la bouche.

Il l'attrapa par les cheveux, les tira jusqu'à lui faire mal, colla sa bouche contre son oreille et murmura :

– Alexandre reste ici avec moi et on n'en discute même pas !

– Lâche-moi !

– Tu m'entends ? On se battra s'il le faut mais tu ne toucheras pas à lui. Tu me diras combien je te dois pour solde de tout compte, je te donnerai l'argent, mais tu n'auras pas la garde d'Alexandre.

– C'est ce qu'on verra ! C'est mon fils !

– Tu ne t'en es jamais occupée, jamais souciée et je refuse que tu t'en serves comme d'un instrument pour me faire chanter. Tu as compris ?

Elle baissa la tête et ne répondit pas.

– Quant à ce soir, tu vas aller dormir à l'hôtel. Il y a un très bel hôtel, juste à côté. Tu y passeras la nuit et demain, tu repartiras sans faire de drame. J'expliquerai à Alexandre que tu as été malade, que tu es rentrée à Paris et dorénavant, tu viendras le voir ici. On décidera ensemble des dates, des aménagements et tant que tu te conduiras convenablement, tu le verras autant que tu voudras. À une condition, que ce soit bien clair entre nous, que tu le laisses en dehors de tout ça.

Elle se dégagea et se releva. Se rajusta. Et sans le regarder, elle ajouta :

– J'ai compris. Je vais réfléchir et je te parlerai. Ou plutôt je prendrai un avocat pour te parler. Tu veux la guerre, eh bien tu auras la guerre !

Il éclata de rire.

– Mais comment feras-tu la guerre, Iris ?

– Comme toutes les mères qui se battent pour garder leur enfant ! On ne retire jamais la garde d'un enfant à sa mère. Ou alors, c'est une traînée, une alcoolique, une droguée !

– Qui, je te signale, peuvent être de très bonnes mères. En tout cas, de meilleures mères que toi ! Ne te bats pas contre moi, Iris, tu pourrais tout perdre...

– C'est ce qu'on verra !

– J'ai des photos de toi dans un journal en train d'embrasser un adolescent, j'ai des témoins de ton inconduite à New York, j'avais même engagé un détective privé pour connaître les détails de ton histoire avec Gabor Minar, j'ai payé ton long séjour en clinique, je paie tes notes de coiffeur, de masseur, de couturier, de restaurant, les milliers d'euros que tu dépenses sans compter, sans même pouvoir les additionner ! Tu ne seras pas crédible une seconde en mère affligée. Le juge rira de toi. Surtout si c'est une femme et qu'elle gagne sa vie ! Tu ne sais pas ce qu'est la vie, Iris. Tu n'en as aucune idée. Tu seras la risée d'un tribunal.

Elle était pâle, défaite, le bleu de ses yeux avait perdu son éclat, les coins de sa bouche retombaient, dessinant la moue d'une vieille joueuse de casino ruinée, ses longues mèches de cheveux pendaient en rideaux noirs, elle n'était plus la splendide, la magnifique Iris Dupin, mais une femme défaite qui voyait s'enfuir son pouvoir, sa beauté, sa cassette.

– Ai-je été assez clair ? demanda Philippe.

Elle ne répondit pas. Sembla chercher une réplique cinglante, mais ne la trouva pas. Elle s'empara de son châle, de son sac Birkin, de son sac de voyage. Et s'enfuit en claquant la porte.

Elle n'avait pas envie de pleurer. Pour le moment, elle était stupéfaite. Elle avançait dans un long corridor blanc et au bout du couloir, elle le savait, le ciel lui tomberait sur la tête. Alors, elle souffrirait et sa vie ne serait plus qu'un amas de décombres. Elle ignorait quand ce moment arriverait, elle voulait juste repousser le plus loin possible le bout du couloir. Elle le détestait. Elle ne supportait pas qu'il lui échappe. Il est à moi ! Personne n'a le droit de me le prendre. Il m'appartient.

Elle avait repéré l'hôtel en rentrant à pied du restaurant.

Elle irait toute seule. Elle n'avait pas besoin qu'on lui retienne une chambre. Elle avait juste besoin de sa carte de crédit. Et ça, jusqu'à plus ample informé, elle l'avait toujours. Et elle entendait bien ne pas s'en laisser déposséder.

N'empêche, se dit-elle, en marchant d'un pas furieux, il n'a jamais été aussi séduisant que ce soir et je n'ai jamais été aussi près de me jeter dans ses bras. Pourquoi aime-t-on toujours les hommes qui vous repoussent, qui vous traitent mal, pourquoi n'est-on pas émue par un homme qui se traîne à nos pieds ?

J'y réfléchirai demain.

Elle poussa la porte de l'hôtel, tendit sa Carte bleue et demanda la plus belle suite.

Le lendemain de la réunion des copropriétaires, Joséphine décida de chausser ses baskets et d'aller courir. Et je ferai deux tours de lac pour chasser les miasmes de cette réunion fétide.

Sur la table de la cuisine, elle laissa un mot à Zoé qui dormait encore. C'était samedi, elle n'avait pas cours. Bientôt, elles se parleraient, les étoiles l'avaient promis.

Dans l'ascenseur, elle croisa monsieur Merson qui partait faire du vélo. Il portait un caleçon noir collant, une banane et un casque.

– Un petit footing, madame Cortès ?

– Un petit pédaling, monsieur Merson ?

– Vous êtes très spirituelle, madame Cortès !

– Merci beaucoup, monsieur Merson !

– Il y avait encore fiesta dans la cave, hier soir, il me semble…

– Je ne sais pas ce qu'ils font, mais ils ont l'air de s'y plaire !

– Faut bien que jeunesse se passe… On a tous traîné dans des caves, n'est-ce pas, madame Cortès ?

– Parlez pour vous, monsieur Merson !

– Voilà que vous jouez à nouveau les vierges effarouchées, madame Cortès !

– Vous venez à la fête d'Iphigénie, ce soir, monsieur Merson ?

– C'est ce soir ? Ça va être sanglant ! Je crains le pire.

– Non. Ceux qui viendront sauront se tenir.

– Si vous le dites ! Je passerai donc, madame Cortès. Rien que pour vos beaux yeux !

– Venez avec votre femme. Je ferai sa connaissance.

– Touché, madame Cortès !

– Et puis ça fera plaisir à Iphigénie, monsieur Merson.

– C'est à vous que j'aimerais faire plaisir, madame Cortès ! J'ai une envie folle de vous embrasser. Je pourrais bloquer cet ascenseur, vous savez… et vous faire subir les derniers outrages. Je suis excellent pour les derniers outrages.

– Vous ne renoncez jamais, monsieur Merson !

– C'est ce qui fait mon charme ! Je suis très tenace sous mes dehors légers... Allez, bonne journée, madame Cortès !

– Bonne journée, monsieur Merson ! Et n'oubliez pas, ce soir, dix-neuf heures dans la loge. Avec votre femme !

Ils se séparèrent et Joséphine s'éloigna au petit trot, sourire aux lèvres. Cet homme était né pour badiner. Une bulle de champagne. Il semblait plus juvénile, plus léger que son fils. Que fait Zoé dans la cave ? Elle s'arrêta au croisement, attendant le feu rouge et continua à courir sur place. Ne pas ralentir l'allure sinon le métabolisme cessait de brûler les graisses.

Elle était en train de sautiller quand elle aperçut sur le grand panneau d'affichage face à elle une publicité où elle reconnut Vittorio Giambelli, le frère jumeau de Luca. Il posait en slip, les bras croisés sur la poitrine, les sourcils froncés. Il avait l'air maussade. Viril, mais maussade. Le slogan s'étalait au-dessus de sa tête en frise colorée : SOYEZ UN HOMME, PORTEZ EXCELLENCE. Pas étonnant qu'il soit déprimé ! Se voir en slip moulant sur les murs de Paris ne doit pas incliner à une haute estime de soi.

Le feu passa au rouge. Elle traversa en pensant qu'il faudrait qu'elle rende sa clé à Luca. Je passerai chez lui tout à l'heure en allant faire les courses avec Iphigénie. Et si je le rencontre, je dirai que je ne peux pas rester, qu'Iphigénie m'attend dans la voiture.

Elle sauta par-dessus un petit parapet. Gagna la grande allée qui menait au lac, reconnut les joueurs de boules du samedi matin. Le samedi, ils jouaient en couple. Les femmes apportaient le pique-nique. Le rosé, les œufs durs, le poulet froid et la mayonnaise dans la glacière.

Elle entama son premier tour de lac. Elle allait à son train. Elle avait ses repères : la cabane rouge et ocre du loueur de barques, les bancs publics qui jalonnaient le parcours, la haie de bambous qui empiétait sur le chemin et forçait à serrer à gauche, l'arbre sec et droit qu'elle avait baptisé l'Indien et qui signalait la moitié du trajet. Elle croisait les habitués du samedi : le vieux monsieur qui courait courbé en soufflant très fort, un gros labrador noir, rêveur, qui faisait pipi en s'affaissant, oubliant qu'il était un garçon, un bouvier berlinois qui se jetait à l'eau toujours au même endroit et en ressortait aussitôt, comme s'il avait accompli une corvée, des hommes qui couraient deux par deux en parlant du bureau, des filles qui se plaignaient des hommes qui ne parlaient que de leur boulot. Il était encore un peu tôt pour croiser le marcheur mystérieux. Il apparaissait vers midi, le samedi. Il faisait beau, elle se demanda s'il n'aurait pas enlevé une écharpe ou son bonnet. Elle pourrait apercevoir ses traits, le déclarer aimable ou revêche. C'est peut-être une célébrité qui ne veut pas être importunée. Un matin, elle avait croisé Albert de Monaco, une autre fois, Amélie Mauresmo. Elle s'était écartée pour la laisser passer et l'avait applaudie.

Au loin, sur l'île, elle entendit le cri strident des paons « meou-meou ». Elle remarqua, amusée, un canard qui plongeait la tête dans l'eau pour chercher sa pitance et offrait le spectacle de son derrière flottant à la surface comme un bouchon de ligne. À côté de lui, une cane attendait en affichant un air satisfait de femme endimanchée. Certains joggers sentaient le savon, d'autres la sueur. Les uns dévisageaient les femmes, les autres les ignoraient. C'était un ballet d'habitués qui tournaient, transpiraient, souffraient et tournaient encore. Elle aimait faire partie de ce monde de derviches tourneurs. Sa tête se vidait peu à peu, elle se sentait flotter. Les problèmes se détachaient tels des morceaux de peau morte.

La sonnerie de son portable la rappela à l'ordre. Elle déchiffra le nom d'Iris et décrocha.

– Jo ?

– Oui, dit Joséphine en s'arrêtant, essoufflée.

– Je te dérange ?

– J'étais en train de courir.

– Je peux te voir, ce soir ?

– Mais on se voit, ce soir ! Tu as oublié ? Le pot chez ma concierge ? Et après, on a dit qu'on dînait ensemble… Ne me dis pas que tu avais oublié ?

– Ah ! oui, c'est vrai.

– Tu avais oublié…, constata Joséphine, meurtrie.

– Non, c'est pas ça mais… Il faut absolument que je te parle ! En fait, je suis à Londres et c'est terrible, Jo, c'est terrible…

Sa voix s'était cassée et Joséphine s'alarma.

– Il est arrivé quelque chose ?

– Il veut divorcer ! Il m'a dit que c'était fini, qu'il ne m'aimait plus. Jo, je crois que je vais mourir. Tu m'entends ?

– Oui, oui, murmura Joséphine.

– Il a une autre femme dans sa vie.

– Tu en es sûre ?

– Oui. D'abord, je m'en suis doutée à la façon dont il me parlait. Il ne me voit plus, Jo, je suis devenue transparente. C'est horrible !

– Mais non… Tu te fais des idées !

– Je t'assure que non. Il m'a dit que c'était fini, que nous allions divorcer. Il m'a envoyée dormir à l'hôtel. Oh ! Jo, tu te rends compte ! Et ce matin, quand je suis revenue le voir, il était sorti boire un café, tu sais comme il aime lire le journal, tout seul, le matin, à une terrasse de café, alors j'ai parlé à Alexandre et il m'a tout dit !

– Il t'a dit quoi ? demanda Joséphine, le cœur battant.

– Il m'a dit que son père voyait une femme, qu'il allait avec elle au théâtre et à l'opéra, qu'il dormait souvent la nuit chez elle, qu'il s'arrangeait pour rentrer au petit matin pour qu'Alexandre ne s'aperçoive de rien, qu'il se mettait en pyjama et faisait semblant de se lever, il bâillait, il se frottait les cheveux… que lui, il ne disait rien pour rassurer son père parce que attends, là j'ai cru mourir, il dit que depuis qu'il voit cette femme, il semble plus léger, il a changé. Il sait tout, je te dis ! Il connaît même son nom… Dottie Doolittle. Oh, Jo ! Je crois que je vais mourir…

Moi aussi, je vais mourir, se dit Joséphine en s'appuyant contre le tronc d'un arbre.

– Je suis si malheureuse, Jo ! Qu'est-ce que je vais devenir ?

– Peut-être qu'Alexandre a tout inventé ? suggéra Joséphine en se raccrochant à cet espoir.

– Il avait l'air très sûr de lui. Il a dit tout ça sur un ton de petit prof, calme, détaché. Comme s'il voulait me dire, c'est pas grave, maman, n'en fais pas un drame… Il a même employé un drôle de mot, il m'a dit que cette fille était sans doute « transitoire ». Il est gentil, non ? il a dit ça pour me faire plaisir… Oh ! Jo !

– Mais tu es où ?

– À la gare Saint Pancras. Je serai à Paris dans trois heures. Je peux venir chez toi, dis ?

– Je dois aller avec Iphigénie faire des courses…

– C'est qui, celle-là ?

– Ma concierge. Je lui ai promis de l'emmener faire des courses pour son pot…

– Je viens quand même. Je ne veux pas rester seule.

– Je voulais lui donner un coup de main pour préparer la fête…, hasarda Joséphine qui avait promis à Iphigénie de l'aider.

– Tu n'es jamais là pour moi, tu t'occupes de tout le monde sauf de moi !

Sa voix tremblait, elle était au bord des larmes.

– Je suis finie, foutue, bonne à jeter à la poubelle. Je suis vieille !

– Mais non ! Arrête !

– Je peux venir chez toi directement ? J'ai mon sac avec moi. Je ne veux pas rester toute seule. Je deviens folle…

– D'accord. On se retrouve à la maison.

– Je ne mérite vraiment pas ça, tu sais. Oh, si tu savais comment il m'a regardée ! Ses yeux ne me voyaient pas, c'était horrible !

Joséphine raccrocha, abasourdie. «On peut faire baisser les yeux de quelqu'un qui vous aime, mais on ne peut pas faire baisser les yeux de quelqu'un qui vous désire. Je t'aime et je te désire.» Elle l'avait cru. Elle avait saisi ces mots d'amour, en avait fait une bannière dans laquelle elle s'était drapée. Je ne connais rien aux méandres de l'amour. Je suis si naïve. Si gourde… Ses jambes ne la portaient plus, elle se laissa choir sur un banc public.

Elle ferma les yeux et prononça les mots : «Dottie Doolittle». Elle est jeune, elle est jolie, elle porte des petites boucles d'oreilles, elle a les dents de la chance, elle le fait rire aux éclats, elle n'est la sœur de personne, elle danse le rock et chante *La Traviata*, elle connaît les *Sonnets* de Shakespeare et le *Kama-sutra*. Elle m'a écartée comme on balaie une feuille morte. Et je vais me recroqueviller sur le sol comme une feuille morte. Je vais reprendre ma vie de femme seule. Je sais vivre seule. Ou plutôt, je sais survivre seule. L'oreiller voisin qui reste froid et lisse, le lit où l'on se couche en n'ouvrant qu'un seul côté, en laissant toute la place à l'autre qui ne vient pas, qu'on attend parfois le front bas et buté et les bras familiers et froids de la tristesse qui se referment sur cette attente qu'on devine infinie. Seule, seule, seule. Même plus un bout de rêve à caresser, un bout de film à regarder. Et pourtant avec quelle force je me suis jetée contre lui, le soir de Noël ! Mon innocence de petite fille quand il m'a embrassée et mes rêves de premier amour que je lui offrais. Pour lui, je retombais en enfance. J'étais prête à tout. À l'attendre, à le respirer de loin, à ne boire de son amour que des mots griffonnés sur une page de garde. Cela aurait suffi à me faire patienter des mois et des années.

Elle sentit un souffle sur son bras et ouvrit les yeux, effrayée.

Un chien noir la regardait, la tête penchée sur le côté.

– Du Guesclin ! articula-t-elle en reconnaissant le chien noir vagabond de la veille. Qu'est-ce que tu fais là ?

Un filet de salive pendait de ses babines. Il avait l'air désolé de la voir si triste.

– J'ai du chagrin, Du Guesclin. J'ai un gros chagrin...

Il pencha la tête de l'autre côté comme pour signifier qu'il écoutait.

– J'aime un homme, je croyais qu'il m'aimait et je me suis trompée. C'est mon problème, tu sais, je fais toujours confiance aux gens...

Il avait l'air de comprendre et d'attendre la suite de l'histoire.

– On s'est embrassés un soir, un vrai baiser d'amoureux, et on a vécu... Une semaine d'amour fou. On ne se disait rien, on s'effleurait à peine, mais on se mangeait des yeux. C'était beau, Du Guesclin, c'était fort, c'était violent, c'était doux... Et puis, je ne sais pas ce qui m'a pris, je lui ai demandé de partir. Et il est parti.

Elle lui sourit, lui caressa le museau.

– Et maintenant, je pleure sur un banc parce que je viens d'apprendre qu'il voit une autre fille et ça fait mal, Du Guesclin, ça fait très mal.

Il secoua la tête et le filet de salive vint se coller dans les poils de ses babines. Cela faisait un filament gluant qui brillait au soleil.

– Tu es un drôle de chien, toi… Tu as toujours pas de maître ?

Il inclina la tête comme pour dire « c'est ça, j'ai pas de maître ». Et resta ainsi la tête coincée dans une drôle de position avec son filet de salive gluante en collier.

– Qu'est-ce que tu attends de moi ? Je ne peux pas te garder.

Elle caressa de la main la large cicatrice boursouflée sur le flanc droit. Son poil rêche était collé en croûtes par endroits.

– C'est vrai que tu es laid. Il a raison, Lefloc-Pignel. Tu as de l'eczéma… Tu n'as pas de queue. On te l'a coupée à ras. Tu as une oreille qui pend… et l'autre, c'est un moignon. Tu n'es pas un prix de beauté, tu sais !

Il leva vers elle un regard jaune vitreux et elle remarqua qu'il avait l'œil droit proéminent et laiteux.

– On t'a crevé un œil ! Mon pauvre vieux !

Elle lui parlait en le caressant, il se laissait faire. Il ne grognait ni ne reculait. Il ployait le col sous la caresse et plissait les yeux.

– Tu aimes bien qu'on te caresse ? Je parie que tu es plus habitué aux coups de pied !

Il gémit doucement comme pour acquiescer et elle sourit à nouveau.

Elle chercha la trace d'un tatouage dans l'oreille, inspecta l'intérieur des cuisses. Elle n'en trouva aucun. Il se coucha à ses pieds et attendit en haletant. Elle comprit qu'il avait soif. Lui montra du doigt l'eau sale du lac, puis eut honte. Ce qu'il voulait, c'était une belle gamelle d'eau claire. Elle regarda l'heure. Elle allait être en retard. Elle se leva brusquement et il la suivit. Il trottinait à ses côtés. Haut et noir. Les vers de Cuvelier lui revinrent en mémoire :

Je crois qu'il n'y eut si laid de Rennes à Dinan
Il était camus et noir, mal bâti et massif

Le père et la mère le détestaient tant
Que souvent en leur cœur ils désiraient
Qu'il fût mort ou noyé dans l'eau courante.

Les gens s'écartaient pour les laisser passer. Elle eut envie de rire.

– T'as vu, Du Guesclin ? Tu fais peur aux gens !

Elle s'arrêta, le regarda et gémit :

– Qu'est-ce que je vais faire de toi ?

Il se balançait sur ses hanches comme pour lui dire allez, arrête de réfléchir, emmène-moi. Il la suppliait de son bel œil couleur de vieux rhum et semblait guetter son assentiment. Œil dans l'œil, ils se mesuraient. Il attendait, confiant, elle calculait, hésitante.

– Qui te gardera quand j'irai travailler en biblio-thèque ? Et si tu aboies ou hurles à la mort ? Que dira mademoiselle de Bassonnière ?

Son museau habile vint se nicher dans sa main.

– Du Guesclin ! gémit Joséphine. Ce n'est pas rai-sonnable.

Elle avait repris sa course, il la suivait, la truffe sur ses semelles. S'arrêtait quand elle s'arrêtait. Trottinait quand elle repartait. Se figea au premier feu rouge, redémarra quand elle repartit, respectant sa foulée, ne se jetant pas dans ses pieds. Il la suivit jusqu'à son immeuble. Se glissa derrière elle quand elle ouvrit la porte. Attendit que l'ascenseur arrive. S'y engouffra avec l'agilité d'un contrebandier fier de tromper l'en-nemi.

– Tu crois que je ne te vois pas, peut-être ? dit José-phine en appuyant sur le bouton de son étage.

Et toujours ce même regard qui remettait son sort entre ses mains.

– Écoute, on va passer un contrat. Je te garde une semaine et si tu te tiens bien, je prolonge d'une autre semaine, ainsi de suite… Sinon je te conduis à la SPA.

Il émit un large bâillement qui signifiait sûrement qu'il était d'accord.

Ils gagnèrent la cuisine. Zoé prenait son petit déjeuner. Elle leva la tête et s'exclama :

– Ouaouh ! Maman ! Ça, c'est un chien, ce n'est pas un manchon !

– Je l'ai trouvé autour du lac et il ne m'a pas lâchée.

– Il est sûrement abandonné. T'as vu comme il nous regarde ? On peut le garder, dis-maman ? Dis oui ! Dis oui !

Elle avait retrouvé la parole et ses bonnes joues d'enfant colorées par l'excitation. Joséphine fit mine d'hésiter. Zoé supplia :

– J'ai toujours rêvé d'avoir un gros chien. Tu le sais bien.

Le regard de Du Guesclin allait de l'une à l'autre. De l'anxiété suppliante de Zoé au calme apparent de Joséphine qui retrouvait sa complicité avec sa fille et la goûtait en silence.

– Il me fait penser à Chien Bleu, tu te souviens l'histoire que tu nous lisais, le soir, pour nous endormir et on avait tellement peur qu'on faisait des cauchemars…

Joséphine prenait une grosse voix menaçante quand Chien Bleu était attaqué par l'Esprit des Bois et Zoé disparaissait sous les draps.

Elle ouvrit les bras. Zoé se jeta contre elle.

– Tu veux vraiment qu'on le garde ?

– Oh, oui ! Si on le garde pas, personne n'en voudra. Il va rester tout seul.

– Tu t'en occuperas ? Tu le sortiras ?

– Promis ! Promis ! Allez, dis oui !

Joséphine reçut le regard suppliant de sa fille. Une question lui brûlait les lèvres, mais elle ne la posa pas. Elle attendrait que Zoé veuille bien lui parler. Elle serra sa fille contre elle et soupira oui.

– Oh ! M'man, je suis si contente. On va l'appeler comment ?

– Du Guesclin. Le dogue noir de Brocéliande.

– Du Guesclin, répéta Zoé en caressant le chien. Je crois qu'il a besoin d'un bon bain. Et d'un bon repas...

Du Guesclin remua sa croupe sans queue et suivit Zoé jusqu'à la salle de bains.

– Iris va arriver. Tu lui ouvriras ? cria Joséphine dans le couloir. Je pars faire des courses avec Iphigénie.

Elle entendit la voix de Zoé qui répondait « oui m'man » tout en parlant au chien et partit retrouver Iphigénie, heureuse.

Il faudrait qu'elle achète des boîtes pour Du Guesclin.

– Et maintenant, j'ai un chien ! annonça Joséphine à Iphigénie.

– Ben vous voilà bien, madame Cortès ! Faudra le sortir le soir et pas avoir peur du noir !

– Il me défendra. Avec lui, personne n'osera m'agresser.

– C'est pour ça que vous l'avez pris ?

– Je n'y ai même pas pensé. J'étais assise sur un banc et...

– Il est arrivé et vous a plus lâchée ! Ben vous alors ! Vous ramasseriez n'importe qui ! Bon, j'ai ma liste, mes sacs, parce qu'ils vous donnent plus de sacs gratuits maintenant, faut payer pour tout ! Allez zou ! On y va...

Joséphine vérifia qu'elle avait bien pris la clé de Luca.

– Faudra juste que je m'arrête deux minutes chez un ami déposer une clé.

– Je vous attendrai dans la voiture.

Elle posa la main sur sa poche et songea qu'il n'y a pas longtemps, elle aurait été folle de joie de posséder cette clé.

Elle se gara devant l'immeuble de Luca, leva la tête vers son appartement. Les volets étaient fermés. Il n'était pas là. Elle respira, soulagée. Chercha dans son vide-poche une enveloppe. En trouva une vieille. Déchira la feuille d'un bloc et écrivit à la hâte : « Luca, je vous rends votre clé. Ce n'était pas une bonne idée. Bonne chance pour tout. Joséphine. » Elle se relut pendant qu'Iphigénie regardait délibérément de l'autre côté. Biffa « ce n'était pas une bonne idée ». Recopia le message au propre sur une autre feuille qu'elle glissa dans l'enveloppe. Elle n'aurait plus qu'à la laisser chez la gardienne.

Elle était en train de passer l'aspirateur dans sa loge. Elle vint lui ouvrir, le tuyau de l'aspirateur enroulé autour de l'épaule tel un boa métallique. Joséphine se présenta. Elle demanda si elle pouvait laisser une enveloppe pour monsieur Luca Giambelli.

— Vous voulez dire Vittorio Giambelli ?

— Non. Luca, son frère.

Il ne manquerait plus que Vittorio tombe sur un mot de « la gourde » !

— Y a pas de Luca Giambelli ici !

— Mais si ! sourit Joséphine. Un grand brun avec une mèche dans les yeux et qui porte toujours un duffle-coat !

— Vittorio, répéta la femme, prenant appui sur le tube de l'aspirateur.

— Non ! Luca. Son jumeau.

La gardienne secoua la tête en desserrant le nœud du boa.

— Connais pas.

— Il habite au cinquième.

— Vittorio Giambelli. Mais pas Luca...

— Mais enfin ! s'énerva Joséphine. Je suis déjà venue chez lui. Je peux vous décrire son studio. Et je sais aussi qu'il a un frère jumeau qui s'appelle Vittorio, qui est mannequin, mais qui ne vit pas ici.

– Ben justement, c'est celui qui habite ici. L'autre, je l'ai jamais vu ! Et d'ailleurs, je savais même pas qu'il avait un jumeau. M'en a jamais parlé ! Suis pas folle quand même !

Elle s'était vexée et menaçait de refermer la porte.

– Je peux vous voir une minute ? demanda Joséphine.

– C'est que j'ai pas que ça à faire.

Elle lui fit signe d'entrer de mauvaise grâce. Elle repoussa l'aspirateur et posa le nœud du boa.

– Celui que je connais s'appelle Luca, récapitula Joséphine en serrant l'enveloppe entre ses mains. Il écrit une thèse sur l'histoire des larmes pour un éditeur italien. Il passe beaucoup de temps en bibliothèque, a l'air d'un étudiant attardé. Il est sombre, mélancolique, il ne rit pas souvent…

– Ça pour sûr ! Il a pas bon caractère ! Il s'irrite pour un oui, pour un non. C'est parce qu'il a des aigreurs d'estomac. Il se nourrit mal. C'est normal, un homme seul, ça ne se cuisine pas des petits plats !

– Ah ! Vous voyez, on parle bien du même.

– Oui, oui. Les gens qui digèrent mal sont imprévisibles, ils sont soumis à leurs sucs gastriques. Et lui, il est comme ça, un jour, il vous sourit, l'autre, il fait la bobine. Vittorio, je vous dis. Un très bel homme. Modèle dans les journaux…

– Non ! Son frère Luca !

– Mais puisque je vous dis qu'il y a pas de Luca. Y a un Vittorio qui ne digère pas bien ! Je suis bien placée tout de même, c'est moi qui lui monte le courrier ! Et sur les enveloppes, c'est pas Luca d'écrit, c'est Vittorio. Et les contraventions, Vittorio. Et les rappels de factures, Vittorio ! Y a pas plus de Luca que de fontaine d'écus au coin de la rue ! Vous me croyez pas ? Vous avez la clé ? Montez vérifier vous-même...

— Mais je suis déjà venue ici et je sais que c'est chez Luca Giambelli.

— Moi, je vous dis qu'il n'y en a qu'un, et que c'est Vittorio Giambelli, mannequin de son état, homme difficile aux intestins fragiles. Qui perd ses papiers, perd ses clés, perd la tête et passe la nuit chez les flics ! Alors faut pas m'en conter et me faire croire qu'ils sont deux quand il n'y en a qu'un ! Et c'est bien mieux comme ça parce que avec deux comme lui, je deviendrais folle !

— Ce n'est pas possible, murmura Joséphine. C'est Luca.

— Vittorio. Vittorio Giambelli. Je connais sa mère. J'ai parlé avec elle. Elle a bien des misères avec lui... C'est son fils unique et elle méritait pas ça. Je l'ai vue comme je vous vois. Assise sur cette chaise...

Elle montra une chaise où dormait un gros chat gris.

— Elle pleurait et me racontait les horreurs qu'il lui faisait. Elle habite pas loin. À Gennevilliers. Je peux vous donner son adresse si vous voulez...

— Ce n'est pas possible, dit Joséphine en secouant la tête. Je n'ai pas rêvé...

— J'ai bien peur qu'il vous ait raconté des craqueries, ma petite dame. C'est dommage qu'il soit pas là. Il est parti en Italie. À Milan. Faire un défilé. Il rentre après-demain. Vittorio Giambelli. Ça pour paraître, il paraît. Il assure à lui seul le décor et les mandolines...

La gardienne ruminait comme si elle revenait d'une déception amoureuse.

— Luca, il a dû l'inventer pour faire l'intéressant. Il déteste quand on dit qu'il pose pour des magazines. Ça le rend fou furieux ! N'empêche, c'est de ça qu'il vit. Vous croyez que ça m'amuse, moi, de faire le ménage pour les autres ? Mais c'est de ça que je vis ! À son âge tout de même ! Il serait temps qu'il devienne raisonnable…

– Mais c'est insensé !

– Il ment comme il respire, mais un jour ça va mal finir, c'est moi qui vous le dis ! Parce que dès qu'on le contrarie, il devient enragé… Il y a même eu des gens dans l'immeuble pour demander son départ, c'est vous dire. Il s'en est pris à une pauvre dame qui voulait lui faire signer une de ses photos, il l'a menacée, fallait voir comment ! Il lui a balancé un tiroir en pleine gueule ! Y a des gens en liberté qu'on se dit qu'on ferait mieux de les enfermer.

– J'aurais jamais cru…, balbutia Joséphine.

– Vous êtes pas la première à qui ça arrive ! Ni la dernière, hélas !

– Vous ne lui direz pas que je suis venue… Dites ? dit Joséphine. Je ne veux pas qu'il sache que je sais. S'il vous plaît, c'est important…

– C'est comme vous voulez. Ça me coûtera pas, je recherche pas sa compagnie. Alors la clé ? Vous la gardez ?

Joséphine reprit l'enveloppe. Elle la lui renverrait par courrier.

Elle fit semblant de s'éloigner, attendit que la concierge ait refermé la porte et revint s'asseoir sur les marches de l'escalier. Elle entendit l'aspirateur ronfler dans la loge. Elle avait besoin d'un répit avant de rejoindre Iphigénie. Luca était l'homme en slip qui fronçait les sourcils sur l'affiche. Elle se souvint qu'au début de leur histoire, il disparaissait tout le temps. Puis il réapparaissait. Elle n'osait pas poser de questions.

Qui était-il ? Vittorio et Luca ? Vittorio qui rêvait d'être Luca ? Ou Luca, empêtré de Vittorio ? Plus elle réfléchissait, plus le mensonge devenait un abîme profond et mystérieux qui s'ouvrait sur un autre abîme où elle dégringolait.

Il a une double vie. Mannequin, qu'il méprise, chercheur et érudit qu'il respecte… Cela expliquait pourquoi il était si distant, pourquoi il la vouvoyait. Il ne pouvait pas se rapprocher de peur d'être démasqué. Il ne pouvait pas s'abandonner de peur de tout avouer.

Et quand il lui avait dit, en novembre, juste avant qu'elle se fasse agresser : « Joséphine, il faut que je vous parle, j'ai un truc important à vous dire… », il avait peut-être eu envie de se confesser, de se libérer de ce mensonge. Et, à la dernière minute, il n'en avait pas eu le courage. Il n'était pas venu. Pas étonnant qu'il ne fasse pas attention à moi ! Il était occupé ailleurs. Tel un jongleur concentré sur ses balles, il surveillait chaque mensonge. C'est du boulot de mentir, cela demande une sacrée organisation. Une attention constante. Et beaucoup d'énergie.

Elle se dirigea vers la voiture où l'attendait Iphigénie. Se laissa tomber lourdement sur son siège. Mit le contact, les yeux perdus dans le vide.

– Ça va pas, madame Cortès ? Vous avez l'air chamboulé…

– Ça va passer, Iphigénie.

– Vous êtes toute blanche ! Vous avez reçu une révélation ?

– On peut appeler ça comme ça.

– Mais y a pas de casse ?

– Un peu… quand même, soupira Joséphine en essayant de retrouver la route d'Intermarché.

– C'est la vie, madame Cortès ! C'est la vie !

Et elle remit une mèche sortie de son foulard comme si elle faisait de l'ordre dans sa vie, justement.

– Vous savez, Iphigénie, expliqua Joséphine un peu vexée d'être si vite rangée dans la catégorie « accidents de la vie », ma vie à moi, elle a été longtemps morne et monotone. Je ne suis pas habituée.

– Ben va falloir vous y faire, madame Cortès. La vie, c'est souvent un chemin de plaies et de bosses. C'est rarement une promenade tranquille. Ou alors c'est qu'elle s'est endormie et quand elle se réveille, elle n'arrête plus de vous secouer !

– Moi, justement, j'aimerais bien qu'elle s'arrête un peu !

– C'est pas vous qui décidez…

– Je sais, mais je peux émettre un souhait, non ?

Iphigénie siffla son petit bruit de flûte bouchée de ses lèvres pincées, l'air de dire faut pas trop y compter et Joséphine reconnut au bout de la rue, la grande avenue qui menait à Intermarché.

Elles remplirent deux Caddie de victuailles et de boissons. Iphigénie voyait grand. Joséphine la modérait. Elle n'était pas sûre qu'il y aurait foule. Monsieur et madame Merson, monsieur et madame Van den Brock, monsieur Lefloc-Pignel avaient promis de passer, deux couples de l'immeuble B et une dame qui vivait seule avec son caniche blanc avaient dit oui aussi. Iris. Zoé. Mais les autres ? Iphigénie avait affiché son invitation dans le hall et prétendait que l'immeuble B viendrait en légion. Ils ne se mouchent pas du pied, eux, c'est pas comme ceux de l'immeuble A qui ont dit oui pour vous faire plaisir à vous, pas à moi.

– Dites, Iphigénie, vous nous refaites la lutte des classes ?

– Je dis ce que je pense. Les riches, ça reste avec les riches. Les pauvres, ça se mélange. Ou en tout cas, ça aimerait bien se mélanger, mais on leur permet pas tout le temps !

Joséphine faillit lui dire que, depuis le début, elle pensait que ce n'était pas très judicieux de réunir des gens qui s'ignoraient toute l'année. Puis elle se dit à quoi

426

bon ? Restons positive et pleine d'entrain. Elle avait du mal à rester positive et pleine d'entrain : la trahison de Philippe, le mensonge de Luca et maintenant la lutte des classes !

Iphigénie énumérait les canapés et les sandwichs, les verres de soda et de vin, les serviettes en papier, les gobelets en plastique, les olives, les cacahuètes, les tranches de rosbeef et de cervelas. Consultait sa liste. Ajoutait une bouteille de Coca pour les enfants, une bouteille de whisky pour les hommes. Joséphine prit des croquettes pour chiens. Un grand sac pour chien senior. Quel âge Du Guesclin pouvait-il bien avoir ?

À la caisse, Iphigénie sortit ses sous, fièrement. Joséphine la laissa faire. La caissière leur demanda si elles avaient une carte de fidélité et Iphigénie se tourna vers Joséphine.

– C'est le moment de sortir votre carte et que je vous la remplisse !

Elle moussait de joie à l'idée de renflouer le crédit de Joséphine, se balançait en brassant l'air de ses billets. Joséphine tendit sa carte.

– Elle a combien de points ? demanda Iphigénie, impatiente.

La caissière haussa un sourcil, laissa tomber son regard sur le cadran de la caisse.

– Zéro.

– C'est pas possible ! s'exclama Joséphine. Je ne l'ai jamais utilisée !

– Peut-être, mais le compte est à zéro…

– Ah, ben ça, madame Cortès !

Iphigénie la contemplait, bouche bée.

– Je n'y comprends rien…, marmonna Joséphine, gênée. Je ne m'en suis jamais servie !

Et aussitôt elle pensa qu'elle n'y avait jamais cru à cette carte de fidélité. Elle reniflait l'arnaque, les ristournes sur du pâté périmé ou sur du fromage moisi, les stocks de collants filés à écouler ou le dentifrice qui file des caries.

– Vous devez vous tromper. Allez chercher la responsable des caisses, exigea Iphigénie, se dressant face à l'adversité.

– Laissez tomber, Iphigénie, on perd notre temps…

– Non, madame Cortès. Vous avez cotisé, vous avez droit. Si ça se trouve, c'est une erreur de machine…

La caissière, fatiguée d'avoir vingt ans et d'être derrière une caisse enregistreuse, trouva la force d'appuyer sur une sonnette. Une dame grisonnante et fringante se présenta : elle était comptable et supervisait les caisses. Elle les écouta en déployant un large sourire commercial. Leur demanda de bien vouloir patienter, qu'elle allait faire une enquête.

Elles se rangèrent sur le côté et attendirent. Iphigénie bougonnait. Joséphine pensait que ça lui était bien égal qu'on lui sucre ses points de fidélité. C'était une journée fantôme, une journée où tout disparaissait : les points de fidélité et les hommes.

La comptable revint en se trémoussant. Elle marchait comme si elle écrasait des mégots de cigarettes de la pointe des pieds. Cela lui donnait l'allure d'une jument hésitante.

– C'est tout à fait normal, madame Cortès. Il y a eu une série d'achats effectués avec votre carte, ces trois derniers mois dans divers Intermarché…

– Mais… ce n'est pas possible !

– Si, si, madame Cortès ! J'ai bien vérifié et…

– Mais puisque je vous dis…

– Vous êtes sûre d'être la seule carte sur votre compte ?

Antoine ! Antoine avait une carte !

– Mon mari…, parvint à articuler Joséphine. Il…

– Il a dû s'en servir et a oublié de vous prévenir. Parce que j'ai vérifié, des achats ont bien été effectués, je pourrais vous en donner le détail et les dates précises, si vous le désirez…

– Non. Ce n'est pas la peine, dit Joséphine. Merci beaucoup.

La comptable décocha un ultime sourire commercial et, satisfaite d'avoir réglé un problème, s'éloigna de sa démarche de jument éteigneuse d'incendies.

– Il est gonflé, votre mari, madame Cortès ! Il habite plus avec vous et il vous siphonne vos points ! Ça m'étonne pas ! Ils sont tous comme ça, à profiter de nous. J'espère que vous allez lui faire un shampoing complet la prochaine fois que vous le verrez !

Iphigénie ne décolérait pas et déversait des flots de bile contre la gent masculine. Elle claqua la porte de la voiture et continua à marmonner longtemps après que Joséphine eut démarré.

– Je sais pas comment vous faites pour rester calme, madame Cortès !

– Il y a des jours où il ne faudrait pas se lever, pas poser un pied à terre !

– Vous avez remarqué que ça arrive toujours en rafale les mauvaises nouvelles ? Si ça se trouve, vous êtes pas au bout de vos peines !

– Vous dites ça pour m'encourager ?

– Vous devriez regarder votre horoscope d'aujourd'hui.

– Je n'ai pas vraiment envie ! Et puis je crois que j'ai fait le tour. Je ne vois pas ce qui pourrait m'arriver encore !

– La journée n'est pas finie ! ricana Iphigénie en faisant son bruit de trompette mal embouchée.

La fête, dans la loge, battait son plein. Jusqu'à la dernière minute, Joséphine et Iphigénie avaient disposé des chaises, écrasé de la purée d'anchois sur du pain de mie, débouché des bouteilles de vin, de Coca, de champagne. Le champagne était offert par l'immeuble B.

Iphigénie avait vu juste : l'immeuble B était représenté en force et de l'immeuble A, il n'y avait, pour le moment, que monsieur et madame Merson et leur fils, Paul, Joséphine, Iris et Zoé.

– Il est en train de bouffer tous les canapés, maman ! remarqua la petite Clara en désignant Paul Merson qui s'empiffrait sans vergogne.

– Dites donc, madame Merson, vous le nourrissez pas votre fils ? s'écria Iphigénie en tapant sur les doigts de Paul Merson.

– Paul ! Tiens-toi bien ! mélodia madame Merson d'une voix molle.

– Ça fait des enfants et ça les élève même pas ! pesta Iphigénie en foudroyant Paul Merson du regard.

Il lui fit une grimace, s'essuya les mains sur son jean et se jeta sur un pilon de poulet en gelée.

La dame au caniche blanc semblait très intéressée par la conversation de Zoé qui racontait le bain de Du Guesclin et sa première gamelle de croquettes.

– Il s'est jeté dessus comme s'il n'avait pas mangé depuis des années et après, il est venu se coucher à mes pieds en signe d'allégeance !

Elle félicita Zoé pour son vocabulaire et lui conseilla le nom de son vétérinaire.

– Mais pourquoi ? Il est pas malade. Il avait juste faim.

– Mais il faudra lui faire ses vaccins… Chaque année.

– Ah, bon…, répondit Zoé qui louchait vers la porte. Chaque année ?

– La rage, c'est obligatoire, affirma la dame en serrant son caniche sous le bras. Arthur, lui, est à jour ! Et il faudra le faire toiletter régulièrement sinon il aura des puces et se grattera…

– Pffft ! fit Zoé. Du Guesclin vient de la rue, pas d'un salon de coiffure !

Un couple, lui les dents gâtés, elle, boudinée dans un tailleur bon marché, parlait de l'envolée des prix de l'immobilier dans le quartier à une vieille dame plâtrée de poudre blanche pendant qu'un autre félicitait Iphigénie et louait le Ciel qui l'avait récompensée en l'honorant au Loto.

– Ce n'est pas toujours moral, ces jeux de hasard, mais vous, on peut dire que vous le méritez ! Avec tout le mal que vous vous donnez pour entretenir cet immeuble !

– Dites ça à mademoiselle de Bassonnière ! riposta Iphigénie. Elle arrête pas de me faire des remarques et cherche à me faire renvoyer ! Mais je ne quitterai pas ma loge maintenant que c'est un palais !

Monsieur Sandoz bomba le torse. Le mot « palais » lui était allé droit au cœur. Il eut un élan vers Iphigénie. Elle s'était fait un shampoing colorant rose bonbon avec des pointes bleu marine et portait une robe à carreaux rouges. Quelle maîtresse femme ! La veille, au moment de poser le dernier meuble, il lui avait murmuré « Iphigénie, vous êtes belle comme une Walkyrie », elle avait compris « Vache qui rit » et avait fait son bruit de trompette. Il la caressa des yeux, soupira et décida de s'éclipser. Personne ne s'apercevrait de son absence. Personne ne s'apercevait jamais de sa présence ou de son absence.

– Allez ! Elle est pas si terrible que ça, mademoiselle de Bassonnière ! Elle défend au mieux nos intérêts, dit un monsieur qui portait un béret et le ruban de la Légion d'honneur.

– C'est une vieille sorcière ! s'exclama monsieur Merson. Vous n'étiez pas là, hier soir, à la réunion. J'ai bien noté votre absence, d'ailleurs…

– Je lui avais donné mon pouvoir, dit l'homme en lui tournant le dos.

– Au temps pour moi ! gloussa monsieur Merson. En tout cas, on est sûrs de ne pas la voir, ce soir !

– Et monsieur Pinarelli, il est pas venu ? demanda la dame au caniche.

– Sa mère ne lui a pas donné l'autorisation de sortir ! Elle le visse, elle le visse. Elle croit qu'il a encore douze ans. Il essaie bien de faire des bêtises derrière son dos, mais elle le punit ! C'est lui qui me l'a dit. Vous saviez qu'il n'a pas le droit de sortir le soir ? Je suis sûre qu'il est puceau !

Dans un coin, assise sur une chaise Ikea, Iris contemplait la scène et se disait qu'elle était tombée bien bas. À cette heure, elle aurait dû être à Londres dans le bel appartement de Philippe à déplacer un bibelot pour marquer sa présence ou à ranger ses cachemires, et elle se retrouvait dans une loge de concierge à écouter des bavardages sans intérêt, à refuser des canapés insipides et du champagne bon marché. Pas un seul homme intéressant, à part ce monsieur Merson qui la léchait des yeux. Cela ressemblait bien à Joséphine de s'acoquiner avec des gens si ordinaires. Mon Dieu ! Quelle va être ma vie ? Il lui semblait qu'elle marchait encore dans le long couloir blanc. Elle cherchait une sortie.

– Elle est ravissante, votre sœur, soupira monsieur Merson à l'oreille de Joséphine. Un peu froide, peut-être, mais je la décongélerais bien, moi !

– Monsieur Merson, réfrénez vos ardeurs !

– J'aime les cas difficiles, les tours imprenables qu'on renverse en les faisant fondre dans la volupté… Une petite partie à trois, madame Cortès, ça vous dirait ?

Joséphine perdit contenance et devint toute rouge.

– Ah ! J'ai touché un point sensible, on dirait ! Vous avez déjà essayé ?

– Monsieur Merson !

– Vous devriez. L'amour sans sentiment, sans possession, c'est délicieux… On se donne sans s'enchaîner.

L'âme et le cœur se reposent pendant que le corps s'agite… Vous êtes trop sérieuse !

– Et vous, pas assez ! répliqua Joséphine en se précipitant vers Zoé qui fixait la porte de la loge désespérément.

– Tu t'ennuies, ma chérie ? Tu veux remonter ? Retrouver Du Guesclin ?

– Non, non…

Zoé lui sourit avec une tendre indulgence.

– Tu attends quelqu'un ?

– Non. Pourquoi ?

Elle attend quelqu'un, se dit Joséphine, lisant une maturité nouvelle sur le visage de sa fille. Ce matin, au petit déjeuner, elle était mon bébé, ce soir, elle est presque femme. Se peut-il qu'elle soit amoureuse ? Le premier amour. Je croyais qu'elle était attirée par Paul Merson, mais elle ne le regarde pas. Ma petite fille, amoureuse ! Son cœur se serra. Elle se demanda si elle serait comme Hortense ou comme elle. Cœur guimauve ou nougat noir ? Elle ne savait que lui souhaiter.

Iphigénie ouvrait ses placards, montrait les différents agencements, soulignait les couleurs, les affiches encadrées et ponctuait chaque phrase d'un froncement de sourcils, attentive à la moindre critique, au moindre commentaire. Léo et Clara circulaient, portant les plats, distribuant à chacun des serviettes en papier. Une musique s'éleva. C'était Paul Merson qui cherchait une station de radio.

– On danse ? demanda madame Merson en s'étirant, les seins pointés en avant. Une crémaillère sans musique, c'est du champagne sans bulles !

C'est ce moment que choisirent Hervé Lefloc-Pignel, Gaétan et Domitille pour faire leur entrée. Suivis des Van den Brock et de leurs deux enfants. Hervé Lefloc-Pignel, élancé, souriant. Les Van den Brock, toujours aussi dépareillés, l'un blafard, agitant ses longues pinces de coléoptère, l'autre, souriante et brave fille, roulant ses yeux de billes affolées. L'atmosphère changea subtilement. Ils semblèrent tous se mettre au garde-à-vous, sauf madame Merson qui continuait à onduler.

Joséphine surprit le regard anxieux de Zoé sur Gaétan. Ainsi, c'était lui. Il s'approcha d'elle, lui murmura quelque chose à l'oreille qui la fit rougir et baisser les yeux. Cœur guimauve, conclut Joséphine, bouleversée.

L'arrivée en force de l'immeuble A jeta un froid. Iphigénie le sentit et se précipita en proposant du champagne aux nouveaux arrivants. Elle était tout sourire et Joséphine comprit qu'elle aussi était embarrassée. Elle avait beau lever le poing et entonner l'*Internationale* dans les allées d'Intermarché, elle était intimidée.

Madame Lefloc-Pignel n'était pas descendue. Hervé Lefloc-Pignel félicita Iphigénie, les Van den Brock aussi. Bientôt, les gens se pressèrent autour d'eux comme autant d'Altesses Royales. Joséphine en fut étonnée. Le pouvoir de l'argent, le prestige du bel appartement, la bonne facture des vêtements imposaient, malgré tous les persiflages, le respect. On ironisait de loin, on s'inclinait de près.

Monsieur Van den Brock transpirait à grosses gouttes et ne cessait de tirer sur le col de sa chemise. Iphigénie ouvrit la fenêtre sur la cour. Il la referma d'un geste brusque.

– Il a peur des microbes, c'est un comble pour un médecin ! dit une dame accorte de l'immeuble B. Quand il vous examine, il met des gants ! Ça fait drôle d'avoir des mains en caoutchouc qui se promènent sur vous... Vous êtes déjà allée dans son cabinet ? Tout est propre et lisse... On dirait qu'il vous prend avec des pincettes !

– Moi, j'y suis allée une fois et j'y suis jamais retournée. Je l'avais trouvé un peu trop... comment dire... pressant, dit une autre en enfournant un canapé au saumon. Il a une manière d'agiter ses doigts en vous regardant fixement ! Comme s'il allait vous piquer et vous épingler dans son album à papillons. C'est dommage, c'était pratique. Un gynéco dans l'immeuble !

— Moi, y a deux choses que j'aime pas faire chez les médecins : ouvrir les jambes et la bouche ! Je fuis les dentistes et les gynécos !

Elles éclatèrent de rire et s'emparèrent d'une coupe de champagne. Aperçurent madame Van den Brock qui les observait, l'œil tournicotant, et se demandèrent si elle les avait entendues.

— Celle-là, elle a un œil à Valparaiso et l'autre à Toronto ! dit l'une.

— Vous l'entendez chanter ? Ils sont tous barges dans l'immeuble A ! Que pensez-vous de la nouvelle arrivée ? Toujours fourrée dans la loge de la concierge… C'est pas normal, ça.

Iris attendait, dans son coin, que Joséphine fasse les présentations. Comme sa sœur n'esquissait pas le moindre geste, elle s'avança vers Lefloc-Pignel.

— Iris Dupin. Je suis la sœur de Joséphine, déclarat-elle, ravissante de timidité et d'élégance.

Hervé Lefloc-Pignel s'inclina en un baisemain courtois. Iris remarqua le costume en alpaga anthracite, la chemise rayée, bleu et blanc, la cravate au nœud épais et chatoyant, la pochette discrète, le torse d'athlète, l'élégance subtile, l'aisance du bel homme habitué aux salons. Elle respira l'eau de toilette Armani, une légère odeur d'« Aramis » sur les cheveux noirs plaqués. Et quand il releva les yeux sur elle, elle fut transportée par une vague de bonheur. Il lui sourit et ce sourire était comme une invitation à entrer dans la danse. Joséphine les observait, méduseé. Il se penchait sur elle comme on respire une fleur rare, elle s'abandonnait avec une réserve calculée. Ils ne prononcèrent pas un mot, mais chacun semblait aimanté par l'autre. Silencieux, étonnés, souriants. Ils ne se quittaient pas des yeux, malgré les conversations qui les bousculaient. Ils tanguaient vers les uns, vers les autres et revenaient s'effleurer en tremblant.

Quand Josephine était rentrée des courses, Iris lui avait demandé qui assisterait au pot d'Iphigénie et si elle était vraiment obligée d'y aller.

– Tu fais comme tu veux.

– Non ! Dis-moi…

– C'est un pot de voisinage. Il n'y aura ni Poutine ni Bush ! avait-elle dit pour couper court aux questions de sa sœur.

Iris s'était renfrognée.

– Tu t'en fiches que je souffre ! Tu t'en fiches que Philippe me jette comme une vieille chaussette ! Finalement, sous des dehors de dame patronnesse, tu n'es qu'une égoïste !

Joséphine l'avait dévisagée, stupéfaite.

– Je suis une égoïste parce que je ne m'intéresse pas qu'à toi ? C'est ça ?

– J'ai du chagrin. Je suis sur le point de mourir et toi, tu pars faire des courses avec une…

– Mais toi, tu m'as demandé comment j'allais ? Non. Comment allait Zoé ? Hortense ? Non. Tu m'as dit un mot sur mon nouvel appartement ? Sur ma nouvelle vie ? Non. La seule chose qui te soucie, c'est toi, toi et toi ! Tes cheveux, tes mains, tes pieds, tes fringues, tes rides, tes états d'âme, tes humeurs, tes…

Elle étouffait. Ne maîtrisait plus ses mots. Les crachait comme un volcan crache la lave qui obstruait son cratère et le maintenait endormi.

– La dernière fois qu'on a déjeuné ensemble, après m'avoir décommandée trois fois pour des raisons si futiles que j'en aurais pleuré, tu n'as parlé que de toi. Tu ramènes tout à toi. Tout le temps. Et moi, je suis là pour t'écouter, te servir. Je suis désolée, Iris, je suis fatiguée de te passer les plats. Je t'avais prévenue qu'il y aurait cette fête pour Iphigénie… J'avais prévu qu'on dînerait ensemble après, je m'en faisais une joie et tu es partie à Londres ! Oubliant que j'étais là, que je t'attendais, que je me réjouissais de te montrer mon appartement ! Et maintenant, tu cries à l'injustice parce que ton mari, dont tu te souciais comme d'un meuble mal ciré, s'est lassé et est allé voir ailleurs… Tu veux que je te dise : il a eu bien raison et j'espère que ça te servira de leçon ! Et que, dorénavant, tu feras un peu plus attention aux gens. Parce que à force de ne rien donner, de tout prendre, tu vas te retrouver toute seule et tu n'auras plus que tes yeux magnifiques pour pleurer.

Iris l'avait écoutée, éberluée.

– Mais tu m'as jamais parlé comme ça !

– Je suis fatiguée… Lasse de ton besoin irritant d'être toujours le centre d'attraction. Fais un peu de place aux autres, écoute-les respirer et tu seras moins malheureuse !

Elles étaient descendues dans la loge sans se parler. Zoé bavardait pour trois. Racontait les progrès stupéfiants de Du Guesclin qui avait reçu son premier bain sans broncher et même pas pleuré quand elles étaient parties. Elles avaient préparé la fête, Iris ruminant dans son coin, aidant du bout des doigts, hostile et silencieuse. Boudant les premiers invités, boudant les suivants.

Jusqu'à ce qu'Hervé Lefloc-Pignel apparaisse.

Joséphine vint se mettre à la hauteur d'Iphigénie et lui souffla à l'oreille :

– Dites, elle ne sort jamais, madame Lefloc-Pignel ?

– Vous savez que je la vois jamais ! Elle m'ouvre même pas quand j'apporte le courrier ! Je le pose sur le paillasson.

– Elle est malade ?

Iphigénie posa son doigt sur la tempe et lâcha :

– Malade dans la tête… Le pauvre homme ! C'est lui qui s'occupe des enfants. Elle, y paraît qu'elle est toute la journée en robe de chambre. On l'a retrouvée un jour, dans la rue. Elle délirait, appelait à l'aide, disait qu'elle était persécutée… Y a des femmes qui connaissent pas leur bonheur. Moi, j'aurais un mari beau comme lui, un appart grand comme le leur et trois têtes blondes, je vous assure que je me baladerais pas en robe de chambre ! Je me régalerais de chez Régalad !

– J'ai appris qu'elle avait perdu un enfant en bas âge, un horrible accident. Elle ne s'en remet pas, peut-être…

Iphigénie renifla, prise de compassion. Un malheur si grand expliquait sûrement la robe de chambre.

– C'est réussi, votre petite fête ! Vous êtes contente ?

Iphigénie lui tendit une coupe de champagne et leva son verre.

– À la santé de ma bonne fée !

Elles burent en silence, observant le ballet des gens autour d'elles.

– Il est parti très vite, monsieur Sandoz… Je crois qu'il a le cœur qui gîte vers vous, Iphigénie…

– Vous rêvez ! Pas plus tard qu'hier, il m'a traitée de Vache qui rit ! Comme déclaration d'amour, on fait mieux ! N'empêche, demain, va falloir tout nettoyer et remplir les poubelles !

– Je vous aiderai si vous voulez…

– Pas question. Demain, c'est dimanche et vous dormez.

– Va falloir tout bien ranger pour que la Bassonnière ne se plaigne pas !

– Oh ! Celle-là, qu'elle reste où elle est ! Elle est trop méchante ! Y a des gens, on se demande vraiment pourquoi Dieu leur garde vie !

– Iphigénie ! Ne dites pas ça ! Vous allez lui porter malheur !

– Oh ! Elle est robuste comme un cafard…

Monsieur Merson, qui passait derrière elle, leva son verre et chuchota :

– Alors, mesdames… À la santé du cafard !

Zoé ne descendit pas à la cave, ce soir-là. Elle resta avec sa mère et sa tante. Elle avait envie de chanter, de hurler. Ce soir, pendant la fête chez Iphigénie, Gaétan avait murmuré : « Zoé Cortès, je suis amoureux de toi. » Elle s'était transformée en bâton brûlant. Il avait continué à lui parler à l'oreille en faisant semblant de boire dans son verre. Il avait dit des trucs de dingue comme : « Je suis tellement amoureux de toi que je suis jaloux de tes oreillers ! » Et puis, il s'était écarté pour ne pas se faire remarquer et elle l'avait trouvé grand, très grand. Se pouvait-il qu'il ait grandi depuis la veille ? Et puis après, il était revenu et il avait dit : « Ce soir, je pourrai pas descendre à la cave, alors je laisserai mon pull sous ton paillasson comme ça tu t'endormiras en pensant à moi. » Alors là, le bouchon dans sa gorge avait sauté, elle lui avait dit : « Moi aussi, je suis amoureuse de toi » et il l'avait regardée avec tellement de sérieux qu'elle avait failli pleurer. Avant de se coucher, elle irait prendre le pull sous le paillasson et elle dormirait avec.

– Tu penses à quoi, ma petite chérie ? demanda Joséphine.

– À Du Guesclin. Il peut dormir dans ma chambre ?

Iris finit la bouteille de bordeaux et leva les yeux au ciel.

– Un chien, c'est ballot, il faut s'en occuper ! Qui va le sortir, ce soir, par exemple ?

– Moi ! s'écria Zoé.

– Non ! répondit Joséphine. Tu ne vas pas sortir à cette heure, j'irai…

– Tu vois, ça commence, soupira Iris.

Zoé bâilla, déclara qu'elle était fatiguée. Elle embrassa sa mère et sa tante et partit se coucher.

– Comment il s'appelle déjà, ton beau voisin ?

– Hervé Lefloc-Pignel.

Iris porta le verre à ses lèvres et murmura :

– Bel homme ! Très bel homme !

– Il est marié, Iris.

– N'empêche qu'il est séduisant… Tu connais sa femme ? Elle est comment ?

– Blonde, fragile, un peu perturbée…

– Ah ? Ce ne doit pas être un couple très uni. Il est venu sans elle, ce soir.

Joséphine commença à débarrasser. Iris demanda s'il ne restait pas un peu de vin. Joséphine proposa d'ouvrir une bouteille.

– J'aime bien boire un peu le soir… Ça m'apaise.

– Tu ne devrais pas boire avec toutes les pilules que tu prends encore…

Iris lâcha un long soupir.

– Dis, Jo, je pourrais rester chez toi ? J'ai pas envie de retourner à la maison… Carmen me fout le cafard.

Joséphine, penchée au-dessus de la poubelle, raclait les assiettes avant de les mettre dans le lave-vaisselle. Elle pensa si Iris reste, finie mon intimité avec Zoé. Je venais à peine de la retrouver.

– Cache ta joie, petite sœur ! ricana Iris.

– Non… C'est pas ça, mais…

– Tu préférerais pas ?

Joséphine se reprit. Iris l'avait si souvent accueillie chez elle. Elle se tourna vers sa sœur et mentit :

– On a une vie si tranquille. J'ai peur que tu t'ennuies.

– T'en fais pas ! Je m'occuperai. À moins que tu ne veuilles vraiment pas de moi.

Joséphine protesta, mais non, mais non. Si mollement qu'Iris en fut vexée.

– Quand je pense au nombre de fois où je vous ai recueillies, toi et les filles. Et toi, au premier service que je te demande, tu te butes…

Elle s'était servi un autre verre de vin et discourait. Étourdie par l'alcool, elle ne surprit pas le regard furieux, mais blessé de Joséphine. Tu ne nous as pas « recueillies », Iris, tu nous as « accueillies », c'est différent.

– Toute ma vie, j'ai été là pour toi ! Je t'ai aidée financièrement, je t'ai aidée moralement. Tiens, même le livre, tu ne l'aurais pas écrit sans moi ! J'ai été ton souffle, ton ambition.

Elle fut secouée par un petit rire ironique.

– Ta muse ! On peut le dire ! Tu tremblais à l'idée d'exister. Je t'ai forcée à sortir ce qu'il y avait de meilleur en toi, j'ai fait ton succès et voilà comment tu me remercies !

– Iris, tu devrais arrêter de boire…, suggéra Joséphine, les mains crispées sur une assiette. Tu dis n'importe quoi.

– Ce n'est pas vrai, peut-être ?

– Ça t'arrangeait bien que je sois là. Les filles étaient une compagnie pour Alexandre et, moi, je servais de tampon entre Philippe et toi !

– Parlons-en de celui-là ! À l'heure qu'il est, il doit s'envoyer en l'air avec Miss Doolittle ! Dottie Doolittle ! Quel drôle de nom ! Elle doit s'habiller en rose bonbon et avoir des bouclettes !

Elle est brune ou blonde, Miss Doolittle ? se demanda Joséphine en versant de la poudre dans le lave-vaisselle. « Transitoire », avait dit Alexandre. Ça voulait dire qu'il n'était pas amoureux. Qu'il s'amusait. Qu'il en trouverait une autre et une autre et une autre. Joséphine avait fait partie de la ribambelle. Une guirlande, le soir de Noël.

– Je me demande s'il m'a trompée quand on vivait ensemble, continuait Iris en vidant son verre. Je ne crois pas. Il m'aimait trop. Qu'est-ce qu'il m'a aimée ! Tu te rappelles ?

Elle souriait dans le vide.

– Et puis un jour, ça s'arrête et tu sais pas pourquoi. Un grand amour, ça devrait être éternel, non ?

Joséphine courba brusquement la tête. Iris éclata de rire.

– Tu prends tout au tragique, Jo. Ce sont les aléas de la vie. Mais tu ne peux pas savoir, toi, tu n'as rien vécu…

Elle regarda son verre vide et se resservit.

– En même temps, à quoi sert d'avoir tellement vécu ? À émousser les sentiments ?

Elle soupira :

– Mais la douleur, elle, ne s'émousse pas. C'est étrange d'ailleurs : l'amour s'use, mais la douleur reste vivace. Elle change de masque, mais demeure. On ne finit jamais de souffrir alors qu'on finit, un jour, d'aimer. La vie est mal faite !

Pas si sûr, se dit Joséphine, la vie précipite des événements que l'imagination n'oserait pas enchaîner. Elle se souviendrait longtemps de cette journée. Qu'avait-elle voulu lui dire, la vie ? Réveille-toi, Joséphine, tu t'endors. Réveille-toi ou rebelle-toi ?

– Je n'ai plus rien. Je ne suis plus rien. Ma vie est finie, Jo. Détruite. Pliée. Poubelle.

Joséphine lut l'effroi dans les yeux de sa sœur et sa colère tomba. Iris tremblait et ses bras enserraient son torse en une étreinte désespérée.

– J'ai peur, Jo. Si tu savais comme j'ai peur… Il m'a dit qu'il me donnerait de l'argent, mais ça ne remplace pas tout, l'argent. L'argent ne m'a jamais rendue heureuse. C'est étrange quand tu y penses. Tout le monde se bat pour avoir toujours plus d'argent et est-ce que le monde est meilleur ? Est-ce que les gens vont mieux ? Est-ce qu'ils sifflent dans la rue ? Non. Avec l'argent, on n'est jamais satisfait. On trouve toujours quelqu'un qui en a plus que soi. Peut-être que t'as raison et qu'il n'y a que l'amour qui remplit vraiment. Mais comment on apprend à aimer ? Tu le sais, toi ? Tout le monde en parle, mais personne ne sait ce que c'est. Tu répètes tout le temps qu'il faut aimer, aimer, mais où ça s'apprend ? Dis-moi.

– En s'oubliant, murmura Joséphine, terrifiée par l'état de sa sœur qui divaguait en vidant et en remplissant son verre.

Iris éclata d'un rire sarcastique.

– Encore une réponse que je ne comprends pas ! On dirait que tu le fais exprès. Tu pourrais pas parler clairement ?

Elle dodelinait de la tête, jouait avec ses cheveux, tapotait une mèche, la roulait, la déroulait, s'en cachait le visage.

– De toute façon, c'est trop tard pour apprendre. C'est trop tard pour tout ! Je suis foutue. Je sais rien faire. Et je vais finir seule… Une vieille femme comme celles qu'on voit dans la rue. Je t'ai raconté ce mendiant que j'avais croisé, il y a des années ? J'étais jeune à l'époque et je m'étais pas arrêtée parce que j'avais des paquets dans les bras. Il était resté là, sur le trottoir, sous la pluie. On lui marchait dessus et il se poussait pour ne pas gêner…

Elle se frappa le front du poing.

– Pourquoi j'y pense tout le temps à ce mendiant ? Tout le temps, il revient et je prends sa place dans la rue, je tends la main aux passants qui me regardent pas. Tu crois que je vais finir comme ça ?

Joséphine lui lança un long regard, tâchant de percevoir ce qu'il y avait de sincère dans cette terreur. Du Guesclin, à ses pieds, bâilla à s'en décrocher la mâchoire et lui lança un long regard. Il s'ennuyait. Il trouvait Iris pitoyable. Elle repensa à la devise du vrai Du Guesclin : « Le courage donne ce que la beauté refuse. » En fait, se dit Joséphine, elle manque simplement de courage. Elle rêve d'une solution toute faite. D'un bonheur qu'elle

443

n'aurait plus qu'à enfiler comme une robe de soirée. Elle s'imagine princesse et attend son prince. Il prendra sa vie en main et elle n'aura aucun effort à faire. Elle est lâche et paresseuse.

– Allez, viens, tu as besoin de te reposer…

– Tu seras là, Jo, tu me laisseras pas ? On vieillira ensemble comme deux petites pommes fripées… Dis oui, Jo. Dis oui.

– Je ne te laisserai pas, Iris.

– T'es gentille. Tu as toujours été gentille. C'était ta carte à toi, la gentillesse. Et le sérieux aussi. On disait toujours « Jo, c'est une travailleuse, une fille sérieuse » et moi, j'avais le reste, tout le reste. Mais si on n'y fait pas attention au reste, il part en fumée… Tu vois la vie, au fond, c'est un capital. Un capital que tu fais fructifier ou pas… Moi, j'ai rien fait fructifier. J'ai tout dilapidé !

Sa voix était pâteuse. Elle s'effondrait sur la table de la cuisine et sa main molle et hésitante cherchait le verre à tâtons.

Joséphine la prit par le bras, la releva, la dirigea doucement vers la chambre d'Hortense. Elle l'allongea sur le lit, la déshabilla, lui ôta ses chaussures et la fit glisser sous les draps.

– Tu laisseras la lumière dans le couloir, Jo ?

– Je laisserai le couloir allumé…

– Tu sais ce que je voudrais ? Je voudrais quelque chose d'immense. Un immense amour, un homme comme dans ton Moyen Âge, un preux chevalier qui m'emmènerait, qui me protégerait… La vie est trop dure, trop dure. Elle me fait peur…

Elle délira encore un moment, se tourna sur le côté et s'endormit aussitôt d'un sommeil lourd. Bientôt, Joséphine l'entendit ronfler.

Elle alla se réfugier dans le salon. S'allongea sur un canapé. Cala un coussin contre son dos. Les événements se bousculaient dans sa tête. Il faudrait que je les reprenne un par un. Philippe, Luca, Antoine. Elle eut un petit sourire triste. Trois hommes, trois mensonges. Trois fantômes qui hantaient sa vie en robe blanche. Pelotonnée sur elle-même, elle ferma les yeux et vit les trois fantômes danser sous ses paupières. La ronde s'arrêta et la silhouette de Philippe émergea. Ses yeux noirs brillaient dans son songe, elle aperçut la pointe rougeoyante de son cigare, respira la fumée, compta un rond, deux ronds qu'il laissait échapper en arrondissant la bouche. Elle le vit au bras de Dottie Doolittle, il l'attirait par le col de son manteau, la plaquait contre la porte d'un four dans sa cuisine et l'embrassait en posant ses lèvres chaudes et douces sur ses lèvres à elle. Ça lui faisait un creux dans le ventre, un creux de douleur froide qui grandissait, grandissait. Elle plaqua les mains sur son corps pour empêcher le creux de grandir.

Elle se sentit très seule, très malheureuse, elle posa la tête sur l'accoudoir et pleura doucement, à petits sanglots comptés, avec le soin parcimonieux de la comptable qui ne veut pas perdre un sou. C'était sa manière de refuser de se laisser entraîner dans le flot du chagrin. Elle pleura, le nez dans sa manche, jusqu'à ce qu'elle entende en écho d'autres sanglots. De longs gémissements, une lente mélopée en réponse à sa plainte.

Elle releva la tête et aperçut Du Guesclin. Les pattes jointes, le cou allongé, il lançait sa plainte vers le plafond, la modulait comme une scie musicale, l'amplifiait, l'atténuait, la reprenait, les yeux clos en un chant de sirène désespéré. Elle se jeta vers lui. L'enlaça, le couvrit de baisers, répéta à s'en saouler « Du Guesclin ! Du Guesclin ! » jusqu'à ce qu'elle se calme, jusqu'à ce qu'il se taise et qu'ils se regardent tous deux, étonnés par ce jaillissement de larmes.

– Mais qui es-tu, toi ? Qui es-tu ? Tu n'es pas un chien ! Tu es un humain.

Elle le caressait. Il était chaud sous ses doigts et plus dur qu'un mur en béton. Il reposait sur ses pattes fortes et musclées et la contemplait avec l'attention d'un enfant qui apprend à parler. Elle eut l'impression qu'il l'imitait pour mieux la comprendre, pour mieux l'aimer. Il ne la quittait pas des yeux. Rien ne l'intéressait qu'elle. Elle reçut son amour comme une boule chaude et sourit à travers ses larmes. Il semblait lui dire : « Mais pourquoi tu pleures ? Tu ne vois pas que je suis là ? Tu ne vois pas tout l'amour que j'ai pour toi ? »

– Et tu n'es pas encore sorti ! Tu es vraiment un chien remarquable ! On y va ?

Il remua de la croupe. Elle sourit en pensant qu'il ne pourrait jamais remuer de la queue, qu'on ne verrait jamais s'il était content ou pas. Elle pensa qu'il faudrait acheter une laisse et puis, elle se dit qu'elle ne servirait à rien. Il ne la quitterait jamais. C'était écrit dans son regard.

– Tu ne me trahiras pas, toi, dis ?

Il attendait en dansant de l'arrière-train qu'elle se décide à sortir.

Quand elle remonta, elle entrouvrit la porte de la chambre de Zoé et Du Guesclin alla se coucher au pied du lit. Il tourna en rond sur le coussin, le renifla avant de se laisser tomber lourdement dans un profond soupir.

Zoé dormait enroulée dans un lainage. Joséphine s'approcha, reconnut un pull-over, le toucha des doigts. Elle regarda le visage heureux de sa fille, le sourire sur ses lèvres et comprit que c'était le pull de Gaétan.

– Fais pas comme moi, murmura-t-elle à Zoé. Ne passe pas à côté de l'amour sous prétexte que tu y es si peu habituée que tu ne le reconnais pas.

Elle souffla sur le front chaud de Zoé, souffla sur ses joues, sur les mèches de cheveux collées dans son cou.

– Je serai là, je veillerai à ce que tu n'en perdes pas une miette, je mettrai toutes les chances de ton côté…

Zoé soupira dans son sommeil et marmonna « Maman ? ». Joséphine prit le bout de ses doigts et les baisa :

– Dors ma beauté, mon amour. Maman est là qui t'aime et qui te protège…

– Maman, balbutia Zoé. Je suis si heureuse… Il a dit qu'il était amoureux de moi, maman, amoureux de moi…

Joséphine se pencha pour recueillir ses paroles dans l'agitation du rêve.

– Et il m'a donné son pull… Je crois bien que j'ai le zazazou.

Elle eut un petit tressaillement et retomba dans un profond sommeil. Joséphine remonta le drap, arrangea le pull et quitta la chambre en refermant doucement la porte. Elle s'adossa au mur et pensa, c'est ça le bonheur, retrouver l'amour de ma petite fille, emmêler mes doigts, mon souffle à ses doigts, à son souffle, immobiliser ce moment, le faire durer, m'y enfouir, le déguster, lentement, lentement, sinon le bonheur s'éloignera avant que j'aie pu le goûter.

Junior avait un an. Il avait décidé qu'il était temps de s'affranchir. Ça suffit comme ça. J'ai assez joué au bébé pour les amuser. À moi de prendre les manettes parce que en ce moment, le monde, il fait la toupie dingo.

Il s'était dressé, avait fait quelques pas mal assurés, était retombé sur son paquet de couches – celles-là, il les garderait pas longtemps, tarderait pas à les balancer, a-t-on idée de laisser un paquet de caca entre les jambes d'un petit ange ? –, il s'était relevé et avait recommencé. Jusqu'à ce qu'il traverse sa chambre sans encombre. Ça n'était pas si difficile de mettre un pied devant l'autre et ça facilitait grandement la vie. Il commençait à avoir des irritations aux coudes et aux genoux à force de ramper.

Puis il avait levé les yeux sur la poignée de la porte de sa chambre. Quelle idée de l'avoir enfermé ! On ne lui facilitait vraiment pas la tâche. Ce devait être une manie de cette gamine mal dégrossie qu'on lui avait imposée comme nounou. Une niaise sournoise occupée à lire des magazines débiles et à encaisser les billets que lui donnait la Soucoupe Volante pour acheter ses confidences. Tout allait à vau-l'eau dans la maison. Sa mère gisait, prostrée, au lit. Son père pleurait misère en se grattant le crâne et avait de l'eczéma partout : sur le cou, les coudes, les sourcils, les bras, les jambes, le torse et même sur le testicule gauche, celui du cœur. On entendait une mouche voler et plus une seule cascade de rires ! Plus de visiteurs, plus de déjeuners bien arrosés, plus d'odeurs de cigare qui lui piquaient le nez, plus les mains baladeuses de papa pelotant maman qui se laissait aller avec le rire de gorge qu'il aimait tant. Oh ! Marceeel ! Marceeel ! Ça roulait dans sa poitrine comme un chaud gargarisme et ça chantait la mélodie du bonheur. Plus rien. Un grand silence, des mines de trépassés et des pleurs enterrés au fond des gorges étranglées. Ma pauvre maman, on t'a jeté un sort, je le sais bien. Y a que les médecins pour parler de dépression. Les imbéciles ! Ils ont oublié d'où on vient, ils ont oublié qu'on est reliés au Ciel et qu'on est touristes sur Terre. Comme la plupart des gens, d'ailleurs ! Ils se croient très importants et pensent qu'ils maîtrisent tout : le ciel et la terre, le feu et le vent, la mer et les étoiles. Ils se la pètent. À les entendre, ils ont même créé le monde ! Ils ont tellement oublié d'où ils venaient qu'ils .se vantent d'être plus forts que le Bien et le Mal, les anges et les diables, Dieu et Satan. Ils pérorent du haut de leur petite cervelle d'humains. Invoquent la Raison, le Un + Un, le Pas-vu-Pas-cru et croisent les mains sur leur bedaine en se moquant du naïf qui accorde foi à ces billevesées. Moi qui, il y a encore peu, étais assis auprès des anges et me la coulais douce, je sais. Je sais qu'on vient de Là-Haut et qu'on y retournera. Je sais qu'il faut choisir son camp, je sais qu'il faut se battre contre l'autre camp et je sais que les méchants d'en face ont rapté Josiane et qu'ils en veulent à sa binette. Pour qu'Henriette récupère ses pépettes. Je le sais. J'ai beau faire mes premiers pas, je n'ai pas oublié d'où je viens.

Quand ils m'ont demandé Là-Haut si je voulais reprendre du service sur Terre, chez un petit couple charmant qui se lamentait de ne pas avoir d'enfant et qui faisait des neuvaines pour en obtenir un tout beau, tout chaud, tout doré, je les ai considérés longuement, la Josiane et le Marcel, et je les ai trouvés attendrissants. Généreux, méritants, crémeux, pas cons. Alors j'ai dit, oui, je veux bien. Mais c'est ma dernière mission. Parce qu'on est bien plus peinard Là-Haut, parce que j'ai plein de choses à y faire, de livres à lire, de films à voir, de trucs à inventer, de formules à trouver et c'est bien connu, sur Terre, c'est pas une partie de plaisir. C'est quasiment l'Enfer. On vous met sans arrêt des bâtons dans les pieds. On appelle ça la jalousie, l'envie, la méchanceté, la sournoiserie, l'appât du gain, ça a plein de noms comme les Sept Péchés capitaux et ça vous ralentit. Si vous arrivez à mener à bout une ou deux idées, vous êtes vernis ! Prenez l'exemple de Mozart. Je le connais bien. C'était mon voisin Là-Haut. Regardez comment il a fini sur Terre : jalousé, copié, ridiculisé, dans la misère. Et pourtant il n'y a pas plus charmant et rieur que lui ! Un vrai bonheur ! Une symphonie !

Mais bon…

Il avait discuté de son départ avec Mozart qui lui avait dit, pourquoi pas, ce sont des braves gens… Moi, si je n'avais pas ma *Marche turque* à reprendre parce que je me suis laissé aller à quelques facilités, à une série d'arpèges un peu vantards, je descendrais bien leur jouer un air au piano, une petite *Sonate pour Deux vieux heureux* en *si* majeur. Il pouvait faire confiance à Mozart. C'était un type bien. Modeste et enjoué. Ils venaient tous lui rendre visite, Bach, Beethoven, Schumann et Schubert, Mendelssohn, Satie et plein d'autres encore, et il causait avec eux sans se pousser du col. Ils causaient surtout boutique, croche et double croche, tout un bazar auquel il ne connaissait rien. Lui, c'était plutôt les équations, la craie, le tableau noir. Il avait fini par dire « oui » et il était descendu chez Josiane et Marcel. Une brave petite mère, un brave petit père. Deux amours d'humains longtemps empêtrés dans du malheur, mais que le Ciel avait décidé de récompenser en fin de vie pour services rendus à l'humanité.

La joie des deux petits vieux quand il était arrivé ! Ils criaient au miracle. Ils allumaient des cierges. Ils s'élevaient en prières, bredouillaient de félicité. Surtout lui. Il en claquait des dents ! Il brandissait son enfant comme un trophée, l'exhibait, l'installait au bout de son bureau et lui expliquait ses affaires. Passionnant, d'ailleurs. Le Vieux était vraiment affûté. Malin, mais malin ! Il vendait sa camelote dans le monde entier. Fallait l'entendre barguigner ! Il se régalait quand Marcel l'emmenait au bureau. Il ne pouvait pas vraiment participer parce qu'il était prisonnier de ce corps de bébé balbutiant et titubant, mais il se démenait comme un beau diable dans sa chaise pour lui envoyer des signes. Parfois, Marcel comprenait. Il clignait des yeux, se demandait s'il n'avait pas la berlue, mais l'écoutait. Il lui parlait chinois, anglais, lui faisait lire des bilans, des analyses de financiers, des comptes rendus d'études. Il ne fallait pas qu'il se plaigne : avec le Vieux, il était gâté. Il avait de l'intuition céleste. La corvée, c'étaient les autres : ceux qui lui bavaient dessus et faisaient des grimaces de pitres ! Au-dessus de son berceau, les bouches devenaient des gargouilles terrifiantes. Ils lui offraient des jouets débiles. Des peluches muettes, des livres en tissu avec une lettre par page, des mobiles qui l'empêchaient de dormir. La prochaine fois qu'il redescendrait – s'il devait y avoir une prochaine fois ! – il s'incarnerait directement en Mathusalem. Sauterait l'enfance et ses déboires. D'après Mozart, ce n'était pas possible. Fallait passer par les bavoirs ! Il en connaissait un bout, Mozart, sur les vies antérieures : il les cumulait. Sinon, comment crois-tu que j'aurais écrit la *Petite Musique de nuit,* à six ans et demi ? Hein ? Parce qu'il y avait du vécu derrière. Des vies et des vies de compositeurs ignorés que j'ai vengés d'un seul coup de plume sur la portée ! D'ailleurs, si je réfléchis un peu, celle-là aussi faudrait que je la réécrive, elle est un peu ritournelle, non ? Qu'est-ce que t'en penses, Albert ?

Et là-dessus, pas le temps de répondre, on l'avait expédié sur Terre, dans une clinique ravissante du seizième arrondissement de Paris, France. On se battait Là-Haut pour descendre dans cette clinique. Quatre étoiles. Du personnel réputé. De l'attention sourcilleuse. Un bain chaud et des caresses dès l'arrivée. Sa vie avait bien commencé. Félicité, confort, petites fesses au chaud et deux bons gros amours joufflus penchés sur la grenouillère bleue. C'est quand la Soucoupe Volante s'était pointée que les choses s'étaient gâtées. La première fois qu'il l'avait vue, il avait eu un geste réflexe : il avait fait le signe de défense qu'on apprend Là-Haut pour se défendre du Malin, les pouces et index en losange tendu vers l'adversaire et les chevilles croisées. Il avait verrouillé l'entrée. Elle n'avait pas pu l'atteindre. Mais il avait échoué à protéger sa mère. C'est elle qui avait tout pris.

Il était temps qu'il reprenne les choses en main.

Qu'il neutralise la Soucoupe Volante. C'est d'elle que venaient tous leurs ennuis. Selon le vieil adage policier : à qui profite le crime ? lu dans un papier de

Carambar. Pas mal, les blagues Carambar. Ça permettait de vous remettre d'équerre quand on tombait sur Terre. Ça vous mettait vite au courant des grandes tendances du monde. Et puis c'était un des rares trucs qu'on pouvait lire, bébé, hormis les livres en tissu avec une voyelle par page. Tu parles d'une lecture ! Fallait se taper les rideaux pour avoir une phrase entière !

Il avait bien réfléchi en mâchonnant son Carambar et en avait déduit que la Soucoupe Volante leur avait jeté un sort. Elle avait fait un pacte avec les forces du Mal et ni vu ni connu Abracadabra je t'embrouille ! Ensuite, un jour où la Petite Niaise l'avait laissé devant la télé – il passait tout son temps devant la télé à regarder des spectacles débiles, attendrisseurs de cervelle –, il avait vu un truc qui lui avait rappelé quelque chose. Une sorcière qui jetait des sorts en plissant le nez. C'était bizarre d'ailleurs parce que ce programme-là avait obtenu un grand succès. Tout le monde le regardait, enchanté, mais personne n'y croyait. Ils appelaient ça du divertissement. Les pauvres ! S'ils savaient… Le divertissement, il pouvait avoir deux ailes dans le dos ou deux cornes au front et c'était pas la même tambouille ! Une autre fois, il avait vu un film, assis sur son tas de caca que la Niaise Sournoise changeait quand l'envie l'en prenait, qui s'appelait *Ghost*. Ils disaient que ça avait été un *blockbuster*. Ça voulait dire qu'il avait eu un succès fou. Et au lieu d'écouter l'enseignement du film, qui expliquait exactement comment ça se passait Là-Haut, ils n'avaient retenu que l'histoire d'amour ! La belle Demi Moore qui pleurait en tournant sa glaise. Ce jour-là, il avait tapé comme un fou sur son Lego pour rameuter la population et leur faire comprendre que c'était ça. Exactement ça ! Le Bien et le Mal. La Lumière et le Noir. Les démons qui se faufilent partout et la Lumière qui lutte contre le Diable. Que dalle ! Ils avaient vu que dalle. Il devenait fou à taper sur tout ce qu'il trouvait. Il avait mordu son poing jusqu'au sang avec sa seule dent et on l'avait chapitré. « Il est violent, tout de même », disait Josiane en écarquillant les yeux. Pas violent ! bavait-il en éructant : clairvoyant !

Il n'avait jamais vu la fin du film. On l'avait couché. Ce soir-là, dans son petit lit, il était devenu fou furieux. Il en aurait mangé les barreaux. On vous livre le mode d'emploi, on vous mâche la comprenette et vous restez aveugle !

Ah, si je pouvais parler !

Si je pouvais vous raconter ! Comme vous vivriez autrement ! Comme vous gagneriez votre Paradis sur Terre au lieu de vous mitonner l'Enfer en donnant libre cours à vos plus vils appétits ! La Soucoupe Volante, elle va finir cramée, à poil, défigurée si elle continue de jouer avec le Diable.

Ce jour-là, on était dimanche. Dimanche 24 mai. Ça faisait quinze jours qu'il marchait et ça le démangeait de sortir de sa chambre. Or, il avait beau guetter les bruits dans l'appartement, il n'entendait rien et ce silence ne lui disait rien qui vaille. Où était son père ? Que faisait sa mère ? La Sournoise avait-elle pris un jour de congé ? Pourquoi ne venait-on pas le chercher ? Son estomac criait famine et l'idée d'un bon petit déjeuner n'était pas pour lui déplaire.

Ce jour-là donc, dans sa chambre, après avoir poussé une chaise pour atteindre la poignée de la porte et pouvoir s'enfuir, il avait décidé de passer à l'action. De combattre le malheur. Il savait qu'il avait une alliée : la fameuse madame Suzanne qui n'avait pas les yeux dans sa poche de mécréante, elle. Elle ne venait plus, elle avait perdu goût à l'affaire, mais on ne sait jamais, le Ciel pourrait se mettre de son côté et pousser l'amabilité jusqu'à la faire arriver. Il avait demandé un coup de main Là-Haut, au réveil, à l'heure où le Ciel et la

Terre se mélangent, où l'on rêve, éveillé, à l'adresse des anges.

Il ouvrit la porte, s'engagea dans le couloir, jeta un œil au salon, dans la buanderie, ne vit personne, se propulsa, sans tomber, jusqu'à la chambre de sa mère et là, ce qu'il vit le fit hurler. Un long cri strident éclata dans sa poitrine et rebondit jusqu'à l'intéressée qui parut émerger d'un songe.

Josiane avait placé une chaise sur le balcon de sa chambre – ils habitaient au sixième étage – et, vêtue d'une longue chemise de nuit blanche qui recouvrait ses pieds, elle vacillait, irrésistiblement attirée par le vide. Elle tenait contre son cœur une photo de son homme et de son fils et oscillait, les yeux fermés, les lèvres blanches.

Comme arrachée brusquement à sa léthargie, elle ouvrit les yeux et vit, à ses pieds, son enfant qui la regardait en hurlant et tendait sa petite main vers elle.

– Arrgh ! hurla-t-il en se plaçant entre elle et le vide.

– Junior…, balbutia-t-elle en le reconnaissant. Tu marches ? Et je ne le savais pas.

– Groumphgroumph…, articula-t-il, maudissant son enveloppe de bébé.

– Mais que se passe-t-il ? s'interrogea-t-elle en passant la main sur son front. Qu'est-ce que je fais, là ?

Elle regardait la chaise, ses pieds, le vide devant elle. Manqua défaillir. Tangua debout, les bras tendus vers le vide. Junior se redressa, offrit l'appui de ses bras pour amortir le choc et reçut sa mère en pleine poitrine.

Ils roulèrent sur le parquet, s'effondrèrent en faisant un bruit sourd, le bruit terrible de deux corps qui chutent, qui fit sursauter la petite bonne occupée à noircir la grille de mots croisés de *Télé 7 Jeux* dans la cuisine. Il y eut une cavalcade de pas, des cris, des : « Mon Dieu ! Ce n'est pas possible ! » La Niaise les releva, s'assura qu'ils n'avaient rien de cassé, répéta à l'envi qu'elle n'avait rien entendu, qu'elle était dans la cuisine en train de préparer le petit déjeuner… Bientôt ce fut Marcel qui arriva, rouge et délabré. Sa femme, son petit ! Tout contusionnés, tout livides ! Il se tordait les mains. Le sachet de croissants chauds qu'il était allé chercher pour les régaler roula à terre.

Junior en attrapa un et le fourra dans sa bouche. Il avait faim. Le ventre plein, il réfléchirait mieux. Il allait falloir agir vite. Cette nuit, il irait faire un tour Là-Haut, il parlerait à Mozart, lui, lui dirait comment s'y prendre.

Rassuré, il attaqua un deuxième croissant.

En ce même dimanche, Hortense prenait un brunch chez Fortnum & Mason en compagnie de Nicholas Bergson, directeur artistique chez Liberty. Elle aimait Liberty, ce grand magasin au style à la fois désuet et avant-gardiste dont l'entrée sur Regent Street ressemblait à celle d'une vieille maison alsacienne. Elle y traînait souvent. C'est en flânant dans les rayons, en prenant des notes et des photos de détails pertinents qu'elle avait rencontré Nicholas Bergson. L'homme était séduisant, à condition d'oublier sa petite taille. Elle n'avait jamais aimé les nains, mais assis, ça ne se voyait pas. Il était drôle, avait une idée à la minute et cette délicieuse attitude anglaise qui consiste à toujours mettre de la distance entre soi et les autres.

Ils étaient en train de parler de son dossier de fin d'année. Du portfolio qu'elle présenterait et qui déciderait de son passage dans l'année supérieure. Sur mille étudiants, seuls soixante-dix seraient retenus. Elle avait choisi comme thème *Sex is about to be slow*. C'était original, mais pas évident. Elle était sûre que personne n'aurait la même idée, mais pas sûre d'arriver à l'illustrer. En plus du sketch-book à présenter, il lui fallait organiser un défilé avec six modèles. Six modèles à dessiner, réaliser, et un quart d'heure pour convaincre. Donc elle chassait le détail. Le détail qui infiltrerait la séduction dans la minutie, la mise en scène du lent épanouissement du désir sexuel. Une robe noire, toute noire, fermée par un nœud élaboré, un dos-nu fendu en trompel'œil, une ombre dessinée sur une joue, une voilette cachant un œil charbonneux, une boucle de chaussure sur une cheville cambrée… Nicholas pouvait lui donner un coup de main. Et puis, il n'était pas si petit que ça, décida-t-elle, il avait juste un long torse. Un très long torse.

Il l'avait invitée au quatrième étage de Fortnum & Mason, dans son salon de thé préféré. Cela faisait trois fois de suite que Gary déclinait ses propositions dominicales de brunch. Ce n'était pas tellement qu'il ait refusé qui la souciait, c'était le ton poli qu'il avait employé. Qui dit « politesse » dit réserve, gêne, secret embusqué. C'était un rite entre eux, le brunch du dimanche. Il fallait qu'il ait quelque chose de drôlement important pour se dérober. Quelque chose ou quelqu'un. Et c'était cette seconde proposition qu'elle n'aimait pas du tout.

Elle fronça le nez et Nicholas crut qu'elle n'était pas d'accord avec lui.

– Mais si, je peux te l'assurer, le noir et le désir vont si bien ensemble que tu dois faire un modèle entièrement noir de la tête aux pieds. Et là, je parle aussi du mannequin. La fille devra être plus noire que le charbon avec juste le sourire en dents blanches pour suggérer la fente, la fente béante du désir, l'abîme du temps dans la fente du désir, l'abîme du désir mâle dans la fente du désir féminin…

– Tu as peut-être raison, dit Hortense en reprenant un bout de scone et une gorgée de lapsang-souchong délicieusement imprégné des odeurs du bois de cèdre sur lequel il avait séché. Oui, c'était bien du cèdre, bien qu'il y eût une pointe de cyprès qui se découvrait en fin de dégustation.

– Bien sûr que j'ai raison et d'ailleurs…

Et d'ailleurs, depuis quand ne s'étaient-ils plus vus tous les deux, en tête à tête ? Depuis ce fameux dîner où elle l'avait invité au restaurant, depuis cette promenade dans la nuit de Londres, depuis qu'elle habitait avec Li May. Elle avait été très occupée par son déménagement, les cours, la fin de l'année qui approchait, le défilé à organiser, elle avait sauté un dimanche, deux, trois, peut-être quatre, et quand elle l'avait rappelé, la bouche en accroche-cœur, prête à rattraper le temps perdu, il avait eu ce ton poli. Cet horrible ton poli. Depuis quand étaient-ils polis, tous les deux ? C'était ce qu'elle aimait avec lui : dire tout haut ce qu'elle pensait tout bas sans avoir honte, sans rougir et voilà qu'il devenait poli ! Flou, fuyant. Sinueux. Oui, sinueux. Chaque nouvel adjectif était un coup de poignard dans le cœur et elle se poignardait allégrement. Elle mordit le bord de sa tasse de thé. Nicholas, entraîné dans sa péroraison, ne remarqua rien. Il y a une fille là-dessous, se dit-elle en reposant sa tasse de lapsang-souchong, et du cyprès dans le thé, j'en suis sûre. J'en suis sûre. D'accord, ce que j'aime chez Gary, parmi beaucoup d'autres choses, c'est son indépendance et le fait qu'il marche tranquille vers son destin, mais je n'aime pas quand il m'échappe. Je n'aime pas quand les hommes m'échappent. Et j'aime pas quand ils me collent. Pfffft ! Trop compliqué ! trop compliqué !

– Et pour les mannequins, ne t'en fais pas, je t'en trouverai six délicieusement lentes et troublantes. J'ai déjà trois noms en tête…

– Je n'ai pas de budget pour les payer, répliqua Hortense, soulagée qu'il interrompe ses rêveries stériles par cette offre généreuse.

– Et qui a parlé de les payer ? Elles le feront gracieusement. Saint Martins est une école prestigieuse, il y aura ce jour-là tout ce qui compte dans la mode, les médias, on se précipite, ma chère, et elles vont courir..

Ça devait arriver. Il est beau comme un prince des *Mille et Une Nuits,* intelligent, drôle, riche, cultivé. Il a une allure de pur-sang, n'importe quelle femme rêverait de l'attraper… Et il m'a échappé ! Et il n'ose pas me le dire. Comment ça fait d'être amoureux ? se demanda-t-elle. Est-ce que je pourrais tomber amoureuse de Nicholas en me forçant un peu ? Il était pas mal, Nicholas. Et il pourrait lui servir. Elle fronça le nez. Ça n'allait pas ensemble « être amoureux » et « servir ». JE NE VEUX PAS QUE GARY SOIT AMOUREUX D'UNE AUTRE. Oui mais… ça lui était peut-être tombé dessus sans crier gare. C'est pour ça qu'il était courtois et fuyant. Il ne savait pas comment le lui dire.

Elle sentit tout le malheur du monde – ou ce qu'elle imaginait comme tout le malheur du monde – recouvrir ses épaules. Non, se reprit-elle, pas Gary. Il était sur la piste d'une grosse cochonne qui lui prenait tout son temps ou il avait décidé de relire d'un seul trait *Guerre et Paix.* Il le lisait une fois par an et se retirait dans ses appartements. *« Sex is about to be slow but nobody is slow today because if you want to survive you have to be quick. »* C'était son argument final. Elle pourrait terminer son défilé sur une fille qui s'écroule, feignant la mort, et les cinq autres qui se mettent à marcher à toute allure, renvoyant le lent désir au rang d'accessoire de mauvais roman. Ce n'était pas une mauvaise idée.

– Ça ferait comme un film qui s'accélérerait pour finir en tourbillon éblouissant, expliqua-t-elle à Nicholas qui parut enchanté.

– Ma chère, tu as tellement d'idées que je t'engagerais bien chez Liberty…

– C'est vrai ? interrogea Hortense, alléchée.

– Quand tu auras terminé tes trois années d'études…

– Ah, fit-elle, déçue.

– Mais souviens-toi, ce qui est lent est exquis… C'est toi qui l'affirmes.

Elle lui sourit. Ses grands yeux verts se voilèrent d'un intérêt que l'homme remarqua. Il leva la main pour demander l'addition, régla sans regarder la note et ajouta : « On lève l'ancre, camarade ? » Elle prit le sac Miu Miu qu'il lui avait offert avant de commander le thé et les scones et le suivit.

C'est en quittant le quatrième étage, alors qu'ils attendaient l'ascenseur, que la chose horrible se produisit.

Elle attendait sur le côté en balançant son nouveau sac, estimant son prix entre six cents et sept cents livres au bas mot – il le lui avait offert avec une telle désinvolture qu'elle se demanda s'il ne l'avait pas sorti d'un container et glissé sous le bras avant de quitter le magasin –, Nicholas parlait au téléphone, disait « mais non, mais non » d'un ton impatient, elle s'entraînait à passer le sac d'une main à l'autre, le plaçait sous son bras droit, sous son bras gauche, examinait son reflet dans la porte de l'ascenseur, tournait, virevoltait, lorsque la porte s'ouvrit laissant passer une femme magnifique. Une de ces créatures si élégantes qu'on s'arrête pour les étudier dans la rue, pour tenter de comprendre comment elles ont réussi ce miracle : être unique et éblouissante sans un milligramme de banalité. Elle portait une étroite robe noire, un collier de chien en faux diamants gros comme des carrés de chocolat, des ballerines, de longs gants noirs et une énorme paire de lunettes noires qui soulignaient un délicieux petit nez retroussé et une bouche rouge délicate comme une cerise qu'on viendrait de mordre. Une énigme de beauté. Une émanation de féminité enivrante. Que du noir, un noir qui brillait de mille couleurs tellement il était autre chose que noir. Hortense eut la mâchoire qui se décrocha. Elle était

459

prête à suivre la ravissante créature jusqu'au bout du monde pour lui voler ses secrets. Elle tourna sur elle-même pour suivre l'apparition et quand elle revint aux portes ouvertes de l'ascenseur, elle aperçut un homme occupé à ramasser le contenu d'un sac qui s'était renversé. Nicholas empêchait la porte de l'ascenseur de se refermer et elle entendit l'homme qui disait : « Excusez-moi… Merci beaucoup. » À quoi ressemblait l'homme qui accompagnait cette femme magnifique ? se demanda Hortense, retenant son souffle, attendant que l'homme accroupi se relève.

Il ressemblait à Gary.

Il aperçut Hortense et recula comme ébouillanté à l'huile de poix.

– Gary ? appela la créature magnifique. Tu viens, *love* ?

Hortense ferma les yeux pour ne plus voir.

– J'arrive…, dit Gary, en embrassant Hortense sur la joue. On s'appelle ?

Elle rouvrit et referma les yeux. C'était un cauche-mar.

– Hmm… Hmm, fit Nicholas qui avait terminé sa conversation. On y va ?

La ravissante créature s'était installée à une table et faisait signe à Gary de la rejoindre en soulevant l'épaisse monture de ses lunettes, découvrant deux longs yeux noirs de biche aux aguets, étonnés de ne pas apercevoir la horde de paparazzi lancés à ses trousses.

– On y va ? répéta Nicholas en maintenant la porte de l'ascenseur ouverte. Je n'ai pas l'intention de deve-nir liftier !

Hortense hocha la tête, salua Gary comme si elle ne le reconnaissait pas.

Elle pénétra dans l'ascenseur, se laissa aller contre la paroi. Je vais m'écraser jusqu'au sous-sol. Descente aux enfers garantie.

– On va faire un tour à Camden ? demanda Nicholas. La dernière fois, j'ai trouvé deux cardigans Dior pour dix *pounds* ! *A real bargain !*

Elle le regarda. Torse vraiment trop long, pensa-t-elle en se rapprochant, mais de beaux yeux, une belle bouche, un petit air de corsaire… en me concentrant sur le corsaire, peut-être que…

– Je t'aime, dit-elle en se penchant vers lui.

Il sursauta, surpris, l'embrassa doucement. Il embrassait bien. Il prenait son temps.

– Tu le penses vraiment ?

– Non. Je voulais juste savoir ce que ça faisait de le dire. Je ne l'ai jamais dit à personne.

– Ah…, fit-il, déçu. Je me disais aussi que c'était…

– Un peu précipité… Tu as raison.

Elle lui prit le bras et ils marchèrent vers Regent Street.

Soudain Hortense se figea sur place.

– Mais c'est une vieille !

– Qui ça ?

– La créature dans l'ascenseur, c'est une vieille !

– Tu exagères… Charlotte Bradsburry, fille de lord Bradsburry, avoue vingt-six ans, pour ne pas en reconnaître vingt-neuf !

– Une vieille !

– Une icône, ma chère, une icône de la scène londonienne ! Diplômée de Cambridge, fine littéraire et érudite, attentive à tout ce qui se fait en art, en musique, mécène à ses heures, et généreuse, en plus : elle a la réputation d'une dénicheuse de talents ! Elle met son temps, ses relations au service de jeunes inconnus qui, très vite, deviennent célèbres.

– Vingt-neuf ans ! Il est temps qu'elle trépasse !

– Ravissante et rédactrice en chef de *The Nerve,* tu sais, ce journal qui…

461

– *The Nerve* ! gémit Hortense. C'est elle ? Je suis foutue !

– Mais pourquoi, chère, pourquoi ?

Il avait hélé un taxi qui vint se garer devant eux.

– Parce que j'ai bien l'intention de prendre sa place !

En ce dimanche 24 mai, Mylène Corbier était à son poste. Elle avait remplacé la télévision par une grosse paire de jumelles et espionnait ses voisins. Elle avait hâte de rentrer du bureau pour se glisser dans la vie des autres. Elle tirait la langue, mouillait ses lèvres, poussait des petits cris ou condamnait d'un claquement de langue. Quand elle les croisait, elle gloussait en les regardant. Je sais tout de vous, pensait-elle, je pourrais vous dénoncer si je voulais…

Ce matin-là, il y avait eu une descente de police au cinquième et un couple avait été arrêté. Deux pauvres hères qui étaient repartis, encadrés par un escadron d'hommes qui frappaient le sol du talon de leurs bottes pour avertir les voisins de ne pas enfreindre la loi. Monsieur et madame Wang ne payaient pas l'impôt pour l'enfant supplémentaire. On avait découvert qu'ils avaient deux enfants, dont un qu'ils cachaient quand ils avaient des visiteurs. Il ne sortait jamais ou se glissait dehors, en cachette de ses parents, en empruntant les vêtements de sa grande sœur. C'est ce qui l'avait trahi. Il était tout menu alors que sa sœur était forte. Il flottait dans ses vêtements tel un hanneton dans l'habit de Casimir. Mylène avait repéré les deux enfants depuis longtemps. Elle priait pour que le petit ne soit pas découvert. Il avait de grands yeux noirs effrayés et des épis plein la tête. Elle n'arrêtait pas de prier. Elle avait peur. Monsieur Wei la faisait suivre, elle en était sûre. Elle avait essayé de joindre Marcel Grobz, mais il ne répondait pas à ses appels.

Elle voulait rentrer en France. Je n'en peux plus d'être seule, je n'en peux plus de passer mon temps à travailler, je n'en peux plus qu'on me touche le nez parce que je suis étrangère, je n'en peux plus de leurs karaokés à la télé ! Je veux la douceur angevine.

Les dimanches étaient terribles. Elle restait au lit le plus longtemps possible. Faisait durer l'heure du petit déjeuner, prenait un bain, lisait les journaux, soulignait une adresse, étudiait un maquillage, une coiffure, cherchait des idées à copier. Puis elle faisait un peu de gymnastique. Elle s'était acheté le programme Fitness de Cindy Crawford. Elle n'aurait pas moisi en Chine, elle. Elle serait repartie très vite.

Oui mais qu'est-ce que je fais ? Je repars en laissant mon argent ?

Pas question.

Je vais me réfugier au consulat de France ? Je raconte tout et demande un nouveau passeport ? Wei l'apprendra et me punira. Je peux me retrouver scellée dans un cercueil. Et je n'ai pas de famille en France qui s'alarmera.

J'essaie d'endormir la méfiance de Wei... Qu'il me rende mon passeport. L'idéal serait que je partage mon temps entre la France et la Chine.

Ça ne résoudrait rien. Je ne pourrais pas vivre écartelée entre Blois et Shanghai. Wei le sait très bien, c'est pour ça qu'il ne veut pas que je parte.

Il n'arrêtait pas de lui dire qu'elle était fragile, déséquilibrée. C'est sûr que ça la déséquilibrait qu'il répète ça à tout bout de champ. Elle finirait par le croire. Et ce jour-là, elle serait perdue. Définitivement perdue.

Il concluait en disant qu'elle devait lui faire confiance, s'en remettre à lui, lui qui avait fait sa fortune, lui sans qui elle ne serait rien. Travaillez, travaillez, c'est bon pour votre santé, si vous arrêtez le travail, vous... Et il plaquait ses deux mains dans le dos en mimant une camisole de force. Deux claques qui perforaient ses tympans. Elle frissonnait et se taisait.

C'est vers sept heures du soir que le chagrin la noyait. C'était l'heure terrible. Le soleil se couchait au milieu des gratte-ciel en verre et en acier, tremblotant dans une couche de pollution rose et grise. Dix mois qu'elle n'avait plus vu de ciel bleu ! Elle se souvenait très bien de la dernière fois qu'il y avait eu du bleu dans le ciel : on annonçait la venue d'un typhon et le vent avait soufflé, chassant les nappes grises ! Elle étouffait, elle n'en pouvait plus.

Ce dimanche 24 mai était comme tous les autres dimanches.

Un de plus, soupira-t-elle.

Elle allait écrire une lettre. Ça ne l'amusait plus. Avant, elle jouait à la maman, elle se racontait toute une histoire, elle s'était exilée pour payer les études des enfants, de beaux vêtements. Maintenant, elle ne savait plus. À quoi ça servait si elle devait rester prisonnière ici ?

Lundi soir, elle dînait avec un Français qui faisait fabriquer en Chine des jouets qu'il vendait ensuite aux hypermarchés en France. Il repartait jeudi pour Paris. Elle voulait des nouvelles fraîches, pas des nouvelles pêchées sur Internet. Elle lui demanderait comment étaient les rues, quelle était la chanson qu'on fredonnait, et *La Nouvelle Star* ? qui était le favori, cette saison ? et le dernier disque de Raphaël ? et les jeans, toujours cigarettes ou pattes d'ef ? Et la baguette, elle avait augmenté ? C'était sa vie, des tranches de vie qu'on lui offrait au-dessus d'un plat dans un restaurant. Une vie par procuration. Les hommes, elle les rencontrait par Internet. Elle n'avait que l'embarras du choix. Ils étaient impressionnés par sa réussite, son appartement. Elle n'attendait rien d'eux, rien qu'un soulagement immédiat, et ils repartaient… qu'est-ce qu'elle chantait déjà sa grand-mère ? Trois petits tours et puis s'en vont ?

Trois petits tours et ils s'en allaient.

Et moi, je reste.

Quand la nuit tombait, elle reprenait ses jumelles et épiait la vie de ses voisins. Ça l'occupait jusqu'à ce qu'il soit l'heure d'aller au lit. Elle se couchait en se disant demain ça ira mieux, demain je rappellerai Marcel Grobz, il finira bien par me répondre, il trouvera une solution pour sortir mon argent.

Marcel Grobz… C'était son dernier et son seul recours.

En ce dimanche, en fin d'après-midi, Joséphine, qui avait travaillé toute la journée pour son HDR sur l'histoire des rayures des frères Carmes, décida de faire une pause et d'aller promener Du Guesclin.

Iris avait passé l'après-midi, allongée sur un canapé du salon. Elle regardait la télévision et bavardait au téléphone tout en se massant les pieds et les mains avec une crème, le combiné coincé entre l'épaule et le menton. Elle va mettre du gras sur mon canapé, avait bougonné Joséphine en passant une première fois devant sa sœur pour aller se faire une tasse de thé dans la cuisine. Au deuxième passage, Iris était toujours au téléphone et toujours devant la télévision. Michel Drucker recevait Céline Dion. Iris massait ses avant-bras. Au dernier passage, elle avait changé de position et faisait trois choses à la fois : regarder la télé, parler au téléphone et, coincée en arc de cercle, raffermir ses fessiers.

– Non… C'est pas mal chez ma sœur. C'est pas meublé avec beaucoup de recherche, mais bon… Je préfère être ici qu'à la maison, avec Carmen qui se demande comment monter sur la Croix et s'enfoncer des clous, pour me sauver ! Je ne la supporte plus. Elle est collante, mais collante…

Joséphine avait tassé le thé avec rage dans le filtre et versé la moitié de l'eau de la bouilloire à côté de la théière.

Zoé lui avait demandé la permission d'aller au cinéma, je serai rentrée pour le dîner, promis, j'ai fait tout mon travail, tout pour lundi, mardi et mercredi. Et quand prendras-tu le temps de m'expliquer pourquoi tu m'as fait la tête, pourquoi tu m'as détestée tout ce temps ? songea Joséphine. Zoé avait changé six fois de tenue, faisant irruption dans la chambre de sa mère, demandant : « Ça va comme ça ? Ça me fait pas un gros cul ? » « Et comme ça, on voit pas mes grosses cuisses ? » « Et dis maman, c'est mieux avec des bottes ou des ballerines ? » « Et mes cheveux, je les attache ou pas ? » Elle entrait et sortait, commençait la question dans le couloir, la finissait en se plantant devant sa mère, revenait avec une nouvelle tenue, une nouvelle question, Joséphine avait du mal à se concentrer sur son travail. La discrimination par les rayures. Une belle histoire pour illustrer son chapitre sur les couleurs.

À la fin de l'été 1250, les frères Carmes, de l'ordre du Carmel, débarquent à Paris portant une robe brune et, par-dessus un manteau rayé blanc et brun ou blanc et noir. Scandale ! Les rayures sont très mal vues au Moyen Âge. Elles sont réservées aux gens malveillants, Caïn, Judas, aux félons, aux condamnés, aux bâtards. Alors, quand ces pauvres frères se baladent dans Paris, on se moque d'eux. On les appelle les « frères barrés », ils sont victimes de violences verbales et physiques. Ils sont assimilés au diable. On leur fait les cornes, on se voile la face sur leur passage. Ils logent près du couvent des Béguines, cherchent refuge chez les sœurs, mais elles refusent d'ouvrir leur porte.

Le conflit durera trente-sept ans. En 1287, le jour de la fête de Marie Madeleine, ils renoncent enfin au manteau « barré » et adoptent une chape blanche.

– Mets un tee-shirt blanc, avait conseillé Joséphine, tiraillée entre le XIIIe et le XXIe siècle. C'est flatteur pour le teint, et c'est passe-partout.

– Ah…, avait répondu Zoé, pas convaincue.

Et elle était repartie essayer une nouvelle tenue.

Du Guesclin, enroulé à ses pieds, somnolait. Joséphine avait refermé ses livres, frotté les ailes de son nez, signe de grande fatigue, et avait décidé qu'un peu d'air frais lui ferait du bien. Elle n'était pas allée courir le matin. Iris n'avait cessé de se plaindre, de répéter les mêmes questions sur son avenir incertain.

Elle se leva, enfila une veste, passa dans le salon en faisant signe à Iris qu'elle sortait. Iris répondit en écartant le téléphone et reprit sa conversation.

Joséphine claqua la porte et descendit les escaliers quatre à quatre.

La colère se dilatait en elle, plus noire qu'une vapeur de charbon. Elle était au bord de l'asphyxie. Est-ce que je vais devoir m'enfermer dans ma chambre pour avoir la paix ? Aller me faire mon thé en glissant sur le parquet pour ne pas troubler ses bavardages ? La colère grondait et la vapeur noire embrumait son cerveau. Iris n'avait pas levé un doigt pour mettre ou débarrasser la table du petit déjeuner. Elle avait demandé à ce qu'on lui fasse griller ses tartines, griller doré, pas griller calciné s'il te plaît, et avait ajouté vous n'avez pas du bon miel de chez Hédiard, par hasard ?

Elle traversa le boulevard, atteignit le Bois. Tiens ! remarqua-t-elle, je n'ai pas vu l'affiche de Luca. Cela lui sembla étrange de dire « Luca » et non « Vittorio ». J'ai dû passer à côté sans la remarquer… Elle accéléra le pas, lança un coup de pied dans une vieille balle de tennis. Du Guesclin lui jeta un regard étonné. Pour se calmer, elle repensa à son travail sur les couleurs. Au symbolisme des couleurs. Ce serait son premier chapitre, une exposition avant d'approfondir son propos. Appâter le professeur grognon pour susciter son intérêt. Lui faire engloutir les cinq mille pages qui suivraient... Le bleu était, au Moyen Âge, l'expression de la mélancolie. Cela pouvait être une couleur de deuil. Les mères ayant perdu un enfant portaient la *cerula vestis*, une robe bleue, pendant dix-huit mois. Dans l'iconographie, la Vierge, habillée de bleu, porte le deuil de son fils. Le jaune était la couleur de la maladie et du péché. Le mot latin *galbinus* avait donné le français jaune, mot construit sur une racine germanique qui évoque le foie et la bile. Elle s'arrêta et porta la main à sa hanche : elle avait un point de côté. Elle se faisait de la bile, elle fabriquait du jaune ! Le jaune, couleur des envieux, des avares, des hypocrites, des menteurs et des traîtres. Maladie du corps et maladie de l'âme se rejoignent dans cette couleur. Judas est toujours habillé en jaune. Il a transmis sa couleur symbolique à l'ensemble des communautés juives dans la société médiévale. Les juifs furent persécutés, relégués dans des quartiers isolés, « le ghetto » à Rome. Les conciles se prononcèrent contre le mariage entre chrétiens et juifs et demandèrent à ce que les juifs portent un signe distinctif, une étoile qui deviendra la sinistre étoile jaune ordonnée par les nazis qui ont puisé cette idée dans les symboles médiévaux.

Alors que le vert... pense au vert, s'exhorta Joséphine en regardant les arbres, les pelouses, les bancs publics. Hume la chlorophylle qui tombe en brume des feuilles tendres. Remplis tes yeux d'herbe verte, d'aile de canard lissée au vert de l'eau, de la couleur du seau du petit enfant qui parsème son pâté de gazon. Le vert, associé à la vie, à l'espérance, symbolise souvent le paradis, mais s'il est un peu noirâtre, il évoque le mal et il faut s'en méfier. Me méfier du noir qui envahit ma tête. Ne pas suffoquer sous la suie de la colère. C'est ma sœur, c'est ma sœur. Elle souffre. Je dois l'aider. La recouvrir d'un manteau blanc. De lumière. Qu'est-ce qu'il m'arrive ? Je ne m'énervais pas auparavant, quand elle me menait par le bout du nez. Je ne broyais ni du jaune ni du noir. J'obéissais. Je baissais les yeux. Je rougissais. Rouge, couleur de la mort et de la passion, les bourreaux étaient habillés en rouge, les croisés portaient une croix rouge sur la poitrine. Rouges aussi, les robes des putains, des femmes adultères. Rouge le sang de la femme qui s'affranchit et se met en colère… Je change. Je grandis telle une adolescente furieuse, enragée contre l'autorité. Elle se mit à rire. Je me mets à mon compte, je fais l'inventaire de mes sentiments nouveaux, je les évalue, je les pèse, j'éprouve du froid, du chaud et je me détache d'Iris, je m'éloigne en rageant comme une enfant, mais je m'éloigne.

Du Guesclin allait et venait autour d'elle. Il trottinait en poussant le museau en avant, au ras du sol, se remplissant d'odeurs. La truffe collée aux traces d'autres quadrupèdes passés avant lui. Il avançait en dessinant des cercles plus ou moins grands. Mais toujours, il revenait vers elle. Elle était le centre de sa vie. En plein jour, on distinguait sur ses flancs des zébrures de chair rose, de ce rose maladif qui signale la peau des grands brûlés et sur la gueule, deux traces noires lui faisaient un masque de Zorro. Il s'éloignait, vagabondait, allait renifler un chien, arrosait un arbuste, une branche posée à terre, repartait, revenait se jeter dans ses pieds, célébrant des retrouvailles après une longue séparation.

– Arrête, Du Guesclin, tu vas me faire tomber !

Il la regardait avec dévotion, elle lui frotta le museau en remontant de la truffe aux oreilles. Il fit trois pas collé à elle, ses pattes dans ses jambes, ses larges épaules plaquées contre ses cuisses, et repartit fureter, attrapant au vol une feuille qui tombait. Il démarrait avec une rapidité, une brutalité qui l'effrayait puis s'arrêtait net, averti d'une proie à débusquer.

Au loin, elle aperçut Hervé Lefloc-Pignel et monsieur Van den Brock qui marchaient autour du lac. Ainsi, ils sont amis. Ils se promènent ensemble le dimanche. Ils laissent leurs femmes et leurs enfants à la maison pour parler entre hommes. Antoine ne parlait jamais « entre hommes ». Il n'avait pas d'ami. C'était un solitaire. Elle aurait aimé savoir de quoi ils parlaient. Ils portaient tous les deux un pull rouge jeté sur les épaules. On aurait dit deux frères habillés par leur mère. Ils secouaient la tête, préoccupés. Ils n'avaient pas l'air d'accord. Bourse ? Placements ? Antoine n'avait jamais eu de chance en Bourse. Chaque fois qu'il avait jeté son dévolu sur une valeur l'assurant de gains rapides et confortables, la valeur « dévissait ». C'était le terme qu'il employait. Il avait investi toutes ses économies sur Eurotunnel et cette fois-là, il avait juste dit « ça a fortement dévissé ». Et maintenant, il lui piquait ses points Intermarché ! Pauvre Tonio ! Un vagabond qui vit dans le métro avec des sacs en plastique qu'il remplit de victuailles volées. Un jour, il reviendra et sonnera à ma porte. Il demandera le gîte et le couvert... et je le recueillerai. Elle évoquait cette possibilité avec sérénité. Elle s'était habituée à son retour. Elle n'avait plus peur de son fantôme. Elle avait presque hâte qu'il revienne. Hâte d'en finir avec le doute. Il n'y a rien de pire que de ne pas savoir.

Est-ce qu'elle existe vraiment, Dottie Doolitlle ou Iris l'a-t-elle inventée pour justifier sa séparation d'avec Philippe ? Un doute naissait. Parfois Iris racontait n'importe quoi. C'est terrible d'avouer que son mari vous quitte à cause de vous. C'est plus facile de dire qu'il vous quitte pour une autre. Il faudrait que j'aille le voir. Je n'aurais pas besoin de poser de questions, je m'assiérais en face de lui et plongerais mon regard dans ses yeux.

Aller à Londres…

Mon éditeur anglais a demandé à me rencontrer. Je pourrais saisir ce prétexte. C'était une idée. Marcher ou courir lui donnait toujours des idées. Elle regarda l'heure et décida de rentrer.

Iphigénie était sur le point de vider ses poubelles, Joséphine proposa de l'aider.

– On n'a qu'à tout laisser à l'entrée du local, proposa Iphigénie.

– Si vous voulez… Du Guesclin, viens ici ! Tout de suite !

Il avait filé comme un trait d'arbalète dans la cour.

– Mon Dieu ! S'il fait pipi dans la cour et qu'on le voit ! Je suis bonne pour le ramener à la SPA ! gloussa Joséphine en étouffant un rire dans sa main.

Il était collé contre la porte du local à poubelles et reniflait furieusement.

– Mais qu'est-ce qu'il a ? dit Joséphine, étonnée.

Il grattait la porte de sa patte et cherchait à l'ouvrir en la repoussant du museau.

– Il veut nous donner un coup de main…, hasarda Iphigénie.

– C'est bizarre… on dirait qu'il est sur une piste. Vous cachez de la drogue, Iphigénie ?

– Rigolez pas, madame Cortès, mon ex serait tout à fait capable de faire ça ! Il est tombé une fois pour trafic de drogue.

Joséphine empoigna un sac rempli d'assiettes en carton et de gobelets en plastique et se dirigea vers le local. Derrière elle, Iphigénie traînait deux gros sacs-poubelle en les faisant glisser par terre.

– Je trierai le verre et le papier demain, madame Cortès.

Elles ouvrirent la porte du local et Du Guesclin bondit à l'intérieur, la truffe collée au sol, raclant le béton de ses griffes. L'air était irrespirable, chaud, fétide.

Joséphine se sentit prise à la gorge par une odeur âcre et écœurante de viande faisandée.

– Mais qu'est-ce qu'il cherche ? demanda-t-elle en se bouchant le nez, ça pue ici ! Je vais finir par croire que la Bassonnière a raison !

Elle porta la main à sa bouche, prise d'une soudaine envie de vomir.

– Du Guesclin…, marmonna-t-elle, submergée de dégoût.

– Il a dû repérer une vieille saucisse !

L'odeur insistait, s'incrustait. Du Guesclin était allé chercher un vieux bout de moquette roulé contre le mur et s'échinait à le rapprocher de la porte. Il l'avait saisi à pleine gueule et tirait, arcbouté sur ses pattes arrière.

– Il veut nous montrer quelque chose, dit Iphigénie.

– Je crois que je vais vomir…

– Si, si. Regardez ! Là… derrière…

Elles s'approchèrent, déplacèrent trois grosses poubelles, jetèrent les yeux à terre et ce qu'elles virent les horrifia : un bras de femme, blafard, sortait de la moquette sale.

– Iphiiiiigénie ! hurla Joséphine.

– Madame Cortès… Ne bougez pas ! C'est peut-être une revenante !

– Mais non, Iphigénie ! C'est un… cadavre !

Elles fixaient le bras qui dépassait et semblait appeler à l'aide.

– On devrait prévenir les flics ! Vous restez là, je vais dans la loge…

– Non ! dit Joséphine en claquant des dents. Je viens avec vous…

Du Guesclin continuait de tirer la moquette à lui et, la gueule barbouillée d'écume et de bave, finit par faire apparaître une face blême marbrée de gris, cachée sous des cheveux collés, presque gluants.

– La Bassonnière ! s'exclama Iphigénie pendant que Joséphine s'appuyait au mur pour ne pas tomber. Elle a été…

Elles se regardèrent, épouvantées, incapables de bouger comme si la morte leur ordonnait de rester à ses côtés.

– Assassinée ? dit Joséphine.

– Ça m'en a tout l'air…

Elles restèrent immobiles, dévisageant la face décomposée et grimaçante du cadavre. Iphigénie se reprit la première et fit son bruit de trompette.

– En tous les cas, elle a toujours l'air aussi peu aimable ! On peut pas dire qu'elle sourie aux anges…

La police fut vite sur les lieux. Deux policiers en tenue et le capitaine Gallois. Elle établit un périmètre de sécurité, disposa un cordon de ruban jaune autour du local à poubelles. Elle s'approcha du corps, se baissa, le détailla et commenta à voix haute en articulant chaque syllabe avec la précision d'une élève qui récite sa leçon. « On peut constater que le processus de putréfaction a déjà commencé, le meurtre doit remonter à quarante-huit heures », elle avait relevé la robe de chambre de mademoiselle de Bassonnière et ses doigts effleuraient une tache sombre sur le ventre. « Tache abdominale… provoquée par des gaz émis sous le derme. La peau se noircit, mais reste souple, légèrement gonflée, le corps devient jaunâtre. Elle a dû mourir vendredi soir ou samedi dans la nuit », conclut-elle en rabaissant la robe de chambre. Puis elle aperçut des mouches au-dessus du corps et les chassa d'un geste doux. Elle appela le procureur et le médecin légiste.

Elle demeurait imperturbable, les lèvres serrées, considérant le corps qui gisait à ses pieds. Pas un muscle de son visage ne trahissait l'horreur, le dégoût ou la surprise. Puis elle se tourna vers Joséphine et Iphigénie et les interrogea.

Elles racontèrent comment elles avaient découvert le corps. La fête dans la loge, l'absence de mademoiselle de Bassonnière « mais ce n'est pas étonnant, tout le monde la détestait dans l'immeuble », ne put s'empêcher de dire Iphigénie, les poubelles, le rôle de Du Guesclin.

– Vous l'avez depuis longtemps ce chien ? demanda le capitaine.

– Je l'ai ramassé dans la rue hier matin…

Elle s'en voulut d'avoir dit « ramassé », voulut reprendre son mot, bafouilla et se sentit coupable. Elle n'aimait pas la façon dont le capitaine s'adressait à elle. Elle devinait de sa part une sourde animosité qu'elle ne s'expliquait pas. Son regard tomba sur une broche cachée sous le col de son chemisier qui représentait un cœur percé d'une flèche.

– Vous avez une observation à me faire ? demanda le capitaine avec rudesse.

– Non. Je regardais votre broche et…

– Pas de remarque personnelle.

Joséphine se dit que cette femme aimerait bien lui mettre les menottes aux poignets.

Le médecin légiste arriva, suivi d'un photographe de l'identité judiciaire. Il prit la température du corps, énonça 31°, constata les blessures extérieures, mesura les entailles des coups portés et demanda une autopsie. Puis il s'entretint avec le capitaine. Joséphine surprit des fragments de discussion, « usure au niveau des chaussures ? résistance ? surprise par l'agresseur ? le corps a-t-il été traîné ou a-t-elle été tuée sur place ? ». Le photographe de l'identité judiciaire, accroupi aux pieds de la victime, prenait des photos sous tous les angles.

– Il faudra faire une enquête de voisinage, murmura le capitaine.

– Le crime, car il s'agit probablement d'une agression, a eu lieu dans la nuit de vendredi à samedi... à l'heure où les braves gens dorment.

– L'immeuble possède un code. On n'y entre pas comme dans un moulin, remarqua le capitaine.

– Vous savez, les codes... Il eut un geste évasif. Ça ne rassure que les naïfs ! N'importe qui peut entrer, hélas !

– Évidemment... ce serait plus simple de se dire que le coupable habite dans l'immeuble.

Le médecin légiste poussa un long soupir découragé et déclara que l'idéal serait que l'assassin se promenât avec un écriteau dans le dos. Le capitaine ne sembla pas apprécier sa remarque et retourna inspecter le local à poubelles.

Puis ce fut l'arrivée du procureur. Un homme sec aux cheveux blonds coupés en brosse. Il se présenta. Serra la main de ses collègues, écouta les conclusions des uns et des autres. Se pencha sur le corps. Discuta avec le médecin légiste et demanda une autopsie.

– Taille de la lame, force des coups portés, profondeur des entailles, traces d'hématomes, strangulation...

Il énumérait les divers points à étudier sans fièvre ni précipitation avec la minutie de l'homme habitué à de telles scènes.

– Vous avez remarqué si la gomme de la moquette était molle ou dure ? Si elle avait laissé des traces sur le corps ou si elle portait des empreintes digitales ?

Le médecin répondit que la gomme était molle et souple.

– Traces de doigts ?

– Pas sur la gomme. Il est encore trop tôt pour le corps...

– Traces de pas dans le local ?

– L'agresseur devait porter des semelles lisses ou il s'était enveloppé les pieds de sacs plastique. Aucune trace, aucune empreinte...

– Pas de traces de doigts, vous êtes sûr ?

– Non… Des gants en caoutchouc peut-être ?

– Vous m'envoyez les photos dès que vous les avez, conclut le procureur. On va commencer l'enquête de voisinage… et faire un topo sur la victime. Si elle avait des ennemis, des problèmes de cœur…

– T'as vu sa tronche ? ricana un des deux flics en tenue à l'oreille de son collègue. De quoi te vider le slip d'un seul coup !

– Si elle avait déjà été agressée, si elle était fichée… La routine, quoi !

Il fit signe au capitaine de le rejoindre et ils s'isolèrent dans un coin de la cour. Le regard du procureur vint se poser sur Joséphine. Le capitaine devait être en train de lui dire qu'elle avait été agressée, six mois plus tôt et qu'elle avait attendu près d'une semaine avant de se rendre au commissariat déposer une main courante.

– C'est la brigade criminelle qui va être saisie du dossier, dit le procureur. Mais commencez les investigations, faites les premiers interrogatoires, la Crim reprendra le dossier après… Je vais en parler au juge d'instruction.

Le capitaine opina, le visage fermé.

– Il faudra sûrement l'interroger à nouveau, ajouta le procureur en gardant les yeux rivés sur Joséphine.

Pourquoi me regardent-ils comme ça ? Ils ne pensent pas que c'est moi ou que je suis complice, tout de même ! Elle se sentit à nouveau envahie par un terrible sentiment de culpabilité. Mais je n'ai rien fait ! eut-elle envie de crier devant les yeux fixes du procureur.

La présence des voitures de police devant l'immeuble avait attiré des voisins qui cherchaient à apercevoir le corps et se battaient les flancs en répétant : « C'est incroyable ! c'est incroyable ! On est bien peu de chose, tout de même ! » Un vieux monsieur poudré de blanc assurait qu'il l'avait connue enfant, une femme accablée de Botox bougonna qu'elle ne la regretterait pas, «quelle peau de vache!», et une troisième interrogeait : «Vous êtes sûre qu'elle est morte?» «Comme je suis sûr que vous êtes vivante», rétorqua le fils Pinarelli. Joséphine pensa à Zoé et demanda si elle pouvait remonter chez elle.

— Pas avant qu'on ne vous ait interrogée! intima le capitaine.

Ils commencèrent par Iphigénie, puis ce fut son tour. Elle raconta la réunion de copropriétaires du vendredi, les accrochages avec messieurs Merson, Lefloc-Pignel et Van den Brock. Le capitaine prenait des notes. Joséphine ajouta ce que lui avait dit monsieur Merson sur les deux agressions dont mademoiselle de Bassonnière avait été victime. Elle précisa qu'elle n'avait pas assisté aux scènes, elle-même. Elle vit le capitaine noter «demander à monsieur Merson» sur son carnet.

— Je peux remonter? Ma petite fille m'attend à la maison…

Le capitaine la laissa repartir non sans lui avoir demandé dans quelle partie de l'immeuble et à quel étage elle demeurait et l'enjoignit de passer au commissariat signer sa déposition.

— Ah! J'oubliais, dit le capitaine en haussant la voix, vous étiez où vendredi dans la nuit?

— Chez moi… Pourquoi?

— C'est moi qui pose les questions.

— Je suis rentrée de la réunion des copropriétaires avec monsieur Lefloc-Pignel vers neuf heures et je suis restée à la maison…

— Votre fille était avec vous?

— Non. Elle était à la cave, avec d'autres jeunes de l'immeuble. Dans la cave de Paul Merson. Elle a dû remonter vers minuit.

— Vers minuit, vous dites… Vous n'en êtes pas sûre?

— Je n'ai pas regardé l'heure.

– Vous ne vous souvenez pas d'un film que vous auriez regardé à la télé ou d'une émission de radio ? dit le capitaine.

– Non… Ce sera tout ? demanda Joséphine.

– Pour le moment !

Décidément, il y a quelque chose en moi qu'elle ne supporte pas, se dit Joséphine en attendant l'ascenseur.

Zoé n'était pas rentrée et Iris gisait, allongée sur le canapé, devant la télé, le téléphone coincé entre l'oreille et l'épaule. Sur l'écran, Céline Dion, d'une voix nasillarde, parlait de son âme à Michel Drucker.

Ce dimanche 24 mai, en rentrant du cinéma, Gaétan et Zoé se séparèrent à l'entrée du square, devant l'immeuble. « Mon père me tuerait s'il nous voyait ! Tu passes par-devant, moi par-derrière. » Ils s'étaient embrassés une dernière fois, s'étaient arrachés des bras l'un de l'autre et séparés à reculons pour s'apercevoir le plus longtemps possible.

Je suis heureuse, si heureuse ! s'étonnait Zoé en marchant de travers sur la pelouse du square, en respirant, réjouie, la terre molle et odorante. Tout est beau, tout sent bon. Y a rien de mieux que l'amour.

Il m'est arrivé un drôle de truc, tout à l'heure, devant le cinéma…

J'attendais Gaétan, j'avais son pull dans mon sac et je l'ai sorti, je l'ai pris dans mes deux mains et l'odeur est venue d'un coup. Son odeur. On a tous une odeur. On sait pas d'où elle vient, on sait pas la définir, mais on la reconnaît. La sienne, je savais pas encore comment elle était, j'y avais pas vraiment pensé. Et quand j'ai respiré l'odeur de son pull, j'ai été emportée de bonheur. Je l'ai vite remis dans mon sac pour pas que l'odeur s'évapore. Ça paraît bête, mais je me suis dit que l'amour, c'est d'avoir le cœur tout enflé d'avoir respiré un vieux pull.

Et ça donne envie de gambader et d'embrasser tout le monde. Les choses belles deviennent très belles, et les choses chiantes deviennent on s'en fout ! Je m'en fous pas mal que maman ait embrassé Philippe ! Après tout, elle est peut-être amoureuse, elle a peut-être, elle aussi, un ballon dans le cœur.

Je ne suis plus en colère parce que JE SUIS AMOUREUSE ! La vie, j'ai l'impression qu'elle va être un long chemin lumineux de rires et de baisers, à renifler ses pulls et à faire des projets. On aura plein d'enfants et on les laissera faire tout ce qu'ils voudront. Pas comme le père de Gaétan. Il a l'air bizarre. Il leur interdit d'inviter des copains à la maison. Interdiction de parler à table : ils doivent lever le doigt et attendre qu'on leur donne la parole. Interdiction de regarder la télévision. D'écouter la radio. Parfois, le soir, il veut que tout soit blanc : les vêtements, la nourriture, la nappe et les serviettes, le pyjama des enfants. D'autres fois, que tout soit vert. Ils mangent des épinards et des brocolis, des lasagnes vertes et des kiwis. Sa mère se gratte les bras de désespoir. Ils ont tout le temps peur que leur mère fasse une bêtise, qu'elle s'ouvre les veines avec un couteau ou qu'elle saute dans le vide. Et il me dit pas tout… Il a des mots qui sont sur le point de sortir et il les ravale. Gaétan a passé un marché avec Domitille : elle dit rien pour nous et lui, il se tait pour le reste… il m'a pas vraiment expliqué ce que c'est que le reste, mais c'est sûr que ça doit être crade, parce que Domitille, elle est vraiment malsaine comme fille. Et ce trafic qu'elle fait avec les garçons de l'école ! Faut voir ! Elle s'isole avec eux dans les chiottes et ressort les joues rouges et les cheveux en pétard. Elle doit faire des baisers avec la langue ou des trucs comme ça. Elle et sa copine Inès, elles se la jouent ravageuses et sexy. Elles s'échangent des petits mots pliés en quatre, des billets de cinq euros, font des croix dans la marge de leurs cahiers et c'est à celle qui aura le plus de croix ! Et le plus de sous.

N'empêche que c'est une drôle de famille ! Toutes les familles, elles sont bizarres. Même la mienne. Un papa qu'on ne sait pas où il est et une maman qui donne des baisers à son beau-frère dans la cuisine, le soir de Noël ! Même ceux qu'on croit hypersérieux, ils déconnent. On fait pipi sur madame Merson et monsieur Merson rigole. Monsieur Van den Brock me frôle quand il me croise, je prends jamais l'ascenseur avec lui, et madame Van den Brock louche si fort que parfois ça lui fait un seul œil sur le front.

Il y avait trois voitures de police garées devant l'immeuble et Zoé crut mourir. Il est arrivé quelque chose à maman. Elle se mit à courir, courir et elle arriva à la porte de l'immeuble. Elle l'ouvrit et se précipita vers l'escalier, pas le temps d'attendre l'ascenseur, maman est en train de mourir et je ne lui ai pas vidé mon cœur, elle va partir sur un malentendu sans savoir que je l'aime par-dessus tout !

Elle s'arrêta net. L'attroupement était dans la cour. Et elle crut mourir une seconde fois : elle s'est jetée par la fenêtre. Elle avait trop de chagrin que je lui explique pas tout, par le détail. C'est une friande du détail, maman. Un mot mal choisi et les larmes lui noient les yeux. Oh ! Ne plus jamais rien lui cacher, ne plus jamais lui faire de peine, je fais la promesse de tout lui expliquer si elle se relève de la cour et qu'elle ne meurt pas.

Elle aperçut, de dos, monsieur Lefloc-Pignel qui s'entretenait avec un homme blond, les cheveux coupés en brosse. Il y avait aussi monsieur Van den Brock qui parlait avec une dame de la police, une petite brune au visage sévère, et monsieur Merson penché à l'oreille d'Iphigénie.

– Ils l'ont trouvée quand ? demandait monsieur Merson.

– Ben, je vous l'ai déjà dit deux fois ! Vous écoutez pas ! C'est madame Cortès et moi qu'on l'a trouvée tout enroulée dans la moquette ! Enfin, c'est plutôt le chien… Il l'a reniflée…

– Et ils ont une idée de qui a bien pu faire ça ?

– Je travaille pas dans la police, moi ! Vous avez qu'à leur demander !

Zoé respira, soulagée. Maman n'était pas morte. Elle chercha Gaétan du regard. Ne le vit pas. Il avait dû se faufiler et monter chez lui.

Elle gravit quatre à quatre les escaliers, fit voler la porte d'entrée, passa devant le salon où Iris était au téléphone et fonça dans la chambre de sa mère.

– Maman ! T'es vivante !

Elle se précipita contre sa mère, se frottant le nez contre sa poitrine à la recherche de son odeur.

– J'ai eu si peur ! J'ai cru que la police, c'était pour toi !

– Pour moi ? chuchota Joséphine en la berçant contre elle.

Et le doux refuge des bras de sa mère rompit les dernières digues de Zoé. Elle raconta tout. Le baiser de Philippe, les lettres de son père, Hortense affirmant que leur père était mort dans la gueule d'un crocodile, le chagrin qui l'étouffait et la colère qui se mélangeait au chagrin.

– J'étais toute seule pour le défendre ! C'est quand même mon papa !

Joséphine, le menton posé sur les cheveux de sa fille, l'écoutait en fermant les yeux de bonheur.

– Et moi, je peux pas tourner la page ! Et je savais plus quoi faire contre vous deux qui aviez tourné la page ! Alors je t'en ai voulu et je t'ai plus parlé. Et ce soir, en voyant les voitures de la police, j'ai cru que tu n'en pouvais plus que je te parle pas. Je sentais bien que tu attendais que je t'explique mais je pouvais pas, je pouvais pas, ça n'arrivait pas à sortir, c'était comme bloqué...

– Je sais, je sais, disait Joséphine en lui caressant les cheveux.

– Alors j'ai cru que tu...

– Que j'étais morte ?

– Oui... Maman ! Maman !

Et elles pleurèrent toutes les deux, enlacées, se serrant à s'en étouffer.

– La vie, parfois, elle est si compliquée et parfois, elle est si simple. C'est dur de s'y retrouver, soupira Zoé en se mouchant contre l'épaule de sa mère.

– C'est pour ça qu'il faut se parler. Toujours. Sinon on entasse les malentendus et on devient malentendants. On ne s'écoute plus. Tu veux que je t'explique pour Philippe ?

– Je crois que je sais...

– À cause de Gaétan ?

Zoé devint rouge écarlate.

– On ne choisit pas, tu sais. L'amour, parfois, ça vous tombe dessus et on se retrouve assommé. J'ai tout fait pour l'éviter, Philippe.

Zoé prit une mèche de cheveux de sa mère qu'elle enroula autour de ses doigts.

– Dans la cuisine, ce soir-là, je ne m'attendais pas à... C'était la première fois, Zoé, je te promets. Et la dernière d'ailleurs...

– T'as peur de faire de la peine à Iris ?

Joséphine hocha la tête en silence.

– Et tu l'as plus revu ?

– Non.

– Et ça t'a fait mal ?

Joséphine soupira :

– Oui, ça fait encore mal.

– Et Iris, elle sait ?

– Je crois qu'elle s'en doute, mais elle ne sait rien. Elle pense que je suis amoureuse de lui en secret, mais que lui m'ignore. Elle ne peut pas imaginer qu'il puisse poser les yeux sur moi…

– De toute façon, avec Iris, y en a toujours que pour elle !

– Chut, ma chérie ! C'est ta tante et elle traverse une période difficile…

– Arrête, maman, arrête de toujours tout lui pardonner ! T'es trop bonne… Et papa ? C'est vrai, l'histoire du crocodile ?

– Je ne sais plus. Je ne comprends plus…

– Je veux savoir, maman. Même si c'est dur…

Elle la considérait gravement. Elle avait franchi l'abîme qui sépare la petite fille de la femme. Elle réclamait la vérité pour se construire. Joséphine ne pouvait pas lui mentir. Elle pouvait amortir l'atroce réalité, mais pas la lui cacher.

Elle lui raconta l'annonce de la mort d'Antoine par Mylène, un an auparavant, les recherches de l'ambassade de France, la déclaration officielle de la mort d'Antoine, son statut de veuve, le colis, la lettre des amis du Crocodile Café, tout ce qui poussait à croire qu'il était mort. Elle évita de dire « dans la gueule d'un crocodile », l'image s'imprimerait dans la mémoire de Zoé et reviendrait la tourmenter, la nuit… Elle parla des lettres. Elle passa sous silence l'homme croisé dans le métro – elle n'était pas sûre que ce soit lui – et les points de fidélité dérobés à Intermarché – elle ne voulait pas la meurtrir en accusant son père d'être un voleur.

– C'est pour ça que je ne sais plus…

Son désarroi revenait et elle fixait un point sur le sol avec l'entêtement de celle qui aimerait savoir, mais ne reçoit pas de réponse.

– Tu sais, chérie, s'il sonnait à la porte, je l'accueillerais, je ne le laisserais pas tomber. Je l'ai aimé, c'est votre père.

Parfois elle repensait au départ d'Antoine. Elle s'était demandé comment elle allait faire pour vivre sans lui. Qui choisirait la route des vacances, le vin à boire, l'opérateur Internet ? Il lui arrivait souvent d'avoir la nostalgie d'un mari. D'un homme sur lequel se reposer. Et alors elle pensait qu'un mari ne devrait pas quitter sa femme…

Zoé lui prit la main et s'assit à côté d'elle. Elles devaient ressembler à deux femmes de soldats qui attendent le retour de leurs hommes partis au front et ne savent pas s'ils reviendront.

– Il faudra lire très attentivement la prochaine lettre, déclara Zoé. Si c'est un de ses copains du Crocodile Café qui fait ça pour s'amuser, on pourra le voir dans l'écriture…

– L'écriture est celle de ton père. J'ai comparé… Ou alors elle est drôlement bien imitée ! Et pourquoi quelqu'un s'amuserait à faire ça ? demanda Joséphine, accablée soudain de tous les doutes qui encombraient ses pensées.

– Les gens, y sont de plus en plus fous, maman, tu sais…

Les yeux bruns de Zoé se voilèrent de sombre. Joséphine s'effraya. Est-ce la disparition de son père, le lent travail de l'absence qui l'ont fait mûrir et rejeter d'un haussement d'épaules dédaigneux l'innocence de l'enfance ? Ou les premières souffrances de l'amour ?

– Et c'était pour qui tous ces gens dans la cour ? reprit Zoé comme si elle revenait à la réalité.

– Mademoiselle de Bassonnière. On a retrouvé son corps dans le local à poubelles.

– Ah ! dit Zoé. Elle a eu une attaque ?

– Non. On pense qu'elle a été assassinée…

– Ouaouh ! Un crime dans l'immeuble ! On va être dans le journal !

– C'est tout l'effet que ça te fait ?

– Je l'aimais pas, je vais pas me forcer. Elle me regardait toujours comme si j'avais du persil dans les trous de nez !

Le lendemain, Joséphine dut se rendre au commissariat pour signer son audition. Tous les habitants de l'immeuble étaient convoqués l'un après l'autre. Chacun devait donner son emploi du temps précis, la nuit du crime. Le capitaine lui tendit sa déclaration de la veille. Joséphine la lut et la signa. Pendant qu'elle lisait, le nez baissé sur sa copie, le capitaine reçut un coup de téléphone. L'homme, ce devait être un supérieur, parlait d'une voix forte. Joséphine ne put s'empêcher d'entendre ce qu'il disait :

– Je suis au fin fond du 77. Je vous envoie une équipe pour récupérer le dossier. Vous avez fini les auditions de témoins ?

Le capitaine répondit en fronçant les sourcils.

– On a du nouveau : la victime est la nièce d'un ancien commissaire de police de Paris. C'est du lourd ! Pas d'erreur, surtout pas d'erreur. Respectez à la lettre la procédure et je vous décharge dès que je peux…

Gallois raccrocha, préoccupée.

– Vous n'avez pas sorti le chien, vendredi soir ? demanda-t-elle, au bout d'un long silence qu'elle occupa à tordre et détordre des trombones.

Joséphine se troubla. C'est vrai : elle avait dû sortir Du Guesclin, passer près du local à poubelles, croiser l'assassin, peut-être. Elle resta quelques secondes, la bouche ouverte, ses doigts tricotant un bout de laine imaginaire, tentant de se souvenir. Le regard noir de l'officier de police ne la lâchait pas. Joséphine hésitait.

Elle se concentra et posa ses mains sur ses genoux afin qu'elles arrêtent d'avoir l'air coupable.

– Faites un effort, madame Cortès, c'est important. Le crime a été commis vendredi soir, le corps découvert dimanche soir. Vous avez dû sortir votre chien, le soir du crime. Vous n'avez rien entendu, rien remarqué de particulier ?

Elle immobilisa ses mains qui avaient repris leur tricotage fiévreux, se concentra sur sa soirée du vendredi soir. Elle était sortie de la réunion, était rentrée à pied avec Lefloc-Pignel. Ils avaient devisé en marchant, il lui avait raconté son enfance, l'abandon sur la route de Normandie, l'imprimerie et… elle se détendit et sourit.

– Mais non ! Ce n'est que le samedi matin que j'ai adopté Du Guesclin ! Je suis bête ! lança-t-elle, soulagée d'avoir échappé à un péril en forme de barreaux de prison.

Le capitaine eut l'air déçu. Elle lut une dernière fois le rapport signé par Joséphine et déclara qu'elle pouvait partir. On la convoquerait à nouveau si on avait besoin d'elle.

Dans le couloir attendaient monsieur et madame Van den Brock.

– Bon courage, souffla Joséphine, elle n'est pas facile !

– Je sais, soupira monsieur Van den Brock, ils nous ont déjà interrogés ce matin et ont demandé à nous revoir !

– Je me demande bien pourquoi ils nous font revenir, dit madame Van den Brock. C'est cette policière surtout ! Elle a une dent contre nous.

Joséphine sortit dans la rue, troublée. Je ne suis coupable de rien et pourtant le capitaine me soupçonne. Je l'irrite. Depuis le début. Parce que j'ai été agressée et que j'ai refusé de porter plainte ? Elle me croit complice : j'ai attiré mademoiselle de Bassonnière dans le local à poubelles, j'ai refermé la porte derrière elle, je l'ai livrée à l'assassin. J'ai fait le guet pendant qu'il la poignardait et je suis revenue deux jours plus tard sur le lieu du crime en feignant de découvrir le corps roulé dans la moquette. Et pourquoi ? Parce que la Bassonnière possédait un dossier sur moi. Ou sur Antoine. C'est cela : j'ai aidé Antoine à se débarrasser de cette femme qui le menaçait... Elle avait appris par son oncle qu'Antoine n'était pas mort, elle avait découvert qu'il se livrait à un trafic, qu'il avait intérêt à ce qu'on pense qu'il était mort et que... Il n'est pas mort puisqu'il me vole mes points de fidélité. Il n'est pas mort puisqu'il envoie des lettres et des cartes postales. Il n'est pas mort puisqu'il porte des cols roulés rouges dans le métro. Il n'est pas mort, il a mis en scène sa disparition. Il est devenu fou sous le soleil d'Afrique. Il est devenu un meurtrier et la Bassonnière l'avait deviné.

Ça ne tient pas debout, je délire, se dit-elle en se laissant tomber sur une chaise à la terrasse d'un café. Son cœur tapait dans sa poitrine, contre ses côtes, il enflait et frappait, frappait à coups répétés. Elle avait les mains moites et les essuya sur ses cuisses. Trois tables plus loin, Lefloc-Pignel, penché sur un carnet, prenait des notes. Il lui fit signe de le rejoindre.

Il portait une belle veste en lin vert bouteille et son nœud de cravate vert rayé de noir jaillissait rond et plein. Il la regarda, amusé, et lâcha :

– Alors, vous êtes passée à la question ?

– C'est pénible, souffla Joséphine, je vais finir par penser que c'est moi qui l'ai tuée !

– Ah ! Vous aussi !

– Cette femme a une manière de vous interroger qui me glace !

– Pas très aimable, en effet, dit Hervé Lefloc-Pignel. Elle s'est adressée à moi d'une façon... disons abrupte. C'est inadmissible.

– Elle doit tous nous soupçonner, soupira Joséphine, soulagée d'apprendre qu'elle n'était pas la seule à être maltraitée.

– Ce n'est pas parce qu'elle a été tuée dans l'immeuble que le coupable doit forcément être l'un de nous ! Monsieur et madame Merson, qui sont passés juste avant moi, sont ressortis indignés. Et j'attends la réaction des Van den Brock… Ils sont en train de se faire cuisiner et je leur ai promis que je les attendrais. Il faut qu'on se concerte. Il ne faut absolument pas se laisser traiter de la sorte. C'est un scandale !

Ses mâchoires avaient blanchi et s'étaient bloquées en une moue haineuse. Il était blessé et ne pouvait le cacher. Joséphine le contempla, émue, et sans savoir pourquoi, la peur qui l'étreignait en une lourde poche douloureuse se vida d'un seul coup. Elle se détendit, eut envie de lui prendre le bras, de le remercier.

Le garçon de café s'approcha et leur demanda ce qu'ils voulaient boire.

– Une menthe à l'eau, répondit Hervé Lefloc-Pignel.

– Moi aussi, répondit Joséphine.

– Deux menthes à l'eau, deux ! déclara le garçon en repartant.

– Vous avez un alibi, vous ? demanda Joséphine. Parce que moi, je n'en ai pas. J'étais seule à la maison. Ça n'arrange pas mon cas…

– Quand on s'est quittés vendredi soir, je suis passé chez les Van den Brock. La conduite de mademoiselle de Bassonnière m'avait révolté. On a discuté jusque vers minuit de cette… punaise ! De la manière ignoble dont elle nous agresse, à chaque réunion. C'est de pire en pire… ou plutôt c'était de pire en pire parce que, Dieu merci, c'est fini ! Mais ce soir-là, je me souviens que Hervé se demandait s'il n'allait pas porter plainte…

– Hervé, c'est monsieur Van den Brock ? Vous avez le même prénom ?

– Oui, dit Hervé Lefloc-Pignel, en rougissant, comme pris en flagrant délit d'intimité.

Joséphine pensa c'est original, ce n'est pas courant comme prénom. Avant je ne connaissais aucun Hervé et maintenant je peux en citer deux ! Puis elle dit :

– Il faut dire qu'elle avait été spécialement odieuse ce soir-là.

– Vous savez, c'est souvent comme ça avec les anciens seigneurs. Vous devez savoir cela, vous qui êtes une spécialiste du Moyen Âge… Pour elle, on était de pauvres paysans qui occupaient le château de ses ancêtres. Elle ne pouvait pas nous bouter hors des murs, alors elle nous invectivait. Mais il y a des limites, tout de même !

– On ne devait pas être les seuls à subir ses foudres. Monsieur Merson m'a raconté qu'elle avait été agressée deux fois déjà…

– Sans compter toutes les autres qu'on ignore ! En fouillant chez elle, ils vont sûrement trouver des lettres anonymes, c'est à ça qu'elle occupait son temps, à mon avis… Elle répandait la haine, la calomnie.

Le garçon posa les deux menthes à l'eau devant eux et Hervé Lefloc-Pignel régla les consommations. Joséphine le remercia. Elle se sentait mieux depuis qu'elle lui avait parlé. Il avait pris les choses en main. Il la défendrait. Elle faisait partie d'une nouvelle famille et, pour la première fois, elle aima son quartier, son immeuble, les habitants de l'immeuble.

– Merci, murmura-t-elle. Ça m'a fait du bien de parler avec vous.

Et puis, comme entraînée sur la pente des confidences, elle ajouta :

– C'est dur d'être une femme seule. Il faut être solide, énergique, décidée et ce n'est pas vraiment mon cas. Je serais plutôt une lente, si lente…

– Une petite tortue ? suggéra-t-il en posant sur elle un regard bienveillant.

– Une petite tortue qui avance à deux à l'heure et meurt de peur !

– J'aime beaucoup les tortues, reprit-il d'une voix douce. Ce sont des animaux très affectueux, vous savez, très fidèles… Elles valent vraiment qu'on s'intéresse à elles.

– Merci, sourit Joséphine, je le prends comme un compliment !

– Quand j'étais enfant, on m'a donné un jour une tortue, c'était ma meilleure amie, ma confidente. Je l'emmenais partout avec moi. Elles vivent très longtemps, à moins d'un accident…

Il avait trébuché sur le mot « accident ». Joséphine songea aux hérissons écrasés au bord des routes. Chaque fois qu'elle apercevait un petit cadavre ensanglanté, elle fermait les yeux d'impuissance et de tristesse.

Elle passa une langue altérée sur ses lèvres et soupira « je meurs de soif ».

Il la regarda boire délicatement en levant son verre d'une main gracieuse. Elle dégustait à petites gorgées, effaçant d'imaginaires moustaches vertes aux commissures de ses lèvres.

– Vous êtes attendrissante, dit-il à voix basse. On a envie de vous protéger.

Il avait parlé sans forfanterie. Sur un ton tendre, affectueux où elle ne décela pas le moindre soupçon de séduction.

Elle releva la tête vers lui et lui sourit, confiante :

– Alors, on pourrait peut-être s'appeler par nos prénoms, maintenant ?

Il eut un léger mouvement de recul et blêmit. Bredouilla : « Je ne crois pas, je ne crois pas. » Tourna la tête. Chercha des yeux un interlocuteur qui ne vint pas.

Plaça ses deux mains sur la table puis les retira brusquement pour les poser sur ses genoux. Elle se redressa, étonnée. Qu'avait-elle dit pour qu'il change si vite d'attitude ? Elle s'excusa :

– Je ne voulais pas… Je ne voulais pas vous forcer à… C'était juste pour qu'on devienne… enfin, qu'on devienne amis.

– Vous désirez boire autre chose ? demanda-t-il avec des petits mouvements saccadés de la tête comme le ferait un cheval qui se cabre devant l'obstacle.

– Non. Merci beaucoup. Je suis désolée si je vous ai offensé, mais…

Ses yeux fuyaient à droite, à gauche et il se tenait de biais pour éviter qu'elle ne s'approche, qu'elle pose sa main sur son bras.

– Je suis si maladroite, parfois, s'excusa encore Joséphine, mais vraiment, c'était sans intention de vous blesser…

Elle s'agita sur sa chaise, cherchant d'autres mots pour réparer ce qu'il avait pris comme une intrusion insupportable et, ne sachant plus quoi dire, elle se leva, le remercia et le quitta.

Quand elle se retourna, au coin de la rue, elle aperçut les Van den Brock qui le rejoignaient à la terrasse du café. Van den Brock posait sa main sur l'épaule de Lefloc-Pignel comme pour le rassurer. Peut-être qu'ils se connaissent depuis longtemps… Il doit en falloir du temps pour être ami avec cet homme, il paraît très sauvage.

La porte de la loge d'Iphigénie était entrouverte. Joséphine frappa au carreau et entra. Iphigénie buvait un café en compagnie de la dame au caniche, du vieux monsieur poudré de blanc et d'une jeune fille en robe de mousseline qui habitait chez sa grand-mère au troisième étage de l'immeuble B. Chacun racontait son

491

interrogatoire avec force détails et exclamations pendant qu'Iphigénie passait des gâteaux secs.

– Vous êtes au courant, madame Cortès ? lança Iphigénie en faisant signe à Joséphine de venir s'asseoir à table. Il paraît qu'il y a trois semaines, ils ont trouvé le corps d'une serveuse de café, poignardée comme la Bassonnière !

– Ils vous l'ont pas dit ? demanda la jeune fille en levant de grands yeux étonnés.

Joséphine secoua la tête, accablée.

– Ça fait donc une, deux, trois mortes dans le quartier, dit la dame au caniche en comptant sur ses doigts. En six mois !

– C'est un serial-killer qu'on appelle ça ! conclut doctement Iphigénie.

– Et toutes les trois, pareil ! Couic ! Par-derrière, avec une lame fine, fine qu'il paraît qu'on la sent pas entrer. Comme dans du beurre. De la précision chirurgicale. Clic ! Clac !

– Comment vous savez, ça, monsieur Édouard ? demanda la dame au caniche. Vous inventez, là !

– J'invente pas, je reconstitue ! rectifia monsieur Édouard, vexé. C'est le commissaire qui m'a expliqué. Parce qu'il a pris le temps de me parler à moi !

Il se brossa le torse du plat de la main pour souligner son importance.

– C'est parce que vous êtes drôlement important, monsieur Édouard !

– Moquez-vous ! Je ne peux que constater, c'est tout…

– S'ils ont passé du temps avec vous, c'est que peut-être, ils vous soupçonnent ! suggéra Iphigénie. Ils vous endorment en vous flattant, ils vous confessent et hop ! ils vous coffrent.

– Mais pas du tout ! C'est parce que je la connaissais bien. Pensez-vous, on a grandi ensemble ! On jouait dans la cour, quand on était enfants. C'était déjà une vicieuse, une sournoise. Elle m'accusait de faire pipi dans le tas de sable et de l'obliger à faire des pâtés avec le sable mouillé ! Ma mère me filait de ces raclées à cause d'elle !

– Vous aussi, vous aviez des raisons de lui en vouloir, rappela la dame au caniche. Elle ne vous aimait pas beaucoup et c'est pour ça qu'on ne vous voyait plus aux réunions des copropriétaires.

– Je n'étais pas le seul, protesta le vieux monsieur. Elle faisait peur à tout le monde !

– Il fallait être courageux pour y aller, renchérit la dame au caniche. Elle savait tout, cette femme-là. Tout sur tout le monde ! Elle me racontait des choses, parfois…

Elle avait pris un ton mystérieux.

– Sur certaines gens de l'immeuble ! chuchota-t-elle, attendant qu'on la supplie de développer et de donner des détails.

– Parce que vous étiez son amie ? demanda la petite jeune fille, affriolée.

– Disons qu'elle m'avait à la bonne. Vous savez, on ne peut pas vivre toute seule tout le temps. Faut parfois qu'on s'abandonne ! Alors il m'arrivait de prendre un doigt de Noilly Prat, le soir chez elle. Elle buvait deux p'tits verres et elle était pompette. Et alors, elle racontait des trucs incroyables ! Un soir, elle m'avait montré la photo d'un homme très beau dans le journal et elle m'avait confié qu'elle lui avait écrit !

– Un homme ! La Bassonnière ! pouffa Iphigénie.

– Je vais vous dire, je crois qu'elle en était pincée…

– Ah, ça ! Vous allez me la rendre sympathique ! s'exclama le vieux monsieur.

– Vous en pensez quoi de tout ça, madame Cortès ? demanda Iphigénie en se levant pour refaire du café.

– J'écoute et je me demande qui pouvait lui en vouloir au point de la tuer...

– Ça dépend de l'épaisseur du dossier qu'elle avait sur son meurtrier, dit le vieux monsieur. On est prêt à tout pour sauver sa tête ou sa carrière. Et elle ne cachait pas son pouvoir de nuisance, elle en jouissait même !

– Ça, on peut le dire, elle vivait dangereusement, c'est même étonnant qu'elle ait vécu si longtemps ! soupira Iphigénie. N'empêche qu'on n'est pas rassurés. Y a que monsieur Pinarelli pour siffloter. Ça l'a tout revigoré cette histoire ! il gambade, il furète, il passe son temps au commissariat pour arracher des renseignements aux flics. L'autre soir, je l'ai trouvé qui rôdait près du local à poubelles. Y en a tout de même, ils sont bizarres !

Tous les gens de cet immeuble sont bizarres, se dit Joséphine. Même la dame au caniche ! Et moi ? Je ne suis pas bizarre ? S'ils savaient, ces gens assis autour de cette table en train de tremper leur gâteau sec dans leur café, que j'ai failli être poignardée, il y a six mois, que mon ex-mari, déclaré mort dans la gueule d'un crocodile, rôde dans le métro, que mon ancien amoureux est schizophrène et que ma sœur est prête à se jeter à la tête d'Hervé Lefloc-Pignel, ils s'étrangleraient de surprise...

Enfoncée dans les coussins profonds du canapé, ses pieds nerveux et fins posés sur l'accoudoir comme sur un présentoir de bijoutier, Iris lisait un journal lorsque Joséphine entra dans le salon et se laissa tomber dans un gros fauteuil en gémissant.

– Quelle journée ! Mais quelle journée ! Jamais rien vu de plus sinistre qu'un commissariat ! Et toutes ces questions ! Et le capitaine Gallois !

Elle se massait les tempes tout en parlant, la tête penchée en avant. La fatigue accrochait des poids à chaque membre, chaque articulation. Iris abaissa un instant le journal pour considérer sa sœur, puis reprit sa lecture en bourdonnant : «Ben, dis donc... t'as pas l'air en forme.»

Piquée, Joséphine riposta :

– J'ai pris une menthe à l'eau avec Hervé Lefloc-Pignel...

Iris claqua le journal sur ses genoux.

– Il t'a parlé de moi ?

– Pas un mot.

– Il n'a pas osé...

– Cet homme est étrange. On sait jamais sur quel pied danser avec lui. Il passe du doux au dur, du sucré au salé...

– Au salé ? reprit Iris le sourcil arqué. Il t'a fait des avances ?

– Non. Mais c'est une vraie douche écossaise ! Il te dit une douceur et l'instant d'après devient banquise...

– Tu as dû encore t'offrir en victime.

Joséphine ne s'attendait pas à cette affirmation péremptoire. Elle se rebiffa :

– Comment ça, «m'offrir en victime» ?

– Oui, tu ne t'en rends pas compte, mais tu joues à la petite chose fragile pour donner aux hommes l'envie de te protéger. Ça peut être très irritant. Je t'ai vue faire avec Philippe.

Joséphine écoutait, abasourdie. C'était comme si on lui parlait de quelqu'un qu'elle ne connaissait pas.

– Tu m'as vue faire quoi avec Philippe ?

– Jouer à la nunuche qui ne sait pas, qui ne sait rien. Ce doit être ta manière de séduire...

Elle s'étira, bâilla, laissa tomber son journal. Puis, se tournant vers Joséphine, elle annonça, sur un ton anodin :

– Tiens, au fait... Notre chère mère a appelé et ne va pas tarder à débarquer !

– Ici ? rugit Joséphine.

– Elle meurt d'envie de voir où tu habites !

– Mais tu aurais pu me demander, tout de même !

– Écoute, Jo, il serait temps que vous vous réconciliiez ! Elle est âgée, elle vit seule. Elle n'a plus personne dont s'occuper…

– Elle ne s'est jamais occupée que d'elle !

– Et ça fait bien trop longtemps que vous ne vous voyez plus !

– Trois ans et je m'en porte très bien !

– C'est la grand-mère de tes filles…

– Et alors ?

– Je suis pour la paix des familles…

– Pourquoi l'as-tu invitée ? Dis-moi ?

– Je ne sais pas. Elle m'a fait de la peine. Elle avait l'air déprimée, triste.

– Iris, je suis chez moi, ici. C'est moi qui décide qui j'invite !

– C'est ta mère, non ? Ce n'est pas une étrangère !

Iris marqua une pause et ajouta en faisant glisser son regard dans celui de Joséphine :

– De quoi tu as peur, Jo ?

– Je n'ai pas peur. Je ne veux pas la voir. Et arrête de me regarder comme ça ! Ça ne marche plus ! Tu ne m'hypnotises plus.

– Tu as peur… Tu meurs de peur…

– Je ne l'ai pas vue depuis trois ans et je ne m'attendais pas à sa visite ce soir ! C'est tout. J'ai eu une dure journée, et je n'avais pas besoin de ça.

Iris se redressa, lissa sa jupe droite qui lui étranglait la taille comme un corset et annonça :

– Elle dîne avec nous, ce soir.

Joséphine répéta, abasourdie : « Elle dîne avec nous ! »

– D'ailleurs, il est temps que j'aille faire des courses. Ton Frigidaire est vide…

Elle soupira, déplia ses longues jambes, regarda une dernière fois ses petits pieds mignons aux ongles peints en rouge carmin et s'élança vers sa chambre prendre son sac. Joséphine la suivit des yeux, partagée entre la colère et l'envie de décommander sa mère.

– Elle va arriver d'une minute à l'autre, prépare-toi à lui ouvrir…, lança Iris

– Et Zoé ? Elle est où ? demanda Joséphine, affolée, cherchant une bouée à laquelle s'agripper.

– Elle est entrée et ressortie, sans rien dire. Mais elle revient dîner… Enfin, si j'ai bien compris…

La porte claqua. Joséphine resta seule, étourdie.

– Je ne comprends rien aux femmes…, murmura Gary en suspendant en l'air le couteau qui lui servait à hacher menu le persil, l'ail, le basilic, la sauge et le jambon qu'il placerait ensuite sur les tomates coupées en deux avant de les passer au four. Il était le roi de la tomate provençale.

Il avait invité sa mère à dîner, l'avait assise d'autorité dans le large fauteuil qui lui servait d'observatoire quand il regardait les écureuils dans le parc. Ils fêtaient l'anniversaire de Shirley : quarante ans ronds et solennels. « C'est moi qui cuisine, c'est toi qui souffles les bougies ! » avait-il lancé au téléphone à sa mère.

– Plus ça va, moins je les comprends…

– Tu parles à la femme ou à la mère ? demanda Shirley.

– Aux deux !

– Et qu'est-ce que tu ne comprends pas ?

– Les femmes sont si… pragmatiques ! Vous pensez aux détails, vous avancez mues par une logique implacable, vous or-ga-ni-sez votre vie ! Pourquoi est-ce que je ne rencontre que des filles qui savent exactement où elles veulent aller, ce qu'elles veulent faire, comment elles vont le faire… Faire, faire, faire ! Elles n'ont que ce mot à la bouche !

– Peut-être parce qu'on est dans la matière tout le temps. On pétrit, on lave, on repasse, on coud, on cuisine, on récure ou on se défend contre les mains baladeuses des hommes ! On ne rêve pas, on fait !

– Nous aussi, on fait…

– Pas pareil ! À quatorze ans, on a nos règles et on n'a pas le choix. On « fait » avec. À dix-huit, on comprend très vite qu'il va falloir se battre deux fois plus qu'un homme, faire deux fois plus de choses si on veut exister. Ensuite, on « fait » des bébés, on les porte pendant neuf mois, ils nous donnent le mal de mer, des coups de pied, ils nous déchirent en arrivant au monde, encore des détails pratiques ! Puis, il faut les laver, les nourrir, les habiller, les peser, leur beurrer les fessiers. On « fait » sans se poser de questions et on « fait » le reste en plus. Les heures de travail et la danse du ventre pour l'Homme, le soir. On est sans arrêt en train de « faire », rares sont les filles qui vivent dans les étoiles, le nez en l'air ! Vous, vous faites une seule chose : vous faites l'homme ! Le mode d'emploi est inscrit depuis des siècles dans vos gènes, vous le faites sans effort. Nous, il faut nous battre tout le temps… on finit par devenir pragmatique, comme tu dis !

– Je voudrais rencontrer une fille qui ne sache pas « faire », qui n'ait pas de plan de carrière, qui ne sache pas compter, pas conduire, même pas prendre le métro. Une fille qui vive dans les livres en buvant des litres de thé, en caressant son vieux chat enroulé sur son ventre !

Shirley était au courant de la liaison de son fils avec Charlotte Bradsburry. Gary ne lui avait rien dit, mais la rumeur londonienne bruissait de mille détails. Ils s'étaient connus à une fête chez Malvina Edwards, la grande prêtresse de la mode. Charlotte venait de mettre fin à une liaison de deux ans avec un homme marié qui avait rompu au téléphone, sa femme lui soufflant les mots fatals à l'oreille. Tout Londres en avait parlé.

« Honneur et réparation », hurlait la bouche souriante de Charlotte Bradsburry qui démentait l'anecdote d'une moue ennuyée, cherchant avec qui s'afficher pour faire taire les mauvaises langues trop heureuses d'égratigner la rédactrice en chef de *The Nerve,* ce magazine qui épinglait ses proies avec une cruauté raffinée. Et elle avait rencontré Gary. Il était plus jeune qu'elle, certes, mais il était surtout séduisant, mystérieux, inconnu du petit monde de Charlotte Bradsburry. Avec lui, elle créait le mystère, les questions, les supputations. Elle « faisait » du neuf. Il était beau, mais l'ignorait. Il semblait avoir de l'argent, mais l'ignorait aussi. Il ne travaillait pas, jouait du piano, marchait dans le parc, lisait à s'en étourdir. On lui donnait entre dix-neuf et vingt-huit ans, cela dépendait du sujet de conversation. Si on lui parlait de la vie quotidienne, du mauvais état du métro, du prix des appartements, il affichait l'air étonné d'un adolescent. Si on évoquait Goethe, Tennessee Williams, Nietzsche, Bach, Cole Porter ou Satie, il vieillissait d'un coup et prenait des mines d'expert. On dirait un ange, un ange qui donne une envie furieuse de forniquer, s'était dit Charlotte Bradsburry en l'apercevant accoudé au piano, si je ne lui mets pas la main dessus la première, on aura vite fait de me le subtiliser. Elle l'avait conquis en lui laissant l'illusion qu'il l'enlevait à tous les prétendants patauds qui faisaient vrombir leurs cylindres en bas de chez elle. « Quel ennui ! Quelle vulgarité ! Alors que je suis si bien chez moi à lire les *Rêveries du promeneur solitaire* avec mon vieux chat et ma tasse de thé ! Je prépare un numéro inspiré par Rousseau, ça vous amuserait d'y participer ? » Gary avait été enchanté. Elle ne mentait pas : elle avait étudié Rousseau et tous les encyclopédistes français à Cambridge. Depuis, ils ne se quittaient plus. Elle dormait chez lui, il dormait chez elle, elle menait tambour battant une éducation d'homme du monde qui ne tarderait pas à faire de l'enfant, encore brouillon, un être exquis. Elle l'emmenait au théâtre, au concert, dans des boîtes de jazz enfumées, dans des soirées de charité amidonnées. Elle lui avait offert une veste, deux vestes, une cravate, deux cravates, un pull, une écharpe, un smoking. Il n'était plus le grand escogriffe qui étudiait la musique, enfermé chez lui ou observait les écureuils dans le parc. « Tu savais que les écureuils meurent de la maladie d'Alzheimer ? » avait murmuré un jour Gary à l'oreille de Charlotte, abordant avec entrain un de ses sujets de prédilection. « Ils deviennent gagas et oublient où ils ont enterré leur provision de noisettes pour l'hiver. Ils se laissent mourir de faim en grelottant au pied même de l'arbre où est caché leur butin. » « Ah… », avait laissé tomber Charlotte en soulevant ses lunettes noires, laissant apparaître deux grands yeux dépourvus de la moindre compassion pour les écureuils séniles. Gary s'était senti atrocement juvénile et seul.

— Et Hortense ? Qu'est-ce qu'elle dit ? demanda Shirley.

— De quoi ?

— De… Tu sais très bien de quoi je parle.. Ou plutôt de qui…

Il avait repris le hachage minutieux du persil et du jambon, ajouté du poivre, du gros sel. Goûté d'un doigt sa farce, rajouté une gousse d'ail, de la chapelure.

— Elle fait la tête. Elle attend que je l'appelle. Et je ne l'appelle pas. Pour lui dire quoi ?

Il répartit sa farce sur les tomates, ouvrit le four qu'il avait préchauffé, fronça le sourcil en réglant le temps de cuisson.

— Que je suis émerveillé par cette femme qui me traite comme un homme et non comme un copain ? Ça lui ferait de la peine…

— Et pourtant, c'est la vérité.

— J'ai pas envie de raconter cette vérité-là. Je la raconterais mal et puis…

— Ah ! sourit Shirley, la fuite de l'homme devant l'explication : un grand classique !

— Écoute, si je parle à Hortense, je vais me sentir coupable… Et pire encore, je vais me croire obligé de dénigrer Charlotte ou de minorer la place qu'elle occupe dans ma vie…

— Coupable de quoi ?

— On s'est fait un serment muet avec Hortense : ne tomber amoureux de personne d'autre… jusqu'à ce qu'on soit assez grands tous les deux pour s'aimer… je veux dire pour s'aimer vraiment…

— Ce n'était pas un peu téméraire ?

— Je ne connaissais pas Charlotte alors… C'était avant.

Il lui semblait que c'était au siècle dernier ! Sa vie était devenue un tourbillon. La chasse aux grosses cochonnes était terminée. Place à l'enchanteresse au long cou, aux épaules minces et musclées, aux bras plus nacrés qu'un collier de perles.

— Et maintenant…

— Je suis bien embêté. Hortense n'appelle pas. Je n'appelle pas. Nous ne nous appelons pas. Et je peux conjuguer au futur, si tu veux…

Il avait ouvert une bouteille de bordeaux et reniflait le bouchon.

Shirley n'était pas à l'aise quand il s'agissait de la vie sentimentale de son fils. Quand il était enfant, ils parlaient de tout. Des filles, des Tampax, du désir, de l'amour, de la barbe qui pousse, des livres-chefs-d'œuvre et des livres-gribouillis, des films qu'on voit au ralenti et des films-hamburgers, des disques pour danser et des disques pour se recueillir, des recettes de cuisine, de l'âge du vin, de la vie après la mort et du rôle du père dans la vie d'un garçon qui n'avait pas connu le sien. Ils

501

avaient grandi ensemble, main dans la main, avaient partagé un lourd secret, affronté périls et menaces sans jamais se désolidariser. Mais maintenant… C'était un homme, avec des poils partout, des grands bras, des grands pieds, une grosse voix. Elle était presque intimidée. Elle n'osait plus poser de questions. Elle préférait quand il parlait de lui-même sans qu'elle ait rien à demander.

– Tu tiens à Charlotte ? finit-elle par dire en toussant un peu pour masquer son embarras.

– Elle m'émerveille…

Shirley pensa que le mot était grand, très grand, qu'on pouvait y mettre beaucoup de choses, pouvait-il préciser sa pensée ? Gary sourit, reconnaissant cette mimique maternelle, quand les yeux de Shirley se tendaient en question muette, et il développa :

– Elle est belle, intelligente, curieuse, cultivée, drôle… J'aime dormir avec elle, j'aime sa façon couleuvre de se glisser dans mes bras, de s'abandonner, de faire de moi son amant magnifique. C'est une femme. Et c'est une apparition ! Pas une grosse cochonne !

Shirley eut un soupir triste. Et si elle n'avait été qu'une grosse cochonne pour Jack, cet homme en noir qui avait laissé des entailles dans son cœur et sur sa peau ?

– J'apprends avec elle… Elle s'intéresse à tout, je me demande juste ce qu'elle me trouve !

– Elle trouve en toi ce qu'elle ne trouve pas chez les autres hommes trop occupés à courir après leur ombre et leur carrière : un amant et un complice. Elle a réussi, elle n'a pas besoin de mentor. Elle a de l'argent, des relations, elle est belle, elle est libre, elle s'affiche avec toi parce qu'elle y trouve du plaisir…

Gary bougonna quelque chose au sujet du vin et termina en disant :

– En fait, c'est juste Hortense qui me tarabuste…

– Ne t'en fais pas, Hortense survivra. Hortense survit à tout, ce pourrait être sa devise !

Gary avait versé le vin dans deux beaux verres en cristal Lalique ornés d'un feston de perles à la base, ce doit être un cadeau de Charlotte, se dit Shirley en faisant tourner le verre dans sa main.

– Et ce vieux bordeaux ? C'est Charlotte ?

– Non. Je l'ai trouvé tout à l'heure en cherchant le hachoir. Avant de partir, Hortense a caché plein de cadeaux partout pour que je ne l'oublie pas. J'ouvre un placard et un pull tombe, je pousse une pile d'assiettes et un paquet de mes biscuits favoris apparaît, je prends mes vitamines dans le placard à pharmacie et trouve un mot : « Je te manque déjà, je suppose… » Elle est drôle, non ?

Drôle ou amoureuse, pensa Shirley, pour la première fois, la petite peste trouvait une résistance sur son chemin. Une résistance qui s'appelait Charlotte Bradsburry et n'avait pas l'intention de se laisser faire !

Hortense se réveilla en sueur. Elle voulait hurler, mais aucun son ne sortait de sa bouche. Elle avait encore fait ce terrible cauchemar ! Elle était dans une salle carrelée, humide, remplie de vapeur blanche, et devant elle se tenait un homme haut comme un tonneau de bière rousse, avec des cicatrices partout sur un torse de poils noirs, qui brandissait un long fouet aux pointes cloutées. Il faisait tourner le fouet en grimaçant, découvrant des dents noires, qui se refermaient sur elle et la mordaient sur tout le corps. Elle se recroquevillait dans un coin, hurlait, se débattait, l'homme lançait le fouet, elle se relevait, fonçait contre une porte qu'elle traversait sans savoir comment et se retrouvait en train de courir dans une rue étroite, sale. Elle avait froid, elle était secouée de sanglots, mais continuait de courir en s'écorchant les pieds sur les pavés. Elle n'avait plus personne chez qui se réfugier, plus personne pour la protéger, elle entendait les insultes des hommes lancés à sa poursuite, elle s'affalait sur le sol, une grosse main la saisissait au collet… C'est alors qu'elle se redressait, trempée, dans son lit.

Trois heures du matin !

Elle resta un long moment, grelottant de peur. Et s'ils n'étaient pas morts, les pieds plombés au fond de la Tamise ? Et s'ils savaient où elle habitait ? Elle était seule. Li May était partie pour deux semaines à Hong Kong au chevet de sa mère malade.

Elle ne pourrait jamais se rendormir. Et elle ne pouvait plus aller frapper à la porte de Gary. Ou l'appeler en pleine nuit pour dire «j'ai peur». Gary dormait avec Charlotte Bradsburry. Gary ne l'appelait plus, ne lui parlait plus de livres ni de musique, elle ne savait plus ce que devenaient les écureuils de Hyde Park et n'avait pas eu le temps d'apprendre le nom des étoiles dans le ciel.

Elle prit un oreiller, le serra contre elle pour étouffer les sanglots qui lui nouaient la gorge. Elle voulait les longs bras de Gary. Il n'y avait que les longs bras de Gary pour effacer ses terreurs.

Et c'était impossible !

À cause d'une femme.

C'est terrible d'avoir peur, la nuit. La nuit, tout devient menaçant. La nuit, tout devient définitif. La nuit, ils la rattrapaient et elle mourait.

Elle se leva, alla dans la cuisine, prit un verre d'eau, un morceau de fromage dans le Frigidaire, deux tranches de pain de mie, un peu de moutarde, de la mayonnaise et se fit un sandwich qu'elle grignota en arpentant la cuisine immaculée. Je pourrais manger par terre ! Je suis passée d'une souillon bordélique à une tatillonne du ménage, se dit-elle en mordant dans le sandwich. En tout cas, je l'appellerai pas ! Dussé-je en crever debout, paralysée de terreurs nocturnes. Heureusement pour moi, j'ai encore des principes ! Une fille sans principes est une fille perdue. C'est dans ces cas-là qu'il faut rester ferme sur ses principes. Ne jamais appeler la première, ne jamais rappeler tout de suite – attendre trois jours –, ne jamais faire pitié, ne jamais pleurer pour un garçon, ne jamais attendre un garçon, ne jamais dépendre d'un garçon, ne pas perdre de temps avec un plouc qui ignore Jean-Paul Gaultier, Bill Evans ou Ernst Lubitsch, rayer celui qui recompte l'addition ou laisse le prix sur un cadeau, porte des socquettes blanches, envoie des roses rouges ou des œillets roses, celui qui appelle sa mère le dimanche matin ou parle de la fortune de son papa, ne jamais coucher le premier soir, ne jamais même embrasser le premier soir ! Ne jamais manger de choux de Bruxelles, ne jamais porter de vêtements orange, on pourrait croire que vous travaillez sur l'autoroute… Elle énumérait ses dix commandement et mordait dans le pain de mie. Soupira, j'ai plein de principes, mais j'ai plus envie de les appliquer. Je veux Gary. Il est à moi. J'ai mis une option sur lui. Il était d'accord. Jusqu'à ce que cette fille arrive. Mais pour qui se prend-elle ?

Elle alla sur Google, tapa Charlotte Bradsburry et pâlit en lisant le nombre de références : 132 457 ! Elle occupait toutes les rubriques : la famille Bradsburry, le domaine Bradsburry, les Bradsburry à la Chambre des lords, les Bradsburry et la famille royale, le journal de Charlotte Bradsburry, ses *parties,* ses diktats sur la mode, ses reparties. Même muette, on la citait encore !

Tout semblait palpitant chez cette fille. Comment s'habille Charlotte Bradsburry, comment vit Charlotte Bradsburry, elle se lève chaque matin à six heures, va courir dans le parc, prend une douche glacée, mange trois noisettes et une banane avec une tasse de thé et part au bureau à pied. Elle lit les journaux du monde entier, reçoit des stylistes, des auteurs, des créateurs, fait son sommaire, écrit son édito, mange une pomme et une noix de cajou à midi et, le soir, quand elle sort, ne reste pas plus d'une demi-heure à une soirée et rentre se coucher à vingt-deux heures. Parce que Charlotte Bradsburry aime lire, écouter de la musique et rêver au lit. Très important de rêver au lit, assurait Charlotte Bradsburry, c'est ainsi que me viennent mes idées. *Bullshit !* fulmina Hortense Cortès en rongeant sa croûte de sandwich. Tu n'as pas d'idées, Charlotte Bradsburry, tu t'engraisses avec celles des autres !

L'Amérique se roulait aux pieds de Charlotte Bradsburry, *Vanity Fair,* le *New Yorker, Harper's Bazaar* la réclamaient, mais Charlotte Bradsburry restait délicieusement anglaise. « Où vivre ailleurs ? les autres nations sont des Pygmées ! » Un petit film la montrait de face, de profil, de trois quarts, en robe longue, en tenue de cocktail, en jean, en short en train de courir… Hortense faillit s'étouffer en découvrant une rubrique : la dernière conquête de Charlotte Bradsburry. Un diaporama montrait Charlotte et Gary à une exposition des derniers dessins de Francis Bacon. Lui, souriant, élégant, en veste rayée vert et bleu, elle menue, suspendue à son bras, arborant un large sourire derrière ses lunettes noires. La légende disait : « Charlotte Bradsburry sourit. » Je me serais damnée pour y aller, pesta Hortense. J'ai failli être piétinée à l'entrée. Impossible d'avoir un carton d'invitation ! Et ils sont restés dix minutes, promettant de revenir pour une visite privée !

Il n'y avait pas une seule photo où Charlotte Bradsburry était moche ! Elle chercha « régime de Charlotte Bradsburry » et ne trouva aucune mention de bourrelets ou de cellulite. Aucune photo volée découvrant une tare physique. Tapa : « opinions négatives sur Charlotte Bradsburry » et ne trouva que trois pauvres notes de

niaises jalouses qui affirmaient que Charlotte Bradsburry s'était fait refaire le nez et liposucer les joues.
Maigre butin, soupira Hortense, je ne vais pas aller
loin avec ces arguments pourris.

Elle tapa « Hortense Cortès ». Zéro référence.

La vie était trop dure pour les débutantes. Gary avait
mis la barre trop haut, Charlotte Bradsburry se révélait
coriace.

Elle racla sur l'assiette un dernier bout de fromage,
le rumina longuement. Puis se reprit et s'insulta :
qu'est-ce qui lui avait pris de dévorer un sandwich en
pleine nuit ? Des centaines de calories allaient s'amal-
gamer en tissus adipeux sur ses fesses et ses hanches
pendant son sommeil ! Charlotte Bradsburry allait la
transformer en boudin.

Elle courut aux toilettes, mit deux doigts dans la
gorge et vomit son sandwich. Elle détestait faire ça, ne
le faisait jamais, mais c'était un cas d'extrême urgence.
Si elle voulait affronter sa rivale Googlée à mort, elle
devait éliminer le moindre gramme de graisse. Elle tira
la chasse et regarda les filaments de fromage tourner à
la surface. Il allait falloir récurer la cuvette si elle ne
voulait pas que Li May la vire de l'appartement en montrant du doigt une tache jaunâtre sur l'émail blanc.

Je vis avec une Chinetoque maniaque dans un deux
pièces sans ascenseur au milieu des meubles en plastique pendant que…

Elle s'interdit d'aller plus loin. Pensées négatives.
Très mauvais pour le mental. Penser positif : Charlotte
Bradsburry est vieille, elle flétrira. Charlotte Bradsburry
est une icône, on ne dort pas avec un poster. Charlotte
Bradsburry a du vieux sang bleu dans les veines, elle
développera une maladie orpheline. Charlotte Bradsburry a un nom à la con qui sonne comme une marque
de mauvais chocolat. Gary n'aime que le chocolat noir,
à 71 % de cacao minimum. Charlotte Bradsburry est

commune : elle a 132 457 références sur le net. Bientôt une nouvelle star pointera le bout de son nez et Charlotte Bradsburry sera mise au placard.

Et puis d'abord, c'était qui, Charlotte Bradsburry ?

Elle s'allongea sur le sol, fit une série d'abdominaux. Compta jusqu'à cent. Se releva, s'épongea le front. Comment a-t-il pu tomber amoureux d'une Google Girl, lui si indépendant, si solitaire, si dédaigneux de la pompe et du fatras de la mode ? Que s'est-il passé ? Il change. Il se cherche. Il est encore jeune, soupira-t-elle en se lavant les dents, oubliant qu'il avait un an de plus qu'elle.

Elle se recoucha, furieuse et triste.

Si étonnée d'être triste ! J'ai été triste déjà ? Elle eut beau chercher, elle ne se souvint pas d'avoir éprouvé ce sentiment-là, ce mélange tiédasse, légèrement écœurant, d'abandon, d'impuissance, de mélancolie. Ni fureur ni tempête. Tristesse, tristesse, même le son du mot n'est pas beau ! Une flaque d'eau tiède. Ça ne sert à rien, en plus. On doit vite s'y complaire. Comme ma mère. Je ne veux pas ressembler à ma mère !

Elle éteignit la lampe de chevet à l'abat-jour rose bon marché qu'elle avait recouvert d'un foulard rouge tulipe pour illuminer sa chambre et se força à penser au bon déroulement de son défilé. Il fallait absolument qu'elle réussisse : ils en prennent 70 sur 1 000. Je dois faire partie du lot. Ne pas perdre le poteau des yeux. *I'm the best, I'm the best, I'm a fashion queen.* Dans quinze jours, je serai, moi, Hortense Cortès, sur le podium avec mes « créations » car cette fille, Charlotte Bradsburry, ne crée pas, elle se nourrit de l'air du temps. Elle rouvrit les yeux, enchantée. C'est vrai, ça ! Un jour, on ne parlera plus d'elle, ce jour-là c'est moi qui aurai 132 457 références sur Google et plus encore !

Elle frémit de joie, remonta le drap jusqu'au menton, savourant sa revanche. Puis poussa un petit cri : Char-

508

lotte Bradsburry! Elle sera là, le jour du défilé! Au premier rang, avec ses tenues parfaites, ses jambes parfaites, son allure parfaite, sa moue désabusée, ses grosses lunettes noires! Le défilé de Saint Martins était l'événement de l'année.

Et il l'accompagnera. Il sera assis à côté d'elle au premier rang.

Le cauchemar recommençait.

Un autre cauchemar...

Dans l'Eurostar qui l'emmenait à Londres, Joséphine ruminait. Elle avait pris la fuite, avait laissé, à Paris, sa sœur et sa mère. Zoé était partie réviser son brevet chez une amie, « je veux avoir une mention Très Bien ; avec Emma, je bosse ». L'idée de rester avec Iris dans le grand appartement l'avait précipitée dans une agence SNCF pour acheter un billet pour Londres. Elle avait confié Du Guesclin à Iphigénie et avait fait son sac, prétextant un colloque à Lyon sur l'habitat seigneurial dans les campagnes médiévales, présidé par une spécialiste du XIIe siècle, madame Élisabeth Sirot.

– Elle vient de sortir un livre formidable, *Noble et forte maison*, chez Picard. Un véritable ouvrage de référence.

– Ah! avait marmonné Iris.

– Tu veux savoir de quoi ça parle?

Iris avait étouffé un petit bâillement.

– C'est vraiment original, tu sais, parce que avant, on ne s'intéressait qu'aux châteaux forts et elle, elle a retracé la vie quotidienne en partant des maisons ordinaires. On les a longtemps négligées et, aujourd'hui, on se rend compte de leur potentiel archéologique. Elles ont conservé des structures d'époque, des systèmes d'arrivée d'eau, des latrines, des cheminées. C'est étonnant parce que, dans une maison qui ne paie pas de mine, on enlève les faux plafonds, on sonde les murs et on retrouve tous les éléments médiévaux, les décors, les plafonds moulurés et peints, tout ce qui faisait la vie de l'homme du Moyen Âge. La maison devient une sorte de poupée russe avec les différentes époques et tout au centre, apparaît le noyau médiéval, c'est génial !

Elle était prête à lui résumer le livre pour rendre son mensonge crédible.

Iris n'avait plus posé de questions.

De même qu'elle n'avait rien dit en lui tendant le courrier. Il y avait une lettre d'Antoine. Postée de Lyon. Zoé avait montré la lettre à sa mère. Toujours le même discours, je vais bien, je me refais une santé, je pense à mes petites filles que j'aime et que je vais bientôt retrouver, je travaille dur pour elles. « Il se rapproche, maman, il est à Lyon. – Oui mais il n'en parle même pas dans sa lettre… – Il doit vouloir nous faire la surprise… » Il a donc quitté Paris. Quand, pourquoi ? Je devrais surveiller mes points Intermarché et enquêter la prochaine fois que des achats sont effectués.

Quatre jours seule ! Incognito. Dans trois heures, elle poserait le pied sur le quai de Saint Pancras. Trois heures ! Au XIIe siècle, il fallait trois jours pour traverser la Manche en bateau. Trois jours pour faire Paris-Avignon à bride abattue sans s'arrêter, si ce n'est pour changer de monture. Sinon, il fallait compter dix jours. Tout va si vite, aujourd'hui, j'ai la tête qui tourne. Parfois, elle avait envie d'arrêter le temps, de crier pouce, de se réfugier sous sa carapace. Elle n'avait prévenu personne de son arrivée. Ni Hortense, ni Shirley, ni Philippe. Sur les conseils de son éditeur anglais, elle avait retenu une chambre dans un hôtel de charme sur Holland Park, dans le quartier de Kensington. Elle partait à l'aventure.

Seule, seule, seule, chantaient les secousses du train. En paix, en paix, en paix, scandait-elle en leur répondant. Anglais, anglais, anglais, reprenaient les roues du train. Français, français, français, martelait Joséphine en regardant défiler les champs et les forêts qu'avaient si souvent traversés les armées anglaises pendant la guerre de Cent Ans. Les Anglais n'hésitaient pas à faire l'aller-retour entre les deux pays. Ils étaient chez eux en France. Édouard III ne parlait que français. Les lettres patentes royales, la correspondance des reines, des maisons religieuses, de l'aristocratie, les actes de justice, les testaments étaient rédigés en français ou en latin. Henri Grosmont, duc de Lancastre et interlocuteur anglais de Du Guesclin, avait écrit un livre de piété en français ! Quand il traitait avec lui, Du Guesclin n'avait pas besoin d'interprète. La notion de patrie n'existait pas. On appartenait à un seigneur, à un domaine. On se battait pour faire respecter les droits du seigneur, mais on se moquait bien de porter les couleurs du roi de France ou de celui d'Angleterre et certains soldats passaient de l'un à l'autre en fonction de la solde. Du Guesclin, lui, resta fidèle toute sa vie au royaume de France et aucun tonneau d'écu ne lui fit changer d'avis.

– Pourquoi me hais-tu, Joséphine ? avait demandé sa mère ce soir-là en arrivant chez elle.

Henriette avait ôté son grand chapeau et c'était comme si elle avait ôté sa perruque. Joséphine avait du mal à la regarder en face : elle ressemblait à une poire blette. Iris n'était pas rentrée des courses.

– Mais je ne te hais pas !

– Si. Tu me hais...

– Mais non..., avait balbutié Joséphine.

– Cela fait près de trois ans que tu ne m'as pas vue. Tu trouves cela normal de la part d'une fille ?

– Nous n'avons jamais eu des relations normales...

– La faute à qui ? avait jeté Henriette en pinçant ses lèvres en un trait sec et amer.

Joséphine avait secoué la tête tristement.

– Tu sous-entends que c'est de ma faute ? C'est ça ?

– Je me suis sacrifiée pour Iris et toi, et me voilà bien récompensée !

– J'ai entendu ça toute ma vie…

– Mais c'est la vérité !

– Il y a une autre vérité dont on n'a jamais parlé…

Ignorer est la pire des choses, s'était dit Joséphine, ce soir-là, face au visage accusateur de sa mère. On ne peut pas ignorer toute sa vie, il y a toujours un moment où la vérité nous rattrape et nous force à la regarder en face. J'ai toujours esquivé cette explication avec ma mère. La vie m'ordonne de parler en m'imposant ce tête-à-tête avec elle.

– Il y a un événement dont on n'a jamais parlé… Un souvenir terrible qui m'est revenu, il n'y a pas longtemps, et qui éclaire bien des choses…

Henriette s'était redressée dans un petit mouvement brusque du torse.

– Un règlement de comptes ?

– Je ne te parle pas d'une dispute, mais de quelque chose de plus grave.

– Je ne vois pas à quoi tu fais allusion…

– Je peux te rafraîchir la mémoire, si tu veux…

Henriette avait pris un air dédaigneux et avait dit : « Vas-y, si ça te fait plaisir de me salir… »

– Je ne te salis pas. Je raconte un fait, un simple fait, mais qui explique justement cette… (Elle cherchait le mot juste.) Cette réticence de ma part… Ce besoin de me tenir à l'écart. Tu ne vois pas de quoi je veux parler ?

Henriette ne se souvenait pas. Elle avait oublié. Cet épisode a été si peu important pour elle qu'elle l'a effacé de sa mémoire.

– Je ne vois pas en quoi j'aurais pu te blesser…

– Tu ne te souviens pas de ce jour où nous sommes allées nous baigner dans les Landes, Iris, toi et moi ? Papa était resté sur le bord…

512

– Il ne savait pas nager, le pauvre homme !

– On est parties toutes les trois, loin, loin. Le vent s'est levé et les courants, soudain, sont devenus violents. On ne pouvait plus regagner le rivage. Iris et moi, on buvait la tasse, toi, comme d'habitude, tu fendais les vagues. Tu étais une très bonne nageuse…

– Une nageuse remarquable ! Championne de natation synchronisée !

– À un moment, quand a vu qu'on était en difficulté et qu'on a voulu revenir, je me suis accrochée à toi, pour que tu me prennes sur ton dos, que tu me remorques, mais tu m'as rejetée et tu as choisi de sauver Iris.

– Je ne me souviens pas.

– Si, fais un effort… Un rouleau s'était formé, nous rejetant plus loin chaque fois qu'on essayait de le franchir, les courants nous entraînaient, je suffoquais, je criais à l'aide, j'ai tendu la main vers toi et tu m'as repoussée pour empoigner Iris. Tu voulais sauver Iris, pas moi…

– Tu inventes, ma pauvre fille ! Tu as toujours été jalouse de ta sœur !

– Je me souviens très bien. Papa était sur la plage, il a tout vu, il t'a vue remorquer Iris, il t'a vue me laisser sur place, il t'a vue franchir le rouleau avec Iris, la déposer sur la terre ferme, la sécher, te sécher et tu n'es pas repartie me chercher ! J'aurais dû mourir !

– C'est faux !

– C'est la vérité ! Et quand j'ai réussi à atteindre le bord, quand je suis sortie de l'eau, papa m'a prise dans ses bras, m'a enveloppée dans une grande serviette et t'a traitée de criminelle ! Et à partir de ce jour-là, je le sais, vous n'avez plus jamais partagé la même chambre !

– Fariboles ! Tu sais plus quoi inventer pour te faire mousser !

– Il t'a traitée, toi, ma mère, de criminelle parce que tu m'avais abandonnée. Tu m'as laissée mourir…

– Je ne pouvais pas en sauver deux ! J'étais épuisée !

– Ah ! Tu vois, tu te rappelles !

– Mais tu t'en es très bien sortie ! Tu étais costaud. Tu as toujours été plus forte que ta sœur. La suite l'a bien prouvé, tu es indépendante, tu gagnes ta vie, tu as un très bel appartement…

– Je m'en fous de mon appartement ! Je m'en fous de la femme que je suis devenue, je te parle de la petite fille !

– Tu dramatises tout, Joséphine. Tu as toujours traîné des tonnes de complexes vis-à-vis des autres et surtout de ta sœur… Je ne sais pas pourquoi d'ailleurs !

– Moi, je le sais très bien, maman ! lança Joséphine, la voix roulant sur des larmes.

Elle avait appelé Henriette « maman ». Cela faisait des années qu'elle n'avait plus dit « maman » et les larmes devinrent torrent. Elle sanglotait comme une enfant en se tenant au rebord de la table, debout, les yeux grands ouverts comme si elle voyait sa mère, l'atroce indifférence de sa mère, pour la première fois.

– Mais ça arrive à tout le monde de manquer de se noyer ou de se faire mal en tombant ! répliqua sa mère en haussant les épaules. Faut toujours que tu exagères !

– Je ne parle pas d'un bobo, maman, je te parle du jour où j'ai failli mourir à cause de toi ! Et toutes ces années, où je me suis dit que je ne valais rien parce que tu n'avais pas pris la peine de me sauver, toutes ces années où je me suis appliquée à ne pas aimer les gens qui pouvaient m'aimer, qui pouvaient me trouver for- midable juste parce que je pensais que je n'en valais pas la peine, toutes ces années perdues à passer à côté de la vie, c'est à toi que je les dois !

– Ma pauvre chérie, en être encore à radoter des sou- venirs d'enfance à ton âge, c'est pitoyable !

– Peut-être, mais c'est dans l'enfance qu'on se construit, qu'on se fait une image de soi et de la vie qui nous attend.

– Oh! là, là! Quel sens du tragique! Tu fais un drame d'un petit événement. Tu as toujours été comme ça. Butée, braquée, hargneuse…

– Hargneuse, moi?

– Oui. Pas épanouie. Avec un petit mari, un petit appartement dans une banlieue moyenne, un petit boulot, une vie médiocre… Ta sœur t'a sortie de là en te donnant l'occasion d'écrire un livre, de connaître le succès, et tu ne lui en es même pas reconnaissante!

– Parce que je devrais remercier Iris?

– Oui. Il me semble. Elle a changé ta vie…

– C'est moi qui ai changé ma vie. Pas elle. Avec le livre, elle m'a juste rendu ce qu'elle, ce que tu m'avais pris ce jour-là. Je ne suis pas morte, en effet, je vous ai survécu! Et ce qui a failli me détruire il y a longtemps est ce qui fait ma force aujourd'hui. Il m'a fallu des années et des années pour sortir des vagues, des années et des années pour que je retrouve mon souffle, l'usage de mes bras, de mes jambes et que je me remette à avancer et ça, je ne le dois à personne. Tu m'entends, à personne d'autre qu'à moi! Je ne te dois rien, je ne dois rien à Iris et si je suis vivante, si j'ai pu m'offrir ce bel appartement et la vie que je mène aujourd'hui, c'est grâce à moi. À moi, toute seule! Et c'est pour ça qu'on ne se voit plus, toutes les deux. On est quittes. Ce n'est pas de la haine, vois-tu, la haine est un sentiment. Je n'éprouve plus le moindre sentiment à ton égard.

– Eh bien! C'est parfait! Au moins, les choses seront claires maintenant. Tu as vidé ton sac de calomnies, ton sac d'horreurs, tu as accusé de tous tes échecs passés celle-là même qui t'a donné la vie, qui s'est battue pour que tu sois bien éduquée, que tu ne manques de rien… Tu es satisfaite?

Joséphine était épuisée. Elle pleurait à gros bouillons. Elle avait huit ans et l'eau salée de ses larmes la rejetait à la mer. Sa mère la regardait pleurer en haussant les épaules, en tordant son long nez d'une grimace de dégoût pour ce qu'elle appelait sûrement un déballage honteux de sentiments nauséabonds.

Elle avait pleuré longtemps, longtemps sans que sa mère tende une main vers elle. Iris était rentrée, avait dit : « Ben dis donc... vous en faites une drôle de tête ! » Elles avaient dîné sur la table de la cuisine, en parlant du laisser-aller général, de la criminalité qui ne cessait d'augmenter, du climat qui se détériorait, de la qualité qui se perdait et des cachemires de chez Bompard dont la qualité baissait.

Le soir, en se couchant, Joséphine avait toujours l'impression d'étouffer. Elle n'arrivait plus à respirer. Elle était assise sur son lit. Elle cherchait l'air, elle suffoquait, elle était roulée par des vagues d'angoisse. J'ai besoin que quelque chose arrive dans ma vie. Je ne peux pas continuer comme ça. J'ai besoin de lumière, j'ai besoin d'espoir. Elle était allée dans la salle de bains, avait versé de l'eau froide sur ses paupières gonflées, avait regardé son visage bouffi dans la glace. Au fond du regard, il y avait une étincelle de vie. Ce n'était pas le regard d'une victime. Ni d'une morte. Elle avait longtemps cru qu'elle était morte. Elle n'était pas morte. Les hommes croient toujours que ce qu'ils vivent est mortel. Ils oublient simplement que ça fait partie de la vie.

Elle avait pris la fuite comme on sauve sa peau. Elle avait appelé son éditeur anglais, elle était partie pour Londres.

Elle entendit l'annonce que le train allait entrer dans le tunnel. Vingt-cinq minutes de traversée sous la Manche. Vingt-cinq minutes dans le noir. Des passagers frissonnèrent et firent des commentaires. Elle sourit en pensant qu'elle, elle était en train de sortir du tunnel.

L'hôtel s'appelait le Julie's et se trouvait 135 Portland Road. Un petit hôtel « *nice and cosy* », avait souligné Edward Thundleford, son éditeur. « Il n'est pas hors de prix, j'espère », avait murmuré Joséphine, un peu gênée de poser la question. « Mais madame Cortès, vous êtes mon invitée, je suis heureux de vous rencontrer, j'ai beaucoup apprécié votre roman et suis fier de le publier. »

Il avait raison. Le Julie's ressemblait à une boîte de bonbons anglais. Au rez-de-chaussée, se trouvait un restaurant acidulé et à l'étage une dizaine de chambres beiges et roses, avec une épaisse moquette à fleurs et des rideaux douillets comme des moufles. Le livre d'hôtes signalait le passage de Gwyneth Paltrow, Robbie Williams, Naomi Campbell, U2, Colin Firth, Kate Moss, Val Kilmer, Sheryl Crow, Kylie Minogue et d'autres encore que Joséphine ne connaissait pas. Elle s'allongea sur le lit à courtepointe rouge et se dit que la vie était belle. Qu'elle allait rester enfermée dans cette chambre luxueuse et ne plus en sortir. Commander du thé, des toasts, de la marmelade, se glisser dans la baignoire ancienne aux pieds sculptés en dos de dauphin et se prélasser. Profiter. Compter ses doigt de pieds, tirer le dessus-de-lit sur sa tête, inventer des histoires en partant des bruits filtrant des autres chambres, reconstituer des couples, des querelles, des embrassades.

Philippe habite-t-il loin d'ici ? C'est idiot : j'ai son téléphone, mais je n'ai pas son adresse. Londres lui avait toujours semblé une ville si étendue qu'elle s'y sentait perdue. Elle n'avait jamais fait l'effort d'en apprendre la géographie. Je pourrais demander à Shirley où il habite et aller rôder dans son quartier. Elle étouffa un rire. J'aurais l'air de quoi ? J'irai voir Hortense d'abord. Monsieur Thundleford avait précisé qu'il y avait un autobus, le 94, qui la mènerait tout droit à Piccadilly.

– Mais c'est là où se trouve l'école de ma fille !

– Eh bien, vous ne serez pas loin et le trajet est des plus agréables, vous longez le parc un long moment…

Le premier soir, elle demeura dans sa chambre, prit son repas face à un jardin luxuriant, rempli de roses lourdes qui s'inclinaient sur la croisée des fenêtres, marcha pieds nus sur le parquet sombre de la salle de bains avant de se plonger dans une eau parfumée. Elle essaya tous les savons, tous les shampoings, conditionneurs, crèmes pour le corps, gommages et baumes nourrissants et, la peau rose et douce, ouvrit le grand lit, glissa sous les couvertures et resta un long moment à contempler les boiseries du plafond. J'ai bien fait de venir ici, je me sens comme inventée, refaite à neuf. J'ai laissé la vieille Jo à Paris. Demain, je vais faire une surprise à Hortense et l'attendre à la sortie de ses cours. Je me posterai dans le hall et guetterai sa longue silhouette. Mon cœur bondira à chaque chevelure cuivrée et je la laisserai passer devant moi sans l'aborder si elle est accompagnée pour ne pas l'embarrasser. Les cours ont lieu le matin, je serai à mon poste dès midi.

Ce n'est pas tout à fait comme cela que se passèrent les retrouvailles. Joséphine fut en effet ponctuelle : à midi trois, elle se trouvait dans le grand hall de Saint Martin's. Des groupes d'élèves sortaient, tenant de lourds dossiers dans les bras, échangeant des bouts de phrases, se donnant des coups d'épaule pour se dire au revoir. Nulle trace d'Hortense. Vers une heure, n'apercevant pas sa fille, Joséphine s'approcha du bureau d'accueil et demanda à une forte femme noire si elle connaissait Hortense Cortès et si elle savait, par hasard, à quelle heure elle finissait ses cours.

– Vous êtes de la famille ? demanda la femme en lui jetant un regard soupçonneux.

– Je suis sa mère, répondit fièrement Joséphine.

– Ah…, fit la femme, surprise.

Et dans son regard, Joséphine reconnut le même étonnement qu'elle lisait autrefois, lorsqu'elle promenait Hortense dans le square, dans les yeux des autres mères qui la prenaient pour la nounou. Comme s'il ne pouvait pas y avoir de lien de parenté entre sa fille et elle.

Elle recula, gênée, et répéta :

– Je suis sa mère, je viens de Paris pour la voir et je voudrais lui faire une surprise.

– Elle ne devrait pas tarder, son cours finit à une heure et quart…, répondit la femme en consultant un registre.

– Je vais l'attendre alors…

Elle alla s'asseoir sur une chaise en plastique beige et se sentit beige. Elle avait le trac. Ce n'était peut-être pas une bonne idée de surprendre Hortense. Le regard de la femme lui avait rappelé des souvenirs anciens, des coups d'œil désapprobateurs d'Hortense sur ses tenues quand elle venait la chercher à l'école, la légère distance qu'elle maintenait entre sa mère et elle en marchant dans la rue, les soupirs exaspérés de sa fille si Joséphine s'attardait avec une commerçante : « Quand cesseras-tu d'être gentille avec TOUT le monde ! C'est exaspérant, cette façon de faire ! On dirait que ces gens sont nos amis ! »

Elle était sur le point de s'en aller lorsque Hortense arriva dans le hall. Seule. Les cheveux aplatis en arrière par un large bandeau noir. Pâle. Le sourcil froncé. Cherchant manifestement une réponse à un problème qu'elle se posait. Ignorant un garçon qui lui courait après en lui tendant une feuille qu'elle avait laissée tomber.

– Chérie…, chuchota Joséphine en se plaçant sur le chemin de sa fille.

– Maman ! Que je suis contente de te voir !

Elle avait l'air contente, en effet, et Joséphine se sentit soulevée de joie. Elle proposa de porter la pile de livres qu'Hortense entourait de ses bras.

– Non ! Laisse ! Je ne suis plus un bébé !

– Tu as laissé tomber ça ! glapit le garçon en tendant une copie double.

– Merci, Geoffrey.

Il attendait qu'Hortense le présente. Celle-ci laissa passer quelques secondes puis se résigna :

– Maman, je te présente Geoffrey. Il est dans ma classe…

– Enchantée, Geoffrey…

– Enchanté, madame… Hortense et moi sommes…

– Une autre fois, Geoffrey, une autre fois ! On va pas s'éterniser, les cours reprennent dans une heure !

Elle lui tourna le dos et entraîna sa mère.

– Il a l'air charmant, dit Joséphine en se dévissant la tête pour dire au revoir au garçon.

– Un affreux pot de colle ! Et aucune créativité ! Je le supporte parce qu'il a un grand appartement et que j'aimerais bien qu'il me loue une chambre à bas prix, l'année prochaine, mais je dois le dresser d'abord, qu'il ne se fasse pas de fausses idées…

Elles allèrent dans un coffee-shop proche de l'école et Joséphine s'accouda sur la table pour mieux observer sa fille. Elle avait des cernes sous les yeux et une petite mine froissée, mais ses cheveux avaient toujours leur belle couleur de réclame pour shampoing.

– Tout va bien, ma chérie ?

– Mieux serait insupportable ! Et toi ? Que fais-tu à Londres ?

– Je suis venue voir mon éditeur anglais… Et te faire une surprise. Tu n'es pas un peu fatiguée ?

– Je n'arrête pas ! Le défilé a lieu à la fin de la semaine et je suis loin d'être prête. Je travaille nuit et jour.

– Tu veux que je reste et assiste au défilé ?

– Je préférerais pas. J'aurais trop le trac.

Joséphine eut un pincement au cœur. Et une mauvaise pensée. Je suis sa mère, c'est moi qui paie ses

études et je n'ai pas le droit d'être là ! Elle exagère !
Elle fut effrayée par la violence de sa réaction et posa
n'importe quelle question pour dissimuler son trouble.

– Et il sert à quoi, ce défilé ?

– À avoir le droit d'appartenir, enfin, à cette prestigieuse école ! Rappelle-toi, la première année est éliminatoire. Ils en prennent très peu, tu sais, et je veux faire
partie des rares élus...

Son regard s'était durci et transperçait l'air comme si
elle allait le dissoudre. Elle avait rentré les pouces dans
la paume de ses mains et serrait les poings. Joséphine
la contempla avec stupeur : tant de détermination, tant
d'énergie ! Et elle avait tout juste dix-huit ans ! La
force irrésistible de son attachement à sa fille, de son
amour pour elle, vint balayer son ressentiment.

– Tu vas y arriver, souffla Joséphine, la couvant
d'un regard admiratif qu'elle éteignit aussitôt de peur
d'énerver Hortense.

– En tous les cas, je vais tout faire pour.

– Et tu vois Shirley et Gary de temps en temps ?

– Je ne vois personne. Je travaille nuit et jour. J'ai
pas une minute à moi...

– On pourra dîner un soir, quand même ?

– Si tu veux... mais pas trop tard. Il faut que je
dorme, je suis crevée. Tu n'as pas choisi le bon
moment pour venir...

Hortense semblait distraite. Joséphine tenta de capter
son attention en lui donnant des nouvelles de Zoé, en
lui racontant la mort de mademoiselle de Bassonnière,
l'arrivée de Du Guesclin à la maison. Hortense l'écoutait, mais son regard trahissait une absence polie qui
indiquait clairement qu'elle pensait à autre chose.

– Je suis contente de te voir, soupira Joséphine en
posant sa main sur celle de sa fille.

– Moi aussi, maman. Vraiment. C'est juste que je
suis crevée et obsédée par ce défilé... C'est terrifiant de

devoir jouer sa vie en quelques minutes ! Le Tout-Londres sera là, je ne veux pas passer pour une quiche !

Elles se séparèrent en se promettant de dîner ensemble, le lendemain. Hortense avait rendez-vous avec un éclairagiste pour son défilé, le soir même, et devait effectuer des retouches sur deux modèles.

– On pourrait se retrouver à l'Osteria Basilico, c'est juste derrière ton hôtel dans Portobello. Dix-neuf heures ? Je ne veux pas me coucher tard.

Tu n'en vaux pas la peine, entendit Joséphine en se reprenant aussitôt. Mais qu'est-ce que j'ai ! Je me rebelle contre tout le monde, maintenant ? Je ne vais plus supporter personne !

– Parfait, dit-elle en attrapant au vol le baiser de sa fille. À demain !

Elle regagna son hôtel à pied en regardant les vitrines. Pensa à un cadeau pour Hortense. Petite, elle était si sérieuse qu'on avait l'impression parfois, son père et moi, d'être des gamins face à elle. Elle hésita devant un pull, elle a si bon goût, je ne voudrais pas faire d'erreur, j'aimerais tant qu'elle réussisse, son père serait fier d'elle. Que faisait-il à Lyon ? Y était-il parti avant ou après le meurtre de mademoiselle de Bassonnière ? Elle n'avait pas eu de nouvelles du capitaine Gallois, l'enquête tournait en rond. Elle pourrait dîner avec Shirley, oui mais il faudrait parler, elle avait envie de calme, de silence, de solitude, je ne suis jamais seule, profiter, profiter, observer les rues, les gens, faire le vide dans ma tête. Elle aperçut une jeune fille qui cirait les chaussures des passants, elle avait des mains délicates et un profil d'enfant, une pancarte à ses pieds indiquait : 3 £ 50 LES CHAUSSURES, 5 £ LES BOTTES, elle riait en se frottant le bout du nez de son seul doigt propre. Ce doit être une étudiante qui travaille pour payer sa chambre, c'est si cher de se loger dans cette ville, Hortense a l'air de bien se débrouiller, elle habite un beau quartier, et Philippe ?

Elle remonta Regent Street, les trottoirs grouillaient de piétons, d'hommes-sandwichs qui portaient des pancartes publicitaires, de touristes qui s'exclamaient et prenaient des photos. Par-dessus les immeubles, elle apercevait des dizaines de grues. La ville était un véritable chantier qui se préparait pour les Jeux olympiques. Des échafaudages métalliques, des palissades, des bétonneuses et des ouvriers casqués barraient les rues. Elle tourna à gauche sur Oxford Street, demain j'irai au British Museum et à la National Gallery, demain, j'appellerai Shirley…

Profiter, profiter, entendre les nouveaux bruits dans ma tête. Des bruits d'indignation, de colère. Pourquoi Hortense me rejette-t-elle ? A-t-elle vraiment le trac ou honte de moi ? « Le Tout-Londres sera là… »

Elle secoua la tête et entra dans une librairie.

Elle dîna seule, avec un livre. Les *Nouvelles* de Saki en édition Penguin. Elle adorait l'écriture de Saki, son phrasé sarcastique et sec. « *Reginald closed his eyes with the elaborate weariness of one who has rather nice eyelashes and thinks it's useless to conceal the fact.* » En quelques mots, le personnage était posé. Pas besoin de détails psychologiques ou de longue description. « *One of these days, he said, I shall write a really great drama. No one will understand the drift of it, but everyone will go back to their homes with a vague feeling of dissatisfaction with their lives and surroundings. Then they will put new wall-papers and forget.* »

Elle ferma les yeux et savoura la phrase et son club-sandwich. Personne ne faisait attention à elle. Elle aurait pu entrer avec une soupière sur la tête qu'on ne l'aurait pas dévisagée. Ici, je n'aurais pas eu honte d'arborer mon bibi à trois étages, le bibi de madame Berthier, pauvre madame Berthier ! Et la serveuse de café ? Il ne s'en prend qu'aux femmes, ce lâche. Existait-il un lien entre les deux victimes ? Un secret… Elle était rassurée de savoir Zoé chez son amie, Emma. Au bout de combien de meurtres la police aura-t-elle assez d'indices ? Saki aurait tiré un récit désopilant de la mort de la méchante Bassonnière, il aurait décoré l'assassin pour service rendu à l'ordre public.

Elle lut plusieurs nouvelles en gloussant de plaisir, referma le livre, demanda l'addition et rentra à l'hôtel. Il avait plu et il traînait une vapeur humide dans l'air comme une écharpe. Elle étouffa un bâillement de fatigue, demanda sa clé et monta se coucher.

On était vendredi, elle avait la permission de vivre seule et libre jusqu'à mardi. La vie est belle ! Que la vie est belle ! Que fait Philippe à cette heure-ci ? Il dîne avec Dottie Doolittle, il la raccompagne chez elle, il monte l'escalier ? Demain ou après-demain, j'irai m'asseoir en face de lui, je lirai au fond de ses yeux et je saurai si c'est vrai ou pas, cette histoire de Dottie Doolittle. Demain, je brosserai mes cheveux jusqu'à ce qu'ils crépitent, mettrai du noir sur mes cils et les baisserai devant lui pour qu'il les admire… Je n'aurai même pas besoin de lui parler. Rien qu'à le regarder, je saurai, je saurai, eut-elle encore le temps de se dire avant de sombrer dans un sommeil paisible où elle rêva qu'elle enfourchait des nuages et volait retrouver Philippe.

— Est-ce que tu crois aux fantômes ? demanda Marcel à René, réfugié dans son petit bureau à l'entrée de l'entrepôt.

— Je ne peux pas dire que je n'y crois pas, répondit René, occupé à ranger des factures dans un classeur, mais ce n'est pas ma tasse de thé.

– Est-ce que tu crois qu'on peut marabouter quelqu'un et lui faire perdre la raison ?

René leva les yeux sur son ami et l'observa, perplexe.

– Si je peux croire aux fantômes, je peux croire aussi aux forces obscures, répliqua René en mâchonnant son cure-dents.

Marcel eut un petit rire embarrassé et, s'appuyant contre le chambranle de la porte, il énonça distinctement :

– Je crois que Josiane a été envoûtée…

– C'est de ça que tu parlais avec Ginette, l'autre matin ?

– J'ai pas osé te le dire de peur que tu me traites de maboul, mais comme Ginette ne m'aide pas à avancer, je reviens vers toi.

– Deuxième choix ! Morceau de bas étage ! Merci beaucoup !

– Je me suis dit que, peut-être, t'avais connu des trucs semblables ou que t'en avais entendu parler.

– J'apprécie que tu te confies à moi, après avoir choisi ma femme comme confessionnal… On est copains depuis combien de temps, Marcel ?

Marcel étendit les bras comme s'il ne pouvait pas embrasser toutes les années.

– C'est ça, tu l'as dit : une éternité ! Et tu me prends pour un poney !

– Mais non ! C'est juste que j'avais peur de passer pour un idiot. C'est spécial comme sujet, avoue… C'est pas du tout-venant ! Les femmes, c'est plus intuitif, plus tolérant, toi t'as pas la tête d'un mec à qui on raconte des effervescences du cerveau.

– Je suis un poney, tu le répètes ! Un connard de poney qui tourne en rond et pige rien à rien !

– Écoute, René, il faut que tu m'aides. Je n'arrête pas de me prendre des enclumes sur la tête… L'autre jour, je suis sorti acheter des croissants et quand je suis rentré, elle avait dégringolé d'un tabouret posé près de la fenêtre parce qu'elle avait voulu sauter !

– De quel côté ? Dehors ou dedans ? demanda René, goguenard, en retirant le cure-dents mâchouillé pour en prendre un nouveau.

– Tu crois que c'est drôle ? Je suis au bord de l'abîme et tu galèjes !

– Je galèje pas, je souligne l'affront. Je l'ai mal vécu, Marcel. Ça m'est resté là !

Il enfonçait son doigt dans son estomac et grimaçait.

– Je te demande pardon, là ! T'es content ? Je t'ai pris pour un poney et j'avais tort. Tu m'absous maintenant ?

Marcel le suppliait de ses yeux inquiets et désolés. René rangea son classeur sur l'étagère et fit traîner sa réponse. Marcel donnait des coups de pied contre le bas de la porte en répétant : « Alors ? Alors ? Faut que je me roule par terre, que je mime la moquette ? » Il piaffait d'impatience que René l'absolve et René prenait son temps. Son meilleur pote, tout de même ! Trente ans qu'ils étaient ensemble, qu'ils faisaient tourner la maison tous les deux, qu'ils affrontaient les Chinetoques et les Peaux-Rouges et Marcel allait pleurer ailleurs que dans son giron. Il avait tourné vinaigre depuis ce matin-là. Même son café lui restait sur l'estomac. Et Ginette ! Il lui parlait plus, il aboyait. Il était blessé, jaloux. Sombre comme un veuf inconsolable enfermé dans sa tour. Il se retourna et observa son vieux copain.

– Tout va de travers dans ma vie, René. J'étais si heureux, si heureux ! Je buvais du petit-lait, je touchais enfin le bonheur du doigt, d'un doigt si tremblant que j'avais peur d'attraper Parkinson ! Et maintenant, quand je sors acheter le croissant du dimanche, le croissant qui rassemble la famille, lance la gourmandise, alimente l'émotion, eh bien... elle grimpe sur un tabouret pour faire le saut de l'ange. J'en peux plus !

Marcel se laissa tomber de tout son poids sur la chaise. Affalé comme une pile de linge sale. À bout de forces. Son souffle faisait un bruit rauque qui trouait sa poitrine.

– Arrête ! lança René ! T'es pas forgeron ! Et écoute-moi bien parce que ce que je vais te raconter, je l'ai jamais dit à personne, tu m'entends ? Même pas à la Ginette. À personne et je ne veux pas que tu me fasses cocu !

Marcel branla du chef et promit.

– Mieux que ça ! Jure sur la tête du petit et de ta femme, qu'ils rôtissent dans les flammes de l'Enfer !

Marcel eut le dos parcouru d'un frisson et imagina Junior et Josiane, embrochés, tournant au-dessus d'un feu de forge. Il tendit une main tremblante et jura. René marqua un temps d'arrêt, sortit un nouveau cure-dents et posa ses fesses sur le rebord de son bureau.

– Et tu m'interromps pas ! Déjà que c'est dur à rassembler toutes ces diapositives ! Alors voilà… C'était il y a longtemps, j'habitais avec mon père dans le vingtième, j'étais un gniard, ma mère était morte et j'étais triste comme un piano sans touches. Je pleurais pas devant le père, mais je serrais les dents tout le temps. J'avais plus que des gencives à force de les serrer. On vivait avec pas grand-chose, il était ramoneur, je sais c'est pas du propre, mais c'est comme ça qu'il gagnait sa vie et je peux te dire qu'il était pas patron, il travaillait à la pièce. Il fallait qu'il en ramone des cheminées pour qu'on ait un bout de viande à jeter dans la soupe, le soir. Alors les caresses, c'était pas son truc, il avait tout le temps peur de me salir. Ou de salir une femme. Il a toujours prétendu que c'était pour ça qu'il s'était pas remarié mais moi, je sais qu'il était noir de désespoir. Alors on était là, tous les deux, comme deux chagrins abandonnés à chialer chacun de son côté, à couper le pain en silence et à manger la soupe sans rien dire. C'est que c'était une de ces femmes, ma mère ! Une mousse-line, une fée des montagnes bleues et un cœur comme trois choux-fleurs. Elle versait de l'amour à tout le monde, dans le quartier les gens la vénéraient. Un jour, en rentrant de l'école, j'ai trouvé un corbeau. Là, sur ma route, comment te dire, c'était comme s'il m'attendait. Je l'ai ramassé et je l'ai apprivoisé. Il était pas beau, un peu mité, mais il avait un long bec bien jaune, jaune comme si on l'avait colorié. Et puis au bout des plumes, il avait des taches bleues et vertes qui faisaient un éventail.

– C'était pas un paon ?

– J'ai dit de pas m'interrompre sinon je redémarre plus. C'est douloureux, les diapositives. Je l'ai appri-voisé et je lui ai appris à dire « Éva ». Éva était le prénom de ma mère. Mon père, il la trouvait si belle qu'il l'appelait Éva Gardner. Éva, Éva, Éva, je lui répé-tais dès que j'étais seul avec lui. Il a fini par dire « Éva » et j'ai été fou de bonheur. Je te jure, c'était comme si ma mère était revenue. Il dormait, perché sur le montant de mon lit et le soir, avant que je m'en-dorme, il croassait « Éva, Éva » et je souriais aux anges. Je pionçais comme un bienheureux. Je n'étais plus jamais triste. Il avait chassé le chagrin, il m'avait ramoné le cœur. Mon père, il en savait rien de tout ça, mais lui aussi, il s'était remis à siffloter. Il partait le matin avec sa perche, son seau et ses chiffons et il sifflotait. Il ne buvait plus que de l'eau. Tu sais, les ramoneurs, il fait soif chez eux ! Ils mangent du char-bon toute la journée, alors ils ont besoin de se désalté-rer. Lui, il s'était mis à la flotte ! Limpide et clair, le pater ! Je mouftais pas, je regardais le corbeau qui ne pipait mot devant lui et je te jure, il me rendait mon regard d'un air… comment te dire… d'un air de dire je suis là, je veille sur vous, tout va aller très bien. Ça a duré un bon bout de temps, on sifflotait, on sifflotait et puis… Il est mort écrasé. Un aviné lui a roulé dessus.

Il était plat comme une tortilla, il restait que son long bec tout jaune d'intact. J'ai pleuré, j'ai pleuré, l'Amazone à côté, c'est un robinet tari ! Avec mon père, on l'a mis dans une boîte et on est allés l'enterrer, en catimini, dans le petit square à côté de chez nous. Un peu de temps a passé, et puis, une nuit noire, j'ai été réveillé par un bruit à ma fenêtre. Comme si on frappait avec une clé. J'ai regardé : y avait mon corbeau qui était là, le même bec tout jaune, les mêmes bouts de plumes verts et bleus. Il croassait « Éva, Éva » et moi, j'avais les yeux agrandis par des élastiques. « Éva, Éva », il répétait en frappant sur le carreau. Je l'ai vu comme je te vois. Mon corbeau à moi. J'ai allumé la lumière pour être sûr que je rêvais pas et je l'ai fait entrer. Il est revenu chaque soir. À la nuit tombée. Jusqu'à ce que je devienne grand, que je culbute une fille. Il a dû penser que j'avais plus besoin de lui et il est parti. Te dire comme j'ai été triste, t'en as pas idée ! J'ai jamais revu la fille et pendant longtemps j'en ai pas touché une autre en me disant qu'il allait revenir. Il est jamais revenu. Voilà, c'était mon histoire de fantôme. Tout ça pour te dire que si les corbeaux peuvent revenir et me donner la tendresse d'une mère, la même chose peut se passer avec le diable et la malignité de l'Enfer…

Marcel avait écouté, bouche bée. Le récit de René l'avait tant remuée qu'il avait du mal à ne pas pleurer. Il avait envie de prendre son vieux pote dans ses bras et de l'étouffer. Il tendit la main et effleura le visage de René en sentant les piquants de la barbe sous ses doigts.

– Oh ! René ! C'est tellement beau ! dit-il avec des sanglots dans la voix.

– Je l'ai pas fait pour que tu chiales ! Juste pour te dire qu'il y a des trucs qu'on comprend pas dans la vie, des trucs qui tiennent pas sur leurs deux pieds et qui, pourtant, sont arrivés. Alors que ta Josiane, elle soit empapaoutée par une embrouille invisible, je veux bien le croire mais je ne veux plus jamais en parler…

– Ben, pourquoi ? Tu veux pas m'aider ?

– C'est pas ça, mon pauvre Esquimau ! Mais comment je fais pour t'aider, moi ? J'en ai pas la moindre idée. À moins de rappeler le corbeau ou d'invoquer l'esprit de ma mère ! Parce qu'elle, elle est jamais revenue. Elle m'a envoyé le corbeau et après, elle m'a laissé en plan. Sans carte routière pour la retrouver !

– T'en sais rien… C'est peut-être elle qui t'a envoyé Ginette… C'est quand même mieux qu'un vieux corbeau !

– Te moque pas de mon corbeau !

– Elle t'a envoyé Ginette… et les enfants. Que du bonheur ! Elle t'a envoyé moi, aussi.

– T'as raison. C'est pas rien… Tu sais quoi ? Faut qu'on arrête de parler de ça parce que sinon je vais me mettre à chialer aussi ! Je vais avoir le cœur au court-bouillon.

– Et on aura l'air de deux couillons à chialer à l'unisson, dit Marcel.

Son visage meurtri s'éclaira, pour la première fois depuis longtemps, d'un vrai sourire.

– Mais tu vas m'aider à trouver une solution, dis, René ? Je peux pas rester comme ça. Il y va de l'entreprise, tu sais. Suis plus d'équerre du tout…

– J'ai bien vu que tu n'étais plus à l'affaire, et ça me tourneboule aussi.

Il prit un nouveau cure-dents et balança le vieux à la poubelle. Marcel se pencha et aperçut le sol de la corbeille tapissé de petits bâtonnets en bois.

Il leva les yeux vers René qui soupira :

– C'est depuis que j'ai arrêté de fumer. Avant je me faisais un paquet de clopes par jour, maintenant je consomme un tourniquet de cure-dents. Chacun son truc ! Y en a qui se les portent en piercing, les cure-dents…

Aucun sourire ne plissa la face hébétée de Marcel.

– T'es vraiment ralenti, l'Esquimau ! Tu piges plus mes blagues ? Oh, ça va mal, ça va vraiment mal ! En piercing, comme chez l'acupuncteur, les grandes aiguilles qu'on fiche dans la plante des pieds et…

– La plante des pieds ! rugit Marcel en se frappant le front. Mais c'est bien sûr. Je suis con ! Mais qu'est-ce que je suis con ! J'aurais dû l'écouter, madame Suzanne… Elle, elle va pouvoir nous aider !

– La rabouilleuse ? Celle qui vous fait roucouler les arpions ?

– En personne. Elle m'a dit une fois que Josiane était « travaillée ». Elle disait qu'il fallait identifier l'origine du mal pour le neutraliser, elle disait plein de choses que je comprends pas, mon pauvre René. Moi, je sais faire avec les chiffres, les parts de marché, les taxes, les bénéfices et les frontières, pas avec les sorcières…

– Alors, écoute-moi bien… Voilà ce qu'on va faire…

Et ce jour-là, dans le petit bureau de l'entrepôt, Marcel et René mirent sur pied un plan pour délivrer du mal l'âme de Josiane.

Joséphine tournait, tournait, tournait. Inlassablement. Depuis huit heures du matin. Elle jouait la touriste désinvolte qui se promène nez au vent et découvre la ville, en parcourant assidûment le même pâté de rues : Holland Park, Portland Road, Ladbroke Road, Claren-don Road, retour sur Holland Park et un nouveau tour à pied.

Il avait plu pendant la nuit et la lumière du jour trem-blait dans l'humidité qui montait des trottoirs avant de se dorer aux rayons du soleil matinal. Elle surveillait la terrasse du Ladbroke Arms. C'était dans ce pub, d'après Shirley, que Philippe prenait son petit déjeuner chaque matin. Enfin… la dernière fois qu'on s'est vus, je l'ai retrouvé là. Il était installé avec son café, son jus d'orange, les journaux. Maintenant, te dire qu'il est fidèle au poste chaque matin, je ne sais pas… Mais vas-y. Arpente jusqu'à ce que tu l'aperçoives et présente-toi…

C'était bien ce qu'elle avait l'intention de faire. Lire dans ses yeux. Le prendre par surprise avant qu'il n'ait le temps d'y écrire un mensonge. Elle y pensait depuis plusieurs nuits et mettait au point un stratagème. Elle avait retenu le plus simple : la rencontre-surprise. Je suis à Londres, invitée par mon éditeur, mon hôtel est juste à côté et comme il fait beau, je me suis levée tôt, suis allée me promener et… quelle surprise ! quel hasard ! quelle heureuse coïncidence ! je tombe sur toi. Comment vas-tu ?

L'étonnement. C'était la partie la plus difficile à jouer. Surtout quand on a répété ses répliques jusqu'à en bafouiller ! Dur d'être naturelle. Je ferais une piètre actrice.

Elle tournait, elle tournait dans l'élégant quartier. Des maisons blanches cossues aux hautes fenêtres, des pelouses devant chaque perron, des rosiers, des glycines, des fleurs qui se tordaient le col pour sortir des buissons et se faire admirer. Parfois, les façades étaient peintes en bleu ciel, vert acide, jaune pinson, rose criard comme pour se différencier de la voisine trop sage. L'atmosphère était à la fois guindée et délurée, à l'image des Anglais. Un magasin Nicolas faisait l'angle d'une rue. Plus loin, un marchand de fromages et une boulangerie Chez Paul. Philippe ne devait pas se sentir dépaysé. Il avait sa bouteille, sa baguette, son camembert, manquait plus que le béret !

L'avant-veille, elle avait dîné avec son éditeur. Ils avaient parlé de la traduction, de la couverture, du titre anglais : *A Humble Queen,* de la présentation à la presse, du tirage. « Les Anglais sont friands de livres historiques et le XIIe siècle n'est pas une période très connue chez nous. Le pays était peu peuplé, à l'époque. Saviez-vous qu'on aurait pu loger toute la population de Londres dans deux gratte-ciel ? » Edward Thundleford avait le teint et le nez couperosés des amateurs de bon vin, des cheveux blancs plaqués sur le crâne qui rebiquaient de côté, un nœud papillon et des ongles bombés. Raffiné, poli, attentif, il lui avait posé de nombreuses questions sur son travail, la manière dont elle conduisait ses recherches pour son HDR et avait choisi un excellent bordeaux qu'il avait goûté en connaisseur. Il l'avait reconduite à son hôtel et lui avait proposé de visiter ses bureaux dans Peter Street, le lendemain après-midi. Joséphine avait acquiescé, bien qu'elle n'en eût aucune envie. Elle aurait préféré continuer à flâner.

– Je n'ai pas osé décliner son invitation ! avait elle confié plus tard à Shirley, assise en tailleur sur le tapis face à l'immense cheminée en bois du salon de son amie.

– Tu sais qu'on peut gâcher sa vie en étant polie…

– Il est charmant, il se donne beaucoup de mal pour moi.

– Il va gagner plein de sous grâce à toi. Laisse-le tomber et viens te promener avec moi. Je te ferai connaître le Londres insolite.

– Je ne peux pas. Je me suis engagée.

– Joséphine ! Apprends à être une *bad girl* !

– Tu me croiras pas, mais ça vient doucement… Hier, j'ai eu de mauvaises pensées envers ma fille.

– Tu as encore de la marge avec Hortense !

Dans le grand salon, elles avaient mis au point une stratégie pour tomber sur Philippe « par hasard ». Tout était pensé, minuté, préparé.

– Alors il habite là…, avait dit Shirley, pointant sur un plan une rue près de Notting Hill.

– C'est celle de mon hôtel !

– Et il prend son petit déjeuner là…

Elle avait montré sur le plan l'emplacement du pub autour duquel Joséphine tournait.

– Donc, tu te lèves tôt, tu te fais belle, et tu commences la rotation dès huit heures. Parfois, il arrive avant, parfois après. Dès huit heures, mine de rien, tu tournes.

– Et quand je le vois, je fais quoi ?

– Tu t'exclames : « Philippe, ça alors ! » Tu t'approches, tu l'embrasses légèrement sur la joue, qu'il ne croie surtout pas que tu es disponible, prête à être embarquée, tu t'assois négligemment…

– Comment s'assoit-on « négligemment » ?

– Je veux dire que tu ne te casses pas la figure comme tu en as l'habitude… et tu prends l'air de la fille qui passait par là, qui n'a pas que ça à faire, tu regardes ta montre, tu écoutes ton portable, et…

– Je n'y arriverai jamais.

– Si. On va répéter…

Elles avaient répété. Shirley jouait Philippe, le nez dans les journaux, assis à sa table. Joséphine bafouillait. Plus elle répétait, plus elle bafouillait.

– Je n'y vais pas. Je vais avoir l'air stupide.

– Tu y vas et tu vas avoir l'air intelligente.

Joséphine avait soupiré et levé le nez vers un panneau de bois acajou coiffé d'une large frise, figurant des grappes de raisin, des bouquets de pivoines, des tournesols, des épis de blé, des aigles royaux, des cerfs en rut et des biches affolées.

– Ce ne serait pas un peu Tudor, chez toi ?

– C'est surtout moi qui dors. Un seul mec en un an et demi ! Je vais redevenir vierge !

– Je te tiendrai compagnie.

– Pas question. Toi, tu tournes et tournes jusqu'à ce qu'il te renverse dans son lit !

Elle tournait, elle tournait. Huit heures trente et pas d'homme en vue. C'était une folie. Il ne la croirait jamais. Elle rougirait, renverserait la chaise, transpirerait à grosses gouttes et aurait les cheveux gras. Il embrassait si bien. Lentement, doucement, puis pas doucement... Et le ton de sa voix quand il parlait en l'embrassant ! C'était troublant, ces mots mélangés aux baisers, ça faisait courir des frissons de l'oreille à l'orteil. Antoine ne parlait pas en l'embrassant, Luca non plus. Ils n'avaient jamais dit « Joséphine ! tais-toi ! » en lui donnant un ordre qui l'avait pétrifiée au seuil d'un territoire inconnu. Elle s'arrêta devant une vitrine pour vérifier sa tenue. Le col de son chemisier blanc était aplati. Elle le redressa. Elle se frotta le nez et s'encouragea. Vas-y, Jo, vas-y !

Elle recommença à tourner. Pourquoi est-ce que je force le destin ? Je devrais laisser faire le hasard. Papa, dis-moi, j'y vais ou j'y vais pas ? Fais-moi un signe. C'est le moment ou jamais de te manifester. Descends de tes étoiles et viens me donner un coup de main.

Elle s'arrêta devant une parfumerie. Acheter un parfum ? « L'eau des merveilles » d'Hermès. Il l'enivrait. Elle en vaporisait dans son cou, sur les ampoules des lampes, sur ses poignets avant de s'endormir. Elle lut les heures d'ouverture sur la porte du magasin : il n'ouvrait qu'à dix heures.

Elle reprit sa marche forcée.

C'est alors qu'elle entendit une voix dans sa tête qui disait « laisse-moi faire, ma fille, je m'occupe de tout ». Elle tressaillit. C'est sûr, elle devenait folle. « Continue d'avancer, comme si de rien n'était ! » Elle fit un pas, deux pas, regarda autour d'elle. Personne ne lui parlait. « Allez ! Allez ! Continue ton chemin de bourricot, je règle tout, fais-moi confiance. La vie est un ballet. Il faut juste avoir un maître de danse. Comme dans *Le Bourgeois gentilhomme* », « Tu aimais cette pièce, papa ? », « Je l'adorais ! La critique drôlatique de la bourgeoisie qui se pousse du col ! Je pensais à ta mère. C'était ma revanche sur son esprit si petit, si conformiste. » « Je ne le savais pas ! » « Je ne te disais pas tout, il y a des choses qu'on ne dit pas aux enfants. Je ne sais pas pourquoi j'ai épousé ta mère. Je me le suis toujours demandé. Un moment de distraction. Elle non plus, n'a pas compris, je pense. L'union de la carpe et du lapin. Elle a dû penser que je deviendrais riche. Il n'y a que ça qui l'intéresse. Avance, je te dis ! Avance… », « Tu crois que c'est une bonne idée ? J'ai peur… », « Il est temps de t'enhardir, ma fille ! Cet homme est fait pour toi » « Tu crois ? » « Lui non plus n'a pas choisi la bonne femme. C'est toi qu'il aurait dû épouser ! » « Papa ! Tu exagères ! » « Pas le moins du monde ! Achète un journal, ça te donnera un air… » Elle s'arrêta au kiosque près de la station de métro, prit un journal. « Tiens-toi droite, tu es voûtée. » Elle se redressa et glissa le journal sous son bras. « Là, là, doucement. Ralentis. Prépare-toi, il est là. » « J'ai le trac ! » « Mais non… tout va bien se passer, mais quand tu sortiras, mon ange, le cœur ivre de joie, fais attention dans l'ombre à la perfide orange. » « C'est quoi ? une citation ? » « Non. Un avertissement ! À multiples usages. »

Elle était revenue au dernier côté de son quadrilatère. Les derniers mètres avant la terrasse.

Elle l'aperçut. De dos. Assis à une table. Il dépliait ses journaux, posait son téléphone, hélait le garçon, passait sa commande, croisait les jambes et se mettait à lire. C'était magique de le contempler, sans qu'il le sache, de lire sur son dos la fin de sa nuit, le début de la journée, la pause sous la douche, le baiser à l'enfant qui part à l'école, l'appétit qui monte devant les œufs au bacon, l'espresso noir et l'espoir d'une journée nouvelle. Il se livrait à elle, démuni. Elle déchiffrait son dos. Elle lui prêtait ses rêves, le réchauffait de ses baisers, il s'offrait. Elle tendit la main vers lui et dessina une caresse.

Elle savait maintenant qu'il n'appartenait pas à une autre. Elle pouvait le lire au bras qui se tendait pour tourner la page du journal, à la main qui saisissait la tasse, la portait à ses lèvres, à la nonchalance qui se dégageait de chacun de ses mouvements.

Ce n'était pas les gestes d'un homme épris d'une autre. Ni ceux du mari de sa sœur. C'était les gestes d'un homme libre…

Qui l'attendait.

C'était le dernier soir. Demain, Joséphine rentrait. Demain, il serait trop tard.

Elle alla droit au placard où se trouvait le tableau électrique, abaissa le disjoncteur et les lumières s'éteignirent. Le Frigidaire s'arrêta dans un hoquet, la chaîne hi-fi du salon se tut. Silence. Pénombre. Il ne lui restait plus qu'à agir.

Elle descendit sonner à la porte des Lefloc-Pignel. Neuf heures et quart. Les enfants avaient dîné. Madame rangeait sa cuisine. Monsieur était libre.

Ce fut lui qui ouvrit. Il s'encadra, massif, dans l'embrasure, avec une mine sévère. Iris baissa les yeux et prit un air de repentie.

– Je suis désolée de vous déranger, mais je ne comprends pas ce qu'il s'est passé ; tout à coup, il n'y a plus eu d'électricité… et je ne sais pas comment faire…

Il hésita, puis déclara qu'il monterait, le temps de finir un travail.

– Vous avez un vieux tableau électrique ou un récent ? ajouta-t-il.

– Je ne sais pas. Je ne suis pas chez moi, vous savez, répondit-elle en esquissant un sourire éblouissant.

– Je vous rejoins dans dix minutes…

Il referma la porte. Elle n'avait pas eu le temps de jeter un coup d'œil dans l'appartement, mais il lui avait paru étrangement silencieux pour abriter une famille avec trois enfants.

– Vos enfants sont déjà couchés ? lui demanda-t-elle plus tard.

– Tous les soirs, à neuf heures. C'est la règle.

– Et ils obéissent ?

– Bien sûr. Ils ont été élevés comme ça. Il n'y a jamais de discussion.

– Ah…

– Vous savez où est le tableau électrique ?

– Suivez-moi. C'est dans la cuisine…

Il ouvrit le placard où se trouvait le compteur et sourit avec une indulgence amusée.

– Ce n'est rien du tout. C'est le disjoncteur qui a sauté…

Il le remit en place et la lumière revint, le Frigidaire redémarra et une lointaine musique se fit entendre dans le salon. Iris applaudit.

– Vous êtes formidable.

– Ce n'était pas difficile…

– Sans vous, j'étais perdue… Une femme, ce n'est pas fait pour vivre seule. Moi, en tout cas, je suis démunie devant les petits avatars de la vie. Les grands aussi, je dois dire !

– Vous parlez juste. On a oublié la répartition des rôles, aujourd'hui. Les femmes se conduisent en hommes et les hommes deviennent irresponsables. Moi, je suis pour le *pater familias* qui se charge de tout.

– Je suis tout à fait d'accord avec vous. Je vous offre quelque chose ? Un whisky ou une petite tisane aux herbes fraîches ? J'ai acheté de la menthe au marché, ce matin…

Elle sortit un bouquet de menthe d'un papier aluminium et le lui fit humer. L'infusion, ce serait bien. Le temps de la préparer, on ferait la conversation. Il se détendra, je trouverai bien le moyen de me faufiler en lui, d'y faire une encoche.

– Je veux bien une infusion de menthe…

Iris mit l'eau à chauffer. Elle sentait son regard peser sur elle, suivre tous ses gestes et se demandait comment alléger l'atmosphère, quand il prit les devants :

– Vous avez des enfants ?

– Un fils. Il ne vit pas avec moi. Il vit avec son père, à Londres. Je suis en instance de divorce, c'est pour ça que j'habite chez Joséphine.

– Je vous demande pardon, je ne voulais pas être si personnel…

– Au contraire, ça me fait du bien de parler. Je me sens bien seule.

Elle prépara un plateau avec une théière et deux tasses. Sortit deux petites serviettes blanches. Il serait sensible à ce détail. Les plia avec soin comme si elle avait suivi des cours de parfaite maîtresse de maison. Elle sentait, dans son dos, qu'il épiait tous ses gestes et son regard la transperçait tel un tournevis acéré. Elle frissonna.

– Son père a demandé sa garde et…

– Vous n'allez pas l'abandonner ? demanda-t-il brusquement.

– Oh, non ! Je vais tout faire pour le récupérer. J'ai prévenu son père, je me battrai…

– Je vous aiderai, si vous voulez. Je vous trouverai un bon avocat…

– Vous êtes gentil…

– C'est normal. On ne doit pas séparer un enfant de sa mère. Jamais !

– Ce n'est pas ce que pense mon mari…

Elle versa l'eau sur les feuilles et emporta le plateau dans le salon. Elle fit le service, lui tendit une tasse. Il leva la tête vers elle :

– Vous avez les yeux très bleus, très grands et très écartés…

– Quand j'étais petite, je détestais avoir les yeux si écartés.

– J'imagine une très jolie petite fille…

– Si peu sûre d'elle !

– Vous avez dû être vite rassurée…

– Une femme ne se sent rassurée que lorsqu'elle est aimée. Je ne suis pas de ces femmes émancipées qui peuvent vivre sans le regard d'un homme.

Iris n'avait plus ni amour-propre, ni fierté, ni sens du ridicule, elle n'était que stratégie : il fallait qu'Hervé Lefloc-Pignel tombe dans ses filets. Beau, riche, brillant, il était une proie parfaite. Elle devait le séduire. Lucide et désespérée, elle jouait ses dernières cartes et lançait ses harpons dans le cœur d'Hervé Lefloc-Pignel, l'enjôlant d'une moue, d'une mine, d'un regard. Elle s'en moquait qu'il ait une femme et trois enfants. La belle affaire ! Tout le monde divorce de nos jours, il serait bien le seul à vouloir rester avec une épouse qui traîne toute la journée en robe de chambre. Ce n'est pas comme si je brisais un couple uni ! Elle était prête à recueillir les enfants. Elle était la femme qu'il lui fallait. Tout juste si elle ne se disait pas qu'elle lui rendait service en s'offrant à lui.

Il était face à elle et la regardait avec une dévotion enfantine. Quel homme étrange ! Comme son regard change vite ! De prédateur, il devient enfant tremblant. Il y avait dans son attitude un abandon craintif, comme s'il ne pouvait la regarder que de loin et qu'il lui était interdit de l'approcher. Sous le costume gris du banquier, elle découvrait un autre homme tellement plus émouvant.

– Nous ne sommes pas très bavards, dit-elle en souriant.

– Je parle toute la journée, c'est reposant de ne rien dire. Je vous regarde et cela me suffit…

Iris soupira et imprima cette phrase dans sa mémoire. Ils venaient de faire un pas ensemble, un entrechat dans une intimité promise. Il lui sembla que tous les tourments qu'elle avait éprouvés depuis un an allaient s'effacer, réparés par cet homme puissant et sensible.

Elle monta le son de la radio et lui proposa encore un peu de menthe. Il tendit sa tasse. Elle le servit. Elle laissa traîner sa main près de la sienne, espérant qu'il s'en emparerait, effleura la manche de sa veste dans une imitation de caresse. Il n'esquissa aucun geste.

Il avait un je-ne-sais-quoi d'impérieux dans son attitude qui révélait l'habitude d'être obéi. Ce n'était pas pour déplaire à Iris. Je n'ai besoin ni d'un bellâtre ni d'un séducteur qui chasse le premier jupon. Il me faut un type sérieux et qui mieux que lui ? Il a sûrement eu envie de quitter sa pâle épouse, mais le sens du devoir l'a emporté. C'est le genre d'homme à qui il faut laisser l'initiative. Ne pas le brusquer, le conduire doucement là où on veut le mener, la rêne lâche, mais tenue.

Lui faire comprendre aussi qu'il ne peut plus rester avec sa femme. C'est mauvais pour son image en société, sa carrière. Je dois lui redonner confiance, l'aider à se remettre sur le devant de la scène.

Et c'est ainsi que de femme voleuse de mari, Iris devenait muse et égérie. Elle prenait déjà la pause et souriait à l'avenir, confiante.

Ils entendirent les informations de onze heures à la radio. Ils échangèrent un regard, s'étonnant de tout ce temps passé sans qu'ils s'en rendent compte. Ils ne prononcèrent aucun mot. Comme si cela allait de soi. Qu'ils étaient heureux, déjà. Ils avaient l'air d'attendre que quelque chose se passe. Ils ne savaient pas quoi. Une rhapsodie hongroise de Liszt s'achevait, «ce doit être Georges Cziffra, dit-il, je reconnais son toucher». Elle acquiesça de la tête.

Il ne portait pas d'alliance, c'était un signe. Son cœur était libre. Un homme amoureux aime caresser son alliance, la faire tourner entre ses doigts, il la cherche partout quand d'aventure il l'a oubliée sur le rebord d'un lavabo ou sur une étagère. Il a peur de l'avoir perdue. Elle ne se souvenait plus s'il portait une alliance quand elle l'avait vu dans la loge de la concierge. Ou l'avait-il enlevée depuis? Depuis qu'il l'avait rencontrée…

Sur Radio Classique, une voix annonça une série de valses de Strauss. Hervé Lefloc-Pignel eut l'air de sortir de son songe. Ses paupières frémirent.

– Vous savez danser la valse? demanda-t-il à voix basse.

– Oui. Pourquoi?

– Un, deux, trois, un deux, trois. – Ses mains battaient l'air. – On oublie tout. On tourne, on tourne. J'aurais voulu être danseur à Vienne.

– Vous n'auriez pas pu élever une famille.

– Oui, c'est dommage, dit-il, triste. Je la danse dans ma tête parfois…

– Vous voulez qu'on danse? murmura Iris.

– Ici? Dans le salon?

Elle l'encourageait du regard. Sans bouger. Sans tendre les bras vers lui. Adoptant l'attitude réservée des jeunes filles du siècle dernier dans les soirées organisées par leurs mères afin de les marier. Ses yeux disaient «osez, osez», mais ses mains restaient sagement posées sur ses genoux.

Il se leva gauchement, avec le déhanchement d'un homme rouillé, vint se placer devant elle, se pencha en repoussant sa mèche de cheveux, lui tendit un bras et la conduisit au milieu du salon. Ils attendirent le début d'une nouvelle valse, puis s'élancèrent, les yeux dans les yeux.

– Ce sera notre petit secret…, chuchota Iris. Il ne faudra le dire à personne.

Philippe déplaça son bras ankylosé et Joséphine protesta :

– Bouge pas… On est si bien.

Il fit une grimace émue. La tendresse qui montait de leurs corps enlacés valait bien l'invasion d'une armée de fourmis. Il la serra contre lui, respira ses cheveux et perçut un parfum qu'il connaissait. Descendit sur le cou pour l'identifier, sur l'épaule, au creux des poignets, elle frissonna et se plaqua contre lui, faisant renaître le désir un instant assoupi.

– Encore, murmura-t-elle.

Et à nouveau, ils oublièrent tout.

Il y avait en elle une ferveur religieuse dans sa manière de s'abandonner dans l'amour. Comme si elle luttait pour qu'au milieu des décombres du monde, il reste cette lumière entre deux corps qui font l'amour en s'aimant vraiment, pas en recopiant des gestes et des positions. Une étincelle qui jaillit et transforme un simple frottement de peaux en brasier ardent. Cette soif d'absolu aurait pu l'effrayer, mais il ne demandait qu'à se désaltérer à sa source. L'avenir a un goût de lèvres de femme. Ce sont elles, les conquérantes, elles qui repoussent les frontières. Nous sommes d'éphémères éphèbes qui se glissent dans leur vie pour y faire de la figuration, mais le rôle principal leur revient. Cela me va bien, se dit-il en respirant le parfum de Joséphine, je veux apprendre à aimer comme elle. J'ai aimé autrefois un beau livre d'images. J'ai faim d'autres lectures. Aimer comme on part à l'aventure. Tout homme qui croit savoir ce qu'il se passe dans l'esprit d'une femme est un fou et un ignorant. Ou un prétentieux. Il n'aurait jamais cru qu'elle viendrait le chercher à une terrasse de pub anglais. Et pourtant… Elle s'était plantée devant lui. Elle voulait savoir. Les femmes veulent toujours savoir.

– Joséphine ! Qu'est-ce que tu fais ici ?

– Je suis venue voir mon éditeur, *Une si humble reine* a été achetée par les Anglais et il y avait plein de détails à régler. Des détails pratiques comme la jaquette, la quatrième de couverture, les relations avec la presse, qu'on ne peut pas décider par mail ou par téléphone et…

Elle semblait réciter une leçon. Il l'avait interrompue :

– Joséphine… Assieds-toi et dis-moi la vérité !

Elle avait repoussé la chaise qu'il lui tendait. Avait trituré un journal roulé dans ses mains, baissé les yeux et lâché dans un souffle :

– Je crois bien que je voulais te voir… je voulais savoir si…

– Si je pensais encore à toi ou si je t'avais complètement oubliée ?

– C'est ça ! avait-elle dit, soulagée, en plantant son regard dans le sien pour lui arracher un aveu.

Il l'écoutait, ému. Elle ne savait pas mentir. C'est un art de mentir, de faire semblant. Elle, elle savait rougir et aller droit au but. Pas louvoyer.

– Tu aurais fait une piètre diplomate, tu sais.

– C'est bien pour ça que je n'ai jamais essayé et que je me suis réfugiée dans mes vieux grimoires…

Elle malaxait le journal et ses doigts se maculaient de noir.

– Tu ne m'as pas répondu…, insista-t-elle, restant debout, raide, face à lui.

– Je crois savoir pourquoi tu me demandes ça…

– C'est important. Dis-moi.

S'il la faisait trop attendre, le journal ne serait plus

qu'un tas de confettis. Elle le déchirait méthodiquement.

– Tu veux un café ? Tu as pris un petit déjeuner ?

– Je n'ai pas faim.

Il leva le bras vers le garçon, commanda un thé et des toasts.

– Je suis content de te voir…

Elle essayait de lire dans son regard, mais n'attrapait qu'une lueur moqueuse. Il avait l'air de s'amuser beaucoup de son embarras.

– Tu aurais pu me prévenir… Je serais allé te chercher à la gare, je t'aurai installée à la maison. Tu es arrivée quand ?

– C'est vrai, tu sais, je suis venue voir mon éditeur.

– Mais ce n'était pas l'unique but de ton voyage…

Il lui parlait doucement comme s'il lui soufflait ses répliques.

– Heu… Disons qu'il fallait que je le voie, mais que je n'étais pas obligée de rester quatre jours.

Elle avait baissé les yeux avec l'expression de l'ennemi vaincu qui se rend.

– Je ne sais pas mentir. C'est pas la peine que je fasse semblant. Je voulais te voir. Je voulais savoir si tu avais oublié le baiser à la dinde, si tu m'avais pardonné de t'avoir… disons, rembarré comme je l'ai fait le dernier soir et je voulais te dire que, moi, je pensais toujours à toi même si c'est toujours compliqué, qu'il y a Iris et que je suis toujours sa sœur, mais c'est plus fort que moi, je pense à toi, je pense à toi et je voulais en avoir le cœur net et savoir si toi aussi tu… ou si tu m'avais complètement oubliée, parce que alors il faudrait me le dire pour que je fasse tout pour t'oublier même si je dois être très malheureuse, mais je sais très bien que tout est de ma faute et…

Elle le dévisageait, à bout de souffle.

– Tu comptes rester plantée devant moi ? On dirait que tu es sur scène et que tu récites un rôle ! En plus,

545

ce n'est pas pratique, je suis obligé de lever la tête pour te parler.

Elle s'était laissée tomber sur la chaise et avait murmuré, c'est pas du tout comme ça que ça devait se passer ! Elle avait regardé, dépitée, ses mains salies par l'encre d'imprimerie. Il avait pris sa serviette, en avait trempé un bout dans le pot d'eau chaude et la lui avait tendue pour qu'elle se nettoie. Il l'observait en silence et quand elle laissa retomber ses mains de chaque côté de son corps en pensant qu'elle avait échoué à mener à bien le plan élaboré avec Shirley, il lui avait pris la main et l'avait gardée dans la sienne.

– Tu serais vraiment très malheureuse si…

– Oh, oui ! avait crié Joséphine. Mais je comprendrais, tu sais. J'ai été… je ne sais pas… Il s'était passé quelque chose que je n'aimais pas ce soir-là, et tout s'est mélangé dans ma tête, j'ai ressenti comme une angoisse et j'ai cru que c'était à cause de toi…

– Et tu n'en es plus sûre ?

– C'est-à-dire que je pense à toi, beaucoup…

Il avait porté la main de Joséphine à ses lèvres et avait chuchoté :

– Moi aussi, je pense à toi… beaucoup.

– Oh ! Philippe ! C'est vrai ?

Il avait hoché la tête, l'air grave soudain.

– Pourquoi c'est si compliqué ? avait-elle demandé.

– Peut-être qu'on complique tout…

– Et il ne faudrait pas ?

– Tais-toi, avait-il ordonné, sinon tout va recommencer… et ça ne servira à rien qu'à nous embrouiller davantage.

Alors elle avait eu ce geste insensé. Elle s'était jetée contre lui et l'avait embrassé, embrassé comme si sa vie en dépendait. Il avait à peine eu le temps de jeter de l'argent sur la table pour payer, elle l'avait pris par la main et l'avait entraîné. À peine la porte de la chambre d'hôtel refermée, il avait senti ses ongles dans sa nuque et elle l'embrassait encore. Il lui avait tiré les cheveux en arrière pour se déprendre.

– On a tout notre temps, Joséphine, nous ne sommes pas des voleurs…

– Si…

– Tu n'es pas une voleuse et je ne suis pas un voleur… Et ce qui va se passer n'est en aucun cas une mauvaise action !

– Embrasse-moi, embrasse-moi…

Ils avaient remonté le temps en traversant la chambre. Avaient respiré l'odeur de farce et de dinde, ressenti la brûlure du four sur le dos, la paume de leurs mains, entendu le bruit des enfants dans le salon et avaient arraché chaque vêtement comme s'ils ôtaient des pierres de leur mémoire, se déshabillant sans se quitter des yeux pour ne pas perdre une précieuse seconde car ils savaient que les minutes leur étaient comptées, qu'ils s'engouffraient dans un espace-temps, un espace-innocence qu'ils n'étaient pas près de retrouver et dont il ne fallait rien perdre. Ils avaient titubé jusqu'au lit et seulement alors, comme s'ils avaient enfin atteint le but de leur voyage, s'étaient regardés avec un sourire tremblant de vainqueurs étonnés.

– Tu m'as tellement manqué, Joséphine, tellement…

– Et toi ! Si tu savais…

Ils ne pouvaient répéter que ces mots-là, ces seuls mots permis. Et puis la nuit était tombée en plein jour sur le grand lit et ils n'avaient plus parlé.

Le soleil montait à travers les rideaux roses et dessinait dans la chambre une aurore boréale. Quelle heure peut-il bien être ? Il entendit les bruits du restaurant au rez-de-chaussée. Midi et demi ? Le décor de la chambre le ramenait à la réalité, l'assurait qu'il n'avait pas rêvé : il était bien dans cette chambre d'hôtel avec Joséphine à ses côtés. Il se rappela son visage renversé dans le plaisir. Elle était belle, d'une beauté nouvelle, comme si elle se l'était dessinée elle-même. Une beauté ajoutée qui s'était posée sur son visage avec la délicatesse d'une invitée de dernière minute qui apporte des cadeaux pour se faire pardonner. Une bouche qui s'arrondit, des yeux qui s'étirent, un teint dont le grain s'affine et des pommettes qui se placent hautes et fortes pour ne plus jamais se laisser dominer.

– À quoi tu penses ? marmonna Joséphine.

– « Eau des merveilles » d'Hermès ! Ça y est, j'ai retrouvé le nom de ton parfum !

Elle s'étira en roulant contre lui et ajouta :

– Je meurs de faim.

– On descend reprendre un petit déjeuner ?

– Des œufs brouillés, des toasts et un café ! Mmmm… J'aime bien qu'on ait déjà des habitudes.

– Des rites et du rut, c'est ce qui fait un couple !

Ils prirent une douche, s'habillèrent, laissèrent derrière eux la chambre en désordre, le grand lit ouvert, les rideaux roses, l'austère pendule sur la cheminée, les serviettes de bain blanches jetées sur le parquet sombre, s'engagèrent dans le couloir au milieu des femmes de chambre qui faisaient le ménage. Une petite femme boulotte ramassait les plateaux de petit déjeuner posés à terre en fredonnant un air de Sinatra : « *Strangers in the night, exchanging glances, lovers at first sight, in love for ever.* » Ils complétèrent la chanson dans leur tête et se sourirent. « *Doubidoubidou doudoudi…* » Joséphine ferma les yeux pour faire un vœu : Mon Dieu, faites que ce bonheur dure, dure *doudoudi*. Elle ne vit pas le bord d'un plateau, buta dedans, perdit l'équilibre, tenta de se rattraper, mais glissa sur une orange qui avait roulé du plateau sur la moquette.

Elle poussa un cri et tomba, la tête en avant, dans l'escalier. Roula, roula et se souvint de la voix de son père « mais quand tu sortiras, mon ange, le cœur ivre de

joie, fais attention dans l'ombre à la perfide orange ».
Ainsi c'est vraiment lui qui m'a parlé ! Je n'ai pas rêvé.
Elle ferma les yeux pour goûter l'étrange bonheur mêlé
de paix, de joie, d'infini qui l'emplissait. Les rouvrit,
aperçut Philippe qui la dévisageait, fou d'inquiétude.

– Ce n'est pas grave, dit-elle. Je crois que je suis
simplement ivre de bonheur…

Il l'emmena, le lendemain, à la gare. Ils avaient
passé la nuit ensemble. Ils avaient écrit sur leur peau
les mots d'amour qu'ils n'osaient encore dire. Il était
rentré chez lui à l'aube pour être présent au réveil
d'Alexandre. Elle avait eu un drôle de pincement au
cœur en entendant la porte de la chambre se refermer. Il
faisait pareil quand il dormait chez Dottie ? Puis elle
s'était reprise. Elle se moquait de Dottie Doolittle.

Elle repartait pour Paris. Il partait en Allemagne, à
la Documenta de Kassel, l'une des plus grandes foires
d'art contemporain du monde.

Il lui tenait la main et portait son sac de voyage. Il
arborait une cravate jaune avec des petits Mickey en
culotte rouge et grands souliers noirs. Elle sourit en
posant son doigt sur la cravate.

– C'est Alexandre. Il me l'a achetée pour la fête des
Pères… Il exige que je la porte quand je prends l'avion,
il dit que c'est un porte-bonheur…

Ils se séparèrent à l'entrée de la douane. S'embrassèrent au milieu des passagers pressés qui tendaient leur
passeport et leur billet en les bousculant avec leurs
valises à roulettes. Ils ne se promirent rien, mais lurent
dans les yeux de l'autre le même serment muet, la même
gravité.

Assise à sa place wagon 18, siège 35, côté fenêtre,
Joséphine caressa lentement les lèvres qu'il venait
d'embrasser. Une phrase tournait dans sa tête qui

chantonnait Philippe, Philippe. Elle fredonna « *Strangers in the night, in love for ever* » en écrivant *for ever* de son index sur la vitre.

Elle écouta le bruit du train, les allées et venues des passagers, les sonneries de portables, le signal d'ordinateurs qui se mettaient en marche. Elle n'avait plus peur, plus peur du tout. Elle eut le cœur serré en pensant au défilé d'Hortense auquel elle n'avait pas pu assister, mais se reprit, c'est Hortense, elle est comme ça, je ne la changerai pas, ça ne veut pas dire qu'elle ne m'aime pas…

À la gare du Nord, elle acheta *Le Parisien*. Se mit dans la file des taxis et ouvrit le journal. « Une femme policier assassinée dans un parking. » Elle eut un terrible pressentiment, lut l'article, immobile, au milieu des gens qui la poussaient pour qu'elle avance et gagne quelques mètres. Le capitaine Gallois, la femme aux lèvres serrées, avait été poignardée, devant sa Clio blanche dans le parking du commissariat.

« Le corps de la jeune femme a été retrouvé hier à sept heures du matin gisant sur le sol. Elle avait fini son service tard dans la nuit. Des caméras de surveillance ont enregistré des images d'un homme cagoulé vêtu d'un imperméable blanc en train de l'aborder puis de l'agresser à coups de couteau. C'est la quatrième agression de ce type en quelques mois. "Toutes les hypothèses sont ouvertes", ont assuré des sources proches de l'enquête, confiée au Service départemental de la police judiciaire. La PJ n'exclut pas que ce meurtre soit lié aux autres agressions. Les enquêteurs jugent troublant qu'elle ait été attaquée alors qu'elle enquêtait sur un des crimes commis récemment. Cela suscite une vive émotion parmi les policiers. Prudence de la part du secrétaire du Syndicat général de la police : "On se serait bien passés de ça en pleine période de malaise policier." Alliance et Synergie, autres syndicats de police, sont plus tranchés : "Il y a beaucoup trop de policiers blessés et agressés, on ne peut plus continuer sans réagir, la police n'est plus respectée." »

Cinquième partie

Hortense ouvrit les yeux et reconnut sa chambre : elle était à Paris. En vacances. Elle poussa un soupir et s'étira sous les draps. L'année était finie. Glorieusement finie ! Elle faisait désormais partie des soixante-dix candidats retenus pour entrer dans le prestigieux Saint Martin's College ! Elle ! Hortense Cortès. Élevée à Courbevoie par une mère qui s'habillait à Monoprix et croyait que Repetto était une marque de spaghettis. Je suis la meilleure ! Je suis exceptionnelle ! Je suis l'essence même de l'élégance française ! Son défilé avait été le plus raffiné, le plus inventif, le plus impeccable de tous. Pas de tape-à-l'œil, de structures en plastique, de crinolines en carton, de masques goudronnés, de la ligne et un trait ! Elle ne cultivait pas la rébellion toc, mais s'inscrivait dans la tradition d'une mademoiselle Chanel ou d'un monsieur Yves Saint Laurent. Elle ferma les yeux et revit le déroulement de son « *Sex is about to be slow* », le déhanchement des mannequins, la fluidité des étoffes, leur tombé parfait, la bande-son préparée par Nicholas, les photographes au pied du podium et la valse lente des six modèles qui arrachaient des soupirs d'extase à ce public si blasé, si fatigué de se remplir les yeux de beauté. Je vais faire partie de cette école qui a vu éclore John Galliano, Alexander McQueen, Stella McCartney, Luella Bartley, la dernière coqueluche de New York. Moi,

Hortense Cortès ! Mais d'où me vient tant de génie ? se demandait-elle en caressant le bord du drap.

Elle avait réussi. Des nuits blanches et des journées grises, des courses affolées pour obtenir la broderie, le galon, le plissé qu'elle voulait et rien d'autre. Faire et défaire, remettre à plat, recommencer. Les yeux rougis, la main qui tremble, j'y arriverai jamais, je serai jamais prête, ce n'était pas une bonne idée de faire ce modèle-là, et celui-là ? Il tient pas debout ! Et où je le place, en deuxième, en troisième ? Et puis, tout s'était animé, était devenu rêve. Nicholas avait obtenu que Kate Moss, *la* Kate Moss, défile, portant le dernier modèle dans un brouillard de lumières blanches et noires, enfouie sous une perruque pièce montée et un loup en satin noir qu'elle avait arraché, en bout de piste, en se cambrant et en murmurant : *Sexxx izzz about to be slooow.* Ça avait été un déchaînement ! *Sex is about to be slow* était devenu une phrase-culte. Elle avait reçu une proposition d'un fabricant de tee-shirts pour imprimer dans l'heure mille exemplaires qui avaient été distribués à la party du soir à l'école et s'étaient arrachés.

Et maintenant à moi, Gucci, Yves Saint Laurent, Chanel, Dior, Ungaro. Ils avaient envoyé des représentants à Saint Martins, ils m'ont félicitée et promis de m'engager quand je sortirai de l'école. Elle avait écouté les propositions d'un air ennuyé et avait déclaré « parlez-en à mon agent… » en montrant Nicholas du menton. Et demain… demain après-midi, j'ai rendez-vous avec Jean-Paul Gaultier en personne, hurla-t-elle en battant des pieds sous le drap. Il va sûrement me proposer un stage, cet été… Et je marmonnerai oui, peut-être, il faut que je réfléchisse. Deux jours après, j'accepterai et j'irai me nourrir de toutes les merveilles qu'invente cet homme qui a des étincelles de génie gourmand dans les yeux.

Je suis heureuse, je suis heureuse, je suis heureuse !

Bien sûr, il y avait eu une fausse note, une seule :

cette punaise de Charlotte Bradsburry au pied du podium, qui prenait des notes pour sa feuille de chou et faisait la moue quand tous les autres applaudissaient. Irritée devant l'empressement de Gary à applaudir et à se dresser, emporté par l'enthousiasme. Elle avait reçu un coup de poing au plexus quand elle avait aperçu ce dernier, assis au premier rang, aux côtés de la Bradsburry. Il avait laissé des messages sur son répondeur. Elle n'avait pas répondu. L'ignorer. Sourire poli sur le podium quand elle s'était inclinée face à l'assistance, mais aucun clin d'œil à Gary. Au contraire ! Elle avait fait monter Nicholas, l'avait enlacé, avait murmuré : « Embrasse-moi, embrasse-moi », « Là ? devant tout le monde ? » « Là. Immédiatement. Un baiser d'amoureux. » « Et tu me donnes quoi, en échange ? » « Ce que tu veux. » Et c'est ainsi qu'elle lui avait promis de partir avec lui en croisière en Croatie. Après le stage chez Gaultier, s'il devait avoir lieu.

Il l'avait embrassée. Gary avait baissé les yeux. Touché, avait-elle grondé, les lèvres déguisées en un sourire factice. Elle s'était lovée contre Nicholas, mimant l'abandon de la mariée heureuse. Elle n'avait pas une minute à perdre en supputations douloureuses : il fait quoi ? il est amoureux ? et pourquoi pas de moi ? Niaiseries stériles ! Vive moi ! Soixante-dix sur mille ! *I am the best.* La crème de la crème. Et à tout juste dix-huit ans ! Alors que la Bradsburry luttait contre les ravages du temps. Je suis sûre qu'elle se pique au Botox, elle n'a pas une seule ride ! C'est louche, ça sent le lent pourrissement.

Elle se retourna sur le ventre en écrasant son oreiller et n'entendit pas Zoé entrer dans la chambre. Mon prochain défilé s'intitulera *La gloire est le deuil éclatant du bonheur* et je rendrai hommage à madame de Staël. Je dessinerai des robes de reines hautaines au cœur ensanglanté. Je jouerai avec du rouge, du noir, du violet, de longs plis tombant telles des larmes sèches, ce sera violent, majestueux, blessé. Je pourrais même…

– Tu dors ? chuchota Zoé.

– Non. Je revis mon triomphe et suis d'humeur délicieuse. Profites-en.

– Y a encore une lettre de papa !

– Zoé, arrête ! Je te l'ai dit, il n'est plus de notre monde ! C'est infiniment triste, mais c'est comme ça. Va falloir t'y faire.

– Mais si… lis-la.

Hortense remonta le drap sur sa poitrine, ordonna à Zoé de lui passer un tee-shirt et s'empara de la lettre qu'elle lut à voix haute :

Mes petites chéries adorées,
Une petite lettre pour vous dire que je vais de mieux en mieux et que je pense toujours à vous. Que les jours heureux passés à Kifili me reviennent et me permettent de reprendre goût à la vie…

– Quel style abominable ! siffla Hortense.

– T'exagères, c'est mignon !

– Justement. Papa n'était pas mignon ! Un homme n'écrit pas ça !

Dans les tourments que j'endure, ce sont toujours vos petites frimousses qui m'apportent de la tendresse et la force de continuer… De reprendre pied dans ce monde impitoyable.

– Oh ! la, la ! C'est carrément lourd. Nos « petites frimousses » ! Il est devenu gâteux ou quoi ?

– Il est fatigué, il ne trouve pas ses mots…

Un souvenir me revient toujours, celui du wapiti brûlé au fond de la casserole quand vous aviez fait

la cuisine, un soir, vous vous souvenez. On avait ri,
mais ri !

Hortense lâcha la lettre et s'exclama :

– C'est Mylène ! C'est elle qui écrit ces lettres. Le wapiti, c'était un secret entre Mylène et nous. Elle avait honte d'avoir cramé son plat et nous avait fait promettre de ne rien dire. Souviens-toi, Zoé ! j'avais échangé mon silence contre des faux-cils et une french manucure…

Zoé la regardait, désespérée, les yeux cloués dans les siens.

– *Wapiti, what a pity !* Tu te rappelles ? insista Hortense.

Zoé déglutit, des larmes plein les yeux.

– Alors tu crois vraiment que…

– Tu as les autres lettres ?

Zoé hocha la tête.

– Va me les chercher !

Zoé courut dans sa chambre et Hortense termina sa lecture.

Ces moments-là me manquent. Je suis si seule. Désespérée. Aucune épaule sur laquelle m'appuyer… Oh, mes chéries douces ! Mes belles chéries. Que je voudrais être avec vous et vous serrer dans mes bras ! Que la vie est dure sans vous ! Rien ne vaut la douceur de bras d'enfants autour de soi. L'argent et le succès ne sont rien sans ça. Je vous embrasse fort comme je vous aime et vous promets que bientôt, bientôt nous seront réunies…

Papa.

– Consternant ! s'exclama Hortense en reposant la lettre.

Elle examina le timbre. La lettre avait été postée à Strasbourg. Relut attentivement, scrutant chaque mot. Je suis sûre que j'ai raison et que ce n'est pas lui. C'est Mylène. Elle veut nous faire croire qu'il est vivant. Elle s'est trahie avec le wapiti. *« Je suis si seule. Désespérée. Réunies. »* C'est elle ! Il ne faisait pas de fautes d'orthographe. Il disait qu'on pouvait juger un homme à ses fautes de français. Qu'est-ce qu'il a pu nous gonfler avec ses règles de grammaire et de bon usage ! On ne dit pas « par contre », mais « en revanche » et si, un jour, un garçon vous annonce qu'il conduit la voiture « à » sa mère, plantez-le là, c'est un rustre. Elle cria : « Zoé ! Qu'est-ce que tu fous ? »

Zoé revint, essoufflée, et tendit à Hortense les autres lettres de leur père. Hortense observa les enveloppes. Les premières provenaient bien de Monbasa, mais les autres de Paris, Bordeaux, Lyon, Strasbourg.

— Tu trouves pas ça bizarre, toi ? Il est à moitié dévoré par un crocodile et il joue les globe-trotters...

— Il est peut-être soigné dans des hôpitaux différents...

Zoé jouait avec ses doigts de pieds qu'elle épluchait pour penser à autre chose et ne pas pleurer.

— Moi, j'ai pas envie qu'il soit mort...

— Mais moi non plus ! Juste que j'étais là quand Mylène a annoncé sa mort à maman et que l'ambassade de France a fait une enquête pour aboutir à la seule conclusion : il est mort. Point barre. Mylène est en Chine. Elle donne ses lettres à des Français de passage, des hommes d'affaires, qui les mettent à la poste quand ils arrivent chez eux...

— Tu es sûre ?

— Ce que je ne comprends pas, c'est pourquoi elle fait ça... Parce que je suis sûre que c'est elle. Elle s'est trahie. Avec le wapiti et les participes passés. Viens, on va parler à maman.

Elles retrouvèrent Joséphine qui mettait de l'ordre dans le salon, Du Guesclin sur ses talons. Qu'est-ce qu'il est collant, ce chien ! Je ne le supporterais pas une seconde, pensa Hortense. Il est affreux, en plus ! Elle avait tout le temps envie de lui donner des coups de pied.

– Les filles, vous êtes priées de ne pas laisser traîner vos affaires partout ! Ce n'est plus un salon, c'est un dépotoir ! Et vous avez vu à quelle heure vous vous levez ?

– Oh ! la, la ! Cool, maman ! Laisse tomber le rangement, assieds-toi et écoute-moi…, ordonna Hortense.

Joséphine s'assit, les épaules basses, les yeux vides.

– Qu'est-ce que t'as ? demanda Hortense, impressionnée par le manque d'entrain de sa mère. T'es toute fripée…

– Rien. Je suis fatiguée, c'est tout.

– Bon, écoute.

Hortense raconta. Les lettres, les cachets de la poste, le wapiti, les fautes d'orthographe.

– C'est vrai, votre père était un obsédé de l'accord des participes passés… Moi aussi, d'ailleurs.

– Donc, j'en conclus que c'est pas lui qui les a écrites…

– Ah…, fit Joséphine, rêveuse.

– C'est tout l'effet que ça te fait ?

Joséphine se redressa, croisa les bras sur sa poitrine et secoua la tête, comme si elle cherchait à se faire une opinion.

– Maman, reprends-toi ! Je te parle pas de la dernière minijupe de Victoria Beckham ou du crâne rasé de Britney Spears, mais de ton mari…

– Tu dis que ce n'est pas lui qui écrit les lettres ? dit Joséphine dans ce qui semblait être un effort terrible pour s'intéresser à la conversation.

— Mais qu'est-ce que t'as, m'man ? t'es malade ? s'inquiéta Zoé.

— Non. Juste fatiguée. Si fatiguée…

— Bon alors…, continua Hortense. C'est pas lui qui écrit les lettres, c'est elle. Elle imitait son écriture. À la fin, il était tellement à côté de ses pompes que c'était elle qui se rendait au bureau, remplissait les registres, signait les bordereaux pour que le Chinetoque ne le foute pas à la porte. Je le sais, parce que ça m'inquiétait. Je me disais qu'il devait aller drôlement mal ! Un jour, je lui avais même fait remarquer qu'elle était vraiment douée, qu'elle imitait son écriture à la perfection et elle m'avait répondu que manucure, c'était un travail de précision et que c'était comme ça qu'elle avait appris à imiter plein d'écritures différentes, que ça l'avait plusieurs fois aidée dans la vie… Et là, tu dis quoi ?

— Je dis que c'est compliqué…

Joséphine fit une pause et, triturant ses doigts, elle ajouta, piteuse :

— Je ne vous ai pas tout dit. Il y a eu d'autres signes de votre père.

Et elle évoqua l'homme au col roulé rouge dans le métro.

— Mais c'est pareil ! C'est juste pas possible ! Il détestait le rouge, s'énerva Hortense. Il disait que c'était vulgaire. Il n'aurait jamais mis un pull rouge, il aurait préféré aller tout nu. En plus un col roulé ! On dirait pas que t'as passé vingt ans avec lui ! Il était pointilleux pour des trucs sans importance et se laissait déborder par le reste. Mais souviens-toi, maman, réveille-toi, fais un effort !

— Il y a encore un autre truc bizarre…

Joséphine raconta les points Intermarché.

— Et ça ? C'est pas une preuve qu'il est vivant ? On était deux à avoir la carte Intermarché : lui et moi.

– C'est peut-être quelqu'un qui l'a volée…, suggéra Hortense.

Elles se regardèrent en silence.

– Et qui ne s'en serait pas servi tout de suite ? Qui aurait attendu près de deux ans avant d'en profiter ? Non, ça ne tient pas.

– Tu as peut-être raison, concéda Hortense. N'empêche que c'est pas lui qui écrit les lettres, ça, j'en suis sûre.

– Il est revenu, il n'ose pas se montrer parce qu'il est tombé bien bas, alors, en attendant de se refaire comme il en rêvait, il écrit les lettres et vit sur mes points Intermarché… Il a toujours été comme ça, votre père : un doux rêveur broyé par la vie. Moi, ça ne m'étonne pas tellement…

Du Guesclin s'était couché aux pieds de Joséphine et son regard allait de l'une à l'autre comme s'il suivait les arguments de chacune.

– Je suis d'accord pour l'homme dans le métro, ajouta Joséphine. J'ai pensé la même chose que toi. Tu as peut-être raison pour les lettres, tu connais Mylène, mais il y a les points volés, et ça, je ne l'ai pas rêvé. Iphigénie était avec moi, elle pourra te raconter…

Alors elles entendirent la petite voix tremblante de Zoé qui murmura :

– Les points Intermarché, c'est moi. J'avais pris la carte dans le portefeuille de papa quand on était à Kilifi pour jouer à la marchande et il m'avait dit que je pouvais la garder, il ne s'en servait plus. Et puis, un jour, je l'ai utilisée pour de bon. J'ai commencé il y a six mois environ…

– Mais pour quoi faire ? demanda Joséphine, émergeant de sa torpeur.

– C'est Paul Merson. Quand on se retrouvait dans la cave, il disait qu'il fallait que tout le monde participe et j'ai pas osé te le dire parce que tu m'aurais posé plein de questions et…

– C'est qui Paul Merson ? demanda Hortense, intriguée.

– C'est un garçon de l'immeuble. Zoé va souvent le retrouver, lui et d'autres, dans sa cave, répondit Joséphine. Continue, Zoé…

Zoé reprit son souffle et poursuivit :

– Et pis, Gaétan et Domitille, ils avaient pas d'argent, parce que leur père est très sévère, qu'ils ont le droit de rien du tout et que même parfois ils sont obligés de porter des couleurs différentes pour chaque jour…

– Qu'est-ce que tu racontes ! J'y comprends rien ! Va droit au but, Zoé ! dit Hortense.

– Alors moi, je faisais les courses pour tout le monde grâce aux points sur la carte de papa…

– Ah ! murmura Joséphine, je comprends maintenant…

– Et ça rend mon hypothèse encore plus crédible ! reprit Hortense, les lettres sont écrites par Mylène, l'homme dans le métro ressemblait à papa, mais ce n'était pas lui et les points Intermarché étaient dépensés par Zoé ! Dis donc, il était temps que je revienne, vous êtes dangereuses livrées à vous-mêmes ! Toi, maman, tu vois des fantômes et Zoé fait des tournantes dans une cave ! Vous vous parlez jamais ?

– J'ai pas osé vous le dire pour ne pas vous donner de faux espoirs…, s'excusa Joséphine.

– Résultat des courses : l'embrouille totale ! C'est pour ça que t'avais imaginé Papaplat, toi ?

– Ben oui… Je me disais qu'il reviendrait bientôt et que comme ça l'attente serait moins longue.

– Tu m'as menti, Zoé, dit Joséphine. Tu as volé et tu as menti…

Zoé rougit et bafouilla :

– C'est quand on se parlait plus… J'allais pas te

raconter ça. Tu faisais tes bêtises et moi, je faisais les miennes !

Joséphine soupira : « Quel gâchis ! » Hortense essayait de comprendre, mais devant les mines défaites de sa mère et de sa sœur, elle renonça et reprit le fil de son enquête :

– Bon… maintenant il va falloir s'expliquer avec Mylène. Qu'elle arrête de tartiner de fausses lettres. Tu sais où on peut la joindre ?

– Marcel le sait. Il a son numéro… Il me l'a donné à Noël, mais je l'ai perdu. J'ai pensé à l'appeler après la première lettre et puis… Je n'avais pas envie de parler à cette fille.

– T'as eu bien raison ! À mon avis, elle est dingo… Elle doit se faire chier comme un rat castré en Chine et joue les madame de Sévigné. Elle se raconte des histoires. Elle se sent seule, le temps passe, elle n'a pas d'enfants, elle s'imagine qu'on est ses filles. Je vais appeler Marcel.

– Ben alors, il est mort pour de vrai, papa ? demanda Zoé, frémissante de chagrin.

– Y a pas trente-six façons d'être mort, Zoé. On l'est ou on l'est pas et, à mon avis, il l'est et depuis longtemps ! rétorqua Hortense.

Zoé regarda sa sœur comme si elle venait de tuer son père pour de bon et éclata en sanglots. Joséphine la prit dans ses bras. Du Guesclin se mit à l'unisson et gémit en balançant la tête telles les pleureuses antiques sous leurs voiles noirs. Hortense lui balança un coup de pied.

Dans la soirée, elle chercha à joindre Marcel chez lui. Le numéro sonnait obstinément occupé.

– Mais qu'est-ce qu'il fout ? Je parie qu'il s'envoie en l'air avec Josiane et qu'ils ont décroché le téléphone ! À leur âge, on baise plus, on arrose ses géraniums et on joue à la crapette !

Hortense avait raison. Et tort. Marcel avait bien décroché le téléphone, mais il ne s'envoyait pas en l'air avec Josiane. Bien au contraire, il tentait de la faire revenir sur terre.

Il avait convoqué dans son salon madame Suzanne et René. Junior dans son Baby Relax rongeait une croûte de cantal en salivant abondamment et en exhibant ses larges gencives rouges. Josiane gisait dans un fauteuil, enveloppée dans un châle en mohair. Elle grelottait. Pourquoi la regardaient-ils tous comme ça ? Elle avait des racines noires ? Et pourquoi était-elle en peignoir à sept heures du soir ? Depuis quelque temps, elle ne prenait plus grand soin d'elle, mais elle aurait dû s'apprêter tout de même. Et pourquoi je frissonne ? On est en plein mois de juillet. Je ne tourne vraiment pas rond en ce moment. Suis comme une poule derrière un hors-bord.

Madame Suzanne s'était mise à ses pieds et lui massait la cheville droite. Elle lui enveloppait le pied de ses mains douces et pressait des points précis. Ses sourcils se rejoignaient comme les anses d'un panier et elle respirait fort.

— Je sens bien qu'elle est prise, mais je ne vois rien…, dit-elle au bout de quelques minutes.

René et Marcel se penchèrent vers elle pour l'assurer de leur soutien. Josiane reconnut l'odeur qui se dégageait de la chemise de son homme. Cela lui rappela des nuits sauvages à s'empoigner et elle soupira en pensant que cela faisait une éternité qu'ils ne s'étaient plus chevauchés. Elle n'avait plus de goût à rien. Madame Suzanne commença en parlant lentement, doucement pour ne pas effrayer sa patiente :

— Josiane, écoutez-moi bien, vous connaissez-vous des ennemis ?

Josiane secoua la tête faiblement.

– Avez-vous blessé sciemment ou sans le vouloir quelqu'un qui pourrait avoir eu des idées de vengeance au point de souhaiter votre mort ?

Josiane réfléchit et ne trouva personne qu'elle aurait pu offenser. Dans sa famille, son union avec Marcel avait provoqué des jalousies, elle avait reçu des demandes d'argent qu'elle n'avait pas satisfaites, mais de là à la précipiter par la fenêtre, non ! Elle se souvenait du jour où elle avait voulu enjamber le balcon, elle se rappelait la chaise, la balustrade, l'appel du vide, l'envie d'en finir avec cette langueur mortelle qui empoisonnait ses veines. Oublier. Tout oublier. Grimper sur une chaise et sauter.

– J'ai peut-être commis des indélicatesses, j'ai mon franc-parler, mais jamais je n'ai fait le mal sciemment... Pourquoi me demandez-vous ça ?

– Contentez-vous de répondre à mes questions...

Madame Suzanne lui palpait le pied, la jambe, fermait les yeux, les rouvrait. Marcel et René suivaient tous ses gestes en opinant du bonnet.

– Elle est pas malade, tu es bien sûr ? demanda René qui trouvait que Josiane avait une mine de lavabo.

Ce grand châle en plein juillet et ces tremblements de tous les membres ne lui disaient rien qui vaille.

– J'ai fait faire tous les examens possibles. Elle n'a rien..., répondit Marcel.

– Cela m'aiderait beaucoup d'avoir un nom ou deux de personnes susceptibles de lui vouloir du mal. Cela me mettrait sur le chemin... Dites-moi des noms au hasard, Josiane.

Josiane se concentra et resta muette.

– N'essayez pas de réfléchir. Lâchez des noms de personnes comme ils vous viennent à l'esprit.

– Marcel, Junior, René, Ginette...

– Ah ! Ben non... ce ne peut pas être nous ! s'écria Marcel.

– Cela vient peut-être de votre côté, dit madame Suzanne en s'adressant à Marcel. Un rival ? Un employé renvoyé ?

Ils se regardèrent, perplexes. Marcel s'essuyait le front, René mâchouillait un cure-dents. Junior gigotait dans son siège et poussait des cris furieux.

– Tiens-toi tranquille, Junior, l'heure est grave ! gronda Marcel.

– Non… laissez-le, intervint madame Suzanne. Il tente de nous dire quelque chose. Vas-y, mon ange. Parle…

C'est alors que Junior se mit à faire des bonds dans son Baby Relax et à reproduire de drôles de gestes : il mimait une hélice en train de tourner au-dessus de sa tête et faisait des bulles sonores avec sa bouche.

– Il se tord les boyaux parce qu'il a faim et il en a ras le bol qu'on ne s'occupe pas de lui, traduisit Marcel. C'est égoïste, les mômes, et quand ça a les crocs, ça ne pense plus à rien d'autre !

Madame Suzanne lui fit signe de se taire et planta son regard dans celui de Junior.

– Cet enfant veut nous dire quelque chose…

– Mais il ne parle pas, il a quinze mois ! s'exclama René.

– À sa manière à lui, il tente de communiquer.

Junior se calma aussitôt et eut un large sourire. Il dressa le pouce en l'air comme pour dire «Chapeau, ma vieille, vous êtes sur la bonne piste» et il reprit son mime d'hélicoptère qui décolle.

– On se croirait en train de jouer au Pictionnary ! dit René, stupéfait. C'est vrai qu'il veut parler, le môme !

– Avez-vous eu une relation avec un pilote de ligne ? demanda à Josiane madame Suzanne qui ne lâchait pas l'enfant des yeux.

– Non, dit Josiane. Ni pilote, ni marin, ni militaire.

568

J'aime pas les uniformes. Moi, je faisais plutôt dans le tout-venant…

– Charmant pour toi ! rigola René.

– Tais-toi, tu vas brouiller les ondes ! le rembarra Marcel.

– Ou quelqu'un qui portait une auréole ou un grand chapeau ? tenta madame Suzanne en suivant les gestes insistants de Junior.

– Un berger ? suggéra René.

Junior fit non de la tête.

– Un cow-boy ? dit Marcel.

Junior prit un air exaspéré.

– Un mariachi ? dit René qui fit le geste de gratter une guitare imaginaire.

Junior le foudroya du regard.

– Madame de Fontenay ? tenta Marcel qui se concentrait et passait en revue tous les couvre-chefs fameux de l'Histoire.

Junior marqua un temps d'arrêt, agita les mains en signe de couci-couça. Et comme ils ne trouvaient pas, l'enfant fit signe qu'il effaçait tout et tentait autre chose. Ils ne le lâchaient plus des yeux, Josiane se demandait si son fils n'était pas pris de convulsions.

Junior imitait maintenant un animal. Il se mit à bêler, mima deux cornes et une barbichette. Madame Suzanne rougit violemment.

– Ça ne peut pas être une chèvre, tout de même…

Junior insistait. Pointait son doigt vers elle pour lui montrer qu'elle était sur la bonne voie.

– Une bique ? dit alors madame Suzanne.

Encore, encore, c'est pas mal, semblait dire Junior en pédalant de ses petits pieds potelés. Maintenant il se plissait le visage de ses deux mains et faisait une horrible grimace.

– Une vieille bique…

Il applaudit à tout rompre. Et l'encouragea en refaisant son signe d'hélice au-dessus de la tête.

– Une vieille bique avec une hélice ou un grand chapeau sur la tête ?

Junior poussa un cri de joie, un cri de délivrance, et se laissa retomber dans son siège, épuisé.

– Henriette ! lâcha René, inspiré. C'est Henriette ! La vieille bique avec un chapeau sur la tête comme une soucoupe volante.

Junior applaudit et faillit en avaler sa croûte de fromage, mais Marcel veillait et la lui retira à temps de la bouche.

– Henriette ! s'exclamèrent Marcel et René ensemble. C'est elle qui a marabouté Choupette !

Madame Suzanne, agenouillée, était enfin entrée dans l'âme et le destin de Josiane. Elle réclama le plus grand recueillement et un silence de cathédrale emplit le salon. Les deux hommes coude à coude attendaient que le diagnostic de madame Suzanne tombe. Junior aussi. Il tenait ses pieds à deux mains et les secouait pour accélérer le temps, semblant dire « il faut agir vite, vite… ».

– En effet, c'est une dénommée Henriette…, murmura madame Suzanne, penchée sur le pied de Josiane.

– Comment est-ce possible ? dit Marcel, pâle comme l'homme qui voit un revenant.

– La jalousie et l'appât de l'argent…, poursuivit madame Suzanne. Elle va voir une femme, une femme très grosse avec des cœurs roses partout dans l'appartement, une femme qui a accès au mal et qui a travaillé Josiane… Je les vois ensemble. La grosse femme sue et prie une Vierge en plâtre. La dame au grand chapeau lui remet de l'argent, beaucoup d'argent. Elle donne une photo de Josiane à la grosse femme qui la place sous influence, elle la travaille, la travaille… Je vois des épingles ! Ça va être pénible, ça va être dur, mais je devrais y arriver !

Elle se concentra sur les pieds, les mollets de Josiane, prit ses mains dans les siennes et prononça des mots incompréhensibles, des formules qui sonnaient comme du bas latin. Marcel et René écoutaient, médusés. Junior hochait la tête, d'un air entendu. Ils distinguèrent une phrase qui demandait « aux démons de sortir ». Josiane eut un hoquet et vomit un peu de bile. Madame Suzanne l'essuya en lui tenant la nuque. Josiane dodelinait de la tête, les yeux révulsés, la bave aux lèvres. Junior souriait. Puis madame Suzanne se livra à un rituel de passes autour du corps de Josiane. Cela dura environ dix minutes. Elle se mit en colère et ordonna aux esprits mauvais de se rendre et de décamper.

Marcel et René reculèrent, effrayés.

– Je préférais ton histoire de corbeau… C'était plus poétique.

– Moi aussi ! murmura René qui n'en croyait pas ses yeux.

Junior les fit taire du regard. Ils baissèrent les yeux, contrits.

Enfin, madame Suzanne se redressa, se frotta les reins et déclara :

– Elle va s'en sortir. Mais elle va être épuisée…

– Alléluia ! s'exclama Junior en levant les bras au ciel.

– Alléluia ! reprirent René et Marcel qui ne savaient plus sur quel pied danser.

Josiane, enfouie dans son châle en mohair, se mit à trembler de tous ses membres et se laissa glisser à terre, inerte.

– Ça y est… Elle est dégagée, constata madame Suzanne. Elle va dormir et, pendant son sommeil, je la nettoierai de fond en comble… Priez pour moi, l'ennemie est coriace, je vais avoir besoin de toutes les forces.

– J'ai oublié mes prières ! dit René.

– Tu dis n'importe quoi et tu commences par dire « merci »…, lui conseilla Marcel. Tu t'en fous des mots, c'est le cœur qui parle.

René bougonna. Il n'était pas venu pour réciter des bondieuseries !

– Je vous dois combien ? demanda Marcel.

– Rien. C'est un don que j'ai reçu et je ne dois pas le salir en prenant de l'argent. Sinon il me serait immédiatement retiré. Si vous voulez donner, faites-le de votre côté.

Elle rangea ses huiles et ses crèmes, ses bâtons d'encens et sa grosse bougie blanche et se retira, laissant les deux hommes abasourdis, Junior ravi et Josiane endormie.

Et le téléphone toujours décroché.

– Mais qu'est-ce qu'elle a maman ? s'exclama Hortense qui prenait son petit déjeuner dans la cuisine avec Zoé. Elle est vraiment pas dans son assiette !

Il était midi et demi et les deux filles se levaient. Joséphine leur avait préparé le petit déjeuner tel un fantôme distrait. Elle avait mis du café dans la théière, le miel au micro-ondes et avait laissé les tartines brûler dans le grille-pain.

– Les meurtres à répétition… ça tape sur le ciboulot ! hasarda Zoé. Elle a encore été convoquée chez les flics après la mort de la fliquette. Ils les ont tous rappelés pour les interroger, tous les gens de l'immeuble…

– Quand je l'ai vue à Londres, elle était normale. Frétillante, même.

– Tu l'as vue quand ? s'exclama Zoé.

– Il y a quinze jours. Elle avait rendez-vous avec son éditeur anglais.

– Elle était à Londres ? Elle nous avait dit qu'elle partait pour une conférence à Lyon. Elle nous en a fait toute une tartine ! Je trouvais même qu'elle en faisait un peu trop. Mais bon… Elle est toujours too much quand elle parle du Moyen Âge…

– Non ! Elle était à Londres et je l'ai vue comme je te vois…

– Tu vois, à force de jamais me donner de nouvelles, je sais rien, moi !

– Je déteste donner des nouvelles ! C'est gnangnan et puis on n'a pas toujours quelque chose à se dire ! Pourquoi a-t-elle menti ? Ça lui ressemble pas…

Zoé et Hortense se regardaient, intriguées.

– Je crois que je sais, dit Zoé, mystérieuse.

Elle se tut un moment comme pour rassembler ses pensées.

– Accouche ! ordonna Hortense.

– Je pense qu'elle est allée voir Philippe et qu'elle n'a rien dit à cause d'Iris.

– Philippe ? Et pourquoi elle aurait menti pour le voir ?

– Parce qu'elle est amoureuse…

– De Philippe ! s'exclama Hortense.

– Je les ai surpris le soir de Noël dans la cuisine en train de se rouler une pelle.

– Maman et Philippe ? T'es complètement ouf !

– Non, je ne suis pas folle et ça explique tout… Elle a menti à Iris, elle lui a dit qu'elle allait à Lyon pour un séminaire et elle est partie le retrouver… à Londres. Je sais parce que j'ai essayé de l'appeler et j'ai eu un répondeur en anglais sur son portable ! Je comprends maintenant !

– Elle te l'avait pas dit à toi ?

– Elle a dû avoir peur que je me coupe et le dise devant Iris. Elle m'a juste dit qu'elle m'appellerait, elle.

Et puis elle savait que j'étais chez Emma. Elle se faisait pas de souci.

– Ça alors ! la vie sentimentale de maman me fascinera toujours ! Je croyais qu'elle sortait avec Luca, tu sais, le beau mec de la bibliothèque !

– Elle l'a largué. Du jour au lendemain. D'ailleurs, faudrait que je lui dise que je l'ai vu traîner plusieurs fois dans le quartier, le beau Luca. Sais pas où ils en sont tous les deux…

– Largué Luca ! dit Hortense, stupéfaite. Mais pourquoi tu m'as rien dit ?

– T'étais pas là, j'avais pas envie d'en parler et pis, j'étais en colère contre maman.

– En colère ? Il est canon, Philippe !

– Elle trahissait papa…

– T'exagères ! C'est lui qui l'a laissée tomber pour Mylène !

– N'empêche…

– Elle trahissait pas du tout ! T'as la mémoire courte, Zoé !

– Disons que je lui en voulais ! Ça fait un choc tout de même de voir ta mère rouler un patin à ton oncle !

Hortense balaya l'argument de la main et demanda :

– Et Iris, elle se doute de rien ?

– Ben non… puisqu'elle lui a dit qu'elle allait à un séminaire à Lyon. Et puis Iris, depuis quelque temps, elle est sur une autre planète. Elle a des visées sur Lefloc-Pignel. Elle déjeunait avec lui aujourd'hui…

– C'est qui Lefloc-Pignel ?

– Un type de l'immeuble… Je l'aime pas, mais il en jette !

– Le beau mec que j'ai vu à Noël et que je voulais caser avec maman ?

– Exact. Je l'aime pas, je l'aime pas ! Gaétan, c'est son fils…

– Celui que tu retrouves à la cave.

Zoé brûlait d'envie de dire à Hortense « et moi, je suis amoureuse de Gaétan », mais elle se retenait. Hortense n'étant pas une sentimentale, elle craignait qu'elle n'exécute son amour d'une formule lapidaire. Si je lui parle du grand ballon qui gonfle dans mon cœur, elle va hurler de rire.

– Dis donc, elle change, maman ! Elle roule des pelles à Philippe ! C'est croustillant !

– Oui, mais elle est triste aussi...

– Tu crois que ça n'a pas marché avec Philippe ?

– Si ça avait marché, elle serait pas triste !

Elle eut encore envie d'ajouter : « Je le sais, moi, parce que je suis amoureuse et que j'ai envie de danser tout le temps. » Mais elle se retint. Des fois, il me dit que je suis sa Nicole Kidman. Complètement con, mais j'adore. Déjà je suis pas blond platine, en plus je fais pas deux mètres seize, j'ai des taches de rousseur et les oreilles décollées. Mais bon, j'aime bien quand il me dit ça, je me trouve encore plus belle. Grâce à toute cette beauté qu'il a dénichée en moi, j'ai eu ma mention « Très Bien » au brevet ! Il part au mois d'août en vacances et j'ai peur qu'il m'oublie. Il jure que non, mais j'ai la trouille.

Hortense fronçait les sourcils et réfléchissait. Ce n'était sûrement pas le bon moment pour se confier. Le problème avec Hortense, c'est que c'était rarement le bon moment.

– Tu me fais un câlin ? chuchota Zoé.

– Je préférerais pas. Suis pas trop forte pour ce genre de choses, mais je peux te donner une bourrade, si tu veux !

Zoé éclata de rire. Non seulement Hortense était hyperclasse, mais, en plus, elle était drôle.

– T'as un rendez-vous cet après-midi ?

– Chez Jean-Paul Gaultier ? Non. Il a été remis à demain...

– On pourrait regarder *Thelma et Louise*...

– Mais on l'a déjà vu cent fois !

– J'aime trop ! Quand Brad Pitt se déshabille et après, quand le camion explose ! Et la fin, quand elles s'envolent toutes les deux !

Hortense hésitait.

– Dis oui ! Dis oui ! Ça fait trop longtemps qu'on l'a pas regardé ensemble.

– OK, Zoétounette. Mais pas deux fois !

Zoé poussa un cri de victoire et elles allèrent s'enrouler l'une contre l'autre dans le canapé du salon face à la télévision.

– Elle est où, maman ? demanda Hortense avant d'appuyer sur « Play ».

– Dans sa chambre, elle bosse. Elle arrête pas de bosser. C'est sûrement pour se changer les idées...

– Aucun homme ne mérite qu'on se mette le cœur en lambeaux, décréta Hortense. Retiens bien ça, Zoé !

Elles regardèrent le film deux fois. Se passèrent et repassèrent le moment où Brad Pitt enlève son tee-shirt, Hortense pensa à Gary et s'insulta, Zoé eut envie de raconter Gaétan, mais se retint. Elles applaudirent au camion qui explose et, à la fin, quand les deux femmes s'envolent dans le vide, elles hurlèrent en se tenant les mains. Zoé se disait qu'il y avait plein de moyens d'atteindre le bonheur, avec Gaétan et avec sa sœur. C'était pas le même bonheur, mais ça lui faisait chaud pareil. Elle n'en pouvait plus de garder son secret pour elle toute seule. Il fallait qu'elle parle à Hortense. Tant pis si elle se moquait.

– Je vais te dire un secret..., chuchota-t-elle. Te dire la plus belle merveille du monde qui...

Elle n'eut pas le temps de finir sa phrase. Iris entrait dans le salon et se laissait tomber sur un fauteuil en lâchant des sacs remplis de vêtements qui se renversèrent à ses pieds.

– Elle est pas là, votre mère ?

– Si, dans sa chambre, répondirent les deux filles en chœur.

– Elle passe son temps dans sa chambre. C'est ballot…

– Elle bosse son HDR, répondit Zoé. C'est un sacré boulot, tu sais !

– Je l'ai toujours connue en train de bosser ! C'est fou le temps qu'elle aura passé dans les livres…

– Toi, tu préfères le passer dans les magasins, railla Hortense.

Iris ignora la pique et brandit ses sacs.

– Je crois bien qu'il est fou de moi !

– C'est lui qui t'a payé tout ça ? s'étrangla Hortense.

– Je te l'ai dit : il est fou de moi…

– Mais il est marié, protesta Zoé. Et il a trois enfants !

– Il m'a invitée à déjeuner, un resto délicieux à l'hôtel Lancaster, tu t'évanouis de plaisir à chaque bouchée, et puis après, on s'est promenés, Champs-Élysées, avenue Montaigne et, à chaque boutique, il me couvrait de cadeaux ! Un vrai prince charmant !

– C'est du bidon, les princes charmants ! déclara Hortense.

– Pas lui ! Il me traite comme une princesse. Avec courtoisie, délicatesse, en me dévorant des yeux… Et puis il est beau, mais beau !

– Il est marié et il a trois enfants, répéta Zoé.

– Avec moi, il oublie tout !

– Belle mentalité, soupira Zoé.

– Je vais ranger mes affaires dans ma chambre…

– C'est la mienne, pesta Zoé une fois Iris partie. À cause d'elle, je dors dans le bureau de maman et maman travaille dans sa chambre !

– Tu l'aimes pas ?

– Je trouve qu'elle traite pas bien maman. On dirait qu'elle est ici chez elle ! Elle fait venir son prof de gym, invite Henriette, parle des heures au téléphone avec ses copines… Bref, elle est à l'hôtel et maman dit rien.

— Maman a revu Henriette ?

— Elles ont dîné toutes les trois et depuis, on l'a plus revue.

— Dis donc, il s'en passe des choses quand je suis pas là !

Iris sortit ses emplettes des sacs et les posa sur le lit. À chaque vêtement, elle se souvenait du regard d'Hervé. Elle gloussa en caressant le cuir souple et doux d'un sac Bottega Veneta. Un grand cabas matelassé en cuir argenté. Elle en rêvait ! Elle avait choisi, en outre, une robe ivoire en coton et des sandales assorties. La robe avait un col châle décolleté, la taille resserrée, des plis qui s'évasaient en corolle fluide. Elle lui allait à la perfection. Ce pourrait être une robe de mariée…

Ils avaient déjeuné, les yeux dans les yeux. Il lui avait parlé de ses affaires. Lui avait expliqué comment le numéro cinq des plastiques rachetait le numéro quatre pour devenir, peut-être, le numéro un mondial. Puis il avait bafouillé : « Je dois vous ennuyer. On ne devrait pas parler affaires avec une jolie femme ! On va aller faire des courses pour vous récompenser de m'avoir si bien écouté… » Elle n'avait pas dit non. Le comble de la virilité, pour elle, était un homme qui la couvrait de cadeaux. Il l'avait quittée à une station de taxis, lui avait baisé la main. « Il faut bien que je retourne travailler, hélas ! » Quel homme exquis !

Ses premiers cadeaux. Il s'enhardissait. Bientôt ce serait le premier baiser, la première nuit passée ensemble, un week-end peut-être ! Pour finir sur une marche nuptiale et la bague au doigt ! Tralalalalère ! Elle ne pourrait pas se marier en blanc, bien sûr, mais

la robe ivoire ferait l'affaire. S'ils se mariaient en été...
Elle se renversa sur le lit en froissant la robe contre
elle.

Il lui faudrait simplement être patiente. Ce n'était pas
le genre d'homme à vous culbuter dans un coin ni à
vous harceler. Il lui téléphonait le matin, demandait si
elle était libre pour déjeuner, lui donnait rendez-vous
dans un restaurant et se comportait si galamment que
personne n'aurait pu croire qu'ils étaient intimes. Mais
nous ne sommes pas encore intimes ! Il ne m'a toujours
pas embrassée. Il lui avait proposé d'aller déjeuner au
parc de Saint-Cloud. C'est très agréable en été, on
pourra se promener dans les allées. Elle avait compris
qu'alors il l'embrasserait et avait piqué un fard. Avec
lui, elle retrouvait ses émois d'adolescente.

Parfois elle avait du mal à masquer ses sentiments
envers Joséphine. Son manque d'assurance, sa mala-
dresse l'irritaient au plus haut point. Et puis... elle ne
parvenait pas tout à fait à lui pardonner le scandale du
livre. Si elle a un compte en banque bien rempli, aujour-
d'hui, c'est quand même grâce à moi ! Elle éprouvait
envers Jo une aversion jalouse. Il lui arrivait d'être obligée de s'en aller brusquement quand Joséphine se mettait à parler de ses recherches pour sa thèse, son HDR,
DRH ou RHD, elle ne retenait jamais l'ordre de ces
initiales barbares et barbantes. Cependant, étant donné
les circonstances, la vie était plus agréable chez sa sœur
que seule, chez elle, avec cette Carmen collante comme
du papier tue-mouches. Et puis... Hervé n'était pas loin.
Elle avait remarqué qu'il choisissait toujours des lieux
de rendez-vous où il n'était pas connu. Jamais elle ne le
voyait le week-end. Elle attendait, le lundi matin, que
son portable sonne. Elle avait choisi une sonnerie spéciale pour lui. Elle posait son téléphone sur l'oreiller.
Elle attendait trois, quatre sonneries puis décrochait.
Elle devait reconnaître qu'elle passait son temps à

l'attendre. Je n'ai guère le choix, se disait-elle, lucide. Le mois d'août approchait. Sa femme et ses enfants partiraient en vacances dans la grande maison à Belle-Île.

Elle déplia une grande chemise blanche à col haut. Pour cacher les rides du cou. Elle ôta les épingles, le carton, l'étendit sur le lit. Se piqua un doigt à une épingle et constata, effondrée, qu'elle avait mis une goutte de sang sur la belle robe Bottega Veneta.

Elle poussa un juron de colère. Comment détachait-on le sang sur du coton ivoire ? Il faudrait qu'elle appelle Carmen.

Henriette sortit de la station de métro Buzenval et tourna à droite dans la rue des Vignoles. Elle s'arrêta devant l'immeuble décrépit de Chérubine et reprit son souffle. Son orteil droit la faisait souffrir et son nerf sciatique la lançait dans la hanche. Elle n'avait plus l'âge de prendre le métro, descendre et monter des escaliers, se retrouver pressée contre des anonymes aux aisselles malodorantes. Elle avait beau ôter son chapeau et se vêtir de vêtements bon marché, elle avait toujours l'impression qu'on la dévisageait. Qu'on savait qu'elle cachait des billets dans les bonnets de son soutien-gorge. Elle serrait ses bras sur ses seins pour prévenir l'assaut d'un malotru basané et affichait l'air méchant d'une vieille mal lunée à qui il ne faut pas se frotter. Parfois, quand elle apercevait son reflet dans la vitre du métro, elle se faisait peur ! Elle en riait, le nez enfoncé dans son écharpe parfumée à « Jicky » de Guerlain. Elle s'inondait de « Jicky » quand elle prenait le métro. C'était la seule façon de ne pas défaillir. Elle n'avait jamais été agressée et, plus elle prenait le métro, plus elle devenait grimaçante et hargneuse.

Elle entama la lente montée des escaliers de l'immeuble de Chérubine, eut le cœur soulevé par l'odeur de vieux chou rance, fit une pause à chaque palier et atteignit enfin le troisième étage. Elle palpa son soutien-gorge et soupira. Qu'elle les aimait, ces billets ! Qu'ils étaient tendres à malaxer ! Ils faisaient un petit bruit doux, attendrissant, un bruit d'oisillon qui ébouriffe ses plumes. Six cents euros, tout de même ! Pour planter des aiguilles. Ce n'était pas donné. Et de résultats, je n'en vois guère. J'ai beau traîner sous les fenêtres de Marcel, je n'aperçois pas le moindre corps écrasé sur le trottoir. J'interroge la maréchaussée, en vain. Ni accident ni suicide. À ce train-là, mon compte en banque va se vider aussi sûrement qu'une baignoire d'eau sale ! J'en suis à mon sixième versement. Six fois six, trente-six, soit trois mille six cents euros dilapidés. C'est trop ! Beaucoup trop.

Elle aperçut l'écriteau posé au-dessus de la sonnette : SONNEZ ICI SI VOUS ÊTES PERDU. Je suis perdue, moi ? Je suis une de ces pauvres femmes égarées, prêtes à tout pour retrouver leur homme ? Pas le moins du monde. Je m'épanouis dans un célibat choisi et suis à la tête d'une entreprise florissante avec mes économies de bouts de chandelles. J'amasse, j'amasse et je ne me suis jamais autant amusée. Je détrousse les mendiants, rapine, escroque et réussis à vivre sans débourser un centime. Et, dans le même temps, je laisse une fortune dans les mains de cette charlatane obèse ! Il y a quelque chose qui ne va pas, ma chère Henriette. Reprends-toi ! Elle considéra un long moment l'écriteau et déclara tout haut : « Eh bien, je ne sonnerai pas ! »

Et elle tourna les talons.

J'étais en train de m'égarer, pensa-t-elle sur le trajet retour de la ligne 9, en tâtant ses bonnets, écoutant leur doux bruissement. Qu'est-ce que cela m'importe que Josiane et Marcel se gobergent ? Ne suis-je pas plus heureuse aujourd'hui ? Il m'a rendu service en se carapatant. Il a donné un sens à ma vie qui n'en avait pas

581

beaucoup, il faut bien le reconnaître. Aujourd'hui, comme disent les jeunes crétins, je m'éclate.

Pas plus tard qu'hier, elle avait volé chez Hédiard. Oui, volé. Elle était entrée pour faire son habituel numéro de pleureuse de vieille femme usée par la vie – elle avait chaussé ses espadrilles trouées et avait mis son manteau de pauvresse car, c'est bien connu, les pauvres s'habillent pareil été comme hiver – et attendait de lancer sa longue plainte quand elle avait compris qu'elle était seule dans la boutique. Les vendeuses étaient au sous-sol, occupées à cancaner ou à faire semblant de travailler. Elle avait ouvert son grand cabas et l'avait rempli : sancerre rouge, vinaigre balsamique (quatre-vingt-un euros le petit flacon de cinquante centilitres), foie gras, pâtes de fruits, chocolats, soupes au concombre, soupes au pistou, noix de cajou, pistaches, calissons, nems, rouleaux de printemps, tranches de gigot, œufs en gelée, fromages divers. Elle avait raflé tout ce qui était à portée de main. Le cabas pesait lourd, très lourd. Elle s'était presque démis l'épaule. Mais quel plaisir ! Des rigoles de sueur chaude coulaient le long de ses bras. Ce n'est que justice : je volais aux pauvres et maintenant, je vole aux riches ! La vie est formidable.

Je devais avoir le cerveau à l'arrêt quand je me suis remise entre les mains de l'obèse. J'avais déposé ma raison au vestiaire. Je pourrais aller jusqu'à la dénoncer à la police, cette Chérubine. Je suis sûre que c'est illégal, ses magouilles. Et elle ne doit pas déclarer un seul centime ! Si elle me menace de ses petites aiguilles, je l'avertis : je la livre à la police et au fisc. Elle y réfléchira à deux fois.

Enfin ! Je viens de sauver six cents euros. Six adorables billets de cent euros qui dorment heureux, blottis contre mon sein. Mes petits chéris ! Maman est là qui veille, reposez tranquilles !

Et puis, il était temps qu'elle cesse ses prélèvement

sauvages sur le compte commun. Marcel aurait fini par avoir une puce à l'oreille. Il aurait été tenté de faire une enquête sur ses sorties inopinées d'argent.

Elle l'avait échappé belle.

Elle bénissait ce jour de juillet où elle retrouvait enfin son bon sens. Que les gens ont brave mine dans cette rame ! Ce n'est pas de leur faute s'ils ne sourient pas. Ce sont de pauvres hères. Obligés d'accomplir un travail ingrat pour subsister, on ne peut pas leur demander, en plus, de sentir bon et de sourire. Même si le savon ne coûte pas cher…

Et puis, se dit-elle, emportée par une vague de bonheur, il faut savoir pardonner dans la vie et tiens ! je lui pardonne d'être parti. Je lui pardonne et je vais donner à mon avocat l'ordre de lancer la procédure de divorce. Je le saignerai à blanc et au couteau tranchant, mais je lui rendrai sa liberté. Je garderai l'appartement et doublerai la pension qu'il me propose. Avec tout l'argent que je gagne en le dérobant aux pauvres et aux riches, je vais devenir millionnaire !

Elle sortit du métro, gaie comme un pinson, grimpa les degrés d'un pas léger, tenant ses seins à deux mains, et laissa tomber une pièce de vingt centimes dans la sébile d'un mendiant couché sur les marches du métropolitain.

– Merci, ma bonne dame, dit le vieux en soulevant sa casquette. Dieu vous le rendra au centuple ! Dieu reconnaît toujours les siens.

Joséphine broyait du noir.

Joséphine vivait cloîtrée dans sa chambre. Des piles de dossiers entouraient son lit. Elle les enjambait pour se coucher.

Elle n'avait plus envie de descendre dans la belle loge bariolée d'Iphigénie. C'était devenu le dernier salon où l'on cause et on y commentait sans relâche les meurtres récents. Les rumeurs les plus folles couraient. C'est un curé qui, entravé par son vœu de chasteté, se rebelle contre Rome. C'est le boucher, j'ai vu ça dans un film, y a que lui pour avoir des couteaux tranchants toujours aiguisés. Non ! C'est un ado en colère contre une mère trop rigide ; chaque fois qu'elle le punit, il choisit une victime, une femme seule, la nuit. C'est un chômeur, un ancien cadre, qui ne digère pas sa mise à l'écart et se venge. Et pourquoi les recherches de la police s'étaient-elles concentrées sur l'immeuble A ? Encore une fois, ce sont eux qui ont la vedette, soupirait la dame au caniche.

Chacun avait son coupable idéal et renchérissait sur les détails suspects, les mines patibulaires, les imperméables blancs. Quand Iphigénie apercevait Joséphine, elle lui faisait de grands gestes pour qu'elle se joigne à eux. Joséphine était une source intéressante : elle avait été convoquée plusieurs fois par l'inspecteur Garibaldi. Elle devait avoir des renseignements inédits. Joséphine y allait à contrecœur. Elle écoutait, hochait la tête, répondait je ne sais pas grand-chose et ils finissaient par la regarder avec hostilité, l'air de dire, on n'est pas assez bien pour vous, c'est ça ?

Seul dans son coin, réfugié dans un mutisme douloureux, monsieur Sandoz dévorait Iphigénie des yeux. Il tentait de faire entendre sa plainte amoureuse, mais Iphigénie avait d'autres chats à fouetter et ne lui prêtait qu'une oreille distraite. Il se confiait à Joséphine à voix basse en cachant ses ongles qu'il ne trouvait jamais assez propres :

– Elle n'ose pas me dire que je suis trop vieux. Pourtant je fais tout pour lui être agréable…

– Vous en faites peut-être un peu trop, répondait Joséphine qui trouvait un écho de sa peine dans la mélancolie de monsieur Sandoz. L'amour ne rime pas avec empressement, bien au contraire… C'est ce que me répète ma fille aînée qui, elle, est experte en séduction.

Monsieur Sandoz avait le col de sa chemise qui rebiquait en deux petites pointes blanches et une cravate noire en tricot.

– Je n'arrive pas à feindre l'indifférence. On lit en moi comme dans un livre ouvert…

Nous avons le même problème, se dit Joséphine, moi aussi, je suis prévisible et transparente. Il lui a suffi de vingt-quatre heures pour se lasser.

Monsieur Sandoz revenait à la loge. Déposant des fleurs, des chocolats sur la petite console Ikea. Toujours vêtu de son costume gris, de sa chemise blanche et de son imperméable blanc qu'il portait par tous les temps. Il ressemblait à un promeneur endimanché.

– Sans vous offenser, ce n'est pas une question d'âge, c'est que… vous êtes trop gris pour Iphigénie.

– Madame Cortès, moi, du gris, j'en ai partout. J'ai le cœur plein de suie…

Elle aussi n'allait pas tarder à se couvrir de suie.

Cela faisait seize jours qu'ils s'étaient quittés sur le quai de Saint Pancras. Elle marquait les jours en petits bâtons-soldats dans la marge d'un cahier. Elle avait commencé par compter les heures, puis avait renoncé. Trop de petits bâtons lui noircissaient le moral. Seize jours qu'elle n'avait plus aucune nouvelle de Philippe. Chaque fois que le téléphone sonnait, son cœur s'emballait, escaladait la montagne puis retombait tel le rocher de Sisyphe dans ses talons. Ce n'était jamais lui. Mais pourquoi n'appelle-t-il pas ? Elle s'était fait une liste de raisons et argumentait chaque proposition.

Il a perdu son portable et mes numéros ? Peu probable.

Il a eu un accident ? Elle l'aurait su.

Il est débordé de travail ? Non valable.

Il a revu Dottie Doolittle. Possible. Et elle gribouillait une paire de ballerines et des boucles d'oreilles.

Il aime encore Iris. Possible. Elle dessinait deux grands yeux bleus et cassait la mine de son crayon.

Il est mal à l'aise vis-à-vis d'Alexandre. Ou de Zoé. Probable. N'ai-je pas, moi-même, caché aux filles que je l'avais vu à Londres ?

Ou alors… et le crayon retombait sur la feuille.

Il s'était lassé après l'avoir enlacée.

Il n'a pas aimé l'odeur de mon corps, la petite veine éclatée sur ma hanche gauche, le goût de ma bouche, le pli léger sur mon genou droit, l'ourlet de ma lèvre supérieure, la consistance de mes gencives… j'ai ronflé, je me suis trop livrée, pas assez, j'ai été dinde, niaise, je n'embrasse pas bien, je fais l'amour comme une garniture de jardin.

On ne rompt pas avec une femme parce que l'espace entre son nez et sa bouche n'est pas assez grand ou que ses gencives sont molles ! Et pourquoi pas ? Si, dans cet espace-là, on a déposé son idéal de beauté, de perfection ? Elle se souvenait avoir éconduit, en terminale, Jean-François Coutelier parce qu'il lui soutenait que le père Goriot avait deux fils. « Non ! Deux filles, Anastasie de Restaud et Delphine de Nuncigen. » « Tu es sûre ? Je croyais pourtant que c'était deux fils. » Elle l'avait regardé et toute la beauté de Jean-François Coutelier s'était évaporée.

Le désir. Ce parfum qu'on ne peut jamais mettre en flacon. On a beau l'invectiver, le supplier, se tordre les mains, lui offrir sa fortune, il demeure volatil et volage.

Elle appela son père. J'ai besoin de toi, fais-moi un signe. Je suis en charpie. « … mais quand tu sortiras, mon ange, le cœur ivre de joie, fais attention dans l'ombre à la perfide orange. » « C'est quoi ? une citation ? » « Non. Un avertissement ! À multiples usages. »

Elle avait dévalé l'escalier de l'hôtel après avoir glissé sur une orange.

Elle allait perdre Philippe à cause d'une « perfide orange » ?

Elle tapa « Orange » sur Google. Orange, la compagnie de téléphone, Orange, le fruit, Orange, la ville, *Orange mécanique*, les chorégies d'Orange, Orange généalogie. Elle cliqua sur « Généalogie ». Remonta à Philibert de Chalon, Prince d'Orange, né à Lons-le-Saunier, qui trahit le roi de France, François Ier, et se rangea aux côtés de Charles Quint. Un traître. Philippe me trahit. Il est retourné dans les bras de la perfide Albionne. Lons-le-Saunier, lut-elle sur l'écran, la ville de naissance de Rouget de Lisle.

Elle se recroquevilla sur son fauteuil préféré, le siège était rembourré, les accotoirs dodus et le plat du dos lui tenait bien les reins. Mon amour s'effrite : un baiser contre le four, une citation de Sacha Guitry, une escapade à Londres et une longue attente qui me laisse haletante.

Elle se repliait sur son HDR et travaillait. Elle feuilleta ses notes. Où en était-elle ? À l'aimant qu'on posait sur le ventre pour garder l'enfant désiré ou entre les jambes pour avorter ? À la chartre des artisans qui exigeait que le travail ne s'effectue qu'à la lumière du jour ? Certains maîtres, pour augmenter le rendement de leurs ouvriers, les faisaient travailler à la chandelle, une fois la nuit tombée, ce qui était interdit. D'où l'expression « travailler au noir ». Ses pensées vagabondaient dans le désordre.

Elle avait aperçu Luca, de loin, sous les frondaisons du square. Il tournait autour de l'immeuble, les mains dans les poches de son duffle-coat. Elle s'était réfugiée avec Du Guesclin derrière un arbre et avait attendu qu'il s'éloigne. Que voulait-il ? Avait-il appris par la concierge qu'elle était venue chez lui et connaissait sa double identité ? Elle n'osait pas se l'avouer, mais elle avait peur. Et s'il s'en prenait à elle ? Du Guesclin avait grogné en l'apercevant. Son poil s'était hérissé.

Les enquêteurs de la brigade criminelle semblaient penser que l'assassin habitait l'immeuble. Les investigations se resserrent autour de vous tous, avait grimacé l'inspecteur Garibaldi. « Pourquoi n'avez-vous pas porté tout de suite plainte lors de votre agression en novembre ? Vous ménagiez le coupable ? Vous le connaissez ? – Mais non ! balbutiait Joséphine, chaque fois qu'il lui posait la question – ce devait être une technique interrogatoire de poser cent fois la même question –, je ne voulais pas inquiéter ma fille, Zoé. Son père est mort dévoré par un crocodile, je me disais qu'elle n'avait pas besoin d'une autre tragédie… » Il la contemplait en secouant la tête d'un air dubitatif. « On vous plante un couteau dans le cœur et la première chose à laquelle vous pensez, c'est à ménager votre fille ? – Bien sûr… – Ah… Ça s'appelle du masochisme ou je m'y connais pas ! Et comment avez-vous échappé aux coups de couteau répétés ? » Joséphine le dévisageait, incrédule. Elle avait déjà répondu à cette question ! « Grâce à un paquet envoyé par des amis de mon mari qui contenait une chaussure de sport. » L'inspecteur souriait, d'un petit air amusé. « Une chaussure de sport ! Tiens donc… C'est original ! On devrait toujours en avoir une sur soi quand on sort le soir ! » Et il enchaînait avec une question sur l'Angleterre. « Et comme par hasard, vous étiez à Londres lorsque le capitaine Gallois a été tué… C'était pour vous fabriquer un alibi ? » « J'étais allée voir mon éditeur anglais. Je peux le prouver… » « Vous n'êtes pas sans savoir qu'elle ne vous appréciait pas. » « Je l'avais remarqué. » « Elle avait rendez-vous avec vous le lendemain du jour où… » « Je l'ignorais. » « Elle a laissé une note d'ailleurs… Vous voulez la lire ? »

Il lui avait tendu une feuille blanche où le capitaine avait écrit en gros, au feutre noir : CREUSER RV. CREUSER RV. CREUSER RV. « Elle devait vouloir vous poser d'autres questions lors de ce rendez-vous. Vous aviez un différend toutes les deux ? » « Non. Je m'étonnais de son animosité. Je me disais que ma tête ne lui revenait pas. » « Ah ! avait-il ricané, c'est ainsi que vous appelez le fait de vous interroger ! Va falloir trouver autre chose… Ou alors un très bon avocat. Vous êtes mal barrée… » Elle avait éclaté en sanglots. « Mais enfin ! Puisque je vous dis que je n'ai rien fait ! » « Ça, madame, ils le disent tous ! Les pires criminels nient toujours et jurent sur la tête de leur mère qu'ils n'ont rien fait… » Il avait claqué le plateau de son bureau de ses index tendus dans une imitation de solo de batterie. Avait interrompu son petit numéro quand un collègue avait ouvert la porte de son bureau. « Dis donc… On a un nouveau témoignage. Canon ! Une copine de la serveuse. Elle revient d'un voyage de trois mois au Mexique et elle vient d'apprendre pour sa copine. Tu devrais venir. » « Bon…, avait concédé l'inspecteur, j'arrive et vous, vous pouvez y aller, mais c'est pas clair votre affaire. Si j'étais vous, je réfléchirais ! »

Elle croisait ses voisins chaque fois qu'elle sortait du bureau de l'inspecteur. Ils attendaient, assis sur des bancs en bois, dans le couloir aux murs défraîchis. Ils n'osaient pas parler. Ils se sentaient déjà coupables. Monsieur et madame Merson râlaient, le fils Pinarelli souriait finement comme s'il détenait des secrets exclusifs et qu'il n'était là que pour faire de la figuration, quant à Lefloc-Pignel et aux Van den Brock, ils étaient ulcérés.

— On ne peut rien faire ! Si on refuse de se présenter, ils vont nous coller en cabane, s'insurgeait madame Van den Brock dont les yeux roulaient frénétiquement dans tous les sens.

– Mais non ! la tempérait son mari. C'est insupportable, certes, mais nous devons nous plier à la procédure. Cela ne sert à rien de nous énerver et nous devons, au contraire, leur opposer le plus grand calme.

Madame Lefloc-Pignel s'était fait faire un certificat médical pour se soustraire aux interrogatoires.

Et pourquoi serait-il parmi nous, le meurtrier ? s'interrogeait Joséphine. Parce que l'oncle de la Bassonnière, avec ses petites fiches, perpétue l'esprit de vengeance de la famille, furieuse d'avoir été reléguée en fond de cour ? Mademoiselle de Bassonnière avait des dossiers sur tout le monde. Pas que sur l'immeuble A ! Et même si je connaissais trois des quatre victimes, ça ne fait pas de moi pour autant une complice ! Et la serveuse, je ne sais même pas à quoi elle ressemblait ! Cette histoire ne tient pas debout. C'est le capitaine qui les a mis sur ma piste. Je l'ai énervée dès notre premier entretien. Je produis cet effet-là sur certaines personnes : elles me trouvent d'emblée mollassonne, inerte, voire stupide. Ou alors elle n'avait pas aimé mon livre ? Elle aurait voulu être écrivain et on lui avait refusé trois manuscrits. Elle se disait pourquoi elle et pas moi ? CREUSER RV, CREUSER RV. Ce n'est même pas français. On ne creuse pas un rendez-vous, on creuse une idée.

Elle se leva et alla chercher le Littré. Le consulta et marmonna j'avais raison, le verbe creuser : « Possède en propre le sens abstrait d'approfondir, analyser en profondeur. » On ne creuse pas un rendez-vous, on le propose, on le prépare, on l'aménage, on l'organise, on l'annule, on le remet, on le repousse, on l'échelonne quand il y en a plusieurs. Pourtant, le capitaine parlait sans faire de fautes de français, cela m'avait frappée. Il y a très peu de gens qui parlent une langue impeccable.

Elle écrivit les deux lettres sur son bloc. RV, RV, RV… Rendez-vous, mais aussi : Renseignement Vague, Raison Vacillante, Rapport Vaseux, Rester Vigilant, Rien à Voir. Zoé passa la tête par la porte de la chambre et lança un regard inquiet à sa mère.

– Qu'est-ce que tu fais, m'man ?

– Je travaille…

– Tu travailles vraiment ?

– Non, je fais des dessins…, reconnut Joséphine, lasse de tourner en rond dans ses pensées.

– Tu me les montres ? demanda Zoé d'une petite voix d'intruse.

– Ils ne sont pas terribles, tu sais…

Zoé était venue s'asseoir sur l'accotoir du fauteuil. Joséphine lui tendit la feuille remplie de RV et prépara une réponse à la curiosité de sa fille. Elle ne voulait pas lui parler de l'enquête.

– Ah…, fit Zoé, déçue, en laissant retomber la feuille. Tu apprends à écrire des textos ?

– Non, dit Joséphine, surprise. Au contraire, quand j'envoie un texto, je fais exprès d'écrire chaque mot en entier et j'espère bien que tu en fais autant ! Sinon tu vas perdre ton orthographe…

– Oh ! moi, je le fais. Mais les autres, non. Tu sais ce qu'elle m'a envoyé Emma, l'autre jour ?

Zoé prit un crayon et écrivit à côté des RV de Joséphine :

– Un message en cinq lettres, MHAUT…

– Ça ne veut rien dire ! s'exclama Jo en essayant de déchiffrer le sigle.

– Si… c'est pas évident. Cherche bien.

Joséphine relut les lettres, à l'endroit, à l'envers, mais ne trouva pas. Zoé attendait, fière d'avoir déchiffré l'énigme toute seule.

– Je donne ma langue au chat, dit Joséphine.

– Prononce-les à voix haute. Il faut toujours lire à voix haute pour comprendre.

– Aime hâche à u té ? Ça veut toujours rien dire...

– Si. Cherche bien.

Joséphine reprit les cinq lettres, les articula lentement et renonça.

– Je n'y arrive pas...

– Si, écoute : aime ache à u ter. Et après, tu enchaînes en parlant vite... Elle m'a chahutée !

– Je n'aurais jamais trouvé !

– Ben moi, j'ai bien mis cinq minutes ! Et je suis habituée !

– Alors que moi, je suis vieille et je n'ai pas l'entraînement...

– J'ai pas dit ça, m'man.

Elle roula contre Joséphine et lui mit les bras en collier autour du cou en tendant son petit ventre rond. Zoé était à l'âge où l'on passe en un instant de la femme à l'enfant, où l'on réclame un baiser à un garçon et un câlin à sa maman. Joséphine avait du mal à l'imaginer dans les bras de Gaétan, même si leurs ébats devaient encore être innocents. Elle glissa ses deux mains sous le tee-shirt de Zoé et la serra contre elle.

– T'es la plus jolie des mamans !

– Et toi, tu seras toujours mon bébé !

– Je suis plus un bébé ! Je suis grande...

– Je sais, mais pour moi, tu seras toujours mon bébé...

Elle enfouit son visage dans les cheveux de sa fille, ferma les yeux, respira une odeur de shampoing à la vanille et de savon au thé vert.

– Tu sens bon. On a envie de te manger...

– Dis, m'man, sais pas quoi faire...

– Elle est où, Hortense ?

– Elle est partie chez Marcel. Elle a pas voulu que je

vienne avec elle ! Elle dit qu'il faut qu'elle lui parle de Mylène en tête à tête…

– Alors tu t'ennuies…

– Allez, m'man, laisse ton travail et on va promener Du Guesclin…

Joséphine sentit le corps de Zoé s'alanguir contre le sien et eut terriblement envie de lui faire plaisir. Elle repoussa ses papiers et se leva.

– D'accord, mon amour.

– Mais rien que toutes les deux. On n'emmène pas Iris !

Joséphine sourit.

– Tu crois vraiment qu'elle aurait envie d'aller marcher autour d'un lac avec un chien bancal ?

– Oh, non ! Elle préfère minauder avec le bel Hervé… Vous croyez, Hervé ? Vous savez, Hervé… Dites-moi, Hervé, vous qui êtes un si bel Hervé… J'ai hâte d'être au prochain rendez-vous, Hervé !

Joséphine se laissa retomber sur le fauteuil, étourdie.

– Qu'est-ce que tu as dit ?

– Ben… rien.

– Si. Répète ce que tu viens de me dire ! ordonna Joséphine d'une voix tremblante.

– Elle préfère se pavaner avec le bel Hervé ! Lefloc-Pignel, si tu préfères ! Elle pense qu'il va divorcer et l'épouser. C'est pas bien, tu sais. Il est marié et il a trois enfants. C'est pas que je sois folle de lui, mais quand même… C'est pas bien.

Zoé continua, mais Joséphine ne l'écoutait plus. RV. Et si le capitaine Gallois avait voulu parler de Hervé Lefloc-Pignel et de Hervé Van den Brock ?

Creuser la piste des deux Hervé. Elle avait découvert quelque chose, ou était sur le point, quand elle avait été poignardée. Elle se souvint alors du trouble de Lefloc-Pignel quand elle avait voulu l'appeler par son prénom. À la terrasse du café, face au commissariat, juste après son premier interrogatoire. Il était devenu hostile et glacial.

– Oh ! Mon Dieu ! Mon Dieu ! murmura-t-elle, effondrée sur sa chaise.

– Qu'est-ce que t'as, m'man ?

Il fallait absolument qu'elle parle à l'inspecteur Garibaldi.

Le lendemain, Joséphine se présenta au 36, quai des Orfèvres.

Elle attendit une heure dans le long couloir et regarda passer des hommes pressés qui s'interpellaient en claquant des portes et en parlant fort. On entendait des rires qui sortaient par bouffées des bureaux quand les portes s'ouvraient, des conversations qui cessaient lorsque les portes se refermaient. Des exclamations, des téléphones qui sonnaient, des départs précipités à deux ou trois, en bouclant le harnais du pistolet sous le bras. « Allez, on booste ! Action, les gars, on le tient ! Comme d'habitude, les gars, zen ! » Trapus, en jeans et vestes en cuir, ils fonçaient d'un pas précipité. Au milieu de cette agitation, elle attendait, pas aussi sûre que la veille de la pertinence de sa visite. Le temps passait, elle regardait sa montre, tripotait la languette du bracelet, raclait avec son ongle une rainure du banc et récoltait une boulette noire qu'elle envoyait gicler.

Enfin l'inspecteur Garibaldi la fit entrer dans son bureau et lui proposa de s'asseoir. Il portait une belle chemise rouge et ses cheveux noirs étaient plaqués en arrière comme retenus par un élastique. Il la regardait de manière soutenue et elle eut les oreilles qui chauffèrent. Elle rabattit ses cheveux, les lissa et lui raconta tout : la scène au café avec Lefloc-Pignel, son changement d'attitude quand elle avait voulu l'appeler par son prénom et comment elle avait appris, alors, que Van den Brock et lui s'appelaient tous deux Hervé.

– Vous savez, quand je pensais à eux, je disais Lefloc-Pignel et Van den Brock. C'était devenu comme un prénom. En plus, comme ce sont des noms composés, c'était déjà suffisamment long et...

Elle marqua une pause et il lui souffla doucement :

– Je vous écoute, madame Cortès, continuez...

– Et puis, hier, j'essayais de travailler sur mon HDR, c'est un diplôme de fin d'études universitaires, une longue thèse de milliers de pages qu'on présente devant un jury de professeurs d'université, c'est ardu, à la moindre erreur, on est recalé. En plus, je suis très jeune pour me présenter et on ne me laissera rien passer...

Elle releva la tête. Il ne paraissait pas exaspéré par sa lenteur. Il la soutenait de son regard noir sous un parapluie de gros sourcils. Elle reprit confiance et se détendit. Cet homme n'était pas si terrible, finalement. Elle ne le trouvait même plus menaçant. Il devait avoir une femme, des enfants, rentrer le soir à la maison, regarder la télévision en faisant des commentaires sur sa journée. Sa femme l'écoutait en repassant, il allait border ses enfants dans leur lit. Un homme comme les autres, en somme.

– J'étais là, à penser à ce que vous m'aviez dit au lieu de travailler. Je ne comprends pas qu'on me soupçonne. Complice de quoi ? complice pourquoi ? Donc je réfléchissais. Et j'ai repensé à votre histoire de « creuser RV »... J'ai écrit sur un papier « creuser RV » et ça n'allait pas. Je suis très sensible au style, aux mots, cela vient sûrement de ma formation littéraire, donc je tournais autour de ces mots quand ma petite fille est entrée...

– Zoé ? fit l'inspecteur.

– Oui. Zoé.

Il avait retenu son prénom. C'était un bon point. Il avait peut-être lui aussi une petite Zoé. Quand elle était née, ils avaient hésité entre Zoé et Camille, mais Joséphine avait trouvé que Zoé sonnait plus fort, c'était comme une chance supplémentaire qu'on lui donnait. Et ça voulait dire « vie » en grec. Antoine avait fini par se ranger à son avis.

– Zoé est entrée dans votre chambre et…, reprit l'inspecteur, l'arrachant à sa rêverie.

Elle continua en essayant d'être claire et précise. Elle sentait ses oreilles reprendre leur température normale. Il écoutait, calé au fond de son fauteuil. Il manquait un bouton à sa chemise. Quand elle arriva au MHAUT et au RV qui devenait Hervé, il s'exclama « Putain ! » en traînant sur la première syllabe et en frappant son bureau du plat de la main. Les objets posés sur la table sautèrent et Joséphine tressaillit.

– Excusez mon langage, reprit-il en se maîtrisant, mais vous venez de nous donner un sérieux coup de main, madame Cortès. Pourrais-je vous demander de ne souffler mot à personne de notre conversation ? Personne. Vous m'entendez ? Il y va de votre sécurité.

– C'est si important ? murmura Joséphine d'une petite voix inquiète.

– Vous allez passer dans la pièce à côté, on prendra votre témoignage par écrit.

– Vous croyez que c'est utile que je dépose ?

– Oui. Vous êtes mêlée à une drôle d'histoire… On n'en a pas encore tous les tenants et les aboutissants, mais il se peut que vous ayez soulevé un détail déterminant pour la suite de l'enquête.

– Vous croyez que ça a quelque chose à voir avec les différents crimes…

– Je n'ai pas dit ça, non ! Et nous en sommes loin, très loin. Mais c'est un détail et, dans ce genre d'enquêtes, on n'avance que grâce à des détails… Un détail plus un autre détail conduisent souvent à la résolution d'une affaire qui paraît bien embrouillée. C'est comme un puzzle…

– Je peux vous demander pourquoi vous m'avez soupçonnée ? demanda Joséphine, reprenant courage.

– C'est notre métier de soupçonner l'entourage des victimes. Vous savez, l'assassin est souvent un proche. Ce qui ne colle pas chez vous, c'est le silence que vous avez observé après votre première agression. N'importe qui, dans votre cas, court se réfugier au commissariat et déballe tout. Tout de suite. Vous, non seulement vous répugnez à venir déclarer l'agression, mais vous attendez plusieurs jours et refusez de porter plainte. Vous déposez juste une main courante… Comme si vous connaissiez le coupable et vouliez le protéger.

– Je peux vous le dire maintenant… J'ai pensé à Zoé d'abord, mais je crois aussi que c'est parce que j'ai soupçonné mon mari.

– Antoine Cortès ?

L'inspecteur retira un dossier de la pile et l'ouvrit. Il le feuilleta et lut à haute voix.

– Mort à quarante-trois ans, dans la gueule d'un crocodile à Kilifi, Kenya, après avoir pendant deux ans développé un élevage pour le compte d'un Chinois, monsieur Wei, domicilié à…

Et il déroula toute la vie d'Antoine. Date et lieu de naissance, le nom de ses parents, sa rencontre avec Mylène Corbier, son emploi chez Gunman, ses relations, ses études, ses emprunts bancaires, sa pointure de chaussures. Il n'oublia pas son extrême sudation. Un résumé de la vie d'Antoine Cortès. Joséphine l'écoutait, stupéfaite.

– Il est mort, madame. Vous le savez. L'ambassade de France a enquêté et est arrivée à cette conclusion. Qu'est-ce qui vous fait penser qu'il pourrait être vivant et qu'il aurait mis en scène sa disparition ?

– J'ai cru le voir dans le métro, un jour… en fait, je suis sûre de l'avoir vu. Mais il a fait comme s'il ne me reconnaissait pas. Et puis ma fille, Zoé, a reçu des lettres de lui. Écrites de sa main.

– Vous les avez, ces lettres ?

– C'est ma fille qui les a gardées…

– Vous pourriez me les apporter ?

– Il parlait de sa convalescence, de comment il avait échappé au crocodile, et j'ai pensé qu'il n'était pas mort, qu'il était revenu, qu'il avait voulu me faire peur…

– Ou vous supprimer… Et pour quelle raison ?

– Je dis n'importe quoi, vous savez, j'ai l'imagination galopante.

– Non. Répondez-moi.

Joséphine se tordit les mains et ses oreilles recommencèrent à brûler.

– C'était en novembre, je crois. Je cherchais un sujet de roman et je démarrais sur n'importe quoi… Je me suis dit que ce pouvait être lui parce qu'il était faible, qu'il voulait réussir à tout prix et qu'il aurait pu en vouloir à ceux qui réussissent. À moi, la première. Je sais que c'est horrible ce que je dis, mais je l'ai pensé… Dans le monde d'aujourd'hui, c'est terrible d'être un perdant. On vous écrase, on vous méprise. Cela peut développer des haines, des colères, un besoin irrépressible de vengeance…

Il prenait des notes tout en l'interrogeant.

– Sur quelle ligne de métro l'avez-vous vu la première fois ?

– Je ne l'ai vu qu'une fois. Sur la ligne n° 6, mais surtout ne vous méprenez pas. J'ai fantasmé. Ce n'était peut-être pas lui. Il avait le rouge en horreur or, ce jour-là, il portait un col roulé rouge et quand on connaît Antoine, c'est impossible.

– C'est là-dessus que vous vous fondez ? Il détestait le rouge donc ce ne peut pas être lui… Vous êtes déconcertante, madame Cortès !

– C'est un détail comme vous disiez et le détail est important. Antoine était très à cheval sur certains principes...

– Pas sur tous, l'interrompit Garibaldi. J'ai dans ce dossier plusieurs récits de rixes violentes qui l'ont opposé à des collègues là-bas, à Monbasa. Des bastons de fin de soirée, dont une qui a mal tourné et votre mari y a été mêlé... Un homme est resté sur le carreau.

– C'est pas possible. Pas Antoine ! Il n'aurait pas tué une fourmi !

– Ce n'était plus le même homme, madame. Un homme dont tous les rêves s'écroulent peut devenir dangereux...

– Mais pas au point de...

– De chercher à vous éliminer ? Réfléchissez : vous avez réussi, il a échoué. Vous avez gardé vos filles, gagné beaucoup d'argent, vous vous êtes fait un nom et il s'est senti humilié, sali. Il vous rend responsable, il fait une fixation sur vous. La prochaine fois que vous cherchez l'idée d'un roman, venez me voir. Je vous en raconterai des histoires !

– Ce n'est pas possible...

– Tout est possible et la réalité, en ce domaine, dépasse souvent la fiction.

Une grosse mouche se promenait sur le dossier d'Antoine. Mouche, mouchard, je suis devenue une moucharde, se dit Joséphine en enfonçant ses ongles dans la chair de ses bras.

– On va lancer une recherche. Vous disiez, vous-même, qu'il pouvait être assez aigri, amer pour s'en prendre à des femmes qui l'avaient repoussé, offensé ou menacé comme cela semble être le cas de mademoiselle de Bassonnière qui envoyait des courriers au vitriol à des tas de gens...

– Oh, non ! s'écria Joséphine, terrifiée. Je n'ai jamais dit ça !

– Madame Cortès, nous sommes sur une grosse affaire. Un tueur en série qui élimine des femmes sans état d'âme. Et toujours selon la même méthode. Pensez à la petite serveuse… Valérie Chignard, vingt ans, elle était montée à Paris pour devenir comédienne et travaillait pour payer ses cours de théâtre. Elle avait toute la vie devant elle et une cargaison de rêves. Il ne faut négliger aucune piste… Nous avons un épais dossier sur lui, que nous avons trouvé dans les notes de mademoiselle de Bassonnière. En plus de tout, il semblerait que votre mari se soit livré à, disons, quelques indélicatesses financières avant de disparaître… Ce serait donc intéressant de savoir s'il a mis en scène sa mort ou s'il est vraiment mort.

– Mais je n'étais pas venue pour ça ! cria Joséphine au bord des larmes.

– Madame Cortès, calmez-vous. Je n'ai en aucun cas affirmé que votre mari était un criminel, j'ai juste dit que nous allions faire une enquête parmi les gens qui traînent dans le métro… afin d'éliminer ou de confirmer une hypothèse. Comme ça, vous aurez l'esprit délivré de cet horrible soupçon. Ce doit être terrible de soupçonner son mari. Car vous l'avez pensé, n'est-ce pas ?

– Je ne l'ai pas pensé, ça m'est passé par l'esprit. C'est différent tout de même ! Et je n'étais pas venue ici pour accuser Antoine, ni pour accuser qui que ce soit d'ailleurs !

Plus jamais, plus jamais, je ne me mêle de ce qui ne me regarde pas. Mais qu'est-ce qui m'a pris ? Je me suis sentie en confiance, j'ai cru que je pouvais lui parler librement, me délivrer de cette idée qui, c'est vrai, me hante, mais de là à dénoncer Antoine !

– Vous avez eu d'autres soupçons, madame Cortès ? demanda l'inspecteur d'une voix doucereuse.

Joséphine hésita, pensa à Luca, à sa violence, au tiroir

600

jeté sur la voisine, murmura « j'ai... » et se tut. Plus jamais elle ne se confierait à un inspecteur de police.

– Non. Personne. Et je regrette bien d'être venue vous voir !

– Vous avez aidé la police de votre pays et qui sait, la justice aussi...

– Je ne dirai plus jamais rien. Même si le meurtrier se confesse à moi et me donne tous les détails !

Il eut un petit sourire et se dressa de toute sa stature.

– Alors je serais obligé de vous poursuivre pour complicité. Comme je vous en ai soupçonnée depuis le départ de l'enquête.

Joséphine le regarda, bouche bée. Il n'allait pas recommencer !

– Je peux partir ? demanda-t-elle, désemparée.

– Oui. Et souvenez-vous : pas un mot à quiconque ! Et si vous apercevez votre mari, tâchez d'être un peu plus précise dans votre témoignage. Notez la date, l'heure, le lieu, les circonstances. Ça nous aidera.

Joséphine hocha la tête, tremblante, et sortit sans lui tendre la main ni lui dire au revoir.

Dans la vieille cour pavée du 36, quai des Orfèvres, elle aperçut le fils Pinarelli en train d'exécuter une série de passes martiales avec un jeune inspecteur en jean et polo Lacoste. Il se mouvait avec agilité et déclenchait des attaques cinglantes que le jeune esquivait de justesse.

Il s'interrompit en la voyant et vint vers elle.

– Alors ? Y a du nouveau ? demanda-t-il, l'œil gourmand.

– La routine. Je ne sais même plus pourquoi ils me convoquent. Ce doit être une manie chez eux !

– Détrompez-vous, ils savent très bien ce qu'ils font. Ils sont forts, très forts ! Ils sont en train d'établir un rideau de fumée, ils interrogent tout le monde, ils nous soutirent des infos, font semblant de nous écouter mais nous dirigent tout doucement là où ils veulent en venir !

Et je suis tombée dans leur piège, se dit Joséphine. La tête la première. Garibaldi a écouté ma petite élucubration sur les RV, a fait semblant d'être intéressé puis a enchaîné sur Antoine. Ou plutôt c'est moi qui lui ai apporté Antoine sur un plateau. Sans qu'il me demande rien.

– Bel homme, ce Garibaldi ! Il paraît qu'il fait des ravages chez la gent féminine. Un petit malin ! Il commence par vous mettre mal à l'aise, vous laisse entendre qu'il vous soupçonne, vous déstabilise et hop ! il porte l'estocade. Comme au krav maga ! Vous connaissez le krav maga ?

– Pas vraiment…

– J'étais en train de faire une démonstration au jeune inspecteur. Ça a été mis au point par l'armée israélienne. Pour tuer l'ennemi. Ce n'est ni un art, ni une discipline, c'est l'art de tuer en un éclair. Tous les coups sont permis. On peut viser les parties génitales et insulter l'ennemi…

Il eut une lueur de plaisir dans l'œil.

Elle se souvint de la manière dont il avait agressé Iphigénie. De la violence du coup qu'il lui avait porté quand elle avait voulu intervenir et de son agilité à monter les escaliers. Je pourrais parler de lui à Garibaldi. Ça lui ferait une nouvelle piste. Il est temps que je parte d'ici ! Je vois des assassins partout.

Dans la rue, elle leva le nez et aperçut Notre-Dame de Paris. Elle resta un long moment à contempler la façade, grimaça en apercevant les cars de touristes qui se déversaient dans la cathédrale. Ce n'était plus un lieu de culte, c'était devenu le Lido ou le Moulin-Rouge.

Elle regarda sa montre. Elle avait passé deux heures dans les locaux de la police. Pendant ces deux heures, elle n'avait pas pensé à Philippe.

Le Crapaud était de passage à Londres et déjeunait avec Philippe. Il avait choisi le restaurant du Claridge et griffait la nappe blanche de ses ongles courts et carrés.

— Tu sais ce qu'elles veulent les gonzesses aujourd'hui ? Du pognon. Point barre. Moi qui ne suis pas un canon de beauté, je me les fais toutes ! Il y en a une dernièrement qui m'avait envoyé bouler lors d'un cocktail et qui m'a rappelé. Si, si, mon vieux ! Elle a dû apprendre combien je pesais et elle est revenue ramper à mes pieds. Elle a payé cher ! Comme je l'ai humiliée ! Je te raconte pas !

— C'est inutile, dit Philippe d'une voix douce mais ferme.

— Je lui fais faire les trucs les plus dégueulasses et elle avale ! Et quand je dis « avale », je...

Philippe lui fit signe de la main de ne pas développer et le Crapaud eut l'air déçu. Ses petits doigts impatients tapotèrent la nappe blanche.

— Toutes des salopes, je te dis. D'ailleurs, je vais te faire une confidence, j'en suis arrivé au point où je leur fous des branlées.

— Tu n'as pas honte ?

— Pas le moins du monde : je leur rends la monnaie de leur pièce. Qu'est-ce qu'il fout, le larbin ? Il nous a oubliés ?

Le Crapaud consulta sa montre, une grosse Rolex en or, qu'il fit tourner ostensiblement.

— Très chic ! fit remarquer Philippe.

— C'est grisant le pognon. Tu n'as même plus besoin de lever le petit doigt, elles s'allongent. Et toi, tu en es où dans ta vie sexuelle ?

— *Not your business.*

– J'ai jamais compris comment tu fonctionnais ! Tu pourrais toutes les avoir et tu n'en as jamais profité ! Qu'est-ce que ça t'apporte de chercher midi à quatorze heures ? Tu peux me le dire...

Le garçon déposait leur plat en détaillant les ingrédients d'un air savant, les yeux mi-clos, les doigts joints. Le Crapaud lui fit signe d'abréger. Il se retira, offusqué.

– Disons que c'est plus intéressant que de le trouver toujours à midi pile...

– C'est comme pour les affaires, j'ai jamais compris que tu te retires ! Avec tout le pognon que tu te faisais.

– Et que je continue à me faire, lui fit remarquer Philippe en contemplant sa sole meunière.

Et là, pensa-t-il, il va m'annoncer qu'il réduit ma participation ou qu'il proposera lors de la prochaine réunion du conseil qu'on m'évince du poste de président. C'est pour cette raison qu'il m'invite à déjeuner. Je n'en vois pas d'autre. Autant lui faciliter la tâche et qu'on en finisse !

– T'es vraiment ouf ! Tu avais la plus belle femme de Paris et tu la largues. Tu avais monté une affaire en or et tu la largues aussi, tu cherches quoi ?

– Comme tu le disais : midi à quatorze heures !

– Mais ça n'existe pas, mon vieux ! Grandis, grandis un peu...

– Pour devenir comme toi ? Pas vraiment envie.

– Ah ! Commence pas ! cracha le Crapaud, la bouche pleine.

– Alors change de sujet. Tu me dégoûtes à parler comme ça. Tu sais, quoi, Raoul ? Tu as le don de gommer le beau, autour de toi. On te laisserait seul à côté d'un Rembrandt, au bout de quatre heures, il n'y aurait plus qu'une toile blanche et des clous.

– Attention ! Je vais mal le prendre ! s'exclama le Crapaud en pointant son couteau vers Philippe.

– Et ça changera quoi ? Tu ne me fais pas peur. Je n'ai pas besoin de ton argent parce que ton argent, c'est moi qui l'ai fait. Et c'est moi qui t'ai choisi pour que tu continues à le faire fructifier. Je ne te savais pas si obscène, sinon je crois que j'aurais hésité… Comme quoi, l'âme des gens sait se travestir et la tienne, tu l'as planquée longtemps.

– Hé, oui ! Mon petit vieux, j'ai pris de l'assurance ! Je ne suis plus ton caniche… Et d'ailleurs, je voulais te dire…

Ça y est ! On approche du cœur de l'affaire. Je lui fais de l'ombre. Il ne me supporte plus.

– J'ai l'intention d'attaquer ta femme !

– Iris ? dit Philippe en s'étranglant.

– Tu en as une autre ?

Philippe secoua la tête.

– Elle est sur le marché, non ?

– On peut dire ça comme ça.

– Elle est sur le marché, elle ne va pas y rester longtemps. Alors je lance une OPA sur elle et je trouve plus sport de te prévenir. Ça ne te gêne pas ?

– Tu fais ce que tu veux. Nous sommes en instance de divorce.

Le Crapaud eut l'air une nouvelle fois déçu. Comme si une grande partie du charme d'Iris résidait dans le fait que Philippe l'aimait encore.

– Je l'ai appelée l'autre soir. Je l'ai invitée à dîner et elle a accepté. On se voit la semaine prochaine. J'ai réservé au Ritz.

– Elle doit être tombée bien bas…, lâcha Philippe en décollant délicatement un filet de sa sole.

– Ou elle a besoin de pognon. Elle n'est plus toute jeune, tu sais. Ses prétentions ont baissé. J'ai ma chance. De toute façon, il faut que je me remarie. Ça pose pour les affaires, et dans le genre, y a pas mieux qu'Iris.

– Parce que tu comptes l'épouser ?

– Bague au doigt, contrat et tout… Bon, on fera pas des petits, mais ça je m'en fous, j'en ai déjà deux. Vu les emmerdes que ça apporte !

Il posa ses lèvres épaisses sur le bord de son verre de vin rouge, suça quelques gorgées de château-pétrus, déglutit et eut une grimace de connaisseur.

– Pas mal, pas mal. Vu le prix, remarque, il peut… Bon, j'ai ton accord ? La voie est libre ?

– Tu as même une autoroute. Mais ça ne m'étonnerait pas qu'elle s'éclipse à la première sortie…

– Qui ne tente rien n'a rien. Et elle, je dois dire, ça en jetterait ! En épousant la belle Iris, je me redore le blason.

Il eut un rire plein de glaires, recracha un morceau, coincé dans la gorge. Puis il déchira un petit pain, le tartina de beurre. Il avait déjà trois bouées autour de la taille et s'en préparait une quatrième.

– Je peux te poser une question, Raoul ?

Le Crapaud eut un sourire vantard et lâcha :

– Vas-y, vieux, j'ai pas peur !

– Tu as déjà été amoureux, mais vraiment amoureux ?

– Une fois, dit le Crapaud en s'essuyant les doigts sur la nappe blanche.

Un voile de tristesse obscurcit son œil droit et sa paupière fut agitée d'un tic nerveux. Philippe se remit à espérer. Cet homme hideux a un cœur, cet homme hideux a souffert.

– Et tu as déjà connu un gros chagrin d'amour ?

– La même fois. J'ai failli mourir tellement j'étais mal. J'te jure, je me reconnaissais plus.

– Et ça a duré combien de temps, ton chagrin ?

– Une éternité ! J'ai perdu six kilos ! C'est te dire… Au bas mot : trois mois. Et puis, un soir, des potes m'ont emmené dans une boîte un peu spéciale, tu vois ce que je veux dire, je me suis fait quatre gonzesses à la file, quatre bonnes salopes qui m'ont bien sucé et hop ! c'était fini, torché ! Mais ces trois mois-là, mon vieux, ils sont restés gravés là…

Il posa la main sur son cœur en grimaçant tel un clown blanc. Philippe eut envie d'éclater de rire.

– Fais attention avec Iris ! Ce n'est pas un cœur qu'elle a, c'est une plaque de verglas !

Le Crapaud leva ses pieds à hauteur de la table, des gros pieds boudinés dans une paire de Tod's.

– T'inquiète ! J'ai appris à patiner ! Alors, c'est sûr, j'ai ta bénédiction ? Ça foutra pas le bordel dans nos affaires ?

– C'est une affaire classée, et bien classée !

Et je ne mens pas, s'étonna Philippe qui s'était surpris à parler comme le Crapaud.

Le déjeuner terminé, Philippe rentra chez lui à pied. Il marchait beaucoup depuis qu'il habitait Londres. C'était la seule façon d'apprendre la ville. « Il y a entre Londres et Paris cette différence que Paris est faite pour l'étranger et Londres pour l'Anglais. L'Angleterre a bâti Londres pour son propre usage, la France a bâti Paris pour le monde entier », avait déclaré Ralph Emerson. Pour connaître la ville, il fallait user ses semelles.

Dire que j'ai travaillé avec le Crapaud ! Je l'ai choisi, embauché, j'ai passé des soirées entières avec lui à préparer des dossiers, j'ai pris l'avion, bu, mangé, ricané devant la robe trop courte d'une hôtesse ; un soir, à Rio, on a partagé une chambre, l'hôtel était complet. Il portait des slips noirs qu'il achetait par chapelets au tourniquet de la grande surface où il faisait ses courses de célibataire quand sa femme l'avait quitté. Une jolie brune, aux cheveux longs, épais. S'attaquer à Iris ! Il est gonflé.

Il s'arrêta à un kiosque, acheta *Le Monde* et *The Independent*. Remonta Brook Street, longea les belles maisons blanches de Grosvenor Square, pensa aux Forsythe, *Upstairs*, *Downstairs*, tourna sur Park Lane et entra dans Hyde Park. Des couples dormaient, enlacés, sur la pelouse. Des enfants jouaient au cricket. Des filles allongées dans des chaises longues avaient retroussé leur jean et se faisaient bronzer. Un vieux monsieur, tout de blanc vêtu, lisait son journal, debout, immobile sur la pelouse. Des gamins accroupis sur leur skate doublaient des joggers en les frôlant. Il irait jusqu'à la Serpentine et remonterait sur Bayswater. Ou il s'allongerait dans l'herbe et finirait son livre. *Clair de femme* de Romain Gary. J'aurais dû lire des mots de Gary au Crapaud. Lui dire qu'un homme, un vrai, n'est pas celui qui claque les femmes ou se fait sucer par des anonymes goulues, mais celui qui écrit : « Je ne sais pas ce que c'est, la féminité. Peut-être est-ce seulement une façon d'être un homme. » Il me fait horreur parce que l'homme que je fus et qui riait avec lui me dégoûte. Et je ne connais pas encore l'homme que je suis en train de devenir. Chaque journée me déleste d'une partie de mon ancien moi. Et je me laisse dépouiller avec la grâce tranquille de celui qui espère que les vêtements neufs seront suffisamment usés pour qu'il s'y sente bien.

Dix-huit jours qu'elle était repartie, dix-huit jours qu'il demeurait silencieux. Que dire, au bout de dix-huit jours, à une femme qui est venue vous prendre par la main et s'est offerte sans calcul ? Qu'il reculait devant tant de prodigalité ? Qu'il était pétrifié ? Il se disait qu'il n'aurait jamais les bras assez grands pour recevoir tout l'amour que dispensait Joséphine. Il lui faudrait inventer des mots, des phrases, des serments, des containers, des trains de marchandises, des gares de triage. Elle était entrée en lui comme dans une pièce vide.

Il aurait fallu qu'elle ne reparte pas. J'aurais meublé la pièce avec ses mots, ses gestes, ses abandons. Je lui aurais dit tout bas de ne pas aller trop vite, que j'étais un débutant. On peut improviser un baiser sur un quai de gare, le répéter contre un four sans réfléchir, mais quand, soudain, tout devient possible, on ne sait plus.

Il avait laissé passer un jour, deux jours, trois jours… dix-huit jours.

Et peut-être dix-neuf, vingt, vingt et un.

Un mois… Trois mois, six mois, un an.

Ce serait trop tard. On se sera changés en statues de pierre, elle et moi. Comment lui expliquer que je ne sais plus qui je suis ? J'ai changé d'adresse, de pays, de femme, d'occupation, il faudrait peut-être que je change de nom. Je ne sais plus rien de moi.

Je sais, en revanche, ce que je ne veux plus être, où je ne veux plus aller.

Au retour de la Documenta, assis dans l'avion en première classe, il lisait un catalogue d'art, faisait le point sur ses achats, se disait qu'il allait devoir déménager, il n'aurait jamais assez de place pour entreposer toutes les pièces de sa collection. Déménager ? À Paris, à Londres ? Avec elle, sans elle ? Une femme était venue s'asseoir à côté de lui. Grande, belle, élégante, fluide. Un rayon de femme. De longs cheveux châtains, des yeux de chat, un sourire de princesse certifiée, deux lourds bracelets trois ors au poignet droit, la montre Chanel au poignet gauche, un sac Dior, il avait pensé tiens, tiens ! il existe donc des copies d'Iris. Elle lui avait souri : « Nous ne sommes que deux. Nous n'allons pas déjeuner chacun de notre côté, ce serait ballot. » Ballot ! Le mot avait résonné dans sa tête. C'était un mot d'Iris. C'est ballot tout de même ! Cet homme, quel ballot ! Elle avait posé d'office son plateau à côté de lui et se préparait à s'asseoir quand il s'était entendu répondre : « Non, madame, je préfère déjeuner seul. » Il avait ajouté, intérieurement, car je sais qui vous êtes : belle, élégante, sûrement intelligente, sûrement divorcée, vous habitez un beau quartier, comptez deux ou trois enfants qui font des études dans de bons établissements, vous lisez leurs bulletins scolaires distraitement, passez des heures au téléphone ou dans les magasins et recherchez un homme aux revenus confortables pour remplacer les cartes de crédit de votre ex-mari. Je ne veux plus jamais être une carte de crédit. Je veux être troubadour, alchimiste, guerrier, bandit, ferronnier, moissonneur-batteur ! Je veux galoper, les cheveux en bataille, les bottes crottées, je veux du lyrisme, des rêves, de la poésie ! Et justement, je n'en ai pas l'air, mais je suis en train d'écrire un poème à la femme que j'aime et que je vais perdre si je ne me hâte pas. Elle n'est pas aussi élégante que vous, elle bondit à pieds joints dans les flaques d'eau, dérape sur une orange et dévale l'escalier, mais elle a ouvert une porte en moi que je ne veux plus jamais refermer.

À cet instant, il avait eu envie de sauter en parachute aux pieds de Joséphine. La princesse l'avait regardé comme un déchet nucléaire et s'en était allée se rasseoir à sa place.

À l'arrivée, elle portait de larges lunettes noires et l'avait ignoré.

À l'arrivée, il n'avait pas ouvert son parachute.

Un ballon de foot heurta ses pieds. Il le renvoya de toutes ses forces vers le gamin hirsute qui lui faisait signe de shooter. *« Well done ! »* fit le gamin en bloquant la balle.

Well done, mon vieux, se dit Philippe en ouvrant *Le Monde* et en se laissant tomber dans l'herbe. J'aurais le cul vert, mais je m'en fous ! Il chercha les pages de la fin pour lire un article sur la Documenta. On y parlait de l'œuvre d'un Chinois, Ai Weiwei, qui avait fait venir mille Chinois de Chine afin qu'ils photographient le monde occidental et qu'il puisse réaliser une œuvre à partir de ces photos. Monsieur Wei. C'était le nom du patron chinois d'Antoine Cortès au Kenya. Avant de disparaître, Antoine lui avait envoyé une lettre. Il désirait s'exprimer « d'homme à homme ». Il y accusait Mylène. Il disait qu'il fallait se méfier d'elle, qu'elle était double. Toutes les femmes l'avaient trahi. Joséphine, Mylène, et même sa fille, Hortense. « Elles nous réduisent en bouillie et nous nous laissons faire. » Les femmes étaient trop fortes pour lui. La vie trop dure à vivre.

Il allait rentrer chez lui et travailler sur le dossier des chaussettes Labonal. Il était fou de ces chaussettes. Elles lui enrobaient le pied telles des pantoufles, douces, élastiques, réconfortantes, ne se déformaient pas au lavage, ne grattaient pas, ne serraient pas, je devrais en envoyer à Joséphine. Un beau bouquet de chaussettes de première qualité. Ce serait un moyen original de lui dire je pense à toi, mais je me prends les pieds dans mes émotions. Il sourit. Et pourquoi pas ? Ça la ferait rire, peut-être. Elle enfilerait une paire de chaussettes bleu ciel ou rose et se pavanerait dans l'appartement en se disant : « Il ne m'a pas oubliée, il m'aime comme un pied, mais il m'aime ! » Le P-DG des chaussettes Labonal était devenu un ami. Un de ces hommes qui se battent pour la qualité, l'excellence. Philippe lui donnait un coup de main pour survivre dans la féroce compétition mondiale. Dominique Malfait avait effectué de nombreux voyages en Chine. Pékin, Canton, Shanghai… Il y avait peut-être croisé Mylène. Il exportait ses chaussettes en Chine. Les nouveaux riches chinois en étaient fous. En France, il avait eu l'excellente idée, pour vendre ses chaussettes sans passer par les grandes surfaces, d'aller chercher les gens à domicile. Dans des magasins ambulants, rouge éclatant, frappés d'une panthère jaune prête à bondir. Les camions sillonnaient les routes, s'arrêtaient dans les marchés, sur les places des villages. Cet homme-là sait se battre. Il ne gémit pas comme Antoine. Il retrousse ses manches et établit des stratégies. Je ferais bien de mettre au point un plan pour reconquérir Joséphine.

Il referma *Le Monde* et sortit de sa poche le roman de Romain Gary. Il l'ouvrit au hasard et lut cette phrase : « Aimer est la seule richesse qui croît avec la prodigalité. Plus on en donne et plus il vous en reste. »

– Dis, maman, on fait quoi pour les vacances ? demanda Zoé en lançant un bâton à Du Guesclin qui courut le chercher.

– C'est vrai que ce sont les vacances ! s'exclama Joséphine, observant Du Guesclin qui revenait vers elles, le bâton dans la gueule.

Elle avait complètement oublié, Elle n'arrêtait pas de penser à son rendez-vous avec Garibaldi. *Je me suis fait berner. J'ai balancé Antoine. Encore heureux que je n'aie pas parlé de Luca. Ç'eût été complet : Antoine, Luca, Lefloc-Pignel, Van den Brock !* Elle avait honte.

– T'es vraiment à côté de tes pompes, en ce moment ! répondit Zoé en félicitant Du Guesclin qui déposait le bâton à ses pieds. T'as vu comme je l'ai dressé ? La semaine dernière, il m'aurait jamais rapporté ce bâton !

– Qu'est-ce que tu aurais envie de faire ?

– Sais pas. Toutes mes copines sont parties…

– Et Gaétan aussi ?

– Il part demain. À Belle-Île. En famille…

– Il t'a pas invitée à aller chez lui ?

– Son père, il sait même pas qu'on se voit ! s'exclama Zoé. Gaétan, il fait tout en cachette ! Il sort, le soir, par la cuisine, directo dans l'escalier de service jusqu'à la cave, il dit que s'il se fait piquer, il est dead, total dead !

– Et sa mère ? Tu n'en parles jamais…

– Elle est névrotique. Elle se gratte les bras et se bourre de pilules. Gaétan, il dit que c'est à cause du bébé qu'elle a perdu, tu sais, il est mort écrasé dans un parking. Il dit que ça a foutu la vie de sa famille en l'air…

– Comment il sait ça ? Il n'était pas né !

– C'est sa mamie qui lui raconte… Elle dit qu'avant, c'était le bonheur total. Que son père et sa mère rigolaient, qu'ils se tenaient par la main et se faisaient des bisous… et qu'après la mort du bébé, son père, il a changé du jour au lendemain. Il est devenu fou. Tu sais, je comprends. Moi, parfois la nuit, j'ouvre les yeux et j'ai envie de hurler en imaginant papa avec le crocodile. Je deviens pas folle, mais c'est tout juste…

Joséphine passa son bras autour des épaules de Zoé.

– Faut pas que tu penses à ça…

– Hortense, elle dit qu'il faut regarder les choses en face pour les exorciser.

– Ce qui est valable pour Hortense ne l'est pas forcément pour toi.

– Tu crois vraiment ? Parce que ça me fait peur quand j'exorcise…

– Au lieu de penser à sa mort, pense à lui, quand il était vivant… et tu lui envoies plein d'amour, tu lui fais des petites déclarations et tu vas voir, tu n'auras plus peur…

– Mais dis, m'man, pour les vacances…

Hortense partait en Croatie, après sa semaine de stage chez Jean-Paul Gaultier, Zoé allait se retrouver toute seule. Elle réfléchit.

– Tu veux qu'on aille à Deauville, chez Iris ? On pourrait lui demander de nous prêter la maison. Elle, elle reste à Paris.

Zoé fit la grimace.

– J'aime pas Deauville. C'est que des riches qui se la pètent…

– Comment tu parles !

– Mais c'est vrai, m'man ! Y a que des parkings, des boutiques et des gens pleins de tune !

Du Guesclin trottinait à côté d'elles, le bâton dans la gueule, attendant que Zoé veuille bien jouer avec lui.

– Alexandre m'a envoyé un mail. Il part faire un stage de poney en Irlande. Il dit qu'il reste des places. Ça me plairait bien…

– Voilà une bonne idée ! Tu vas lui répondre et dire que tu pars avec lui. Demande combien ça coûte, je ne veux pas que Philippe paie pour toi…

Zoé s'était remise à jouer avec Du Guesclin. Elle lançait le bâton sans joie, presque mécaniquement, et raclait le sol de la pointe de ses chaussures.

– Qu'est-ce que t'as, Zoé ? J'ai dit quelque chose qui ne te plaît pas ?

Zoé regarda ses pieds et bougonna :

– Et pourquoi tu l'appelles pas, Philippe ? Je sais très bien que tu as été à Londres et que tu l'as vu…

Joséphine l'attrapa par les épaules et lui dit :

– Tu penses que je te mens, n'est-ce pas ?

– Oui, dit Zoé, les yeux baissés.

– Alors je vais te dire exactement ce qu'il s'est passé, d'accord ?

– J'aime pas quand tu mens…

– Peut-être, mais on ne peut pas tout dire à sa fille. Je suis ta mère, je ne suis pas ta copine…

Zoé haussa les épaules.

– Si, c'est important, insista Joséphine. Et d'ailleurs, toi-même, tu ne me dis pas tout ce que tu fais avec Gaétan. Et je ne te le demande pas. Je te fais confiance…

– Bon alors…, fit Zoé qui s'impatientait.

– J'ai, en effet, vu Philippe à Londres. On a dîné ensemble, on a beaucoup parlé et…

– C'est tout ? demanda Zoé, avec un petit sourire.

– Ça ne te regarde pas, bafouilla Joséphine.

614

– Parce que si vous voulez vous marier, moi, je n'ai rien contre ! Je voulais te le dire. J'ai bien réfléchi et je crois que je comprends.

Elle prit un air sérieux et ajouta :

– Avec Gaétan, y a plein de choses que je comprends maintenant…

Joséphine sourit et se lança :

– Alors tu vas comprendre que la situation est compliquée, que Philippe est toujours marié avec Iris et qu'on ne peut pas l'oublier comme ça…

Elle claqua des doigts.

– Sauf qu'Iris, elle oublie…, dit Zoé.

– Oui, mais ça, c'est son problème. Donc, pour revenir à tes vacances, ce serait mieux que tu voies les détails avec Alexandre et que moi, je ne règle que les problèmes pratiques. Je paie ton stage de poney et je te mets dans le train pour Londres…

– Et tu ne parles pas à Philippe ! Vous êtes fâchés ?

– Non. Mais je préfère ne pas lui parler en ce moment. Tu dis que tu es grande, que tu n'es plus un bébé, c'est le moment de le prouver.

– D'accord, fit Zoé.

Joséphine lui tendit la main pour sceller leur accord. Zoé hésita à lui prendre la main et Joséphine s'étonna.

– Tu ne veux pas me serrer la main ?

– C'est pas ça…, dit Zoé, gênée.

– Zoé ! Qu'est-ce que tu as ? Dis-moi. Tu peux tout me dire…

Zoé détourna la tête et ne répondit pas. Joséphine imagina le pire : elle s'était scarifiée, elle avait tenté de s'ouvrir les veines, elle voulait en finir pour oublier que son père était mort dans la gueule d'un crocodile.

– Zoé ! Montre-moi tes mains !

– J'ai pas envie. Ça te regarde pas.

Joséphine lui arracha les mains des poches de son jean et les inspecta. Elle éclata de rire, soulagée. En bas du pouce gauche de Zoé, Gaétan avait écrit au bic noir, en lettre majuscules : GAÉTAN AIME ZOÉ ET L'OUBLIERA JAMAIS.

– C'est trop mignon ! Pourquoi tu le caches ?

– Parce que ça regarde personne…

– Tu devrais le montrer, au contraire… ça va s'effacer vite.

– Non. J'ai décidé de plus me laver partout où il a écrit.

– Parce qu'il a écrit ailleurs ?

– Ben oui…

Elle montra le creux de son bras gauche, sa cheville droite et le bas de son ventre.

– Vous êtes trop mignons tous les deux ! dit Joséphine en riant.

– Arrête, m'man, c'est hypersérieux ! Quand je parle de lui, ça chante dans ma tête.

– Je sais, ma chérie. Il n'y a rien de mieux que l'amour, c'est comme si on dansait une valse…

Elle regretta d'avoir prononcé ces mots. Elle revit Philippe la prendre dans ses bras dans la chambre d'hôtel, la faire tourner, tourner, une, deux, trois, une, deux, trois, vous dansez divinement, mademoiselle, vous habitez chez vos parents ? l'allonger sur le lit, se poser sur elle, l'embrasser lentement dans le cou, remonter jusqu'à sa bouche, la goûter, s'attarder… Vous embrassez divinement, mademoiselle… Elle sentit une douleur fulgurante la déchirer. Elle eut envie de plonger contre lui, de s'y noyer, de mourir, renaître, repartir pleine de lui, sentir son odeur sur ses mains, sa force au creux de son ventre, il est là, il est là, je vais le toucher de mes doigts… Elle étouffa une plainte et se pencha vers Du Guesclin afin que Zoé ne voie pas les larmes dans ses yeux.

616

Iris entendit le téléphone et ne reconnut pas la sonnerie d'Hervé. Elle ouvrit un œil et tenta de lire l'heure à sa montre. Dix heures du matin. Elle avait pris deux Stilnox avant de s'endormir. Elle avait la bouche pleine de plâtre. Elle décrocha et entendit une voix d'homme autoritaire, forte.

– Iris ? Iris Dupin ? aboya la voix.

– Mmoui…, marmonna-t-elle en éloignant le portable de son oreille.

– C'est moi, c'est Raoul !

Le Crapaud ! Le Crapaud à dix heures du matin ! Elle se souvint vaguement qu'il l'avait invitée à dîner la semaine dernière et qu'elle avait dit… Qu'avait-elle dit d'ailleurs ? C'était un soir, elle avait un peu bu et n'avait qu'un souvenir confus.

– C'était pour confirmer notre dîner au Ritz… Vous n'avez pas oublié ?

Elle avait dit oui !

– Nnnnon…, balbutia-t-elle.

– Alors vendredi, à vingt heures trente. J'ai réservé à mon nom.

Comment s'appelait-il déjà ? Philippe l'appelait toujours le Crapaud, mais il devait bien avoir un nom de famille.

– Ça vous plaît ou vous désirez un endroit plus… comment dire… intime.

– Non, non, ça ira très bien.

– Pour une première rencontre, je me suis dis que c'était parfait… On y mange très bien, le service est impeccable et le cadre très agréable.

Il parle comme le guide Michelin ! Elle se renversa sur l'oreiller. Comment en était-elle arrivée là ? Il fallait qu'elle arrête les comprimés. Il fallait qu'elle arrête de boire. Le soir, c'était l'heure terrible. L'heure des regrets stériles et des angoisses qui s'amoncellent. Elle n'avait plus une once d'espoir. Et le seul moyen d'endormir la peur, de ne plus entendre sa petite voix intérieure qui la cognait à la réalité, «tu es vieille, tu es seule et le temps passe à toute allure», c'était de boire un verre. Ou deux. Ou trois. Elle regardait les bouteilles vides s'aligner en régiments dérisoires près de la poubelle dans la cuisine, les comptait, ahurie. Demain, j'arrête. Demain, je ne bois que de l'eau. Ou alors un seul verre. Pour me donner du courage, mais rien qu'un !

– Je me réjouis à l'idée de ce dîner. En fin de semaine, je serai plus détendu, je ne me lèverai pas à l'aube, on aura tout le temps de parler.

Mais je n'ai rien à lui dire ! se lamenta Iris. Pourquoi ai-je accepté ?

– Tu me raconteras tes petites misères et je te promets, je t'aiderai.

Elle se redressa, piquée au vif : il l'avait tutoyée ?

– Une jolie femme n'est pas faite pour rester seule. Tu verras... Mais je te dérange, peut-être ?

– Je dormais, maugréa Iris d'une voix endormie.

– Alors, dors, ma beauté. Et à vendredi !

Iris raccrocha. Écœurée. Mon Dieu ! se dit-elle, je suis tombée si bas que le Crapaud pense pouvoir me tenir dans ses bras ?

Elle rabattit le drap sur sa tête. Le Crapaud l'invitait à dîner ! C'était le comble de la solitude et de la misère. Des larmes lui vinrent aux yeux et elle se mit à sangloter de tout son cœur. Elle aurait voulu ne jamais s'arrêter, s'épuiser en larmes et disparaître dans un océan d'eau salée. La vie a été trop facile pour moi. Elle ne m'a rien appris et maintenant, elle met les bouchées doubles et m'humilie. Je pose un pied en enfer. Ah ! Si j'avais connu le malheur comme j'aurais apprécié mon bonheur !

La veille, en se démaquillant, elle avait trouvé des rides dans son décolleté.

Elle redoubla de sanglots. Quel homme voudra de moi ? Bientôt je n'aurai plus que le Crapaud comme issue de secours… Il fallait absolument qu'Hervé se décide. Qu'elle le bouscule et qu'il se déclare.

Elle avait rendez-vous à dix-huit heures avec lui, dans un bar, place de la Madeleine. Il partait le lendemain déposer sa famille à Belle-Île et après… Après, il reviendrait et elle l'aurait pour elle, toute seule. Plus de femme, plus d'enfants, plus de week-ends en famille. Ils étaient allés déjeuner au parc de Saint-Cloud, s'étaient promenés dans les allées, s'étaient abrités sous un arbre quand était tombée une petite pluie fine, elle avait ri, secoué ses longs cheveux, renversé la tête, offert ses lèvres… Il ne l'avait pas embrassée. À quoi jouait-il ? Cela faisait trois mois qu'ils se voyaient presque chaque jour !

Elle arriva au rendez-vous à l'heure précise. Hervé ne supportait pas le moindre retard. Au début, par coquetterie, elle le laissait attendre dix, quinze minutes, mais elle avait toutes les peines du monde ensuite à le dérider. Il boudait ; elle se moquait en disant oh ! Hervé, qu'est-ce que dix petites minutes en regard de l'éternité ? Elle se penchait vers lui, lui frôlait la joue de ses longs cheveux et il reculait, blessé. « Je ne suis pas névrosé, je suis précis, ordonné. Quand je rentre chez moi, j'aime que ma femme me serve un whisky avec trois glaçons au fond du verre et que mes enfants me racontent leur journée. C'est mon heure avec eux et j'entends en profiter. Ensuite, on dîne et à neuf heures, ils sont couchés. Si le monde va si mal aujourd'hui, c'est parce qu'il n'y a plus d'ordre. Je veux remettre de l'ordre dans le monde. » La première fois qu'il avait déclamé cette longue tirade, elle l'avait regardé, amusée, mais s'était vite rendu compte qu'il ne plaisantait pas.

Il l'attendait, assis dans un large fauteuil rouge en cuir, au fond du bar. Les bras croisés sur la poitrine. Elle s'assit à ses côtés et lui sourit tendrement.

– Les valises sont faites ? demanda-t-elle, enjouée.

– Oui. Il ne reste plus que la mienne, mais je la ferai ce soir, en rentrant.

Il lui demanda ce qu'elle voulait boire, elle répondit, distraite, une coupette. À quoi bon une valise, s'il ne devait faire que l'aller-retour ?

– Mais, reprit-elle dans un sourire un peu crispé, vous n'avez pas besoin d'une valise puisque vous ne restez pas !

– Si, je passe quinze jours en famille…

– Quinze jours ! s'exclama Iris, mais vous m'aviez dit…

– Je ne vous avais rien dit, ma chère. C'est vous qui avez interprété.

– C'est faux ! Vous mentez ! Vous m'aviez dit que…

– Je ne mens pas. Je vous ai dit que je rentrais avant eux, mais pas que je faisais l'aller-retour…

Elle s'efforça de cacher sa déception, tenta de maîtriser le tremblement dans sa voix, mais la déception était trop forte. Elle but sa coupe de champagne d'un trait et en commanda une autre.

– Vous buvez trop, Iris…

– Je fais ce que je veux, bougonna-t-elle, furieuse. Vous m'avez menti !

– Je ne vous ai pas menti, vous avez affabulé !

Il eut un éclair de colère dans le regard et la fixa avec fureur. Elle se retrouva comme l'enfant qui a fait une grosse bêtise et est punie.

– Si ! Vous êtes un menteur ! Un menteur ! cria-t-elle, hors d'elle.

Le garçon qui desservait la table voisine leur jeta un regard surpris. Elle avait rompu la tranquillité feutrée des lieux.

– Vous m'aviez promis…

– Je ne vous ai rien promis. Maintenant si vous voulez le penser, libre à vous. Je ne rentrerai pas dans cette polémique imbécile.

Sa voix était coupante, dure. Comme s'il était déjà réfugié sur son île. Iris prit la coupe que le garçon venait d'apporter et plongea son nez dans le verre.

– Qu'est-ce que je vais faire, moi alors ?

Elle lui posait la question, mais, en fait, elle se parlait à elle-même. Moi qui ai attendu ce mois d'août avec tellement d'impatience, qui avait imaginé des nuits d'amour, des baisers, des dîners en terrasse. Une lune de miel avant la vraie, l'officielle. Elle lui paraissait bien compromise, leur lune de miel. Elle se tut et attendit qu'il parlât. Il la regardait avec une moue légèrement méprisante.

– Vous êtes une enfant, une petite fille gâtée…

Elle faillit lui répondre, j'ai 47 ans et demi et des rides dans mon décolleté. Mais se reprit à temps.

– Vous m'attendrez, n'est-ce pas ? ordonna-t-il.

Elle soupira oui, en vidant son verre. Avait-elle vraiment le choix ?

Marcel avait emmené Josiane en convalescence. Il avait choisi sur catalogue glacé un bel hôtel dans une belle station balnéaire en Tunisie et reposait sur le sable, sous un parasol. Il craignait le soleil et, pendant que Josiane s'exposait, il ruminait à l'ombre. À ses côtés, couvert d'écran total et d'un bob jaune citron, Junior observait la mer. Il cherchait à comprendre le mystère des vagues et des marées, de l'attraction de la lune et du soleil. Lui non plus n'aimait pas les rayons ardents et préférait rester à l'abri. Quand le soleil déclinait, il s'avançait jusqu'au bord de mer et se jetait à l'eau à la vitesse d'un boulet de canon. Il tournait sur lui-même, lançait ses bras, faisant gicler l'eau comme les roues d'un moulin devenu fou, puis il revenait s'étendre sur sa serviette en soufflant comme une baleine.

Josiane l'observait, émue.

– J'aime bien le voir dans l'eau… Au moins quand il se baigne, il ressemble à un enfant de son âge. Parce que sinon… je me pose des questions. Il est pas normal, Marcel, il est juste pas normal !

– C'est un génie ! marmonnait Marcel. On est pas habitués à vivre avec des génies. Va falloir t'y faire ! Moi, je préfère ça à un âne bâté.

Il bougonnait, il bougonnait. Josiane l'espionnait du coin de l'œil. Il semblait absent. Remué par de sombres pensées. Il lui parlait mais sans fioritures, sans trémolos dans la voix, sans les roucoulades, les chansons d'amour auxquelles elle était habituée.

– Qu'est-ce qui te turlupine, mon gros loup ?

Il ne répondit pas et gifla le sable, prouvant qu'il était, en effet, contrarié.

– T'as des soucis au bureau ? Tu regrettes d'être parti ?

Il plissa les yeux et fit la grimace. Il avait pris un coup de soleil sur le nez qui brillait de mille feux.

– C'est pas les regrets qui m'étouffent, c'est la colère. Je voudrais pouvoir la passer sur quelqu'un, éradiquer un cloporte à défaut de pouvoir supprimer la personne à laquelle je pense ! Si ça continue, je vais aller boxer le cocotier, je le déracinerai, en ferai une catapulte et enverrai les noix de coco jusqu'à Paris sur la tronche de celle que je ne veux pas nommer de peur que le mauvais sort revienne nous ligoter !

– T'es colère contre…

– Ne prononce pas son nom ! Ne prononce pas son nom ou le ciel nous tombera dessus avec des poignées d'éclairs !

– Au contraire, il faut le prononcer pour l'exorciser, la tenir à distance ! C'est en ayant peur d'elle que tu risques de la faire revenir… Tu lui donnes de la force en la croyant si puissante.

Marcel maugréa et reprit sa tronche à bloquer les roues d'un corbillard.

– Je te reconnais plus, mon Loulou, on dirait que t'as plus de moelle…

– J'ai failli te perdre et j'en frissonne encore…

Josiane, c'est ma pharmacie à moi. Si elle disparaît, je tombe en panne. Et elle a failli me la supprimer avec ses manigances et ses aiguilles !

– Je vais te dire un truc qui va te faire sauter le couvercle, dit Josiane en roulant sur le côté. Tu me promets que tu n'entres pas en éruption…

Il la regarda, de l'air de dire vas-y crache ta pastille, je verrai bien le goût qu'elle a.

– Ça m'a fait grandir cette histoire. Ça m'a donné de l'altitude… Je ne suis plus la même depuis, je suis sereine, je n'ai plus peur. Avant j'avais toujours peur que le ciel me tombe sur la tête et maintenant je me balade en montgolfière au-dessus des nuages…

– Mais je veux pas que tu t'envoles, moi ! Je veux que tu restes arrimée au sol avec Junior et moi !

– C'est une image, mon gros loup. Je suis là. Je ne te quitterai plus jamais… même en pensée. Et plus personne ne pourra me séparer de toi.

Elle étendit le bras jusqu'à l'ombre du parasol et vint tapoter la main de Marcel qui se referma sur elle comme sur une bouée de sauvetage.

– Tu vois ce qu'elle te fait, la peur. Elle t'emprisonne, elle te ratatine…

– Je me vengerai, je me vengerai, répétait Marcel, lâchant enfin la rage qui l'asphyxiait. Je la hais, cette pustule ! Je lui crache au visage, je la roule sous les pieds, je lui arrache les dents une par une…

– Mais non… Tu vas lui pardonner et l'oublier !

– Jamais, jamais ! Elle ira cul nu dans la rue et dormira sous les ponts !

– Tu fais exactement ce qu'il ne faut pas faire. Tu la laisses entrer dans ta vie, tu lui donnes de la force. Ignore-la, je te dis ! Ignorer, c'est la force suprême.

– Je peux pas. Ça m'étouffe, ça me comprime, j'ai du lierre dans les poumons…

– Répète après moi, mon gros loup : je n'ai pas peur d'Henriette et je l'écrase de mon mépris.

Marcel secoua la tête, buté.

– Marcel…

– Je vais lui couper les vivres au Cure-dents ! Reprendre l'appartement, la réduire à la becquée…

– Mais non ! Ça la rendra enragée et elle reviendra rôder autour de nous !

– Tiens, je me gênerai !

– Écoute-moi Marcel et répète : je n'ai pas peur d'Henriette et je l'écrase de mon mépris… Allez, mon gros loup ! Pour me faire plaisir ? Pour monter avec moi dans la montgolfière…

Marcel refusait et creusait le sable de ses poings fermés.

Josiane répéta d'une voix douce :

– Je n'ai pas peur d'Henriette et je l'écrase de mon mépris.

Marcel ne desserrait pas les dents et fixait la mer de l'air de vouloir la fendre en deux.

– Mon Loulou ? Tu as du sable dans les portugaises ?

– Inutile d'insister…

– Je n'ai pas peur d'Henriette et je l'écrase de mon mépris… Vas-y ! Tu verras comme tu seras dilaté après !

– Jamais, jamais ! Je refuse de me dilater !

– Tu vas tourner à l'aigre et au vinaigre…

– Et je l'empoisonnerai !

C'est alors que la voix fluette de Junior s'éleva :

– Ai pas eur Hiette, écase de mon pipi !

Ils abaissèrent les yeux sur leur rejeton rouge homard et restèrent bouche bée.

– Il a parlé ! Il a parlé ! Il a fait toute une phrase avec sujet, verbe, complément ! s'écria Josiane.

– Ai pas eur Hiette, écase de mon pipi ! répéta Junior, ravi de voir l'effet que produisaient ses mots sur la face hilare et enfin épanouie de ses géniteurs.

– Oh ! Mes amours ! Mes deux amours ! s'écria Marcel en se ruant sur sa femme et son fils et en les écrasant sous lui. Que ferais-je sans vous ?

Le mois d'août commença. Il faisait chaud, les commerces étaient fermés. Il fallait marcher un quart d'heure pour acheter du pain, vingt minutes pour trouver une boucherie ouverte, une demi-heure pour atteindre le rayon fruits et légumes de Monoprix et revenir les bras chargés sous la canicule en suivant le pointillé de l'ombre des arbres immobiles sous la chaleur moite de la ville. Joséphine demeurait enfermée dans sa chambre et travaillait. Hortense était partie en Croatie, Zoé en Irlande, Iris, allongée sur le canapé, face à un ventilateur, passait de la télécommande au portable où elle pianotait des numéros qui ne répondaient pas. Paris était désert. Il ne restait que le Crapaud, fidèle et fringant, qui l'appelait chaque soir et l'invitait à dîner en terrasse. Iris prétextait une migraine et répondait, lascive : « Demain, peut-être… Si je me sens mieux. » Il protestait, elle répétait « je suis fatiguée » et ajoutait « Raoul » d'un ton plus doux qui matait le Crapaud. Il coassait « alors à demain, ma belle ! » et raccrochait, heureux d'avoir entendu son prénom dans la bouche d'Iris Dupin. Je progresse, je progresse, se disait-il, en décollant d'un doigt agile le fond de son pantalon. La belle est rusée, elle se fait prier, c'est normal, c'est la grande classe, elle se débat, elle résiste, elle ne se donne pas comme ça, je ne suis pas un premier prix de beauté et elle fait mine de mépriser mon argent, mais elle réfléchit, elle calcule, la longueur de la longe se réduit chaque jour, elle se rapproche. Elle y met une certaine lenteur qui donne encore plus de prix à sa capture. Je finirai bien par la mettre dans mon lit et lui botter le cul jusqu'à la mairie !

Iris n'avait guère envie de renouveler la soirée au Ritz : elle l'avait regardé manger en s'efforçant d'ignorer le bruit de ses mâchoires, les doigts qu'il essuyait sur la nappe et le fond de pantalon qu'il décollait discrètement en soulevant ses fesses de la chaise. Il parlait la bouche pleine, postillonnait, joignait ses lèvres luisantes pour mimer un baiser qui la faisait reculer contre son siège, et lui lançait des clins d'œil comme si « l'affaire était dans le sac ». Il ne prononçait pas ces mots-là, mais elle pouvait les lire dans ses yeux brillants et déterminés.

– Vous ne doutez jamais, Raoul ?

– Jamais, ma belle. Le doute, c'est pour les faibles et les faibles, dans ce bas monde…

Et il avait aplati d'un coup de poing une mie de pain jusqu'à la rendre fine galette, puis l'avait roulée, en avait fait une bague qu'il avait déposée devant son assiette.

– Vous êtes romantique sous des dehors, disons, un peu rugueux…

– C'est toi. Tu m'inspires… Tu veux pas me tutoyer ? J'ai l'impression de sortir ma grand-mère ! Et franchement, c'est pas une tranche d'âge qui m'affole !

Tu ne crois pas si bien dire, avait pensé Iris en s'étouffant dans sa flûte de champagne, bientôt j'aurai l'âge de mon premier dentier et c'est moi que tu aplatiras pour me jeter à la poubelle et en prendre une plus jeune.

Elle hésitait à le rembarrer. Aucune nouvelle d'Hervé. Elle l'imaginait, humant l'air frais, le soir, un pull noué sur les épaules, parmi les genêts et les dunes, faisant du bateau dans la journée avec ses fils, du badminton avec sa fille, se promenant avec sa femme. Svelte, élégant, la mèche poisseuse d'air marin, le sourire énigmatique. Il sait séduire, cet homme qui se veut austère. À force de jouer les intouchables, il devient irrésistible. Le Crapaud ne pesait pas lourd face à lui, oui mais... le Crapaud était arrimé au rocher, la besace pleine d'écus et l'annulaire qui frétillait, réclamant une alliance. L'anneau en mie de pain le prouvait. Ainsi, il ne veut pas simplement m'arborer comme trophée, il veut m'épouser...

Elle réfléchissait et se disait qu'il ne fallait rien décider.

Elle reprenait la télécommande et cherchait un film sur les chaînes cinéma. Parfois, elle criait « Joséphine ! Joséphine ! Qu'est-ce que tu fais ? », mais Joséphine ne répondait pas, enfouie dans ses recherches et ses notes. Quel bas-bleu, celle-là ! Elles ne parlaient jamais de Philippe. Ne mentionnaient même plus son nom. Iris avait bien essayé, un soir qu'elles partageaient un plat de pâtes à la cuisine...

– Tu as des nouvelles de mon mari ? avait-elle demandé, amusée, la fourchette en l'air.

Joséphine avait rougi et répondu « non, aucune ».

– Ça ne m'étonne pas ! Des filles comme toi, y en a des milliers ! Tu n'es pas triste ?

– Non. Pourquoi serais-je triste ? On s'entendait bien, c'est tout. Et tu en as fait toute une histoire...

– Mais non ! Je vois simplement avec quelle facilité il m'a larguée, pas un mot, pas un coup de fil, et j'en déduis que l'homme est superficiel et léger. Ce doit être la crise de la cinquantaine. Il papillonne... Mais quand même, vous étiez très proches, non ?

– C'était surtout à cause des enfants...

Joséphine avait repoussé son assiettée de pâtes.

– Tu as plus faim ?

– Il fait trop chaud.

– Mais d'après toi, il m'a aimée, hein ?

– Oui, Iris. Il t'a aimée, il a été fou de toi et à mon avis, il l'est encore…

– Tu crois vraiment? avait demandé Iris en écarquillant les yeux.

– Oui. Je crois que vous traversez une crise, mais qu'il reviendra.

– Tu es vraiment gentille, Jo. Ça me fait du bien d'entendre ça, même si ce n'est pas vrai. Excuse-moi pour tout à l'heure…

– Pour quoi?

– Quand j'ai dit que des filles comme toi, y en avait des milliers…

– Je n'avais même pas relevé!

– Moi, je me serais vexée… Je ne connais personne d'aussi gentil que toi.

Joséphine s'était levée, avait mis son assiette dans le lave-vaisselle et avait lancé : « Je vais aller travailler une heure et puis hop! au lit! »

On avait sonné. C'était Iphigénie.

– Madame Cortès! Vous voulez pas venir avec moi? Y a une fuite d'eau chez les Lefloc-Pignel, faut que j'aille voir et j'ai pas envie d'y aller toute seule. Des fois qu'ils disent que j'ai piqué quelque chose!

– J'arrive, Iphigénie!

– Je peux venir avec vous? demanda Iris.

– Non, madame Dupin, il aimerait pas que je fasse visiter.

– Il ne le saura pas! J'aimerais tellement voir où il habite…

– Eh bien, vous le verrez pas! J'ai pas envie d'avoir des ennuis, moi!

Iris s'était rassise et avait repoussé son assiette de spaghettis.

– J'en ai marre de cette vie, mais marre! Vous m'emmerdez tous! Et toutes! Tirez-vous!

Iphigénie avait tourné les talons en faisant son bruit de trompette et Joséphine l'avait suivie.

– Celle-là, alors ! Je me demande comment vous pouvez être sœurs !

– Je ne la supporte plus, Iphigénie, c'est horrible ! Je n'entends plus quand elle parle. Elle devient une caricature d'elle-même. Comment peut-on changer aussi vite ? C'était la femme la plus élégante, la plus sophistiquée, la plus distinguée du monde et elle est devenue...

– Une pouffe aigrie. C'est tout ce qu'elle est !

– Non. Là, vous exagérez ! Il ne faut pas oublier qu'elle est malheureuse !

– Mais vous me cassez le cul avec votre pitié, madame Cortès ! Elle est riche qu'elle en peut plus, elle a un mari qui paie pour tout, pas besoin de travailler et elle pleurniche ! Les riches, c'est toujours comme ça, ils veulent tout. Comme ils ont de l'argent, ils croient qu'ils peuvent tout acheter, y compris le bonheur, et ils sont furieux quand ils sont malheureux !

L'appartement des Lefloc-Pignel était plongé dans la pénombre et elles entrèrent sur la pointe des pieds. J'ai l'impression d'être un cambrioleur, chuchota Joséphine. Et moi, un plombier ! répondit Iphigénie qui fila à la cuisine couper l'eau. Joséphine traîna dans l'appartement. Dans le salon, chaque meuble était recouvert d'un drap blanc. On se serait cru dans une réunion de fantômes. Elle identifia deux chauffeuses, une bergère, un canapé, un piano, et, au milieu de la pièce, un grand meuble rectangulaire qui trônait tel un cercueil sur un catafalque. Elle souleva un coin du drap et découvrit un immense aquarium, sans eau, rempli de cailloux, de pierres plates, de branches d'arbres, de morceaux d'écorce, de racines, de tessons de pots en terre cuite, de coupelles d'eau et de pousses de roseau. Qu'est-ce qu'ils gardent là-dedans ? Des furets, des mygales, des boas constrictors ? Mais où les mettent-ils quand ils partent en vacances ?

Elle passa dans une chambre qui devait être celle des parents. Les doubles rideaux étaient tirés, les volets baissés. Elle alluma la lumière et un grand lustre en gouttes de verre blanc éclaira la pièce. Au-dessus du lit, il y avait un crucifix avec un morceau de buis sec et une image de sainte Thérèse de Lisieux. Joséphine s'approcha des cadres exposés sur les murs pour regarder les photos de la famille. Elle y découvrit monsieur et madame, le jour de leur mariage. Longue robe blanche de la mariée, queue-de-pie et haut-de-forme pour le marié. Ils souriaient. Madame Lefloc-Pignel posait, la tête abandonnée sur l'épaule de son mari. Elle avait l'air d'une première communiante. Dans les autres cadres, on pouvait suivre le baptême des trois enfants, les différentes étapes de leur éducation religieuse, les Noëls en famille, les randonnées à cheval, les parties de tennis, les goûters d'anniversaire. Juste à côté des photos, dans un cadre doré, Joséphine aperçut un document écrit en lettres majuscules et grasses. Elle se pencha et lut :

Extrait d'un manuel catholique
d'économie domestique
pour les femmes, publié en 1960

Vous vous êtes mariée devant Dieu et les hommes.
Vous devez être à la hauteur de votre mission.

LE SOIR QUAND IL RENTRE
Préparez les choses à l'avance afin qu'un délicieux repas l'attende. C'est une façon de lui faire savoir que vous avez pensé à lui et que vous vous souciez de ses besoins.

SOYEZ PRÊTE
Prenez quinze minutes pour vous reposer afin d'être détendue. Retouchez votre maquillage, mettez un ruban dans vos cheveux et soyez fraîche et avenante. Il a passé

la journée en compagnie de gens surchargés de soucis et de travail. Sa dure journée a besoin d'être égayée, c'est un de vos devoirs de faire en sorte qu'elle le soit. Votre mari aura le sentiment d'avoir atteint un havre de repos et d'ordre et cela vous rendra également heureuse.

En définitive, veiller à son confort vous procurera une immense satisfaction personnelle.

RÉDUISEZ TOUS LES BRUITS AU MAXIMUM

Au moment de son arrivée, éliminez tous les bruits de machine à laver, séchoir à linge ou aspirateur. Encouragez les enfants à être calmes. Accueillez-le avec un chaleureux sourire et montrez de la sincérité dans votre désir de lui plaire.

ÉCOUTEZ-LE

Il se peut que vous ayez une douzaine de choses importantes à lui dire, mais son arrivée à la maison n'est pas le moment opportun. Laissez-le parler d'abord, souvenez-vous que ses sujets de conversation sont plus importants que les vôtres.

NE VOUS PLAIGNEZ JAMAIS S'IL RENTRE TARD

Ou sort pour dîner ou pour aller dans d'autres lieux de divertissement sans vous.

NE L'ACCUEILLEZ PAS AVEC VOS PLAINTES ET VOS PROBLÈMES

Installez-le confortablement. Proposez-lui de se détendre dans une chaise confortable ou d'aller s'étendre dans la chambre à coucher. Parlez d'une voix douce, apaisante. Ne lui posez pas de questions et ne remettez jamais en cause son jugement ou son intégrité. Souvenez-vous qu'il est le maître du foyer et qu'en tant que tel, il exercera toujours sa volonté avec justice et honnêteté.

LORSQU'IL A FINI DE SOUPER DÉBARRASSEZ LA TABLE ET FAITES RAPIDEMENT LA VAISSELLE

Si votre mari propose de vous aider, déclinez son offre car il risquerait de se sentir obligé de la répéter par la suite et, après une longue journée de labeur, il n'a nul besoin de travail supplémentaire. Encouragez-le à se livrer à ses passe-temps favoris et montrez-vous intéressée sans toutefois donner l'impression d'empiéter sur son domaine. Faites en sorte de ne pas l'ennuyer en lui parlant car les centres d'intérêt des femmes sont souvent assez insignifiants comparés à ceux des hommes.

Une fois que vous vous êtes tous les deux retirés dans la chambre, préparez-vous à vous mettre au lit promptement.

ASSUREZ-VOUS D'ÊTRE À VOTRE MEILLEUR AVANTAGE EN ALLANT VOUS COUCHER…

Essayez d'avoir une apparence qui soit avenante sans être aguicheuse. Si vous devez vous appliquer de la crème ou mettre des bigoudis, attendez son sommeil car cela pourrait le choquer de s'endormir sur un tel spectacle.

EN CE QUI CONCERNE LES RELATIONS INTIMES AVEC VOTRE MARI

Il est important de vous rappeler vos vœux de mariage et en particulier votre obligation de lui obéir. S'il estime qu'il a besoin de dormir immédiatement, qu'il en soit ainsi. En toute chose, soyez guidée par ses désirs et ne faites en aucune façon pression sur lui pour provoquer ou stimuler une relation intime.

SI VOTRE MARI SUGGÈRE L'ACCOUPLEMENT

Acceptez alors avec humilité tout en gardant à l'esprit que le plaisir d'un homme est plus important que celui d'une femme. Lorsqu'il atteint l'orgasme, un petit gémissement de votre part l'encouragera et sera tout à fait suffisant pour indiquer toute forme de plaisir que vous ayez pu avoir.

SI VOTRE MARI SUGGÈRE UNE QUELCONQUE DES PRATIQUES MOINS COURANTES

Montrez-vous obéissante et résignée, mais indiquez un éventuel manque d'enthousiasme en gardant le silence. Il est probable que votre mari s'endormira alors rapidement : ajustez vos vêtements, rafraîchissez-vous et appliquez votre crème de nuit et vos produits de soin pour les cheveux.

VOUS POUVEZ ALORS REMONTER LE RÉVEIL

Afin d'être debout peu de temps avant lui, le matin. Cela vous permettra de tenir sa tasse de thé du matin à sa disposition lorsqu'il se réveillera.

Joséphine fut parcourue d'un frisson d'horreur.

– Iphigénie ! Iphigénie !

– Qu'est-ce qu'il y a, madame Cortès ?

– Venez vite !

Iphigénie accourut en s'essuyant les bras avec un torchon. Elle avait trouvé la fuite et coupé l'eau. Elle passa la main dans ses cheveux jaune citron et demanda, amusée :

– Vous avez vu une souris ?

Joséphine tendit le doigt vers le texte encadré. Iphigénie se rapprocha et lut attentivement, la bouche arrondie de stupeur.

– La pauvre ! Pas étonnant qu'elle soit épuisée et qu'elle mette jamais le nez dehors ! Mais c'est peut-être pour rire ? C'est une blague...

– Je ne crois pas, Iphigénie, je ne crois pas.

– C'est dommage que votre sœur, elle voie pas ça ! Elle qui ne fout rien de la journée, ça lui aurait donné des idées !

– Pas un mot à Iris ! souffla Joséphine en posant son doigt sur sa bouche. Elle lui en parlerait et ça ferait tout un drame. Il me fait peur, cet homme.

– Et moi, il me fout le bourdon, cet appartement ! Y a pas un gramme de vie. Elle doit passer son temps à tout nettoyer et les enfants doivent pas se marrer, non plus ! Ce doit être un vrai tyran domestique.

Elles refermèrent la porte de l'entrée à clé et regagnèrent, Iphigénie sa loge bariolée et Joséphine, sa chambre encombrée de livres.

Sur le pont du bateau amarré dans le port de Korcula, Hortense rêvassait en regardant un scarabée arpenter une vieille tranche de tomate. Plus qu'une semaine et elle sortirait de cette prison dorée. Quel ennui, mais quel ennui ! Nicholas était charmant, mais les autres ! Des raseurs, snobs, prétentieux, qui comparaient leurs montres Breitling et Boucheron, pesaient les carats de leurs boucles d'oreilles, lisaient *Vogue* dans toutes les langues, parlaient de leur *charity*, de Sofia Coppola, de la clé USB Dior, et du dernier show de Cindy Sherman en se pâmant, les yeux révulsés, une main sur la gorge. On ne l'y reprendrait plus à foncer la tête la première dans une croisière de luxe. Comment ça vaaa, *daaarling* ? était le salut du matin devant la table du petit déjeuner somptueusement dressée par un équipage qui se levait à l'aube pour aller se ravitailler au port. Je suis allé au village, hier, c'était charmant ! Vous avez vu cette misèèère à teeerrre ? C'est pittorreeesque, n'est-ce paaas ? Dis-moi, daaarling, on n'a pas trop bu, hier ? Je ne me souviens plus ! Et Josh, où est Josh ? Tu sais que c'est le plus grand aaartiste vivaaant ! Son don pour la transformation de l'acte au second degré, de cette matière devenue terrain de jeu de l'inconscient, lue par le je conscient, est le thème de sa vie ; lui seul sait passer du trash à l'élégance infinie en définissant une laideur universelle qu'il finit par sublimer en l'immortalisant dans ses œuvres !

Stooop ! vociférait Hortense, les yeux mitraillettes.

— Je n'en peux plus ! Je vais les égorger ! hurlait-elle face à Nicholas, une fois dans la cabine. Et ne me touche pas ou je crie au viol !

— Mais enfin, *darling* !

— Tu vas pas t'y mettre aussi ! Moi, c'est Hortense.

— C'est le monde des paillettes ! Va falloir t'y faire si tu veux progresser…

– Ils ne sont pas TOUS comme ça ! Jean-Paul Gaultier, il est normal. Il ne met pas des accents circonflexes partout et ne parle pas par concepts empruntés au monde des emplâtrés ! Et ces tonnes de bijoux qu'elles se trimbalent partout ! Elles ont pas peur de couler ?

Nicholas baissait la tête.

– Suis désolé. J'aurais pas dû t'emmener, je croyais que tu allais t'amuser…

Elle se laissa tomber à côté de lui et gratouilla le bouton de son blazer bleu marine.

– Ils t'ont même transformé en clown ! Pourquoi tu portes un blazer ? Il est onze heures du matin…

– Je sais pas. T'as raison, ils sont cons, vains, stériles.

– Merci ! Je me sens moins seule…

– Je peux te toucher maintenant ?

– C'était une ruse ?

Il cligna de l'œil, elle se mit à hurler « au viol » et s'échappa sur le pont.

Ils étaient tous à table. Elle avait la paix. Elle s'allongea sur un matelas et se força à trouver des points positifs. Sinon je vais sauter à l'eau et regagner Marseille à la nage. Elle se dit que beaucoup de gens devaient l'envier, que, de loin, on pouvait croire qu'elle s'amusait, que chaque soir, leur hôtesse, Mrs Stefanie Neumann, déposait un cadeau dans la serviette blanche pliée en deux et qu'elle aurait encore huit surprises délicieuses si elle restait à bord. Mais surtout, surtout elle se rappela que Charlotte Bradsbury rêvait de rejoindre cette compagnie frelatée, mais que Mrs Neumann n'avait jamais voulu l'inviter !

Elle se sentit immédiatement de meilleure humeur.

Quelqu'un avait oublié son portable. Une coque en or avec un énorme diamant serti sur le dessus. Elle le prit et le soupesa. Quelle vulgarité ! Elle l'ouvrit, l'heure s'afficha en gros. Midi trente à Korcula. Onze heures trente à Londres. Gary jouait du piano ou photographiait les écureuils du parc. Elle refusa l'image de Gary dans des draps froissés aux côtés de Mademoiselle-qu'on-ne-nomme-pas. Six heures et demie du matin à New York. Dix-huit heures trente à Pékin ou à Shanghai… Shanghai ! Elle sortit de son cabas Prada (un cadeau de Mrs Neumann) son petit carnet Hemingway, retrouva le numéro de Mylène Corbier et le composa. Elle avait essayé plusieurs fois de l'appeler, Mylène ne répondait jamais. Marcel avait dû faire une erreur en recopiant son numéro. Ça ne lui coûterait rien de tenter une dernière fois.

Une sonnerie, deux sonneries, trois sonneries, quatre sonneries… Elle allait raccrocher quand elle entendit la voix de Mylène, avec son petit accent de Lons-le-Saunier qu'elle essayait de corriger, en vain.

– Allô ?

– Mylène Corbier ?

– Oui.

– Hortense Cortès.

– Hortense ! Ma chérie, mon amour, mon lapin bleu des îles… Comme je suis heureuse de t'entendre ! Oh ! Vous me manquez tellement, mes petits sucres d'orge…

– Mylène Corbier, le corbeau ?

Hortense entendit un petit couinement étranglé suivi d'un long silence.

– Mylène Corbier, le corbeau, qui envoie des lettres anonymes cucul la praline à deux orphelines en leur faisant croire que leur père est vivant alors qu'il est mort et bien mort ?

Même petit couinement, redoublé cette fois.

– Mylène Corbier qui se fait tellement chier en Chine qu'elle ne sait plus quel jeu pervers inventer ? Mylène Corbier qui se fabrique une famille par correspondance ?

Le couinement se transforma en hoquet étranglé.

– Tu vas arrêter d'envoyer ces lettres dégueulasses ou je te dénonce à toutes les polices du monde et je révèle tes petits trafics, tes faux en écriture, tes chèques falsifiés et tes comptes truqués. Tu m'as bien comprise, Mylène Corbier de Lons-le-Saunier ?

– Mais… je n'ai jamais…, finit par éructer Mylène Corbier en bramant comme une ânesse.

– Tu es une menteuse et une manipulatrice. Et tu le sais ! Alors… Dis-moi juste « oui, j'ai compris et j'arrête d'écrire ces lettres ignobles » et tu sauves ta sale peau de bouffie…

– Je n'ai jamais…

– Veux-tu que je précise mes menaces ? Que je demande à Marcel Grobz de te clouer le bec ?

Mylène Corbier hésita, puis répéta docilement. Hortense approuva d'un claquement de langue.

– Un dernier conseil, Mylène Corbier : inutile d'appeler Marcel Grobz et de te plaindre à lui. Je lui ai tout raconté et il se chargera personnellement de te coller tous les flics de la planète au cul !

Il y eut un dernier couinement entrecoupé de sanglots réprimés. La perfide s'étrangla sans ajouter une plainte. Hortense attendit d'être sûre qu'elle mordait la poussière et raccrocha. Elle laissa le portable au diamant sur le matelas, à côté de la bouteille d'huile solaire et d'une paire de lunettes Fendi.

La chaleur du mois d'août filtrait à travers les volets fermés de la cuisine. Une chaleur lourde, immobile qui ne s'atténuait que quelques heures, la nuit, pour se réinstaller, écrasante, aux premières lueurs du jour. Il n'était que dix heures du matin, mais le soleil lançait ses rayons brûlants à l'assaut des volets métalliques blancs, les chauffant au lance-flammes.

– Je ne comprends plus rien à la météo, soupira Iris, vautrée sur sa chaise, il y a deux jours, on parlait de rallumer le chauffage et ce matin, on rêve de glaciers…

Joséphine marmonna «y a plus de saisons», consciente que c'était les mots qu'il convenait de dire et trop paresseuse pour changer de réplique. La chaleur accablante la coupait de ses mots chéris, du soin précieux qu'elle mettait d'habitude à choisir son vocabulaire, à exprimer sa pensée, et elle reprenait les antiennes populaires, y a plus de saisons, y a plus d'enfants, y a plus d'hommes, y a plus de femmes, y a plus d'anchois, y a plus de gros homards rouges quand on soulève les rochers… La canicule les rendait bêtes, abruties et les confinait comme deux bestioles aplaties dans la pièce la plus fraîche de l'appartement, où les deux sœurs se partageaient l'hélice d'un ventilateur et les gouttelettes d'une bombe d'eau Caudalie. Elles se vaporisaient, puis tournaient vers les pales vrombissantes de fiévreuses figures de femmes hébétées.

– Luca a téléphoné deux fois ! dit Iris en suivant le trajet du ventilateur de la tête. Il veut absolument te parler. J'ai dit que tu le rappellerais…

– Mince ! J'ai oublié de lui renvoyer sa clé ! Je vais le faire tout de suite…

Elle se leva lentement, alla chercher une enveloppe timbrée, écrivit l'adresse de Luca et glissa la petite clé à l'intérieur.

– Tu ne lui mets pas un mot ? C'est un peu sec comme congé.

– Où avais-je la tête ? soupira Joséphine. Il va falloir que je me relève !

– Courage ! sourit Iris.

Joséphine revint avec une feuille de papier blanc et chercha ce qu'elle pourrait bien écrire.

– Dis-lui que tu pars en vacances… avec moi, à Deauville. Il te laissera tranquille.

Joséphine écrivit. « Luca, voici vos clés. Je pars à Deauville chez ma sœur. Passez une bonne fin d'été. Joséphine. »

— Voilà, dit-elle, en collant l'enveloppe. Et bon débarras !

— Plains-toi ! C'est un très bel homme d'après tes filles…

— Peut-être mais je n'ai plus envie de le voir…

La pointe de ses oreilles s'empourpra : elle venait de penser « depuis que j'aime Philippe ». Parce que je l'aime toujours, même s'il ne donne plus signe de vie. J'ai cette assurance au fond de moi. Elle glissa la lettre dans son sac et dit adieu à Luca.

— C'est bon…, soupira Iris en étendant ses jambes sur la chaise voisine.

— Mmmm…, ronronna Joséphine en se déplaçant de quelques millimètres sur son siège pour occuper une surface plus fraîche.

— Tu veux que je te lise ton horoscope ?

— Mmmoui…

— Alors… « Climat général : vous allez être prise dans une bourrasque à partir du 15 août… »

— C'est aujourd'hui, remarqua Joséphine en renversant la nuque pour offrir sa peau moite et chaude au vent frais du ventilateur.

— « … et jusqu'à la fin du mois. Accrochez-vous, cela risque d'être violent et vous n'en sortirez pas indemne. Côté cœur : une vieille flamme se rallumera et vous en serez transportée. Côté santé : attention aux palpitations cardiaques. »

— On dirait qu'il va y avoir du mouvement, marmonna Joséphine, épuisée à l'idée d'être balayée par une bourrasque. Et toi ?

Iris prit un glaçon dans la carafe de thé glacé préparé par Joséphine et, le promenant sur ses tempes et ses joues échauffées, se lança :

– Voyons, voyons…. « climat général : vous allez être confrontée à un obstacle de taille. Utilisez le charme et la diplomatie. Si vous choisissez de riposter par la violence, vous serez perdante. Côté cœur : un affrontement aura lieu, il ne tiendra qu'à vous de gagner ou de perdre. Tout se jouera sur le fil du rasoir… » Brrr… ce n'est guère encourageant !

– Et la santé ?

– Je ne lis jamais la santé ! dit Iris en refermant le journal qu'elle plia en éventail pour se rafraîchir. Je voudrais être un pingouin et glisser sur un toboggan de glace…

– On serait mieux à Deauville en train de barboter…

– Ne m'en parle pas ! Tout à l'heure, à la radio, ils disaient qu'il y avait eu une tempête terrible dans la nuit, là-bas…

Elle étendit une main lasse vers le poste pour écouter d'autres bulletins météo, monta le volume, mais soupira, c'était une pause publicitaire. Elle baissa le son.

– Au moins, on goûterait un peu de fraîcheur… Je n'en peux plus.

– Vas-y, si tu veux, je te file les clés. Moi, je ne bouge pas d'ici.

Demain, il sera là. S'il tient sa promesse… Il n'a toujours pas donné de nouvelles. Je l'ai traité de menteur ! Il faut que j'apprenne… elle baissa les yeux sur son horoscope… à « utiliser charme et diplomatie ». Je me ferai aussi rampante qu'une couleuvre pleine, aussi timide qu'une débutante de harem. Et pourquoi pas ? Elle découvrait avec stupeur qu'elle aspirait à lui obéir, à se soumettre. Aucun homme n'a jamais fait naître ce sentiment en moi. Se pourrait-il que ce soit le signe d'un véritable amour ? Ne plus avoir envie de jouer la comédie, mais s'offrir l'âme nue à cet homme en lui murmurant « je vous aime, faites ce que vous voulez de moi ». C'est étrange ce que l'absence peut amplifier les sentiments. Ou est-ce lui, par son attitude, qui provoque cette reddition ? Il a laissé derrière lui une femme en colère, il retrouvera une amoureuse soumise. J'ai envie de me blottir contre lui, de remettre ma vie entre ses mains, je ne protesterai pas, je murmurerai tout bas «vous êtes mon maître». Ce sont ces mots qu'il aurait voulu entendre la veille de son départ. Je n'ai pas su les dire. Deux semaines d'absence douloureuse ont su les faire éclore sur mes lèvres. Il revient demain, il revient demain… Il avait dit «quinze jours». Elle entendit, dans la cour, le vacarme familier des poubelles qu'on range et le bruit d'un tourniquet d'arrosage qui se mettait en route. Cela faisait clic-clic et la rafraîchissait. Cela faisait clic-clic et égrenait des promesses. La concierge déplaçait des pots de fleurs en les traînant sur le sol et elle se souvint des jardinières remplies de rosiers de la maison de Deauville. Un souvenir de paradis perdu qu'elle chassa aussitôt. Hervé avait réussi à éloigner Philippe. Et le Crapaud. Elle avait mis fin aux attentes de Raoul en lui avouant qu'elle était amoureuse d'un autre homme. Il avait fait claquer sa carte Platine sur l'addition et affirmé «ce n'est pas grave, mon heure viendra». «Vous ne doutez vraiment jamais, Raoul !» «J'arrive toujours à mes fins. Parfois, cela prend plus de temps que prévu car je ne suis pas magicien, mais je n'ai jamais, jamais endossé les habits d'un vaincu.» Il s'était redressé, fier et flamboyant tel un empereur romain drapé dans sa toge au retour d'une campagne triomphale. Elle avait aimé son ton martial. Elle aimait terriblement les hommes forts, déterminés, brutaux. Ils font naître un frémissement en moi, mon corps se tord vers eux, je me sens dominée, possédée, prise, emplie. J'aime la force brute chez un homme. C'est une qualité qu'une femme évoque rarement, effrayée par la crudité de l'aveu. Elle l'avait regardé différemment, avait eu un sourire errant. Il n'est pas si laid, finalement. Et cet éclat dans l'œil qui luisait comme un défi... Mais il y avait Hervé. L'intraitable Hervé. Pas un mot, pas un message en quinze jours. Elle trembla sur sa chaise et souleva ses lourds cheveux pour dissimuler son trouble.

– Va à Deauville. La maison est vide !

– Je ne sais pas si... Je pourrais gêner en débarquant à l'improviste.

– Philippe n'y est pas. J'ai reçu une carte d'Alexandre. Son père les a rejoints en Irlande et les emmène, Zoé et lui, au lac du Connemara.

Tu es sûre ? eut envie de dire Joséphine. Zoé ne m'a rien dit à moi. Mais elle ne voulut pas attirer l'attention d'Iris.

– Tu vérifierais si la tempête n'a pas fait de dégâts. Le journaliste à la radio parlait d'arbres abattus, de toits envolés... Ça me rendrait service.

Et je ne l'aurais pas dans mes pieds quand Hervé sera là. Elle pourrait tout gâcher. Elle haussa le volume de la radio.

– Cela me ferait du bien... Tu crois vraiment que..., hésitait Joséphine.

Joséphine, avec l'amour, apprenait la ruse. Elle leva sur Iris des yeux innocents, attendant qu'elle répète son invitation.

– Ce n'est que deux heures de route... Tu ouvres la maison, tu inspectes le toit, comptes les ardoises qui manquent et appelles le couvreur, s'il le faut, monsieur Fauvet, le téléphone est sur le frigo.

– C'est une idée, soupira Joséphine qui ne voulait pas laisser paraître sa joie.

– Une bonne idée, crois-moi..., répéta Iris en agitant le journal comme une molle palme.

Les deux sœurs échangèrent un regard, enchantées de leur duplicité. Et repartirent dans leur rêverie, laissant les gouttes d'eau sécher sur leur peau en sillons sinueux, écoutant d'une oreille absente les commentaires d'un

animateur radio qui racontait la vie des grands naviga-
teurs. Demain, je le verrai ! pensait l'une, sera-t-il là-
bas ? pensait l'autre. Et je m'enroulerai à ses pieds, se
disait l'une, et je me jetterai contre lui en nouant mes
bras dans son cou, imaginait l'autre. Et mon silence
parlera et réparera les éclats passés, se rassurait l'une,
oui mais s'il avait emmené une passagère, une Dottie
Doolittle ? tressaillit l'autre.

Joséphine se leva, incapable de supporter cette idée.
Rangea les tasses, la confiture, les restes du petit déjeuner. Mais bien sûr ! Il ne sera pas seul ! Quelle idée lui
était passée par la tête ? Comme s'il n'y avait que moi
dans sa vie ! Elle cherchait à occuper ses mains, son
esprit, à le détourner de cette hypothèse terrible lorsqu'elle entendit, d'abord en sourdine puis de plus en
plus fort jusqu'à ce que la chanson éclate en fanfare
dans sa tête *Strangers in the night* qui passait à la radio
et claironnait mais oui, il est là-bas, mais oui, il est tout
seul, mais oui il t'attend… Elle étreignit la carafe de thé
glacé contre elle, fit deux pas de danse en cachant le
trajet de ses pieds sous la table, *exchanging glances,
lovers at first sight, in love for ever, doubidoubidou...* et
enchaîna en baissant la tête :

– Et si je partais tout de suite ? Ça ne t'ennuierait pas ?

– Maintenant ? demanda Iris, surprise.

Elle leva la tête vers sa sœur et la vit, résolue, impatiente, serrant la carafe de thé contre elle, la serrant à la
briser.

Iris fit mine d'hésiter puis acquiesça.

– Si tu veux. Mais fais attention sur la route. Souviens-toi de la bourrasque de l'horoscope !

Joséphine fit son sac en dix minutes, le remplit en y
jetant tout ce qui lui tombait sous la main, pensant sera-
t-il là ? il sera là, sera-t-il là ? s'asseyant sur le lit pour
calmer les battements de son cœur affolé, soupirant,
reprenant son travail de pelleteuse de vêtements,

effleurant l'ordinateur, hésitant à l'emporter, mais non, mais non, il sera là-bas, j'en suis sûre, *doubidoubidou*... Se rua à la cuisine pour embrasser Iris, heurta le mur de l'épaule, poussa un cri, lança en grimaçant je t'appelle dès que je suis arrivée, prends bien soin de toi, je devrais emporter d'autres chaussures pour marcher sur la plage, mes clés ! je n'ai pas mes clés ! appela l'ascenseur. Et le chien ? Du Guesclin, où est sa gamelle, son coussin ? J'ai bien tout pris ? se dit-elle la main sur la tête comme si elle allait s'envoler, trépigna pour accélérer la course lente de l'ascenseur qui s'arrêta au deuxième étage. Le petit Van den Brock, comment s'appelait-il déjà, Sébastien ? Oui, Sébastien, entra, tirant un gros sac de voyage. Ses cheveux blonds se dressaient en bottes de paille courtes et dorées, ses joues et ses bras brunis par le hâle ressemblaient à des tranches de pain d'épice et la pointe de ses cils abritant des yeux sérieux était décolorée par le soleil.

– Tu pars en vacances ? demanda Joséphine prête à verser sur n'importe quel humain l'amour qui enflait dans son cœur et menaçait de déborder.

– Je repars, corrigea le garçon sur le ton pointilleux d'un chef de service.

– Ah ! bon… tu reviens d'où ?

– De Belle-Île.

– Vous étiez chez les Lefloc-Pignel ?

– Oui. On y a passé une semaine.

– Et tu t'es bien amusé ?

– On a pêché des bouquets….

– Gaétan va bien ?

– Lui, ça va, mais Domitille a été punie. Enfermée dans sa chambre pendant une semaine, pas le droit de sortir, au pain sec et à l'eau…

– Oh ! s'exclama Joséphine. Qu'avait-elle fait de si terrible ?

– Son père l'a surprise en train d'embrasser un garçon. Elle n'a pas treize ans, vous savez, expliqua-t-il d'un petit ton réprobateur comme pour souligner l'audace de Domitille. Elle se vieillit toujours mais moi, je le sais.

Il sortit au rez-de-chaussée en expulsant le gros sac. Il soufflait, suait et ressemblait, enfin, à un enfant.

– La voiture est garée juste devant. Maman est en train de fermer l'appartement et papa charge les bagages. Bonnes vacances, madame.

Joséphine continua jusqu'au deuxième sous-sol où se trouvait le parking. Ouvrit le coffre, lança le sac, fit monter Du Guesclin et s'assit derrière le volant. Elle tourna le rétroviseur vers elle et se regarda dans le bout de miroir. « Est-ce toi qui sur un pressentiment cours retrouver un amant silencieux à Deauville ? Sur la foi d'une chanson entendue à la radio ! Je ne te reconnais plus, Joséphine. »

À la hauteur de Rouen, elle aperçut de gros nuages noirs dans le ciel, si serrés qu'ils éteignaient la lumière du jour et continua jusqu'à Deauville avec la menace d'un terrible orage au-dessus de la tête. Une bourrasque ! La voilà donc. Elle se força à sourire. À force de vivre avec Iris, je deviens comme elle et prête foi à ces sornettes. Bientôt elle installera un chat sur son épaule et se tirera les cartes. Elle va voir des voyantes et toutes lui prédisent le grand amour « à la vie, à la mort ». Et elle l'attend, assise face au ventilateur, guettant le bruit des clés à l'étage de Lefloc-Pignel. Je l'aurais gênée si j'étais restée.

Elle arriva en début d'après-midi. Entendit le cri des mouettes qui tournaient au-dessus de la maison en rondes basses. Respira l'odeur mouillée du vent salé. Guetta la maison du haut du chemin qui descendait jusqu'au perron. Vit les volets fermés. Poussa un soupir. Il n'était pas là.

Une rafale de vent brusque cueillit une ardoise sur le toit et la jeta à ses pieds. Joséphine se protégea de la main, puis releva la tête et découvrit que la moitié du toit s'était envolée. Il ne restait, par endroits, que les chevrons dénudés et d'épaisses couches de laine de verre comme des millefeuilles battant au vent. On aurait dit qu'un large râteau était passé sur la maison, enlevant des rangées d'ardoises, en laissant d'autres. Elle se tourna vers les arbres du parc. Certains se tenaient droits, un peu tremblants, mais d'autres étaient ouverts en deux comme des poireaux épluchés. Elle attendrait d'avoir parlé au couvreur pour informer Iris de l'étendue de la catastrophe.

D'ailleurs, pensa-t-elle, elle se moque pas mal, je suppose, de l'état de sa maison. Elle doit se peindre les orteils, s'oindre de crème, se parfumer les cheveux, mettre du rimmel noir sur ses grands yeux bleus. Elle lui envoya un texto pour lui dire qu'elle était bien arrivée.

Iris se réveilla, étreinte par une anxiété qui fourmillait dans tout son corps et la maintenait allongée, oppressée. On était le 16 août. Il avait dit quinze jours. Elle installa le téléphone sur l'oreiller et attendit.

Il n'appellerait pas tout de suite. Ce temps-là était fini. Elle avait bien conscience qu'elle avait franchi une limite impardonnable en le traitant de menteur. En public, en plus ! Oh ! Le regard étonné du garçon du bar quand elle avait crié : « Menteur ! vous êtes un menteur ! » Hervé ne lui pardonnerait pas facilement. Il avait déjà imposé les quinze jours de silence. Il y aurait d'autres brimades.

Que m'importe ? Cet homme m'apprend l'amour. Il me dresse de loin, en silence. Un frisson de plaisir crépita entre ses jambes et elle se recroquevilla pour qu'il continue de brûler au creux de son ventre. C'est donc ça, l'amour ? Cette fulgurante blessure qui donne envie de mourir… Cette attente délicieuse où l'on ne sait plus qui on est, où l'on tend la nuque, docile pour se faire passer les rênes, bander les yeux, conduire au poteau de l'abnégation. J'irai jusqu'au bout avec lui. Je lui demanderai pardon de l'avoir insulté. Il tentait de me faire gravir le chemin de l'amour et je trépignais comme une petite fille gâtée. Je réclamais un serment, un baiser quand il me faisait entrer dans une enceinte sacrée. Je n'avais rien compris.

Elle fixait le téléphone et suppliait qu'il sonne. Je dirai… Je dois choisir mes mots afin de ne pas l'offenser et qu'il comprenne que je me rends. Je dirai, Hervé, je vous ai attendu et j'ai compris. Faites de moi ce que vous voulez. Je ne demande rien, rien que le poids de vos mains sur mon corps qui me façonnent comme une motte d'argile. Et si c'est encore trop, ordonnez-moi d'attendre et j'attendrai. Je resterai cloîtrée et je baisserai les yeux lorsque vous paraîtrez. Je boirai si vous l'ordonnez, je mangerai si vous le commandez, je me purifierai de mes colères futiles, de mes caprices de petite fille.

Elle soupira d'une joie si intense qu'elle crut défaillir.

Il m'a appris l'amour. Ce bonheur ineffable que je recherchais en entassant, alors qu'il fallait au contraire que je m'abandonne, que je donne, que je lâche tout… Il m'a placée dans ma vie. Je vais me lever, passer ma robe ivoire, celle-là même qu'il m'a achetée, mettre un ruban dans mes cheveux, et demeurer assise, près de la porte en attendant. Il ne téléphonera pas. Il sonnera. J'ouvrirai, les yeux baissés, le visage pur de tout apprêt, et je dirai…

L'heure de vérité approchait.

Elle passa toute la journée à guetter ses pas, à soulever son téléphone, à vérifier s'il marchait bien.

Il ne vint pas ce soir-là.

Le lendemain matin, Iphigénie sonna.

– Elle est pas là, madame Cortès ?

– Elle est partie se reposer.

– Ah ! fit Iphigénie, déçue.

– L'immeuble doit être vide, dit Iris tentant de relancer le dialogue.

– Y a plus que vous et monsieur Lefloc-Pignel qui est rentré hier soir.

Le cœur d'Iris bondit. Il était rentré. Il allait l'appeler. Elle referma la porte et s'appuya contre le battant, épuisée de joie. Me préparer, me préparer. Ne plus laisser personne s'immiscer entre nous.

Elle rappela Iphigénie dans l'escalier et lui annonça qu'elle partait quelques jours chez une copine, qu'elle garde dorénavant le courrier dans la loge. Iphigénie haussa les épaules et lui souhaita « bonnes vacances, ça vous fera du bien ».

Le Frigidaire était plein, elle n'aurait pas besoin de sortir.

Elle prit une douche, enfila la robe ivoire, attacha ses cheveux, ôta le vernis rouge de ses ongles et attendit. Elle passa la journée à l'attendre. N'osa pas mettre le son de la télé trop fort de peur de ne pas entendre la sonnerie du téléphone ou les trois coups furtifs frappés à la porte. Il sait que je suis là. Il sait que je l'attends. Il me fait attendre.

Le soir, elle ouvrit une boîte de raviolis. Elle n'avait pas faim. Elle but un verre, deux verres pour se donner du courage. Crut entendre de la musique dans la cour. Ouvrit la fenêtre, entendit le son d'un opéra. Puis sa voix... Il parlait affaires au téléphone. Je suis en train d'étudier le dossier de la fusion... Elle tressaillit, ferma les yeux. Il va venir. Il va venir.

Elle l'attendit toute la nuit, assise près de la fenêtre. L'opéra se tut, la lumière s'éteignit.

Il n'était pas venu.

Elle pleura, assise sur sa chaise dans sa belle robe ivoire. Il ne faut pas que je la salisse. Ma belle robe de mariée.

Elle finit la bouteille de vin rouge, prit deux Stilnox. Alla se coucher.

Il lui avait fait savoir qu'il était rentré en mettant la musique très fort.

Elle lui avait fait savoir qu'elle se soumettait en ne descendant pas sonner à sa porte.

Le premier soir, Joséphine dormit dans l'un des canapés du salon. La maison était dévastée et les chambres à coucher n'avaient plus de toit. Quand on se couchait sur les lits, on apercevait le ciel noir et chargé, des éclairs en bouche de fusil et des rayures de pluie. Dans la nuit, elle fut réveillée par un éclat de tonnerre et Du Guesclin hurla à la mort.

Elle compta un, deux, pour situer la présence de l'orage et n'eut pas le temps d'aller jusqu'à trois, la foudre illumina le parc. Il y eut un craquement terrible, le bruit d'un arbre qui s'écroule. Elle courut à la fenêtre et vit le grand hêtre devant la maison s'abattre sur sa voiture. La voiture se plia en deux dans un bruit terrible de tôle écrasée. Ma voiture ! Elle se précipita sur l'interrupteur. Il n'y avait plus d'électricité. Un autre éclair éclata dans le ciel noir et elle eut le temps de vérifier que sa voiture était réduite à l'état de crêpe.

Le lendemain, elle appela monsieur Fauvet. La femme du couvreur lui répondit que son mari était débordé.

– Toutes les maisons sont touchées dans le pays. Y a pas que vous ! Il passera dans la matinée.

Elle attendrait. Elle disposa des bassines pour recueillir l'eau qui tombait par endroits. Hortense appela. Maman, je vais à Saint-Tropez, je suis invitée chez des amis. Je me suis fait chier à Korcula. Maman, j'aime plus les riches ! Non je plaisante. J'aime les riches intelligents, brillants, modestes, cultivés… Il en existe, tu crois ?

Zoé appela. La connexion était si mauvaise qu'elle n'attrapait qu'une syllabe sur deux. Elle entendit tout va bien, il ne me reste plus de batterie, je t'aime, on prolonge d'une semaine, Philippe est d'acc…

D'accord, murmura-t-elle au silence qui prolongea l'appel.

Elle alla dans la cuisine, ouvrit les placards, sortit un paquet de biscottes, de la confiture. Songea au congélateur et à tout ce qui allait être perdu. Je devrais appeler Iris, lui demander ce que je dois faire…

Elle appela Iris. Lui fit un rapport le moins alarmant possible, mais signala la panne d'électricité et du congélateur.

— Fais ce que tu veux, Jo. Si tu savais ce que je m'en fiche…

— Tout va être perdu !

— C'est pas un drame, répondit Iris d'une voix lasse.

— Tu as raison. Ne te fais pas de souci, je vais m'en occuper. Toi, ça va ?

— Oui. Il est rentré… Je suis si heureuse, Jo, si heureuse. Je crois que je découvre, enfin, ce que c'est que l'amour. Toute ma vie, j'ai espéré ce moment-là et voilà, il arrive. Grâce à lui. Je t'aime, Jo, je t'aime…

— Moi aussi, je t'aime, Iris.

— Je n'ai pas toujours été gentille avec toi…

— Oh ! Iris ! Ce n'est pas grave, tu sais !

— Je n'ai été gentille avec personne, mais je crois que j'attendais quelque chose de grand, de très grand, et que je l'ai enfin rencontré. J'apprends. Je me dépouille petit à petit. Tu sais que je ne me maquille plus ? Un jour il m'avait dit qu'il n'aimait pas les artifices et il avait effacé mon blush de son doigt. Je me prépare pour lui...

– Je suis heureuse que tu sois heureuse.

– Oh ! Jo, si heureuse...

Elle avait la voix pâteuse, traînait sur des syllabes, en escamotait d'autres. Elle a dû boire, hier soir, se dit Joséphine, désolée.

– Je t'appellerai demain pour te tenir au courant.

– Ce n'est pas la peine, Jo, occupe-toi de tout, je te fais confiance. Laisse-moi vivre mon amour. J'ai comme une vieille peau qui tombe... Il fallait que je sois seule, tu le comprends ? Nous avons très peu de temps à être ensemble. Je veux en profiter pleinement. Je vais peut-être aller m'installer chez lui...

Elle eut un petit rire de gamine. Joséphine repensa à la chambre austère, au crucifix, à sainte Thérèse de Lisieux et aux commandements de l'épouse parfaite. Il ne l'emmènerait pas chez lui.

– Je t'aime, ma petite sœur chérie. Merci d'avoir été si bonne avec moi...

– Iris ! Arrête, tu vas me faire pleurer !

– Réjouis-toi au contraire ! C'est nouveau pour moi, ce sentiment-là...

– Je comprends. Sois heureuse. Je vais rester ici. J'ai du boulot par-dessus la tête ! Hortense et Zoé ne rentrent pas avant dix jours. Profite ! Profite !

– Merci. Et surtout inutile de m'appeler... Je ne répondrai plus.

Le lendemain soir, Iris entendit un opéra, puis sa voix au téléphone. Elle reconnut *Le Trouvère* et fredonna un air, assise sur sa chaise, dans sa belle robe ivoire. Ivoire, tour d'ivoire. Nous sommes tous les deux dans notre tour d'ivoire. Mais, pensa-t-elle en bondissant sur ses pieds, peut-être croit-il que je suis partie ? Ou que je boude encore ? Oui, bien sûr ! Et puis, ce n'est pas à lui de venir à moi, c'est à moi d'aller à lui. En repentante. Il ne sait pas que j'ai changé. Il ne peut pas se douter.

Elle descendit. Frappa timidement. Il ouvrit, froid et majestueux.

– Oui ? demanda-t-il comme s'il ne la voyait pas.

– C'est moi…

– C'est qui, moi ?

– Iris…

– Ce n'est pas suffisant.

– Je viens vous demander pardon…

– C'est mieux…

– Pardon de vous avoir traité de menteur…

Elle avança dans l'entrebâillement de la porte. Il la repoussa du doigt.

– J'ai été frivole, égoïste, coléreuse… Pendant ces quinze jours toute seule, j'ai compris tant de choses, si vous saviez !

Elle tendit les bras vers lui en offrande. Il recula.

– Vous m'obéirez désormais, en tout et pour tout ?

– Oui.

Il lui fit signe d'entrer. L'arrêta immédiatement quand elle fit mine d'aller jusqu'au salon. Referma la porte derrière elle.

– J'ai passé de très mauvaises vacances à cause de vous…, dit-il.

– Je vous demande pardon… J'ai appris tant de choses !

– Et vous en avez encore beaucoup à apprendre ! Vous n'êtes qu'une petite fille égoïste et froide. Sans cœur.

– Je veux tout apprendre de vous…

– Ne m'interrompez pas quand je parle !

Elle se laissa tomber sur une chaise, cinglée par son ton autoritaire.

– Debout ! Je ne vous ai pas dit de vous asseoir.

Elle se releva.

– Vous allez obéir maintenant si vous voulez continuer à me voir…

– Je le veux ! Je le veux ! J'ai tellement envie de vous !

Il fit un bond en arrière, effrayé.

– Ne me touchez pas ! C'est moi qui décide, moi qui donne l'autorisation ! Vous voulez m'appartenir ?

– De toutes mes forces ! Je ne vis plus que dans cet espoir. J'ai compris tant de…

– Taisez-vous ! Ce que vous avez compris avec votre petit cerveau de femme futile ne m'intéresse pas. Vous m'entendez ?

Le petit frisson de plaisir revint crépiter entre ses jambes. Elle baissa les yeux, honteuse.

– Écoutez et répétez après moi…

Elle hocha la tête.

– Vous allez apprendre à m'attendre…

– Je vais apprendre à vous attendre.

– Vous allez m'obéir en tout et pour tout.

– Je vous obéirai en tout et pour tout.

– Sans poser de questions !

– Sans poser de questions…

– Sans jamais m'interrompre.

– Sans jamais vous interrompre.

– Je suis le maître.

– Vous êtes le maître.

– Vous êtes ma créature.

– Je suis votre créature.

– Vous ne ferez aucune objection.

– Je ne ferai aucune objection.

– Êtes-vous seule ou entourée ?

– Je suis seule. Je savais que vous alliez rentrer et j'ai éloigné Joséphine. Et ses filles, aussi.

– C'est parfait… Êtes-vous prête à recevoir ma loi ?

– Je suis prête à recevoir votre loi.

– Vous allez passer par une période de purification afin de vous débarrasser de vos démons. Vous resterez chez vous en respectant strictement mes consignes. Êtes-vous prête à les écouter ? Faites un signe de la tête et désormais gardez les yeux baissés quand vous êtes en ma présence, vous ne les lèverez que lorsque je vous en donnerai l'ordre…

– Vous êtes mon maître.

Il la gifla de toutes ses forces. La tête d'Iris rebondit sur son épaule. Elle se toucha la joue, il lui prit le bras et le tordit.

– Je ne vous ai pas dit de parler. Taisez-vous ! C'est moi qui ordonne !

Elle acquiesça. Elle sentait sa joue gonfler et la brûler. Elle eut envie de caresser la brûlure. Le frisson éclata à nouveau entre ses jambes. Elle faillit vaciller de plaisir. Elle courba la tête et chuchota :

– Oui, maître.

Il resta silencieux un moment comme s'il la testait. Elle ne bougea pas, demeura les yeux baissés.

– Vous allez remonter chez vous et vivre cloîtrée le temps que je le déciderai et suivant un emploi du temps que je vous donnerai. Acceptez-vous ma loi ?

– Je l'accepte.

– Vous vous lèverez chaque matin à huit heures, irez vous laver soigneusement, partout, partout, le moindre recoin doit être propre, je vérifierai. Puis vous vous agenouillerez, vous passerez en revue tous vos péchés, vous les écrirez sur un papier que je relèverai. Puis, vous direz vos prières. Si vous n'avez pas de livre de prières, je vous en prêterai un… répondez !

– Je n'ai pas de livre de prières, dit-elle les yeux baissés.

– Je vous en prêterai un… Ensuite, vous ferez le ménage, vous nettoierez tout parfaitement, vous ferez ça à genoux, les mains dans la Javel, la bonne odeur de Javel qui élimine tous les germes, vous frotterez le sol en offrant votre travail à la miséricorde de Dieu, vous lui demanderez pardon de votre vie ancienne dissolue. Vous resterez ainsi en ménage jusqu'à midi. Si je dois passer, je ne veux voir aucune saleté, aucune poussière ou vous serez punie. À midi, vous aurez le droit de manger une tranche de jambon et du riz blanc. Et vous boirez de l'eau. Je ne veux aucun aliment de couleur, suis-je clair ? Dites oui si vous avez compris…

– Oui.

– L'après-midi, vous lirez votre livre de prières, à genoux pendant une heure, puis vous laverez le linge, le repasserez, ferez les vitres, laverez les tentures, les rideaux. Je veux que vous soyez vêtue le plus simplement possible. En blanc. Vous avez une robe blanche ?

– Oui.

– Parfait, vous la porterez tout le temps. Le soir, vous la laverez et la mettrez à sécher sur un cintre dans la baignoire afin qu'elle soit prête à être enfilée le matin. Je ne supporte pas les odeurs corporelles. C'est entendu ? Dites oui.

– Oui.

– Oui, maître.

– Oui, maître.

– Les cheveux tirés en arrière, pas de bijou, pas de maquillage, vous travaillerez les yeux baissés, tout le temps… Je peux arriver à n'importe quelle heure de la journée et si je vous surprends en pleine désobéissance, vous serez punie. Je vous infligerai une punition que je choisirai soigneusement afin de vous guérir de vos vices. Le soir, vous répéterez le même repas. Aucun alcool n'est toléré. Vous ne boirez que de l'eau, de l'eau du robinet. Je vais monter faire l'inspection et jeter toutes les bouteilles… car vous buvez. Vous êtes une alcoolique. En êtes-vous consciente ? Répondez !

– Oui, maître.

– Le soir, vous attendrez sur une chaise que je veuille bien venir passer une visite d'inspection. Dans le noir le plus complet. Je ne veux aucune lumière artificielle. Vous vivrez à la lumière du jour. Vous ne ferez aucun bruit. Pas de musique, pas de télé, pas de chanson fredonnée, vous chuchoterez vos prières. Si je ne viens pas, vous ne vous plaindrez pas. Vous resterez en silence sur votre chaise à méditer. Vous avez beaucoup à vous faire pardonner. Vous avez mené une vie sans intérêt, uniquement centrée sur vous. Vous êtes très belle, vous le savez… Vous avez joué avec moi et je suis tombé dans vos artifices. Mais je me suis repris. Ce temps-là est fini. Reculez. Je ne vous ai pas permis de vous approcher…

Elle recula d'un petit pas et, à nouveau, un frisson électrique zébra le bas de son ventre. Elle s'abîma en avant afin qu'il ne s'aperçoive pas qu'elle souriait de plaisir.

– À la moindre incartade, il y aura des représailles. Je serai obligé de vous frapper, de vous punir et je réfléchirai à la punition juste qui vous fera mal physiquement, il le faut, il le faut, et moralement… Vous devez être rabaissée après vous être pavanée comme une petite orgueilleuse.

Elle croisa les mains derrière le dos, garda la tête baissée.

– Tenez-vous prête à mes visites inopinées. J'ai oublié de vous dire, je vous enfermerai afin d'être sûr que vous ne vous échapperez pas. Vous me donnerez votre trousseau de clés en me jurant qu'il n'y en a pas d'autre disponible. Il est encore temps pour vous de vous retirer de ce programme de purification. Je ne vous impose rien, vous devez décider librement, réfléchissez et dites oui ou non…

– Oui, maître. Je me donne à vous.

Il la gifla du revers de la main comme s'il la balayait.

– Vous n'avez pas réfléchi. Vous vous êtes précipitée pour répondre. La vitesse est la forme moderne du démon. J'ai dit : réfléchissez !

Elle baissa les yeux et resta silencieuse. Puis murmura :

– Je suis prête à vous obéir en tout, maître.

– C'est bien. Vous êtes amendable. Vous êtes sur le chemin de la réhabilitation. Nous allons maintenant aller chez vous. Vous monterez chaque marche, la tête baissée, les mains dans le dos, lentement, comme si vous gravissiez la montagne de la repentance…

Il la fit passer devant lui, prit une cravache accrochée au mur de l'entrée et lui en cingla les jambes pour la faire avancer. Elle se cabra. Il la cingla à nouveau et lui ordonna de ne manifester aucune peine, aucune douleur lorsqu'il la battrait. Dans l'appartement de Joséphine, il vida toutes les bouteilles dans l'évier en ricanant. Il se parlait à lui-même d'une voix nasillarde et répétait le vice, le vice est partout dans le monde moderne, il n'y a plus de limites au vice, il faut nettoyer le monde, le débarrasser de toutes les impuretés, cette femme impure va se nettoyer.

– Répétez après moi, je ne boirai plus.

– Je ne boirai plus.

– Je n'ai pas caché de bouteilles afin de les boire en cachette.

– Je n'ai pas caché de bouteilles afin de les boire en cachette.

– En tout, j'obéirai à mon maître.

– En tout, j'obéirai à mon maître.

– C'est assez pour ce soir. Vous pouvez aller vous coucher…

Elle recula pour le laisser passer, lui tendit son jeu de clés qu'il mit dans sa poche.

– Rappelez-vous, je peux surgir n'importe quand et si le travail n'est pas fait…

– Je serai punie.

Il la gifla à nouveau de toutes ses forces et elle laissa échapper une plainte. Il avait frappé si fort que son oreille en résonnait.

– Vous n'avez pas le droit de parler quand je ne vous y autorise pas !

Elle pleura. Il la frappa.

– Ce sont de fausses larmes. Bientôt, vous verserez de vraies larmes, des larmes de joie… Embrassez la main qui vous châtie.

Elle se pencha, embrassa délicatement sa main, osant à peine l'effleurer.

– C'est bien. Je vais pouvoir faire quelque chose de vous, je pense. Vous apprenez vite. Durant le temps de la purification vous serez habillée en blanc. Je ne veux pas voir trace de couleur. La couleur est débauche.

Il attrapa ses cheveux, les tira en arrière.

– Baissez les yeux que je vous inspecte…

Il passa un doigt sur son visage sans fard et fut satisfait.

– On dirait que vous avez commencé à comprendre !

Il ricana.

– Vous aimez la manière forte, n'est-ce pas ?

Il se rapprocha d'elle. Lui retroussa les lèvres afin de vérifier la propreté des dents. Glissa un ongle pour retirer un reste de nourriture. Elle sentait son odeur d'homme fort, puissant. C'est bien, pensa-t-elle, qu'il en soit ainsi. Lui appartenir. Lui appartenir.

– Si vous obéissez en tout, si vous devenez pure comme chaque femme doit l'être, nous nous unirons…

Iris étouffa un petit cri de plaisir.

– Nous marcherons ensemble vers l'amour, le seul, celui qui doit être sanctionné par le mariage. À l'heure où je le déciderai... Et vous serez à moi. Dites, je le veux, je le désire et baisez ma main.

– Je le veux, je le désire...

Et elle lui baisa la main. Il l'envoya se coucher.

– Vous dormirez les jambes serrées afin qu'aucune pensée impure ne vous pénètre. Parfois, si vous êtes mauvaise, je vous attacherai. Ah ! j'oubliais, je déposerai à huit heures précises, chaque matin, sur la table de votre cuisine, deux tranches de jambon blanc, du riz blanc que vous ferez cuire. Vous ne mangerez que ça. C'est tout. Allez vous coucher. Vos mains sont propres ? Vous vous êtes lavé les dents ? Votre vêtement de nuit est-il prêt ?

Elle secoua la tête. Il lui pinça la joue violemment, elle étouffa un cri.

– Répondez. Je n'admettrai aucune entorse à la règle ou il vous en cuira.

– Non, maître !

– Vous allez le faire. J'attendrai. Dépêchez-vous...

Elle s'exécuta. Il tourna le dos pour ne pas la voir se déshabiller.

Elle glissa dans son lit.

– Vous avez une chemise blanche ?

– Oui, maître.

Il se rapprocha du lit et lui flatta la tête.

– Dormez maintenant !

Iris ferma les yeux. Elle entendit la porte claquer derrière lui. La clé tourner dans la serrure.

Elle était prisonnière. Prisonnière de l'amour.

Deux fois par jour, Joséphine appelait monsieur Fauvet et parlait à madame Fauvet. Elle insistait, disait qu'à chaque bourrasque de nouvelles ardoises s'envolaient, que c'était dangereux, que la maison prenait l'eau, que bientôt la batterie de son portable serait à plat et qu'elle ne pourrait plus la joindre. Madame Fauvet disait « oui, oui, mon mari va venir… », et elle raccrochait.

Il pleuvait sans discontinuer. Même Du Guesclin ne voulait plus sortir. Il montait sur la terrasse dévastée, humait le vent, levait la patte contre des pots en terre fracassés et redescendait en soupirant. C'était vraiment un temps à ne pas mettre un chien dehors.

Joséphine dormait dans le salon. Prenait des douches froides, dévalisait le congélateur. Mangeait toutes les glaces, des Ben & Jerry, des Häagen-Dazs, des *chocolate chocolate chips*, des *pralines and cream*. Ça lui était égal de grossir. Il ne viendrait pas. Elle regardait son visage dans la cuillère, gonflait les joues, trouvait qu'elle ressemblait à une jatte de crème fraîche, se barbouillait de chocolat. Du Guesclin léchait le couvercle des pots. Il la regardait avec dévotion, tortillait du train en attendant qu'elle dépose un nouveau couvercle. Tu as une fiancée, Du Guesclin ? Tu lui parles ou tu te contentes de lui grimper dessus ? C'est fatigant, tu sais, c'est fatigant les sentiments ! C'est plus simple de manger, de se remplir de gras et de sucré. Du Guesclin n'a jamais eu ces problèmes, il n'est jamais tombé amoureux, il troussait les filles et laissait plein de petits bâtards derrière lui qui, à peine sortis de leurs couches, partaient faire la guerre aux côtés de leur père. Il n'était bon qu'à ça. À inventer des stratégies et à remporter des batailles. Avec cinquante hommes en haillons, il écrasait une armée de cinq cents Anglais en armures et catapultes ! En se déguisant en petite vieille avec des fagots sur le dos. Tu te rends compte ! La petite vieille se faufilait dans les remparts de la ville à prendre et, une fois à l'intérieur, Du Guesclin tirait son épée et embrochait des rangs entiers d'Anglais. En temps de paix, il s'ennuyait. Il avait épousé une femme savante et plus âgée que lui, une experte en astrologie. À la veille de chaque bataille, elle lui faisait une prédiction et ne se trompait jamais ! On a retiré la guerre aux hommes, alors ils ne savent plus qui ils sont. En temps de paix, Du Guesclin tournait en rond et ne faisait que des bêtises. Le seul problème des crèmes glacées, mon vieux Du Guesclin, c'est qu'après, tu es légèrement écœurée et tu as envie de dormir, mais tu es si lourde que tu n'arrives même plus à attraper le sommeil, tu gigotes comme une bouteille de lait et il s'enfuit.

Son portable sonna. Un texto. Elle le lut. Luca !

Vous savez, Joséphine, vous savez, n'est-ce pas ?

Elle ne répondit pas. Je sais, mais je m'en moque bien. Je suis avec Du Guesclin, bien à l'abri sous un toit en lambeaux dans une belle couverture en mohair rose qui me chatouille le nez.

– Tu sais, le seul problème aujourd'hui, c'est qu'on parle avec son chien… Ce n'est pas normal. Je t'aime beaucoup, beaucoup, mais tu ne remplaces pas Philippe…

Du Guesclin gémit comme s'il en était désolé.

Le portable sonna. Un nouveau texto de Luca.

Vous ne répondez pas ?

Elle ne répondrait pas. Bientôt elle n'aurait plus de batterie, elle ne voulait pas gâcher ses dernières munitions pour Luca Giambelli. Ou plutôt Vittorio.

Elle avait trouvé sur une étagère une vieille édition de *La Cousine Bette* de Balzac et l'avait ouvert en le respirant. Le livre sentait la sacristie, le linge pieux et le papier moisi. Elle lirait *La Cousine Bette* à la lueur d'une bougie, la nuit. À voix haute. Elle s'enroula dans la couverture, approcha la bougie, une belle bougie rouge qui se consumait sans couler et commença :

– « Où la passion va-t-elle se nicher ? Vers le milieu du mois de juillet de l'année 1838, une de ces voitures nouvellement mises en circulation sur les places de Paris et nommées des *milords* cheminait, rue de l'Université, portant un gros homme de taille moyenne, en uniforme de la garde nationale. Dans le nombre de ces Parisiens accusés d'être si spirituels, il s'en trouve qui se croient infiniment mieux en uniformes que dans leurs habits ordinaires et qui supposent chez les femmes des goûts assez dépravés pour imaginer qu'elles seront favorablement impressionnées à l'aspect d'un bonnet à poil et par le harnais militaire… » Tu vois, Du Guesclin, c'est tout l'art de Balzac, il nous décrit les vêtements d'un homme et on entre dans son âme ! Du détail, encore du détail ! Mais pour récolter les détails, il faut prendre son temps, savoir le perdre, le laisser musarder afin qu'il aille dénicher un mot, une image, une idée. On n'écrit plus comme Balzac aujourd'hui parce qu'on ne perd plus de temps. On dit « ça sent bon », « il fait beau », « il fait froid », « il est bien habillé » sans chercher les petits mots qui iront comme des gants et montreront indirectement qu'il fait beau, que ça sent bon, qu'un homme est fringant.

Elle posa le livre et réfléchit. J'aurais peut-être dû parler de Luca à Garibaldi. Il l'aurait inscrit sur sa liste de suspects. J'ai eu tort. Je me suis emportée contre lui et j'ai omis de parler du plus menaçant d'entre tous ! Elle remonta la couverture, lissa les longs poils de mohair rose en une mèche raide et reprit le livre. Elle fut interrompue par une nouvelle sonnerie. Un troisième texto.

Je sais où vous êtes, Joséphine. Répondez-moi.

Son cœur se mit à battre. Et s'il disait vrai ?

Elle tenta de joindre Iris. En vain. Elle devait dîner avec le bel Hervé. Elle vérifia que toutes les portes étaient fermées. Les fenêtres, de grandes baies vitrées au verre épais, étaient certifiées antichoc. Mais s'il passait par le toit ? Il y a des ouvertures partout. Il suffit d'escalader la façade, de passer par un balcon. Je vais éteindre la bougie. Il ne saura pas que je suis là. Oui mais… il verra la voiture écrasée sous l'arbre.

Et puis il y eut un mitraillage de textos. « Je suis sur la route, j'arrive », « Répondez, vous me rendez fou ! », « Vous ne vous en tirerez pas comme ça. », « J'approche et vous ferez moins la fière. », « Salope ! La salope ! », « Je suis à Touques. » À Touques ! Elle jeta un regard alarmé à Du Guesclin qui ne bougeait pas. La tête posée sur ses pattes, il attendait qu'elle reprenne sa lecture ou ouvre un nouveau pot de glace. Elle courut à la fenêtre pour scruter le parc dans la nuit. Il a dû apprendre par sa concierge que j'étais venue, elle a parlé, il a peur que je clame à toute l'université française qu'il est cet homme ridicule qui s'affiche en slip sur des panneaux publicitaires. Ou il sait que j'ai vu plusieurs fois Garibaldi…

Je vais appeler Garibaldi….

Je n'ai que le numéro de son bureau…

Elle essaya à nouveau de joindre Iris. Elle entendit le répondeur.

Un nouveau signal, un nouveau message.

Le parc est beau, la mer si proche. Allez à la fenêtre, vous me verrez. Préparez-vous.

Elle s'approcha de la fenêtre, prit appui en tremblant sur le rebord, jeta un œil dehors. La nuit était si noire qu'elle ne voyait que des ombres géantes qui bougeaient, animées par le vent. Des arbres qui se penchaient, des branches qui craquaient, une bourrasque qui arrachait les feuilles qui tombaient en tourbillons… Elles ont toutes été poignardées. En plein cœur. Une main qui coule autour de votre cou, serre, serre, vous maintient dans un étau et l'autre qui enfonce le couteau. Le soir où j'ai été agressée, il voulait me parler, « il faut que je vous parle, Joséphine, c'est important ». Il voulait se confesser, il n'en a pas eu le courage, il a préféré m'éliminer. Il m'a laissée pour morte. Il n'a plus appelé pendant deux jours. J'avais laissé trois messages sur son portable. Il ne répondait pas. Et son indifférence quand on s'était retrouvés au bord du lac. Sa froideur quand je lui ai raconté l'agression. Il se demandait simplement comment j'avais pu en réchapper... C'est la seule chose qui le préoccupait. Ça ne tient pas debout ! Madame Berthier, la Bassonnière, la petite serveuse ? Elles ne le connaissaient pas. Qu'est-ce que tu en sais ? Qu'est-ce que tu sais de sa vie ? La Bassonnière en savait plus que toi.

Elle tremblait si fort qu'elle n'arrivait pas à s'éloigner de la fenêtre. Il va entrer, il va me tuer, Iris ne répond pas, Garibaldi ne sait rien, Philippe rit dans un pub avec Dottie Doolittle, je vais mourir toute seule. Mes petites filles, mes petites filles...

De grosses larmes coulèrent sur ses joues. Elle les essuya du revers de la main. Du Guesclin dressa l'oreille. Il avait entendu quelque chose ? Il se mit à aboyer.

– Tais-toi, tais-toi ! Tu vas nous faire repérer !

Il aboyait de plus en plus fort, tournait dans le salon, se dressa contre la fenêtre et posa ses pattes contre la vitre.

– Arrête ! Il va nous voir...

Elle risqua un œil au-dehors, aperçut une voiture qui avançait dans l'allée, les phares allumés. Cela fit un projecteur de lumière dans la pièce et elle s'aplatit par terre. Mon Dieu ! Mon Dieu ! Papa, protège-moi, protège-moi, je ne veux pas souffrir, fais qu'il me tue tout de suite, fais que je n'aie pas mal, j'ai peur, oh ! j'ai peur...

Du Guesclin aboyait, soufflait, se heurtait dans le noir aux meubles du salon. Joséphine trouva le courage de se relever et chercha un endroit où se cacher. Pensa à la buanderie. La porte était épaisse, munie de serrures. Pourvu qu'il me reste un peu de batterie ! Je vais appeler Hortense. Elle saura. Elle ne panique jamais, elle me dira, maman, t'en fais pas, je prends tout en main, j'appelle la police, le principal, dans ces cas-là, c'est surtout de ne pas montrer qu'on a peur, essaie de te planquer et si tu n'y arrives pas, parle-lui, distrais-le, parle-lui posément calmement, occupe-le, le temps que les flics arrivent… Elle allait appeler Hortense.

Elle se dirigea, toujours à quatre pattes, vers la buanderie. Du Guesclin restait devant la porte de l'entrée, le front bas, les épaules en avant, comme s'il allait charger l'adversaire. Elle chuchota « viens, on bat en retraite », mais il resta aux aguets, menaçant, écumant, le poil dressé.

Elle entendit des pas sur les gravillons. Des pas lourds. L'homme avançait, sûr de lui, sûr de la trouver là. L'homme approchait. Elle entendit une clé tourner dans la porte. Un verrou, deux verrous, trois verrous…

Une voix forte retentit :

– Y a quelqu'un ?

C'était Philippe.

Un matin, Iris se réveilla et le trouva debout au pied de son lit. Elle sursauta. Elle n'avait pas entendu le réveil ! Elle ne leva pas le bras pour se protéger du coup de cravache qui allait sanctionner sa faute. Elle baissa les yeux et attendit.

Il ne la battit pas. Ne releva pas le moindre écart à la règle. Il tourna autour du lit, ploya la cravache, en cingla l'air et déclara :

– Aujourd'hui, vous ne mangerez pas. J'ai posé des tranches de jambon blanc et du riz sur la table, mais vous n'avez pas le droit d'y toucher. Les tranches sont belles. C'est du jambon blanc de bonne qualité, de belles tranches épaisses, odorantes dont les effluves viendront vous tenter. Vous passerez la journée sur votre chaise à lire votre livre de prières et je viendrai vérifier, le soir, si les tranches sont intactes. Vous êtes sale. Le travail est plus important que je ne le pensais. Il faut nettoyer en grand afin que vous fassiez une belle épousée.

Il fit quelques pas. Releva du bout de la cravache le dessus-de-lit pour vérifier si le sol était propre. Le laissa retomber, satisfait.

— Vous aurez, bien sûr, fait le ménage comme chaque matin mais vous ne mangerez pas. Vous aurez droit à deux verres d'eau. Je les ai posés sur la table. Vous devez les boire en imaginant la source qui coule et vous purifie. Ensuite, quand vous aurez fini le ménage, vous gagnerez votre chaise, vous lirez et vous m'attendrez. Est-ce clair ?

Elle gémit « oui, maître », sentant la faim qui la tenaillait depuis la veille se réveiller comme une bête dans son ventre.

— Pour vérifier que vous êtes restée bien sagement à étudier votre livre de prières, je vais vous en donner une que vous apprendrez par cœur et que vous devrez me réciter SANS FAIRE DE FAUTES car le moindre bafouillage sera puni et de façon que vous reteniez la leçon. Compris ?

Elle baissa les yeux et soupira : « oui, maître ».

Il la cingla d'un coup de cravache.

— Je n'ai pas entendu !

— Oui, maître, cria-t-elle, les larmes coulant sur sa poitrine.

Il prit son livre de prières, le feuilleta, en trouva une qui sembla le satisfaire, et commença à la lire à voix haute.

– C'est un extrait de l'*Imitation de Jésus-Christ*. Cela s'intitule *De la résistance qu'il faut apporter aux tentations*. Vous n'avez jamais su résister aux tentations. Ce texte va vous l'apprendre.

Il s'éclaircit la voix et commença :

– « Nous ne pouvons être sans afflictions et sans tentations tant que nous vivons en ce monde. C'est ce qui a fait dire à Job que la vie de l'homme sur la terre est une tentation continuelle. C'est pourquoi chacun devrait se précautionner contre les tentations auxquelles il est sujet et veiller en prière de peur que le démon qui ne s'endort jamais et qui rôde de tous côtés cherchant qui dévorer ne trouve l'occasion de nous surprendre. Il n'y a point d'homme si parfait et si saint qui n'ait quelques fois des tentations et nous ne pouvons en être entièrement exempts. Cependant, bien que ces tentations soient fâcheuses et rudes, elles sont souvent pour nous d'une grande utilité parce qu'elles servent à nous humilier, à nous purifier, à nous instruire. Tous les saints ont passé par de grandes tentations et de rudes épreuves et ils y ont trouvé leur avancement… »

Il lut longtemps, d'une voix monocorde puis déposa le livre sur la couverture du lit, déclara :

– Je veux vous l'entendre réciter par cœur, avec toute l'humilité et le soin par moi exigés, ce soir, lorsque je vous visiterai.

– Oui, maître.

– Baisez la main du maître !

Elle baisa sa main.

Il tourna les talons et la laissa, éperdue de faim, de douleur, inerte sous les draps blancs. Elle pleura longtemps, les yeux grands ouverts, sans bouger, sans protester, les bras le long du corps, les mains ouvertes sur la couverture. Elle n'avait plus de forces.

– Jo ! La porte est bloquée. Je n'arrive plus à l'ouvrir !

– Philippe… C'est toi ?

Il avait laissé les phares de sa voiture allumés, mais elle n'était pas sûre de le reconnaître dans la nuit noire.

– Tu t'es enfermée ?

– Oh, Philippe ! J'ai eu tellement peur ! Je croyais que…

– Jo ! Essaie de m'ouvrir…

– Dis-moi que c'est toi…

– Pourquoi tu attends quelqu'un d'autre ? Je dérange ?

Il eut un petit rire. Elle respira, soulagée. C'était bien lui. Elle se jeta sur la porte et tenta de l'ouvrir. Mais la porte résistait.

– Philippe ! Il a tellement plu que l'huisserie a gonflé ! Quand je suis arrivée, il faisait si froid que j'ai allumé le chauffage à fond et ça a dû faire jouer le bois…

– Mais non ! Ce n'est pas pour ça…

– Si je t'assure. En plus, il n'arrête pas de pleuvoir !

– C'est parce que j'ai fait changer toutes les portes et les fenêtres. L'air passait partout, j'en avais marre de chauffer le jardin ! Elles sont toutes neuves et encore encollées… Il faut forcer au début…

– Mais je suis bien arrivée à entrer, moi !

– Ça a dû se recoller après quand tu as allumé le chauffage à fond ! Essaie encore…

Joséphine s'exécuta. Elle vérifia que les verrous n'étaient pas engagés et tenta d'ouvrir la porte.

– J'y arrive pas !

– C'est sûr que les premières fois, c'est dur… Attends, je vais voir…

Il avait dû reculer car sa voix était plus lointaine.

– Philippe ! J'ai peur ! J'ai reçu des textos de Luca, il arrive, il va me tuer !

– Mais non… Je suis là, il ne peut rien t'arriver !

Elle entendait ses pas sur le gravier, il marchait le long de la maison, cherchant une issue pour entrer.

– J'ai fait poser des fenêtres et des portes anti-vol de partout, il n'y a pas une seule ouverture ! Cette maison est un vrai coffre-fort…

– Philippe ! Il arrive, répétait Joséphine, affolée. C'est lui qui poignarde les femmes, je le sais, maintenant ! C'est lui !

– Ton ancien soupirant ? demanda Philippe d'un air amusé.

– Oui, je t'expliquerai, c'est compliqué. C'est comme les poupées russes, il y a plein d'histoires emboîtées, mais je suis sûre que c'est lui…

– Mais non ! Tu t'affoles pour rien ! Pourquoi viendrait-il ici ? Éloigne-toi de la porte, je vais essayer de l'enfoncer…

– Si… Il est fou.

– Tu t'es reculée, Jo ?

Joséphine fit deux pas en arrière et entendit le bruit d'un corps lancé sur la porte. La porte trembla, mais ne céda pas.

– Merde ! cria Philippe. Je n'y arriverai pas ! Je vais faire le tour par-derrière…

– Philippe ! cria Joséphine. Fais attention ! Il arrive, je te dis !

– Jo, arrête de paniquer ! Tu te fais du cinéma !

Elle entendit ses pas sur le gravier. Il s'éloignait. Elle attendit en mordant son index. Luca allait arriver, ils allaient se battre et elle ne pourrait rien faire. Elle sortit son portable et pensa appeler les pompiers. Elle était si fébrile qu'elle ne parvint pas à se rappeler le numéro. Puis son portable s'éteignit. Plus de batterie.

Les pas revenaient. Elle se mit à la fenêtre et vit Philippe à la lumière des phares. Elle lui fit un signe. Il s'approcha.

– Il n'y a rien à faire. Tout est verrouillé ! Calme-toi, Jo, dit-il en posant sa main sur la vitre.

Elle plaqua sa main contre la sienne, derrière le verre.

– Il me fait peur ! Je ne t'ai pas tout raconté la dernière fois à Londres. On n'avait pas le temps, mais c'est un fou, un violent…

Elle était obligée de parler fort pour qu'il l'entende.

– Il ne va rien nous faire ! Arrête de paniquer !

Il retourna vers la porte, donna des coups d'épaule contre le bois qui ne cédait pas. Revint à la fenêtre.

– Tu vois, il n'aurait même pas pu entrer…

– Si. En passant par le toit !

– En pleine nuit ? Il serait tombé ! Il aurait fallu qu'il attende qu'il fasse jour et tu aurais eu le temps d'appeler au secours.

– Je n'ai plus de batterie !

Elle l'entendit qui se laissait tomber contre la porte.

– Je vais devoir passer la nuit dehors…

– Oh, non ! gémit Joséphine.

Elle s'assit, elle aussi, contre le lourd battant. Gratta du bout d'un doigt comme si elle voulait creuser un trou. Gratta, gratta.

– Philippe ? T'es là ?

– Je vais rouiller si je passe la nuit dehors !

– Les chambres sont inondées et il n'y a presque plus de toit. Je dors dans le salon sur le grand canapé avec Du Guesclin…

– C'est une armure ?

– C'est mon gardien.

– Bonjour Du Guesclin !

– C'est un chien.

– Ah…

Il dut changer de position car elle l'entendit qui remuait derrière la porte. Elle l'imagina, les jambes repliées sous le menton, les bras autour des genoux, le col relevé. La pluie avait cessé. Elle n'entendait plus que le vent qui sifflait dans les arbres un air impérieux et aigu sur deux notes menaçantes.

– Tu vois, il ne vient pas, dit Philippe au bout d'un moment.

– Je n'ai pas inventé les textos ! Je te les montrerai…

– Il a fait ça pour t'affoler. Il est vexé ou furieux que tu l'aies laissé tomber et il se venge.

– C'est un fou, je te dis. Un fou dangereux… Quand je pense que je n'ai rien dit à Garibaldi ! J'ai balancé Antoine et lui, je l'ai protégé ! Je suis nulle, mais je suis nulle !

– Mais non… Tu t'es affolée pour rien. Et même s'il vient, il tombera sur moi et ça le calmera. Mais il ne viendra pas, j'en suis sûr…

Elle l'écoutait et la paix se faisait en elle. Elle laissa aller sa tête contre le battant de la porte et respira doucement. Il était là, juste derrière. Elle ne craignait plus rien. Il était venu, seul. Sans Dottie Doolitlle.

– Jo ?

Il fit une pause et ajouta :

– Tu m'en veux pas ?

– Pourquoi tu n'appelais pas ? lâcha Joséphine, au bord des larmes.

– Parce que je suis con…

– Tu sais, je m'en fiche que tu aies d'autres filles. Tu n'as qu'à me le dire. Personne n'est parfait.

– Je n'ai pas d'autres filles. Je me suis pris les pieds dans mes émotions.

– Il n'y a rien de pire que le silence, marmonna Joséphine. On imagine tout et tout devient menaçant. On n'a pas de prise, même pas un petit bout de réalité pour se mettre en colère. Je déteste le silence.

– C'est si pratique, parfois.

Joséphine soupira.

– Tu viens de parler… Tu vois, c'est pas compliqué.

– C'est parce que tu es derrière la porte !

Elle éclata de rire. Un rire qui emportait sa frayeur. Il était là, Luca ne s'approcherait pas. Il verrait la voiture de Philippe garée devant la porte. La sienne, écrasée sous l'arbre, il saurait qu'elle n'était pas seule.

– Philippe… J'ai envie de t'embrasser !

– Va falloir attendre. La porte n'a pas l'air d'accord. Et puis… Je ne suis pas un homme facile. J'aime me faire désirer.

– Je sais.

– Tu es là depuis longtemps ?

– Ça va faire trois jours… je crois. Je ne sais plus…

– Et il pleut comme ça depuis trois jours ?

– Oui. Sans discontinuer. J'ai essayé de joindre Fauvet, mais…

– Il m'a appelé. Il vient demain avec ses ouvriers…

– Il t'a appelé en Irlande ?

– J'étais revenu d'Irlande. Quand je suis arrivé au camp pour emmener Zoé et Alexandre, ils ont déclaré qu'ils voulaient prolonger leur séjour. Je suis rentré à Londres…

– Tout seul ? demanda Joséphine en grattant la porte de plus belle.

– Tout seul.

– Je préfère quand même. Je dis que ça m'est égal, mais ça m'est pas vraiment égal… Ce que je ne veux pas, c'est te perdre.

– Tu me perdras plus…

– Tu peux répéter ?

– Tu ne me perdras plus, Jo.

– J'ai même cru que tu étais retombé amoureux d'Iris…

– Non, dit Philippe tristement. C'est fini, bien fini avec Iris. J'ai déjeuné à Londres avec son soupirant. Il m'a demandé sa main…

– Lefloc-Pignel ? Il était à Londres ?

– Non. Mon associé. Il veut l'épouser… Pourquoi Lefloc-Pignel ?

– Je ne devrais pas te le dire, mais il semble qu'elle soit tombée très amoureuse de lui. En ce moment, ils filent le parfait amour à Paris.

– Iris avec Lefloc-Pignel ! Mais il est extrêmement marié !

– Je sais… Et pourtant, d'après Iris, ils s'aiment…

– Elle m'étonnera toujours. Rien ne lui résiste…

– Elle l'a voulu dès qu'elle l'a vu.

– J'aurais jamais cru qu'il quitterait sa femme.

– Ce n'est pas encore fait…

Elle aurait voulu lui demander s'il avait de la peine, mais elle se tut. Elle n'avait pas envie de parler de sa sœur. Pas envie qu'elle vienne s'immiscer entre eux. Elle attendit qu'il reprenne le dialogue.

– Tu es forte, Jo. Bien plus forte que moi. Je crois que c'est pour ça que j'ai eu peur et que je suis resté silencieux…

– Oh ! Philippe ! Je suis tout sauf forte !

– Si, tu l'es. Tu ne le sais pas, mais tu l'es… Tu as vécu bien plus de choses que moi et toutes ces choses t'ont fortifiée.

Joséphine protesta. Philippe l'interrompit :

– Joséphine, je voulais te dire… Un jour, il m'arrivera peut-être de ne pas être à la hauteur, et ce jour-là, il faudra que tu m'attendes… Que tu attendes que je finisse de grandir. J'ai tellement de retard !

Ils passèrent la nuit à se parler. De chaque côté de la porte.

Fauvet arriva le matin et délivra Joséphine qui se retint pour ne pas sauter dans les bras de Philippe. Elle se blottit contre la manche de sa veste et s'y frotta la joue.

Elle appela Garibaldi. Elle lui fit part du harcèlement dont elle avait été victime, du contenu des messages.

– J'ai eu vraiment peur, vous savez.

– Je dois dire qu'il y avait de quoi, répondit Garibaldi avec une certaine empathie dans la voix. Seule, dans une grande maison isolée, avec un homme qui vous poursuit...

Je vais encore me faire avoir, pensa Joséphine, mais cette fois-ci, elle décida de parler. Elle raconta l'indifférence de Luca, sa double personnalité, ses crises de violence. Il ne dit rien. Elle allait raccrocher quand elle pensa qu'il fallait peut-être lui donner le nom de la concierge.

– Nous l'avons vue. Nous savons tout ça, répondit Garibaldi.

– Parce que vous avez déjà enquêté sur lui ? demanda Joséphine.

– Fin de la conversation, madame Cortès.

– Vous voulez dire que vous connaissez l'assassin...

Il avait raccroché. Elle retourna, songeuse, vers Philippe et monsieur Fauvet qui inspectaient le toit et dressaient la liste des réparations à faire.

Quand Philippe revint vers elle, elle murmura :

– Je crois qu'ils ont arrêté le meurtrier...

– C'est pour ça qu'il n'est pas venu ? Ils l'ont intercepté à temps...

Il passa un bras sur ses épaules et lui dit qu'il fallait qu'elle oublie. Il ajouta qu'il allait falloir prévenir l'assureur pour la voiture.

– Tu as une bonne assurance ?

– Oui. Mais c'est le cadet de mes soucis. Je sens le danger partout... et s'ils ne l'arrêtaient pas à temps ? S'il nous poursuivait ? Il est dangereux, tu sais...

Ils partirent pour Étretat. S'enfermèrent dans un hôtel. Ne sortirent de la chambre que pour aller manger des gâteaux et boire du thé. Parfois, au milieu d'une phrase, Joséphine pensait à Luca. À tous les mystères de sa vie, à ses silences, à la distance qu'il avait toujours maintenue entre elle et lui. Elle avait pris cela pour de l'amour. Ce n'était que de la folie. Non ! se reprenait-elle, un soir, il a failli me parler, tout avouer et j'aurais pu peut-être l'aider. Elle frissonnait. J'ai dormi avec un assassin ! Elle se réveillait en sueur, se dressait sur le lit. Philippe la calmait en parlant doucement « je suis là, je suis là ». Elle se rendormait en pleurant.

Il pleuvait sans discontinuer. Ils regardaient du fond du lit la pluie s'abattre en longs traits transversaux contre la fenêtre. Du Guesclin soupirait, changeait de position et se rendormait.

Ils décidèrent de rentrer à Paris sans se presser.

– Tu veux qu'on ne prenne que des petites routes ? demanda Philippe.

– Oui.

– Qu'on se perde dans les petites routes ?

– Oui. Comme ça on aura plus de temps ensemble !

– Mais, Jo, maintenant on aura tout notre temps ensemble !

– Je suis si heureuse, je voudrais attraper une mouette, lui murmurer mon secret à l'oreille et qu'elle s'envole vers le ciel en l'emportant…

Il pleuvait tellement qu'ils se perdirent. Joséphine tournait la carte routière dans tous les sens. Philippe riait et lui assurait qu'il ne la prendrait jamais comme copilote.

– Mais on n'y voit rien ! On va retourner sur une grande route. Tant pis !

Ils trouvèrent la D 313, traversèrent des petits villages qu'ils apercevaient à peine sous le ballet affairé des essuie-glaces et arrivèrent à un lieu dit : « Le Floc-Pignel ». Philippe siffla.

– Dis donc ! L'homme est important. Il a un village à son nom !

Ils roulaient à cinq à l'heure. Joséphine, à travers la glace, aperçut une vieille boutique à la façade écaillée. Au fronton, en lettres vertes presque effacées sur un fond blanc, on pouvait lire : IMPRIMERIE MODERNE.

– Philippe ! Arrête-toi !

Il se gara. Joséphine sortit de la voiture et alla inspecter la maison. Elle aperçut de la lumière et fit signe à Philippe de la rejoindre.

– Comment il s'appelait déjà ? maugréa-t-elle en tentant de se rappeler les propos de Lefloc-Pignel.

– Qui ça ? demanda Philippe.

– L'imprimeur qui a recueilli Lefloc-Pignel… Je l'ai sur le bout de la langue !

Il s'appelait Graphin. Benoît Graphin. C'était un vieil homme que l'âge avait couvert de givre. Il leur ouvrit, étonné. Les fit entrer dans une grande pièce emplie de machines, de livres, de pots de colle, de plaques d'imprimerie.

– Excusez le désordre, dit le vieil homme. Je n'ai plus la force de ranger…

Joséphine se présenta et à peine avait-elle prononcé le nom d'Hervé Lefloc-Pignel que les yeux de l'homme s'animèrent.

– Tom, murmura-t-il, le petit Tom…

– Vous voulez dire, Hervé ?

– Moi, je l'appelais Tom. Parce que Tom Pouce…

– Ainsi, c'est vrai ce qu'il m'a raconté, vous l'avez recueilli, élevé…

– Recueilli, oui. Élevé, non. Elle ne m'en a pas laissé le temps…

Il alla chercher une cafetière posée sur une ancienne cuisinière à bois et leur proposa un café. Il marchait, voûté, en traînant les pieds. Il portait un vieux gilet en laine, un pantalon de velours élimé, des pantoufles. Il ouvrit une boîte remplie de gâteaux et leur en offrit. Il buvait son café en trempant les gâteaux et rajoutait du café brûlant dans sa tasse quand les petits gâteaux avaient absorbé tout le liquide. Il agissait mécaniquement, les yeux dans le vague, comme s'ils n'étaient pas assis en face de lui.

– Faut m'excuser, marmonna-t-il, je ne parle pas souvent. Avant, y avait du monde dans le village, de l'animation, des voisins, maintenant ils sont presque tous partis...

– Oui, je sais, répondit Joséphine doucement. Il m'a raconté la grand-rue, les commerçants, son travail avec vous...

– Il se souvient ? dit-il, ému, il n'a pas oublié ? Après tout ce temps...

– Il se souvient de tout. Il se souvient de vous, il vous a aimé, vous savez.

Elle avait pris entre ses mains la main déformée de Benoît Graphin et la serrait en lui souriant doucement.

Il sortit un mouchoir de la poche de son pantalon et essuya ses yeux. Il tremblait en essayant de ranger son mouchoir.

– Je l'ai connu, il était pas plus grand que ça...

Il tendit la main et indiqua la taille d'un gamin.

– C'était il y a longtemps ? demanda Joséphine.

Il leva le bras pour signifier qu'il ne pouvait même plus compter le nombre d'années.

– Tom, le petit Tom... Si on m'avait dit ce matin qu'on me parlerait de lui !

– Lui, il parle toujours de vous. Il est devenu un très bel homme, très brillant...

– Oh ça ! Je m'en doutais. Il était déjà très intelligent... C'est le Ciel qui me l'a envoyé, le petit Tom.

– Il a frappé à votre porte ? dit Joséphine en souriant.

– Pour ça, non ! J'étais en train de travailler...

Il montra les machines recouvertes de poussière derrière lui.

– Elles tournaient à l'époque. Elles faisaient un boucan d'enfer… Quand j'ai entendu un violent coup de freins. Alors j'ai levé la tête, je me suis approché de la verrière et ce que j'ai vu ! Ce que j'ai vu !

Il frappa de ses deux mains en l'air comme s'il n'en revenait pas.

– Une grosse voiture qui s'était arrêtée là, juste devant chez moi, et une main de femme qui l'a jeté ! Comme on jette un chien dont on veut se débarrasser ! Le gamin est resté là, planté sur la route. Avec une tortue dans les bras. Il devait avoir trois, quatre ans, je n'ai jamais su.

– Il ne se souvient pas non plus…

– Je l'ai fait entrer. Il ne pleurait pas. Il serrait sa tortue contre lui. Je me suis dit qu'ils allaient faire demi-tour et revenir le chercher. Il était mignon comme tout. Gentil, doux, apeuré. Il ne savait pas son nom. D'ailleurs, au début, il ne parlait pas. C'est comme ça que je l'ai appelé Tom. Il ne connaissait que le nom de sa tortue, Sophie. C'était il y a bien quarante ans, vous savez. Autant dire une autre époque ! J'ai prévenu les gendarmes, ils m'ont dit de le garder en attendant…

Un biscuit s'était cassé dans sa tasse de café. Il se leva pour aller chercher une cuillère. Se laissa tomber sur la chaise et reprit, en partant à la pêche au biscuit :

– Il disait jamais maman ni papa. Il ne voulait rien dire. Un jour, il a juste dit, garde-moi avec toi… Ça m'a drôlement remué. J'avais pas d'enfant. Alors, on s'est mis à vivre tous les trois, lui, moi et sa tortue. Il adorait cet animal. Et, chose étrange, elle était attachée à lui. Quand il l'appelait, elle venait. Je ne savais pas qu'une tortue pouvait avoir des sentiments. Elle dressait sa petite tête vers lui, il la prenait dans ses bras et il avançait tout doucement. Elle dormait dans sa chambre. Au pied de son lit, dans une caisse. Je me suis habitué au gamin et à la tortue. Il m'accompagnait partout. Il ne faisait pas un pas sans moi. Quand je travaillais, il était là, quand j'étais dans le jardin, il me suivait. Je l'avais mis à l'école du village, je connaissais l'instit, il n'a pas fait d'histoires. Les gendarmes passaient de temps en temps boire le café. Ils me disaient qu'il faudrait quand même le déclarer, que peut-être ses parents le cherchaient. Je disais rien, j'écoutais, je me disais que les parents, s'ils voulaient le reprendre… C'était pas dur de revenir et de demander. Pas vrai ?

Joséphine et Philippe répondirent « oui, bien sûr » ensemble, suspendus aux yeux voilés de l'homme, au chagrin qui revenait mouiller son regard, aux vieux doigts qui trempaient les gâteaux.

– Un beau jour, on a vu arriver une femme. Une assistante sociale. Évelyne Lamarche. Sèche, autoritaire, brusque. Elle avait marqué « RV Le Floc Pignel » sur son calepin, ce jour-là. Elle a décidé qu'il devait partir avec elle. Comme ça ! Sans rien nous demander, ni à lui ni à moi ! Quand j'ai protesté, elle a juste dit que c'était la loi. Et quand il a fallu lui trouver un nom, elle a déclaré qu'il s'appellerait Hervé Lefloc-Pignel et qu'elle allait le placer dans une famille d'accueil. J'ai protesté, j'ai dit que j'étais sa famille d'accueil, elle a répondu qu'il fallait être inscrit sur une liste, qu'il y avait des tas de gens qui attendaient des enfants, que moi, je m'étais jamais inscrit. Pardieu ! J'en attendais pas d'enfant, moi !

Il s'essuya à nouveau les yeux, replia son mouchoir, le remit dans sa poche, enleva les miettes de gâteau sur la table avec la manche de son pull.

– Il est parti en trois minutes. Il avait passé six ans avec moi. Il hurlait quand elle l'a emmené, il la griffait, il la mordait, il lui donnait des coups de pied. Elle l'a jeté dans la voiture qu'elle a fermée à clé. Il hurlait : « Papie ! Papie ! » C'est comme ça qu'il m'appelait. J'étais pas vieux à l'époque, mais il m'appelait comme ça… J'ai cru mourir. En une nuit, tous mes cheveux sont devenus blancs.

Il se passa la main dans les cheveux, lissa ses sourcils.

– Je ne sais pas ce qu'ils ont fait avec lui, mais partout où on le plaçait, il s'enfuyait. Et il revenait chez moi. À l'époque, on n'écoutait pas les enfants, alors les enfants abandonnés autant dire qu'ils n'avaient pas le droit à la parole. Je lui avais dit un truc, je lui avais dit bosse bien à l'école, c'est le seul moyen de t'en sortir. Il m'a écouté. Toujours premier en classe… Un jour, lors d'une de ses innombrables escapades, il est revenu sans Sophie. Dans la famille où il avait été placé, l'homme était un fou furieux, un ancien para. Il faisait régner la terreur chez lui, imposait une loi démente. Lit au carré, nettoyage des toilettes à la brosse à dents, oui chef, non chef, à vos ordres chef ! À la moindre faute, il le battait. Il avait des traces de brûlures sur tout le corps. La femme ne disait rien. Quand il pleurait, elle disait : « Tu fais comme le patron a dit ! C'est lui qui a raison. Il faut apprendre à travailler et à souffrir ! » Ils avaient recueilli plusieurs gamins pour se payer de la main-d'œuvre gratuite. Elle, elle ne s'occupait pas d'eux. Jamais. Elle avait une relation très forte avec son homme. Elle devait, avant qu'il rentre du travail, se préparer. Elle enfilait des porte-jarretelles, mettait des bas et des sous-vêtements affriolants. Elle se pavanait devant les enfants, en soutien-gorge, petite culotte. Il rentrait, il la caressait devant les enfants et les obligeait à regarder pour apprendre les choses de la vie ! Il me racontait que les petits, parfois, ils vomissaient tellement ils étaient dégoûtés, il disait : « Moi, pas. Moi, je fais exprès de regarder pour lui montrer que j'en ai rien à cirer ! » L'homme lui avait imposé d'être premier en classe sinon il serait puni. Un jour, il a eu un mauvais bulletin. Le fou a pris Sophie et l'a massacrée sur la table de la cuisine. À coups de marteau. Et après, il a fait un truc horrible, il lui a demandé d'aller jeter le corps en bouillie de Sophie à la poubelle. Il devait avoir treize ans. Il s'est jeté contre l'homme, a essayé de se battre, l'homme n'en a fait qu'une bouchée, il est arrivé ici, il était en sang… Eh bien, vous savez quoi ?

Le sang lui était remonté au visage et il frappait du poing sur la table.

— L'assistante sociale est revenue le chercher ! Avec son petit cartable, sa petite jupe serrée, son petit chignon ! Et elle l'a emmené ! Il la haïssait cette femme. Chaque fois qu'il s'échappait, elle venait le rechercher chez moi, elle lui trouvait une autre famille de cinglés qui le prenaient pour couper le bois, travailler aux champs, s'occuper de la maison, tondre le gazon, peindre, poncer, curer la fosse septique. On lui donnait à peine à manger, on le battait, mais elle, elle disait qu'il fallait le mater. Une sadique, je vous dis. J'en étais malade. J'avais plus de goût à rien. J'ai laissé filer l'atelier… En 1974, Giscard a fixé l'âge de la majorité à dix-huit ans. Deux ans plus tard, Tom a eu son bac avec mention « Très Bien ». À tout juste seize ans. Je ne sais même pas comment il a fait ! Il s'est lancé dans les études comme un fou. Il ne venait presque plus me voir… La dernière fois que je l'ai vu, il a débarqué en pleine nuit, avec un copain. Ils étaient passablement éméchés, ils disaient qu'ils lui avaient fait la peau à la salope… Il a même dit, « je me suis vengé, j'ai mis les compteurs à zéro ». Je lui ai dit qu'on ne mettait pas les compteurs à zéro en se vengeant. Le copain a rigolé : « Il est con, celui-là ! Il a rien compris. » Je me suis énervé. Tom lui a demandé de s'excuser, parce que j'ai toujours continué à l'appeler Tom. Le copain l'a remarqué, il m'a dit : « C'est pas Tom, c'est Hervé. Pourquoi tu l'appelles Tom ? T'as quelque chose contre Hervé ? » J'ai dit : « Non, j'ai rien contre Hervé sauf que je l'appelle Tom », et il a dit : « Ben, ça tombe bien, parce que moi aussi, je m'appelle Hervé et moi aussi, je suis un petit gars de l'assistance et moi aussi, c'est Évelyne la salope qui s'est occupée de moi et elle m'a bien bousillé la vie… »

– Il s'appelait Hervé comment ? demanda Joséphine.

– Je ne sais plus. Un nom bizarre. Un nom belge… Van quelque chose… Je l'ai marqué sur un carnet parce que j'ai tout noté après, quand ils sont repartis. Il y avait tant de violence dans cette scène que j'ai tout écrit. Parfois, quand les choses sont trop violentes, on les efface de sa mémoire, on ne veut plus se souvenir. Je vous le retrouverai si vous voulez…

– C'est très important, monsieur Graphin, dit Joséphine.

– Vous y tenez vraiment ? dit-il en haussant ses sourcils blancs. Je vais vous le retrouver. C'est dans une boîte… Ma boîte à souvenirs. C'est pas que des choses drôles, vous savez !

Il traîna des pieds jusqu'à une étagère, demanda à Philippe d'attraper une boîte pleine de poussière.

Il exhuma un carnet, l'ouvrit précautionneusement, le feuilleta. La poussière se soulevait en flocons légers et il éternua. Sortit à nouveau son mouchoir. Revint au carnet en s'essuyant les yeux. Lut une date : le 2 août 1983.

– Van den Brock. Voilà, il s'appelait Van den Brock. Lui, il avait pris le nom de sa famille d'accueil. Mais il était resté deux ans dans un foyer avant d'être adopté. C'est comme ça qu'ils se sont connus, les deux Hervé. Ils ne sont plus jamais perdus de vue. Quand ils sont venus, ce soir-là, ils avaient décidé de fêter la fin de leurs études. Ils devaient avoir vingt-trois, vingt-quatre ans. Le grand mal élevé, il avait fait médecine, Tom, lui, il avait réussi Polytechnique et plein d'autres écoles que je ne suis pas assez vigoureux pour me rappeler ! Ils ont continué à boire toute la nuit, au bout d'un moment, je lui ai dit : « Mais pourquoi tu es venu me voir ? » Il m'a dit, tiens je vous lis sa réponse : « C'est pour finir un cycle, le cycle du malheur. Tu as été la seule bonne personne que j'ai rencontrée dans ma vie... » L'autre s'était endormi sur un banc et on est restés tous les deux. Il m'a raconté ses galères dans toutes ses familles, il avait collectionné les fous ! Ils sont partis au petit matin. Ils remontaient vers Paris. Je n'ai plus jamais eu de nouvelles de lui. Un jour, en ouvrant le journal local, j'ai appris qu'il épousait la fille du banquier, Mangeain-Dupuy. La famille a un château, pas loin d'ici. Il allait cueillir des champignons dans le parc quand il était petit, il avait toujours peur de se faire manger le fond de culotte par les chiens du château et on se faisait des omelettes succulentes. Je me suis dit que c'était une belle revanche...

Il eut un pâle sourire et s'épousseta le plastron.

– Je ne sais pas s'il a été bien accueilli. Il portait le nom d'un bled tout de même. Il venait pas de leur monde... Mais il était brillant. Enfin, c'est ce qui était écrit dans le journal. Il parlait aussi d'université américaine, de postes importants qu'on lui avait offerts, alors ils ont bien dû se résoudre à lui donner leur fille. Je n'ai pas été invité à la noce. Peu de temps après, par des gens qui travaillaient au château, j'ai appris la mort de son premier enfant. Horrible ! Écrasé sur un parking. Comme Sophie la tortue. Je me suis dit que la vie, elle se foutait de nous, tout de même ! Lui faire vivre ça ! À lui ! Après je l'ai suivi de loin en loin... Des gens du pays qui travaillaient au château et l'apercevaient avec sa femme et ses enfants. On murmure qu'il est bizarre, toujours brillant mais bizarre. Il s'emporte pour un oui, pour un non, il a des obsessions. Il doit être malheureux, cet homme. Je ne sais pas comment on guérit d'une enfance comme ça. Le petit Tom ! Il était si mignon quand il valsait avec Sophie dans l'atelier. Une valse très lente pour ne pas étourdir Sophie. Il la glissait dans son blouson, elle sortait sa petite tête et il lui parlait. Vous voyez, je ne me suis jamais marié, je n'ai jamais eu d'enfants, mais au moins je n'ai pas fait de malheureux.

– Ainsi, ils se connaissaient depuis l'enfance…, murmura Joséphine.

– Souvent on m'a parlé de lui, dit Philippe, mais jamais j'aurais pu imaginer cette enfance ! Jamais !

Benoît Graphin releva la tête et regarda Philippe droit dans les yeux. Sa voix tremblait :

– Parce que c'est pas une enfance, voilà pourquoi !

Il avait rangé son carnet, refermé sa boîte et il secouait la tête dans le vide comme s'il était tout seul, qu'ils étaient déjà repartis.

Dans la voiture, Joséphine s'interrogeait. Ainsi ils se connaissaient… C'était ça, la fameuse piste que creusait l'inspectrice avant de mourir.

– Tu crois pas qu'il faudrait prévenir Iris ? dit Joséphine. C'est violent tout de même, cette histoire…

– Elle ne t'écoutera pas. Elle n'écoute jamais. Elle poursuit un rêve…

Cela faisait huit jours qu'elle se purifiait.

Huit jours qu'elle vivait en recluse dans l'appartement. Qu'elle se levait à sept heures et demie, chaque matin, pour être propre quand il viendrait déposer sa nourriture.

Il sonnait à huit heures précises et demandait « vous êtes levée ? », et si elle ne répondait pas d'une voix haute et claire, elle était punie. Elle avait passé toute une journée, attachée sur sa chaise, pour ne pas avoir entendu le réveil, un matin. Elle avait gardé sa provision de Stilnox cachée sous le matelas et avalait les comprimés pour oublier qu'elle ne pouvait plus boire. Elle avait perdu la notion du temps. Elle savait que ça faisait huit jours, car il le lui rappelait. Le dixième jour, ils se marieraient. Il le lui avait promis. Ce serait un engagement. Un engagement solennel.

– Et j'aurai un témoin ? avait-elle demandé, les yeux baissés, les mains attachées dans le dos.

– Nous aurons un témoin pour tous les deux. Qui prendra note de notre engagement avant qu'il ne devienne officiel devant les hommes…

Ça lui allait très bien. Elle attendrait. Le temps qu'il fasse tous les papiers pour divorcer. Il ne parlait jamais de divorce mais toujours de mariage. Elle ne posait pas de questions.

Ils avaient maintenant une routine. Elle ne désobéissait plus et il semblait satisfait. Parfois, il la détachait et il coiffait ses longs cheveux en lui disant des mots d'amour, « ma beauté, ma toute-belle, tu n'es qu'à moi… Tu ne laisseras aucun homme t'approcher, tu me le promets ? Cet homme avec qui je t'ai aperçue une fois au restaurant »… Comment l'avait-il su ? Il était en vacances. Il avait fait un aller-retour ? Il l'avait suivie ? Il l'aimait donc, il l'aimait ! Cet homme tu ne le laisseras plus t'approcher, n'est-ce pas ? Elle avait appris à lui parler. Elle ne posait jamais de questions, ne prenait la parole que lorsqu'il l'autorisait. Elle se demandait comment ils feraient quand sa femme et ses enfants seraient rentrés.

Le matin, il la réveillait. Il déposait lui-même le jambon blanc et le riz sur la table de la cuisine. Elle devait être propre, en robe blanche. Il passait un doigt sur ses paupières, dans son cou, entre ses jambes. Il ne voulait pas d'odeur entre les jambes. Elle s'écorchait la peau au savon de Marseille. C'était l'épreuve la plus terrible : il ne fallait pas qu'elle se trahisse et elle serrait les dents pour retenir un long gémissement de plaisir. Il passait un doigt sur l'écran de la télé pour voir s'il n'y avait pas de « poussière statique », un autre sur le carrelage, le parquet, le manteau de la cheminée. Il semblait satisfait quand tout était propre. Alors, il revenait vers elle et lui effleurait la joue, une caresse très douce qui la faisait pleurer. « Tu vois, disait-il alors – et c'était un des rares moments où il la tutoyait –, tu vois, c'est ça l'amour, c'est quand on donne tout, qu'on se livre complètement, aveuglément, tu ne le savais pas, tu ne pouvais pas le savoir, tu vivais dans un monde si faux... Quand ils seront tous rentrés, je te louerai un appartement et je t'installerai. Tu seras purifiée et on pourra peut-être, si ta conduite est exemplaire, lever un peu les règles. Tu m'attendras, tu devras m'attendre et je m'occuperai de toi. Je te laverai les cheveux, je te baignerai, je te donnerai à manger, je te couperai les ongles, je te soignerai quand tu seras malade et toi, tu resteras, pure, pure, sans qu'aucun regard d'homme ne te salisse... Je te donnerai des livres à lire, des livres que je choisirai. Tu deviendras savante. Savante de belles choses. Le soir, tu reposeras, les jambes ouvertes dans le lit et je m'allongerai sur toi. Tu ne devras pas bouger, juste pousser un petit gémissement pour me montrer que tu éprouves du plaisir. Je ferai ce que je veux de toi et tu ne protesteras jamais. »

– Ne jamais protester, répétait-il en élevant la voix.

Quand il trouvait une fourchette sale sur la table ou des grains de riz, il s'emportait, la tirait par les cheveux et criait « c'est quoi, ça, c'est quoi ? C'est sale, vous êtes sale », et il la frappait et elle se laissait frapper. Elle aimait l'angoisse qui précédait les coups, l'attente torturante, ai-je tout bien fait, vais-je être punie ou récompensée ? L'attente et l'anxiété gonflaient sa vie, chaque minute était importante, chaque seconde d'attente la remplissait d'un bonheur inconnu, inouï. Elle attendait le moment où elle le devinerait heureux et satisfait ou, au contraire, furieux et violent. Son cœur battait, battait, sa tête tournait. Elle ne savait jamais. Elle se laissait frapper, elle s'affalait à ses pieds et elle promettait de ne plus jamais recommencer. Alors il l'attachait sur la chaise. Toute la journée. Il revenait à midi pour la faire manger. Elle ouvrait la bouche quand il l'ordonnait. Mâchait quand il l'ordonnait, déglutissait quand il l'ordonnait. Parfois, il semblait si heureux qu'ils valsaient dans l'appartement. En silence. Sans faire aucun bruit et c'était encore plus beau. Il appuyait sa tête contre elle et la caressait. Il lui donnait même des petits baisers sur les cheveux et elle défaillait.

Un jour où elle avait désobéi, un jour où il l'avait attachée, le téléphone sonna. Ce ne pouvait pas être lui. Il savait qu'elle était attachée. Elle avait découvert, étonnée, qu'elle s'en moquait bien de savoir qui appelait. Elle n'appartenait plus à ce monde-là. Elle n'avait plus envie de parler aux autres. Ils ne comprendraient pas combien elle était heureuse.

Le soir, chez lui, il mettait un opéra. Il ouvrait grand la fenêtre de son salon et il faisait jouer la musique très fort. Elle écoutait sans rien dire, agenouillée près de la chaise. Parfois, il baissait le son pour parler au téléphone. Ou au Dictaphone. On l'entendait dans toute la cour. Ce n'est pas grave, il disait, ils sont tous en vacances.

Et puis, il éteignait la lumière. Il éteignait la musique. Il allait se coucher.

Ou il montait à pas de loup vérifier si elle dormait bien. Elle devait se coucher avec le soleil. Elle n'avait pas le droit à la lumière. Que feriez-vous à errer dans un appartement sombre ?

Elle devait être couchée, ses longs cheveux étalés sur l'oreiller. Les jambes serrées, les mains sur le bord des draps, et elle devait dormir. Il se penchait sur elle, vérifiait qu'elle dormait, passait la main au-dessus de son corps et elle était envahie d'un plaisir immense, une vague immense de plaisir qui la laissait mouillée dans son lit. Elle ne bougeait pas, elle sentait juste le plaisir l'inonder. Elle ne savait pas, quand il entrait dans la chambre, s'il allait la frapper, la réveiller parce qu'elle avait laissé traîner un papier dans l'entrée ou s'il allait lui dire des mots doux penché sur elle en chuchotant. Elle avait peur et c'était si délicieux, cette peur qui se transformait en vague de plaisir.

Le lendemain, elle se lavait encore plus soigneusement que d'habitude afin qu'il ne sente pas d'odeur corporelle, mais rien que de penser au plaisir de la veille, elle se mouillait encore. Comme c'est étrange, je n'ai jamais été si heureuse et je n'ai plus rien à moi. Je n'ai plus de volonté à moi. Je lui ai tout donné.

Elle désobéissait, cependant : elle écrivait son bonheur sur des feuilles blanches qu'elle cachait derrière la plaque de la cheminée. Elle racontait tout. Par le détail. Et c'était revivre encore tout le plaisir et toute la peur. Je veux écrire cet amour si beau, si pur pour pouvoir le lire et le relire et pleurer des larmes de joie.

J'ai parcouru plus de chemin en huit jours qu'en quarante-sept ans de vie.

Elle était devenue exactement celle qu'il avait voulu qu'elle soit.

Enfin heureuse ! murmurait-elle avant de s'endormir. Enfin heureuse !

Elle n'avait plus envie de boire et demain, elle arrêterait les comprimés pour dormir. Son fils ne lui manquait pas. Il appartenait à un autre monde, le monde qu'elle avait quitté.

Et puis il y eut le soir où il vint la chercher pour l'épouser.

Elle l'attendait, pieds nus, dans sa robe ivoire, les cheveux défaits. Il lui avait demandé de l'attendre debout dans l'entrée comme une belle mariée qui se prépare à descendre la nef de l'église. Elle était prête.

Ce soir-là, Roland Beaufrettot avait la rage. Il rongeait le tuyau de sa pipe, recrachait un jus jaune en pestant contre cette société de merde qui sait plus contenir sa merde et laisse chacun se démerder !

On lui avait signalé une bande de raveurs qui cherchaient un champ pour faire une « teuf de rêve ». Je t'en foutrais des teufs de rêve, moi ! Vont me foutre mon champ en l'air, ces drogués de merde. On lui avait dit aussi qu'ils faisaient des repérages, la nuit. Eh bien ils allaient pas être déçus, les dégénérés ! Ils allaient se retrouver vite fait au bout de sa carabine et ni vu ni connu, je te décharge une giclée de chevrotines dans le fond du pantalon et ces zigotos vont se débiner avec le froc plein de merde de trouille.

Ces champs, ces bois, ces clairières, il les connaissait par cœur. Il savait par où passaient les voleurs de muguet, les voleurs de champignons, les voleurs de châtaignes, les voleurs de lapins, les voleurs de ce qui faisait son ordinaire et lui mettait le pain dans la bouche. Il allait pas en plus se faire saccager sa terre par des merdeux bruyants et drogués !

Il avançait donc prudemment dans les fourrés qui bordaient son champ. Il était beau, son champ ; beau et bien planqué. Fallait connaître pour le trouver ! Toute l'année, il le dorlotait, enlevait les pierres une par une, le hersait, le retournait, lui donnait de l'engrais à bouffer…

Il était donc bien à l'abri, guettant les « toffeurs » comme ils disent à la télé, lorsqu'il entendit le bruit d'une voiture, puis d'une autre et vit débouler les deux autos face à lui. Tiens, je vais enfin voir à quoi ça ressemble de près, un toffeur ! Juste me rincer l'œil avant de leur tirer dans les couilles, à supposer qu'ils en aient !

La première voiture s'arrêta et vint se garer presque sous son nez. Il recula pour qu'on ne le voie pas. On était fin août, la nuit était claire, la lune bien pleine, bien ronde, un amour de lune qui se prenait pour un réverbère de ville. Il aimait tout dans son champ, même la lune qui l'éclairait. La seconde voiture vint se garer face à la première, le capot de l'une à une dizaine de mètres du capot de l'autre.

De la première voiture sortit un homme. Grand, vêtu d'un imperméable blanc. Et de l'autre, un autre homme, très maigre, presque squelettique. Ils se concertèrent un moment comme au café avec Raymond avant de jouer le tiercé et puis l'homme squelettique retourna à sa voiture, alluma grand les phares et mit de la musique. Une musique rudement belle. Pas la musique qui passe à la télé pour les reportages sur les raves. Une musique avec des ronds, des déliés, des envolées et une voix de femme belle comme la lune qui s'éleva dans la forêt et embellit tous les arbres autour, les chênes centenaires, les trembles, les peupliers et les grisards que son père avait plantés juste avant de mourir et sur lesquels il veillait jalousement.

L'homme en imperméable blanc alluma aussi ses phares plein feu et ça fit comme une charpente de lumière. Il y avait des particules qui flottaient dans la lumière des phares et avec la musique qui montait comme un drapeau, ça faisait particulièrement joli. L'imperméable blanc fit descendre de sa voiture une belle femme avec de longs cheveux noirs, vêtue d'une robe blanche, pieds nus. Une comme ça, j'en aurai jamais dans mon lit ! Elle avançait avec grâce et légèreté comme si elle ne touchait pas le sol, comme si les chardons ne lui écorchaient pas les pieds. Le couple était beau, magique, c'est sûr. Ressemblait pas aux tof-feurs, c'est sûr encore. Ils avaient pas l'âge. Dans les quarante ans. Une allure élégante, un rien vantarde comme les gens qui ont de l'argent, qui sont habitués à fendre la foule et à ce qu'on s'écarte… Et la musique ! La musique… Que des cââ, des stââ, des diiii et des vââ lancés dans la nuit comme un hommage à sa forêt. Il n'avait jamais entendu une si belle musique !

Roland Beaufrettot baissa sa carabine. Il sortit son calepin et, pendant qu'il faisait encore à peu près jour, il nota de la pointe de son crayon bien gras le numéro des plaques minéralogiques, la marque des voitures et se dit que c'était peut être les organisateurs qui venaient faire un repérage. Pas les raveurs, trop fai-néants pour se déplacer, mais les producteurs… parce que faut pas me dire à moi qu'il y en a pas qui se font du blé avec les raves. C'est du bizness, ça aussi ! Ça nous rapporte pas un sou à nous, paysans, mais ça rapporte bien à quelqu'un !

Il rangea son calepin, sortit ses jumelles et regarda la femme. Elle était belle ! Vraiment belle. Surtout elle avait une allure qui en imposait… Bientôt il ferait complètement nuit et il ne verrait plus rien. Mais s'ils laissaient les phares des voitures allumés, il verrait suffisamment. C'est pas possible, c'est pas des raveurs, ça. Même pas des raveurs chefs ! Mais qu'est-ce qu'ils foutent ici, alors ?

L'homme à l'imperméable blanc présenta l'homme squelettique à la femme très belle, très élégante et elle inclina la tête très doucement. Avec beaucoup de rete-nue. Comme si elle était dans son salon et qu'elle rece-vait un invité de marque. Puis l'homme squelettique alla baisser un peu la musique. Le beau couple resta enlacé au milieu de la clairière. Droits, beaux, roman-tiques. L'imperméable blanc avait passé les bras autour de la femme et l'enlaçait. C'était très chaste comme attitude. Le squelettique revint, se plaça entre les deux, joignit les mains comme un prêtre qui commence sa messe, dit quelques mots à la femme qui répondit, la tête baissée, des mots qu'il n'entendit pas. Puis le squelettique se tourna vers l'imperméable blanc et lui posa une question et l'imper blanc répondit haut et fort OUI, JE LE VEUX. Alors le squelettique prit la main de l'homme et la main de la femme, les joignit et déclara très fort comme s'il voulait que tous les animaux de la clairière soient au courant et accourent pour leur servir de témoins : JE VOUS DÉCLARE UNIS PAR LES LIENS DU MARIAGE.

C'était donc ça ! Un mariage romantique à la tombée de la nuit dans son champ ! Mazette ! Il était honoré que de si beaux messieurs et une si belle dame viennent se marier chez lui. Il faillit sortir des fourrées et applaudir, mais n'osa pas interrompre la cérémonie. Ils n'avaient pas encore échangé les anneaux.

Il n'y eut pas d'échange d'anneaux.

La femme se laissa aller contre l'imper blanc, ses grands cheveux flottant sur ses épaules, légère au bras de l'homme et ils tournèrent, tournèrent dans la clairière. Ils valsaient sous la lune ronde et pleine qui souriait comme chaque fois la lune quand elle est pleine. C'était beau, c'était émouvant ! Ils dansaient dans les phares, la femme renversée contre l'homme, l'homme protecteur et très chaste l'entourant de ses bras, la faisant reculer même un peu pour danser la valse selon l'étiquette comme on voit les soirs de Noël à la télé. L'homme squelettique avait remis la musique fort, très fort, même un peu trop fort et il attendait appuyé contre le capot, n'en perdant pas une miette.

Le couple valsait lentement, très lentement et Roland Beaufrettot se dit qu'il n'avait jamais vu un spectacle aussi beau. La femme souriait, les yeux baissés, les pieds nus dans l'herbe et l'homme la maintenait avec une sorte d'autorité tranquille, de grâce d'un autre temps…

Et puis, l'homme squelettique lança ses bras en l'air tel un sémaphore, frappa dans ses deux mains et cria MAINTENANT ! MAINTENANT ! Et alors l'homme en imper blanc sortit quelque chose de sa poche, quelque chose qui brilla dans la lumière des phares avec un reflet blanc, vif, et il l'enfonça dans la poitrine de la femme, fermement, méthodiquement, en comptant un, deux, trois, un, deux, trois, tout en continuant de valser et de la maintenir enlacée.

Je rêve, se dit Roland Beaufrettot, ce n'est pas Dieu possible ! Sous ses yeux, un homme poignardait une femme en valsant et la femme s'écroulait dans l'herbe et faisait une longue tache blanche. Et alors le danseur, sans la regarder, se tourna vers l'homme squelettique et lui offrit, en l'élevant vers le ciel comme une offrande de druide, ce qui semblait être un poignard court, le même qu'ils utilisent à la chasse à courre pour servir le cerf. Il le tendit à l'homme squelettique qui le recueillit cérémonieusement, l'essuya, le rangea dans une sorte d'étui – il ne voyait plus bien, il n'était pas sûr – puis s'en retourna à sa voiture, sortit une sorte de grand sac-poubelle, revint aux côtés de l'homme en imper blanc et lentement, ils plièrent la femme en deux, la firent glisser dans le sac, fermèrent le sac et, le portant chacun par un bout, ils partirent le jeter dans la mare, juste derrière.

Roland Beaufrettot se frottait les yeux. Il avait posé sa carabine, ses jumelles, et s'était recroquevillé sur ses talons, bien à l'abri. Il venait d'assister à un meurtre en direct.

Elle n'avait pas eu un geste de protestation ! Elle n'avait pas eu un cri, elle avait dansé jusqu'à la fin et était morte sans faire de bruit comme une voile blanche qui s'affale.

C'était pas Dieu possible !

Les deux hommes revinrent au bout de dix minutes. Retournèrent à la voiture de l'homme à l'imper blanc, sortirent une caisse, l'ouvrirent et répandirent des sortes de cailloux dans le champ qu'ils disposèrent comme s'ils dessinaient un rond. Ils effacent les traces, c'est ça, pensa Roland Beaufrettot, ils effacent le sang… Puis ils se serrèrent la main et repartirent chacun de son côté. Les phares disparurent dans la nuit et le bruit des moteurs s'éloigna.

Alors ça ! s'exclama Roland Beaufrettot, le cul par terre, alors ça…

Il attendit d'être certain que les deux voitures ne reviendraient plus et sortit des fourrés. Il voulait voir ce qu'ils avaient laissé sur le sol pour effacer les traces de leur crime. Des cailloux, de la sciure ?

Il braqua sa lampe-torche à terre et aperçut une dizaine de gros galets ronds, marron et jaunes disposés en cercle parfait. C'était comme s'ils se donnaient la main, qu'ils faisaient une ronde. Il en poussa un du bout de son soulier. Le caillou bougea, il lui poussa une petite patte, puis une deuxième, troisième… Il jura « Putain de bordel de merde ! » prit ses jambes à son cou et détala.

Le lendemain, il alla chez les gendarmes et raconta tout.

– Je crois que je devrais aller voir Garibaldi et lui raconter l'histoire de l'imprimeur, dit Joséphine à Philippe. Je voudrais savoir aussi s'ils ont arrêté Luca…

– Tu veux que je vienne avec toi ?

– Je crois qu'il ne vaut mieux pas…

– Je t'attendrai ici.

Ils étaient rentrés à Paris. Philippe avait pris une chambre à l'hôtel. Ils désiraient passer encore un peu de temps ensemble. En clandestins. Zoé et Alexandre arrivaient dans deux jours. Deux jours tous les deux, seuls, dans un Paris déserté. Joséphine fit une nouvelle fois le numéro du portable d'Iris. Elle ne répondit pas.

— C'est bizarre, elle qui est toujours cramponnée à son portable... Je trouve ça inquiétant.

— Elle l'a coupé, elle ne veut pas qu'on la dérange. Laisse-la vivre sa passion... Ils ont dû partir quelques jours ensemble.

— Ça ne te fait vraiment rien de la savoir avec un autre ?

— Tu sais, Jo, je n'ai qu'une envie, c'est qu'elle soit heureuse et je ferai tout pour qu'elle le soit. Avec Lefloc-Pignel ou un autre... Mais j'ai peur qu'elle se heurte à un mur avec lui. Tu crois qu'il divorcera ?

— Je ne sais pas. Je ne le connais pas assez... Je devrais aller voir si elle est à la maison...

— Non ! Reste avec moi...

Il l'avait prise dans ses bras et elle se laissa aller contre lui, sa bouche contre sa bouche, immobile, à goûter un baiser qui n'en finissait pas. Il l'embrassait, lui caressait le cou, sa main descendait, attrapait un sein, l'enfermait, elle se tendait contre lui, enfonçait sa bouche dans la sienne, gémissait. Il l'entraîna vers le lit, la renversa en la maintenant serrée dans ses bras, elle soupira oui, oui... et aperçut l'heure sur l'horloge en acajou posée sur la cheminée.

Elle s'arracha à son étreinte.

— Dix heures ! Il faut que j'aille voir Garibaldi... J'ai trop de questions dans la tête.

Philippe grogna, mécontent. Lança un bras pour la rattraper.

— Mais je reviens tout de suite...

Joséphine était en train d'expliquer au planton du rez-de-chaussée du 36, quai des Orfèvres qu'il fallait absolument qu'elle voie l'inspecteur Garibaldi lorsque celui-ci dévala l'escalier.

– Inspecteur ! Il faut que je vous parle, j'ai du nouveau…

Il avait fait signe à deux collègues de le suivre et ne s'arrêta pas sur le visage soucieux de Joséphine.

– Moi aussi, j'ai du nouveau, madame Cortès, et j'ai pas le temps maintenant.

Elle courut à ses côtés.

– C'est au sujet des RV…

– Puisque je vous dis que j'ai vraiment pas le temps ! Je vous attends cet après-midi. Dans mon bureau…

Elle commença par dire : « Mais, c'est important… » Il était déjà parti et la voiture démarrait dans la cour.

Elle retourna à l'hôtel et retrouva Philippe.

– Il était pressé, il partait en mission, mais je le vois cet après-midi…

– Il ne t'a rien dit ?

– Non… Il avait un air, comment te dire, un air… un air que je n'aime pas.

Un air fébrile, inquiet, sombre. Cela lui rappelait quelque chose. Elle ne savait pas quoi. Et toujours cette question qui tournait dans sa tête et qu'elle répéta à Philippe :

– Pourquoi ne décroche-t-elle pas ?

– Calme-toi. Je la connais. Elle a oublié le reste du monde. C'est bientôt la fin du mois, sa femme et ses enfants vont rentrer, ils ne seront plus libres de se voir, ils ne veulent pas être dérangés…

– Tu as peut-être raison. Je me fais du souci pour rien… Et pourtant, il y a quelque chose qui me trouble dans ce silence…

– Ce n'est pas plutôt d'être à l'hôtel avec moi qui te met mal à l'aise ?

– C'est vrai que ça fait drôle, murmura-t-elle. J'ai l'impression d'être une femme adultère…

– Et ce n'est pas délicieux ?

– Je ne suis pas habituée à être clandestine…

Elle faillit demander « et toi ? », mais se reprit à temps.

Elle regarda Philippe à travers ses cils baissés et se dit qu'elle aimait cet homme à la folie. Et puisque Iris, elle aussi, était amoureuse… Cela semblera étrange, au début, c'est sûr. Il faudra s'habituer, attendre que Zoé et Alexandre soient prêts à entendre la nouvelle. Hortense s'en félicitera. Elle a toujours aimé Philippe. Ses filles lui manquaient. Il lui tardait qu'elles reviennent. Zoé serait là bientôt, avec qui Hortense était-elle partie à Saint-Tropez ? Je ne le lui ai même pas demandé…

Elle entendit une sonnerie qui signalait l'arrivée d'un message. Philippe grommela : « Qui c'est ? » Joséphine se leva et alla vérifier.

– C'est Luca…

– Et que dit-il ?

– « Ainsi vous vous êtes débarrassée de moi ! »

– Tu as raison, cet homme est fou ! Ils ne l'ont pas encore arrêté, alors ?

– Apparemment non…

– Qu'est-ce qu'ils attendent ?

– J'ai compris ! s'exclama Joséphine. C'est vers lui que Garibaldi courait ce matin ! Il partait l'arrêter !

Quand Joséphine vint au rendez-vous, Garibaldi l'attendait. Il avait une belle chemise noire et tordait le nez et la bouche comme s'ils étaient en caoutchouc. Il demanda à ne pas être dérangé et offrit une chaise à Joséphine. Il se racla plusieurs fois la gorge avant de commencer à parler. Il n'arrêtait pas de s'éplucher les ongles avec ses pouces.

– Madame Cortès, commença-t-il, savez-vous s'il y a moyen de contacter monsieur Dupin ?

Joséphine rougit.

– Il est à Paris…

– Il est joignable, donc.

Joséphine hocha la tête.

– Pouvez-vous lui demander de nous retrouver ?

– Il s'est passé quelque chose de grave ?

– Je préférerais attendre qu'il soit là pour...

– C'est une de mes filles ? s'écria Joséphine. Je veux savoir !

– Non. Ce n'est ni une de vos filles ni son fils...

Joséphine se rassit, rassurée.

– Vous êtes sûr ?

– Oui, madame Cortès. Pouvez-vous l'appeler ?

Joséphine fit le numéro de Philippe et lui demanda de venir dans le bureau de l'inspecteur. Il arriva aussitôt.

– Vous avez été rapide, sourcilla l'inspecteur.

– J'attendais Joséphine au café, en face... Je voulais venir, mais elle a préféré vous voir seule.

– Ce que j'ai à vous apprendre n'est pas agréable du tout... Il va falloir être fort et rester calme.

– Ce n'est ni les filles ni Alexandre, le rassura Joséphine.

– Monsieur Dupin... On a retrouvé le corps de votre femme dans un étang de la forêt de Compiègne.

Philippe blêmit, Joséphine cria « quoi ? », se disant qu'elle avait mal entendu. Ce n'était pas possible. Que pouvait bien faire Iris dans la forêt de Compiègne ? C'était une erreur, c'était une femme qui lui ressemblait.

– Ce n'est pas possible.

– Et pourtant, soupira l'inspecteur Garibaldi, c'est bien son corps qu'on a retrouvé... Je l'ai vu et je me souviens très bien d'elle puisque je l'avais interrogée dans le cadre de l'enquête. Madame Cortès ou vous, monsieur Dupin, quand lui avez-vous parlé pour la dernière fois ?

– Mais qui a fait ça ? l'interrompit Joséphine.

Philippe était livide. Il tendit la main vers Joséphine. Elle ne le vit pas. Elle avait la bouche déformée par un sanglot muet.

– Je voudrais savoir qui lui a parlé en dernier…

– Moi, dit Joséphine. Au téléphone, il y a, disons, mais je n'en suis pas sûre, huit, dix jours.

– Et que vous avait-elle dit ?

– Qu'elle vivait une grande histoire d'amour avec Lefloc-Pignel, qu'elle n'avait jamais été aussi heureuse, qu'il ne fallait plus que je l'appelle, qu'elle voulait vivre cette histoire en paix… et qu'ils allaient se marier.

– Nous y voilà ! Il l'a emmenée en forêt en lui promettant le mariage, il a fait un simulacre de cérémonie et l'a poignardée. C'est un paysan qui a tout vu. Il a eu la remarquable présence d'esprit de relever les numéros des plaques minéralogiques. C'est ainsi qu'on a pu les identifier.

– Quand vous dites « les », demanda Philippe, vous faites allusion à qui ?

– Van den Brock et Lefloc-Pignel. Ils sont complices. Ils se connaissent depuis longtemps, très longtemps. Ils ont agi ensemble.

– C'est exactement ce que j'étais venue vous dire, ce matin ! cria Joséphine.

– J'ai envoyé des hommes chez Lefloc-Pignel et d'autres dans la Sarthe, où il passe ses vacances, pour arrêter Van den Brock.

– On aurait pu tout empêcher si vous m'aviez écoutée…

– Non, madame, quand on s'est croisés ce matin, votre sœur était déjà morte. Je courais prendre le témoignage de l'homme qui a assisté au…

Il toussa et mit son poing devant sa bouche.

Philippe prit la main de Joséphine. Il raconta le retour en voiture par les petites routes normandes, l'arrêt au lieu-dit « Le Floc-Pignel », la confession de l'imprimeur. Joséphine l'interrompit pour préciser comment elle avait entendu parler la première fois du village et de l'imprimeur de la bouche même d'Hervé Lefloc-Pignel.

– Il s'était confié à vous ! C'est étonnant, fit l'inspecteur.

– Il disait que je ressemblais à une petite tortue…

– Une petite tortue qui nous a drôlement aidés avec cette histoire de creuser RV…

Ce fut à son tour de raconter.

À partir des notes de la Bassonnière, ils avaient appris l'histoire de Lefloc-Pignel, l'abandon quand il était enfant, l'origine de son nom, ses diverses familles d'accueil.

« On n'a pas réagi tout de suite, ce n'est pas une tare d'être un enfant abandonné et de s'être élevé socialement en ayant fait un beau mariage. L'incident de l'enfant écrasé dans le parking suscitait plutôt la compassion. C'est le capitaine Gallois qui a fait la première le lien entre les deux Hervé. »

– Comment a-t-elle pensé à ça ? Ce n'est pas évident, demanda Philippe en serrant la main de Joséphine dans la sienne.

– Sa mère était assistante sociale en Normandie. Elle travaillait à la DDASS et s'occupait, elle aussi, de placer des enfants abandonnés. Elle avait une collègue, plus âgée qu'elle, madame Évelyne Lamarche, une femme dure, persuadée que tous ces enfants n'étaient que des mauvaises herbes, si persuadée d'ailleurs qu'elle ne cherchait même pas à leur donner un prénom qui leur ressemble ou leur plaise. Les garçons, par exemple, elle les appelait systématiquement Hervé. Quand le capitaine a lu les deux prénoms sur la même déclaration, au moment du décès de mademoiselle de Bassonnière, elle s'est souvenue de cette femme. Elle avait grandi en écoutant parler de cette madame Lamarche. Sa mère l'évoquait souvent, critiquant ses manières de faire. « Elle va en faire des bêtes furieuses de ces enfants. »

Elle a regardé l'âge des deux Hervé, est allée fouiller dans les fiches de l'oncle, en a conclu qu'ils avaient très bien pu passer par les mains de cette Lamarche. Elle a eu ce qu'on appelle une intuition. Elle s'est dit que ces deux-là avaient peut-être la même histoire, qu'ils se connaissaient depuis longtemps. Cela a éveillé un soupçon chez elle. Et si les deux hommes avaient formé une sorte d'alliance maléfique ? S'ils s'étaient alliés pour se venger de tous ceux qui les traitaient mal ? Elle a creusé cette piste. Elle a appelé sa mère pour avoir des renseignements sur cette madame Lamarche, savoir si elle vivait encore, ce qu'elle était devenue. Elle était persuadée d'avoir affaire à un serial-killer. Elle avait étudié très sérieusement le profil de ces meurtriers. Pour savoir comment ils opéraient, pourquoi… On a retrouvé ses notes, elle avait relevé le titre d'un livre et recopié de nombreux passages. Je les ai là, quelque part sur mon bureau…

Il chercha parmi les papiers étalés devant lui, en retourna plusieurs, finit par mettre la main sur les notes du capitaine.

– Voilà, c'est ça… « À l'origine d'un crime, il y a presque toujours une humiliation. Pour réparer, le serial-killer s'empare de la vie d'autrui et ce meurtre annule l'humiliation. C'est un acte thérapeutique qui lui permet de se récréer en tant qu'individu. Lorsqu'un obstacle le contrarie, même s'il s'agit d'un fait aussi futile qu'une bousculade dans la rue ou un café qu'on lui sert tiède, cet événement menace la fragile image qu'il a de lui-même. Cela provoque un déséquilibre psychologique qu'il a besoin de rétablir afin de se sentir puissant à nouveau. Tuer quelqu'un donne un sentiment de puissance extrême. Vous vous sentez l'égal de Dieu. Une fois qu'ils ont tué, ils se sentent rassasiés, mais ils ressentent un vide qu'il faut combler et il leur faut tuer à nouveau. » Elle avait souligné ce passage.

Il s'interrompit et recula dans son fauteuil.

– Qu'est-ce que j'aurais voulu avoir une femme comme ça dans mon équipe ! Vous vous rendez compte, elle avait tout compris ! Dans ce job, il faut savoir associer méthode et intuition. Une enquête, ce n'est pas seulement des faits objectifs, c'est l'investir avec tous ses sentiments, tout son vécu.

C'était comme s'il se parlait à lui-même. Il revint à eux.

– Elle a donc appelé sa mère afin qu'elle se renseigne sur l'assistante sociale. Elle a appris qu'Évelyne Lamarche avait été retrouvée, pendue, à son domicile, près d'Arras, dans la nuit du 1er au 2 août 1983.

– C'est la date que nous a donnée l'imprimeur ! La dernière fois qu'il a vu Lefloc-Pignel, accompagné de Van den Brock ! s'exclama Joséphine.

L'inspecteur la regarda et dit : « Tout colle ! »

– Je vous explique… Il y avait eu une enquête à l'époque sur la mort de cette femme qui n'était nullement dépressive. Elle était revenue dans son village natal, près d'Arras, elle vivait seule, sans amis, sans enfants, elle comptait se présenter aux élections municipales et était devenue une sorte de notable. Personne n'a cru au suicide et pourtant elle s'était bel et bien pendue. Cela a confirmé les soupçons du capitaine Gallois : ce n'était pas un suicide, c'était un meurtre. Une vengeance d'un ancien RV ? La phrase de sa mère « elle va en faire des bêtes furieuses de ces enfants » revenait sans arrêt dans sa tête. Et si Évelyne Lamarche avait payé de sa vie les humiliations qu'elle avait fait subir autrefois ? Le soupçon se précisait autour des deux Hervé. Elle a dû les convoquer, les interroger à nouveau et certainement commettre une imprudence en leur parlant. Elle en savait trop. Ils ont décidé de la supprimer.

– Elle ne s'est pas méfiée ? demanda Philippe, étonné.

– Elle n'avait pas assez de métier. Quant à eux, ils n'en étaient pas à leur premier forfait et n'avaient jamais été pris. Ils se croyaient tout-puissants. Si vous lisez des ouvrages au sujet des serial-killers, vous apprendrez qu'au fur et à mesure que progresse leur série meurtrière, leur vie fantasmatique prend le pas sur le monde réel. Ils perdent le contrôle de leur existence, ils vivent dans un autre monde, un monde qu'ils ont créé avec des règles, des lois, des rites…

Joséphine pensa aux règles de la vie conjugale affichées sur le mur de la chambre à coucher des Lefloc-Pignel. En les lisant, elle avait eu peur, comme si elle était en présence d'un cerveau malade. Elle aurait dû prévenir Iris, la mettre en garde. Sa sœur était morte… Elle n'arrivait pas à le croire. Ce n'était pas possible. C'étaient juste des mots qui flottaient en sortant de la bouche de l'inspecteur mais qui allaient se dissoudre.

– Le monde réel n'existe plus, ils partent dans leur monde imaginaire. La seule chose qui restait réelle, à leurs yeux, c'était leur association : les deux Hervé. Van den Brock ne tuait pas, il n'en avait pas la force, il salissait les femmes, les harcelait sexuellement, mais je ne crois pas qu'il soit passé à l'acte. Lefloc-Pignel, lui, tuait. Toujours pour la même raison : pour se venger, pour réparer une humiliation, quelle qu'elle soit. Même si cela paraît un détail à nos yeux.

– C'est après la mort de mademoiselle Gallois que vous avez compris ? dit Joséphine.

– Nous étions sur leur piste, mais nous tâtonnions. Pourquoi avait-elle demandé à sa mère de se renseigner sur la mort de l'assistante sociale ? Pourquoi ne nous a-t-elle rien dit de ses recherches ? Pourquoi avoir laissé ce mot, « creuser RV » ? Et puis il y a eu votre trouvaille, madame Cortès. RV, Hervé. C'est à partir de ce moment-là que nous avons compris que nous touchions au but. Peu de temps après, la mère de mademoiselle Gallois nous a relaté la conversation qu'elle avait eue avec sa fille et nous a confié les résultats de son enquête. On a suivi plusieurs pistes avant de se concentrer sur celle-là. On a cru, un moment, que votre mari, Antoine Cortès, pouvait être le meurtrier. Ce qui expliquait votre refus de témoigner et de porter plainte. Mais je suis en mesure aujourd'hui de confirmer sa mort…

Il inclina la tête vers Joséphine comme s'il lui présentait ses condoléances.

— On a examiné aussi le cas de Vittorio Giambelli. L'homme est malade, c'est un schizophrène, mais ce n'est pas un criminel. D'ailleurs, il a demandé de lui-même à se faire soigner. Il s'est vu devenir fou après vous avoir envoyé la série de textos et s'est livré de son plein gré. Il avait l'air soulagé d'être pris en charge…

— Il m'a encore envoyé un message ce matin.

— Il devrait être interné dans les jours qui viennent.

— Ce n'était donc pas lui…, murmura Joséphine.

— Alors nous sommes revenus sur la piste des deux Hervé. Après la mort du capitaine et l'histoire des RV, on savait qu'on tenait le bon bout mais, pour ne pas alerter les deux principaux suspects, on se devait d'interroger et de soupçonner tout le monde… On fermait les portes.

— Monsieur Pinarelli avait donc raison quand il me disait que vous faisiez un écran de fumée…, dit Joséphine.

— Il ne fallait en aucun cas qu'ils se doutent de quelque chose… La mère du capitaine Gallois nous a beaucoup aidés. Elle a retrouvé les journaux de l'époque, j'entends les éditions locales, qui racontaient la mort étrange de cette forte femme que personne n'aurait imaginée se suicider. Cela avait fait sensation jusqu'à Arras. En plus, par pendaison ! Ce n'est pas un suicide de femme, la pendaison… Elle nous a envoyé des photocopies des journaux de l'époque et, en bas de page, on a trouvé une brève, la relation d'un fait divers qui avait eu lieu dans la nuit même où Évelyne Lamarche a été tuée. Une réceptionniste d'hôtel s'était fait molester par deux étudiants qui l'avaient accusée de leur avoir « mal parlé », elle s'était rebiffée et l'un des deux hommes l'avait tabassée. Elle était allée porter plainte, le lendemain matin, et avait donné le nom des deux agresseurs inscrits au registre de l'hôtel : Hervé Lefloc-Pignel et Hervé Van den Brock. Les noms n'étaient pas dans le journal, ce sont les gendarmes qui nous les ont donnés. Ils n'avaient rien à faire dans le . coin, ils venaient tous les deux de Paris et n'ont passé que cette nuit-là dans la région. Ils n'ont finalement pas dormi à l'hôtel et sont partis juste après l'altercation en payant la note du dîner…

– Ils auraient tué ensemble l'assistante sociale ? dit Philippe.

– Elle les avait humiliés, enfants. Ils se faisaient justice. Et ce fut à mon avis leur premier crime qui leur a donné l'idée de recommencer puisqu'il resta impuni. Ils avaient fini leurs études brillamment, ils allaient entrer dans la vie active et ils voulaient, j'imagine, laver l'affront de leur enfance. Ils ont dû la surprendre chez elle dans la nuit, l'humilier, la terroriser puis la pendre… Il n'y avait aucune trace de violence sur le corps. Cela ressemblait à un suicide, mais ce n'était pas un suicide. On a retrouvé la réceptionniste de l'hôtel. Elle se souvenait très bien de l'incident. On lui a montré la photo des deux hommes parmi d'autres photos, elle les a aussitôt reconnus. Notre piste était de plus en plus solide, mais nous n'avions aucune preuve. Or sans preuve, on ne peut rien faire…

– Et surtout comment relier tous les crimes entre eux ? dit Philippe réfléchissant à haute voix. Qu'ont en commun toutes les victimes ?

— Elles les ont humiliés…, dit Joséphine. Madame Berthier en se prenant de bec avec Lefloc-Pignel, au sujet des études de son fils, j'étais là, lors d'une réunion parents-profs, j'étais partie en courant… Et mademoiselle de Bassonnière les avait insultés à la réunion de copropriétaires. J'étais là aussi. Ce soir-là, je suis rentrée à pied avec lui. Il m'avait parlé de son enfance… Mais Iris ? Que leur avait-elle fait ?

— Telle que je la connais, soupira Philippe, elle a dû tellement attendre de lui, tellement fantasmer qu'elle a été déçue de le voir partir en vacances et elle s'est échauffée. Elle a dû le traiter de tous les noms ! Elle n'allait pas bien, elle était désespérée, cet homme était son dernier espoir…

— À partir de ce moment-là, continua l'inspecteur, on a surveillé étroitement les deux hommes. Nous savions qu'ils avaient passé une semaine de vacances ensemble à Belle-Île, puis Van den Brock est parti dans sa maison dans la Sarthe et Lefloc-Pignel a rejoint Paris. Nous savions aussi qu'il fréquentait votre sœur et nous avons donc posté un homme jour et nuit pour surveiller l'immeuble. Il nous restait plus qu'à attendre qu'il commette un nouveau crime et qu'on le prenne sur le fait. Enfin, je veux dire, juste avant… bien sûr. Nous ne pensions pas qu'il allait s'en prendre à votre femme…

— Mais vous vous êtes servis d'elle comme appât ! s'écria Philippe.

— On a bien vu madame Cortès partir, mais, à partir de ce moment-là, on n'a plus jamais aperçu votre femme. On a cru qu'elle avait quitté Paris, elle aussi. On a interrogé la concierge qui nous l'a confirmé, votre femme lui avait demandé de garder le courrier ; elle partait en vacances. Le lieutenant chargé de surveiller l'immeuble s'est alors concentré sur Lefloc-Pignel. Et pour être honnête, on n'a pas cru une seule seconde qu'il allait s'en prendre à elle…

– Une intuition aussi ? demanda Philippe, ironique.

– On avait remarqué qu'il était doux comme un agneau avec elle. Il semblait l'adorer. Il la couvrait de cadeaux, la voyait presque tous les jours, l'emmenait déjeuner. Il avait l'air très amoureux et elle semblait, je suis désolé de vous le dire, très éprise… Ils roucoulaient comme à vingt ans. Il n'avait aucun geste déplacé envers elle. On ne s'est pas méfiés…

– Pourtant elle était dans l'immeuble ! Vous deviez bien voir de la lumière, entendre des bruits ! s'insurgea Philippe.

– Rien. Il n'y avait à son étage ni lumière ni bruit. Pas le moindre signe de vie. Les volets étaient fermés. Elle a dû vivre en recluse. Elle ne sortait même pas faire ses courses. Le soir, Lefloc-Pignel restait chez lui. Tous les rapports de l'homme chargé de le surveiller le disent. Il rentrait, dînait rapidement, s'installait à son bureau et n'en bougeait plus. Il écoutait de l'opéra, parlait au téléphone, dictait du courrier. Les fenêtres de son bureau étaient grandes ouvertes et donnaient sur la cour de l'immeuble. Cela fait cage de résonance, on entend tout. Il n'y a eu aucun appel de Lefloc-Pignel à Van den Brock. On se disait qu'il passait par une période d'accalmie… Le soir même du meurtre, il nous a fait croire qu'il était chez lui. C'était la même routine que les autres soirs : un opéra, des coups de téléphone, encore de l'opéra… En fait, il avait dû enregistrer une bande-son qu'il a laissée se dérouler pour sortir, aller chercher votre femme et l'emmener dans la clairière. Les lumières avaient été réglées afin qu'on croie qu'il était chez lui. On trouve dans le commerce des interrupteurs qu'on peut programmer et qui s'allument dans différentes pièces à des heures différentes. Les gens les utilisent pour éloigner les cambrioleurs lorsqu'ils s'absentent. L'homme est redoutable. Froid, organisé, très intelligent… Ce soir-là, il y a eu un opéra puis les lumières se sont éteintes l'une après l'autre comme chaque soir. Notre homme a été relevé à minuit sans se douter que l'oiseau s'était envolé !

– Mais comment a-t-il pu tuer Iris aussi froidement ? s'exclama Joséphine.

– Aux yeux du serial-killer, la victime n'est rien. Ou tout au plus, un objet pour réaliser ses fantasmes… Avant de tuer, très souvent, s'il le peut, il « dégrade » sa victime. Il l'humilie, il prend le contrôle sur elle, il la terrorise. Il peut même organiser tout un rituel qu'il appelle « rituel d'amour » où il lui fait croire que c'est par amour qu'il la maltraite et elle devient consentante. Il suffit que votre sœur ait été un peu déséquilibrée… Elle entre alors dans sa folie et tout est possible. Ce que nous a raconté le paysan est édifiant. Elle est arrivée libre, elle n'était pas entravée, n'a pas résisté, elle a échangé des vœux nuptiaux, dansé avec lui sans jamais chercher à s'enfuir. Elle souriait. Elle est morte heureuse. Elle ne s'appartenait plus. Vous savez, ce sont très souvent des hommes très intelligents et très malheureux, des gens qui souffrent énormément et expriment cette immense douleur en infligeant de terribles souffrances à leurs victimes…

– Vous me pardonnerez, inspecteur, de ne pas compatir aux blessures de Lefloc-Pignel ! s'énerva Philippe.

– J'essaie de vous expliquer comment ça a pu arriver… On voudrait fouiller l'appartement pour voir si elle n'a pas laissé d'indices de ce que fut sa vie ces huit derniers jours… Pourriez-vous nous donner un jeu de clés ?

Il tendit la main vers Joséphine. Elle regarda Philippe qui hocha la tête et donna ses clés à l'inspecteur.

– Vous avez un endroit où habiter en attendant ? demanda l'inspecteur à Joséphine qui était perdue dans ses pensées.

– Je n'arrive pas à le croire, dit-elle, c'est un cauchemar. Je vais me réveiller… Mais pourquoi ai-je été agressée, moi ? Je ne lui avais rien fait. Je le connaissais à peine quand c'est arrivé.

– Il y a eu un détail qui nous a intrigués et qui avait déjà attiré l'attention du capitaine Gallois. Elle nous avait tout de suite indiqué, dès que nous avons pris l'enquête en main, que vous portiez le même chapeau que madame Berthier. Un drôle de chapeau à étages. Le soir où il vous a agressée, il vous a sûrement prise pour madame Berthier dans l'obscurité. Il s'était déjà pris de bec avec elle… Il s'est fié au chapeau, vous aviez la même carrure…

– Elle m'avait dit que le pire quand on était prof, ce n'étaient pas les élèves, mais les parents. Je me souviens très bien…

– Il l'aurait tuée juste parce qu'elle l'avait remis en place ? demanda Philippe.

– Lefloc-Pignel est un homme qui ne supporte pas d'être offensé. Il nous en dira plus quand on l'interrogera et on en saura plus après avoir dragué la mare car je pense qu'il y a eu d'autres crimes. Mais prenez l'histoire de la petite serveuse… Elle est exemplaire. Elle a servi un jour Lefloc-Pignel, a renversé du café sur son imper blanc, s'est excusée de manière qu'il a jugée désinvolte. Il l'a pris de haut, elle l'a traité de « pauvre mec ». Cela a suffi pour déclencher sa rage… Il l'a supprimée. Mais il l'a supprimée aussi parce qu'elle avait traité Van den Brock de « vieux Dracula pervers » ! Elle était très jolie, n'avait pas froid aux yeux, Van den Brock la poursuivait de ses avances… Il ne pouvait pas s'en empêcher. Ça lui a coûté cher dans sa carrière. Elle s'est rebiffée, l'a envoyé promener, a menacé de le dénoncer pour harcèlement sexuel. C'est la copine de la petite serveuse, revenue de son voyage au Mexique, qui nous a raconté l'épisode du café renversé et les propositions de Van den Brock. Elle avait signé son arrêt de mort.

– Il n'avait jamais peur d'être pris ? dit Joséphine.

– Il avait un alibi tout prêt : Van den Brock affirmait qu'il était avec lui.

– Pour mademoiselle de Bassonnière aussi ?

– Oui. Les deux hommes étaient liés par ces crimes, ils partageaient une exaltation commune. La rage de l'un alimentait la rage de l'autre. Ils reformaient à chaque fois l'alliance conclue au moment de leur premier meurtre…

– Et moi, j'ai échappé à ce carnage…, murmura Joséphine.

– Vous, en quelque sorte, il vous protégeait. Il vous appelait « petite tortue ». Vous ne l'avez jamais provoqué ni physiquement ni moralement. Vous n'avez pas cherché à le séduire, ni n'avez remis en question son autorité… Si j'étais vous, ajouta le commissaire, je protégerais les enfants et bannirais les journaux pendant un certain temps. C'est le genre d'histoire dont les journalistes raffolent en période estivale. J'imagine déjà les titres : « La dernière valse », « Valse funèbre dans la forêt », « Bal tragique dans la clairière », « Un si joli crime »…

Hortense l'apprit la première. Elle était à Saint-Tropez, assise à la terrasse de Sénéquier, en train de prendre son petit déjeuner avec Nicholas. Il était huit heures du matin. Hortense aimait se lever tôt à Saint-Tropez. Elle disait que la ville n'était pas encore « abîmée ». Elle avait élaboré toute une théorie sur l'heure et la vie dans le petit port tropézien. Ils avaient acheté une brassée de journaux et lisaient en observant le balancement des bateaux, le pas lent des vacanciers, dont certains émergeaient de la nuit et venaient prendre un café avant d'aller se coucher.

Hortense poussa un cri, donna un coup de coude à Nicholas qui manqua s'étouffer avec son croissant et appela aussitôt sa mère.

– Ouaouh ! M'man ! T'as lu le journal ?

– Je sais, chérie.

– C'est vrai ce qui est écrit ?

– Oui.

– Mais c'est horrible ! Et moi qui voulais te précipiter dans ses bras ! Lui, il est pas mal sur la photo, mais Iris, ils l'ont pas gâtée... Et Alexandre ?

– Il arrive demain, avec Zoé.

– Tu ferais mieux de les laisser en Angleterre ! Il va voir sa mère partout dans les journaux. Il va flipper grave !

– Oui, mais Philippe est là. Il y a plein de démarches à faire, de papiers à remplir. Et on ne peut pas lui cacher la vérité...

– Comment ils ont réagi, Alexandre et Zoé ?

– Alexandre est resté très sérieux. Il a dit « Ah ! bon... elle est morte en dansant » et c'est tout. Zoé a pleuré, pleuré. Alexandre a repris le téléphone et a dit : « Je m'occupe d'elle. » Il est étonnant, ce gamin !

– C'est louche.

– Je pense aussi...

– Tu veux que je vienne et que je m'occupe des petits ? Moi, je saurai y faire, toi, j'imagine que t'es transformée en fontaine à larmes...

– J'arrive pas à pleurer... J'ai des pierres de larmes sèches au fond de la gorge. J'arrive plus à respirer...

– T'en fais pas ! Ça va venir d'un coup et tu pourras plus t'arrêter !

Hortense réfléchit un instant puis dit :

– Je vais les emmener à Deauville... Je couperai la télé, la radio et pas de journaux !

– La maison est en travaux. Le toit a été arraché par la tempête.

– *Shit!*

– Et puis Alexandre va sûrement vouloir venir à l'enterrement. Et Zoé aussi…

– Bon, je remonte et je m'en occupe à Paris…

– L'appartement est sous scellés. Ils cherchent des traces des derniers jours d'Iris.

– Ben… chez Philippe, alors ! On va tous chez lui.

– Avec toutes les affaires d'Iris ? Je ne sais pas si c'est une bonne idée.

– On va pas aller à l'hôtel tout de même !

– Ben si… en ce moment, Philippe et moi, on est à l'hôtel.

– Ça, c'est une bonne nouvelle. Enfin, une !

– Tu trouves ? demanda Joséphine, timidement.

– Si, si… (Elle marqua une pause.) Remarque, pour Iris, c'est génial de mourir comme ça. En valsant au bras de son prince charmant. Elle est morte dans un rêve. Iris aura toujours vécu dans un rêve, jamais dans la réalité. Je trouve que ça lui va bien comme mort. Et puis, tu sais, je la voyais mal vieillir. Ç'aurait été terrible pour elle !

Joséphine pensa que c'était un éloge funèbre un peu radical.

– Et Lefloc-Pignel, ils l'ont arrêté ?

– Hier, quand j'étais avec l'inspecteur, les policiers étaient partis chez lui pour l'arrêter, mais depuis je n'ai pas de nouvelles. Il y a tant de choses à faire ! Philippe est allé reconnaître le corps, moi, je n'ai pas eu le courage.

– Ils parlent dans le journal d'un autre homme… C'est qui ?

– Van den Brock. Il habitait au deuxième étage.

– C'était un pote de Lefloc-Pignel ?

– En quelque sorte…

Joséphine l'entendit dire quelque chose en anglais à Nicholas, mais ne comprit pas.

– Tu disais, ma chérie ? demanda-t-elle, attentive au moindre soubresaut de chagrin chez Hortense.

– Je demandais à Nicholas de me filer un autre croissant… Je meurs de faim ! Je vais prendre le sien !

Il y eut un bruit de dispute à l'autre bout de la ligne. Nicholas refusait de donner son croissant et Hortense en arrachait un bout. Hortense reprit, la bouche pleine :

– Bon, m'man ! Dis à Philippe de retenir une grande chambre à l'hôtel pour Zoé, Alexandre et moi. T'en fais pas. Je sais que c'est dur… mais tu vas t'en sortir. Tu t'en sors toujours. T'es costaud, m'man. Tu le sais pas, mais t'es costaud !

– Tu es mignonne. Tu es vraiment mignonne. Si tu savais ce que je…

– Ça va aller, tu vas voir…

– Tu sais la dernière fois qu'on a été ensemble, on était dans la cuisine et elle m'a lu mon horoscope et après, elle a lu le sien et elle a pas voulu lire la rubrique « Santé »… et je lui ai demandé pourquoi et…

Joséphine éclata en sanglots, des sanglots qui se précipitaient et jaillissaient comme lâchés au lance-pierre.

– Tu vois…, soupira Hortense. Je t'avais dit que ça viendrait. Et maintenant tu vas plus pouvoir t'arrêter !

Joséphine se dit qu'il faudrait qu'elle appelle sa mère. Elle composa le numéro d'Henriette. De grosses larmes roulaient sur ses joues. Elle revoyait Iris dans sa chambre en train de choisir sa tenue pour aller à l'école et lui demander si elle était belle, la plus belle de l'immeuble, la plus belle de l'école, la plus belle du quartier. « La plus belle du monde », murmurait Joséphine. « Merci, Jo, disait Iris, tu seras désormais ma première dame de compagnie. » Et elle lui donnait un coup de brosse sur l'épaule pour l'adouber.

Henriette décrocha et rugit : Allô ?

— Maman, c'est moi. C'est Joséphine...

— Tiens... Joséphine. Une revenante !

— Maman, tu as lu les journaux ?

— Sache, Joséphine, que je lis les journaux chaque matin.

— Et tu n'as rien lu qui...

— Je lis toute la presse économique et après, je fais mes opérations. J'ai des valeurs qui marchent très bien, d'autres qui me donnent des soucis, mais c'est la Bourse et j'apprends.

— Iris est morte, lâcha Joséphine.

— Iris est morte ? Qu'est-ce que tu me chantes ?

— Elle a été assassinée, dans la forêt...

— Mais, tu dis n'importe quoi, ma pauvre fille !

— Non, elle est morte...

— Ma fille ! Assassinée ! C'est pas possible. Mais comment c'est arrivé ?

— Maman, je n'ai pas la force de te raconter, maintenant. Appelle Philippe, il te dira mieux que moi.

— Tu m'as dit que c'était dans les journaux. Quelle honte ! Il faut les empêcher de...

Joséphine avait raccroché. Elle ne pouvait plus endiguer ses larmes.

Philippe sortit de la salle de bains. Elle se réfugia contre lui et se moucha dans la manche de son peignoir blanc. Il l'installa sur ses genoux et la serra contre lui.

— Ça va aller, ça va aller..., murmura-t-il en embrassant ses cheveux. On ne pouvait plus rien faire pour elle. Elle s'est perdue toute seule...

— Si ! J'aurais dû rester, ne pas la laisser...

— Personne ne pouvait imaginer un tel scénario. Elle a toujours eu besoin de quelque chose de plus grand qu'elle et elle a cru l'avoir enfin trouvé. Mais ni mon amour ni ton amour n'aurait pu la combler ou la guérir. Tu n'as rien à te reprocher, Jo.

– Je ne peux pas m'en empêcher…

– C'est normal. Mais réfléchis et tu comprendras. J'ai vécu longtemps avec elle, je lui ai tout donné. Elle était comme un puits sans fond. Elle n'en avait jamais assez. Elle a cru trouver son ciel avec lui…

Il parlait comme s'il se raisonnait lui-même pour répondre aux mêmes remords que Joséphine.

– Hortense vient d'appeler, elle va s'occuper d'Alexandre et Zoé. J'ai joint ma chère mère, je lui ai dit que si elle voulait des détails, il fallait qu'elle t'appelle. Je ne me sentais pas la force de lui parler…

– J'ai parlé à Carmen. Elle veut venir aux obsèques.

Il fit une liste des gens qu'il fallait prévenir. Joséphine se dit qu'elle devait parler à Shirley. Et à Marcel et Josiane.

– Ils ne viendront pas si ta mère est là, fit remarquer Philippe.

– Non, mais il faut les prévenir…

Ils restèrent, un long moment, enlacés. Ils pensaient à Iris. Philippe se disait qu'elle était morte sans livrer ses secrets, qu'il ne savait pas grand-chose de sa femme. Joséphine revoyait des bouts de scènes avec sa sœur, toutes venues de l'enfance.

Ils se serrèrent l'un contre l'autre.

– Je n'arrive pas à y croire…, dit Joséphine. Toute ma vie, elle a été là. Tout le temps… Elle était une partie de moi.

Il ne dit rien et resserra son étreinte.

Quand Joséphine appela Marcel, elle tomba sur Josiane qui était en train de faire une mayonnaise et lui demanda deux secondes le temps de la terminer. Junior s'empara de l'appareil. Joséphine entendit Josiane crier « Junior ! laisse ce téléphone ! » mais Junior balbutia :

– Jooéfine ! ava ?

Joséphine écarquilla les yeux.

– Tu parles déjà, Junior ?

– iiii…

– Tu es très en avance pour ton âge !

– Joéfine ! soa pa tiste ! elle é mon-é o chiel…

– Junior ! (Josiane avait repris l'appareil et s'excusa.) Je voulais pas rater ma mayo… Quel bon vent t'amène ? Ça fait des lustres qu'on ne t'entend plus !

– Tu n'as pas lu les journaux ?

– Comme si j'avais le temps ! J'ai le temps de rien en ce moment ! Je cavale avec le petit dans tous les sens. Il me fait tourner en bourrique. On arpente les musées ! Il a dix-huit mois ! Tu parles d'un passe-temps. Il faut tout que je lui lise, tout que je lui explique ! Demain, on attaque le cubisme ! Et Marcel qui est en Chine ! Tu sais que j'ai été malade ? Très malade. Une drôle de maladie. Comme un vilain rêve. Je te raconterai. Il faut absolument que vous veniez à la maison avec les filles…

– Josiane, je voulais te dire qu'Iris est…

– Elle, je n'ai plus jamais eu de ses nouvelles. On doit être trop saucissons pour elle.

– Elle est morte.

Josiane poussa un cri et Joséphine entendit Junior répéter : « Elé o chiel, elé biien la ô. »

– Mais comment est-ce possible ? Quand je vais dire ça à Marcel, il va en perdre son pantalon !

Joséphine raconta à voix basse. Josiane l'interrompit :

– Te fais pas de mal, Jo. C'est suffisamment pénible comme ça… si tu veux venir pleurer à la maison, les portes te sont grandes ouvertes. Je te ferai un bon gâteau. Tu aimes quoi comme gâteau ?

Joséphine eut un petit sanglot.

– T'as pas la bouche goulue en ce moment, ça se comprend, pauvrette !

– Tu es si gentille, hoqueta Joséphine.

– Dis donc, et les petits ? Ils ont réagi comment ? Non, ne me dis pas. Tu vas encore avoir la larme déferlante…

– Hortense, elle…, commença Joséphine.

– Tu vois, c'est inutile, tu vas t'étouffer. À propos d'Hortense, dis-lui que Marcel est allé à Shanghai lui claquer le beignet à la Mylène Corbier. Elle a tout avoué : les lettres, c'était elle et Antoine, je sais pas si ça ne va pas t'écrouler davantage, il est bel et bien mort digéré par un crocodile. C'est elle qui l'a trouvé, alors elle en est sûre et certaine. Note que c'est peut-être ça qui lui a tourné la boule… Elle lui a servi toute une ratatouille au Marcel en lui disant qu'elle n'avait pas d'enfants et qu'elle voulait adopter tes filles et que c'est pour ça qu'elle leur écrivait, ça lui donnait du répit de chagrin et du gain de maternité. Si tu veux mon avis, elle a viré pimpon !

– Hortense l'avait démasquée…

– Elle est efficace, ta fille. Ah si ! La Mylène, elle a dit que le paquet, c'est elle qui te l'avait envoyé pour que t'aies un souvenir d'Antoine et que l'autre chaussure, elle l'a gardée pour elle. Je ne sais pas si c'est clair pour toi, pour moi, c'est de l'Horace Vernet.

– Horace Vernet ?

– Oui, du clair-obscur… Et le beau Philippe, tu es toujours en amour ?

Joséphine rougit et regarda Philippe qui était en train de s'habiller.

– Cet homme, il est bon comme ma mayonnaise, ne le rate pas !

Quand Joséphine raccrocha, elle souriait. Puis elle repensa à Junior et se dit que cet enfant sortait vraiment du commun.

Il ne restait plus que Shirley, mais elle savait que Shirley verserait du baume sur ses blessures. Elle attendit que Philippe soit parti pour l'appeler. Shirley décida de sauter dans le premier avion.

– Je ne sais pas si c'est nécessaire, tu sais. Ça ne va pas être très gai.

– Je veux être avec toi. Ça fait drôle tout de même de la savoir morte…

Le mot rebondit sur Joséphine qui grimaça. Elle eut un nouvel accès de larmes. Shirley soupira et répéta j'arrive, j'arrive, ne pleure pas, Jo, ne pleure pas.

– C'est plus fort que moi.

– Récite-toi des mots. Les mots t'ont toujours apaisée. Tu sais ce que disait O. Henry ?

– Non… Et je m'en fiche !

– « Ce ne sont pas les routes que nous prenons, c'est ce que nous avons à l'intérieur qui nous fait devenir ce que nous sommes. » Elle illustre bien Iris, je trouve. Elle avait un grand vide à l'intérieur et elle a voulu le remplir. Tu n'y pouvais rien, Jo, tu n'y pouvais rien !

Quand les trois policiers sonnèrent à la porte d'Hervé Lefloc-Pignel, il était six heures du matin.

Il leur ouvrit, frais, rasé. Il portait un veston d'intérieur vert bouteille et un foulard vert foncé autour du cou. Il demanda froidement aux trois hommes ce qui lui valait le désagrément de leur visite si matinale. Les policiers lui ordonnèrent de les suivre, ils avaient un mandat d'arrêt contre lui. Il haussa un sourcil méprisant et les somma de ne pas lui parler de si près, l'un d'eux sentant le tabac froid.

– Et à quel sujet venez-vous me déranger de si bon matin ?

– Au sujet d'un bal dans la forêt, dit un policier, si tu vois ce que je veux dire…

– Y a un bouseux qui vous a vus, ton pote et toi, en train de zigouiller la belle dame ! continua un autre. On est en train de draguer la mare. T'es plutôt mal barré, l'aristo, arrange ta mèche et suis-nous.

Hervé Lefloc-Pignel tressaillit. Fit quelques pas en arrière et demanda la permission de se changer. Les trois hommes se concertèrent du regard et acquiescèrent. Il les introduisit dans le salon et gagna sa chambre, suivi par l'un des trois inspecteurs.

Les deux autres policiers allaient et venaient et l'un d'eux montra du doigt des tortues, derrière une paroi de verre, parmi des feuilles de salade et des quartiers de pommes.

– Bel aquarium ! fit-il en levant le pouce.

– C'est pas un aquarium, c'est un terrarium. Dans un aquarium, on met de l'eau et des poissons, dans un terrarium, des tortues ou des iguanes.

– T'en connais un bout, dis donc…

– J'ai mon beau-frère, il est fou de tortues. Il les chouchoute, il les dorlote, il appelle le véto dès qu'elles ont un rhume. On n'a pas le droit de danser ou de jouer de la musique trop fort dans le salon, les vibrations perturbent les tortues ! C'est tout juste s'il faut pas parler à voix basse… et quand on marche, on doit glisser très lentement !

– Il est aussi barjo que ce mec-là !

– Moi, je le dis pas trop haut rapport à ma sœur, mais je pense, en effet, qu'il a pas la lumière à tous les étages…

– Lui, il doit faire un élevage ! Elles sont légion à roupiller !

– C'est la saison de la reproduction. Elles doivent être en cloque et elles se préparent à expulser leurs lardons…

– Si ça se trouve, c'est pour ça qu'il est rentré de vacances…

– Avec les fadas, on n'est jamais déçu…

Ils collèrent leur nez aux vitres du terrarium, grattèrent la paroi de leurs ongles, mais les tortues ne bougèrent pas.

Ils se redressèrent, contrariés.

– Dis donc, il en met du temps pour se fringuer…

– Ces mecs-là, ça se peaufine, ça ne sort pas en débraillé !

– On va voir ce qu'il fabrique ?

Au même moment, leur collègue surgit dans le salon en s'écriant : « J'ai rien pu faire, j'ai rien pu faire, il m'a demandé de me retourner pendant qu'il se changeait de calbute et il a sauté ! »

Ils se précipitèrent dans la pièce. Le sol de la chambre était constellé de petites tortues, de feuilles de salade jaunes et vertes, de quartiers de pommes, de petits pois, de concombres, de poires, de figues fraîches. La fenêtre était grande ouverte.

Ils se penchèrent dans la cour et aperçurent le corps inerte d'Hervé Lefloc-Pignel et, dans sa main crispée, fracassée par la chute, la carapace d'une tortue.

Hervé Van den Brock vit arriver une Citroën C5 sur les graviers blancs de l'allée qui menait à la demeure de feu ses beaux-parents dont sa femme avait hérité à la mort de ces derniers. Il leva les yeux du livre qu'il était en train de lire, corna la page, posa l'ouvrage sur le meuble de jardin à côté de sa chaise longue. Repoussa le sachet de pistaches qu'il grignotait. Il n'aima pas le bruit que firent les gravillons en giclant sur le gazon vert et dru qu'un jardinier entretenait avec un soin tatillon. Ces gens n'avaient aucune éducation. Il n'aima pas non plus le ton qu'ils employèrent pour lui enjoindre de les suivre.

– C'est à quel sujet ? demanda-t-il, réprobateur.

– Vous le saurez très vite…, répondit l'un des deux hommes en écrasant sa cigarette sur l'herbe verte et grasse et en exhibant sa carte de police.

– Je vous prierais de ramasser votre mégot ou

j'appelle mon ami le préfet… Il sera très chagriné d'apprendre votre incivilité.

– Il sera encore plus chagriné de savoir ce que vous faisiez dans la forêt de Compiègne l'autre soir, répondit le plus petit en agitant une paire de menottes qu'il laissa pendre négligemment.

Hervé Van den Brock blêmit.

– Ce doit être une erreur, fit-il d'une voix radoucie.

– Vous allez nous l'expliquer, répondit le petit en ouvrant les menottes.

– Ce ne sera pas la peine… je vous suis.

Il fit un geste de la main à sa femme qui rempotait des pousses de bambou dans une jardinière.

– J'ai une petite affaire à traiter, je serai de retour très vite…

– Ou jamais…, ricana l'homme qui avait écrasé le mégot sur la pelouse verte.

La voix de Joséphine s'éleva, pure et mélodieuse, dans la crypte sombre du crématorium du Père-Lachaise.

– « Ô vous, étoiles errantes, pensées inconstantes, je vous conjure, éloignez-vous de moi, laissez-moi parler au Bien-Aimé, laissez-moi le bienfait de sa présence ! Tu es ma joie, Tu es mon bonheur, Tu es mon allégresse, Tu es mon jour joyeux. Tu es à moi, je suis à Toi, et il en sera à tout jamais ainsi ! Dis-moi, mon Bien-Aimé, pourquoi as-Tu laissé mon âme Te chercher si longtemps, si ardemment sans pouvoir Te trouver ? Je T'ai cherché à travers la nuit de volupté de ce monde. J'ai traversé les monts et les champs, insensée comme un cheval débridé, mais je T'ai trouvé enfin et repose, heureuse, en paix, légère contre Ton sein. »

Sa voix s'était cassée contre les derniers mots et elle eut à peine la force de balbutier : « Henri Suso, 1295-1366 », afin de rendre hommage au poète qui avait écrit cette ode qu'elle offrait à sa sœur, couchée parmi les fleurs. « Au revoir, mon amour, ma compagne de vie, ma beauté délicieuse. » Elle replia la feuille blanche et regagna sa place dans la crypte entre ses deux filles.

L'assistance n'était pas nombreuse au crématorium du Père-Lachaise. S'y trouvaient réunis Henriette, Carmen, Joséphine, Hortense, Zoé, Philippe, Alexandre, Shirley. Et Gary.

Il était arrivé de Londres le matin même avec sa mère. Hortense avait eu un petit mouvement de surprise en l'apercevant dans la suite de l'hôtel Raphaël. Elle avait marqué un temps d'arrêt, s'était approchée de lui, l'avait embrassé sur la joue et avait murmuré : « C'est gentil d'être venu. » La même phrase qu'elle avait prononcée pour Carmen ou Henriette. Philippe avait essayé de joindre quelques amies d'Iris : Bérengère, Agnès, Nadia. Il avait laissé un message sur leurs portables. Aucune d'elles n'avait répondu. Elles devaient être en vacances.

Le cercueil était recouvert de roses blanches et de longues gerbes d'iris d'un violet ardent piqué de pointes jaunes. Une grande photo d'Iris reposait, posée sur un trépied, et un quatuor à cordes de Mozart égrenait ses arpèges de paix.

Joséphine avait fait un choix de textes que chacun lirait à tour de rôle.

Henriette s'y était refusée, prétextant qu'elle n'avait pas besoin de ces simagrées pour exprimer sa douleur. Elle était très déçue par la simplicité de la cérémonie et la maigre assistance. Elle se tenait droite, sous son grand chapeau, et pas un pleur ne mouillait le joli mouchoir de batiste dont elle se tamponnait les yeux, en espérant faire jaillir une larme qui illustrerait l'abondance de son chagrin. Elle avait tendu à Joséphine une joue réticente. Elle était de ces femmes qui ne pardonnent pas et toute son attitude indiquait qu'à son avis la Mort s'était trompée de passagère.

Carmen avait du mal à se tenir droite et sanglotait, tassée sur sa chaise, secouée de sanglots furieux qui faisaient tanguer ses épaules. Alexandre fixait le portrait de sa mère avec solennité, le menton ferme, les mains croisées sur son blazer bleu marine. Il essayait de rassembler ses souvenirs. Et le froncement têtu de ses sourcils démontrait que ce n'était pas tâche facile. Il ne saisissait de sa mère que des instants furtifs : des baisers rapides, un sillage de parfum, le bruit feutré des paquets remplis d'achats qu'elle lâchait dans l'entrée, criant « Carmen ! je suis là, prépare-moi un thé fumé avec deux minuscules toasts. Je meurs de faim ! », sa voix au téléphone, des exclamations de surprise, de gourmandise, ses pieds fins aux ongles peints, ses longs cheveux défaits qu'elle lui permettait de brosser quand elle était heureuse. Heureuse pour quoi ? Malheureuse pour quoi ? s'interrogeait-il en étudiant le portrait de sa mère dont les grands yeux bleus le brûlaient par leur étrange fixité. Est-ce qu'on fait un vrai chagrin avec tout ça ? Il avait appris en sa compagnie ce qu'est une femme très belle qui se veut libre mais ne peut lâcher la main de l'homme qui l'entretient. Petit, il pensait qu'elle jouait le rôle d'une belle captive et la voyait derrière des grilles. Au pied du portrait quand son père avait posé une grosse bougie blanche il avait demandé à l'allumer lui-même. En dernier hommage. « Au revoir, maman », avait-il dit en allumant la bougie. Et même ces mots lui avaient paru trop solennels pour la belle femme qui lui souriait. Il tenta de lui envoyer un baiser, mais s'interrompit. Elle est morte heureuse, puisqu'elle est morte en dansant. En dansant… et cette idée renforçait encore, s'il en avait éprouvé la nécessité, le sentiment qu'il n'avait pas eu de mère, mais une belle étrangère à ses côtés.

Zoé et Hortense se tenaient de chaque côté de leur mère. Zoé avait faufilé sa main dans celle de Joséphine, la serrant à lui broyer les os, suppliant ne pleure pas, maman, ne pleure pas. C'est la première fois qu'elle voyait un cercueil de si près. Elle imagina le corps froid de sa tante allongée sous le tapis de roses blanches et d'iris. Elle ne bouge plus, elle ne nous entend plus, elle a les yeux fermés, elle a froid, elle veut sortir, peut-être ? Elle regrette d'être morte. Et c'est trop tard. Elle ne pourra plus jamais revenir. Et elle songea aussitôt papa n'est pas mort dans une si belle boîte, il est mort tout nu, tout cru, en se débattant entre des rangées de dents acérées qui l'ont déchiqueté ; c'en fut trop pour elle et elle s'abattit en sanglots contre sa mère qui la recueillit, devinant de quel chagrin Zoé osait enfin exprimer la terrible peine.

Hortense regarda le papier sur lequel sa mère avait imprimé le texte qu'elle devait lire et soupira, encore une idée de maman ! Comme si on avait la tête à lire de la poésie. Enfin… Elle écouta jusqu'au bout le quartet à cordes de Mozart et quand vint le moment où elle dut lire le poème de Clément Marot, elle commença d'une voix qu'elle détesta d'être tremblante :

> *Plus ne suis ce que j'ai été…*

Elle toussota, reprit un peu d'aplomb. Et continua vaillamment :

> *Plus ne suis ce que j'ai été*
> *Et plus ne saurai jamais l'être.*
> *Mon beau printemps et mon été*
> *Ont fait le saut par la fenêtre.*
> *Amour, tu as toujours été mon maître,*
> *Je t'ai servi sous tous les dieux.*
> *Ah, si je pouvais deux fois naître*
> *Comme je te servirais mieux !*

Et alors, à l'idée qu'Iris pourrait se lever de ce cercueil, venir s'asseoir au milieu d'eux, réclamer une coupe de champagne, enfiler des bottes d'égouttier et les assortir avec un petit haut rose fuchsia de Christian Lacroix, elle éclata en sanglots. Elle pleura, furieuse, debout, les bras tendus en avant comme si elle tentait de repousser les armées de larmes qui la dévastaient. C'est de leur faute aussi ! Cette mise en scène macabre ! On est là comme des imbéciles, on chiale au fond d'une crypte sinistre, on se lamente en récitant des vers et en écoutant Mozart. Et l'autre qui me regarde avec sa tronche désolée de grand dadais ! Ah ! Il va pas en rajouter ! Il va pas faire ça, il va pas venir vers moi et…

Et elle se jeta dans les bras de Gary qui l'enlaça comme on porte une gerbe de fleurs, posa sa tête sur le sommet de son crâne et la serra fort, fort en disant, pleure pas, Hortense, pleure pas. Et plus il la serrait, plus elle avait envie de pleurer, mais c'étaient de drôles de pleurs, ça ressemblait plus du tout aux pleurs de Clément Marot, c'étaient des pleurs pour autre chose qu'elle ne connaissait pas vraiment, mais qui était plus doux, plus gai, des pleurs comme une sorte de bonheur, de soulagement, de grande joie qui lui tordait le cœur, qui la faisait rire et pleurer à la fois comme si c'était trop grand, trop flou, trop insaisissable, du réconfort qu'elle attrapait avec ses doigts. Il était là, et pas là, elle le tenait et elle le tenait pas, une sorte de réconciliation avant une autre séparation, peut-être, elle ne savait pas. Elle avait envie de ne jamais s'arrêter de pleurer.

Et puis, mince ! Elle analyserait plus tard, quand elle aurait le temps, quand on en aurait fini avec tous ces pleurs, ces regrets étouffés dans des mouchoirs, ces nez rougis, ces cheveux mal peignés. Elle se reprit, renifla et réalisa, furieuse, qu'elle n'avait jamais pleuré de sa vie, que c'était sa première fois et il fallait que ce soit dans les bras de Gary, ce traître à la solde de Charlotte Bradsburry ! Elle se dégagea d'un coup, vint se ranger aux côtés de sa mère qu'elle empoigna fermement par le bras, signifiant à Gary que la séquence tendresse était terminée.

On leur annonça que la crémation allait avoir lieu. Qu'ils pouvaient attendre dehors. Ils sortirent en rangs disciplinés. Joséphine serrant les mains de ses filles, Philippe tenant celle d'Alexandre. Henriette, seule, évitant soigneusement Carmen qui restait en retrait. Shirley et Gary fermaient la marche.

Philippe avait décidé de disperser les cendres d'Iris dans la mer, devant leur maison de Deauville. Alexandre était d'accord. Joséphine aussi. Il en avertit Henriette qui déclara : « L'âme de ma fille ne réside pas dans une urne, vous pouvez en faire ce que vous voulez. Quant à moi, je vais rentrer chez moi… Je n'ai plus rien à faire ici. » Elle les salua et partit. Carmen la suivit après s'être abîmée dans les bras de Philippe qui lui promit qu'il continuerait à s'occuper d'elle. Elle embrassa Joséphine et se retira comme une ombre désolée, longeant les allées du cimetière.

Shirley et Gary allèrent visiter les tombes. Gary tenait à voir celles d'Oscar Wilde et de Chopin. Ils emmenèrent Hortense, Zoé et Alexandre.

Philippe et Joséphine restèrent seuls. Ils s'assirent sur un banc, au soleil. Philippe avait pris la main de Joséphine dans la sienne et la caressait doucement en silence.

– Pleure, mon amour, pleure. Pleure sur sa vie car, aujourd'hui, elle a trouvé la paix.

– Je le sais. Mais je peux pas m'en empêcher. Il va me falloir du temps pour réaliser que je ne la verrai plus. Je la cherche partout. J'ai l'impression qu'elle va surgir, se moquer de nous et de nos mines tristes.

Une femme blonde, d'un certain âge, marchait vers eux. Elle portait un chapeau, des gants, un tailleur très bien coupé.

– Tu la connais ? demanda Philippe entre ses lèvres.

– Non. Pourquoi ?

– Parce que je crois bien qu'elle va nous parler...

Ils se redressèrent et la femme fut bientôt devant eux. Elle paraissait très digne. Son visage chiffonné révélait des nuits sans sommeil et les coins de sa bouche tombaient en virgules tristes.

– Madame Cortès ? Monsieur Dupin ? Je suis madame Mangeain-Dupuy, la mère d'Isabelle...

Philippe et Joséphine se levèrent. Elle leur fit signe que ce n'était pas nécessaire.

– J'ai lu l'avis de décès dans *Le Monde* et je voulais vous dire... enfin je ne sais pas comment... C'est un peu délicat... Je voulais vous dire que la mort de votre sœur, madame, celle de votre femme, monsieur, n'a pas été inutile. Elle a libéré une famille... Est-ce que je peux m'asseoir ? Je ne suis plus toute jeune et ces événements m'ont fatiguée...

Philippe et Joséphine s'écartèrent. Elle s'assit sur le banc et ils prirent place à côté d'elle. Elle posa ses mains gantées sur son sac. Releva le menton et, en fixant le carré de gazon face à elle, elle commença ce qui devait être une longue confession que Joséphine et Philippe écoutèrent sans l'interrompre tant l'effort que faisait cette femme pour parler leur paraissait immense.

– Ma visite doit vous paraître saugrenue, mon mari ne voulait pas que je vienne, il trouve ma présence déplacée, mais il me semble que c'est mon devoir de mère et de grand-mère d'accomplir cette démarche...

Elle avait ouvert son sac. Elle en sortit une photo, celle-là même que Joséphine avait aperçue au mur de la chambre des Lefloc-Pignel : la photo du mariage d'Hervé Lefloc-Pignel et d'Isabelle Mangeain-Dupuy. L'essuya du revers de sa main gantée, puis se mit à parler.

– Ma fille, Isabelle, a rencontré Hervé Lefloc-Pignel au bal de l'X, à l'Opéra. Elle avait dix-huit ans, il en avait vingt-quatre. Elle était jolie, innocente, venait d'avoir son bac et ne se trouvait ni belle ni intelligente. Elle avait un terrible complexe d'infériorité envers ses deux sœurs aînées qui avaient fait des études brillantes. Elle est tombée tout de suite très amoureuse et très vite aussi, elle a voulu l'épouser. Quand elle nous en a parlé, nous l'avons mise en garde. Je vais être franche, nous ne voyions pas cette union d'un bon œil. Pas tellement à cause des origines d'Hervé, ne vous méprenez pas, mais parce qu'il nous paraissait ombrageux, difficile, extrêmement susceptible. Isabelle n'a jamais voulu nous écouter et il a bien fallu consentir à cette union. La veille du mariage, son père l'a suppliée une dernière fois de renoncer. Elle lui a alors lancé au visage que, s'il avait peur de la mésalliance, elle se souciait comme d'une guigne qu'il sorte d'une bouse de vache ou d'une vaisselle en argent ! Ce sont ses propres mots… Nous n'avons plus insisté. Nous avons appris à déguiser nos sentiments et l'avons accueilli comme notre gendre. L'homme était brillant, il est vrai. Difficile, mais brillant. À un moment, il a su sortir la banque familiale d'un terrible bourbier et à partir de ce jour, nous l'avons traité en égal. Mon mari lui a offert la présidence de la banque et beaucoup d'argent. Il s'est détendu, a paru heureux, les rapports avec nous ont été plus faciles. Isabelle rayonnait. Elle était enceinte de son premier enfant. Ils avaient l'air très amoureux. Ce fut une période bénie. Nous regrettions même d'avoir été si… conservateurs, si méfiants envers lui. Nous parlions souvent quand nous étions seuls, mon mari et moi, de ce retournement de situation. Et puis…

Elle s'interrompit, émue, et sa voix se mit à trembler.

– … Le petit Romain est né. C'était un très beau bébé. Il ressemblait terriblement à son père qui en était fou. Et… il y a eu le drame que vous connaissez sûrement… Isabelle avait déposé la chaise à bébé de Romain dans l'allée d'un parking souterrain, le temps de ranger quelques courses... Ce fut un drame horrible. C'est le père qui a ramassé le petit Romain et l'a conduit à l'hôpital. C'était trop tard ! Du jour au lendemain, il a changé. Il s'est renfermé. Il avait des sautes d'humeur terribles. Il ne venait presque plus nous voir. Ma fille, parfois. Mais de moins en moins... Elle nous disait simplement qu'il pensait qu'il était « maudit », que le cauchemar recommençait, mais le cauchemar, c'est elle qui a fini par le vivre. Je pense qu'elle a terriblement culpabilisé, qu'elle s'est tenue responsable de la mort du petit Romain et qu'elle ne se l'est jamais pardonné. Elle avait été élevée dans la foi chrétienne et elle se disait qu'elle devait expier sa faute. On l'a vue s'éteindre peu à peu. Je la soupçonne d'avoir pris des calmants, d'en avoir abusé, elle vivait dans une sorte de terreur permanente. La naissance de ses autres enfants n'a rien changé. Un jour, elle a demandé à parler à son père, elle lui a dit qu'elle voulait partir, que sa vie était devenue un calvaire. Elle lui a raconté l'histoire des couleurs, lundi vert, mardi blanc, mercredi rouge, jeudi jaune, la stricte observation des consignes qu'il avait édictées. Elle a ajouté qu'elle pouvait tout supporter, mais qu'elle ne voulait pas que le malheur retombe sur ses enfants. Quand Gaétan, pour se rebeller, arborait un pull écossais – un pull qu'il avait dû emprunter à un ami –, il était atrocement puni et la famille entière avec lui. Isabelle était à bout de forces. Elle craignait l'incident tout le temps, vivait sur les nerfs, tremblait à la moindre peccadille. Mon mari, ce jour-là, lui a fait une réponse qu'il a regrettée par la suite. Il lui a dit : « Tu l'as voulu, tu l'as eu, on t'avait prévenue », et pire, il a essayé de parler à Hervé : « Isabelle veut vous quitter, elle n'en peut plus ! Reprenez-vous ! » Ces mots ont été de la dynamite, je pense. Il s'est senti rejeté par sa femme, il a dû penser qu'il allait perdre ses enfants ; je crois qu'à partir de ce jour-là il est vraiment devenu fou. À la banque, on ne s'apercevait de rien. Il était toujours aussi efficace et mon mari ne voulait pas s'en séparer. Il avait pris sa retraite et était bien content d'avoir son gendre en place. Ça arrangeait tout le monde : mon mari, les sœurs d'Isabelle et les autres associés qui se reposaient sur lui et engrangeaient les dividendes. On se disait bien qu'il avait des manies inquiétantes, mais qui n'a pas ses petites manies après tout ?

Elle marqua une pause, releva une mèche de son chignon qui dépassait et la remit en place en la lissant des doigts.

– Quand on a appris ce qui était arrivé, évidemment, j'ai pensé à vous, mais surtout, surtout j'ai été libérée d'un grand poids… Et Isabelle ! Elle est entrée dans ma chambre, elle a eu le temps de me dire « je suis libre, maman, je suis libre ! » et elle s'est effondrée. Elle était épuisée. Elle est aujourd'hui entre les mains d'un psychiatre… Les deux garçons ont été soulagés aussi. Ils détestaient leur père qu'ils n'ont pourtant jamais dénoncé. Pour Domitille, cela va être plus compliqué. Elle est devenue une petite fille trouble, double. Il va falloir du temps. Du temps et beaucoup d'amour. Voilà ce que je voulais vous dire, ce que je voulais que vous sachiez. Votre femme, monsieur, et votre sœur, madame, n'est pas partie, en vain. Elle a sauvé une famille.

Elle se releva aussi mécaniquement qu'elle s'était assise. Sortit une lettre de son sac, la donna à Joséphine :

– C'est Gaétan, il m'a chargée de vous donner ça…

– Qu'est-ce qu'il va devenir ? murmura Joséphine, ébranlée par cette longue confession.

– On les a inscrits tous les trois dans une excellente école privée à Rouen. Sous le nom de leur mère. La directrice est une amie. Ils vont pouvoir avoir une scolarité normale sans être la cible de tous les ragots. Ma fille va reprendre son nom de jeune fille. Elle désire que les enfants changent de nom aussi. Mon mari a des relations, cela ne devrait pas poser de problèmes. Je vous remercie de m'avoir écoutée et je vous prie d'excuser l'étrangeté de ma démarche.

Elle leur adressa un petit signe de la tête et s'éloigna comme elle était venue, pâle silhouette d'un autre temps, femme forte et soumise à la fois.

– Quelle drôle de femme ! chuchota Philippe. Rigide, froide et attentive, pourtant. La France des Grandes Familles de jadis. Tout va rentrer dans l'ordre. Dans quel ordre, je ne sais pas. Je serais curieux de savoir ce que deviendront les enfants… Pour eux, cela va être plus compliqué. Le retour à l'ordre ne suffira pas.

– Philippe, ne le dis à personne, mais je crois qu'on vit dans un monde de fous…

C'est alors qu'elle déchiffra le nom sur l'enveloppe que lui avait remis la mère d'Isabelle Mangeain-Dupuy.

C'était une lettre de Gaétan pour Zoé.

Le lendemain, ils se retrouvèrent tous dans la suite de l'hôtel Raphaël. Philippe avait fait monter des club sandwichs, du Coca et une bouteille de vin rouge.

Hortense et Gary se frôlaient, s'évitaient, s'attiraient, se repoussaient. Hortense épiait le portable de Gary. Il lui proposait de sortir, d'aller au cinéma, elle répondait « pourquoi pas » mais alors, le téléphone sonnait, il décrochait, c'était Charlotte Bradsburry. Sa voix changeait, Hortense s'arrêtait sur le pas de la porte, lui lançait un regard furieux et décommandait la séance de cinéma.

– Allez ! T'es bête ! On y va ! disait-il après avoir raccroché.

– Plus envie ! jetait-elle, maussade.

– Je sais pourquoi, suggérait-il en souriant. T'es jalouse !

– De ce vieux pou ? Jamais de la vie !

– Alors on va au cinéma… Si tu n'es pas jalouse !

– J'attends un appel de Nicholas… et après, je verrai.

– Cet emplumé ?

– T'es jaloux ?

Joséphine et Shirley riaient sous cape.

Philippe proposa à Alexandre et Zoé d'aller voir la verrière du Grand-Palais.

– Je viens ! dit Hortense, ignorant Gary qui attrapa l'invitation au vol et la suivit.

– Enfin seules ! s'écria Shirley quand ils furent partis. Et si on commandait une autre bouteille de cet excellent vin ?

– On va être pompettes !

Shirley décrocha le téléphone, demanda qu'on leur monte la même bouteille et se retournant vers Joséphine, ajouta :

– C'est la seule manière de te faire parler !

– Parler de quoi ? dit Joséphine en envoyant valser ses chaussures. Je ne dirai rien. Même sous la torture d'un bon vin !

– Tu es très en beauté… C'est Philippe ?

Joséphine posa deux doigts sur sa bouche pour signifier qu'elle ne parlerait pas.

– Vous allez vivre ensemble l'année prochaine ?

Elle regarda Shirley et lui sourit.

– Alors, vous allez vivre ensemble ?

– C'est encore trop tôt… Il faut ménager Alexandre.

– Et Zoé.

– Zoé, aussi. C'est préférable que je reste encore un peu seule avec elle. On ira à Londres le week-end ou ils viendront à Paris. On verra bien.

– Elle va revoir Gaétan ?

– Elle l'a appelé hier. Elle lui a assuré que pour elle, il restait Gaétan, celui qui la remplissait de ballons, que

Rouen n'était pas loin de Paris et que j'étais une mère plutôt cool !

– Elle n'a pas tort. Et lui ?

– Lui, c'est moins rose. Il a très peur de ressembler à son père et de devenir fou. Il n'en dort pas, il fait des cauchemars horribles. Sa grand-mère lui a trouvé un psy…

– Dis donc, il va devoir soigner toute la famille, le psy…

On sonna à la porte et un garçon apporta la bouteille de vin. Shirley servit un verre à Joséphine. Elles trinquèrent.

– À notre amitié, *my friend*, dit Shirley. Qu'elle reste toujours belle et tendre et douce et forte !

Joséphine allait répondre lorsque son téléphone sonna. C'était l'inspecteur Garibaldi. Il l'informait qu'elle pouvait réintégrer son appartement.

– Vous avez trouvé quelque chose ?

– Oui. Un journal que tenait votre sœur…

– Je peux le lire ? J'aimerais comprendre.

– Je l'ai fait déposer ce matin à votre hôtel, il vous appartient. Elle était passée dans un autre monde… Vous comprendrez en lisant.

Joséphine appela la réception. On lui monta aussitôt un pli.

– Ça t'ennuie si je le lis maintenant ? dit-elle à Shirley. Je ne vais pas pouvoir attendre. Je voudrais tellement comprendre…

Shirley fit signe qu'elle attendrait dans la pièce voisine.

– Non. Reste avec moi…

Joséphine ouvrit l'enveloppe, en sortit une trentaine de feuillets sur lesquels elle se jeta. Au fur et à mesure qu'elle lisait, elle pâlissait.

Elle tendit les feuillets à Shirley, en silence.

– Je peux ? demanda Shirley.

Joséphine fit signe que oui et courut à la salle de bains.

Quand elle revint, Shirley avait terminé et fixait un point dans le vide. Joséphine vint s'asseoir à côté d'elle et posa la tête sur son épaule.

– C'est horrible ! Comment a-t-elle pu…

– Je sais exactement ce qu'elle a éprouvé. J'ai connu cet état-là.

– Avec l'homme en noir ?

Shirley acquiesça. Elles restèrent silencieuses, se passant et se repassant les feuillets, étudiant l'élégante écriture d'Iris qui, à la fin, n'était plus qu'une série de pattes de mouches écrasées sur les feuilles blanches.

– On dirait des pâtés d'écolière, dit Joséphine.

– C'est exactement ça, dit Shirley. Il l'a réduite en pâté et l'a infantilisée. Il faut une force terrible pour échapper à cette folie…

– Mais il faut être fou pour y entrer !

Shirley releva vers elle un visage empreint d'une nostalgie étrange.

– Alors j'ai été folle aussi…

– Mais tu t'en es sortie ! Tu n'es pas restée avec cet homme !

– À quel prix ! mais à quel prix ! Et je lutte encore tous les jours pour ne pas retomber. Je ne peux plus dormir avec un homme sans mourir d'ennui tellement cela me paraît fade ! C'est une addiction, c'est comme la drogue, l'alcool ou la cigarette. Tu ne peux plus t'en passer. J'en rêve encore. Je rêve de cette dépendance totale, de cette perte de connaissance de soi, de cette volupté étrange faite d'attente, de douleur et de joie, la sensation de franchir la frontière à chaque fois… De repousser les limites d'un danger mortel. Elle a marché vers sa mort, mais je peux t'assurer qu'elle a marché heureuse, heureuse comme elle ne l'avait jamais été auparavant !

734

– Tu es folle ! cria Joséphine en s'écartant de son amie.

– J'ai été sauvée par Gary. Par l'amour que je portais à Gary. C'est lui qui m'a permis de sortir du gouffre… Iris n'était pas une mère.

– Mais tu es normale, toi ! Dis-moi que tu es normale ! Dis-moi que je ne suis pas entourée de fous ! s'écria Joséphine.

Shirley laissa tomber un regard étrange dans le regard soudain affolé de Joséphine et murmura :

– Qu'est-ce qui est « normal », Jo ? Qu'est-ce qui ne l'est pas ? *Who knows ?* Et qui décide de la norme ?

Joséphine enfila ses chaussures de jogging et appela Du Guesclin. Il était couché devant la radio et écoutait TSF Jazz en remuant l'arrière-train. C'était sa station de radio favorite. Il passait des heures à l'écouter. Au moment des pubs, il partait renifler sa gamelle ou se rouler aux pieds de Joséphine, lui offrant son ventre à gratter. Puis il revenait. Quand une trompette déraillait dans les aigus, il posait ses pattes sur ses oreilles et balançait la tête douloureusement.

– Allez, Du Guesclin, on y va !

Il fallait qu'elle bouge. Qu'elle aille courir. Qu'elle repousse, en forçant son corps, le rouleau de douleur qui l'écrasait. Elle ne voulait pas risquer de mourir une nouvelle fois. Mais comment est-ce possible ? Comment est-ce que je peux avoir aussi mal chaque fois ? Je ne guérirai jamais, jamais.

Heureusement que tu es là, toi ! Avec ta gueule de bandit amoché, murmura-t-elle à Du Guesclin. Quand les gens se penchaient vers elle et demandaient d'un petit ton surpris « c'est votre chien ? », suggérant « c'est vous qui l'avez choisi aussi noir, aussi lourd, aussi laid ? », elle se rebiffait et disait : « C'est MON chien et je n'en veux pas d'autre ! » Même s'il a pas de queue, une oreille cassée, un œil voilé, qu'il est chauve de poils par endroits, cousu de cicatrices, a le cou bien épais et la tête enfoncée dans les épaules. Je n'en connais pas de plus beau. Du Guesclin se pavanait, fier d'avoir été si bien défendu, et Joséphine disait : « Viens, Du Guesclin, ces gens-là n'y connaissent rien. »

Ce devrait être toujours comme ça quand on aime. Sans condition. Sans juger. Sans établir des critères, des préférences.

Je n'étais pas assez bien, n'est-ce pas ? Je ne suis toujours pas assez bien. Pas assez, pas assez, pas assez... Cette antienne a bousillé mon enfance, bousillé ma vie de femme et se prépare à saborder mon amour.

Peu de temps après la mort d'Iris, elle avait appelé Henriette. Elle lui avait demandé s'il était possible de retrouver des photos d'Iris et elle, enfants. Elle voulait les encadrer. Henriette avait répondu que ses photos étaient à la cave, qu'elle n'avait pas le temps d'aller les chercher et de les trier.

– Et d'ailleurs, Joséphine, je crois qu'il est préférable que tu ne m'appelles plus. Je n'ai plus de fille. J'en avais une et je l'ai perdue.

Et le rouleau de vagues l'avait écrasée, emportée, renvoyée vers le large, vers une noyade certaine. Depuis, tout était flou. Elle perdait pied. Rien ni personne ne pouvait la sauver. Elle ne pouvait compter que sur elle, que sur ses forces à elle pour reprendre pied.

Cette femme, sa mère, avait la toute-puissance de la tuer chaque fois. On ne guérit pas d'avoir une mère qui ne vous aime pas. Ça creuse un grand trou dans le cœur et il en faut de l'amour et de l'amour pour le remplir ! On n'en a jamais assez, on doute toujours de soi, on se dit qu'on n'est pas aimable, qu'on ne vaut pas tripette.

Peut-être qu'Iris aussi souffrait de ce mal-là... Peut-être que c'est pour cette raison qu'elle a couru vers cet amour de folie. Qu'elle a tout accepté, tout enduré, il m'aime, elle se disait, il m'aime ! Elle croyait avoir trouvé un amour qui remplissait le puits sans fond.

Et moi, Du Guesclin, je veux quoi ? Je ne sais plus. Je sais l'amour de mes filles. Le jour de la crémation, on était soudées, mes mains dans les leurs, et c'est la première fois que j'ai senti qu'à nous trois, on ne faisait qu'un. J'ai aimé cette arithmétique-là. Il faut que j'apprenne, maintenant, l'amour avec un homme.

Philippe était reparti et c'était à son tour d'être silencieuse. En partant, il avait dit « je t'attendrai, Joséphine, j'ai tout mon temps », et il l'avait embrassée doucement en écartant les mèches de ses cheveux, comme s'il écartait les mèches d'une noyée.

« Je t'attendrai… »

Elle ne savait plus si elle savait encore nager.

Du Guesclin aperçut ses chaussures de jogging et aboya. Elle sourit. Il se releva avec la grâce d'un phoque qui se trémousse sur la banquise.

– Tu es vraiment gras, tu sais ! Faut te bouger un peu !

Deux mois sans courir, pas étonnant que je fasse du lard, sembla-t-il dire en s'étirant.

À l'étage des Van den Brock, ils croisèrent une dame d'une agence qui faisait visiter l'appartement. « Moi, je n'aimerais pas m'installer dans l'appartement d'un assassin, déclara Joséphine à Du Guesclin, peut-être qu'on ne leur a rien dit ! » En draguant l'étang de la forêt de Compiègne, les hommes-grenouilles avaient retrouvé trois corps de femmes dans des sacs-poubelle lestés de pierres. L'inspecteur Garibaldi lui avait rapporté qu'il y avait deux sortes de victimes : celles qu'ils abandonnaient sur la voie publique et celles qui avaient droit à un « traitement spécial ». Comme Iris. Ces dernières, le plus souvent, étaient « préparées » par Lefloc-Pignel qui les « offrait » ensuite à Van den Brock selon un rituel de purification mis au point par les deux hommes. Van den Brock attendait son procès en prison. L'instruction était ouverte. Il y avait eu confrontation avec le paysan et la réceptionniste de l'hôtel qui, tous les deux, l'avaient reconnu. Il continuait à nier, à dire qu'il n'avait été qu'un témoin et qu'il n'avait pu empêcher la folie meurtrière de son ami. Le soir du crime, il avait échappé à la surveillance du policier, chargé de le suivre, et avait rejoint une voiture de location qu'il avait garée à cinq cents mètres de chez lui. Ce n'est pas de la préméditation, ça ! s'insurgeait Joséphine. De plus, il avait laissé sa propre voiture, en évidence, devant sa maison. Le policier n'y avait vu que du feu. Le procès aurait lieu dans deux, trois ans. Il faudrait alors revivre ce cauchemar…

On était en automne et les feuilles viraient au roussi. Un an déjà ! Un an que je tourne autour de ce lac. Il y a un an, j'allais voir Iris en clinique et elle délirait, m'accusant de lui avoir volé son livre, volé son mari, volé son fils. Elle secoua la tête pour chasser cette idée assortie aux troncs noirs des arbres déshabillés par les premiers froids. Un an aussi que je croyais apercevoir Antoine dans le métro. C'était un sosie. Et il y a un an encore, je tournais autour du lac en grelottant aux côtés de Luca l'indifférent. Des baguettes de pluie se mirent à tomber et Joséphine accéléra l'allure.

– Viens, Du Guesclin ! On va jouer à passer à travers les gouttes…

Elle enfonça la tête dans les épaules, baissa les yeux pour surveiller ses pieds, qu'ils ne dérapent pas sur un bout de bois, et ne s'aperçut pas que Du Guesclin ne suivait plus. Elle continua à filer, les coudes ramassés, forçant son corps, forçant ses bras, ses jambes à lutter contre les vagues, forçant son cœur à se muscler et à être le plus fort.

Marcel lui envoyait des fleurs chaque semaine avec un petit mot : « Tiens bon, Jo, tiens bon, on est là et on t'aime… ». Marcel, Josiane, Junior, une nouvelle famille qui ne donne pas de coups de couteau dans le cœur ?

Quand elle s'arrêta, elle chercha Du Guesclin des yeux et l'aperçut loin derrière elle, assis, le museau pointé vers l'horizon.

– Du Guesclin ! Du Guesclin ! Allez ! Viens ! Qu'est-ce que tu fais ?

Elle frappa dans ses mains, siffla *Le Pont de la rivière Kwaï,* son air favori, frappa du pied, répétant, Du Guesclin, Du Guesclin à chaque coup de talon dans le sol. Il ne bougeait pas. Elle revint en arrière, s'agenouilla près de lui, lui parla à l'oreille :

– Tu es malade ? Tu boudes ?

Il regardait au loin et ses narines frémissaient de ce léger tremblement qui disait « je n'aime pas ce que je vois, je n'aime pas ce qui s'annonce à l'horizon ». Elle était habituée à ses humeurs. C'était un chien délicat qui refusait le saucisson si on n'ôtait pas la peau. Elle essaya de le raisonner, le tira par l'échine, le poussa. Il s'entêtait. Alors elle se releva, scruta la rive du lac aussi loin que son regard portait et aperçut… l'homme qui marchait d'un pas militaire, entouré d'écharpes. Cela faisait combien de temps qu'elle ne l'avait plus vu ?

Du Guesclin grogna. Ses yeux se rétrécirent en deux sagaies pointues et Joséphine chuchota : « Tu l'aimes pas, celui-là ? » Il grogna de plus belle.

Elle n'eut pas le temps d'interpréter la réponse : l'homme se dressait devant eux. Il n'avait plus ses écharpes en bandelettes serrées autour du cou et arborait un visage poupin, assez avenant. Il avait dû abuser d'un produit autobronzant, car il avait des traînées orange sur le cou. Mal réparti, mal réparti, se dit

Joséphine en pensant qu'on était en novembre et que c'était une coquetterie inutile.

– C'est votre chien ? demanda-t-il en montrant du doigt Du Guesclin.

– C'est mon chien et il est très beau.

L'homme sourit d'un petit air amusé.

– Ce n'est pas le mot que j'emploierais pour décrire Tarzan.

Tarzan ? Quel nom ridicule pour un chien de noble caractère ! Tarzan, l'homme à la petite culotte qui saute de branche en branche en poussant des cris et en mangeant des bananes ? Ce prototype du bon sauvage revu par Hollywood et les ligues de vertu ?

– Il ne s'appelle pas Tarzan, mais Du Guesclin.

– Non. Je le connais et il s'appelle Tarzan.

– Viens, Du Guesclin, on se tire, ordonna Joséphine.

Du Guesclin ne bougea pas.

– C'est mon chien, madame...

– Pas du tout. C'est mon chien à moi.

– Il s'est échappé, il y a environ six mois...

Joséphine fut troublée. C'était à cette époque qu'elle avait recueilli Du Guesclin. Ne sachant plus quoi dire, elle lança :

– Il ne fallait pas l'abandonner !

– Je ne l'ai pas abandonné. Je l'avais ramené de la campagne où il demeurait la plupart du temps et il s'est enfui !

– Rien ne prouve qu'il est à vous ! Il n'était pas tatoué, n'avait pas de médaille...

– Je peux produire des témoins qui le diront tous, ce chien m'appartient. Il a vécu deux ans chez moi, à Montchauvet, 38, rue du Petit-Moulin... C'était un très bon chien de garde. Il a été un peu esquinté par des voleurs, mais il s'est battu comme un lion et la maison n'a pas été cambriolée. Il suffisait ensuite qu'il paraisse pour faire décamper les plus déterminés !

Joséphine sentit les larmes lui monter aux yeux.

— Ça vous est égal qu'il ait été complètement amoché !

— C'est son métier de chien de garde. C'est pour cela que je l'avais choisi.

— Et pourquoi veniez-vous vous promener ici, si vous habitez la campagne ?

— Je vous trouve bien agressive, madame...

Joséphine se radoucit. Elle avait si peur qu'il lui reprenne Du Guesclin qu'elle était prête à mordre.

— Vous comprenez, reprit-elle d'un ton plus conciliant, je l'aime tellement et on est si bien ensemble. Moi, par exemple, je ne l'attache jamais et il me suit partout. Avec moi, il écoute du jazz, il se roule sur le dos et je lui frotte le ventre, je lui dis qu'il est le plus beau et il ferme les yeux de plaisir et si j'arrête de le caresser ou de lui murmurer des compliments, il effleure ma main très doucement pour que je continue. Vous ne pouvez pas me le prendre, c'est mon ami. J'ai passé des moments très durs et il a été là tout le temps. Quand je pleurais, il hurlait à la mort et me donnait des petits coups de langue, alors vous comprenez, si vous le prenez, ce sera terrible pour moi et je ne pourrai pas, non, je ne pourrai pas...

Et alors la vague aura gagné...

Du Guesclin gémissait pour souligner la véracité, la sincérité de ses propos et l'homme baissa la garde.

— Pour répondre à votre question indiscrète, madame, sachez que j'écris. Des paroles de chansons, des livrets d'opéras modernes. Je travaille avec un musicien qui a son studio à la Muette et chaque fois, avant de le retrouver, je me concentre en marchant autour du lac. C'est un rituel. Je ne veux pas être dérangé. J'ai une certaine notoriété...

Il marqua un temps pour que Joséphine ait le loisir de le reconnaître. Mais comme elle ne manifestait aucune déférence particulière, il poursuivit, légèrement vexé :

– Je m'emmitouflais pour ne pas être dérangé. Je ne prenais jamais Tarzan avec moi car je craignais qu'il me distraie. Je l'ai perdu à Paris le jour où j'ai voulu le confier à une amie. Je partais pour New York assister à l'enregistrement d'une comédie musicale sur Broadway. Il s'est enfui et je n'ai pas eu le temps de le rechercher. Imaginez ma surprise en le voyant ce matin…

– Si vous voyagez tout le temps, il est mieux avec moi…

Du Guesclin émit un léger jappement qui signifiait qu'il était d'accord. L'homme le regarda et déclara :

– Vous savez ce qu'on va faire ? Je vais lui parler, vous allez lui parler et puis on s'en ira chacun dans une direction opposée et on verra bien qui il suivra.

Joséphine réfléchit, regarda Du Guesclin, pensa aux six mois qu'ils venaient de passer ensemble. Ils valaient bien les deux ans qu'il avait endurés avec l'homme emmitouflé, non ? Et puis ce sera un signe, s'il me choisit moi. Un signe que je suis aimable, que je vaux la peine qu'on s'attache à moi, que je n'ai pas été avalée par la vague.

Elle répondit qu'elle était d'accord.

L'homme s'accroupit près de Du Guesclin, lui parla à mi-voix. Joséphine s'éloigna et leur tourna le dos. Elle appela son père, lui dit tu es là ? Tu veilles sur moi ? Alors fais en sorte que Du Guesclin ne redevienne pas Tarzan la Banane. Fais en sorte qu'une nouvelle fois je franchisse le rouleau de vagues, que je regagne le rivage…

Quand elle se retourna, elle vit l'homme qui sortait d'un paquet un petit gâteau à l'orange, le faisait renifler à Du Guesclin qui saliva, laissant couler deux filets de bave transparente, puis l'homme fit signe à Joséphine que c'était à son tour de s'entretenir avec Du Guesclin.

Joséphine le prit dans ses bras et lui dit tout bas : « Je t'aime, gros lard, je t'aime à la folie et je vaux bien mieux qu'un biscuit à l'orange. Il a besoin de toi pour garder sa belle maison, sa belle télé, ses beaux tableaux de maîtres, son beau gazon, sa belle piscine, moi, j'ai besoin de toi pour me garder, moi. Réfléchis bien… »

Du Guesclin salivait toujours et suivait du regard l'homme qui agitait le paquet dans sa main pour lui rappeler le gâteau convoité.

– Ce n'est pas bien ce que vous faites, dit Joséphine.

– Chacun ses armes !

– Je n'aime pas les vôtres !

– Ne recommencez pas à m'insulter, sinon j'embarque mon chien !

Ils se tournèrent le dos comme deux duellistes et progressèrent en direction opposée. Du Guesclin resta assis un long moment, reniflant le gâteau à l'orange qui s'éloignait, s'éloignait. Joséphine ne se retourna pas.

Elle serrait les poings, priait toutes les étoiles du Ciel, tous ses anges gardiens accrochés au manche de la Grande Casserole de pousser Du Guesclin vers elle, de lui faire oublier le délicat fumet du gâteau à l'orange. Je t'en achèterai des bien meilleurs, moi, des bombés, des plats, des gaufrés, des croustillants, des glacés, des veloutés, des moelleux, des que j'inventerai rien que pour toi. Elle marchait, le cœur à l'envers. Ne pas me retourner sinon je vais le voir partir, courir après un biscuit à l'orange et je serai encore plus triste, plus désespérée.

Elle se retourna. Aperçut Du Guesclin qui avait rejoint le compositeur de mots chantés sur Broadway. Il le suivait en se dandinant. Il avait l'air heureux. Il l'avait oubliée. Elle le regarda saisir le petit gâteau dans sa gueule, l'avaler d'un coup, gratter le paquet pour en avoir un autre.

Je ne serai jamais une femme aimable. Je me fais battre à plate couture par un biscuit à l'orange. Je suis nulle, je suis moche, je suis bête, je ne suis pas assez, pas assez, pas assez…

Elle rentra les épaules et refusa d'assister plus longtemps au festin de Tarzan la Banane. Elle reprit sa marche à pas lents. Plus envie de courir. De caracoler légère le long de l'eau sombre et des plumets de bambous. Il faut absolument que je lui trouve de bonnes raisons de m'avoir délaissée sinon je vais être trop triste. Sinon la vague m'aura ratatinée pour toujours… Elle aura gagné.

D'abord, il ne m'appartenait pas, il avait d'autres habitudes avec ce maître-là et la vie est plus souvent faite d'habitudes que de libre choix. Ensuite, il avait sûrement envie de rester avec moi, mais le sens du devoir l'a emporté. Je ne l'ai pas appelé Du Guesclin pour rien. Il est né pour défendre un territoire, il est fidèle à son roi. Il n'a jamais trahi. N'a jamais retourné sa veste pour rejoindre le roi d'Angleterre. Il illustre la tradition de son noble ancêtre. Je n'ai pas accordé ma confiance à un traître. Enfin, je n'ai pas respecté sa nature de guerrier. Je l'ai cru aimable et doux parce qu'il avait le nez rose bonbon, mais il aurait aimé que je le traite en soudard aguerri. J'allais en faire une mauviette, il s'est repris à temps !

Elle luttait contre les larmes. Pas pleurer, pas pleurer. C'est encore de l'eau salée, encore du naufrage. Ça suffit ! Pense à Philippe, il t'attend, il te l'a dit. Cet homme ne prononce pas des mots en l'air. Mais est-ce ma faute si je suis remplie de brouillard si tout se décompose avant de parvenir jusqu'à moi, si je suis anesthésiée ? Est-ce ma faute si on ne guérit pas d'un coup et s'il faut sans arrêt panser les blessures de l'enfance ? Du Guesclin m'aurait aidée, c'est sûr, mais il faut que j'apprenne à guérir seule. C'est à ce prix qu'on devient vraiment forte…

Elle atteignait la petite cahute de location des barques quand elle entendit un galop furieux dans son dos. Elle se gara pour laisser passer le dément qui la renverserait si elle n'y prenait garde, leva le nez pour apercevoir l'intrépide et poussa un cri.

C'était Du Guesclin. Il courait vers elle en lançant ses pattes folles dans le désordre comme s'il mourait de peur de ne jamais la rattraper.

Il tenait le paquet de biscuits à l'orange dans la gueule.

Bibliographie

À propos du Moyen Âge :

Hildegarde de Bingen de Ellen Breindl, éd. Dangles.

Hildegarde de Bingen par Régine Pernoud, Le Livre de Poche.

La Sibylle du Rhin, Hildegarde de Bingen, abbesse et prophétesse rhénane, Sylvain Gougenheim, Publications de la Sorbonne, 1996.

Le Manuscrit perdu à Strasbourg, enquête sur l'œuvre scientifique de Hildegarde, Laurence Moulinier, Publications de la Sorbonne, 1995.

Le Quotidien au temps des fabliaux, Danièle Alexandre-Bidon et Marie-Thérèse Lorcin, Éditions Picard.

Voix des femmes au Moyen Âge, savoir, mystique, poésie, amour, sorcellerie, Danielle Régnier-Bohler, Robert Laffont, coll. « Bouquins ».

Saint Guignefort. Légende, archéologie, histoire, Jean-Claude Schmitt, Jean-Michel Poisson, Jacques Berlioz, édité par l'association Saint-Guignefort, Châtillon-sur-Chalaronne, 2005.

Le Saint Lévrier. Guignefort, guérisseur d'enfants depuis le XIIIᵉ siècle, Jean-Claude Schmitt, Paris, Flammarion, 2004.

Les Chevaliers-paysans de l'an mil au lac de Paladru, Michel Colardelle et Éric Verdel, Éditions Errance.

La Naissance du Purgatoire, Jacques Le Goff, Paris, Gallimard, 1981.

Les Armoiries, typologie des sources du Moyen Âge occidental, Michel Pastoureau, éd. Brepols, Turnhout, Belgique, 1998.

L'Étoffe du diable, une histoire des rayures et des tissus rayés, Michel Pastoureau, Le Seuil, 1991.

Cadre de vie et manières d'habiter (XIIᵉ-XVIᵉ siècles) Danièle Alexandre-Bidon, Françoise Piponnier, Jean-Michel Poisson, Publications du CRAHM, 2006.

Dictionnaire raisonné de l'Occident médiéval, Jacques Le Goff et Jean-Claude Schmitt, Fayard, 1999.

L'Avenir d'un passé incertain, quelle histoire du Moyen Âge au XXIᵉ siècle ?, Alain Guerreau, Le Seuil. 2001.

Être noble aux XIVᵉ et XVᵉ siècles, ou Comment se démarquer du reste de la société, Élisabeth Sirot, Éditions Monique Mergoil, 2007.

Le Château d'Annecy, Élisabeth Sirot, Presses universitaires de Lyon, 1990.

Noble et forte maison, Élisabeth Sirot, Éditions Picard, 2007.

La Gastronomie au Moyen Âge, 150 recettes de France et d'Italie, Odile Redon, Françoise Sabban et Silvano Serventi, Stock, 1991.

« D'abord il dit et ordonna… », testaments et société en Lyonnais et Forez à la fin du Moyen Âge, Marie-Thérèse Lorcin, Presses universitaires de Lyon, 2007.

« Histoire de la culture matérielle » article de Jean-Marie Pesez dans l'ouvrage de Jacques Le Goff, *La Nouvelle Histoire*, Éditions Complexe, Paris, 1988.

« De l'archéologie et du vécu social », article de Jean-Marie Pesez, Paris, Le Cerf, 1996.

À réveiller les morts, la mort au quotidien dans l'Occident médiéval, Danièle Alexandre et Cécile Treffort, Presses universitaires de Lyon, 1993.

Du Guesclin par Georges Minois, Fayard.

Du Guesclin par Micheline Dupuy, Perrin.

De nos jours :

Dans la tête du tueur, Jean-François Abgrall, Albin Michel.
Les serial killers sont parmi nous, Stephane Bourgoin, Albin Michel.
Ma vie avec les serial killers, Helen Morrison, Payot.
Que Choisir sur l'obésité, octobre 2006.
Le Monde 2, Pascale Krémer, article sur Esmod et l'école de style français, n° du 24 février 2007.

REMERCIEMENTS

Encore une fois, j'en ai fait des kilomètres et des kilomètres pour écrire ce livre ! Des kilomètres sur les routes, dans les airs, dans les trains, mais aussi des kilomètres dans ma tête en inventant, en ruminant, en rebondissant... On essaie des chemins de traverse, on jette des ponts, des routes, on échafaude des histoires, on se perd, on retrouve son chemin, on cherche le mot juste, on creuse, on le déniche, on l'accouple... Et pendant ce temps, le monde continue de tourner et, perdue dans mes pensées, j'en oublierais le mode d'emploi si, autour de moi, il n'y avait des êtres tendres et vigilants qui m'aident à retomber sur terre gracieusement !

Alors je voudrais dire un grand, un immense MERCI à ceux qui sont toujours là, qui me supportent et m'entourent quand j'écris (et quand je n'écris pas !) :

Charlotte et Clément, mes deux « petits » et mes grands amours.

Réjane et sa main dans la mienne, toujours, toujours !

Michel et son œil attentif, généreux, perspicace...

Coco qui fait tourner la maison avec gourmandise et entrain.

Huguette qui scrute et me protège avec fermeté et tendresse.

Sylvie qui a suivi chaque étape du manuscrit et m'a encouragée...

Élisabeth pour tout ! Le XIIe siècle, son sourire, son

entrain, les balades autour du lac d'Annecy, les fous rires et les places de parking…

Jean-Marie, Romain, Hildegarde, Rose, Charles, George, Pierre, Simone qui veillez sur moi, posés là-haut dans les étoiles…

Fabrice, the king of the computer.

Jean-Christophe… précieux et précis.

Martin et ses détails croustillants et fort documentés sur la vie à Londres.

Gérard pour la vie londonienne de jour comme de nuit !

Patricia… Et son père… source de renseignements techniques précieux.

Michel qui m'a aidée à construire l'enquête policière.

Lydie et son humour corrosif…

Bruno et les CD de Glenn Gould qui ont bercé mes longues heures d'écriture.

Geneviève et le manuel catholique de la vie conjugale !

Nathalie Garçon qui m'a ouvert les portes de son atelier et permis de suivre l'élaboration de ses collections.

Sarah et ses mails bondissants !

Jean-Eric Riche et ses récits sur la Chine.

Mes amies et mes amis… toujours, toujours là !

Et tous les lecteurs et lectrices dont les mails me filent des milliers de volts sous les pieds !

Et enfin, laisse-moi te dire, Laurent, que tu me manques, tu me manques cruellement.

Tu es parti le 19 décembre 2006, un soir, et la vie n'a plus le même goût depuis…

Tu n'avais pas quarante ans.

On était amis depuis dix ans. Tu étais celui qui passait à la maison chaque jour ou presque, chantonnait « la vie est belle ! la vie est belle ! » en apportant livres, CD et macarons de chez Ladurée, accompagnait Charlotte et Clément dans leurs études, leurs projets, leurs envies, allait voir trente-trois fois le même film, relisait dix fois le même livre, élucubrait le roman à venir, la pièce à écrire, le projet grandiose qu'on réaliserait ensemble… On respirait le même air, on avait les

mêmes fous rires, les mêmes inquiétudes, les mêmes enthou-
siasmes.

Tu étais mon ami, tu faisais partie de ma vie et tu n'es plus
là.

Il n'y a pas un jour où je ne pense à toi.

Katherine Pancol
dans Le Livre de Poche

Embrassez-moi n° 30408

C'est à New York aujourd'hui. C'est à Rochester dans les années 1980. C'est à Hollywood… C'est à Paris… C'est en Tchéquie avant et après la chute du Mur… Angela est française. Elle est souvent passée à côté de l'amour sans le voir… Louise est américaine, elle dialogue avec Angela, lui raconte sa vie, ses amours. Virgile est français. Mathias est tchèque. Il y a tous les autres, les fantômes du passé qui entrent et sortent, qui forment une ronde de secrets, de blessures, de rires et d'amour…

Encore une danse n° 14671

Ils forment une bande d'amis : Clara, Joséphine, Lucille, Agnès, Philippe et Rapha. Ils ont grandi ensemble à Montrouge, banlieue parisienne. Ils ont habité le même immeuble, sont allés dans les mêmes écoles et ne se sont jamais quittés. Lorsqu'ils sont devenus adultes, leurs vies ont pris des tournants différents mais leur amitié a résisté au temps. Leurs espoirs, leurs illusions se sont réalisés ou envolés. Ils se retrouvent comme avant, mais une nouvelle épreuve, plus sournoise, plus terrible, s'annonce.

Et monter lentement
dans un immense amour

« C'est beau un homme de dos qui attend une femme. C'est fier comme un héros qui, ayant tout donné, n'attend plus qu'un seul geste pour se retourner. »

J'étais là avant

Elle est libre. Elle offre son corps sans façons. Et pourtant, à chaque histoire d'amour, elle s'affole et s'enfuit toujours la première. Il est ardent, entier, généreux. Mais les femmes qu'il célèbre s'étiolent les unes après les autres. Ces deux-là vont s'aimer. Il y a des jours, il y a des nuits. Le bonheur suffocant. Le plaisir. Le doute. L'attente. Mais en eux, invisibles et pesantes, des ombres se lèvent et murmurent : « J'étais là avant. »

Un homme à distance

« Ceci est l'histoire de Kay Bartholdi. Un jour, Kay est entrée dans mon restaurant. Elle a posé une grosse liasse de lettres sur la table. Elle m'a dit : Tu en fais ce que tu veux, je ne veux plus les garder. » Ainsi commence ce roman par lettres comme on en écrivait au XVIIIe siècle. Il raconte la liaison épistolaire de Kay Bartholdi, libraire à Fécamp, et d'un inconnu qui lui écrit pour commander des livres.

Les Yeux jaunes des crocodiles

Ce roman se passe à Paris. Et pourtant on y croise des crocodiles. Ce roman parle des hommes. Et des femmes. Celles que nous sommes, celles que nous voudrions être, celles que nous ne serons jamais, celles que nous deviendrons peut-être. Ce roman est l'histoire d'un mensonge. Mais aussi une histoire d'amours, d'amitiés, de trahisons, d'argent, de rêves. Ce roman est plein de rires et de larmes. Ce roman, c'est la vie. *Les Yeux jaunes des crocodiles* a obtenu le Prix Maison de la Presse en 2006.

Du même auteur :

Aux Éditions Albin Michel

J'ÉTAIS LÀ AVANT, 1999.
ET MONTER LENTEMENT DANS UN IMMENSE AMOUR…, 2001.
UN HOMME À DISTANCE, 2002.
EMBRASSEZ-MOI, 2003.
LES YEUX JAUNES DES CROCODILES, 2006.
LES ÉCUREUILS DE CENTRAL PARK SONT TRISTES LE LUNDI,
  2010.

Chez d'autres éditeurs

MOI D'ABORD, Le Seuil, 1979.
LA BARBARE, Le Seuil, 1981.
SCARLETT, SI POSSIBLE, Le Seuil, 1985.
LES HOMMES CRUELS NE COURENT PAS LES RUES, Le Seuil,
  1990.
VU DE L'EXTÉRIEUR, Le Seuil, 1993.
UNE SI BELLE IMAGE, Le Seuil, 1994.
ENCORE UNE DANSE, Fayard, 1998.

Site Internet : www.katherine-pancol.com

Composition réalisée par IGS-CP

Achevé d'imprimer en juillet 2010, en France sur Presse Offset par
Maury-Imprimeur - 45330 Malesherbes
N° d'imprimeur : 156407
Dépôt légal 1re publication : juin 2009
Édition 07 - juillet 2010
LIBRAIRIE GÉNÉRALE FRANÇAISE - 31, rue de Fleurus - 75278 Paris Cedex 06

Achevé d'imprimer en juillet 2006 en France sur Presse Offset par
Maury-Eurolivres - 45300 Manchecourt
N° d'imprimeur : 121243
Dépôt légal 1re publication : août 2005
Édition 07 - juillet 2006
Librairie Générale Française - 31, rue de Fleurus - 75006 Paris.